Primera edición: mayo de 2022

© 2022, Eva Muñoz
© 2022, Penguin Random House Grupo Editorial, S. A. U.
Travessera de Gràcia, 47-49. 08021 Barcelona

Impreso en México - *Printed in Mexico*

ISBN: 978-84-18798-56-6
Depósito legal: B-5.478-2022

EVA MUÑOZ

LASCIVIA

LIBRO 2

wattpad
by Montena

Ella tiene una apariencia seductora y ojos celestiales.
Es de belleza única y mirada imparable.
Ella es de cabello negro, de piel de porcelana y de mejillas sonrojadas.
Mujer con aura hipnótica, aguerrida y atrapante.
Es el sueño de todos y la perdición de uno.
Es un personaje de cuento convertido en realidad,
siendo una fantasía de carne y hueso, con ojos color cielo
y labios disfrazados de exquisita tentación.
Soldado, ángel, ninfa, hermosa, mala, preciosa...
En resumen: R. J.

ESTA SAGA MANEJA SU PROPIO SISTEMA JUDICIAL.
EL DESARROLLO Y LOS RANGOS SON DIFERENTES
A UN RÉGIMEN COMÚN

ALTOS RANGOS

MINISTRO GENERAL

Máximo jerarca de la ley.

VICEMINISTRA

Fórmula de mandato, la cual es un respaldo y apoyo
para el máximo jerarca.
Ocupa un cargo inmediatamente inferior al ministro.

CONSEJO

Conjunto de miembros ilustres
que forman parte de la FEMF
Se encarga de asesorar al
máximo jerarca cuando es
consultado por temas de suma
importancia y sus consejos
influyen en las decisiones del
ministro.

CASOS INTERNOS

Conjunto de personas
encargadas de vigilar que la
entidad realice su trabajo
de manera correcta.

43

NI TAN PRÍNCIPE, NI TAN SANTO

Bratt

Cuelgo el teléfono después de casi dos horas convenciendo a mi madre y a Sabrina de que desistan de la estúpida demanda de divorcio. «Me alteran». Se supone que si van a arreglar las cosas deben irse por el lado pacífico, no con una demanda que le quite toda la fortuna a Christopher.

No quise mencionar el compromiso con Rachel, no es oportuno con los problemas que tenemos encima y debo buscar el momento indicado, uno donde todos estén felices y tranquilos.

Papá no me preocupa, pero mamá y Sabrina sí. Lo más seguro es que inicien una batalla campal cuando sepan que mi apellido irá ligado al de los James, pero ya estoy preparado para el discurso de odio, de clases aristocráticas, libertinaje y desfachatez.

Por otro lado, están Christopher y Rachel, quienes se odian a morir y lo más seguro es que continúen así si ninguno de los dos pone de su parte. Estoy harto, todo es una pelea; Rachel versus Christopher, Rachel versus Sabrina y Christopher versus Sabrina. Todos contra todos como si estuviéramos en la guerra de los Mil Días.

—Capitán. —Meredith se asoma en la puerta.

—Sigue —la invito a pasar—. ¿Encontraste a la teniente James?

—Por eso vine. La busqué en su oficina, en la cafetería y en áreas comunes, pero no la encontré; su capitán dijo que no sabía de su paradero, así que me di una vuelta por el comando.

—Y… ¿la encontraste?

—Sí, señor, pero no quise molestarla, ya que está en el hipódromo con el soldado Alan Oliveira.

Se me encienden las orejas al momento de mirar el reloj. Son las siete de la noche y está lloviendo a cántaros. ¿Qué demonios hace con un soldado en el hipódromo? Los tiempos de entrenamientos tienen horarios y ella no tenía ninguno estipulado.

—¿Sigue ahí?

—Sí, señor.

—Puedes retirarte, gracias.

—Como ordene, mi capitán. —Me dedica un saludo militar antes de marcharse.

Salgo a cerciorarme de que tan cierta es la versión de Meredith. La tormenta ahora es una simple llovizna, cruzo las canchas de entrenamiento físico y el césped húmedo salpica gotas de agua bajo la presión de mis botas.

Capto la risa de mi novia y me detengo cuando compruebo que mi sargento no mentía, ya que mi prometida y futura esposa está llena de barro jalando las riendas de una yegua. Yegua, que si mi memoria no falla, fue un regalo de su papá hace cuatro años.

Alan está encima del animal con las manos sobre el agarre de la silla y ambos ríen con desparpajo mientras ella da zancadas sobre la tierra mojada.

Un rayo retumba y el animal retrocede relinchando en dos patas, Rachel suelta las riendas y cae de bruces al barro.

«Detesto que se rebaje». Corro a socorrerla luchando con el lodo que me absorbe los pies.

—Creo que me entró barro en el sostén. —Ríe en el suelo.

El soldado se aparta de la yegua y trata de levantar a mi novia.

—¡¿Está bien?! —pregunta, alarmado, con las manos a pocos centímetros de su busto.

—¡Suéltala! —le bramo.

Ambos voltean a mirarme y Alan la suelta, dejando que caiga de nuevo en el lodo.

—Eres pésimo auxiliando personas —comenta Rachel muerta de risa en el suelo.

—¡Capitán! —El soldado me dedica un saludo militar.

—¡Largo! —le ordeno sin mirarlo.

Lo hago a un lado y tomo a Rachel de los hombros para que se ponga de pie.

—Qué rudo. —Sigue riendo.

—¿Qué demonios haces? ¿O cuántos años crees que tienes como para estar aquí jugando en el barro?

—Señor… —interviene el soldado atrás y lo encaro rabioso.

—¡Que te largues! —advierto.

—¡Hey! —Rachel se interpone entre los dos—. No seas grosero, solo quiere explicarte lo que pasa.

—¡No tiene por qué explicarme nada! —le ladro—. Lárgate como te ordené.

Se vuelve hacia él y su rostro revela que le da lástima, cosa que me pone a hervir la sangre. Por este jodido tipo de comportamiento es por lo que tengo que estar partiéndole la cara a todo aquel que se cree con derecho a pretenderla.

—Vete, mañana continuaremos con la práctica.

—¡No! Que se consiga otro mentor, tú no harás nada mañana.

Me aniquila con la mirada.

—Guardaré la yegua y recogeré sus cosas —se despide Alan.

—No me gusta que te metas en mis asuntos laborales —me regaña Rachel cuando el chico se va.

—No has respondido mi pregunta.

—Supervisaba su entrenamiento.

—¿En tu yegua, de noche y lloviendo? —le reclamo—. Buscando pescar un resfriado o una neumonía. Pertenece al grupo de Parker y tu capitán ya llegó, no te corresponde su entrenamiento.

—Fue algo que quise hacer, así que no te metas.

Intento calmar la ira.

—No quieres que me meta, ¿qué harías tú si me ves haciendo lo mismo con otra? ¿Soltando comentarios de barro en mi bóxer?

—Solo era un chiste, no tienes por qué tomarte todo tan a pecho.

—No más entrenamiento, ¿entendiste?

—¡No! —replica—. No me vas a decir qué hacer y qué no. No estaba haciendo nada malo.

—Esta actitud es la que me hace pensar mil veces cómo decirles a mis papás que nos casaremos.

Retrocede rabiosa.

—¿Porque soy amable con mis compañeros pensarán que soy una golfa? —pregunta molesta—. Perdón por no ser como la socarrona de tu hermana o la perfecta de tu madre.

—Puedes intentarlo.

—Olvídalo, sabías cómo era cuando me conociste, así que no pretendas que me vuelva una amargada de mierda a estas alturas.

—No es eso —intento tocarla, pero no me lo permite—, es solo que tengo una reputación que mantener: todos aquí conocen a mi familia, cualquiera puede irle con el cotilleo a Sabrina o a mi madre, lo que desencadenaría discusiones sin sentido.

—Solo hago mi trabajo.

—Lo entiendo —me froto la cara con las manos—, pero entiéndeme tú a mí también: la mayoría de los hombres de aquí están esperando nuestra ruptura para caerte como buitres.

—Exageras.

—Eres original, hermosa, sexy y mía.

Rozo nuestros labios con cuidado.

—Nos pertenecemos uno al otro, y no voy a dejar que nadie se te acerque.

—Nadie se me está acercando.

—Quiero que la boda sea pronto, entre más rápido seas mi esposa, más rápido dejarán de molestarte.

La beso y abro los ojos, quiero ver cómo nos mira el soldado de Parker, que intenta atrapar a la yegua. No soy idiota como para no darme cuenta de que le gusta mi novia, yo no doy pasos en falso, por ende, tendré que mandarlo a volar lejos.

Separo nuestras bocas, le rodeo la cintura con el brazo y la atraigo hacia mí.

—Falta poco para tu cumpleaños. —Me abraza—. ¿Algo que desees urgentemente?

—A ti conmigo todo el día.

Entorna los ojos.

—Aparte de eso.

—Planeé un viaje con mi familia a la casa de mi abuela en Bibury, que te animes a acompañarme sería un buen regalo.

No pone buena cara.

—No será pronto, ya que no puedo tomarme vacaciones hasta que no acaben los operativos en proceso.

—Si es lo que quieres… —Se encoge de hombros.

Llegamos a la torre de los dormitorios.

—¿Dormimos juntos?

Vuelvo a abrazarla apoyando mis labios en su frente.

—No. Tengo cosas que adelantar con mi equipo, estamos a dos días del operativo y debo elegir los soldados que pondré en función.

—Pero podrías subir un momento, esperar un par de minutos a que me bañe —me da un beso en el cuello— y consentirnos un poco.

—Lo siento, cariño —la aparto—, debo cambiarme y los soldados me esperan.

—Ya lo creo. —Mira por encima de mi hombro y sigo el trayecto de sus ojos. Es Meredith quien se acerca.

—¡Capitán! —me llama—. Lo estamos esperando.

Ignora a Rachel.

—Como que se le olvidó el protocolo ante los superiores… —murmura mi novia entre dientes.

—Infórmales que tardaré un par de minutos, debo cambiarme primero.

—Como ordene, señor.

Se devuelve por donde venía.

—Te amo. —Le doy un beso a Rachel en los labios—. Vendré por ti en la mañana para que desayunemos juntos.

—Ok, vete, no vaya a ser que tu sargento se moleste por la demora. Creo que le gustas.

—No digas tonterías.

—Digo lo que veo.

Al día siguiente me encargo de ponerle punto final a mi problema de ayer. Para cuando suena la trompeta matutina ya estoy listo en mi oficina esperando la respuesta de Christopher sobre la petición que le solicité y le encargué anoche.

Por suerte, es de los que trabaja hasta tarde y se tomó el tiempo de tomarla cuando se la envié.

Llevaba meses sin tener que recurrir a este tipo de cosas… Los soldados antiguos saben perfectamente hasta dónde llegan mis alcances, por ende, procuran mantenerse al margen cuando estoy cerca, cosa que tengo que enseñarles a los nuevos, y qué mejor forma de aprender que dándole una lección con uno de los suyos.

Reviso los asuntos pendientes mientras llega la hora del desayuno.

—Buenos días, capitán —saludan Meredith y Angela como demanda el protocolo.

—Buenos días. —Las invito a seguir.

—Quería avisarle de que ya cumplí su orden —habla Angela—. Me encargué del papeleo necesario y solo falta la firma final del coronel, ya la sargento Lyons le dio la noticia al soldado.

—¿Cómo lo tomó?

—Le sorprendió y pidió explicaciones —contesta Meredith—. Lo callé recordándole que las órdenes de los superiores no se cuestionan.

—Perfecto. —Miro mi reloj—. En mi computadora tienen la información que necesitan para el operativo del viernes; quiero que la estudien y me pongan al tanto de cualquier duda o inquietud que tengan.

Ambas toman asiento cuando les cedo mi *laptop*.

—Angela, eres la que más debe repasar…

—Lo sé, señor. —Sonríe como si le agradara la idea.

De hecho, no tengo la menor duda de eso, ni ella, ni Christopher desmintieron las acusaciones de Rachel, lo que quiere decir que siguen cogiendo y para ninguno de los dos será un problema actuar como amantes.

—Desayunaré con mi novia. —Tomo la chaqueta del perchero—. No tarda... —No termino de hablar, ya que Parker me atropella con mi propia puerta. Alan lo sigue con su maleta en la mano.

—¡¿Cómo te atreves a entrar así?! —le increpo furioso.

—¡¿Qué hay con esto?! —Me arroja la hoja de la orden que emití—. ¡¿Desde cuándo dispones de mis soldados?!

—Desde que se necesitan en otro lado y aquí no están siendo útiles.

—¡No me vengas con pendejadas! —espeta.

—¡Capitán! —interviene Alan—. No es necesario que se ponga en este tipo de cosas, es una orden...

—¡Calla, Oliveira! Quiero escuchar por qué lord Lewis dispone de mis soldados como si fueran suyos.

—Se solicitaron dos soldados de apoyo en la central de Nueva York —me defiendo—. Tenía que elegirlos de algún lado.

—¿Y se te ocurrió la brillante idea de sacarlos precisamente de mi grupo? No tengo soldados de sobra como tú y Thompson, lo correcto es que los eligieras de tales batallones.

—¡No voy a descompletar mi batallón!

—Pero ¿sí el mío?

Las mujeres nos miran expectantes, ya habíamos tardado en pelear.

—Esta vez no es nada personal, Parker. Tu soldado sabe que tiene la culpa del traslado.

Se vuelve hacia Alan.

—Si lo dice por lo que pasó con la teniente James...

—¿La teniente James? —lo interrumpe Parker—. ¿Esto es por Rachel?

—Sabes cómo son las cosas conmigo... —Me encojo de hombros.

—Descompletas mi equipo por uno de tus ataques de celos hacia tu patética novia. ¡Eres el ser más ridículo que he visto!

Doy un paso al frente.

—¡Ridículo o no, tu soldado se va!

—Esta vez no, Lewis, no te voy a dar el gusto. Estoy seguro de que tus métodos de traslado para que no vean a tu marioneta no funcionan para nada. Mírame a mí, me enviaste lejos para que dejara de mirarla y no sirvió de nada, porque apenas regresé seguí mirándole el culo con más ansias.

Lo empujo arrojando un puño que logra esquivar y es ahí cuando Meredith y Angela se levantan asustadas.

—¿Te alteraste? —pregunta sonriente.

Lo encuello, me empuja para que lo suelte y le doy en la nariz con el puño cerrado, provocando que me devuelva el golpe con la misma fuerza.

Alan y las mujeres se atraviesan, pero Parker sobresale entre el gentío tomándome del cuello, le clavo la rodilla en el estómago, vuelvo a tomarlo de la nuca y lo arrojo sobre el escritorio.

—¿Qué harás ahora? —Le sangra la nariz—. ¿Mandarme a Afganistán otra vez para que me bombardeen el culo como la primera vez que fui por tu culpa? ¿Cuando te valiste de tus influencias para alejarme de mi familia y amigos?

—¡Suéltalo! —exigen en la puerta.

No hago caso y alisto el puño para terminar de romperle la cara.

—¡Si no lo sueltas, seré yo quien te reviente la nariz!

Dominick se zafa de mi agarre, en tanto Rachel está bajo el umbral con los brazos cruzados sobre el pecho.

—¿Es cierto lo que dijo?

—¿No lo sabe? —se burla Parker—. ¿No sabe que todo el infeliz que se le da por ponerle los ojos encima casualmente es trasladado sin motivo alguno?

—Sigue hablando y te…

—¿No sabe que tuve que irme un año a padecer de cuánto horror en la guerra del desierto —me interrumpe— solo porque el niñito mimado de mamá se sentía amenazado?

—¡Cállate! —le ordeno.

—Tú a mí no me das órdenes, tenemos el mismo rango, por si no lo recuerdas.

—Oliveira —Meredith da un paso adelante—, tu avión parte dentro de diez minutos, así que vete a la pista de aterrizaje.

—¡Aquí nadie va a ningún lado! —alega Rachel.

—¡Se irá! —trueno. A mí no me va a desobedecer.

—¡A la pista, Oliveira! —me apoya Meredith.

—No voy a dejar que te lo lleves —me amenaza Parker—. Estoy harto de tus demandas absurdas.

—Alan, no me obligues a ponerte una sanción… —insiste Meredith.

—¡Una palabra más, Lyons, y la que se lleva la sanción eres tú!

Todos abren los ojos ante la amenaza de Rachel, no es de las que maneja política de terror.

—El capitán está dando una orden…

—Y yo te estoy diciendo que no se va —replica mi novia—. Soy un rango mayor que tú y debes obedecer cuando te hablo. ¡La única autoridad aquí no es Bratt!

—Di una orden, Rachel, y no voy a dar marcha atrás.

No me contesta, solo fija los ojos en Parker.

—Capitán —se le acerca Alan—, es mejor que vaya a la enfermería.

—Te acompaño —se ofrece Rachel.

—No vas a ningún lado.

Parker me atropella mientras mi novia se da media vuelta lista para seguirlo.

—Tú te quedas aquí —la sujeto con fuerza negándole la huida— y tú, soldado, a la pista —le advierto a Alan.

—Dije que no se va. —Rachel se suelta.

—Pues lo lamento, porque, como te dije, no voy a dar marcha atrás con la orden.

—Desafortunadamente, la última palabra no la tienes tú.

Toma a Alan del brazo y lo saca de mi oficina.

44

CON LA GUARDIA BAJA

Rachel

Años preguntándome el porqué del comportamiento de Parker, pensando qué le había molestado tanto como para ganarme su acoso. La respuesta estuvo en mis narices todo el tiempo, pero como estaba tan idiotizada nunca se me ocurrió ver más allá de lo que quería ver.

Parker fue uno de mis admiradores cuando llegué aquí, recuerdo sus regalos…; de hecho, cierta vez me ayudó con un par de clases. En aquel tiempo aún no era novia de Bratt, estábamos en la etapa de acercamiento y, a decir verdad, me sentía halagada de que aquel chico de ojos negros y acento alemán me mirara. Vivía esa etapa donde te emociona tener pretendientes y te sientes orgullosa de que soldados mayores fijen los ojos en ti.

Quemé esa fase al enamorarme de Bratt, me dejó de importar quién me miraba y quién no, lo único que me importaba era el inmenso amor que me predicaba. Para ese tiempo, Parker se fue, lo recuerdo perfectamente, no muy contento, pero se fue a la guerra secreta del desierto y con tan solo veintiún años se postuló.

«Al menos eso decían todos».

—Teniente, no quiero causarle más problemas —habla Alan cuando entramos al edificio de la enfermería.

—Esto no es tu culpa, no tienes por qué ir donde no te corresponde.

—Primero la sancionan, después golpean al capitán Parker por defenderme y ahora le ocasioné una pelea con su novio. Creo que Londres no es para mí.

—¡Oliveira! —lo llama Meredith—. El avión no despega porque no lo has abordado.

—No lo va a abordar —contesto por el chico—. Lo dejé claro en la oficina.

Se planta frente a mí con el cabello rojizo perfectamente recogido.

—El capitán Bratt insiste en que…

—El capitán Lewis está actuando de mala manera —la interrumpo— y Alan no se va hasta que no se solucionen las cosas.

—No puede desobedecer a un superior por muy novio que sea, órdenes son órdenes.

—Puedo hacerlo si se aprovecha de su cargo. Así que hazme el favor de enviar a los otros soldados a donde sea que vayan mientras resuelvo la situación de Alan.

Lo toma del brazo y el chico no hace el más mínimo intento por zafarse.

—Órdenes son órdenes.

Empujo a Alan y encaro a la pelirroja. Tenemos la misma estatura, pero su prepotencia la hace ver un poco más grande, ya que se yergue inflando el pecho.

—No tengo nada contra ti —hablo despacio—, he sabido tolerar tu pésimo trato y falta de educación, pero el que deje pasar ese tipo de cosas no te da derecho a desobedecerme y pisotearme.

—No paso por encima de nadie, solo hago lo que me piden.

—No. Te gusta Bratt y quieres quedar bien con él. ¿Crees que no sé que fuiste tú la que le dijo dónde estaba anoche?

—No sé de qué habla… —balbucea.

—Estamos grandes para querer negar lo que sentimos. Ten claro que el hecho de que tolere que te guste mi novio no quiere decir que deba soportar tu actitud cargada de desobediencia.

Pasa el peso de su cuerpo de un pie a otro.

—El soldado debe irse. Es la orden de un superior y no puede pasar por encima de eso.

—Lo sé, por eso tengo que recurrir a una cabeza mayor, en este caso el coronel, que sea él quien decida si se va o no.

—Se lo diré al capitán.

—Adelante. —Le abro paso para que se marche.

Resopla antes de largarse a grandes zancadas.

—¿El coronel? —pregunta Alan preocupado—. No estará hablando en serio.

—Es la única posibilidad que tenemos.

—No. —Alza las manos a la defensiva—. No quiero otro cargo de conciencia por meterla en problemas. Me gusta la central y es un privilegio estar aquí, sin embargo, no quiero perjudicarla.

—Esto no es cuestión de perjudicar a nadie. No puedo permitir que Bratt abuse de su autoridad. Esta es la central más preparada a nivel internacional —explico—, pertenecer aquí te prepara para grandes cosas, recibes los mejores entrenamientos, tienes los mejores tutores y trabajas en los mejores operativos. Ese conjunto de cosas te permite tener un excelente currículo, por lo que el día que quieras ejercer tu profesión en otro lado serás el más preparado para acceder y trabajar en los mejores casos. No puedo permitir que pierdas esta oportunidad solo porque mi novio tuvo un ataque de celos, no es justo para ti.

Guarda silencio mirándose los pies.

—Ve a tu habitación, hablaré con Parker y buscaré al coronel.

—Como ordene. —Levanta la maleta.

—No se te ocurra abordar el avión… Solo dame tiempo para solucionar todo.

—Gracias, mi teniente. —Me dedica un saludo militar antes de marcharse.

La sala de espera está llena de estudiantes nuevos y soldados principiantes. Pregunto por Parker y me llevan a las habitaciones del fondo. Está de pie al lado de la ventana poniéndose hielo en la nariz.

No sé qué decir, no tengo palabras para disculparme por los errores de otros.

—No tenía idea de que Bratt tuviera que ver con tu traslado. —Me recuesto en el umbral—. Pensé que te habías postulado, como todos decían.

—Ese es tu problema —contesta sin voltearse—, que siempre «piensas» y nunca supones lo lógico.

—Te juro que no lo sabía.

—En la FEMF siempre hay un grupo de soldados destacados, esos que todos señalan con un futuro prometedor. Era de esa élite hasta que se me dio por intentar ligar con la chica nueva, con la que ya era propiedad del estudiante con poder en el apellido.

Deja el hielo en la mesa.

—Nunca me agradó Bratt, siempre lo vi como el niño de papá que cree tener el mundo a sus pies solo porque todos lo ven como «perfecto» —empieza : el estudiante perfecto, el amigo perfecto, el novio perfecto, el soldado perfecto… Y, claro, a don Perfecto no se le puede quitar su juguete favorito, ya que eso desataría la ira de la arpía que tiene como madre. No tuve en cuenta eso a la hora de querer ligar contigo.

Me aterra mi nivel de idiotez como para no ver lo que tenía en las narices.

—Gran error, tu novio empezó a hacerme la vida imposible, a crear rumores y aprovechar cuanta oportunidad tenía para que los superiores me sancionaran —continúa—. No me retracté, al contrario, seguí enviándote flores, chocolates y tarjetas pese a que ya estabas botando la baba por él. Quería joderlo y en el fondo tenía la esperanza de que notaras lo palurdo que es y quisieras estar con alguien mejor. Se me acercó, me amenazó y no le hice caso; dos días después me llegó la carta con la orden de mi traslado. Al muy hijo de

19

puta no se le ocurrió enviarme a Nueva York como a Alan, dio un golpe directo y me envió a la guerra del desierto, incomunicado, solo y con un noventa por ciento de probabilidades de morir.

Toma aire antes de seguir:

—El peor año de todos los que estábamos ahí, durmiendo de noche bajo el frío con temor a que cualquier animal te pique y sea lo suficientemente letal como para matarte. No había trompeta que te despertara, sino balas a centímetros de tus oídos. Comías algo decente solo cuando las autoridades lograban, en medio de fusiles, hacerte llegar alimentos que casi siempre llegaban en mal estado. Nada de llamadas, mensajes, ni cartas.

Bajo la cabeza, en parte sí es culpa mía.

—Las probabilidades de morir eran altas, pero las mías de vivir se mantenían fuertes. Sobreviví como pude y cuando llegué a la central de Pakistán tenía signos de desnutrición —se me acerca—, no me cabía una cicatriz más en el cuerpo y tenía traumas después de ver morir a mis compañeros. Me recuperé lo que pude y volví a Múnich para encontrarme con la noticia de que mi hermana menor había muerto hacía seis meses.

Se me forma un nudo en la garganta.

—Lo siento mucho —susurro.

—No lo sientas, esas palabras no significan nada cuando no puedes sentir el dolor que se siente al perder a alguien a quien quieres y no estar ahí para decirle adiós. Bratt logró todo lo que quería, supo cobrarse mi terquedad, no fue difícil que su mamá moviera contactos para enviarme lejos y cumplirle su capricho. Seguro que no sabía que era para tener el camino libre contigo… De haberlo sabido, me hubiese pagado para que me quedara. —Se ríe—. Y como nadie desconfía de su cara de idiota, los tenientes y capitanes apoyaron su consejo de enviarme lejos.

Acorta más el espacio logrando que mis ojos se enfoquen en los suyos.

—No todo fue malo, estar en Irán me dio la opción de que importantes centrales me ofrecieran invitaciones a trabajar con ellas y ascensos rápidos. No tuve que pensar cuando la de Londres me solicitó que volviera, después de todo, lord Lewis no se iba a librar de mí tan fácilmente. Fue una dicha verle la cara el día que regresé, sorprendido y furioso por estar a la par en los rangos.

—Ya entiendo tu odio.

—No te odio —contesta—, solo te veo como el factor principal de todas mis desgracias.

—Eso me hace sentir mejor —espeto con sarcasmo.

—A mí no fue el único que envió lejos y no me cabe en la cabeza que no te hayas dado cuenta.

—Nunca se me ocurrió que fuera capaz de hacer cosas así.

—¿Eres tan tonta como para no notar que me fui justo cuando empecé a molestarte? —inquiere—. ¿O que otros soldados se han ido cuando intentaron ligar contigo? ¿No lo notas? ¿O solo finges que no lo sabes?

—Te he detestado infinidad de veces, he deseado que alguien te dé en las bolas hasta hacerte chillar de dolor, les he pedido a todos los dioses que te pegues en el dedo chiquito del pie mientras caminas hacia el baño a medianoche o que te salga algún grano en el…

—¿Cuál es el punto? —increpa molesto.

—Que pese a las peleas, nunca sería capaz de pedirle a Bratt ni a nadie que te envíe lejos, ni antes, ni ahora, ni nunca. No soy ese tipo de persona.

—¡Rachel! —espeta Bratt desde la sala y en cuatro pasos está frente a mí sujetándome el brazo con fuerza.

—¡Suéltame! —Me zafo.

Mira a Dominick, quien se pone a la defensiva.

—¡Nos vamos! —Me sujeta de nuevo.

—¡No!

—¡Señores! —nos regaña una de las enfermeras—. Este no es lugar para disputas.

Salgo a grandes zancadas mientras Bratt me pisa los talones corriendo detrás de mí.

—¿Qué dirán los soldados si te ven consolando a Parker? —reclama indignado.

Me vuelvo hacia él con ganas de romperle la nariz.

—¡Lo mismo que dirían si saben que enviaste a un soldado a la guerra por un simple ataque de celos!

—¡No me alces la voz! —exige—. Eso fue hace años, las reclamaciones ya no tienen sentido.

—Siguen teniendo sentido porque no ha sido solo él, has hecho lo mismo año tras año y pretendes hacerlo con Alan.

—¡Qué cosa con ese infeliz! —Me toma de los hombros—. ¿Acaso te gusta?

—El que no te permita atropellarlo con tu abuso de poder no quiere decir que me guste. Eres un imbécil al estar enviando soldados lejos solo porque me miran. ¡Actúas como un jodido celópata!

Da un paso atrás mirándome como si no me conociera.

—Siento celos porque te amo.

—Si amarme le va a arruinar la vida a otros, guárdate tu amor porque no lo quiero.

—¿Desde cuándo eres tan quisquillosa?

—Desde que me di cuenta de que nuestro romance no es un cuento de hadas como pretendes hacerles creer a todos.

Me encamino a la torre administrativa.

—No voy a cancelar la orden de Alan.

—Hablaré con tu superior —lo amenazo.

—Hazlo —se burla— y verás cómo te saca a voladas de su oficina dándome la razón.

Continúo caminando sacando las garras, que son más largas de lo que creí.

Pienso en las personas que fueron trasladadas de un momento a otro sin explicación alguna, todo por mi culpa, por no tener la capacidad deductiva para notar lo que estaba haciendo el hombre que veía como «lo mejor».

Vuelvo a la torre administrativa. Bratt ya no me sigue y lo primero que hago es encaminarme a la oficina del coronel. «Otro puto dolor de cabeza con el que lidiar», me digo. Lo más probable es que mi petición termine en una sanción.

Abordo el ascensor y tomo el pasillo que lleva al cubículo de Laurens.

—Buenos días —la saludo.

Levanta la cara, tiene la nariz hinchada como si hubiese llorado mucho.

—Teniente, ¿cómo está? —Aparta la cara para que no pueda detallarla.

—Bien. —Lo correcto sería preguntarle qué le pasó, pero en vista de lo mal que me fue la última vez prefiero callar—. Anúnciame con el coronel, por favor.

—No está, salió hace dos horas.

«Seguro que está con Angela».

—¿Desea dejarle algún mensaje?

—No, mejor vengo luego. Estaré en mi oficina, ¿podrías avisarme cuando llegue?

—Cuente con ello.

Me largo y mi sala tampoco es sede de paz. Todo el mundo está enfocado en el puesto de Harry, quien sostiene una acalorada discusión laboral con Brenda. Luisa y Alexandra están frente a mi mesa detallando todo.

—Como digas —le dice ella—, al igual no importa, todo lo que sugiero siempre está mal para ti.

Se marcha estrellando la puerta de vidrio y la atención se dispersa cuando tomo asiento en mi puesto.

—Háganlo entrar en razón —sugiere Alexandra antes de marcharse—, no vaya a hacer que Brenda lo asesine por terco.

—Brenda no haría eso, se vengaría con lo que más le duele —se ríe Luisa—, con su pito o, en el peor de los casos, con su cabello.

Harry se levanta a llenar su botella de agua, ninguna deja de mirarlo y termina sentándose al lado de Luisa.

El momento se torna incómodo. No sé si regañarlo y abofetearlo como se merece o dejar que Luisa le dé unos cuantos puños con sus métodos medievales de comprensión.

—¡Digan lo que tienen que decir! —refunfuña molesto.

—¡Eres un idiota! —Luisa es la primera en hablar.

—¿Cuál es el problema en dedicarle un poco de tiempo a su familia? —pregunto—. Esa es la causa real de las disputas, y lo personal está afectando lo laboral.

—Rachel, eres la menos indicada para decir eso, no puedes estar ni a veinte metros de tu suegra y tu cuñada, eso también afecta tu vida laboral con Bratt.

—Porque las dos son víboras ponzoñosas que no han hecho otra cosa que ofenderme desde el primer día que me vieron. Tú no tienes excusa para tu comportamiento —aclaro—. Cuatro años saliendo con la chica, no hay nada de malo en que quiera presentarte a su familia.

—No lo veo así y todo esto es por culpa de ustedes, el que sus maravillosos novios les pidan matrimonios revolvió la cabeza de Brenda y ahora quiere que haga lo mismo.

—¿Y qué pasa con que lo quiera? —inquiero.

—¿O es que te enamoraste de la alemana y piensas dejarla? —pregunta Luisa molesta.

—Por supuesto que no —replica enojado—. Solo que odio ese tonto afán de querer ponerme las garras encima.

—No son ganas de poner garras —explica Luisa—. Casarse es el anhelo de muchas personas, pero, por si no lo has notado, la mayoría de los que trabajamos para la FEMF nos casamos y formamos familias pronto, porque en el fondo tenemos el mismo temor de que no nos alcance la vida para disfrutar del amor de un esposo, esposa o hijos. Ustedes como soldados se arriesgan todo en cada operativo, es normal querer hacer las cosas rápido, ya que nunca se sabe cuándo van a morir.

—Es una tontería.

—Obviamente no aplica para todos, otros nos casamos porque estamos locamente enamorados —aclara Luisa.

—Empezaron siendo amigos y confidentes, después amantes y ahora novios, no todos pueden darse el gusto de decir que conocen a su pareja como tú la conoces a ella y ella a ti —añado—. Es normal que quiera verte desempeñar un papel importante en su vida.

—Si no te gusta la idea de querer pasar el resto de tu vida con ella, entonces no es la indicada —concluye mi amiga.

Recuesta el peso del cuerpo en el espaldar de la silla.

—Nunca he dudado ni dudaré de lo que siento, la amo y no me veo con otra persona que no sea ella. Sí, miro a Angela, lo reconozco, pero solo es una vana admiración, nunca la veré como veo a Brenda.

—Entonces ¿cuál es el problema en dar el tercer paso?

—Tengo miedo —reconoce—. Viene de una familia numerosa, son nueve hermanos en total y es la menor de todos. Está llena de sobrinos, primos y tíos que la llaman y textean preguntándole su día a día. Y yo…

Las palabras se le atascan en la garganta.

—Solo las tengo a ustedes y a tu familia, Rachel —continúa—. No tengo padres, ni hermanos, ni abuelos. No tengo a nadie de sangre que se preocupe por ir a una boda o por querer conocer a un nuevo miembro de la familia.

—Harry… —Luisa intenta consolarlo.

—Año tras año he vivido con el temor de morir y que mi tumba sea una de esas solitarias que nadie visita, llena de maleza y sin flores, o que ni siquiera se realice una plegaria anual en mi memoria.

—El que no tengas familia de sangre no te hace menos —le digo.

—Puede que no le importe a ella ni a ustedes, pero a su familia sí. ¿Quién quiere que su hija se case con un desconocido que no tiene ni un tío tercero que presentar? ¿El superviviente de una masacre que aún no se sabe si terminó?

—No es tu culpa que tus padres y familia hayan muerto.

La trágica historia de la familia de Harry es algo difícil de contar y recordar. Sus padres murieron cuando tenía cuatro años, los mató la mafia siciliana. Eran capitanes de la FEMF, se infiltraron junto a dos soldados más en uno de los grupos durante dos años; con todos los elementos listos para capturarlos, se preparaban para que la FEMF entrara en acción. El plan se fue al piso cuando uno de sus compañeros los vendió y los delató. Días antes de la emboscada fueron capturados y torturados.

El jefe de jefes se encargó de recopilar cada uno de los negocios fallidos por culpa de la intromisión de los infiltrados. Su mayor condena fue haber matado al padre de su captor. Los hizo pagar con creces matando a cada uno de sus familiares: hermanos, padres, sobrinos, tíos, abuelos. Todos murieron. Se encargaron de detallarles cada una de las muertes mientras los tenían en cautiverio.

La FEMF actuó tarde, solo logró proteger a Harry, quien fue entregado a la segunda superviviente que quedó, una tía segunda estéril con un marido alcohólico que solo se encargó de él por el dinero que recibiría mensualmente. Tenía planeado quedarse con el patrimonio de la familia Smith, lo que no sabía era que su sobrino no le iba a dar ese gusto.

—No es mi culpa y tampoco de ella, por eso mejor no corro riesgos.

—Eso ya pasó —lo anima Luisa.

—Las venganzas de la mafia van de generación en generación. Mis padres mataron a su abuelo, el líder que mató a mis padres ya murió, pero sus hijos están en pie y no sé si quieren terminar lo que su padre empezó.

—Ya lo hubiesen hecho.

—Al hablar con su familia tendré que explicar la muerte de mis familiares y no quiero nombrar eso, ni que me vean como alguien maldito o algo así. Tampoco es justo para ella lidiar con una amenaza de hace años.

—Estás siendo demasiado duro contigo mismo.

—¡Moriré solo! —le tiembla la voz—. Y me llevaré el apellido Smith a la tumba. —Se levanta.

—No estás solo y lo sabes… Me tienes a mí, a mi familia… —Me duele su modo de pensar—. Yo te adoro…

Asiente, se está quebrantando por dentro, lo sé.

—Las veo luego. —Se marcha e intento seguirlo, pero Luisa no me lo permite.

—Déjalo solo —advierte—, necesita aclarar las ideas.

Me dejo caer en la silla peor de lo que estaba.

—Ha sido un día de mierda, me acabo de enterar de que por culpa de Bratt a Parker le bombardearon el culo en Afganistán.

Enarca una ceja poco sorprendida.

—¿Lo sabías y no fuiste capaz de decírmelo?

—No estaba segura… Simon lo comentó una vez estando ebrio y pensé que eran incoherencias de borracho; después de ver su comportamiento celoso y posesivo llegué a creer que era verdad, pero seguía sin estar segura.

—¿Cómo no iba a odiarme después de haber pasado por tanto? Yo también me odiaría si fuera él.

—Bratt no es tan diferente a su madre y hermana después de todo. —Abre una libreta y toma mi bolígrafo—. ¿La fiesta de Bratt sigue en pie? Porque ya avisé a todo el mundo y confirmaron la asistencia, son ciento cinco…

—¡¿Ciento cinco?!

—Hasta ahora.

—¿De dónde sacaste tanta gente? La lista que te pasé no nombraba a más de treinta.

—Las chicas agregaron personas. No te estreses: la casa de Simon es lo suficientemente grande y acondicionaremos el jardín para que no haya inconvenientes.

—Se supone que es una fiesta privada.

—No mencionaste eso cuando nos reuniste. Alexandra ordenó un montón de platos con comida y Laila alquiló un equipo de sonido que probablemente reviente los vidrios de la casa de mi novio.

La cabeza me palpita.

—Ok, si las invitaciones están repartidas, no es mucho lo que pueda hacer. Me sorprende que tantas personas confirmen en tan poco tiempo.

—Por parte de él irá toda su tropa y Simon me avisó de que sus padres, las gemelas y Sabrina también asistirán.

—En la lista —trato de mantener la compostura— solo estaba el nombre de las gemelas.

—Lo noté y Simon también. Empezó a soltar un discurso sobre lo importante que era tener a sus padres allí —explica—, quise hacerlo entrar en razón diciendo que no les gustaría el ambiente lleno de alcohol y música alta. No me hizo caso, les avisó e inmediatamente confirmaron la asistencia.

—Odio a tu novio.

—Créeme que intenté torcerle el cuello pero me acordé de todos los gastos que hemos tenido con todo esto de la boda y desistí de la idea.

Me levanto con el cuello adolorido, hasta migraña me dio.

—Da igual. Gracias por la ayuda. —Rodeo el escritorio y me inclino a darle un beso en la frente—. Iré a nadar, me ayudará con el dolor de cabeza.

Le aviso a Edgar que me ausentaré por un par de horas antes de irme a las piscinas. Hay soldados practicando en los gimnasios y opto por buscar un aire más privado yéndome a la última piscina.

Cierro la puerta de cristal que separa cada área, ubico mi casillero donde guardo toallas y trajes de baño. Me despojo de todo y dejo caer la toalla en la orilla antes de arrojarme al agua tibia. Me sumerjo una y otra vez tratando de no pensar en nada mientras el dolor y el estrés disminuyen poco a poco.

Toco fondo practicando los estilos de natación que aprendí a lo largo de los años y me olvido de todo lo que me agobia; Bratt, Christopher, Parker, Harry y Antoni desaparecen por un instante donde me siento en paz conmigo misma.

Instante que desaparece cuando saco la cabeza percatándome de que no estoy sola; de hecho, estoy siendo vigilada por mi martirio más grande: Christopher. Está en el borde con los brazos cruzados sobre el pecho, su cara es una máscara enigmática que no deja ver qué estado de ánimo tiene. No sé si viene en son de paz o si viene a ahogarme por desobedecer a Bratt.

—Sal —me ordena.

Apoyo las manos sobre la baldosa e impulso mi cuerpo fuera del agua. Busco la toalla que traía, pero no está por ningún lado y estoy segura de que la tiré aquí cuando entré a la piscina.

Tiemblo de frío; encima, el traje de baño solo cubre lo necesario, algo no conveniente ahora.

—¿Me buscabas?

Pierdo el enfoque, semidesnuda no me siento cómoda e insisto en buscar la toalla. Sigue serio y mis intentos de olvidarlo retroceden a la velocidad de la luz.

—Sí, señor —logro decir—. Iré a su oficina cuando me cambie.

Entorna los ojos y endereza la espalda.

—No vine hasta aquí para que me digas que irás a mi oficina, así que habla.

—No es el lugar, ni estoy vestida de la forma apropiada para hablar.

Error, el comentario solo lo incita a pasear los ojos por mi cuerpo.

—Habla, no tengo todo el día.

—Bratt solicitó el traslado de Alan —me aclaro la garganta—. Quiero pedirle el favor de que decline la orden.

—Parker acaba de comentarme el mismo caso, últimamente esto no parece un ejército y ya me estoy hartando.

—Alan debe partir hoy. —Me mira los pechos y cruzo los brazos alrededor de ellos tratando de taparlos—. Si Bratt sigue insistiendo, tendrá que hacerle caso.

—¿Y por qué quieres que se quede?

—Es un buen soldado, ha demostrado que tiene las habilidades necesarias para estar en la central, no es justo que se vaya por culpa de los celos enfermizos de Bratt.

—Ok —se encoge de hombros—, que se quede entonces.

La respuesta me deja perpleja: «¿Tan rápido dijo que sí?».

—¿Habla en serio?

—Si es lo que quieres, voy a darte el gusto.

Un momento, ¿este es el Christopher que conozco? ¿El prepotente que esperaba que me enviara a freír espárragos a otro lado?

—Parker coincide contigo respecto a que Bratt está abusando de su autoridad. —Se acaricia el mentón—. No debe de ser fácil para ti reconocer que tu novio le está jodiendo innecesariamente la vida a otro por tu culpa.

Pasa la mirada de mi boca a mis senos otra vez y no sé cómo acomodarme, siento que no cargo un trapo encima.

—Gracias —concluyo.

—De nada.

27

Lleva las manos al borde de su playera tirando de la tela que se desliza por su piel, dejándolo expuesto de la cintura para arriba, y mi único impulso es retroceder como si me fuera a quemar.

Demasiado voltaje repentino.

—¿Qué haces?

—Me voy a meter a la piscina. —Se desabotona el pantalón.

Pum, pum, pum. El corazón se me estrella contra el tórax con el mero impacto de su sexy atractivo.

—No se puede desnudar aquí. —Aprieto los brazos sobre mi pecho—. Está prohibido, por eso están los vestidores de atrás.

Señalo con la cabeza y sonríe viéndose como un auténtico adonis.

El corazón no me late, me salta cuando acorta el espacio y me toca el mentón. Pasa los dedos por mi labio inferior y detona un sinfín de sensaciones que me aturden e idiotizan.

—No soy un hombre que cumpla las reglas.

—No está bien que lo haga delante de mí. —Me aparto, quiero cogérmelo, pero tengo un compromiso con Bratt y conmigo misma.

Se ríe, ni los ángeles celestiales podrían resistirse a tal sonrisa.

—Solo me quité la playera, no es que me vaya a quitar los pantalones y me vaya a arrojar sobre ti...

Suelto un suspiro, no sé si de decepción o de alivio.

—Sí —se me sale una sonrisa nerviosa—, estoy un poco paranoica...

De la nada me toma de los hombros obligándome a ponerme en puntillas, el calor de su boca sobre mi piel me deja en shock, mis sentidos se ponen alerta hiperventilando... ¡Santa Madre! Empiezo a orar ante su contacto y la dura erección que siento sobre mi ombligo.

—No es paranoia, es el hecho de que te encantaría que hiciera lo que acabo de describir —me susurra al oído—, y no sé qué tanto intentas cubrirte, no tienes nada que ya no haya visto antes.

—¡Aléjate! —logro articular.

Frota nuestras mejillas inhalando el perfume de mi cuello mientras muero y revivo en un minuto. «¡Mierda, mierda, mierda!».

En mi estómago no revolotean mariposas, sino palomas con ojos en forma de corazón.

—Aléjate —reitero y, por suerte, me suelta sonriente.

—Como digas. —Me echa un último vistazo antes de marcharse y me cuesta no mirarlo cuando se encamina a los vestidores.

Recopilo todo lo que acaba de pasar, el hijo de puta me cogió con la guardia baja.

45

MI FAVORITA

Rachel

Mi noche se resume en dar vueltas en la cama sin poder conciliar el sueño y ya temo que mi insomnio acabe en locura.

De nada sirvió meterme a la cama a las seis con la excusa de querer descansar. Creo que más bien estaba huyendo de Bratt, ya que fue sancionado por lo de Alan.

Reparo el anillo en mi dedo… ¿Qué tanto puedo juzgarlo? Se casará con una infiel que le ha clavado el cuerno hasta más no poder. Infiel que hubiese vuelto a meter la pata si Christopher hubiese seguido con su estúpido juego.

Esa es otra pregunta: ¿a qué juega? Las cosas están claras entre los dos y de un momento a otro se me planta al frente con intenciones de besarme. «Menudo cabrón…», cree que soy un juguete el cual puede manejar a su antojo y necesito fuerza de voluntad para sobrellevar todo esto, no puedo caer tan fácil. Pese a los errores de Bratt, seré su esposa y no pienso volver a faltarle el respeto.

Me levanto y enciendo la lámpara de mi mesita. Son las tres de la mañana y no tiene caso intentar dormir. Hoy es la fiesta en el hotel Dumar y no me he tomado la molestia de repasar el papel que asumiré, ni siquiera sé cómo se desarrollará la misión.

«Harold Goyeneche y sus dos esposas». El destino se empeña en clavarme momentos vergonzosos.

Repaso hoja por hoja hasta que el sol se asoma en mi ventana. Me levanto antes de que salte el despertador, tomo una ducha y me visto con mi uniforme de pila. Rebuscando, encuentro la bolsa donde guardé la playera y la chaqueta de Christopher y empujo todo al fondo del clóset; lo mejor es que se las regale a algún desamparado, al fin y al cabo, él nunca me entregó mis bragas.

Me doy un banquete en la cafetería para desayunar, ayer no comí casi nada, estoy débil por la falta de sueño y lo mejor es que me llene de energía, ya que el día pinta ser largo. Soy la primera en llegar a mi puesto de trabajo, enciendo mi *laptop* y me enfoco en terminar de aprender el guion que tengo pendiente. Después de mil repasos me pongo en la búsqueda de Antoni, pero no encuentro nada que sirva. Mi esperanza está puesta en lo que haremos esta noche, espero y aspiro hallar algo que me lleve a su paradero.

Todo el mundo está con los preparativos del evento y Bratt no da señales de vida, ni en la mañana, ni tampoco en la tarde.

—Rachel —me saluda Mónica, la estilista de la central—. ¿Estás ocupada? La misión empezará dentro de tres horas y tengo que arreglarte.

Organizo los documentos sobre mi mesa y le contesto:

—Casualmente estaba por llamarte.

—Ya tengo todo preparado, toma una ducha y te veré en mi estudio dentro de media hora, ¿te parece?

—Ok.

Se marcha y guardo todo antes de encaminarme hacia mi torre; abro la puerta y capto el dulce olor de las rosas desde el umbral.

De hecho, tengo un jardín de rosas rojas en la habitación: hay dos jarrones en mis mesitas de noche, otros dos sobre el escritorio, tres alrededor de la cama, uno en el alféizar de la ventana y otro en la entrada. Mi cama sostiene una osa gigante, esponjosa e impregnada con la loción de Bratt, con un corazón rojo en cuyo centro aparece escrito «Perdóname».

Leo la nota junto a ella:

Cariño, no sabes lo mal que me siento por hacerte enojar, entiendo que me pasé de la raya con Parker y con Alan.

No te he buscado porque quiero calmar tu ira primero, ten presente que todo lo que he hecho es porque te amo y no quiero perderte. Espero que con esto podamos hacer las paces.

Te amo,

BRATT

Dejo la nota en su puesto y me apresuro a la ducha, no quiero pensar ahora en ello y tampoco me siento con la capacidad de enojarme como debería, no cuando yo he fallado de una forma peor. Con qué cara voy a hacerme la digna si soy una maldita golfa que le escupió a la cara.

Me pongo una sudadera, cierro la puerta y me encamino al estudio de Mónica. Angela ya está allí con un grupo de estilistas a su alrededor.

—Siéntate, linda —me pide Mónica—. Tenemos trabajo que hacer.

Me ubican frente al tocador y, al momento, tres mujeres me rodean y comienzan a arreglarme las uñas, a peinarme y a maquillarme. Cada una se encarga de una cosa, pero las tres lo hacen a la vez; mientras, la estilista da las instrucciones de cómo tiene que ir cada cosa.

Me ayudan a ponerme el vestido de noche: seda negra que se ciñe a mis curvas con un escote corazón que me resalta los pechos. La abertura que me llega a la mitad del muslo le da un toque coqueto.

—Es hermoso —digo mientras paso las manos por la tela fina.

—Parece hecho para ti —comenta Mónica a mi espalda—. Cuando lo vi supe que se te vería perfecto.

—Me encanta lo que hiciste —reitero.

Consiguió un par de tacones a juego con el vestido. El cabello lo llevo semirrecogido con crespos sueltos, los cuales me caen por toda la espalda. El maquillaje es un difuminado de sombras oscuras. Me echaron, asimismo, varias capas de rímel y mis labios lucen un sexy labial vino tinto.

—Me siento como Jennifer Lopez caminando por la alfombra roja —bromeo.

Angela me quita el lugar en el espejo.

—Estamos de infarto. —Se gira frente al cristal.

Lleva un vestido dorado con tirantes estilo sirena, su figura es como un reloj de arena y el vestido se ajusta a cada una de sus curvas; luce el cabello suelto y el maquillaje le da un aire atrevido.

—El capitán Linguini las necesita en el punto de partida —avisa una de las estilistas.

Le doy las gracias a Mónica y me encamino con Angela hacia el estacionamiento. Alexandra, Laila y Parker ya llegaron y se están repartiendo las tareas. Nos reunimos con Patrick a la espera de las instrucciones mientras instala el equipo de rastreo y comunicación.

—Estarán en contacto conmigo por medio de los micrófonos y auriculares, vigilaré todo desde aquí. Vamos como espías, así que las armas que llevan son en modo de prevención ante cualquier inconveniente —explica—. Por el bien de todos, evitemos usarlas en mal momento.

Todos asienten.

—Partirán dentro de veinte minutos.

El personal se dispersa, Laila se va con Parker, Alexandra con Patrick y Angela se aleja a hablar por el móvil.

—Estás hermosa —dicen a mi espalda.

Bratt me rodea y se posa frente a mí, trae su uniforme de pila.

—Gracias.

—¿Viste mi regalo?

—Hermoso, como todos tus regalos.

—La osa se llama Martina. —Sonríe—. Bueno, eso dijo quien me la vendió. Cariño, sé que actué como un imbécil y fui grosero. Perdóname, no debí hacer lo que hice.

—No puedes arruinar los planes de todos los hombres que me miran. El que sean amables conmigo y yo con ellos no quiere decir que me vayan a alejar de ti.

—Ser amable y amistoso da pie para que puedan iniciar algo más.

«Si supiera que mi relación con su amigo no empezó siendo amable, ni siendo amigos…».

—Exageras.

—Intento convencerme de eso, pero es que a veces tengo tanto miedo de perderte. Rachel no soy tonto, sabía que Parker no iba a dejar de molestarte así porque sí y he visto cómo te mira Alan.

—Yo he visto cómo las mujeres te miran a ti y no las he enviado a la Patagonia a una guerra cruel y sangrienta.

—No volverá a pasar. —Besa mi mano—. Y si te sirve de consuelo, recibí la primera sanción de mi carrera por abuso de autoridad.

—Te perdono, pero debes disculparte con Parker.

—Cariño, no…

—Debes hacerlo. —Paso la mano por su cabello—. Eso no repara lo que hiciste, pero será un comienzo para limar asperezas.

Toma aire.

—Si te hace feliz, cuenta con ello. —Vuelve a besarme la mano—. Te besaría, pero no quiero arruinar tu maquillaje.

—Mónica nos mataría si estropeamos su bella creación. —Le sonrío.

—Estaré montando un perímetro de prevención con Simon por si las cosas se salen de control.

—¿Todo el mundo listo? —Christopher aparece y atrae la atención de todos.

El infeliz está como para comérselo, trae un traje negro de tres piezas a la medida, tiene el cabello peinado hacia atrás y huele exquisito, a loción gloria infernal.

—¿Preparada? —me pregunta.

No lo miro, solo asiento.

—Está hermosa mi futura esposa, ¿no te parece?

El comentario de Bratt termina de empeorar el momento.

—Sí, pero hoy será la mía.

Posa la mano en el centro de mi espalda.

—Hora de partir, así que a la limosina.

—Cuídala mucho —le encarga Bratt.

—Por supuesto —sonríe con descaro—, conmigo siempre está en buenas manos.

Quiero creer que no lo dijo con doble sentido. Bratt me alza los pulgares en señal de buena suerte antes de abordar el vehículo. El coronel y Angela se ubican en el mismo puesto mientras yo me coloco en el asiento que está al frente. Mi compañera no hace uso del espacio que tiene, lo único que le falta es sentarse en las piernas de su supuesto esposo.

Lo toma de la mano. Respiro hondo e intento no entrar en un ataque de histeria descontrolada.

«Amo a mi novio —pienso—, este puto de mierda no me interesa». Le besa el cuello al tiempo que le pasa las manos por su traje y yo finjo que me da igual.

—No. —Se mueve incómodo.

—Rachel sabe lo que pasa —Angela sonríe—, no le molesta.

—Está bien —hablo—, no son de mi incumbencia los asuntos de mi superior.

La aparta y clavo la mirada en el vidrio mientras escucho los parloteos de Angela, está que se lo come con los ojos y no quiero parecer una cotilla.

—Rachel —se dirige a mí—, un pajarito me contó que te comprometiste con el capitán.

—¿Un pajarito llamado Harry?

—Oh, no lo culpes, se le salió mientras charlábamos —explica—. Me contó que el capitán te regaló un hermoso zafiro, ¿cuándo será la boda?

—No lo hemos hablado todavía, supongo que será el próximo invierno. Siempre he querido casarme en invierno.

Christopher rueda los ojos con asco.

—Llegamos —anuncia el conductor cuando estaciona.

El hotel Dumar está a las afueras de la ciudad, tiene un estilo campestre y está rodeado por cuarenta hectáreas de bosque, al cual le identifico los puntos débiles. El *valet parking* me abre la puerta y me ayuda a bajar.

—Bienvenido, señor Goyeneche —saludan al coronel revisando la lista que sostiene.

—Gracias.

—Está usted en su casa. —Señala los cinco peldaños de una escalera de mármol.

Me pego al brazo del coronel dejando que me guíe al interior del hotel. Los camareros se pasean de un lado a otro con bandejas de plata y copas de licor.

—Por aquí. —Nos llevan al gran salón, el cual está repleto de criminales, mafias importantes en su mayoría, integrantes de la pirámide de los más poderosos. Poso los ojos en los Vory V. Zakone de la Bratva, los rusos son el clan más sanguinario en el mundo delictivo. Después de los italianos, son ellos los que siguen en la pirámide.

—Señor Goyeneche —nos saluda Leandro Bernabé, que trae una rubia colgada del brazo—, creí que moriría sin conocerlo en persona. Lo reconocí por las dos hermosuras que lo acompañan, es el único capaz de traer dos esposas al mismo tiempo.

—Les gusta compartir. —Christopher ríe—. Ella es Violet —presenta a Angela— y ella es Kiana.

—Encantado de conocerlas. —Me da un beso en el dorso de la mano—. Ella es mi hija Ariana.

La joven saluda con una inclinación. El festín empieza, nos llevan a una mesa ocupada por dos hombres: un proxeneta búlgaro de casi cincuenta años y un exterrorista danés que ahora se dedica al tráfico de personas, el cual se come a Angela con los ojos.

—Hermosas sus acompañantes… —nos adula el danés—. Es usted un hombre con suerte.

—Lo sé. —El coronel se inclina el vino.

—El líder de los Halcones está ubicado en la mesa de la izquierda —avisa Patrick por el auricular.

Reparo el sitio con disimulo y, efectivamente, Alí está compartiendo mesa con Alexandra; dos mesas más adelante, están Parker y Laila. Entre el personal reconozco a Meredith y Scott.

La noche transcurre entre risas y anécdotas por parte de los hombres que nos acompañan. Sirven la comida y anuncian un show de baile. Angela no se despega del brazo de Christopher, le besa constantemente la mano y le acaricia la entrepierna sin el menor pudor. El imbécil no se muestra para nada incómodo, de hecho, está más que metido en el papel.

—Damos inicio a la segunda parte del operativo —avisa Patrick.

La música se torna fuerte cuando el anfitrión invita a los asistentes a la pista.

—Harold —pregunta el búlgaro—, ¿te importaría si bailo con una de tus hermosuras?

Angela me mira sonriente, debe de estar ansiosa por que me largue.

—No tengo problema —contesta el coronel.

Me preparo para soportar al viejo baboso.

—Violet, concédele una pieza de baile a nuestro nuevo amigo.

La alemana queda estupefacta ante la respuesta cuando el mafioso del Este le ofrece la mano y se la lleva a la pista; mientras, el danés, se inclina su copa de whisky mirándome el escote.

—Me atrae su gusto y su estilo —habla—. ¿Cuánto pide por una de ellas?

El coronel se vuelve a inclinar la copa con una media sonrisa.

—Dígame —insiste el danés apoyando los codos en la mesa—, ¿qué vale esa belleza de ojos azules?

Habla como si no estuviera presente. Agradezco que mis compañeros no oigan cómo ofertan por mí como si fuera una vaca, ya que los intercomunicadores solo se encienden cuando Patrick les da paso.

—¿Le gusta esta? —contesta Christopher rodeándome los hombros con el brazo.

—Sí, me gusta y mucho —continúa el hombre—. Solo dígame cuánto quiere.

—Me halaga que le guste, pero a ella no la puedo vender —me besa el cuello—: es mi favorita.

El hombre me mira cuando pasea la nariz por mi mandíbula y acaba dándome un beso en la esquina de la boca. El pulso se me dispara y el corazón me martillea cuando su mano se posa en mi muslo descubierto.

—Es tan sexy… —suavemente pasea la mano por mi escote—, un lujo que no me gustaría soltar.

—Al menos déjeme llevarla a la pista de baile —pide el hombre.

—¿Y con qué me quedo yo? —Se levanta ofreciéndome la mano—. Bailaré la siguiente pieza. Espere a que llegue Violet, le encantará bailar con usted.

Me lleva al centro de la pista sin apartar la mano que posó en el centro de mi espalda.

—La subasta está por empezar, hay que conseguir las llaves —informa Patrick.

Angela camina entre la multitud escoltada por el búlgaro. Leandro le corta el paso y la invita a bailar devolviéndola al centro de la pista.

—Que Angela se encargue —indica Christopher—. Ordénale que consiga las llaves.

La música inicia y la pista se inunda con el tango *I bust the windows out ya car*. Llevo la mano a su hombro y el pecho me salta cuando me pega a su entrepierna con firmeza. Una payasada, en lo estipulado no decía nada de esto.

—El baile está de más. —Nos movemos al ritmo del tango.

—¿Prefieres quedarte en la mesa escuchando ofertas de compra?

Toma la iniciativa guiándome por el salón como todo un profesional. Baila y lo hace de maravilla, nuestros pasos se sincronizan sin tropiezos y nos movemos con elegancia, sin perder el ritmo sensual que emerge de las notas musicales. Es él quien toma el control de las vueltas y los pasos primordiales.

Su aliento me acaricia la cara embriagándome con su fragancia y me siento en el cielo cuando baja la mano a mi cintura encendiéndome. Si no tuviera esa arrogancia de mierda, egocentrismo y desfachatez, sería el hombre ideal, ya que es una montaña de perfecta belleza, folla y baila de maravilla. El baile continúa y su boca entreabierta me ruega que lo bese con urgencia.

Me acaricia la espalda e inicia un descenso lento hasta mi trasero, lo aprieta mientras se humedece los labios y roza su erección contra mi abdomen, desatando ese sentimiento de profunda tristeza, el que te da cuando estás a dieta y no puedes comer tus comidas favoritas.

Sigue con el juego y tomo aire convenciéndome de que no es correcto.

—Te voy a dar dos segundos para que me quites la mano del culo.

Suelta a reír apartando la mano.

—Lo siento, la seda del vestido es algo resbalosa —susurra en mi oído.

Me da dos vueltas y acabo con mi espalda contra su pecho.

—Angela ya tiene las llaves —avisa Linguini por el auricular.

—Señoras y señores —anuncia Leandro montado en la tarima—, espero que estén disfrutando la velada porque ahora se viene lo mejor de la noche, así que les ruego que nos acompañen al salón de juegos de azar, ya que haremos la subasta. Sigan a los camareros, hay licor y mujeres.

—Los soldados prepararon el terreno, desactivaré las cámaras —informa Patrick—. Estén atentos a mi señal.

Angela se nos une en medio de la aglomeración y en un movimiento disimulado me entrega las llaves. Nos ubicamos al lado de Alexandra, Parker y Laila, intercambiamos saludos cordiales y hacemos las debidas presentaciones persuadiendo a la gente.

Leandro sube a la tarima del salón mientras los camareros reparten vino.

—Lo de las mujeres no era broma —anuncia este.

La puerta vuelve a abrirse y da paso al grupo de mujeres que entran a consentir a los caballeros mientras Leandro explica cómo será la subasta.

—Es hora —confirma Patrick—: el perímetro está despejado y Leandro ya se reunió con los Halcones, así que no hay riesgo de que suba al estudio.

Los hombres están distraídos con las bellezas que tienen en las piernas y aprovecho para levantarme, devolviéndome por donde entré cuando el resto del público se enfoca en la subasta.

Atravieso el umbral, me encamino a los pasillos vacíos y subo las escaleras entapetadas hasta llegar a la segunda planta. Me encuentro con Meredith, quien me hace señas para que siga subiendo, continúo el camino a la tercera y cuarta planta. Prosigo, ya me hallo cerca de mi objetivo y, cuando estoy por llegar, una pareja sale de una de las habitaciones y me obliga a retroceder para evitar que me vean. Mi espalda choca con un torso duro y la loción masculina me avisa de que he chocado con el coronel, que me seguía. Me jala y me esconde en una de las esquinas del pasillo mientras la pareja llama al ascensor. Desaparecen en el aparato y yo me apresuro al despacho de Leandro.

Entramos juntos y, mientras yo vigilo, él ubica la caja fuerte que tiene el pendrive. Se afloja el nudo de la corbata, preparándose para descifrar el código con las instrucciones de Patrick, en tanto yo doy un repaso al perímetro.

—¿Novedades? —pregunta.

—Ninguna, mi coronel. —Sigo buscando material que sirva para algo más, le doy un vistazo a la puerta, vuelvo a los cajones y lo dejo todo tal cual.

Le toma veinte minutos obtener el pendrive y cierra la caja fuerte.

—Vámonos —ordena.

Buscamos la salida juntos e intento llevar la mano al picaporte, pero…

—Alguien va para el despacho —avisa Patrick—. Está a pocos pasos, usen maniobra de camuflaje. ¡Ya!

Las voces se alzan… ¡Mierda! Me empujan metiéndome al primer escondite que aparece y es un minúsculo espacio lleno de abrigos. El coronel cierra la pequeña puerta de madera y la oscuridad nos invade a ambos —no se puede ver a un centímetro de distancia— y no circula el aire. El espacio es tan pequeño y estrecho que los botones del traje de él maltratan mi pecho cada vez que respiro.

—La subasta va bien —habla una voz femenina.

—En la subasta no podía tocarte —responde un hombre con acento árabe—. Me hubiese gustado que me llevaras a tu habitación.

—Tengo que guardar esto primero —contesta la chica.

Es la hija de Leandro y por el acento de la voz del chico deduzco que es uno de los Halcones. Algo cae al piso, se oye que empujan una mesa, nadie habla, pero capto el sonido de los besos y las respiraciones aceleradas cuando empiezan a toquetearse.

—Lo que faltaba —musito.

Sudo, mis pulmones reclaman oxígeno, así que intento moverme, pero el ancho tórax de mi acompañante limita mis movimientos. No puedo verlo, pero luce normal.

—Deja de moverte —susurra.

—No puedo —contesto, agitada—, necesito aire.

—¡Más! —jadean afuera.

Christopher me toma del mentón y se acerca a mi boca.

—Haz el jodido intento de calmarte, porque esto va para largo.

Quito su mano y pego la cabeza a la pared. Cierro los ojos, no quiero un ataque de claustrofobia. Jadeos y chillidos se escuchan afuera, el chico masculla cosas con los dientes apretados mientras la heredera de Leandro no para de gritar que se la cojan más fuerte.

«Estoy en un extenso valle de prado verde con mucho aire». Uso la psicología de Luisa, pero no me concentro, ya que Christopher no deja de pasar la mano por mi escote.

—¡Te gusta que te cojan duro! ¿Cierto? —gritan afuera.

Vuelvo a la realidad, abro los ojos y aparto la mano que me toca de un manotón.

—Para —murmuro en medio de los quejidos de afuera—. Coronel, le agradecería que deje de acosarme.

—Solo me percato de tus latidos.

—¿Eres cardiólogo?

Me pone la mano en la boca para que me calle.

—¡Más, por favor! —siguen gimiendo afuera.

—Escucha eso, es muy excitante, ¿no crees? Podrías estar gritando como ella si llegamos a un nuevo acuerdo.

Aparto su mano.

—Déjame adivinarlo. Quieres que nos sigamos revolcando hasta mi boda con Bratt.

—No lo quería decir con esas palabras, pero…

—Ni en esta vida ni en la otra —le suelto antes de que acabe.

Una ráfaga de disparos se escucha afuera, llevo la mano a los tirantes de mi liguero y empuño mi arma.

Cesan los gritos del estudio y otra ola de disparos retumba a través de las paredes.

—Hay una disputa entre los Halcones y un grupo de narcos —avisa Parker.

Los disparos se oyen cada vez más cerca y…

—¡Leandro va de camino al despacho! —informa Patrick.

—¡La caja fuerte! —dice la voz masculina de afuera—. ¡Saca un arma de las de tu padre!

—¡Cierren las entradas! ¡Nadie pone un pie afuera hasta que no se aclare esto! —se escucha a través de las paredes.

—¡Salgan de ahí! —se altera Patrick—. Son diez sujetos.

—¡Maldita sea! —masculla Christopher mientras derrumba la puerta con una patada.

La chica se congela con las manos sobre el pecho descubierto mientras el chico empuña un arma contra nosotros.

—Baja eso, niño —le pido.

La caja fuerte está abierta de par en par y el chico le echa un vistazo por encima sin dejar de apuntarnos.

—¡El pendrive! —exige—. ¡Devuélvemelo!

—¡Papá! —grita Ariana, e inmediatamente se escucha el estruendo de los hombres trotando por el pasillo.

El chico dispara, Christopher lo esquiva atropellándolo con su propio cuerpo y el argelino cae al suelo desarmado.

El pomo de la puerta se mueve y…

—¡Ariana! —demandan con fuertes patadas.

Alisto mi arma para recibirlos.

—No hay tiempo para eso. —Christopher me toma del brazo cuando la puerta cede bajo los golpes—. Ellos son once, nosotros dos.

Apunta al ventanal de vidrio y dispara volviendo trizas el cristal. Rompen la puerta y varios cañones nos apuntan al mismo tiempo.

—¡Corre! —ordena el coronel.

Este tipo de escape suele sentirse como si sucediera en cámara lenta; de hecho, se puede decir que la adrenalina es tanta que el oído se vuelve más nítido y la visión más aguda. Eres tú y tu instinto de supervivencia.

Mis piernas emprenden la huida al tiempo que una línea de balas sale disparada hacia nosotros. No sé qué tan buena soy para evadirlas, simplemente cierro los ojos cuando salto por el marco del ventanal lleno de fragmentos de vidrio. La sensación de vacío en el pecho es como si ya no tuvieras corazón, dicho órgano se detiene mientras caigo cuatro pisos abajo. Las costillas se me retuercen de dolor cuando mi cuerpo se estrella con el agua tibia de la piscina —no saber caer en el agua puede doler tanto como caer sobre el asfalto—, preparo mi cuerpo para ello, me hundo tragando agua con cloro y trato de salir a la superficie en medio de brazadas desesperadas.

Los disparos siguen cayendo desde arriba y los escoltas del jardín corren hacia nosotros.

—¡Afuera! —Christopher me saca.

El vestido se vuelve pesado por el agua, dejo los tacones flotando y emprendemos la huida esquivando mesas y sillas playeras. Las balas zumban en mis oídos y la huida llama la atención de los guardias de turno, quienes se unen a la persecución.

—¡El señor los quiere vivos! —escucho a lo lejos y corro más rápido adentrándome en el bosque.

La frase «El señor los quiere vivos» me sumerge en un pozo de profundo desespero. No me quiero imaginar lo que eso supone. No miro atrás, simplemente corro lo más rápido que puedo aunque las pantorrillas me tiemblen y las piedras me irriten la planta de los pies.

Los perdemos de vista y recuesto la espalda en uno de los árboles. Tengo el corazón a mil y me estoy ahogando con mi propio aire.

—¿Estás bien? —pregunta Christopher tomándome la cara.

—Sí, eso estuvo muy cerca —jadeo.

—Christopher, Rachel… ¿están ahí? —pregunta Patrick a través del auricular.

—Aquí estamos —respondo agitada.

—El grupo de la FEMF logró salir ileso, vienen hacia acá. Deben salir de la zona antes de que Leandro despliegue un equipo de búsqueda más grande.

—¿Cómo salimos? —pregunto.

—Caminen en línea recta, la carretera no está muy lejos. Bratt y Simon van para allá.

—Ok.

Se corta la comunicación.

—Andando —me ordena el coronel.

El terreno es parejo, sería placentero caminar si no tuviera miles de ramas y piedras perforándome los pies.

—Tu espalda. —Me acarician la piel desnuda. Puedo estar empapada, con la piel erizada y con frío después del chapuzón en la piscina, pero su tacto siempre será una braza caliente sobre mi cuerpo—. Tienes un rasguño.

Volteo la cabeza, no alcanzo a sentir nada, de hecho, tengo la piel entumecida por el frío.

—Tuvo que ser mientras corría, había ramas en el tramo de atrás.

Se posa frente a mí levantándome el mentón. Lleva la chaqueta en la mano, el chaleco abierto, la corbata suelta y el cabello húmedo se le pega a la frente. No sé si es agua o sudor, pero brilla bajo la luz de la luna.

—Estoy bien. —Aparto la cara.

Intento abrirme paso, pero se me atraviesa cerrándome el camino.

—No estaba bromeando en el armario —aclara.

—Ni yo, ninguno de los dos es bueno contando chistes.

—No estés tan segura de eso. Me contaste uno muy bueno el día que estábamos en la pista de aterrizaje.

—¿Otra vez con el ego sobre la capa de ozono? —Me abro paso por un lado—. No es que sea insuperable, coronel, ya pasó y lo mejor es olvidarlo.

Me vuelve a cortar el paso y esta vez choco contra su torso musculado.

—No quiero dejar las cosas así —espeta molesto—. Quiero más ya de tú sabes qué.

Sujeta mis hombros y veo una imagen de mis neuronas dando vueltas en círculos dentro de mi cabeza. Mi autocontrol inicia un angustiante conteo regresivo con su presencia, ya que Christopher en modo dominante suele causar estragos en mi libido.

—Me voy a casar con tu amigo —resalto la última palabra—. Sé que estás acostumbrado a ser el niño caprichoso que tiene todo lo que quiere, pero esta vez no me voy a prestar para tus estupideces, así que apártate.

—No te estoy pidiendo que lo dejes y te cases conmigo —aclara.

—Pero sí me pides que vuelva a traicionarlo. No seas cínico y respétalo, aunque sea un poco.

—No voy a respetar a nadie mientras tenga estas putas ganas de follarte.

Se acerca empezando con el juego del lobo y la gacela, así que, sin mirarlo, poso la mano en el centro de su pecho tratando de poner distancia. Cuando quieres dejar de querer debes recordarte una y otra vez los motivos que te han llevado a tomar tal decisión.

- *Es el amigo de Bratt.*
- *Me ha humillado y despreciado como se le ha antojado.*
- *Mientras yo intentaba superarlo, él ya estaba metiendo la polla en la vagina de otra.*

—No soy tu zorra personal, Christopher. Pueda que tengas ciertas influencias en mí, así como las tienes en la mayoría de las mujeres, pero es algo hormonal, por decirlo así. Además, no da como para que vuelva a engañar al hombre que amo y me está esperando —le suelto—. Si tienes muchas ganas de coger, ve y busca a otra, que con tres meras palabras puedes tirarte a la que quieras.

—No te creo una puta palabra. —Se acerca a mi boca—. Tus argumentos son esos porque no quieres romper el papel de perfecta.

Pasa la lengua por sus labios ubicando la mano en una de mis tetas, aprieta, doy un respingo y ladeo la cabeza en busca del beso que no le permito. Su boca choca en mi mejilla y escucho un gruñido por parte de él cuando lo empujo.

—¡Que no, joder, entiéndelo! —espeto seria.

Se endereza furioso tocando su entrepierna, cosa que termina de prender mis hormonas. Mi instinto intuye lo que se avecina y me doy la vuelta tra-

41

tando de huir, pero solo avanzo cuatro pasos, ya que los pies se me congelan cuando me alumbran la cara con una linterna.

—¡Ahí están! —Reconozco la voz de Bratt.

Miro a Christopher, quien evapora la actitud de lobo acosador y solo se posa a mi espalda respirando hondo como si no pasara nada.

—No soy un hombre que sepa perder. —Baja el tono de voz.

—Siempre hay una primera vez, coronel —susurro también.

—No para mí. Sé que se oirá feo lo que diré, pero para qué maquillar las cosas con palabras bonitas. El que es bueno para eso es Bratt, no yo.

Las ramas crujen bajo el trote de Simon y Bratt.

—Cállate, van a oírnos —le digo entre dientes— y no sería una conversación fácil de explicar.

—Lo resumiré: o me das lo que quiero o te atienes a las consecuencias, las cuales no serán para nada agradables.

No lo miro ni me muevo, en verdad me cuesta asimilar el descaro de este cabrón.

—Lo tomaré como una broma.

—Tómalo como quieras. Si yo fuera tú, le daría seriedad… Conociéndome sabes que no me ando con jueguitos.

—Eres un hijo de perra.

—Lo sé —se burla— y me gusta ser un hijo de perra.

Bratt aparece con una sonrisa.

—En cuanto lleguemos —dice solo para los dos—, te cambias y te vas a mi habitación.

—¡Gracias a Dios están bien! —saluda Bratt abriendo los brazos para recibirme—. Estaba angustiado por los dos.

—No todo salió como lo planeábamos, pero se logró el objetivo principal —explica el coronel posando los ojos en mí.

—Me alegra, hermano. —Bratt lo abraza—. Los vi bromeando mientras me acercaba, me gustó ver eso.

«Bromeando…». Sí, claro, sus malditas bromas van a acabar con mi cordura.

—Un chiste para calmar los nervios —contesta Christopher colocándose la chaqueta—. Lástima que a Rachel no le gustó, no tiene sentido del humor.

Dejo que Bratt me acune en sus brazos.

—¿Desde cuándo haces chistes? —pregunta Simon.

—Desde hoy. —Palmea el hombro de su amigo—. Acostúmbrense, porque los haré seguidos.

Me guiña un ojo sin que Simon lo note.

El regreso a la central es una tortura, dos horas y media en un mismo auto con Christopher y Bratt juntos mientras Simon sostiene una conversación de béisbol con el conductor.

La amenaza me da vueltas en la cabeza y no puedo creer que se muestre tan tranquilo siendo tan miserable. ¿Qué clase de colega es? Estamos frente a frente, Bratt está a mi lado entrelazando nuestros dedos y no deja de besarme el dorso de la mano mientras su amigo nos observa.

—Colócate el anillo cuando llegues —pide mi novio.

Christopher se endereza, clava los ojos en mí y sus palabras hacen eco en mis oídos: «En cuanto lleguemos, te cambias y te vas a mi habitación». Miro al hombre que me rodea los hombros con el brazo, no puedo volverlo a engañar, no se lo merece.

—Llegamos —avisa Simon.

Bratt me ayuda a bajar.

—¿Nos reuniremos con el equipo? —le pregunta al coronel.

—No, el capitán Thompson se hizo cargo de todo. Mañana temprano hablaré con los capitanes de cada compañía militar.

—Terminaré lo que tengo pendiente. —Bratt mira su reloj.

—Permiso para retirarme, señor —solicito siguiendo el debido protocolo, algo hipócrita con las ganas que tengo de molerle la cara a golpes.

—Adelante —responde el coronel.

—Ve y descansa, cariño —me dice Bratt—. Te seguiría, pero tengo que descargar mi equipo y llevarlo al salón de armas.

—No importa, caeré rendida en la cama.

Es la una de la mañana y oficialmente es su cumpleaños, lo ideal sería ser la primera en felicitarlo, pero hacerlo arruinaría parte de mi sorpresa. Brenda me hizo jurar que fingiría no recordarlo.

Me encamino a mi habitación, escucho cómo Christopher se despide y aprieto el paso a mi torre, ya que no quiero que vuelva a acorralarme. Subo a la tercera planta y cierro la puerta con pestillo. No hay rastro de la mujer glamurosa de hace unas horas: tengo el cabello alborotado, el vestido rasgado y los pies mugrosos. Me deshago del arma abrochada a mi muslo, me quito el atuendo, suelto los broches que tengo en el cabello y me meto a la ducha.

Tiemblo, no sé si de frío o de miedo a lo que pueda pasar. Como si no fuera suficiente la persecución de Antoni Mascherano, como para tener que lidiar con la persecución sexual de mi superior. «¿Y si solo me está intimidando?», pienso. ¡Maldito hijo de perra! Me baño y salgo envuelta en mi albornoz dando vueltas de aquí para allá. Ir sería retroceder y perder el control de mis sentimientos otra vez.

Me coloco el anillo de compromiso sintiéndome como una pantera enjaulada. Si no voy, tendré el puto miedo de lo que pueda llegar a hacer y el lado oscuro de mi conciencia me está gritando que mi encuentro con él será todo menos una tortura, porque, aunque no lo quiera reconocer, ganas de follar es lo que me sobran.

El móvil se ilumina sobre la cama con un mensaje.

> Estoy esperando.

Tiro el aparato, la osa gigante sigue sobre la cama sosteniendo el corazón con la palabra «perdóname». Se me quiebra el corazón y ambas partes duelen de la misma forma.

No puedo dejar las cosas en el limbo ni tentar mi suerte. Me quito el albornoz, me coloco un vaquero, una sudadera y meto los pies en mis zapatillas deportivas. Me echo un poco de perfume y recojo mi cabello en una cola de caballo. Borro el mensaje y apago el móvil antes de meterlo en el bolsillo.

El frío me golpea cuando salgo, los centinelas son los únicos que rondan el área desolada de los edificios. Una parte de mí muere cuando cruzo el umbral de la torre de dormitorios masculinos. Toda acción tiene una reacción y no se pueden recoger rosas cuando se siembran espinas. Venir aquí es jugarme el todo por el todo, exponerme a que todo acabe en el caos que no quiero y he querido evitar, pero todo en la vida es cuestión de decisiones buenas o malas, pero decisiones en fin y esta es mi definitiva.

Llego al umbral de la puerta, doy dos toques a la estructura de madera, encienden la luz y las bisagras rechinan cuando abren la puerta.

—¿Cariño? —me saluda Bratt somnoliento—. Te hacía dormida.

Se aparta para que entre.

—No quería estar sola. —Me quito las zapatillas con un puntapié, me deshago de los vaqueros y también de la sudadera antes de meterme a la cama.

Cierra la puerta asegurándola con el pestillo y se mete a la cama conmigo envolviéndome en sus brazos cuando lo beso.

—No se te pudo ocurrir una mejor idea —me susurra.

Él siempre será mi mejor decisión.

46

¡FELIZ CUMPLEAÑOS, BRATT!

Rachel

Estiro los músculos bajo las sábanas mientras Bratt duerme plácidamente a mi lado con una mano sobre mi cintura y otra bajo su cabeza. Aparto el brazo levantándome; él no se mueve y me apresuro al baño corriendo.

Tengo un sinfín de cosas por hacer y no me alcanzará el día si no empiezo desde ya. Me lavo la cara y los dientes rápido.

—¿Qué hora es? —Bratt se estira en la cama cuando salgo.

—Casi las seis. —Le sonrío.

—No trabajas hoy, ¿por qué estás levantada tan temprano?

—Quedé en verme con Luisa y las chicas, finalizaremos detalles de la boda... Ya sabes, pastel, anillos...

—Pensé que pasaríamos el día juntos.

—Dudo que podamos, cariño, prometí que sería un día para la boda.

No pone buena cara, me recojo el cabello en un moño improvisado y me acerco a despedirme.

—Usé tu cepillo de dientes —le doy un beso en los labios—, espero que no te moleste.

—Lo mío es tuyo. ¿Segura de que no tendrás tiempo para mí? No te vayas a arrepentir, quieras buscarme y ya tenga otros planes.

—Segura —miento—. Estaré todo el día con mis amigas.

—Christopher aseguró que estaríamos libres al mediodía.

—Supongo que visitarás a tus padres, saluda a Joset de mi parte.

—Bien —refunfuña ocultando la molestia.

—Te veo mañana. —Le doy otro beso y trato de irme, pero toma mi muñeca negándome la huida.

—¿No olvidas algo?

—¡No! —Le doy un beso en la frente—. Hablaremos luego, no quiero que las chicas esperen.

Cierro y me apresuro a mi torre. Todo está tal cual lo dejé y lo primero que hago es sacarme la ropa y meterme a la ducha. Siento que estoy en una carrera contra el tiempo, algo me dice que habrá problemas si no me largo ya.

Tocan la puerta mientras me coloco la playera y el corazón se me detiene. ¡Mierda! Si es quien estoy pensando, soy capaz de tirarme por la ventana. Me congelo tratando de no hacer ruido y vuelven a tocar. Christopher no es el tipo de persona con quien se pueda jugar. Lo dejé plantado y estoy segura de que feliz no está, por eso hui, ¡no quiero verle la cara!

—¡Rachel, si estás dormida, vaciaré una jarra de agua helada en tu trasero! —exclama Brenda. Abro tranquila.

—Me estaba vistiendo. —Me aparto para que entre.

—No entraré, es tarde —mira su reloj— y tenemos el tiempo justo para desayunar e irnos. Laila, Alexandra y Luisa nos están esperando en la casa de Simon.

Alisto mi mochila y tomo a Brenda de la mano apresurándome al estacionamiento. Quiero tener un cohete el cual me permita desaparecer en un santiamén. Ubico el Mini Cooper de mi amiga y entro con un afán exagerado.

—¿Le pasó algo a tu móvil? —Se pone al volante—. Te estuve llamando y me saltó al buzón de mensajes.

Saco el aparato, lo apagué anoche y no he querido mirarlo.

Lo enciendo e inmediatamente me saltan mensajes y notificaciones de las redes. Tengo dos llamadas perdidas, me da un miniataque al mirar el número de donde provienen: son de Christopher y las hizo a las tres y media de la mañana, justo cuando dormía con mi novio.

«No es día para distracciones con lo que no debo, este día es solo para Bratt».

Pongo el móvil en silencio y parloteo con Brenda durante el camino, si no le doy importancia al tema, dejará de tener protagonismo.

Desayunamos en Tammys mientras Brenda me habla de su drama con Harry y los problemas que le está trayendo con su familia.

—Otro plato de huevos con tocino —le pide al mesero— y más tostadas con mermelada.

—¿Doble desayuno?

—Desperté con hambre de dragón. —Se encoge de hombros—. Estoy así hace una semana, me afectó el cambio de clima.

—El clima no tiene nada que ver con el hambre —me burlo. Devora el segundo plato y seguimos nuestro camino.

Simon vive en Notting Hill. Nos estacionamos frente a lo que antes era la central de bomberos. Si mi futuro casi cuñado no hubiese dedicado su vida a la FEMF, hubiese sido un excelente arquitecto. Compró la propiedad que estaba abandonada y la convirtió en una casa de lujo de tres plantas y un amplio jardín, el cual ha sido protagonista de un montón de fiestas.

La primera planta es enorme y en su piso reluce un brillante mármol negro; la cocina fue diseñada con un moderno diseño en negro y rojo. Hay un minibar, una pantalla gigante que ocupa toda una pared y, frente a ella, un juego de sofás y acolchados pufs. El tubo de descenso usado por los bomberos sigue en el centro del lugar, un poco más al fondo hay una escalera metálica que da a la segunda planta, donde hay tres habitaciones para los invitados, la última plataforma abarca toda la habitación de Simon.

La mesa de ping-pong, el billar y el futbolito que había en la sala han sido reemplazados por una torre de sonido, una consola de DJ, sillas y cajas.

—Luisa no bromeaba con lo del sonido —saludo a mis amigas.

Laila está sobre una escalera colgando un letrero de feliz cumpleaños, Alexandra se relame los dedos detrás de la barra de la cocina y Luisa yace en el piso abriendo cajas.

—Tendremos suerte si no nos demandan por el escándalo que armará ese armatoste —dice Brenda mientras se quita la chaqueta.

—Las adoro por estar aquí. —Me uno al destape de cajas—. No sé qué hubiese hecho sin ustedes.

—Absolutamente nada —contesta Brenda ayudando a Alexandra en la cocina.

—Ya estamos todas. —Baja Laila de las escaleras—. Lo primero que debemos hacer es acabar con la decoración, luego pondremos una mesa al lado del ventanal del jardín con el pastel, bocadillos y bebidas. Organizaremos los sofás para darles comodidad a los invitados y las puertas del jardín estarán abiertas de par en par para que no se encierre el sonido y entre aire fresco.

Luisa sale disparada cuando tocan el timbre.

—¡Llegó el atractivo principal! —chilla emocionada.

—¿Atractivo principal? No recuerdo haber pedido ningún atractivo principal.

Brenda se ríe por debajo, Alexandra se pierde en la cocina mientras que Luisa abre la puerta, dándoles paso a cuatro hombres, quienes sostienen una estructura metálica en forma de toro.

—Déjenlo en la esquina de allá —ordena.

—Un toro mecánico, ¿en serio?

—Baby —me abraza Laila—, no elegiste ninguna temática para la fiesta y quisimos buscar algo culto que se asemejara a la personalidad de Bratt.

—¿Crees que un toro gigante va acorde con la personalidad de mi novio?

—Sé que se está burlando y cree que no lo noto.

—Era lo que había disponible —replica Luisa—. Intenté conseguir algo al estilo Disney, pero no había nada, era esto o correas de cuero y fustas al estilo sadomasoquista.

—El country es lo que está de moda —secunda Alexandra en la cocina.

—Lo único excéntrico es el toro, y Luisa insistió —la apoya Brenda.

—Dejemos de perder el tiempo y a lo que vinimos —la evade Luisa—, ve a inflar globos.

Sacudo la cabeza poniéndome manos a la obra y a las seis en punto terminamos con todo. Mi idea de fiesta privada quedó en el olvido y lo que tengo enfrente se asemeja más a las megafiestas de años pasados.

La sala está decorada al estilo country con asientos y banquillos de madera, hay sombreros colgados en las paredes, el sistema de sonido y las luces parpadean en la sala y no cabe un platillo más a la mesa llena con el pastel, aperitivos y bocadillos.

Hay whisky, tequila y barriles de cerveza. Los meseros que ayudarán llegan a preparar los cócteles.

—Las cajas de licor y los barriles de cerveza están en el sótano —les indica Alexandra—. Cuando se acaben las que están aquí, pueden subir las que están abajo.

No quiero ver el estado de mi cuenta bancaria en los próximos meses.

—Ve a arreglarte. —Me lleva Luisa a la escalera—. Falta una hora para que lleguen los invitados.

Obedezco y voy a tomar una ducha en las habitaciones de la segunda planta. Arreglo mi cabello y me meto en el vestido caoba con estampado abstracto que me trajo Luisa. Es de tiras, corto y entallado en la cintura; finalmente me calzo las botas que me llegan por encima de la rodilla y me pongo una chaqueta con flequillos.

A continuación, delineo mis ojos, me pinto los labios, resalto mis pestañas con rímel y me doy una vuelta frente al espejo admirando lo bien que me quedó el look.

Reviso el celular y tengo cinco llamadas perdidas de Bratt y una de Simon. «Solo eso».

Respiro, tranquila. No hay nada de Christopher, de seguro su ego tuvo que hacer su trabajo y lo convenció de que pierde su tiempo conmigo, ya que no es el tipo de hombre que anda insistiéndole a una mujer. No fue invitado a la fiesta, lo que quiere decir que puedo estar tranquila y disfrutar de la plenitud que se desata cada vez que está lejos. Respiro hondo, al fin el universo me sonríe y me reitera que no siempre hay que dar todo por perdido.

Bajo a la primera planta y las chicas ya están listas con una botella de whisky en la mano.

—Pero ¡qué sexis! —Me uno al grupo.

Brenda me ofrece un trago.

—No tomaré, a Bratt no le gusta verme ebria.

—Un trago no te embriagará —se molesta Luisa—. Tomaremos uno para incentivar la adrenalina.

—Yo que tú tomaría la botella completa —sugiere Brenda—. Dentro de pocos minutos medusa y la bruja de tu suegra entrarán por esa puerta.

—Tienes razón —recibo—, pero tendré que conformarme con uno solo si no quiero acabar borracha.

Bebo el trago, mastico una pastilla de goma de mascar para disimular el olor a alcohol y me apresuro a abrir la puerta emocionada cuando el timbre suena. Laila pone la música y Brenda sigue repartiendo tragos entre ellas.

No se puede negar de dónde se viene ni para dónde se va, yo amo este tipo de cosas y, aunque sea una etapa «quemada», la disfruto cada vez que puedo. Al cabo de menos de una hora la casa se llena con un montón de soldados y caras que no conozco.

La compañía militar de Bratt llega de un solo tirón, incluso Meredith, quien se ve sensacional con un vestido con lunares, el cabello suelto y botas. De hecho, todos adoptaron el look de la temática. Irina, Harry, Angela y Alan llegan en el tercer grupo.

Laurens llega pésimamente vestida y, más atrás, entra Scott aburrido.

—¡Les quedó genial! —Me abraza Angela y, como si fuera un imán, la mirada de todos los hombres se enfocan en ella. Trae una blusa ombliguera, minifalda, botas negras y chaqueta de cuero.

—Gracias. —Sonrío con hipocresía—. Toma un sombrero y ve al fondo.

—¿El coronel vendrá? —pregunta entre dientes.

—No —contesto con entusiasmo. Me alegra dañar sus planes.

Tuerce la boca antes de unirse al grupo de tenientes. Falta poco para que Bratt llegue y las chicas preparan a los invitados para «la sorpresa».

Recibo siete grupos más, el lugar se torna pequeño, la gente levanta la voz a cada nada y Alexa trata de que el personal se organice. Doy unas cuantas instrucciones sobre la llegada de Bratt y corro a abrir la puerta cuando vuelven a timbrar, esta vez no es un grupo grande, es un grupo de cinco: los Lewis.

Las gemelas con vaqueros, chalecos y sombreros; Joset, con pantalones demasiado ajustados para su edad y una pañoleta amarrada al cuello; Sabrina y Martha, impecables y elegantes con trajes de falda de dos piezas (nada que ver con la temática), parece que fueran a alguna reunión diplomática.

—¡Gracias por la invitación! —Las gemelas se lanzan a abrazarme.

—¿Qué tal me veo? —pregunta Joset dando una vuelta—. ¿Soy o no el Llanero Solitario?

—Está perfecto, señor Lewis. —Lo abrazo.

—¿Ya llegó mi hijo? —Martha pasa por mi lado sin saludar.

—Aún no.

—Y toda esta gente… ¿es? —pregunta Martha.

—Amigos —termino por ella—. Que la multitud no la haga sentir incómoda, siga y tome asiento, le pedí a Luisa que les dejara un sitio libre en los sofás de la esquina.

—Qué amable. —Me toma Joset de las mejillas.

Sabrina no dice nada, solo me lanza una de sus miradas despectivas antes de seguir.

—¡Simon y Bratt están a cuatro minutos! —grita Luisa.

Todos corren en busca de un escondite cuando apagamos las luces.

—¡Silencio! —exige Alexandra detrás de mí—. No será sorpresa si seguimos haciendo ruido.

—¿Y Patrick? —le pregunto—. ¿No vendrá?

—No lo sé —susurra cuando todos hacen silencio—. Llevo horas llamándolo y no contesta. Supongo que no debe de tardar, no se perdería la fiesta de su amigo.

Las luces del jeep de Simon iluminan la acera.

—¡Todos preparados! —pide Laila.

Los escucho en el andén y a los pocos segundos Simon introduce la llave en la cerradura.

—No era necesario venir por la billetera —reconozco la voz de Bratt cuando abre la puerta—. No tenía problema en pagar…

Dan dos pasos adentro, las luces se encienden y todo el mundo se levanta gritando:

—¡Sorpresa! —Un estallido de espuma, confeti y globos acompaña la exclamación. Bratt no se lo cree y amo la sonrisa que se dibuja en su rostro.

—¡Feliz cumpleaños, cariño! —Soy la primera en lanzarme a sus brazos. Me alza repartiendo un centenar de besos en mi cara.

—¡Juro por Dios que pensaba matarte por haberlo olvidado!

Lo beso en la boca y una avalancha de gente se nos viene encima deseándole lo mejor. Sabrina y Martha son las últimas en pasar.

La música vuelve a encenderse y los dos auxiliares se ponen en marcha repartiendo copas a todo el mundo. La cantidad de gente es arrolladora, no se pueden dar dos pasos sin tropezar con alguien.

Al fondo estallan bombas de confeti mientras mis discretas amigas gritan a todo pulmón:

—¡Que empiece la celebración!

—¡Me embriagaré tanto que olvidaré hasta cómo me llamo! —Brenda eleva la voz.

Las ventanas y puertas retumban al ritmo de Sean Paul y la canción *Get busy*. Muevo los hombros gozando el momento, todo está saliendo mejor de lo que esperaba.

—¡Había que empezar con nuestro himno! —dice Laila inclinándose un trago de tequila y baja a felicitar a Bratt antes de venir a mi sitio.

—No es una fiesta privada como decía en la invitación —reclama Sabrina elevando la voz por encima del bullicio.

—Se salió de control, pero es lo que menos importa —aclara Laila mientras recibe una jarra de cerveza—. Ya no se puede hacer nada, así que gózalo.

Tuerce los ojos.

—Los Lewis preferimos pasar desapercibidos y este tipo de cosas no es del encanto de mi hermano. —Nos mira por encima del hombro antes de marcharse.

—¡*Lis Liwis prifirimos pisir disipircibidi…*! —la remeda Brenda a mi izquierda—. ¿Nadie le dijo que se ve como mi abuela con ese traje?

—Solo ignórala —sugiero.

—Ignórala tú. Meteré una copa en el inodoro y luego le ofreceré vino.

—¡Qué excelente idea! —Laila choca sus manos con ella en el aire—. ¡Te ayudaré, las copas están en el diván!

«No maduran», me digo.

—¡Chicas, no…!

Me ignoran y se escabullen en la cocina. Bratt me abraza por detrás.

—Todo te quedó perfecto.

Me volteo y le rodeo el cuello con los brazos.

—Te mereces esto y mucho más.

El corazón se me dispara cuando el timbre vuelve a sonar.

—No creo que quepa una persona más —se queja Alexandra de camino a la puerta—. Debe ser lo que ordené… —deja la frase a medias cuando ve a las personas que esperan en la entrada.

¡El universo no me sonríe! ¡Me mea en la jodida cara! La mirada de todos pasa de Bratt al hombre que entra llenando el espacio con su ego.

«Vida, ¿qué tan miserable quieres que sea?», me lamento para mis adentros.

—¡Christopher, Patrick! —me suelta Bratt—. Se me estaba siendo raro no verlos, pensé que no vendrían.

—¿Y perdernos la fiesta sorpresa de nuestro amigo? —espeta Patrick antes de abrazarlo—. Eso nunca.

El olor a whisky y cigarro se percibe a metros. El capitán Linguini me saluda con un beso en la mejilla y apoya los labios contra los de su esposa.

Están ebrios, tienen pinta de haberse bebido un bar entero. Don Rabietas está sonriendo y bromeando, algo que muchos no han visto jamás.

—Rachel. —Su voz acariciando mi nombre rasga mi autocontrol.

Se me acerca y el olor a licor me golpea de frente cuando me toma de los hombros.

—Me encantó lo que hiciste. —No me suelta y mis ojos se centran en los suyos. «¿Vino a exponerme o qué mierda?», me pregunto—. Muy bonita la fiesta, gracias por la invitación.

Doy un paso atrás soltando tres mil plegarias por segundo.

—Eres buena dando sorpresas. —Me planta un beso en la mejilla.

«Maldito».

—Vengan conmigo —los invita Bratt—, les serviré un trago.

—Iré siempre y cuando me mantengas a metros de tu hermana.

—No te preocupes —asegura Bratt.

—Quiero un whisky doble entonces.

«Adiós a la jodida tranquilidad que anhelaba tener», me digo a mí misma.

—Lamentamos llegar tarde —se disculpa Patrick abrazando a Alexandra—, salimos de la central y fuimos por unos tragos... Botellas, a decir verdad.

Desaparezco en la cocina tratando de no entrar en crisis. «¡Calma! ¡No va a pasar nada!». Ayudo a los chicos con el licor mientras Laila sube el volumen de los altavoces y la gente se levanta a bailar.

Bratt, Christopher y Patrick están frente al minibar con Simon, que destapa una botella de coñac. El coronel me come con los ojos y no sé ni cómo pararme.

«¿Y si vino a hacerme pagar las supuestas consecuencias?». Ignoro lo bien que se ve con los vaqueros negros que se le ajustan a las piernas torneadas, viste una playera gris y botas Magnanni.

Un grupo de mujeres se acerca con Meredith, jalan a Bratt al centro de la pista de baile y ni celos me dan. «¿¡Qué diablos me pasa?!». Simon me ve, hace señas para que me acerque y le hago caso de mala gana, cada vez que se supone que me propongo algo, logro todo lo contrario.

Christopher se acerca el vaso a los labios cuando me inclino sobre la barra.

—¡El toro mecánico! —grita Simon—. Preguntan cómo funciona.

—Le pediré a Brenda que se encargue.

Me alejo y no sé si estoy exagerando, pero presiento que me están mirando el culo.

—Oye, no quiero ser cotilla —se me atraviesa Brenda—, pero si no te has dado cuenta, el nido de zorras de la esquina está abejorreando con tu novio.

Volteo a mirarlos y están bailando mientras Bratt se ríe a carcajadas.

—Ni siquiera saben bailar.

La música se detiene y se reinicia con Beyoncé *feat.* Jay-Z y la canción *Déjà vu*.

—¡Esa puta canción! —exclama Brenda quitándose la chaqueta—. ¡Vamos a bailar!

—¡Olvídalo! —contesto suprimiendo la risa que me provoca su actitud.

Me quita la bandeja arrojándola al piso y me toma la mano para llevarme a la pista.

—¡Voy a demostrar cómo es que hay que moverse! —asegura Brenda mientras Laila baja de la consola—. ¡Luisa, ven aquí!

Cómo negarme a bailar la canción que me hizo gozar infinidad de veces en las discotecas de Piccadilly. Dudo, pero la energía de mis amigas me anima a alzar las manos al aire acompañando a mis aliadas de toda la vida. Dejo que la música haga su trabajo y agite mis caderas en tanto le recuerdo a mi cuerpo esos viejos momentos sacudiendo el trasero en medio de luces y cámaras de humo. Irina se une a nosotras, ella también hizo parte de esos locos momentos donde lo único que me preocupaba era no dejarme pillar por Bratt.

Y como si fuera una vieja coreografía hacemos nuestro propio círculo en el centro agitando brazos, hombros y culo. Los invitados a nuestro alrededor le lanzan una ovación a Brenda cuando se mete en el centro del círculo haciendo memoria de sus antiguos pasos de baile, pasamos por lo mismo una por una, muertas de risa y sudando en medio de las luces.

Hasta Harry participa con Scott; de hecho, en las salidas ellos formaban parte del desorden.

Cantamos a todo pulmón las dos mejores estrofas.

Baby, I can't go anywhere
Without thinking that you're there
Seems like you're everywhere, it's true
Gotta be having déjà vu!

Cause' in my mind I want you THERE
Get on the next plane, I don't CARE
Is it because I'm missing you
That I'm having déjà vu?

La canción acaba y termino sudando.

—Esa letra siempre me hará perder la compostura. —Se ríe Laila saliendo de la pista.

—Encárgate del toro, por favor —le pido—, no saben cómo usarlo.

Me voy a la cocina a ayudar con lo que haga falta tarareando la canción que suena a continuación mientras Angela se vuelve la protagonista del momento encima del toro. Vuelven a tomarme por detrás y no me muevo, dejo que Bratt me abrace y me bese en el cuello.

—¡Qué espectáculo! —comenta y noto la tensión.

—Un simple baile para recordar viejos tiempos. —Me encojo de hombros.

—Ah, con que eso hacías cada vez que te ibas a hurtadillas los viernes por la noche —reclama.

—Es solo un baile, Bratt.

—¿Viste cómo llamaste la atención de todos? Hasta mis padres se levantaron a observar —se altera—. Me molesta que…

—¡Está bien! —lo interrumpo antes de que la discusión se salga de control—. ¡Lamento haber incomodado a tus padres con mis niñerías!

—Ok. —Recobra la compostura—. Me gusta cuando notas tus errores.

Guardo silencio, al terco es mejor no debatirle.

—¿Quieres que bailemos de forma decente?

«¿Decente?». Raya lo ofensivo, pero callo con tal de no dañar la noche. Es su cumpleaños y no me apetece entrar en contienda. Alexandra me hace señas indicándome que es hora de encender las velas del pastel.

—Luego. —Le doy un beso en la mejilla a Bratt—. Después de partir el pastel.

Roza su nariz con la mía y me alza el mentón para besarme.

—Bratt —nos interrumpe Christopher—, Joset te está buscando.

—Llámame cuando me necesites —me suelta.

Mi novio cruza el umbral de la cocina y me deja la pesadilla encima, siento el espacio pequeño y el silencio de ambos solo me pone más nerviosa. Rodea la barra de la cocina, saca una bebida de la nevera y se queda a mi espalda haciendo no sé qué.

Su presencia desencadena un centenar de sensaciones, pensamientos, miedos e inquietudes. Mi sentido común coincide con que debe mantenerse alejado, pero mi parte incoherente muere por arder bajo sus brazos.

Sigue detrás y no me parece divertido tanta tensión cuando se acerca por mi izquierda dejando la bebida en la barra. Siento su aliento en mi oreja y su calor en mi espalda.

—¿Necesitas algo más? —Suelto la bolsa de maní.

—Un trago.

Alargo la mano y tomo la botella, le sirvo y le entrego el vaso rogando que se aparte.

—No quiero ser grosera contigo, pero lo mejor es que te vayas —le suelto con sinceridad—. No tienes nada que hacer aquí.

Me da igual si se molesta, no estoy para estar soportando este tipo de situaciones, se supone que esto sería una noche mágica con mi novio.

—¿Así eres con todos los invitados?

—Ni siquiera recuerdo haber puesto tu nombre en la lista.

—Soy el mejor amigo de tu novio, no necesito invitación. —Bebe un sorbo del vaso —. Deja el miedo, no pienso hacer nada.

Relajo los hombros. ¿En verdad va a dejarme en paz?

—Ok, si es así…

—No haré nada… —se corrige— todavía.

La punzada de preocupación vuelve a posarse donde estaba. Si esto sigue así, no viviré más de un mes. Me aparta el cabello de los hombros, ladea la cabeza y me toca los muslos con la punta de los dedos.

—¡No me toques! —le gruño entre dientes.

—Me gustó tu baile —susurra en mi oído acariciándome la espalda—. Me la pusiste dura, de eso sí puedes tener miedo, sabes cómo me pongo cuando estoy así.

Paso saliva. ¡Menudo descarado! Luisa entra y ambos fingimos que no pasa nada.

—Hay que partir el pastel —avisa.

Escondo la cara de mi amiga, las mejillas me arden y de seguro empezará con que tenía razón.

—El mejor momento de la noche. —Christopher palmea el hombro de Luisa antes de salir de la cocina.

—¿Qué hacían? —pregunta molesta.

—Le servía un trago. —Busco el encendedor en las gavetas—. Ya sabes cómo se ponen de pesados los ebrios.

Encuentro lo que busco y me encamino a la sala, pero me detiene antes de cruzar la puerta.

—¿Segura?

—Totalmente. Me pidió un trago y se lo serví, de nada me sirve ser grosera con un ebrio arrogante.

Me suelta y la traigo conmigo a la sala, organizamos todo y ubicamos a Bratt detrás del pastel. Se empieza a poner sentimental y termina abrazándome y besándome delante de todos.

—¡A la cuenta de tres el *Happy Birthday*! —grito—. ¡Uno, dos y tres!

Todos cantan la típica canción de feliz cumpleaños mientras aplauden, los gestos de Bratt son de pura felicidad.

Me ofrece la mano y me hace permanecer a su lado.

—Gracias a todos por acompañarme —dice cuando cesan los aplausos—. Me siento muy afortunado de poder compartir esto con ustedes y de saber que tengo una novia maravillosa, la cual se tomó el tiempo de organizar todo con la ayuda de sus amigas. Gracias, amor, y gracias, chicas.

Aprieta mi mano bajo la mala mirada de su madre y hermana.

—De hecho —continúa Bratt—, creo que es el momento perfecto para anunciar el importante acontecimiento que está por suceder.

«Que no haga lo que estoy pensando», me digo, hoy no quiero líos familiares.

—Cariño —susurro acariciando su mano—, no es el momento…

Me ignora y empiezo a sudar frío.

—Después de cinco años de noviazgo con la hermosa mujer que tengo al lado, me enorgullezco en anunciarles que dentro de unos meses seremos marido y mujer. —Sonríe gustoso—. Rachel y yo nos hemos comprometido.

Todo se vuelve un revoltijo de aplausos, murmullos y gritos de felicitaciones. Reacciones de todos, menos de Sabrina y Martha, quienes están con cara de haber sido noqueadas cuando Bratt tira de mí dándome un casto beso en los labios.

—Te amo —me dice.

Los meseros empiezan a repartir copas para el brindis.

—No era el momento —susurro.

—Era ahora o nunca…

El ruido disminuye y deja el choque seco de dos palmas en el aire.

Se hace un silencio total que abre paso al aplauso solitario. Me paro de puntillas buscando de quién se trata y me siento estúpida preguntándome de quién más podría ser aquel aplauso tan sarcástico.

Su altura y cabello negro llegan al centro sin dejar de aplaudir y me aumentan las ganas de bombardearle el culo a Christopher Morgan.

—¡Bravo! —Se posa frente a nosotros—. Eres un suertudo, Bratt, y me alegra ver que tengas una relación tan perfecta basada en el amor, la confianza y la sinceridad. ¡Un aplauso, por favor!

La gente vuelve a aplaudir. El muy puto está siendo sarcástico burlándose en mi propia cara.

—Ya puedo imaginarme lo felices que serán, viviendo juntos en una linda casa a las afueras de la ciudad, con dos o tres hijos tal vez. Bratt jugando con los niños, Rachel horneando galletas mientras idea planes de cómo esconderse y evadir las visitas de la bruja de su suegra y cuñada…

—¡Christopher…! —interviene Patrick.

—No he acabado —lo detiene.

—No quiero seguir escuchándote —brama Martha.

—¡Me vale mierda si quieres o no escucharme! —le ladra a su suegra.

La ola de murmullos y risas la hace retroceder avergonzada.

—Como decía, supongo que serán muy felices con su hermosa familia y un perro al cual le pondrán de nombre no sé… ¿Pucki? —Toma un vaso de whisky de una de las bandejas—. Brindemos por eso, por las relaciones largas que, pese a los años, se mantienen firmes e inquebrantables, por aquellas que tienen de pilar la confianza, el respeto y la honestidad. ¡Salud!

—¡Salud! —responden todos.

Se posa frente a mí y choca su vaso con el mío.

—Por la perfecta novia que eres, Rachel.

—Te voy a matar —lo amenazo entre dientes.

—Christopher, creo que ya has bebido demasiado. —Bratt le quita el vaso—. Ve y recuéstate un rato.

Patrick lo toma de los hombros tratando de alejarlo.

—Te acompaño arriba.

—No necesito que nadie me acompañe a ningún lado. —Me quita el vaso que tengo en la mano—. Estamos en lo mejor de la fiesta. ¡Laila, ¿qué pasó con la música?!

Se va a la consola de sonido y Laila pone a sonar los altavoces.

—¡Qué vergüenza! —se disculpa Patrick—. No debimos venir tan ebrios.

—Es un idiota —se burla Simon—. ¿Quién carajos sugiere un nombre como Pucki para un perro?

—El discurso iba bien hasta que se metió con mi madre.

—Y hermana —añade Simon.

—Bratt —aparece Sabrina—, queremos hablar contigo en privado.

—¿Ahora? Es mi fiesta y quiero…

—¡Es importante! —alza la voz—. Mamá no se siente bien y quiere hablarte.

—La música está menos fuerte en el jardín —sugiere Simon—. Pueden hablar en el quiosco.

—Ve —lo animo—; mientras tanto, partiré el pastel.

Miento, lo único que partiré es la cara de su amigo. Bratt se marcha seguido de su familia y el momento no puede tornarse peor. ¡Qué vergüenza, Dios!

—Les diré a los meseros que nos ayuden con el pastel —sugiere Alexandra.

No le pongo atención, solo me adentro en la multitud que se mueve al ritmo de la música de David Guetta. Lo que busco no está en la barra del minibar, sino que se encuentra bailando con Angela, dejando que la alemana le restriegue el culo en la entrepierna.

—¡Necesitamos limones para el tequila! —me grita Brenda cuando estoy por entrar a la cocina.

Inhalo y exhalo. ¡Menuda noche de porquería! Con rabia, empiezo a cortar limones imaginando que son las bolas del imbécil que solo vino a dañar la fiesta.

—¡Qué seria estás! —comentan a mi espalda—. ¿No te gustó mi discurso?

Empuño el mango del cuchillo, la contravenganza podría ser cortarle la polla.

—¿Ese era el castigo por no ir a tu habitación? —No lo miro—. ¡Qué maduro, coronel!

—No, lo que dije no fue un discurso de represalia, solo dije lo que pensaba.

—Ok, ya te desahogaste, así que lárgate.

—No vine a desahogarme. Vine porque… Sabes por qué vine y por qué estamos teniendo esta conversación.

—Fui clara con mi mensaje anoche —lo encaro—. No te fui a ver porque no quiero retroceder con lo que ya hice. Teníamos un acuerdo. Acuerdo que pactaste tú en un principio y ahora me dices que quieres seguir sabiendo que fuiste tú el que exigió tener las cosas claras.

—Estoy celoso —admite—. Nunca había sentido celos y es algo que no sé manejar. Soy amigo de Bratt, pero no soporto la idea de que duermas y te acuestes con él.

No acabo de entender lo que acabo de oír.

—¡Acostúmbrate y no me jodas!

Niega paseándose por el lugar.

—Dejémonos de tonterías y hablemos las cosas como son. —Acorta el espacio que nos separa—. Me tienes como un motor con ese vestido, el baile de anoche… Joder… Quiero abrirte de piernas y cogerte como te gusta. —Se relame los labios—. Anda a mi auto…

—¡¿Te has vuelto loco?!

—Tal vez. Loco o no, no me voy a ir de aquí sin lo que te pedí.

—¡No!

—No me hagas caer bajo —empieza.

—¡Vete a la mierda y llévate tus putas amenazas contigo!

—No compliques el tema, solo gastas energía.

—No seas tan hijo de puta y déjame en paz.

Se me atraviesa cuando intento salir, forcejear o huir a la fuerza sería llamar la atención de los que están en la sala.

—¡Vamos al sótano! —demanda—. Te invito a hablar de lo bien que la pasamos juntos.

—Vete a tu casa… —Intento abrirme paso.

La discusión da vueltas y siempre llega al mismo lugar, no tiene sentido darle importancia a algo que no va para ningún lado.

—Entonces, que el mundo se entere de las ganas que te tengo —me suelta—. Estas ansias no las voy a disimular porque me harta fingir que no está pasando nada cuando está pasando de todo.

Su confesión me golpea como un saco de arena.

—¿Si te oyes? —Procuro no perder la cordura—. Estamos en la fiesta de tu mejor amigo…

—Me importa una puta mierda que tú seas su novia, como también me vale que estemos en su funeral, boda, fiesta o lo que sea.

—¡Es tu amigo! —recalco.

—Y tú la mujer que me apetece y, para la mala suerte de Bratt, yo no hago sacrificios por nadie.

—Se acabó el tequila. —Uno de los meseros entra con una bandeja llena de vasos desechables—. ¿Cuántas botellas subo?

Echa los vasos a la basura esperando mi respuesta. Lo menos que me importa es cuántas botellas de licor hay que subir, ya que estoy anonadada y a punto de ahorcar al hombre que tengo atrás.

—¿Le pones punto final tú o yo? —inquiere el coronel.

El mesero se mueve incómodo con la tensión, que es demasiado notoria.

—El silencio suele ser una respuesta. —Christopher se encamina a la sala.

—¡Espera! —lo detengo.

—Ya se me quitaron las ganas de hablar —contesta.

—¡Que esperes te digo! —enfurezco.

—Creo que mejor me voy —se disculpa el chico cuando el coronel se detiene.

—Yo subiré las botellas. Reparte whisky y cerveza mientras tanto.

—Como diga. —Se marcha.

Doy media vuelta y me encamino al sótano, a él no le importa nada, pero a mí sí. Las mesas de ping-pong, el billar y el futbolito están abajo y a mí la ira me tiene con mareo. Siento sus pasos cuando baja la escalerilla y después cierra la puerta con pestillo.

Dejar que me toque es perder la batalla que vengo librando conmigo misma. Estando solos somos como imanes, solos no hay autocontrol y, por ende, no quiero mirarlo, ni olerlo.

Apoyo las manos sobre la mesa de billar. No es que estuviera ganando dicha batalla, estaba volviéndola lenta con la esperanza de que mis sentimientos se cansaran de esperar lo que simplemente no podía ser. Lo que siento por él es muy diferente a lo que siento por Bratt, tan diferente que puede aplastar el sentimiento que he sentido por tantos años.

—No serás capaz de dañar a Bratt, no lo lastimarás de tal manera.

—Una vez le dijiste a mi secretaria que las relaciones amorosas no son un cliché de novela romántica. Que el malo siempre seguiría siendo malo, y henos aquí dando un claro ejemplo de eso, corroborando el hijo de puta que soy y seguiré siendo. —Me toma de la cintura y me obliga a que lo mire—. No voy a fingir lo que no soy y no voy a andar con estas jodidas ganas de tenerte.

Me pega a su entrepierna y mis muslos se tensan bajo el contacto de su erección, de esta no voy a escapar. El estómago me arde, es terco e imponente y con su mera mirada es suficiente para que las rodillas me tiemblen.

Estoy enamorada del villano, perdida en una relación que me impide hacer uso de mis valores.

—Me casaré. —Echo la cabeza atrás evitando que sus labios me toquen—. Seré de él y cuando eso pase no podrás hacer nada.

—¡No! —Aferra las manos a mi nuca fundiendo mi aliento con el suyo—. Eso no va a pasar.

Me estrecha contra su pecho e intensifica el agarre sobre mi trasero refregándose contra mí, apoderándose de mi boca con un feroz beso que me pone a arder los labios mientras me sube al borde de la mesa.

La chaqueta sale a volar sin soltar mi boca, el agarre y el desespero que denota es tanto que temo que ambos nos prendamos en llamas de verdad. Baja las tiras del vestido y amasa mis pechos con fiereza en tanto su boca se prende de mi cuello.

Sus caricias son el recuerdo de lo mucho que extraño estar en sus brazos. La ternura y sencillez de Bratt jamás podrá con la pasión ardiente de Christopher Morgan. Aunque me duela decirlo y reconocerlo, nunca habrá alguien que me consuma como lo hace él.

Su aroma me embriaga, sus besos me aturden y su cercanía desequilibra cualquier pensamiento coherente cuando empieza a repartir besos por mi cuello.

—Oye, yo…

Se prende de mis senos chupando y mordiendo mis pezones con fuerza. No hace caso a mis palabras, por el contrario, mete la mano bajo el vestido, acaricia el delgado elástico de mis bragas y aparta la tela untándose los dedos con mi humedad.

La bandera de mi ejército cae al suelo cuando entra, sale y se lleva los dedos a la boca. El morbo, ¡el puto morbo! es lo que me prende, esa mirada hambrienta y deseosa que te hace sentir sumamente deseada.

Vuelve a entrar con movimientos estudiados y me es imposible controlar el gemido que se me escapa. Un jadeo desesperado, el reflejo de un cuerpo cargado y encendido.

—Estás mojada. —Abraza mi cintura y entierra la cara en mi cuello—. Joder…, nena, mojada y deliciosa.

Roza mi clítoris y me provoca una ola de calor, la cual desciende a mi entrepierna a la velocidad de la luz, mi espalda se arquea y mi garganta jadea ante el estímulo de sus trazos circulares. No doy para más con tantas sensaciones y…

—Puedes ser su novia, esposa, amante o lo que quieras. Puede tener tu amor, tus caricias y tu cuerpo. —Sigue tocándome perpetuando la fabulosa sensación, arrojándome a llamas de exquisito deseo. Mi coño se contrae, mi canal se derrite y…

—Basta…

—Puede tener tu tiempo, preocupación y atención —continúa—, pero tus orgasmos siempre serán para mí, ¿entendiste? —No deja de tocarme—. Soy y seré el único capaz de ponerte así, Rachel James; derretida, ansiosa y desesperada…

Estallo bajo el placentero orgasmo que se apodera de mi cuerpo con sus dedos mientras echo la cabeza atrás, dejando que vuelva a prenderse de mis pechos. Ya todo me vale, que se acabe el puto mundo, que no me importa.

Veo estrellas, planetas y constelaciones. Saca la mano, me quita las bragas y se las mete en el bolsillo. Acto seguido, toma mi cara para que lo bese y yo no me opongo, solo meto las manos en su cabello y tiro de él aceptando la invasión de su lengua. Mis dedos buscan su cinturón, ya que quiero soltar la erección que se esconde y salta ante mis ojos cuando aparto la tela del bóxer.

Sabía que apenas me tocara sería el fin. Evitar lo que siento por él es como huir de un tsunami escondiéndose en una choza, algo que no sirve de nada, ya que llegará y arrasará con todo porque la coraza que te protege no es lo suficientemente fuerte.

Se mete entre mis muslos con la boca entreabierta, empujando mis caderas y encajándome en su polla, ¡carajo! Siento cómo mi coño se expande, cómo succiona y se aferra a todo lo que tiene. Su invasión es un sinfín de mariposas bailando sobre mi piel y respiro aceptando los embates y embestidas que lo ponen a sudar.

—Te eché de menos, nena —gruñe follándome contra la mesa.

Lo abrazo y dejo que me embista con brusquedad en tanto la piel de mis caderas duele bajo el agarre de sus manos cuando las lleva de adelante hacia atrás entrando y saliendo, dejando que me invada aquello que puede matarme y revivirme no sé cuántas veces.

Los ruidos que suelta su garganta acaban con la mínima excitación que faltaba por soltar. Nuestras frentes sudan bajo el intenso momento que libran nuestros cuerpos, cada beso, embestida y caricia se da de forma brusca y arrebatadora. La cresta de un nuevo orgasmo vuelve a levantarse con más fuerza y preparo mi cuerpo para ello, ya que dicha sensación es como un viaje al País de las Maravillas. Siento que lo toco, lo siento y…

Me baja de la mesa, dejándome de espaldas contra él. Alza mi vestido y pierde las manos en mi cabello.

—¡Dios! —chillo cuando me da la primera estocada con la fuerza de un rayo; sus embates se vuelven apremiantes, su respiración se torna fuerte e irregular mientras se estrella contra mí con gritos carnales, dándome todo lo que tiene.

El estómago me duele bajo la fricción maltratante del borde de la mesa. Jala mi cabello, vuelve a embestir y logra que los músculos de mi entrepierna se aferren a él con voracidad.

Todo desaparece, mi mente queda en blanco cuando el orgasmo se apodera de mi ser, las uñas se me resbalan en la mesa en busca de algo de qué sujetarse mientras gimo su nombre sílaba por sílaba.

Deja caer la cara en mi cuello, puedo sentir los latidos de su desbocado corazón, y la tibia humedad de mi coño me asegura que acabó, o que acabamos al mismo tiempo. No estoy segura de cómo fue, mi cerebro ha abandonado el sótano, la casa y tal vez Londres.

—¡Rachel! —me llama una voz femenina.

Recobro el sentido de golpe como si de la nada me arrojaran un balde de agua fría, paso saliva y Christopher no se mueve.

—Apártate —susurro solo para los dos.

Sale de mí acomodándome el vestido.

—No acepto reproches ni reclamos de nadie —advierte abrochándose el pantalón.

Trato de arreglar el desastre antes de encarar el mundo, y es Luisa la que me espera furiosa con un manojo de llaves en la mano. Mira a Christopher, que no se inmuta en mostrar, aunque sea, algo de vergüenza.

—Sal —me gruñe molesta—. Las cosas con los Lewis se salieron de control.

Recojo la chaqueta de la mesa y me apresuro afuera. «¡¿Qué mierda hago!?», me recrimino en silencio. La fiesta está en su mejor momento y Luisa me sigue a través de la pista.

Me siento sucia y con ganas de vomitar, ¿en verdad le daré la cara a Bratt, follada y sin bragas? La secuencia de lo que acaba de pasar sigue en mi cabeza… «Menuda golfa» y, aparte de ramera, cobarde. Las lágrimas se me acumulan en los ojos, no sé qué hacer con este lío, me abruma, frustra y confunde.

Trato de devolverme y choco de frente con mi amiga.

—¡No puedo hacerlo! —confieso para que se aparte—. ¡Quiero irme a casa!

A trompicones me saca al jardín.

—A los problemas se les enfrentan, no se les huye.

Señala a los Lewis y noto que siguen discutiendo. Las disputas con ellos son cada vez peores, cuando no es una cosa es otra y… Luisa vuelve a empujarme y me conduce al quiosco.

—No la voy a aceptar como un miembro más de esta familia —es lo primero que oigo por parte de Sabrina.

Joset nota mi presencia y todos se enfocan en mí.

—Se unió la arribista inescrupulosa —me brama Martha—. Tus métodos de manipulación funcionaron. ¡Felicitaciones!

—¡Mamá! —interviene Bratt.

—Déjala —hablo—, que se desahogue; si la hace sentir bien, es libre de hacerlo toda la noche si quiere.

—Toleré que la tuvieras como novia —continúa—, que te tuviera como un idiota complaciendo todos sus caprichos, que se igualara a Sabrina pensando que algún día puede ser igual o mejor que ella, pero no voy a aceptar que le pongas un anillo y lleve el apellido Lewis.

—Las decisiones de Bratt no son nuestro problema —interviene Joset—. Si él la eligió, no podemos cuestionarlo.

—¡No apoyaré que se case con una perra manipuladora! —grita Sabrina.

Luisa da un paso al frente y le tomo el brazo para que retroceda.

—¡Perra tu madre! —espeta molesta—. Rachel no te está faltando el respeto y…

—¡Calla, Banner! —replica—. ¡Que eres harina del mismo saco!

—¡Basta! —interviene Bratt—. No les he pedido permiso para nada y soy lo suficientemente grande como para saber qué quiero y qué no.

—Está usando el amor que sientes por ella para manipularte.

—Y como la manipuladora mayor —aparece Christopher a mi espalda—, temes a que te quiten el título.

Sabrina baja los humos cuando ve a su marido.

—Esto es diferente.

—¿Diferente? ¿Por qué? ¿Porque no está usando un hijo como excusa?

—Esto no es asunto tuyo, Christopher —habla Martha.

—Se volverá asunto de todos los invitados si sigues vociferando a los cuatro vientos lo mucho que odias a tu nuera.

—Por favor, es mi fiesta de cumpleaños, déjenme disfrutarla. —Bratt trata de conciliar.

—¡Bien, disfruta tu fiesta! —espeta Martha—. No me voy a quedar aquí con este trío de escorias que no valen ni una libra juntos.

Sabrina se une a su madre.

—Ten presente que mientras sigas comprometido con ella, no tienes madre ni hermana —lo amenazan—. Olvídate de que existimos.

—Martha, no es necesario —insiste Joset.

—¡No! —grita como maniática—. ¡No la acepto, en mi familia no hay lugar para gente vulgar que viste y actúa como zorra la cual espera nuestra muerte para quedarse con el respeto y el dinero que hemos conseguido en años!

—¡Métase su dinero por el culo! —vocifera Luisa.

—Ha hablado la mierda mayor. —La encara Sabrina—. Tú, la que se metió en las sábanas de Simon Miller, quien pertenece a una de las familias más influyentes en Santorini. Dejaste al fracasado de Scott solo porque conseguiste un mejor soldado. ¡Menuda codiciosa! ¿Crees que dejaré que mi hermano pase por lo mismo?

—¡No actúas como una dama, Sabrina! —la regaña Bratt.

—Con ellas no vale la pena ser decente, son campiranas de mierda que solo buscan trepar aprovechándose de nuestro apellido.

Luisa se le va encima y no logro evitar el bofetón que tira a Sabrina al suelo.

—¡Cómo te atreves! —grita Bratt, y Christopher lo empuja para que no se meta.

—¡Sabrina! —exclama Martha.

—¡Vámonos! —Tomo a Luisa del brazo.

Se zafa de mi agarre agachándose sobre la rubia.

—¡Igualada! —le grita Sabrina con ojos llorosos.

—Igualada tú, creyendo que todos queremos imitarte.

—¿Y quién no? Mírate y mírame —dice con altivez—. Porto los dos apellidos más importantes de Londres.

—El Lewis te lo paso —contesta mi amiga—, pero el Morgan… Si yo fuera tú, no presumiría de eso sabiendo que mi marido ya cogió con medio comando.

La levanto para que no vaya a decir una estupidez mayor.

—Vámonos —la insto.

Martha levanta a su hija.

—Tú no sabes con quién te metes, Rachel James —advierte antes de irse con su hija.

—¡Mamá, espera, por favor! —Bratt se va detrás de ellas.

Joset recoge su sombrero y no se atreve a mirarme.

—Lamento que todo esto terminara así —se disculpa con la cabeza gacha.

No contesto, solo suelto a Luisa y trato de alcanzar a Bratt, que se detiene cuando nota que lo sigo.

—Lo siento —se disculpa agitado—. Sé que te ofendieron, pero no puedo dejar que se vayan así, no me lo perdonaría.

Asiento con los ojos llorosos, este lado de nuestra relación nunca ha sido fácil y con lo de Christopher se torna cada vez peor.

—Haz lo que tengas que hacer. —Respiro hondo, intenta abrazarme y retrocedo evitando su contacto—. No es el momento, tienes que ir tras ellas.

Asiente antes de emprender la huida.

—¡Rachel! —me llama Brenda—. ¡Tenemos que irnos, los Halcones Negros están en la ciudad!

47

DESPLOME

Rachel

La fiesta termina en desastre cuando Simon apaga la música y pide a los invitados que se marchen.

—¡Todo el mundo a la central! —ordena Christopher en medio del caos—. Los necesito armados y listos para partir.

Busco mis cosas, hallo mi teléfono y tengo veinte llamadas perdidas de mi capitán.

La noche está condenada a terminar en tragedia, me engancho un par de bragas a la ligera y tomo mi mochila obedeciendo las demandas del coronel. Los invitados corren de aquí para allá, no encuentro a mis amigas y la cosa se pone peor cuando los soldados salen en la dirección equivocada. «Están ebrios».

—¡Rachel! —Angela estaciona frente a mí—. Hay que apresurarse, tenemos un G12.

Un G12 es un ataque masivo, quiere decir que los Halcones están atacando de la misma forma que los atacó la FEMF. Abordo el auto de la alemana y nos enrumbamos a la avenida principal.

—Tenían que atacar precisamente hoy... —comenta esquivando un camión de combustible—, justo cuando la fiesta estaba en su mejor momento.

«"En su mejor momento" para unos, para otros no tanto», replico en silencio.

—Luisa te buscaba como loca, ¿dónde estabas? —indaga sin apartar la mirada de la carretera.

Evoco lo que hacía mientras me buscaban y no sé ni qué me da. Mientras mi novio discutía con sus padres, yo estaba abierta de piernas dejándome toquetear por su mejor amigo.

Los quiero a los dos, pero no de la misma forma. La balanza se inclina sobre uno, sobre el que me hace fallar una y otra vez, el que me hará tropezar con la misma piedra infinidad de veces, y, aunque no la encuentre en el camino, seré capaz devolverme en su búsqueda y tropezar nuevamente con ella.

—¿Estás bien? —pregunta Angela preocupada—. He hecho dos veces la misma pregunta y pareces sorda.

—En el sótano buscando botellas de tequila —miento.

No quiero imaginarme la cara que pondrá si le digo la verdad.

—¿Viste lo guapo que estaba Christopher? Entiendo perfectamente por qué su esposa se niega a darle el divorcio, a cualquiera le dolería perder semejante hombre. —Se ríe—. Si yo fuera ella, no me le despegaría, ahora no le queda otra que resignarse, y me da pena con ella, pero creo que le gusto bastante a su marido.

No siento celos, de hecho, no tengo cabida para un sentimiento más. Nos adentramos en la central y cada quien se va con su compañía militar. El capitán Thompson me está esperando con la escuadra y me armo con los explosivos que se requieren, entre ellos una ametralladora H10 de largo alcance.

—¡Hora de partir! —ordena Parker entrando a la sala—. El coronel y el general nos esperan.

—¡A los helicópteros! —lo secunda el capitán Thompson.

Toca despabilarse a las malas y varios soldados meten la cabeza en los baldes de agua fría, aquí ni ebrio se abandona el deber.

Subo con mi tropa mientras mi capitán despliega el mapa que muestra el caos del momento.

—Iremos al hospital estatal. Es uno de los puntos donde hay doscientos cincuenta rehenes, entre pacientes, personal del hospital y policías que han intentado entrar —explica—. Ellos son setenta en total, la mayoría concentrados en la primera y segunda planta, hay que saber proceder. El hospital atiende a Maryori Blair, la esposa del embajador de Estados Unidos, y a Susan Bolguenman, la hija de un capitán de la FEMF.

—Supongo que son la garantía de los secuestradores —comento.

—Supones bien, quieren dinero a cambio.

—¿Qué avances hay hasta ahora?

—Negociaron con la policía exigiendo una suma que ya se entregó —aclara—. Tal cosa no sirvió de nada, ya que pidieron más dinero. Los policías entraron, pero no volvieron a salir. Fracasaron en la emboscada y las armas que tienen son demasiado peligrosas para el cuerpo policial.

Sobrevolamos la zona. Bomberos, rescatistas y policías están alrededor del hospital mientras los helicópteros de la prensa iluminan la zona.

—¡Prepárense para descender! —ordeno cuando el helicóptero planea el aterrizaje.

Bajamos y sigo a mi capitán a la carpa improvisada que armaron afuera.

Están los principales capitanes: Parker, Bratt, Simon y Patrick acompañados de sus respectivos tenientes. Christopher y el general están aparte, en una conversación privada.

Me ubico al lado de Laila, quien tiene cara de querer vomitar, la vi bailando en la pista en medio del humo y las luces, embriagándose a la par con Brenda. Bratt tampoco tiene buena cara.

—¡Despejen el área! —vociferan con un megáfono en una de las ventanas del edificio—. ¡O todos mueren!

—¡Ríndanse! —contesta la policía—. ¡No hay salida! ¡Eviten ser bombardeados!

—¡Basta de tonterías! —El general se une a la mesa—. No tengo genio para esto. Atacaremos y acabaremos con estas payasadas, al igual, solo son veinte secuestradores.

—No me parece prudente, es la mafia italiana —interviene Christopher—. No se van a tomar un hospital por dos rehenes y, si los atacamos, corremos el riesgo de darles lo que quieren.

Es inevitable no fijarse en el movimiento de su boca mientras habla. Una ola de calor me sube hasta las mejillas, hace unas horas estaba prendida de sus labios mientras él hacía maravillas con su lengua.

Tiene una camiseta del FBI y un chaleco antibalas, hay líneas rojas en la piel desnuda de sus brazos. ¿Arañazos? Sí, arañazos provocados por el maltrato de mis uñas contra su piel. No son notorios para todos, pero sí para mí. Lo sigo observando con disimulo, llego a su cuello y hay una mancha violeta en un costado. Esa no es fácil de esconder, mi mente trae de forma inmediata el recuerdo de mis labios haciendo eso. Evoco los momentos, los besos desesperados, los apretones y embestidas. La adrenalina del momento, mi orgasmo, su derrame… La colisión de los dos sacando chispas y explotando la mierda que salpica a todo el mundo.

—¡Retiren sus tropas! —vuelven a exigir afuera.

El general toma uno de los megáfonos y sale a gritar.

—¡Salgan en fila con las manos arriba o no respondo por mis actos! —advierte—. ¡Londres no negociará con criminales!

—¡Siempre hay una primera vez, general! —contesta el hombre de la ventana—. ¡Necesitamos veinte bolsas llenas de billetes grandes o recibirán sus rehenes pedazo a pedazo: tenemos explosivos rusos!

—No tiene caso negociar con esas ratas, entraremos dentro de diez minutos. —El general vuelve a la carpa—. El área está despejada, así que aliste a sus hombres, coronel.

—Déjeme decirle que no estoy de acuerdo con su punto —repone molesto pasándose el cargo del general por el culo—, ya que no hay un estudio profundo que nos deje saber qué están tramando. Todo es muy raro.

—No podemos perder el tiempo, la policía lleva dos intentos de convencerlos y no han dado el brazo a torcer; si no atacamos ya, les daremos tiempo para que se salgan con la suya. —Va donde el capitán Bolguenman—. Quiero un preestudio del área, entraremos dentro de ocho minutos.

—Rindan informe sobre el estado de las tropas —ordena Christopher—, y que alguien tome mi lugar mientras vuelvo.

—Usted no va a ningún lado, coronel —replica el general—. Como superior debe quedarse afuera.

—Usted tiene el control aquí —toma una ametralladora de la mesa de armas—, con una cabeza basta.

—¡Debe quedarse!

—Lo siento, pero no perderé la oportunidad de masacrar a los Halcones e iré a acompañar a mis soldados. —Sale de la carpa.

—El área está despejada, señor —informa el capitán Bolguenman, encargado del escuadrón antiexplosivo—. El dron no detectó más criminales y la mayoría están en la primera planta.

La sección antidisturbios cierra las calles y me camuflo entre el personal antiexplosivos. Cuando grupos insurgentes se enfrentan a la FEMF de tal manera, es nuestra obligación hacerles frente, sea como un ejército de guerra, policías o agentes del FBI.

—¿Ven? —Se ríe el general—. Esos idiotas no saben ni cómo planear un secuestro.

—Quiero ver el recorrido del dron —solicita el capitán Thompson.

—No hay tiempo, capitán —lo contradice su superior—. Prepare todo y entre con su tropa. No tenga contemplaciones con nadie.

Bratt y Parker son los primeros en salir a alinear soldados, alistan armamento y están formados, dispuestos para atacar. Por otro lado, Christopher prepara a los soldados con los que entrará. Los italianos no vuelven a negociar.

Una mañana estás planeando una fiesta sorpresa para alguien especial y por la noche estás rogándole a Dios que no te peguen un tiro en la sien.

Lleno mi arma de municiones y reviso que mi equipo esté completo.

—Entraremos por la puerta sur —indica mi capitán.

Rodeamos el edificio, la compañía militar que lidera Christopher ataca de frente mientras las demás toman posición en las puertas aledañas.

Nos ubicamos en el lado sur. Un explosivo se aferra a la puerta metálica, francotiradores apuntan a los posibles atacantes y los hombres huyen cuando notan la emboscada.

—¡Todos adentro! —ordena el general en el auricular.

La primera fila asegura el perímetro.

—Zona A de la parte sur, despejada.

—¡Avancen! —dice el general—. No podemos dejar que se lleven a los rehenes.

—¡Preparados para la toma total del perímetro! —grito.

Los pasos hacen ecos en el desolado pasillo, está oscuro y me veo obligada a usar lentes con lente infrarroja.

—Zona norte, despejada —informa Parker en el auricular.

—Área occidental, sin registro de movimiento —advierte Bratt.

—Frente vacío —anuncia Christopher.

—¡Procedan a tomarse la segunda planta! —ordena el general.

Hay algo que no cuadra, nadie planea tal golpe sabiendo que va a caer tan fácil. ¿Por qué no pidieron la suma total desde que llegaron? Y si no tienen tanta gente como dijo el capitán, ¿por qué la policía no pudo con ellos?

Continúo con arma en mano encaminándome hacia el primer tramo de escalera. No hay movimientos… ¿Lo lógico no sería que la mayor concentración de secuestradores estuviera en la primera y segunda planta?

—¡Alto! —Detengo la marcha. Hay un ligero olor a pólvora, alumbro las paredes y…

—¿Qué pasa, Thompson? —pregunta el general—. Es una toma, no una excursión. ¡Procedan a la segunda planta!

Ignoran mi orden y avanzan hacia los escalones mientras aprieto el arma contra mi pecho sin dejar de apuntar. Huele a peligro, por tonto que se oiga es así, como seres humanos tenemos la cualidad de presentir cuándo algo no anda bien.

Cuatro pasos más y mi radar radiactivo chilla moviendo la aguja al máximo grado de alerta.

—¡Retrocedan! —grito—. ¡Atrás, es una trampa…!

No termino la frase cuando un montón de luces rojas se encienden en las columnas de concreto y detonan una bomba de hidrógeno, la cual estalla de la nada. No hay tiempo de correr, solo caigo metros atrás con los oídos tapados y un fuerte dolor en el pecho cuando la avalancha de vidrios se me viene encima seguida de una nube de fuego; me volteo boca abajo protegiendo mi cuerpo de las llamas, y la piel me arde cuando el fuego hace contacto con mi uniforme.

—¡Afuera! —Me toman del chaleco y me arrastran entre esquirlas de vidrios. Es mi capitán quien lo hace mientras mis compañeros tratan de ponerse a salvo.

—¡Arriba! —ordenan.

Vuelvo a recibir oxígeno, el frío del pavimento alivia el ardor de mi espalda, me duelen los ojos, oídos y costillas cuando toso sacando todo lo que me tragué, el asma me ataca y me cuesta respirar.

—¡James, de pie! —me exige el capitán.

Débilmente, logro ponerme de pie con el mismo ruido sordo zumbándome en los oídos. No hay ni la mitad de los soldados que entraron conmigo.

—¡Malditos hijos de puta! —se queja el sargento, con la cabeza llena de cenizas.

—Los demás —susurro—. Tenemos que sacar a los demás.

Una nube de humo negro sale de las ventanas impregnando el aire. «Bomba química», me digo.

—¡Muévanse!

Emprendo la huida lejos del edificio y la onda explosiva nos alcanza a pocos metros y nos tira al asfalto. Se oyen gritos, vidrios rotos, sirenas y llantos.

Como la caída de un castillo de naipes, piso a piso estalla en medio de fuego y escombros. Ahí, tirada en el asfalto, observo cómo cada planta se vuelve una nube de fuego naranja que arrasa con todo.

No hay fuerza de voluntad para levantarse ni para correr, solo pienso en el sufrimiento de todos los que están adentro —pacientes, trabajadores, familiares y camaradas—. Sigo sin poder respirar bien, el pecho lo tengo apretado y la garganta seca.

Todo tiene sentido ahora, uno de los secuestrados es la hija de John Bolguenman, capitán del escuadrón antiexplosivos. El accidente de la adolescente de diecisiete años fue el encabezado del periódico la semana pasada, fue él quien dio el informe sobre el área despejada, fue el primero en llegar e intentar negociar antes que la policía y fue él quien rindió el informe mal. «Los Halcones lo usaron y el objetivo era hacernos entrar», concluyo.

Las aspas de un helicóptero dispersan las llamas, dicho artefacto sale de la nada en medio del desastre elevándose por encima de la espesa nube de humo.

No había veinte secuestradores, tal cantidad de personas no cabe en un solo helicóptero, maquillaron todo para proceder. Entre más soldados entraran, más duro sería el golpe.

Me pongo en pie con las piernas y costillas doloridas mientras mis compañeros me siguen, todos con la misma cara de estupefacción, miedo y tristeza.

Los cuento por encima, solo hay nueve de los veinticinco que entramos, los rostros de los que no están se pasan por mi mente; profesionales que más de una vez han peleado cuerpo a cuerpo conmigo, compañeros con los que he convivido día a día en reuniones y entrenamientos.

Se me arma un nudo en la garganta y me cuesta respirar.

—Dieciséis combatientes caídos —anuncia el sargento dando un paso al frente.

No contesto. Pese a los años no me acostumbro a la idea de perder colegas, es una desventaja que le heredé a mi papá. Palmeo el hombro de mi sargento, quien tiene los ojos llorosos.

—No siempre se canta victoria, soldados —espeto jadeando con el asma jodiéndome.

Todos asienten: en la FEMF hay que seguir así se tenga la vida en el piso. Por muy oscuro que parezca todo, hay que buscar algún tipo de luz; aunque sientas que todo te ahoga, debes sacar la cabeza y respirar.

—¡En marcha! —ordeno.

El punto de partida está peor, los autos quemados y los cordones deshechos. Hay cadáveres cerca de los escombros y la ambulancia trata de socorrer a los heridos.

A Christopher, Bratt y Parker no los veo por ningún lado y el miedo me invade. Entraron primero que yo, por ende, tuvieron que haber avanzado un tramo más largo.

—¡General! —mi capitán se apresura a socorrer al hombre que yace en uno de los escalones atendido por una enfermera.

—¡Se nos han burlado a la cara! —chilla, rabioso.

—Hay un mensaje de los Mascherano —un soldado se acerca con una *tablet*—, es de carácter urgente, señor.

Me aparto para que pueda cumplir con su labor y los pocos hombres que hay se aglomeran a oír el mensaje. Ponen en marcha el video, fijo los ojos en la pantalla y los oídos en las palabras que pronuncia el mafioso:

—General —aparece Brandon Mascherano vestido de negro—, me gustaría decir que me alegra saludarlo, pero no es así. Sería hipócrita por mi parte después de haberlos hecho caer en mi improvisada trampa. En la guerra, la frase «ojo por ojo y diente por diente» tiene mucho sentido. Ustedes acabaron con nuestros puntos más importantes, encarcelaron a mi primo y a mi hermano, ahora nosotros contraatacamos dejando claro que nos molestan sus persecuciones.

Tiene cuatro hombres detrás. Brandon es el hermano mayor de Antoni y en la actualidad es considerado uno de los criminales más asediados de la historia.

—Estamos cansados de sus putas intromisiones —continúa el italiano—, y por ello nos quedaremos con la esposa del embajador. No hemos probado la droga en personas con poder, así que lo haremos, y tal vez no les interese, pero informo que con el paso del tiempo se va volviendo más letal.

Se apaga la pantalla y siento que mi garganta se cierra cada vez más.

—¡Malditos! —El general estrella la pantalla contra el piso.

Parker se une al grupo, con el uniforme y la cara ensangrentados, busco a Bratt y lo veo venir lleno de cenizas.

—¿Estás bien? —Me abraza.

—No fuerce el brazo, señor —le advierte Meredith—. Está bastante lastimado.

Lo miro, tiene una herida abierta desde el antebrazo hasta el codo.

—¡Preparen el equipo de búsqueda! —ordena el general—. ¡Hay que sacar a los supervivientes!

—Ya entró un equipo, señor —responde el capitán Thompson abriéndose paso entre la gente—. Lo único que hay tras esos muros son cadáveres. Los supervivientes estamos aquí.

Un dolor agudo me perfora debajo de las costillas cuando todo empieza a nublarse.

«No lo veo, él no está aquí».

—¡No me vengas con mamadas! —grita el general, histérico—. ¡Christopher Morgan no ha salido de ese puto mierdero!

—A eso voy, señor —contesta, nervioso—, creo que el coronel es uno de los soldados caídos en batalla, no salió con el resto de los heridos.

El dolor es un puñal en el corazón y avanza hasta mi pecho impidiendo el paso del oxígeno, abandono los brazos de Bratt y todo se vuelve oscuro al desmayarme cuando el asma me ataca con más fuerza.

48

ITALIANO

Rachel

Al corazón no le importa qué tan mal o jodido estés, él se cree sabio de su propia opinión yendo en contra del sentido común, y he aquí los impulsos que acolitan los amores prohibidos. Tu cerebro dice: «¡Para!», pero tu pecho retumba aclamando lo que realmente deseas.

He tenido asma desde los cinco años, logré controlarla con el tiempo, pero sigue estando presente cada vez que colapso. Me vuelvo débil, me duele mucho el pecho, no puedo abrir los ojos y solo siento cómo me llevan al hospital.

La careta de oxígeno reposa en mi rostro y me esmero por respirar.

—Tranquila —me piden—. Colocaremos un sedante para que no despiertes hasta mañana.

Sigo pensando en lo que pasó, en el ataque, en las tropas... Los pensamientos van y vienen, la imagen de Christopher está clavada en mi cerebro y el sedante me pone a divagar. Escucho la voz de Luisa a lo lejos y duermo no sé por cuánto tiempo, pero sé que duermo mucho.

La debilidad no me deja moverme, sigo sin poder lidiar con el sueño y tardo otro día en la cama quejándome mentalmente y con el cuerpo dolorido debido a la explosión. Los párpados me pesan demasiado y el dolor de cabeza es insoportable. Muevo la cabeza con el chirrido de la puerta que se abre, mi oído se agudiza, capto la presencia de alguien que se acerca despacio. Intento moverme con los ojos cerrados, siento que recorren mi rostro con lentitud, tengo sed y los dedos se siguen moviendo por mi cara tocándome las mejillas.

Mi garganta libera un gemido involuntario e intento moverme nuevamente.

—*Principessa* —susurran, y abro los ojos cuando capto el acento italiano que acaricia mi nombre.

La garganta se me cierra, mi pulso se eleva con la imagen del hombre que me busca y del que huyo. Miro a la puerta y vuelvo a posar los ojos en el italiano que intenté capturar en Moscú y ahora está frente a mí luciendo un traje a la medida.

Vuelvo a fijar los ojos en la puerta, estoy en el hospital militar, no hay señal de mis escoltas y él se mueve por la alcoba con una soltura única.

—Te ves mal. —Abre la carpeta que está al pie de la cama—. Tu historia clínica dice que tuviste un colapso nervioso.

Paso saliva quitándome la mascarilla de oxígeno.

—Debe de ser por las emociones de los últimos días —continúa— o meses. Buscarme agota tus fuerzas.

Se pasea por el lugar sin dejar de leer, está solo y trato de ubicar algo con que defenderme, pero no hay nada y el sedante me pone en desventaja con lo mareada que estoy.

—Llevo meses investigándote —hablo agitada—. Sé cómo trabajas, así que ahórrate el preámbulo y mátame de una vez.

Saca el arma que tiene en la parte baja de la espalda y el cañón brilla bajo las luces del hospital.

—Nos buscamos e investigamos con las mismas ganas, preciosa. Como perros ansiando la presa. Nos investigamos tanto que diré que te veías hermosa con el vestido que llevabas puesto en la fiesta del hotel. —Se posa frente a mí paseando el arma por mi mentón—. Eres hermosa, pese a estar así convaleciente y tirada en una cama.

Apoya los labios en mi frente inundando mis fosas nasales con su aroma (tabaco y loción).

—Eres hermosa, Rachel —baja besándome la punta de la nariz—, y tal belleza te mantiene viva porque llevo noches soñando con este momento. Soñando con tenerte cerca y tocarte, convenciéndome de que eres real y tarde o temprano serás mía.

Su arma desciende hasta mis pechos y baja por mi abdomen. No le aparto la cara, no quiero que vea mi miedo y sepa que, en el fondo, estoy temblando y con ganas de salir corriendo.

—Hazlo —mascullo—. ¡Presiona el gatillo! —Llevo el cañón a mi frente.

—Qué valiente.

—Es la cualidad de todo soldado —sigo—, así que hazlo.

Esta es la consecuencia más peligrosa de mi profesión: el que alguien sepa quién soy y venga a hacerme pagar, como lo está haciendo él.

—No, *principessa*. No te mataré todavía, primero tengo que tenerte de todas las maneras posibles, debo saciar estas incontrolables ganas que tengo de ti. —Me toma del cabello—. Debo disfrutar ese cuerpo de *cagna* que tienes.

—Si no me matas ya —lo amenazo—, seré yo la que te mate a ti, y yo no te violaré como violan ustedes a sus víctimas. Yo te volaré los sesos sin dudar.

—Mírate —se burla—. Te atreves a amenazarme sin tener la fuerza de moverte, sabiendo que este juego lo estoy ganando yo… ¿Quién ha encontrado a quién primero?

Guardo silencio mirándolo a los ojos.

—Yo a ti, preciosa. Tú me buscas por miedo, mientras yo te busco porque quiero tenerte y saldar la deuda que tenemos pendiente.

—¡Déjate de rodeos y aprieta el puto gatillo! —lo enfrento—. ¿Para qué le vas a dar más vueltas?

—Mi Rachel… —Hunde la nariz en mi cabello.

—Jamás seré *tu Rachel*.

—Sabes que sí, y es mejor que te prepares para lo que viene porque serán noches y noches atada a mi cama, dándome placer, gimoteando mi nombre, presa de la pasión. Te daré tiempo para que lo vayas asimilando, no te mataré ni te llevaré hoy. —Sonríe—. Una cosa es violar el sistema de seguridad de un hospital militar para venir a visitarte y otra es sacarte como rehén con tantos hombres armados a mi alrededor.

—Eres hombre muerto entonces.

—Lo dudo, esta vez solo vine a advertirte sobre lo que te espera. Te has metido con el hombre equivocado, Rachel —advierte—, así que resígnate a que seremos el uno para el otro.

—No si te mato primero —aclaro.

—Te daré una tregua. —Se aparta guardando el arma en su cinturón—. Ambos tenemos importantes problemas que resolver, en especial tú.

Saca una jeringa de la cajonera y se va hacia la bolsa de suero.

—Tienes funerales que planear y verdades que confesar.

Vacía el líquido en la bolsa y la pesadez llega de inmediato, dejándome más débil de lo que estaba.

—Te arrepentirás de no haber acabado con esto —advierto furiosa—. ¡Yo no tendré contemplaciones, ni te daré tregua a la hora de matarte!

—Chist —me calla acercándose otra vez—. Hablas con miedo y lo entiendo, yo también lo tendría si fuera tú. Tu pequeña cabecita no tiene ni idea de todo lo que se te viene encima. La preocupación y la angustia que has sentido hasta ahora no son nada comparado con lo que vivirás a mi lado. ¿Crees que estar liada con dos hombres es el mayor de tus problemas? Estás equivocada, *bella*.

Los ojos me pesan, la cabeza me da vueltas, las manos me sudan y el cuello me duele.

—Sabes jugar sucio, mi *principessa*, tienes un estúpido enamorado a tus pies y un desalmado que solo quiere verte arder en su cama. —Se ríe—. Yo soy una combinación de ambos, de los que tanto te roban el sueño, solo que de mis brazos no saldrás bien librada.

Me planta un beso en los labios.

—Adiós, Rachel, espero verte pronto.

Su voz es un eco a lo lejos. Me hundo en la cama, cierro los ojos y todo desaparece cuando vuelvo a desmayarme.

Bratt

El aire es una espesa nube de polvo contaminado con residuos químicos dejados por la bomba, y vamos por nuestro cuarto intento de entrar al edificio lleno de escombros.

Fallamos en los anteriores, la contaminación por monóxido de carbono es demasiado alta y no hemos podido determinar si hay o no más dispositivos explosivos. El dron que entró no detectó señales de vida, sin embargo, no perdemos la esperanza. Ha pasado que se da a la persona como muerta cuando tiene pocas posibilidades de sobrevivir.

El general camina de aquí para allá desesperado y temeroso de las consecuencias de todo esto, el hijo del ministro Morgan está adentro, posiblemente muerto, y puede que el próximo cadáver sea el suyo, porque cuando Alex Morgan se entere de que su único hijo falleció por culpa de una mala orden, la primera cabeza que rodará será la suya.

Mi miedo y angustia no es por las represalias de Alex Morgan, sino porque Christopher es un hermano para mí, me aterra el hecho de que le pase algo. ¿Cómo se lo diré a mi hermana?

Todo se siente como hierro caliente en mi espalda. «No puede estar muerto», me repito una y otra vez.

—¡Todo el mundo preparado! —ordena el general—. ¡Vamos por el cuarto intento!

Alisto el equipo y conecto mi máscara de oxígeno a la cápsula que llevo en la espalda; el ardor de la herida en mi brazo me recuerda que necesito atención médica, no he tenido tiempo de curarme con tanto caos.

La misión, la explosión, la lucha por sobrevivir y el colapso de Rachel no me han dejado tiempo para nada. A duras penas tuve tiempo de meterla en una ambulancia, llevarla al hospital y devolverme nuevamente, no podía quedarme con ella sabiendo que mi mejor amigo está en peligro.

—Sabes que hay grandes posibilidades de que el dron no esté fallando, ¿cierto? —comenta Simon a mi lado. Se ve cansado, tiene sangre seca en la frente y la barbilla—. Es mi amigo y quiero aferrarme a la idea de que todo es un error, pero…

—¡Calla! —lo interrumpo—. No hablemos hasta no estar cien por cien seguros de su estado.

Patrick llega a revisar los equipos, es él quien mejor está físicamente, ya que no se ha enfrentado con nadie en batalla. Físicamente, emocionalmente no tanto: es quien más empatía tiene con Christopher después de mí, fue él quien estuvo a su lado en sus años de ascenso. La mayoría de sus logros y medallas las han conseguido juntos.

—Tenemos un equipo médico listo —confirma—. Si hay supervivientes, estaremos preparados para darles atención médica inmediata.

—Sí. —Le palmeo el cuello—. Entraré y saldré con buenas noticias.

—¡Tropa de búsqueda 1103, prepárese para operativo de rescate! —ordena Simon.

Me coloco la máscara de oxígeno y me uno con el grupo de soldados que corren a la entrada.

Han pasado treinta y dos horas desde la explosión, las posibilidades de que todos estén muertos son de un noventa y nueve por ciento, son pocos los capaces de sobrevivir a una explosión de tal magnitud, y, si sobrevives, debes luchar con la radiación y contaminación que deja este tipo de eventos.

El aire se siente pesado, es difícil respirar aún con la máscara puesta. Mueven los escombros y dos soldados avanzan con un detector de explosivos. La entrada al antiguo vestíbulo es tediosa y nos toma tiempo mover los obstáculos que impiden el paso, se encuentran los primeros cadáveres de aquellos que intentaron llegar a la salida.

Un grupo de hombres se encarga de meter los cuerpos quemados en bolsas plásticas y sacarlos mientras avanzamos perdiendo la esperanza con cada paso.

—Esto es un caso perdido, capitán —comenta Meredith—. Thompson tenía razón, no hay supervivientes.

—¡Capitán! —me grita la teniente Lincorp—. ¡Venga, por favor!

Está en cuclillas tomando la mano de una mujer con los brazos y las piernas quemados. El pecho le sube y baja acelerado: ¡está viva!

—La encontré bajo una pila de camillas —me explica—, necesita atención médica inmediata. Sus posibilidades se agotan.

—Encárgate —le ordeno.

Refuerzo mi asomo de esperanza en medio de lo que se veía como un desastre total: si ella pudo sobrevivir, Christopher también.

Me engancho la ametralladora a la espalda, tomo uno de los detectores e inicio una búsqueda más exhaustiva junto a Simon y Meredith. Búsqueda de horas y horas moviendo hasta la última piedra, sudando y asfixiados por el pesado aire que nos rodea.

Volteo cada uno de los cuerpos con el miedo de encontrarme con el rostro de mi amigo. Es un profesional, tuvo que darse cuenta de que había explosivos antes de que estallaran. Sé que buscó dónde esconderse.

Meredith se ve agotada y se recuesta en una de las columnas cansada por el esfuerzo físico. La barra de la recepción se cierne a su espalda. Concreto y metal juntos, un buen lugar para resguardarse.

Corro al mural y aparto todo lo que se me atraviesa, un pitido me avisa de que se acaba el oxígeno. Apuro el paso y salto por encima del concreto y aterrizo en un montón de carpetas quemadas.

Una repisa metálica está contra la barra brillante, miro bajo ella y noto que hay un cuerpo adentro. Es pesada, así que recuesto el cuerpo contra el mármol y pongo mis piernas contra ella, empujando con todo lo que tengo… Finalmente, cae al otro lado y me muestra lo que tanto busco: su cuerpo está ahí, tirado con la mano a un costado de su abdomen cubierto de cenizas.

Simon y Meredith llegan por detrás, me dejo caer de rodillas a su lado con el corazón a mil, siento miedo de que el suyo no esté latiendo. Miro a Meredith, no me siento capaz de comprobar si vive o no. Se adelanta y le pone dos dedos en la garganta. Me mira y niega con la cabeza.

La saliva se me vuelve amarga y los ojos me arden.

—¡Ese hijo de puta no puede estar muerto! —Simon sacude la cabeza—. Confirma nuevamente los signos, que no está muerto.

Tomo su muñeca para asegurarme de lo que ya sé, no hay pulso. Un trago amargo me baja por la garganta, el dolor se siente como mil huesos fracturados, tantos años compartiendo y ahora debo verlo sin vida.

La sangre tibia me moja las rodillas, aparto la mano que tiene en el abdomen y hay una esquirla de metal atravesándole las costillas. «Sangre tibia». Así que no lleva mucho tiempo sin respirar, todavía no está frío. Vuelvo a tomar el pulso con más calma y está débil, pero se siente.

—¡Trae una camilla! —le pido a Simon—. ¡Hay que sacarlo de aquí!

Le coloco mi máscara de oxígeno.

—¡Capitán, puede ser peligroso! —advierte Meredith—. Está arriesgando su vida.

—¡Cállate! —le ordeno—. ¡Traigan la camilla rápido!

—Pero…

—¡Es mi hermano, no lo voy a dejar aquí! ¡Él nunca me dejaría aquí!

Entre los tres lo subimos a la camilla que traen, me duelen los pulmones por el esfuerzo y la falta de oxígeno. Implemento todas las fuerzas que tengo para sacarlo de ahí y a mitad de camino nos ofrecen ayuda. Debo sostenerme en el hombro de Meredith para poder salir, la falta de oxígeno me debilita, pero nada de eso me importa, lo único que hago es rogarle a Dios para que él pueda mejorar. La luz del sol se ve a lo lejos y las personas corren a auxiliarnos cuando nos ven en la salida.

Patrick los encabeza, es el primero en llegar al pie de la camilla junto a los paramédicos mientras yo caigo sobre los escalones mareado y aturdido.

Voces se aglomeran a mi alrededor tratando de ayudarlo y, mientras sucede, la imagen de dos niños jugando con una pelota de fútbol me golpea de frente. Su nana cuidando de ambos, él fingiendo que no le importó la partida de Sara y mi desespero cuando supe que se había unido a los italianos.

—Está malherido, pero hay esperanzas. —Patrick deja caer la mano sobre mi hombro—. Gracias por no darte por vencido, hermano.

Me levanto a abrazarlo mientras arrastran la camilla a uno de los vehículos de emergencia. Sin tiempo que perder, enciende la sirena y se ponen en marcha escoltados por cuatro policías.

Me libero del chaleco antibalas, también de la chaqueta de plomo que llevo encima y noto que la sangre corre por mi brazo goteando en el piso.

—Necesita primeros auxilios, capitán. —Meredith sube a la ambulancia conmigo—. Amarraré una venda encima de la herida para contener el sangrado.

Le extiendo el brazo para que haga su trabajo.

—Le ha salvado la vida al coronel, un minuto más y no hubiese sobrevivido —comenta—. Ahora tengo un motivo más para admirarlo.

—Lo conozco desde que éramos niños, es mi hermano y cuñado. Era mi deber salvarlo.

Me sonríe, es bonita. Tiene una belleza totalmente opuesta a la de Rachel, la de ella es un poco más delicada y tierna, como la de una muñeca infantil de los años ochenta. Su cara salpicada de pecas y ojos castaños transmiten paz y tranquilidad.

Aprieto los dientes cuando amarra la venda encima de la herida.

—¡Tranquila, mujer! —chillo preso del dolor—. No he sido el mejor capitán, pero no creo que merezca tanto nivel de tortura.

—Es el mejor capitán que he tenido. —Se ríe—. No tengo ningún motivo para torturarlo.

—Es bueno escuchar un halago en medio del desastre —le devuelvo la sonrisa.

Deja la mano sobre mi bíceps mirándome a los ojos.

—Tiene una sonrisa encantadora —confiesa.

Me muevo incómodo, no soy de los que dan falsas esperanzas.

—Sí, Rachel también dice lo mismo. —Retiro su mano.

Guarda silencio y la situación se vuelve incómoda para ambos. Soy el primero en apartar la cara con la excusa de que debo avisar a mis padres y a mi familia.

Llegamos al hospital, un camillero abre las puertas de la ambulancia cuando se estaciona, salto de ella y voy hasta la que trae a Christopher. La esquirla de metal sigue a un lado de sus costillas, una máscara de oxígeno le tapa la cara y cables de colores le cubren el pecho.

—¿Cómo está? —Corro detrás del doctor.

—Haremos lo que esté en nuestras manos —confirman—, pero es importante que se preparen para lo peor.

49

MINISTRO MORGAN

Rachel

Poco a poco vuelvo a recuperar la conciencia, siento aún opresión en el pecho y noto el aire pesado con cada exhalación.

—¡Calma! —pide la enfermera que está al pie de la cama—. No te alteres y respira despacio.

Miro a mi alrededor... Sigo en el hospital vestida con una bata para pacientes, me cuesta espabilarme y la aguja que tengo en el brazo me incomoda cada vez que lo muevo.

—¿Cómo te sientes? —inquiere el médico que entra a revisarme los ojos—. ¿Tienes mareo, sordera o algún pitido en los oídos?

—¿Cuánto llevo aquí? —Saco los pies de la camilla—. ¿Y dónde está mi ropa?

—Llegaste ayer a la madrugada debido a que tuviste un colapso nervioso y un ataque de asma provocado por la inhalación de monóxido de carbono.

Siento una punzada en la espina dorsal. «No estaba soñando», pienso. Todo lo que decían a mi alrededor era cierto. Luisa estuvo aquí, al igual que el italiano. Las manos me tiemblan, Antoni Mascherano vino a verme y no fue una jodida pesadilla.

—¿Estás bien? —me pregunta la enfermera—. Puedo ponerte más sedante si quieres.

El médico se acerca a tomarme los signos vitales.

—Te veo bien, puedo darte la boleta de salida si te parece —aclara—, pero si no te sientes capaz, puedo dejarte un día más en observación.

—Quiero irme, necesito mi ropa y mi móvil —pido—. Me siento bien.

Él asiente y se dispone a elaborar la boleta de salida que me entrega antes de irse.

—Su amiga le trajo ropa esta mañana. —La enfermera saca mi bolso del armario—. La dejaré sola para que pueda cambiarse; si me necesita, solo apriete el botón rojo que está a un costado de la camilla.

Busco el iPhone en las cosas que me entrega.

—Ah —se detiene en la puerta—, hay un hombre en el pasillo que insiste en verla, llegó en la madrugada y no se ha querido ir.

—Que pase —le pido sin dudar.

—Enseguida, señorita.

La puerta se cierra y vuelve a abrirse dando paso a mi escolta personal, Elliot.

—Estuvo aquí —le suelto asustada cuando cierra la puerta—. Me amenazó y fue claro al decir que también me está investigando.

—Entró hoy en la madrugada por el área del personal médico, estuve indagando y manipularon el sistema —me informa—. Sus hombres son ágiles y cautelosos.

—Esto se está saliendo de control —me desespero—. Su advertencia fue clara, hasta me puso un arma en la cabeza.

—¡Cálmese! —exige—. Le ruego que me perdone por no haber estado aquí para evitar eso, desde que partió de la casa de su amigo perdí la pista de su paradero. El guardia que la vigilaba no logró ver qué auto abordó para ir a la central, estuvimos haciendo guardia a las afueras, pero nunca salió por las puertas. Sospeché de la toma del hospital central, pero para cuando quise llegar, ya todo estaba cerrado por la policía, no contestaba su móvil y me tomó horas averiguar adónde vino a parar.

No me ayuda, sus explicaciones me traen sin cuidado y lo único que me preocupa es el italiano.

—Antoni supo escabullirse, el hospital está lleno de heridos, los guardias de turno no me dejaban rondar por el pasillo, ya que me estaba viendo sospechoso y me sacaron. Tuve que quedarme en la planta de abajo —explica—. No se sabe cómo entró, se aprovechó de la agitación del sector y para cuando quise volver a subir evadiendo a los guardias de turno ya se había ido. Fueron mis hombres los que lo vieron abordar la camioneta.

—Va un paso adelante y, si esto sigue así, terminaré siendo su prisionera.

—Siento que lo mejor es avisar a sus superiores.

—Ya te expliqué que no puedo exponerme a un exilio, sería el fin de mi carrera —espeto—. Lo que necesito es que me ayudes a ubicarlo y a matarlo.

Bratt abre la puerta de golpe fijando los ojos en Elliot, que está frente a mí y pasa la vista por el escolta y luego por mí. Es obvio que no le gusta la escena viéndome en bata, con el cabello alborotado y con cara de desequilibrada.

—¿Qué haces levantada? —pregunta molesto. Lleva el uniforme de combate y está lleno de mugre.

—Me preparaba para vestirme —aclaro.

—¿Quién es usted? —le pregunta a Elliot.

—Elliot MacGyver, señor —contesta el hombre—. Soy de servicios administrativos, vine a hacerle unas preguntas a la señorita James, ya que nos interesa saber cómo le fue con la atención.

—Esto no es un hotel para andar con test de satisfacción —lo reprende—. Además, ella no está en condiciones de responder nada, así que le voy a pedir el favor de que se retire.

—Estoy bien, Bratt, no es necesario ser grosero con el señor.

—Descuide, señorita James, como lo dijo el señor, no está en condiciones de responder preguntas. Ya la contactaré más adelante.

Se marcha.

—Deja que te lleve a casa —me pide mi novio—, no quiero que tengas una recaída.

—Estoy bien y no quiero irme a casa en medio del caos que tenemos encima.

—Como quieras.

Se va hasta la ventana y apoya las manos en el vidrio. Emocionalmente no se ve bien, y yo temo a preguntar por lo que tanto me agobia: la salud del coronel.

Tomo el bolso que me trajo Luisa y voy al baño. ¿Y si murió? La mera suposición me comprime y prefiero irme a que Bratt note lo que pasa. Duele demasiado y me niego a asimilar una noticia tan trágica.

Él entra al cuarto de baño y se posa a mi espalda. Toma mis hombros, levanto la cara al espejo y me encuentro con los ojos de Bratt, los tiene empañados de lágrimas. Apoya la frente en mi cabeza y por primera vez en nuestros cinco años de relación lo veo llorar como un niño pequeño, sollozando y soltando todo lo que le aflige. Me volteo para abrazarlo con ganas de decirle que lo entiendo, que yo también siento su tristeza. Me aferro a su torso queriendo consolarlo y de la nada terminamos contra la pared, él aferrado a mí y yo a él.

—¿Se ha ido? —Me veo cayendo en picada—. ¿Murió?

—No —contesta con un hilo de voz—, pero está muy mal y los médicos dicen que nos preparemos para cualquier cosa.

Vuelvo a abrazarlo ocultando el alivio que provocan sus palabras: al menos no está muerto y eso es una esperanza para mí.

—Es como mi hermano. —Me estrecha—. Siempre hemos estado el uno para el otro; pese a lo de Sabrina, a nuestras diferencias y a la distancia, nunca hemos dejado de contar el uno con el otro. Puede que no lo parezca, que a lo largo del tiempo hayamos madurado y no se nos vea tan unidos, pero en el fondo somos los mismos chicos de seis años. Él nos veía a su nana y a mí como su única familia y apoyo, y él para mí siempre ha sido más que un amigo, es esa persona que nunca me ha exigido más que una simple amistad.

—Se va a poner bien. —Le doy un beso en la frente—. Es una persona fuerte.

—Tengo miedo —susurra—. Temo no soportar el dolor que provocaría su partida.

—Eso no va a pasar —me opongo—. Si sobrevivió es porque su tiempo aquí no acaba todavía.

Me vuelve a abrazar y en el fondo creo que tengo más miedo que él.

—Necesito bañarme.

—No, necesitas guardar reposo —contesta con la cara hundida en mi cabello—. Tuviste un ataque de asma, se supone que no tenías uno desde los diez años.

—Los médicos aclararon que en cualquier momento podrían repetirse —trato de tranquilizarlo—. Solo necesito un baño y estaré bien.

—Deja que te lleve a casa.

—No, quiero estar aquí contigo, ya he dormido lo suficiente.

No puedo irme a mi casa con el peso de la angustia que soporto sobre mis hombros, no podría siquiera cerrar los ojos sabiendo que Christopher está malherido aquí y que, mientras yo trato de relajarme, tal vez él esté soltando su último suspiro.

Vuelvo al espejo, la falta de alimentos sólidos me da mareo y es Bratt el que me sostiene cuando me tambaleo. Quiero que se vaya, pero se queda a mi espalda complicando el momento. Las cosas cambiaron, la Rachel de ahora no se siente cómoda fingiendo sentimientos y me cuesta desnudarme frente a él sabiendo que estoy pensando en otro.

—Déjame ayudarte —se ofrece soltando los botones de la bata y mi espalda percibe el calor que emana de su cuerpo cuando desliza la prenda hacia delante y me quedo solamente con las bragas.

Me evalúa pasando sus manos por mis brazos y deteniéndose en el inicio de mis hombros. Se endereza de repente cambiando su peso de un pie a otro sin quitar los ojos de mi hombro izquierdo. Miro de reojo qué ha atraído su atención y trago en seco al notar que se trata de un pequeño círculo violeta provocado por mi último momento con el coronel… Al parecer, la única que dio besos salvajes no fui yo.

Posa su pulgar en él al tiempo que nuestras miradas vuelven a encontrarse y me pregunto: «¿Cómo carajos se explica algo así?».

—¿Qué dijo el médico de los rasguños y golpes de tu espalda?

Con tanta preocupación no le he puesto la mínima atención a mi cuerpo maltratado.

—Recetó cremas —miento moviendo mis hombros incómoda—. Son solo raspones, nada grave.

—Te dejo para que puedas ducharte. —Se marcha.

Le coloco el pestillo a la puerta y vuelvo al espejo y observo el moretón, es demasiado evidente como para pasar desapercibido. ¿Cómo carajos se me ocurre cambiarme frente a él? Bratt es muy observador y es obvio que notaría algo así.

Me baño rápido mientras me centro y trato de calmarme. Tengo el mierdero encima, el caos en un punto crítico y al mundo golpeándome tan fuerte que me está haciendo doler la vida.

Tomo una bocanada de aire y me sereno un poco. «No es momento para dramas», me exijo. Quiero patalear como cuando era pequeña, quiero meterme bajo las sábanas y dejar que el calor de mamá solucione todo, pero ya nada de eso enmienda el desconsuelo, la angustia y el pesar que te trae ser un adulto con fallas.

De niños tenemos el afán de crecer y no notamos que la prisa nos quema la mejor etapa de la vida, no notamos que la tranquilidad se nos escapa de las manos, que la felicidad se vuelve cada vez más efímera y que solo corremos a un callejón lleno de ansiedad, problemas, llantos y sueños fallidos.

Me visto, medio me recojo el cabello y me apresuro hacia fuera.

—Te formularon un inhalador el cual debes usar si se te presenta alguna crisis. —La enfermera me entrega el medicamento.

—Gracias.

—Y debes dejar de fumar, no es bueno para tu asma. —Recoge su planilla—. Trata de tomar todo con calma, un colapso como el que tuviste es provocado por un alto nivel de estrés, la próxima vez puede ser peor.

Cuidarme del estrés es algo que no está en las consideraciones de mi cuerpo, últimamente paso de los niveles normales a los Alfa Nueve Delta.

—Lo intentaré. —Recojo todo—. ¿Puedo irme?

—Sí, el capitán la espera en el décimo piso.

El hospital militar de Londres es un centro especializado y único para miembros de la rama judicial, tiene preferencia con los agentes de la FEMF y, asimismo, acoge a miembros de la DEA, Interpol, FBI y demás fuerzas. Básicamente es un edificio de quince pisos equipado con implementos de última tecnología. Está integrado por médicos cubanos, holandeses, coreanos y australianos.

Paso por el lado de uno de mis escoltas, quien lee un periódico al pie de la escalera de emergencia mientras que Elliot me observa desde una de las sillas simulando teclear algo en su celular.

Tomo el ascensor al décimo piso. El aire de esta planta es un poco más privado, ya que es el área de cuidados intensivos para oficiales del sector cuatro en adelante y cuenta con una sala de espera con sofás, máquinas de café y grandes ventanales.

Todos los Lewis están aquí, incluyendo a las gemelas. Patrick, Alexandra y Simon están en un rincón recostados en un gran sofá de cuero. Más adelante está Bratt con Sabrina, quien llora en sus brazos y están acompañados por Joset, Martha, Mia y Zoe. No es buen momento para interrumpir el momento familiar, así que me voy al lado de Alexandra, Patrick y Simon, que está dormido.

El general también está y es el que más mala cara tiene.

—Hola —me saluda Alexandra sacando la cara del cuello de su esposo.

—¿Cómo te sientes? —me pregunta Patrick. Se ve afligido con la barba de dos días y el uniforme manchado de sangre.

—Mejor. ¿Cómo está él?

Baja la cara y se pasa las manos por el cabello.

—Está en coma, el impacto de la explosión le fracturó dos costillas y uno de los huesos casi le rompe el pulmón… En pocas palabras: se estaba ahogando con su propia sangre. El brazo izquierdo también está lesionado y —se calla antes de tomar aire— no se sabe si se puede complicar más.

—No hay garantías de que sobreviva —explica—. Tendremos suerte si logra despertar y no sabemos qué daños cerebrales ha provocado la onda explosiva, lo más probable es que quede postrado en esa cama de por vida.

—No digas eso, chiquito —lo tranquiliza su esposa—. Es una persona fuerte, se pondrá bien.

La garganta se me seca, el aspecto de Patrick dice todo sobre la situación, y la ola de sentimentalismo quiere llevarme por delante.

—Tranquilízate —me pide Alexandra—. No puedes alterarte después de la crisis que tuviste.

—No pasa nada… —Me pongo de pie—. Iré por un poco de agua.

Mi intento queda a medias con la llegada de Casos Internos, quien me devuelve cuando llega con los agentes vestidos de traje. Son la rama que supervisa el que la FEMF trabaje adecuadamente, es decir, que no haya abuso de autoridad, atropellos, malos procedimientos o soldados corruptos. Esta rama está bastante unida al Consejo.

Nos preguntan una y otra vez si creemos que la forma de actuar del general fue la correcta y cada quien da su opinión. Cumplen con sus deberes tomando la declaración de cada quien, pueden dar sanciones al ser el lado más humano del ejército. Peñalver se impacienta más, Casos Internos se retira y el general no deja de dar vueltas.

—Ya pasaron cuatro horas y no tenemos noticias —Peñalver se pone en pie dirigiéndose a uno de los médicos que sale del pasillo—. Es un coronel, ya era para que estuviera fuera de peligro.

Todos se levantan expectantes cuando el médico encara al general.

—Le ruego un poco de respeto, general —le exige el hombre con acento cubano—. Agradezca que está respirando, en las condiciones que llegó es un milagro decir que está vivo.

—Es su trabajo sacarlo del coma.

—No saldrá del coma por ahora. Su cuerpo está luchando contra la infección provocada por la esquirla. Duró horas con el objeto enterrado en sus costillas, no tengo respuestas alentadoras y, como ya les había informado antes, es mejor que se preparen para lo peor. Por muy buenos especialistas que tengamos no podemos prometer que le salvaremos la vida.

Los diagnósticos son cuchillos lanzados al aire, me vuelvo hacia la pared suprimiendo los gestos que puedan delatarme.

—Tiene que salvarlo —se impone Sabrina—. ¡Si llega a morir, aténgase a que no volverá a ejercer su profesión jamás porque haremos que…!

—¡No es momento para amenazas, Sabrina! —interviene Bratt.

—General —llega uno de los cadetes—, el ministro Morgan está aquí.

La alta guardia del ministro se toma la sala, son hombres que visten uniforme, ametralladoras y chalecos antibalas. Entran cerrando puertas e impidiendo el paso a todo el mundo.

Patrick sacude a Simon para que se despierte y los soldados que acompañan al general se posan en línea recta con sus armas sobre el pecho. Me acomodo el cabello y enderezo la espalda, haciendo el acopio al reglamento militar.

La cara del general es de angustia total, es consciente de las consecuencias de todo, ya que una mala orden tiene al hijo del máximo jerarca al borde de la muerte y, por lo que he oído, Alex Morgan no le deja pasar nada a nadie.

Abren las puertas del ascensor y dan paso a dos hombres con traje y corbata, «la alta guardia». Avanzan con paso firme a través del pasillo abriéndole paso al grupo de personas que protegen.

Para ser ministro de la FEMF se deben tener ciertos requisitos: un gran número de medallas y batallas ganadas, una conducta intachable en su carrera como soldado, se debe ser estratega por naturaleza, ha de inspirar disciplina, orden y autoridad. Ninguno de esos requisitos le queda grande a Alex Morgan.

Su porte es un claro reflejo de todo lo exigido, posee la misma estatura y rasgos faciales de su hijo. Su cabello negro no muestra canas y eso aumenta la similitud que tienen; los mismos ojos, nariz y boca, la misma forma de erguirse al caminar derechos y con el mentón en alto como si fueran a devorarse el mundo. Christopher es como una fotografía de él más joven. Lo acompaña una mujer alta, de ojos negros y cabello castaño, tiene la nariz y las mejillas rojas por el llanto.

Los de la FEMF se posan firmes ante él y su acompañante lo mira con los ojos empañados de lágrimas sin soltar el brazo.

Pasos atrás viene una mujer de edad y cabello canoso. «Marie Lancaster, la nana del coronel», me digo. Finjo necesitar algo en la barra cuidando de que no me reconozca.

—¿Dónde está mi hijo? —pregunta el ministro.

—En cuidados intensivos, señor —responde el médico—. El especialista está con él.

—Quiero verlo. —Aparta a los hombres que lo escoltan.

—No es posible, señor, está…

—Será posible —no tiene que levantar la voz para imponer autoridad— y será ya.

—Es el ministro de la FEMF —añade el general—. Sabe muy bien que no puede negarle nada.

El médico asiente de mala gana.

—Como ordene, señor —contesta—. Venga conmigo, debe prepararse primero.

—También quiero verlo —habla la mujer que acompaña al ministro.

—Solo puede entrar una sola persona.

—Es su madre y también lo verá —impone.

El doctor no responde, simplemente le da la espalda y deja que lo sigan mientras el grupo de escoltas lo acompañan hasta la entrada del área restringida.

Sollozos femeninos se oyen a mi espalda y sigo sin querer voltear.

—¡Bratt, Patrick! —llora Marie—. Díganme que saldrá bien de todo esto, que nada malo le pasará.

—Tenemos fe de que así será —afirma Patrick—. Debes calmarte, puede ser malo para tu salud.

—No puedo tranquilizarme sabiendo que mi niño está debatiéndose entre la vida y la muerte —vuelve a sollozar.

—Calma —le pide Bratt, ahogando su llanto contra su pecho—. Debemos ser positivos y darle fuerzas desde aquí.

Me reconocerá cuando me vea, no tengo opción de salir por ningún lado, la guardia de Alex Morgan está en cada una de las salidas haciendo preguntas a todo el que sale y entra, es imposible irse sin llamar la atención, así que me voy al ventanal fingiendo ser invisible.

Se sientan, puedo verlos a través del vidrio. Bratt le da un breve resumen de todo lo que pasó acurrucándola contra su pecho y acariciando su cabello, mientras ella llora recordando lo mucho que teme perder a su hijo.

Recuesto la cabeza contra el frío vidrio dejando que las horas pasen, observando cómo los últimos rayos solares van desapareciendo con la puesta del sol, avisando la llegada de una noche de verano. Maldigo mi suerte y estos líos de porquería en los que me las paso metida.

—Cariño —me llama la voz de Bratt—, tráele un café a Marie, por favor, se siente algo cansada.

No me muevo, ella sabe quién soy y algo me dice que es ese tipo de mujer que nunca olvida una cara.

—Yo lo traigo. —Se levanta Patrick encaminándose hacia la máquina y no sabe cuánto le agradezco el gesto.

Le traen la bebida y la mujer, en vez de relajarse, se levanta en busca de un acercamiento.

—¿Ella es tu prometida? —pregunta Marie—. No me la has presentado, desde que Christopher me contó que te casarías he tenido la curiosidad de conocerla.

Bratt la sigue.

—Acabemos con la curiosidad. —Le apoya la mano en la espalda incitándola a que se acerque y me niego a darle la cara. No quiero lidiar con mi maldito karma ahora.

Momentos como este te hacen desear ser Gatúbela para poder salir huyendo por la ventana.

—Cariño, ella es Marie Lancaster —la presenta Bratt y sigo en la misma posición—. ¿Cariño? ¿Estás bien?

Me vale mierda todo, no me queda más que hacerle frente. Me volteo dándole la cara y...

—Marie ella es... —continúa Bratt, pero no termina, ya que la mujer se pone peor de lo que estaba y suelta la bebida que sostenía. Abre los ojos llevándose la mano a la boca y Patrick debe sujetarla por detrás para que no se caiga.

—¡Rachel! —exclama la mujer—. ¿Es ella tu prometida?

La atención de los Lewis y los pocos asistentes se centra en nosotros.

—Sí. No sabía que la conocías, nana.

Las mentiras siempre tienen puntos culminantes como este y de vez en cuando hay que hacerle frente a la realidad, y a mí ya no me queda más alternativa que aceptar el peso de mis errores.

—Esos vasos de las máquinas son un asco —interviene Patrick colocando su mano en la espalda de la mujer—. Llamemos al personal de aseo para que limpie este desastre.

—¿De dónde se conocen? —pregunta Bratt con el cejo fruncido.

No tengo la suficiente inteligencia para inventar excusas ni mentiras con los ojos de Marie mirándome como si fuera alguna asesina en serie. A su espalda, Sabrina sale de los brazos de su madre y se acerca despacio.

—¿De dónde la conoces, Rachel? —indaga—. No recuerdo haber visto a Marie por el comando en los últimos meses.

Bratt me mira en busca de una respuesta.

—Nos conocimos en la oficina de Christopher —responde Marie sin dejar de mirarme—. Un… Un día fui a dejarle documentos importantes a mi hijo y tú no estabas, Sabrina, por eso no me viste.

—¿Por qué tanto asombro? —insiste la rubia.

—Chris no me comentó que ella era la prometida de Bratt.

—Debió de ser porque nos comprometimos hace poco, pero llevamos cinco años de relación.

—Ya veo.

Alex y su exesposa vuelven a la sala, ella sollozando se arroja a los brazos de Marie. Aún traen las batas azules dadas por el personal médico, él tiene cara de querer matar a alguien y se quita el tapabocas con brusquedad yéndose donde está Peñalver.

—Estás fuera de las filas —echa al general—, recoge tus cosas y lárgate del ejército, que estás destituido.

—Ministro, si me permite…

—¡Que estás fuera de la FEMF! —reitera, y el hombre le dedica un último saludo militar antes de irse.

—¿Cómo está? —pregunta Sabrina desesperada—. ¿Seré la siguiente en verlo?

—No, nadie podrá verlo hasta que los médicos no lo dispongan —impone el ministro.

—Pero soy su esposa, he escuchado que en ese estado hablarles es una excelente terapia, escuchar la voz de los que quieren ayuda a que vuelvan en sí.

—No.

—Pero tengo el derecho, como Sabrina de Morgan…

—¡Dije que no! —alza la voz—. No porque te esté negando tus derechos como esposa, sino porque estoy seguro de que la última voz que quisiera escuchar Christopher sería la tuya.

—¡Alex! —lo regaña Marie—. No es momento para discusiones.

Se va hasta el último sofá, dándole la espalda a todo el mundo. Denota autoridad por donde se lo mire y su exesposa es la única que se atreve a acercarse.

Las horas pasan y las gemelas se despiden junto con Alexandra, Marie no deja de mirarme y Sabrina cuando no está llorando se la pasa cuchicheando con su madre. Cansada me dejo caer de nuevo en el sofá: el estrés está recayendo otra vez y tal cosa me pone la respiración pesada y con el asma cada exhalación duele. Los pensamientos se repiten y la necesidad de verlo surge, perpetuándose en mi cerebro.

La noche llega, el médico vuelve a llamar al ministro en privado y este no vuelve con buena cara, habla con su exesposa y esta trata de contener el llanto al lado de Marie.

Luisa entra y se acerca a su novio, que hace fila frente a la mesa de café, se dan un beso en la boca y se viene a mi lado, dejando caer la mochila a mis pies.

—¿Cómo te sientes? —Me abraza.

—Mal, todo va de mal en peor.

—Calma, cariño. —Me besa la frente—. Todo es más oscuro cuando está por amanecer, debemos ser positivos y confiar en que todo va a salir bien.

Asiento dejando que me abrace.

—Les traje comida. —Abre la maleta—. Laila y Brenda ayudaron a preparar sándwiches para todos.

—No tengo hambre.

—Rachel, te ves fatal y tienes que comer…

Sacudo la cabeza.

—No deberías estar aquí, tu lugar es en casa descansando —insiste—. El estrés trae consecuencias si no se le pone atención.

—Lu tiene razón —la apoya Patrick—. Ve a casa, te estaremos avisando de cualquier novedad.

—¿Qué hace ella aquí? —pregunta Sabrina con su madre respaldándola—. ¿Tienes el descaro de venir después de lo que me hiciste? ¿No conoces la palabra «vergüenza»?

—No vine a verte a ti, vine por el coronel —replica mi amiga sacando los sándwiches—. No te creas el ombligo del mundo, rubiecita.

—¡Lárgate! —le exige Martha—. O me veré obligada a llamar a los de seguridad.

—Nadie va a llamar a seguridad. —Se levanta Patrick—. No está pasando nada, mantengamos la calma y comamos en paz.

—¡Sabrina, mamá! —las llama Bratt.

—Gracias por la comida. —Recibe Patrick el sándwich cuando se van.

Come en silencio junto a Simon mientras yo recuesto la cabeza en las piernas de mi amiga. Cierro los ojos y trato de desconectarme, de apaciguar el caos que desata todo esto. Me quedo dormida no sé por cuánto tiempo, pero para cuando despierto tengo a Bratt frente a mí.

—Ven conmigo, por favor. —Me ofrece la mano para que me levante.

Me incorporo, ya es medianoche y mi novio me guía al balcón del hospital. En el trayecto no veo a Marie ni a la madre del coronel.

—Luisa debe irse —me dice Bratt cuando estamos solos—. Díselo de forma sutil, no quiero que Simon se ofenda ni se moleste.

—No está haciendo nada malo, solo vino a acompañarme.

—Abofeteó a Sabrina, se comportó como una salvaje sin educación.

—La golpeó porque Sabrina la provocó —defiendo a mi amiga.

—No la quiero aquí, está siendo el factor de cambio de todo tu comportamiento.

—No tengo diez años como para tener factores de cambio en mi comportamiento.

—Peleas por todo, no me haces caso, le faltas el respeto a todo el mundo… Hasta volviste a fumar, el médico me lo confirmó esta tarde.

—Luisa no tiene nada que ver con eso.

—¡Sí la tiene! ¡Crees que puedes pasar por encima de todo el mundo cuando estás con ella! —Me da la espalda empuñando las manos—. Ve acostumbrándote a tenerla lejos. El que se aleje de ti es una de las condiciones que ha puesto mi madre para aceptarte como mi esposa.

No me lo creo, no me cabe en la cabeza lo que me acaba de decir.

—¿Condiciones?

—Sí, condiciones, Rachel. No quiero profundizar en el tema, no me siento bien, han sido unos días pésimos. Mi mejor amigo está al borde de la muerte sin mostrar alguna mejoría; para colmo, tengo una batalla campal con mi madre y mi hermana por nuestro compromiso. Estoy cansado, desesperado y con ganas de arrojarme a un tren, así que te voy a pedir el favor de que no me pongas las cosas más difíciles.

—¿Qué condiciones te han colocado?

—Lo hablaremos después.

—No —le apunto con el dedo—, lo hablaremos ahora. Si andan poniendo condiciones al menos debo saber cuáles son.

—No es necesario saberlas porque vamos a cumplirlas sin protestar. Una relación es de sacrificios y, si me amas, harás lo que tengas que hacer. Por ahora, vete haciendo a la idea de que viviremos en la mansión de mis padres; que tus amigas, bailes, noches de fiesta y licor se irán, y que tu enemistad con Sabrina tiene que desaparecer.

Lo tomo del brazo evitando que se marche, ya que yo tengo mucho que decir todavía.

—La conversación terminó —se suelta—, y haz lo que te digo, no quiero más problemas por esta noche.

Desaparece en el pasillo que lleva a los baños dejándome con las orejas calientes presa de la ira. «¿Condiciones?». En pocas palabras me están poniendo en el papel de la esposa sumisa y obediente. A mí, que tengo una carrera militar, que soy una mujer independiente capaz de valerse por sí misma. «¿Este es mi proyecto de vida? ¿Ser la nuera sumisa de una arpía con dos cabezas?».

—Díselo en voz alta —me sonríe Sabrina cuando salgo—, quiero ver la cara que pone cuando la eches.

Me abro paso por un lado, esta vez se han pasado todo un continente.

—Te enviaremos las condiciones por escrito, quiero que las tengas claras al momento del matrimonio.

—Sí —volteo a verla—, escríbelas en una hoja blanca con letra clara, legible y con buena redacción.

—Colocaré hasta el más mínimo detalle, querida —contesta en tono de burla.

—Después de hacerla, sácale una copia y dóblala de forma cilíndrica. Luego ve con ella a la cama, acuéstate sobre tu espalda, flexiona las piernas e introduce la jodida hoja con condiciones por el orificio más estrecho que encuentres.

El calor se le sube a las mejillas.

—Y dile a tu madre que haga lo mismo con su copia. Puedo escribirles el paso a paso si quieren.

—¡No sueñes con el apellido, perra infeliz! —Me encara—. Tu relación tiene los días contados.

—¡Me importa una reverenda mierda! —espeto, rabiosa—. ¡Ándate con tus dramas a otro lado, que ya me tienes harta!

—Arribista igualada, manipulas a mi hermano…

—No hablemos de igualadas —replico—, ni de arribistas porque hay una gran diferencia entre tú y yo. Bratt fue quien me pidió matrimonio y yo no he tenido la necesidad de inventar embarazos falsos con la ayuda de mi mami para que un hombre me quiera…

Levanta la mano y me abofetea con rabia mientras resopla como toro en faena, el ardor en mi mejilla es el detonador de toda la ira comprimida y no me contengo: le devuelvo el golpe con más fuerza y la arrojo al piso... Todo pasa demasiado rápido. De un momento a otro me toman del cabello y me arrojan al piso en medio de arañazos.

—No se te ocurra volver a poner un dedo encima a mi hija —me ruge Martha arañándome el cuello y la cara.

Hay gritos por todos lados y, mientras trato de quitarme a la mujer de encima, Sabrina me toma del cabello tirando y tirando poniéndome a arder el cráneo, en tanto su madre me clava la rodilla en el tórax. Logro sacármela de encima, pero no me suelta, me clava los dientes en el brazo y deja que su hija se me suba encima.

—¡Déjame! —Luisa lucha porque la suelten, pero Simon no la deja y me veo tan encerrada que le lanzo un cabezazo a Sabrina, el cual le revienta la nariz. Martha se pone peor y es Bratt quien me la quita de encima.

—¡Perra! —me grita su madre.

—¡Martha, déjala ya! —exclama Joset.

—¡Le ha pegado a mi hija! —grita a todo pulmón.

Sabrina sigue luchando conmigo en el piso.

—¡Basta! —Se interpone el ministro—. ¡Esto no es un ring de pelea!

—¡Suéltala, Sabrina! —Bratt toma a Sabrina y me mira con horror al ver la sangre que le empapa la cara de su hermana.

Pruebo el sabor a hierro de mi propia sangre, me partieron el labio, y el cuello me arde por los arañazos.

Me levanto, hay una ronda a mi alrededor. Simon no suelta a Luisa y la atención de médicos, enfermeras y personal está sobre mí. «¿Hasta dónde ha llegado esto? ¿Qué tan bajo he caído?».

—¡Que se vaya! —espeta Martha—. ¡Me ha faltado el respeto, Bratt! ¡Llama a seguridad para que se la lleve!

Muestra los arañazos.

—¡Alex, expúlsala de la FEMF por haber agredido a la hija y a la esposa de un superior!

Mira al ministro buscando apoyo.

Limpio la sangre que me emana del labio mientras me poso frente a mi novio.

—No habrá condiciones, Bratt, ni...

—¡Vete! —Me corta bajando la cara para que no lo mire—. Márchate antes de que llame al personal de seguridad. ¡Te pasaste esta vez! ¡Le faltaste el respeto a mi madre!

—¡No es necesario! —Acomodo mi blusa—. No tengo ninguna intención de quedarme aquí.

—No vuelvas a poner un pie aquí, ni en la central… —sigue gritando Martha.

Patrick se acerca con mis cosas.

—Las llevaré a casa —propone.

—Tenemos el auto. —Luisa me toma del brazo—. Yo me encargaré de mi amiga.

—¡Alex, dale de baja de una vez, tienes la autoridad para hacerlo! —sigue exigiendo Martha.

—¡Cállese, vieja perra! —exclama mi amiga—. ¡Nos marchamos ya, así que párele a las exigencias!

—¡Luisa! —se interpone Simon.

—¡Ellas la agredieron primero, lo único que hizo fue defenderse!

—¡Mentirosa! —le ruge—. ¡Son unas putas mentirosas!

El ministro se atraviesa mandando callar a todo el mundo. Fija su mirada de hielo en mí y siento que me encojo.

—Nombre, compañía y rango, soldado —pide dando un paso al frente.

Adiós a mi próspera carrera. Saco la placa de mi bolsillo poniéndome firme, cumpliendo el código que se usa al hablarle a alguien de un rango tan elevado.

—Soy la teniente Rachel James Michels, señor. De la compañía militar a cargo de Robert Thompson.

Se planta frente a mí. Debo alzar la cara para poder mirarle a los ojos y algo se me mueve dentro, ya que su parecido con Christopher es impresionante. Parece que fuera a matar a alguien y lo entiendo: está pasando por un momento difícil como para estar lidiando con líos familiares que no le corresponden. Me detalla por largos segundos y poco a poco su cara se va suavizando.

—Ya me sospechaba que eras la hija de Rick —dice—. Tienes los mismos ojos que tu madre.

—Siento haber perturbado su tranquilidad, señor, y asumo mi expulsión sin alegar nada en mi defensa.

—Eres la última persona que expulsaría de la FEMF —susurra—. Rick me mataría.

No sé qué decir, papá habla mucho de su amistad con él, pero Alex Morgan no tiene pinta de presumir de amistades.

—Ve a casa y preséntate mañana a primera hora con tu capitán —ordena—. Hay actividades que deben adelantarse lo antes posible.

—¡No! —vuelve a meterse Martha—. ¿Cómo no la vas a destituir?

—¿Eres tú la ministra? —Se voltea él—. ¿No tienes claro quién es el que manda aquí?

—Soy tu nuera, Alex —reclama Sabrina—. Haz respetar mi posición.

Rueda sus ojos yendo donde Bratt.

—Te has convertido en un imbécil. —Palmea su cuello—. Se supone que tu apellido es sinónimo de decencia y honorabilidad, pero, mírate, dejar que golpearan a tu novia y luego echarla como si tuviera la culpa no dice nada bueno de ti.

Lo deja sin palabras y, por mi parte, le dedico una última mirada antes de irme.

—Vamos a casa. —Me lleva Luisa.

Dejo que me guíe hasta el ascensor. Salimos del hospital directo al estacionamiento, abordo mi auto y dejo que ella conduzca. No dice nada en el camino, mantiene la vista fija al frente mientras veo cómo las luces de los edificios pasan por mi ventana. Me conoce tanto como para saber que en momentos así prefiero guardar silencio y comprimir todo lo que me está lastimando.

Todo está jodido con Bratt, con Christopher y con Antoni. Dejé que la bola de nieve creciera hasta el punto de volverse gigante, ahora viene hacia mí trayendo angustia, miedo, dolor y un corazón roto. Mi única opción es hacerle frente y prepararme para recibir el impacto.

50

¡AY, SCOTT!

Rachel

Acelero el paso a la central hundiendo el acelerador de mi Volvo, voy con el tiempo justo, ya que tardé un montón de tiempo maquillando los rasguños que tengo en la cara y la garganta.

Llamé a Patrick en la mañana y el pronóstico de Christopher sigue siendo el mismo: no despierta y eso tiene las esperanzas de todos por el piso, sobre todo la mía, que aparte de ponerme a pelear como pandillera tengo prohibido acercarme a las instalaciones del hospital.

Entro al comando con prisa y corro a cambiarme. Peñalver está fuera de la FEMF por demandas de Alex Morgan, el nuevo general estará aquí dentro de pocas horas y los soldados se están preparando para recibirlo y tener todos los pendientes al día.

—¿Cómo va todo? —Me topo con Laila de camino a las oficinas.

—Roger Gauna estará a cargo —me avisa—. Has de imaginar el miedo de todos, es igual o peor que el coronel.

Mentalmente organizo mi día con el fin de que me permita entrenar soldados y hacer tarea investigativa. El italiano sigue suelto y hasta que no lo atrape no estaré tranquila.

Cada quien se va a su puesto, la sala está más despierta que nunca. Los Mascherano siguen distribuyendo, el ataque del hospital dejó más de ciento veinte muertos y los burdeles siguen comprando la droga de la mafia que está dejando víctimas. Las desapariciones no cesan y el informe muestra que hay más de trescientas veinte personas de las cuales no se tiene pista.

—Iniciaremos una nueva labor de búsqueda. —Entra Parker—. Se nos ordenó hallar las personas en cautiverio que han desaparecido a lo largo del mundo, todo apunta a que son secuestradas con el fin de usarlas como ratas de laboratorio.

Me sumerjo en el trabajo, todo lo que tenga que ver con los Mascherano es de mi interés ahora, ya que, si me concentro, cualquier indicio puede llevarme al italiano. Patrick no me contesta cuando lo llamo al mediodía y es poco lo que almuerzo, el estrés no me lo permite.

Bratt no me habla y por mi parte tampoco tomo la iniciativa: simplemente lo ignoro cuando me lo cruzo en uno de los pasillos del edificio administrativo.

—Gauna llegó —avisa Irina en la tarde— y nos quiere a todos en el campo de entrenamiento.

Falta un cuarto para las siete y el ejército se forma en el campo de entrenamiento organizado por cargos; los capitanes al frente, los tenientes atrás y de ahí para allá va bajando la escala.

—¡Ejército cinco, nueve dos seis! —grita Gauna—. ¡A partir de ahora están a mi cargo!

El nuevo general se pasea entre las filas con una postura recta.

—¡Me han traído aquí porque son unos hijos de puta que no sirven ni para limpiar mierda de excusado! —Se desgarra la garganta con cada palabra—. ¡Odio entrenar a gente que apenas sabe cargar un fusil, así que de ahora en adelante deben atenerse a las consecuencias!

Todos se mantienen derechos.

—¡Nadie respira ni mueve un pie sin que lo ordene, cada minuto que no estén ocupados en algo productivo deberán emplearlo en entrenamiento físico! ¡Su día empezará a las cuatro de la mañana aquí, con ejercicio físico! ¡Su vida personal me importa tres quintales de mierda y mientras estén bajo mi cargo serán hombres de acero! ¡¿Entendido?!

—¡Sí, señor! —contestamos al unísono.

Se posa frente a todos con las piernas separadas y las manos en la espalda.

—¡No quiero quejas, ni reproches, nadie cuestiona ni incumple mis órdenes, ¡¿entendido?!

—¡Sí, señor!

—¡El que no se sienta preparado que se largue y no me haga perder el tiempo! —vuelve a gritar—. ¡Yo trato hombres y mujeres por igual, la mano dura les recae a todos de la misma forma, así que si hay algún llorón o llorona, le aconsejo que vaya a ahorcase al granero.

Nadie respira.

—¡¿Algún voluntario?!

—¡No, señor!

Saca una lista exigiendo que cada quien se presente con nombre, cargo y méritos obtenidos. Se hacen las diez de la noche en la tarea. El último soldado se presenta, las filas se rompen y cada quien se va a su dormitorio.

Patrick me contesta cansado cuando lo llamo, Christopher no avanza ni mejora. Su papá está moviendo influencias para sacarlo del coma. Martha me restringió la entrada al hospital y le comentó a Patrick que pondrá una orden de alejamiento para ella y su hija, gasta energías innecesariamente, porque si por mí fuera, mantendría una distancia de dos océanos lejos de ellas. Me aconseja que me mantenga al margen, que él me mantendrá informada de todo lo que pase.

Cuelgo con la misma ansiedad que me ha acompañado todo el día, será otra noche de insomnio mirando al techo y planeando formas de escapar de la realidad.

Deambulo por el jardín del comando, no quiero encerrarme ahora. La amenaza de Antoni crea miles de escenarios de tortura, caos y muerte; mi cerebro juega en mi contra, me recuerda una y otra el peligro que se me avecina.

Nunca se sabe cuándo las cosas van a ir peor… Antes fallar en un examen, ganarse un regaño, o no ser un buen ciudadano era malo para mí. Mis mayores preocupaciones eran no dejar que Bratt me descubriera bailando en las discotecas del centro de la ciudad, y ahora me enfrento a momentos como estos en los que siento que hasta mi propio aire me asfixia.

Liberan a los perros guardianes y entre los pastores alemanes sobresale el pelaje blanco con gris de un lobo siberiano, olfatea aullando al cielo y me parte el corazón que extrañe a su dueño.

—¡Zeus! —lo llamo poniéndome de rodillas—. ¡Zeus, ven aquí!

Corre hacia mí con la lengua afuera y posando sus patas sobre mi pecho. Los caninos son tan fieles con el amor hacia sus amos que debe de ser el que más extraña a Christopher.

—Buen muchacho. —Acaricio su pelaje y me lame la cara—. Vamos adentro.

Lo tomo de la correa y lo llevo conmigo; la luz de mi torre no sirve y el perro se rehúsa a subir las escaleras en tinieblas. Tengo el móvil apagado y por más que tiro del perro no colabora.

—Solo serán tres pisos —le explico como si me entendiera. No cede y termino cargándolo como una novia en la noche de bodas. Pesa una tonelada y para cuando subo a la segunda planta ya estoy jadeando, continúo el otro tramo de escaleras avanzando al tercer piso; cansada, lo coloco en el piso y para cuando intento inclinarme capto la sombra que se mueve veloz. «Los Mascherano» es en lo único que pienso empuñando mi arma por acto reflejo, apunto a la nada sin detenerme a pensar quién es. No me tiembla la mano, lo tengo de frente y mi dedo va directo al gatillo.

—Buenos reflejos —reconozco la voz de Harry.

Respiro, tranquila, bajando el arma, casi me meo en los pantalones.

—¿Cómo se te ocurre abordarme así? Pude pegarte un tiro.

—¿Desde cuándo andas tan prevenida?

Echo a andar a mi habitación.

—No ando prevenida, solo me asusté, pensé que eras algún espectro.

—¿Y los espectros desaparecen a punta de tiros? —Me sigue—. A mi parecer me estabas confundiendo con el espectro de Antoni Mascherano, ese sí puede morir con un tiro.

Dejo la apertura de la puerta a medias.

—Pensaste que no me enteraría —me reclama—. Solo a ti se te ocurre querer tapar un elefante con una cortina.

—No sé de qué hablas.

Empuja mi puerta y se adentra en la habitación. Enciende la luz y saca una carpeta de la chaqueta.

—Ayer en la mañana llamó el secretario estatal de Italia, quería rendirte informe de los últimos movimientos de Antoni Mascherano, quise agregarlo a tu investigación y caí en la cuenta de que nunca la habías detallado ni la habías sacado a flote. —Se cruza de brazos—. Tenía tiempo y me puse en la tarea de leerla, y resulta que todo apunta a una sola cosa: ¡solo estás enfocada en capturar al mafioso mayor!

—Es el más peligroso. —Me encojo de hombros.

—Pensé lo mismo hasta que me di cuenta de que lleva meses persiguiéndote y que tienes un anillo de seguridad secreto a tu alrededor desde que lo sabes.

—No es tu asunto.

—¡Sí lo es! ¡Claro que lo es! ¿En serio crees que dejaré que maten a mi hermana? ¿A una de las pocas personas con las que puedo contar en la vida?

Abro la puerta dándole paso al perro.

—Esta es la carta del comando donde se solicita la declaración de Simon, Laila y la tuya el día de la audiencia de los Mascherano —explica—. Necesitan la declaración de los captores para que el proceso sea rápido. La solicitud no es negociable; sin embargo, hablaré con Gauna para que interfiera el proceso y te vayas mañana.

—Si la FEMF se entera, me exiliarán —alego.

—Prefiero eso a verte en un ataúd, ya vi a mis padres y no quiero verte a ti allí.

—Eso no va a pasar...

—¡Sí que va a pasar! —se le quiebra la voz—. Investigué cada uno de sus pasos, ya intentó secuestrarte y tiene a dos criminales expertos investigándote. ¡En cualquier momento puede darte de baja!

—No si lo mato primero. Tengo todo calculado, mis escoltas me protegerán y me están ayudando a dar con su paradero.

—Los conoces, Rachel —se desespera—. Sabes mi historia, sabes cómo trabaja la mafia, ellos no se aburren, cumplen sus venganzas así les tome años y no puedo permitir que te lastimen.

—Pero no quiero irme. No quiero dejar mi vida, ni mi carrera y el exilio significa todo eso. Si se lo dices, echarás todo a la basura.

—A veces hay que hacer sacrificios por muy duros que sean. No puedes pensar solo en ti porque hay muchas personas a tu alrededor que te aman y no soportarían verte morir en manos de un criminal como Antoni. Ponte a pensar en el dolor que les causarías a tus padres.

—Solo necesito un poco de tiempo... Sé que puedo capturarlo.

—No, Rachel. Te irás mañana a primera hora, le informaré a Gauna de la situación. —Se encamina hacia la puerta.

—No. —Le impido el paso, mi pelea con él está perdida, lo conozco tanto como para saber que no dará su brazo a torcer—. Dame unos días.

—En esos días puede matarte.

—Saldré lo menos posible de la central y mi anillo de seguridad está reforzado. Te prometo que seré cuidadosa.

—Si es por Bratt, no te preocupes, estoy seguro de que lo entenderá, se irá contigo si es necesario, no te va a dejar sola.

—No es por Bratt.

—Ya tomé una decisión. —Se abre paso—. No tendré en mi conciencia tu muerte.

Vuelvo a detenerlo.

—¡Solo unos días! —le ruego—. No puedo irme con Christopher así —digo las cosas como son—. Acepto tu decisión, pero tú entiende que en el estado que está no me voy a ir a ningún lado.

A buen entendedor pocas palabras, y él mira al techo tomando una bocanada de aire.

—Con su amigo, ¿en serio?

No tengo ojos para mirarlo y lo único que hago es darle la espalda.

—Ya veo por qué traes a su perro a dormir contigo, Bratt no te lo perdonará, ¿sabes?

—Bratt nunca lo sabrá.

—Te desconozco.

—Me iré cuando mejore. ¿Qué más da? —Alzo los hombros—. Solo esperemos unos días a que esté bien.

—Rachel..., está casado —me mira incrédulo—, y es el mejor amigo de tu novio, aparte de que también es un patán de mierda.

—Pasó y ya no puedo hacer nada contra eso. Necesito quedarme unos días más. No solo por él, sino también por la audiencia… Quién quita que de aquí allá hallemos algo. —Busco formas—. Esperemos la audiencia y luego de eso tomamos decisiones.

—Faltan semanas para eso todavía.

—Tomaré las medidas que tenga que tomar, saldré del comando solo cuando sea necesario y duplicaré mi sistema de seguridad.

Insiste, le alego y en el fondo termina callando cuando le reitero que solo será hasta la audiencia; en esas semanas puedo dejar lo que falta en orden y, mientras lo hago, juntos podemos intentar dar con el paradero del italiano.

—Un último intento…

—Ok. Guardaré silencio hasta el día de la audiencia, te ayudaré a buscarlo —asegura—, pero si no…

—Me voy —lo interrumpo—. Si no hay avances, yo misma les digo a los directivos sobre mi situación.

—No quiero que me veas como el villano.

—Jamás, solo haces tu trabajo como soldado de la FEMF y hermano mayor.

Me abraza antes de irse y la charla me deja tendida en la cama con el perro, el que alguien cercano me recuerde los riesgos solo me reitera el peligro que corro y lo cierto es que Harry tiene mucha razón.

¿Qué hago aquí? Estoy exponiendo a mi familia, tratando de detener una tragedia, la cual puede ser aún mayor. Engañé a Bratt, las cosas con los Lewis van de mal en peor, vivo estresada e irme no suena tan descabellado si me lo planteo bien.

El perro duerme a mi lado y logro conciliar el sueño por un par de horas.

—¡Rachel! —oigo a lo lejos—. ¡Rachel!

Abro los ojos y poso la mirada en la puerta que retumba con los golpes; el reloj marca las seis y el perro sigue sobre mis piernas. Me levanto a abrir y es Luisa la que está tocando como una desquiciada.

—Definitivamente madrugar no es lo tuyo, ¿cierto?

Se adentra en la alcoba con su uniforme de pila y el cabello húmedo por la ducha.

—Te estaba llamando y no me contestaste.

—Olvidé encender mi móvil.

—Gauna te está buscando, Simon tuvo que decirle que estabas enferma y que por eso no fuiste al entrenamiento.

—Que Dios se apiade de mi alma. —Me dejo caer en la cama de nuevo—. De seguro me va a romper el tímpano del oído con el grito.

—Pero ¡qué hermosa bola de pelos! —chilla mi amiga cuando el perro levanta la cabeza. En un santiamén se pone de pie ladrando y mostrando los dientes.

—¡Tranquilo! —Lo tomo de la correa acariciándole el pelaje—. Es el perro de Christopher, no le gustan los desconocidos.

—Debí de imaginarlo. —Va hasta la ventana y abre las cortinas—. Tienen el mismo encanto.

Sonrío ante su sarcasmo. Vuelven a tocar a la puerta y Luisa es la que abre. Es Laurens con botas de goma, chaqueta de lana y llena de barro.

—Lamento incomodarla tan temprano —se sorbe los mocos—, pero no tenía a quién acudir… —solloza—. Se me perdió el perro del coronel y…

Me aparto para que lo vea en la cama.

—¡Gracias a Dios está bien! —Empieza a llorar—. Olvidé guardarlo en la tarde y cuando lo fui a buscar no lo encontré, pasé toda la noche buscándolo como una loca.

—Lo siento, debí avisarte que lo tenía.

Los ladridos del perro la hacen retroceder cuando intenta tomarlo.

—Déjalo, lo llevaré más tarde a la perrera, es peligroso que lo tomes por la fuerza.

Asiente y se devuelve a la puerta, pero no alcanza a llegar cuando vuelve a romper en llanto.

—El perro está bien —la consuela Luisa llevándola al sofá.

—El coronel me matará cuando sepa que lo olvidé.

—No lo sabrá. —Luisa le ofrece un vaso de agua—. Ninguna de las dos se lo dirá.

—¡Se enterará! —Llora con más fuerza—. ¡Siempre se entera de todo!

—Calma. —Le doy uno de mis pañuelos—. A cualquiera le hubiese podido pasar, el perro no es tu obligación.

—¡Me doy asco! ¡Nunca hago nada bien! —solloza—. ¡Ni para mantener a un hombre a mi lado sirvo!

Luisa se cruza de brazos, detesta que las mujeres se denigren tanto.

—No hago nada bien y por eso Scott se burló de mí dejándome sola cuando más lo necesito —se sigue quejando.

—¿Cómo que se burló? —pregunta Luisa.

—Lo vi cogiendo con la señorita Irina —confiesa tapándose la cara—. Me usó y luego me desechó como si no valiera nada… ¡Confesó que solo quería un polvo!

—¡Le cortaré el pene! —exclama Luisa mirándome—. Y esta vez no dejaré que te metas.

—¡Oh, no le vaya a decir nada, por favor! ¡Se enojará si sabe que les dije!

—Se ha pasado de hijo de puta. Laurens, sé que no es momento para decir esto, pero ¡te lo advertí! —la regaño.

—Lo sé —solloza—, pero lo amo y no quiero perderlo, mucho menos en mi estado. Me sentí mal los últimos días y no me había llegado mi periodo, me hice una prueba de embarazo y resultó positiva.

—¡Por Dios! ¿Ya lo sabe?

—Sí, me dijo que abortara. —Saca un fajo de billetes de su chaqueta.

—¡Ya oí suficiente!

Luisa le arrebata el dinero y sale corriendo de la habitación.

—¡Espérame! —Me apresuro a tomar mi sudadera.

Corre por los pasillos preguntándole a todo el mundo por Scott. Brenda se nos atraviesa y le indica que está en la cafetería; yo le comento por encima lo que pasó.

—Pero ¡qué animal más asqueroso es ese hombre! —se enoja.

La cafetería está atestada de gente, Luisa estira el cuello buscándolo como el tigre a la gacela, lo vemos en las mesas que están ubicadas en el medio y mi amiga se apresura a echarle el jugo encima y enterrarle un bofetón que le voltea la cara.

—¡¿Qué mierda te pasa, maldita loca…?! —la increpa levantándose.

Le estampa otro bofetón que hace que se siente de nuevo en la silla.

—¡Cómo se te ocurre pedirle a Laurens que abortara! —le grita.

—¡No te metas en lo que no te importa! —Se vuelve a levantar.

—Me meto porque ella no sabe defenderse de los idiotas como tú, que embarazan y luego ofrecen dinero para el aborto.

Los soldados de la cafetería se acumulan curiosos por la primicia.

—¡Lárgate! —increpa Scott.

—¡Me voy, pero no creas que dejarás al bebé sin padre…! Dará a luz y te harás cargo de él porque así como tuviste los cojones de follarla, tendrás los cojones de responder por ese bebé.

Irina suelta a reír, aplaudiendo como una tonta como si estuviéramos en un espectáculo.

— ¡Serás papá, qué…!

—¡Que no es un puto chiste! —la regaña Brenda—. Lárgate, que solo empeoras las cosas.

Obedece y se va molesta. Scott se pone más furioso de lo que está.

—¡El asunto es entre Laurens y yo! ¡No sé por qué diablos se meten!

Lo tomo de la nuca.

—Tantos años y la jodida madurez no te alcanza… Me decepcionas —increpo—. ¿Te acuerdas cuando te dije que, si dañabas a la chica, te las verías conmigo?

Asiente con la cabeza.

—No bromeaba, cariño. —Le lanzo un rodillazo a la entrepierna que lo hace retorcerse de dolor—. Te lo advertí, eres mi amigo y te quiero, pero necesito que asumas la responsabilidad de tus actos y apoyes a Laurens en la decisión que quiera tomar.

51

TODO POR TI

Rachel

Con Harry observamos desde los balcones el sepelio de los soldados caídos en el hospital, la noticia de Scott de por sí arruinó el día y a las doce del mediodía llegaron los cadáveres de nuestros colegas.

—No quiero esto para ti. —Mi amigo toma mi mano.

—Lo entiendo —contesto frotándole los brazos—. Esperemos el día de la audiencia y que pase lo que tenga que pasar. ¿Hay noticias sobre su paradero?

—No. ¿Tus escoltas han conseguido algo?

—Tampoco.

Me muevo cuando Bratt hace acto de presencia con Meredith y Gauna en el cementerio. No hemos hablado y tampoco me he molestado en buscarlo. Siendo sincera, estoy más preocupada por Christopher que por la pelea con el capitán.

Harry se queda y yo me voy a mi cubículo lidiando con las ganas de verlo. Este enamoramiento dañino me tiene mal y sabía que el encuentro de la fiesta traería este tipo de pensamientos ridículos.

Obedezco las órdenes que me imponen, la noche llega y me niego a irme a la cama porque sé que me quedaré mirando al techo. Mis compañeros se van, el auxiliar se despide y recuesto la espalda en la silla con la vista cansada.

—¿Se puede? —Aparece Patrick en el umbral de la sala de tenientes.

Se ve pésimo, pero a mí me alegra verlo, ya que tiene noticias de primera.

—Sigue, por favor.

Toma asiento en la silla frente a mi escritorio.

—¿Está bien? —pregunto de inmediato—. ¿Los médicos informaron algo?

Estira el brazo y alcanza mi mano.

—Ya salió del coma —avisa.

Relajo los hombros, llevo horas queriendo escuchar esto. Christopher es un maldito, pero ni así dejo de anhelar que esté bien.

—El ministro lo someterá a un tratamiento reconstituyente en Hong Kong.

Ya lo veía venir… No todos tenemos acceso a ese tipo de tratamiento debido a lo costoso que es; obviamente, eso no es problema para alguien como Alex Morgan. El tratamiento cura hasta cuatro veces más rápido que un tratamiento normal, aunque es un arma de doble filo porque, si la persona no tiene la fuerza necesaria para recibirlo, puede quedar peor o con daños permanentes. Sin embargo, si funciona, hace que cada libra valga la pena.

—¿Cuándo se irá?

—Mañana a primera hora. Está débil, ya que la infección no ha salido de su cuerpo todavía.

—¿No es peligroso que lo trasladen así?

—Sí, pero el Consejo insiste en su pronta recuperación —explica—. Afirman que debe tomar el cargo de coronel lo antes posible, es quien conoce a los Mascherano y están convencidos de que será él quien los capture.

Mis esperanzas se terminan de ir a la mierda.

—Intenté persuadir a Martha para que te quitara la orden de alejamiento, pero no me hizo caso —se disculpa—. Sé que querías verlo.

—No importa, está bien y eso es lo importante —contesto desanimada.

—¿Cómo estás tú? Te vi muy mal cuando abandonaste el hospital.

—Bien, unos simples rasguños no son nada cuando estás acostumbrada a pelear con criminales.

Se ríe poniéndose de pie.

—Me iré a descansar, llevo dos días recostado en el sofá del hospital. Si sé algo, te aviso.

—Vale.

—Descansa.

Se va y me queda un vacío en el centro del pecho. El anhelo de verlo surge con más fuerza y… Apoyo los codos en la mesa tratando de controlar los impulsos que demanda mi cerebro, últimamente no estoy siendo una persona razonable y me convenzo de ello cuando me entra el desespero por salir.

Me levanto y me dirijo a mi alcoba, tengo que verlo, apagar las malditas ganas de hacerlo para poder concentrarme en mi trabajo y deshacerme de esta carga que tengo encima. Me cambio rápido, busco mi arma y llamo a Elliot para que me recoja a la salida.

Salgo del comando a pie y camino varios kilómetros a través de la carretera.

—Llévame al hospital militar —ordeno.

Elliot se pone al volante y me lanza una mirada por el espejo retrovisor.

—Tiene prohibida la entrada ahí. Hay una foto suya en cada una de las entradas.

Considero la idea de pedirle los Alacranes a mi papá, llegará el día en que me cobre cada una de sus estupideces.

—Lo sé, pero tengo que ir.

Sacude la cabeza y echa a andar el auto. Elliot es precavido y lo demuestra comunicándose con distintos colegas, vigilando que Antoni no pueda atacarnos. Tarda, pero me deja en la entrada de atrás del hospital.

—Lo que te pediré no tiene nada que ver con nuestro contrato —explico—, pero necesito que me ayudes a entrar sin que los Lewis se enteren.

—¿A qué área va exactamente?

—Lo determinaré cuando esté adentro.

Entorna los ojos saliendo del auto.

—Sabe que es una pésima idea, ¿cierto?

—Obvio, sí.

Señala la puerta de salida del personal.

—Es la única entrada viable. Provocaré una distracción, corra adentro y en la cuarta oficina de la izquierda logrará escabullirse sin que nadie lo note.

—Ok.

—Espere a mi señal —advierte—. Tiene suerte de que haya estudiado los planos después de que Antoni entró.

Dejamos el auto dos calles más adelante. Me escondo detrás de los arbustos mientras él se pasea por el perímetro, se acerca saludando a los guardias y sigue derecho hasta que desaparece en una de las esquinas. A los pocos minutos una nube de humo invade el lugar y la pantalla de mi iPhone se ilumina con su nombre.

Los guardias notan lo que sucede, abandonan el puesto y se apresuran a atender el incidente; yo aprovecho para correr al interior del edificio. Corro por pasillos oscuros y hallo la puerta que mi escolta me indicó; el pomo no cede cuando intento abrir y me veo obligada a usar la fuerza.

Me cambio rápido eligiendo por encima lo que más se me ajusta y termino vestida con vestido blanco, gorro y tapabocas; en resumen, como una enfermera. Ajusto el arma a mi muslo armando una correa improvisada. Necesito un pase de ingreso a las áreas restringidas, así que cuidadosamente entro al área de descanso, la mayoría de la gente está dormida y veo un blanco fácil colgado en la bata de una médica.

Está cerca de la máquina dispensadora, disimuladamente me acerco a ella. No puedo llevármelo completo, así que desenrosco la parte baja donde va el nombre, la foto y la tarjeta de acceso.

Salgo rápido, tomo un carro del pasillo e intento ocultar mi rostro lo máximo posible cuando llego al décimo piso. Hay pocos pacientes, todo va de maravilla hasta que me veo obligada a transitar por el área de visitantes. Mi objetivo es cuidados intensivos y, para llegar, debo atravesar la sala de espera.

Organizo mis ideas y me asomo por una de las esquinas. Marie, el ministro, Sabrina y Joset están sentados en el gran sofá. Veo venir a Bratt a mi izquierda vestido de civil; tras él, un grupo de paramédicos se abre paso arrastrando una camilla a toda velocidad. No pienso, suelto el carro y me uno a ellos en medio del afán, agachando la cara para que no me reconozcan. Nadie me pone atención, ya que todos están centrados en su paciente y siguen derecho dejándome en el pasillo del área médica.

Hay una gran fila de puertas frente a mí y no hay tiempo de ponerme a revisar una por una. Si quiero salirme con la mía, debo dejarme de preámbulos. Me voy a la central de enfermería y hay una sola persona a cargo: un chico que estrella carpetas de mala gana.

—¿Qué tal todo, compañero? —lo saludo.

Levanta la mirada acomodándose los lentes.

—¿Tú eres…?

—Rose —suelto tras pensar rápido; le extiendo la mano—. Rose Veliath, soy nueva en el área.

—Mmm, no sabía que el reemplazo de Verónica llegaría tan rápido.

—Sí, no querían que las tareas se retrasaran.

A su izquierda reposa la lista de pacientes con número de sala.

—¿Cómo va el turno?

Hace una mueca de indiferencia revisando la planilla de su escritorio.

—Date una vuelta por el piso, hay varios pacientes que necesitan su dosis de medicina.

—Yo me ocupo. —Me inclino por la lista de pacientes que hay sobre su mesa—. Acabaré rápido y vendré a hacerte compañía.

—Como sea. —Vuelve a lo suyo.

Reviso la lista buscando el nombre de Christopher. «Habitación 1007». Aprieto el paso buscando la puerta y tomo aire antes de posar la mano en el picaporte, abro con cuidado asegurándome de que no haya nadie. La luz está tenue y lo único audible es el sonido de los aparatos médicos.

El corazón me pesa al verlo en la camilla. Cierro la puerta a mi espalda asegurándome de no hacer ruido, y una bola de sentimientos sube desde mi estómago hasta la garganta.

Las sábanas blancas lo tapan de la cintura para abajo, tiene el torso descubierto y la piel maltratada por el accidente. Una venda le rodea las costillas, el brazo y parte de la clavícula. A leguas se nota que le cuesta respirar.

La nariz me arde, los ojos se me inundan y debo taparme la boca para contener el sentimentalismo. ¡Maldita sea! Siento que mis fibras tiemblan, aún no me explico cómo puedo sentir tanto amor si llevo tan poco tiempo de conocerlo y ni siquiera es una relación seria.

El corazón me late tan fuerte que parece que llevara un milenio sin verlo. Dudo, pero termino acortando el espacio… Paso la mano por su rostro: está ardiendo en fiebre y una capa de sudor le cubre la piel. Aun así, indefenso y convaleciente, sigue siendo perfecto e incomparable.

Me inclino a darle un beso con sabor a sal. ¿Olvidarlo? No, eso es imposible, aún en mi vejez cuando ya no sepa ni cómo me llamo seguiré teniendo sus besos y caricias en mi memoria, porque en mí vivirá para siempre.

—Te amo —susurro— y lo estoy echando mucho de menos, coronel.

Se queja moviendo la cabeza.

—Chist. —Le aparto el cabello de la cara, todavía tiene las marcas provocadas por nuestro encuentro en la fiesta.

—Recupérese pronto, que la FEMF lo necesita.

—Rachel —abre los ojos y aprieta mi mano—, nena…

—No hables —trato de calmarlo.

—Escúchame… —Intenta levantarse y el dolor no lo deja.

—Estás delirando, no te muevas.

—Todo está preparado para que parta mañana —se escuchan voces en el pasillo.

Me alejo del coronel y su mano recae en la camilla.

—Ven. —Intenta atraparme, pero los ojos se le vuelven a cerrar.

Hay murmullos y entre ellos sobresale la voz de Bratt y Sabrina. No me da tiempo de nada, la puerta se abre, volteo y las sombras de tres personas se ciernen sobre mi espalda.

—Atención a todas las unidades —se oye en los altavoces—, hay una sospechosa en la unidad 10, se está presentando bajo el nombre de Rose Veliath. Alta, de cabello negro y con uniforme del personal de enfermería.

«Suerte de mierda. ¡Joder!».

—Enfermera —me llama el doctor—, identifíquese, por favor.

Aprieto los bordes del uniforme de enfermera asumiendo que de esta no me salva nadie.

—¿Es sorda? —pregunta Sabrina—. ¡Dese la vuelta!

No habrá explicación que valga para esto. Mis oídos captan la activación del arma de Bratt. ¡Mil veces maldición!

—¡De frente! —me exige.

—Está en la habitación 1007… Repito: está en la habitación 1…

Los megáfonos no terminan su mensaje, ya que las luces se apagan dejando el mero equipo médico encendido.

—¡Manos arriba! —exige Bratt.

Empuño mi arma, apunto y disparo a la pared sin darle tiempo de reaccionar, caen y Bratt resguarda a Sabrina mientras emprendo la huida a la puerta.

—¡Deténganla! —grita Bratt detrás de mí.

«Debiste quedarte en el piso». Tres médicos se me atraviesan y Bratt viene atrás con el arma en mano. Alzo la mía y suelto un tiro que pone a todo el mundo de rodillas, a todos menos a un médico que me enfrenta con valentía.

—¡No más mercenarios! —Se me atraviesa.

—No soy una mercenaria —le apunto—. Apártese, que puedo estar convirtiéndome en asesina si no se quita.

Bratt está a pocos metros, disparo nuevamente obligando a que me ceda el paso y corro pasillo arriba saltando por encima de camillas, carros y personas tendidas en el suelo. Logro llegar a la sala de espera y dos policías salen de la escalera principal. El más grande intenta atraparme, lo esquivo y golpeo con mi arma, vuelve a levantarse y lo derribo con un rodillazo en el pecho, lo que provoca que su compañero retroceda asustado.

—¡Necesitamos refuerzo! —habla a través del auricular, devolviéndose por la escalera.

—¡Llamen al ministro! —gritan en la sala.

Si la guardia de Alex Morgan llega, estoy perdida. Mientras el policía huye escaleras abajo, tomo la salida de emergencia saltándome los escalones de dos en dos, me siguen y disparan gritándome que me detenga. Es Bratt.

«Devuélvete, maldita sea». Solo me quedan dos pisos y el rayo de esperanza llega cuando pongo el pie en el último tramo de escalera, declaro mi victoria demasiado pronto, ya que se lanza desde el segundo piso y cae en cuclillas frente a mí. Me resbalo cuando bajo el último escalón, fracasando en el intento de devolverme debido a que él me toma del cuello del vestido y me lleva contra su pecho.

Las luces no funcionan y sigo con el tapabocas en la cara.

—¡Qué escurridiza! —comenta con un tono de burla—. Hay un juego que me encanta poner en función cada vez que capturo a alguien. —Me pone de cara contra el piso—. Consiste en adivinar los años de cárcel que puede llevarse el prisionero.

No quiero hacerle daño, pero ante las circunstancias no puedo andar con contemplaciones. Con un brusco movimiento me volteo y sin dejarlo actuar le aplico una llave con los pies, cae al piso y aprovecho para levantarme; sin embargo, vuelve a ponerse de pie empuñando su arma contra mí.

—Evita una bala en el cráneo —advierte.

Con una media vuelta pateo su mano y lo obligo a soltar el arma; en ese mismo giro, con mi otra pierna le doy en la cara. Su sangre me salpica el rostro, pero se recompone rápido y me lanza un puño con la mano cerrada que logro esquivar antes de que me llegue a la cara.

Caigo en la doble maniobra cuando su pierna izquierda barre mis pies y me devuelve al piso, forcejeo y se me viene encima tratando de quitarme el tapabocas, pero atrapo su mano antes de que llegue; no obstante, su fuerza sobrepasa la mía y me pone las manos sobre la cabeza. Cierro los ojos con fuerza dándome por vencida, pero afloja el agarre de un momento a otro cayendo a mi lado cuando Elliot aparece detrás con un extintor en la mano.

—¡Lo mataste! —Me le voy encima revisando sus signos.

—Claro que no, solo está inconsciente. —Saca una de las rejillas de ventilación—. Los policías están rodeando el área. ¡Hay que irnos!

—¡Abajo todo el mundo! —gritan en el décimo piso.

Tomo el pulso de Bratt y, efectivamente, está desmayado.

—¡Deprisa! —Elliot me ofrece su mano y me lleva al conducto de ventilación.

Entro tras él y le ayudo a poner la rejilla en su lugar: que no sepan por dónde huimos nos dará tiempo de salir. El recorrido es largo y termina en un oscuro conducto con vista a un feo callejón. Mi escolta es el primero en caer en un montón de bolsas de basura.

—Estamos en la parte sur, en el callejón que da a Winchester —indica en el auricular.

Menos de un minuto después un auto se estaciona en la esquina.

—¡Rápido! —exige el hombre que lo conduce—. La policía está requisando a todo el mundo.

Abordo el asiento trasero y me quito el gorro y el tapabocas. «Estuvo demasiado cerca», pienso.

—Gracias —les agradezco a los escoltas.

—¿Cuántos años de cárcel están dando por violentar las cámaras y luces de un hospital estatal? —pregunta Elliot.

—De quince a veinte años, más o menos —responde su compañero.

—Me pregunto cómo ha sobrevivido sin escoltas tanto tiempo —comenta quitándose la basura de encima—. Cada cinco minutos está metida en un lío diferente.

—Es un don.

—Su hada madrina tuvo que haberla odiado al momento de dárselo.

Me llevan de vuelta a la central. Con toda la vergüenza del mundo me veo obligada a pedirles a mis dos hombres un pantalón y una chaqueta, ya que entrar vestida de enfermera levantaría demasiadas sospechas.

Obedece el chofer un tanto avergonzado por tener que quedarse en calzoncillos, él es más bajo y menos fornido. Les agradezco la ayuda y trato que la entrada a la central sea lo más rápido posible; por suerte, la mayoría de los guardias son viejos conocidos y de rangos inferiores, así que ninguno se atreve a comentar ni decir nada sobre mi atuendo.

En definitiva, mi intento de hacerme pasar por incógnita terminó en fracaso. Me desvisto y me baño rápido rememorando todo lo que hice. Pude haber matado a alguien o me hubiesen podido matar a mí, lastimé a Bratt y él por poco me parte las costillas. Armé un armagedón solo para ver a una persona con la que no tengo nada.

Me siento en la cama acariciando mi anillo de compromiso, miro a mi izquierda y la foto de Bratt y yo juntos mete el dedo en la llaga. Tomo el marco y repaso las facciones de su rostro. Los golpes me dolieron más a mí que a él, porque pese a lo que ha pasado me sigue doliendo hacerle daño. Han sido tantos años y tantas cosas que pasamos juntos, que se ganó mi amor en su momento, pero ahora no sé qué se hizo todo eso y no lo reconozco, así como tampoco yo me reconozco.

Alcanzo mi teléfono, busco su número y me llevo el móvil a la oreja.

—Hola —contesta al otro lado de la línea.

—Bratt —trato de oírme firme—, necesito hablar contigo.

—¿Estás bien? —indaga preocupado.

—Sí, solo necesito hablarte, prometo no quitarte mucho tiempo.

—Voy llegando al comando, espérame en mi habitación.

—Ok.

Busco las llaves de su puerta. Apenas tuvo una habitación para él solo, lo primero que hizo fue darme una llave.

Con una sonrisa en el rostro me dijo: «Ya tenemos nido de amor personalizado».

Todo está perfectamente ordenado, tiene la cualidad de hacer que todo se vea pulcro e impecable. Recorro el sitio llenándome de valentía, conserva todos los detalles que le di: una caricatura nuestra, unos gemelos de plata, reloj, manillas, figuras de acción…

La misma foto de mi mesa reposa en la suya en un marco de cristal, bajo ella yace su libreta de notas. La tomo antes de sentarme y le echo un vistazo por encima, hay dibujos y garabatos de su firma.

Los ojos vuelven a arderme cuando denoto que hay escrito ensayos de su propuesta de matrimonio. Hojas y hojas con distintas maneras de hacerme la propuesta, expresiones como «Mi amor», «Mi vida» o «Eres lo más hermoso que tengo». Todo es como si me atravesaran el pecho con un sable afilado.

Tomo varias bocanadas de aire queriendo que las lágrimas no se desborden, podría pedirle perdón de miles de maneras, pero nada taparía la falla y eso me hace llorar.

—No las escribí para que te pusieras así —dice desde el umbral.

Suelto la libreta, la dejo en su lugar y lo miro poniéndome de pie: está recostado en el umbral con la chaqueta en la mano, tiene el labio roto y la ceja partida. Cierra la puerta tras él y arroja la chaqueta en la silla.

—Estaba por visitarte cuando me llamaste.

—¿Qué te pasó?

—Un sospechoso... sospechosa —se corrige—. Entró a la habitación de Christopher e intenté capturarla.

—¿Y?

—Me dio una paliza y se escapó. Lo bueno es que no pudo hacer mucho, llegamos antes de que lo matara.

—Lo siento, debe de dolerte toda la cara.

Se posa frente a mí tomándome de los hombros.

—No importa. Christopher ya salió del coma y será llevado a Hong Kong.

—Sí, Patrick me comentó algo al respecto.

El silencio nos toma a ambos y, después de varios segundos, es él quien toma la iniciativa.

—Lamento mi actitud de aquella noche. No quise hacerte sentir mal, es solo que... A veces siento que no eres la misma de antes, has cambiado y esa nueva tú se me está robando a la mujer que tanto amo.

—Sigo siendo la misma Rachel.

—No. —Se aparta—. Mi Rachel no se atrevería a hacer lo que hiciste ese día en el hospital, has cambiado demasiado y he intentado convencerme de que ese cambio se dio desde que me fui a Alemania.

—Los problemas con tu familia estaban desde antes que te marcharas.

—No solo son los problemas con mi familia. Desde que regresé eres totalmente diferente, pareces estar en otro mundo, no me miras igual, te has vuelto fría y lloras todo el tiempo... Crees que limpiarte las lágrimas, lavarte la cara y salir como si nada tapaba el hecho de que estuviste llorando en silencio. Te conozco como la palma de mi mano y sé cuándo estás bien y cuándo estás mal.

—Han pasado demasiadas cosas. Cosas que me han hecho ver todo de una forma diferente.

—Maduraste, esa es la palabra para tu definición, porque ya no ves las cosas de forma esplendorosa como antes. —Se frota el cuello sentándose en el borde de su cama—. Sé que he sido muy duro contigo últimamente y mi familia también.

—Las cosas ya no son como antes.

—Lo sé, por eso decidí que lo mejor será que nos vayamos lejos. Ni mi madre ni Sabrina dejarán que nos casemos y prefiero alejarme por un tiempo, dejarlas que piensen…

La barbilla me tiembla, todo me está doliendo: el cuerpo, el corazón…, absolutamente todo incluyéndolo a él.

—Si me hubieses hecho esa propuesta meses antes cuando sentía que vivía y respiraba por ti, la respuesta hubiese sido un rotundo sí.

—¿Y ahora no lo es?

—No, ahora es un rotundo no. Ellas son importantes para ti, y aunque esté a tu lado, tu felicidad no estaría completa sin ellas. Ese es uno de los motivos del no.

Se levanta y me toma la cara para que lo mire.

—Toda relación atraviesa crisis, y estas cosas suelen pasar antes de dar un gran paso como el que daremos. No tienes por qué sentir miedo de hacerme feliz, nos amamos…

—Esa es la otra parte del no —retrocedo—, que yo simplemente te quiero… Querer y amar son dos cosas muy diferentes y yo ya no te amo.

Frunce el cejo con mi respuesta y prefiere sonreír sin ganas mirando al piso.

—Mientes.

—No. —Me quito el anillo de compromiso—. Eres alguien importante en mi vida y odio tener que hacer esto, herirte como lo estoy haciendo, pero simplemente ya no siento lo mismo por ti. Llevo meses luchando conmigo misma queriendo volver el tiempo atrás y quererte como siempre lo hice, pero simplemente no puedo y no puedo dejar que pases el resto de tu vida al lado de quien no te merece.

Sujeta mi nuca y me aparta el cabello de la cara.

—No, cariño, son nervios de novia. Tú eres todo para mí y yo soy todo para ti.

Tomo sus manos poniendo distancia. Reparo la mano que me tocó el rostro un centenar de veces y deposito el anillo de compromiso en ella.

—Te quiero y te juro que esto me está doliendo más a mí que a ti, pero no puedo seguir engañándote ni engañándome a mí misma fingiendo lo que no siento.

—Jamás te dejaré ir, lo sabes. Eres mi novia y siempre lo serás, nos pertenecemos el uno al otro.

—Ya no, en una relación deben amarse los dos, y ese no es nuestro caso. —Lo suelto—. Perdóname, estaré pidiéndole a Dios que te dé a alguien que merezca todo eso hermoso que sabes dar…

Me encamino a la puerta.

—¡Espera! —intenta detenerme.

—¡No me detengas! —Lo freno—. ¡No hagas que duela más de lo que está doliendo!

Me apresuro a la alcoba, le envío un mensaje a mi amiga y cierro la puerta. Me meto en la cama de inmediato, como si las sábanas fueran a reparar las fallas que cometí.

La puerta vuelve a abrirse y me mantengo en la misma posición, dejando que Luisa ponga el pestillo y se acueste a mi lado abrazándome, acudiendo a mi llamado como siempre.

—No se merecía algo así —sollozo.

—No, pero tampoco era justo que lo siguieras engañando, esta es la mejor decisión que has podido tomar. Así que llora y saca todo lo que está doliendo porque, si no lo haces, terminará matándote poco a poco.

52

NUDOS

Bratt

La mañana se me pasa con el anillo de Rachel entre los dedos. Todo pasó tan rápido que no he tenido tiempo de digerirlo. ¿Cómo diablos dejas de querer a alguien de la noche a la mañana? Me es imposible hallar una explicación para tal cosa. Ella no es así, solo está confundida, seguramente se siente presionada por mis padres y la guerra que estamos librando. Me ama como yo la amo, de eso no tengo la menor duda.

Recuesto la cabeza en la silla preguntándome qué carajos pasó. La pensadera me tiene aturdido, me niego a apartarme después de tanto tiempo compartiendo.

Meredith me sonríe con las carpetas aprisionadas contra el pecho, está organizando mi biblioteca de archivos y lleva toda la mañana en la tarea tratando de descifrar qué es lo que me pasa. Concentro la vista en la *laptop* y la puerta le da paso a Patrick que viene con Simon.

—Creí que irías a despedir a Christopher esta mañana. —Simon se sienta y acomoda las piernas sobre mi escritorio.

—Te esperé por largo rato —secunda Patrick destapando la bebida que trajo de la cafetería y ni miré, ya que tengo la cabeza en otra cosa.

—Me despedí anoche después del incidente con el espía —les explico.

—Los Mascherano perdieron la cordura —comenta Simon—. Ahora andan por ahí bombardeándole el culo a todo el mundo.

—He estado pensando en eso y no creo que hayan sido los Mascherano. Si lo hubiesen querido matar, lo hubiesen hecho de una vez, y la persona que entró tuvo suficiente tiempo para aniquilarlo; sin embargo, no lo hizo.

—A lo mejor era una loca obsesionada. ¿Sabrina estaba a la vista?

Lo aniquilo con la mirada.

—Sabrina estaba conmigo y no tiene el entrenamiento que tuvo quien me atacó.

—O alguna enemiga entonces. Con la personalidad que tiene debe de tener a más de una odiándolo.

—Tarde o temprano lo averiguaremos. ¿Revisaste la cinta? —le pregunto a Patrick.

—Aún no me las entregan, aunque por lo que oí no hay mucho que revisar, acuérdate que cortaron la luz por un lapso de tiempo.

—Quiero estar contigo cuando las revises.

—Si quieres… —Se vuelve a inclinar la bebida.

Llevo de nuevo la espalda contra la silla, la jaqueca me está taladrando la sien.

—¿Estás bien? —me pregunta Simon.

—Si con bien te refieres a lidiar con la ruptura de tu compromiso después de que tu novia te dijera que ya no te ama, estoy perfectamente bien.

Baja los pies del escritorio y Patrick se atraganta con la soda.

—¡¿Qué?!

—Como lo oyen. —Tiro el anillo en la mesa.

—Es broma, ¿cierto? —pregunta Simon.

—No lo es, quiero pensar que solo está confundida. He sido su novio de toda la vida, no puede dejar de quererme así porque sí. Fui su primer amor, su primer hombre…, por ende, no entiendo su comportamiento.

—Bratt, no todas las relaciones son para siempre —comenta Patrick.

—Tus comentarios no son para nada alentadores —lo regaña Simon.

—Soy realista. Sé que la quieres, pero si ella ya no siente lo mismo por ti, lo mejor es que la dejes ir.

—Es mi novia y será mi esposa, solo es cuestión de tiempo para que caiga en la cuenta de su error y vuelva pidiendo perdón.

De repente, abren la puerta de una patada, las astillas de madera llueven sobre mi escritorio y Simon cae al piso con arma en mano.

—¡Qué linda reunión de princesas! —grita Gauna desde el umbral—. ¡Hay una importante junta esperándolos hace media hora y ustedes están aquí tomando el té!

—Pedimos su permiso para…

—¡Silencio, soldado! —calla a Patrick—. Las explicaciones en mi mandato están prohibidas, así que muevan su feo culo a la sala de juntas, ¡ya!

Todos obedecemos sin vacilar, Gauna es más estresante que Christopher.

—¡Y que alguien venga a arreglar la maldita puerta! —le ordena a Meredith.

La sala de juntas alberga a todos los capitanes, que yacen en silencio y con la cabeza gacha, como si estuvieran esperando a algún inquisidor. Me acomodo en mi puesto y Gauna toma asiento en el de Christopher.

—Los escucharé —dice Gauna—, pero si alguien sale con alguna estupidez que no aporte nada a la misión haciéndome perder el tiempo, será enviado a recorrer toda la central descalzo y en calzoncillos.

Los capitanes se acomodan y él apila los documentos de la mesa.

—Primer punto de la reunión.

—La sustitución de Morgan y la elección del nuevo coronel. —Se pone de pie uno de los capitanes—. Me postulo por medallas obtenidas y buen comportamiento en la entidad, mi general.

Gauna lo aniquila con la mirada y el resto de los asistentes no se atreve a abrir la boca.

—Nuevo coronel —repite—. Tengo entendido que se elige cuando el presente renuncia o es dado de baja. ¿Morgan renunció?

—No.

—¿Fue dado de baja?

—No, señor.

—Entonces ¿por qué se para frente a mí a preguntarme estupideces?

—No está muerto, pero lo más probable es que lo esté pronto. Acaba de despertar del coma y se ha ido no sé dónde a hacerse un tratamiento que tal vez lo termine de matar. Las posibilidades son de cien a una, y me parece injusto quitarles la oportunidad a los que quieren estar en ese puesto, mi general.

—Entre esos usted, supongo.

—Por supuesto, señor.

—¡Pues vaya resignándose a la idea de que no será por ahora! —empieza a gritar—. ¡Porque Morgan no está muerto y dentro de pocos días lo verá sentado en esa silla!

—¿Cómo está tan seguro?

—¡Porque yo lo entrené y no capacito parásitos inservibles! ¡Mis hombres son hombres de acero, y se necesita más que una bomba o un estúpido tratamiento para matarlos! Además, si tuviera que nombrar a otro coronel, usted sería mi última opción.

La reunión continúa y el trabajo no cesa.

Los días pasan, Rachel no contesta mis llamadas ni mis mensajes, cada vez la veo menos, no sale del comando y se mantiene encerrada en la oficina de Thompson o Parker. No coincido con ella en la cafetería ni en áreas comunes.

Mi mente empieza a jugar en mi contra, se enfoca en darle la razón a sus palabras, analiza su comportamiento de las últimas semanas, traza teorías incoherentes que me carcomen por dentro, empiezo a buscar distracciones en donde no debo. Bebo una copa de vodka todas las noches para conciliar el sueño y me empino media botella todas las mañanas.

La amo demasiado para aceptar el hecho de que ya no es mi novia, es mi vida y uno de mis pilares más importantes. No me imagino el resto de mi existencia echándola de menos.

Pruebo suerte esperándola a la salida de su sala a altas horas de la noche. Espero horas hasta que sale con un montón de planos y el moño desbaratado.

—Rachel —la llamo desde el pasillo.

Se detiene sin voltearse dejando que la alcance, la rodeo enfocándome en sus ojos y noto que se ve más agotada de lo normal.

—¿Qué pasa? —pregunta seria.

—Te estaba esperando. Quería verte.

—¿Para qué? Creí haber sido clara la última vez que nos vimos.

—Cariño —intento tocarla, pero no me lo permite—, no actúes así. No finjas ser lo que no eres.

—Estoy bien, Bratt, y estoy ocupada, así que disculpa, pero debo irme.

Me deja en el pasillo sin decir más.

Pasa una semana más y esta vez soy yo el que toma distancia, en busca de que recapacite y note el error que comete, así que me sumerjo en el trabajo: emboscadas, traslados, capturas, peleas e interrogatorios. Tengo la esperanza de que, si dejo de buscarla, ella me buscará a mí.

Después de una persecución de cuatro horas a uno de los grupos, socios de los Halcones, que faltaba por ser capturado, me dejo caer sobre mi cama con su anillo entre mis dedos. Duré mucho tiempo buscándolo, meses queriendo encontrar el indicado que luciera perfecto en su dedo.

Quiero leer su mente y saber qué la hizo cambiar tanto, encontrar el verdadero porqué de la barrera.

Saco mi bloc de notas y, como en los viejos tiempos, redacto una carta para ella. Expongo mis sentimientos recalcando lo mucho que la amo y la echo de menos. Las palabras salen con facilidad, no tengo necesidad de buscar inspiración cuando de ella se trata y la carta termina siendo un triste poema cargado de dolor.

La meto en un sobre y la dejo en su escritorio con la esperanza de que pueda leerla mañana temprano. Doy una vuelta por la cafetería en busca de distraerme un poco, ya que no creo que pueda conciliar el sueño por esta noche. No hallo mucho, así que termino yéndome al estacionamiento por mi auto. Mi botella se acabó y sin ella no puedo relajarme.

—¡Capitán! —me llaman antes de abordar el Mercedes: es Meredith con el casco de la moto enganchado en el brazo.

—Hola —la saludo desanimado.

—Hemos estado cortos de tiempo y quería decirle que lamento mucho la ruptura de su compromiso.

—No hay nada que lamentar, ninguno de los dos ha muerto todavía. —Abordo el vehículo.

—¿Adónde va? —pregunta preocupada.

—Por ahí, estas paredes me tienen hastiado. —Tomo aire—. Necesito un trago.

—¿Solo? No pinta ser un buen plan.

—Para mí sí.

—Déjeme acompañarlo. No es bueno que conduzca ebrio.

—Meredith, no quiero…

—Quiere desahogarse… y puede hacerlo conmigo. Cuando se saca todo lo que nos está lastimando aliviamos el dolor que nos carcome el corazón.

Me quedo pensativo, a decir verdad no me apetece repetir los pensamientos que me corren cada vez que estoy solo.

—Sube —la invito.

Vamos al bar que está a pocos kilómetros, que siempre es visitado por camioneros y viajeros que hacen recesos de camino a Londres.

Pido una botella y ella un energizante. Tomamos asiento en una mesa para dos y dejo que el licor me queme la garganta con las notas de Coldplay como música de fondo.

—Calma. —Meredith toma mi mano cuando empino la botella por sexta vez—. Recuerde que vino a desahogarse.

Tomo aire y le cuento mi fantástica historia de amor empezando desde cómo la conocí y cómo me enamoré, todas las cosas que hice para conquistarla, a todos los que envié lejos preso de los celos, cómo me enfrenté en repetidas ocasiones a mis padres, cómo se convirtió en el eje de mi vida y cómo planeé mi oferta de llevarla al altar.

Las horas transcurren y ella me escucha atentamente sin decir nada, solo asiente y sonríe de vez en cuando. Para cuando acabo tengo dos botellas en la mesa y el corazón más roto que ayer.

—Paso noches dando vueltas y vueltas en mi cama intentando entender su cambio.

Sujeta mi mano, me acaricia la cara y su imagen ya me resulta borrosa.

—Capitán, no tiene que sentirse mal. Es ella la que está fallando, no usted.

—Pero quiero entender lo que está pasando.

—La explicación es clara, es usted el que se está negando a verla. Su cambio solo tiene dos motivos: o dejó de amarlo hace mucho tiempo y solo fingía ante todos...

—No, ella no era así hace unos meses —la interrumpo.

—O hay alguien más en su vida —termina.

—No hables tonterías —la corto.

—Se oye feo, pero tiene que tener la mente abierta. Dice que su cambio se dio desde que se marchó a Alemania. ¿No le parece sospechoso? Para nadie es un secreto lo hermosa que es, los dos sabemos que muchos soldados la acechan.

—La han acechado toda la vida.

—Tal vez no había llegado alguien que le gustara lo suficiente. Nadie es fiel, capitán, todos pecamos por naturaleza y, por muy enamorados que estemos, corremos el riesgo de que llegue alguien rompiendo pactos de fidelidad.

—Yo nunca le he sido infiel.

—Porque no ha llegado alguien que le guste lo suficiente.

Suelto su mano molesto por el rumbo de la conversación. Sí, una de mis noches contemplé la idea, pero la aparté de forma inmediata. La conozco, ella no haría algo así y no hay nadie en la central que pueda superarme, ya que soy el hombre que todas desean, el novio que ha tenido que defender a capa y espada. Definitivamente no, ella no podría haberme engañado.

53

UN PLAN DE MIL FASES

Rachel

Cariño:

Amor mío, sigo sin poder dormir, tu ausencia e indiferencia me están matando y no sé qué tanto dolor pueda soportar. Paso horas y horas pensando en lo mucho que te echo de menos, en lo mucho que nos estamos lastimando. Quiero encontrar el porqué de tu actitud y comportamiento, hemos pasado por cosas peores que fácilmente hemos superado. Me duele que te rindas tan fácil ante la primera gran adversidad, sabiendo que somos el uno para el otro, que somos un solo ser.

Te amo tanto y quiero despertar de esta horrible pesadilla, quiero tenerte a mi lado y susurrarte lo mucho que te extraño. ¿Qué quieres que haga? ¿Dónde debo ponerte para que vuelvas a ser la misma de antes? Quiero a mi Rachel de vuelta, tu mirada enamorada enfocada nuevamente en mí. No pienso en otras cosas que no seas tú y mis intensas ganas de tenerte a mi lado. Piensa bien las cosas, háblame, estoy seguro de que juntos encontraremos la solución a todo esto.

Te amo. Siempre tuyo,

BRATT

Doblo la hoja que me dejó Bratt, no fue buena idea leerla. Reitero que esto me duele más a mí que a él porque no se lo merece; sin embargo, es una decisión que no tiene marcha atrás.

Abro mi *laptop* en busca de las órdenes del día, pero termino dejando la tarea de lado cuando el teléfono retumba en la mesa.

—Hola —contesto.

—No quiero alarmarte —habla Harry—, pero Luisa está atravesando el campo tres con un ladrillo en la mano.

Tiro la bocina saliendo a voladas. Luisa está loca y el ladrillo no me da mucha confianza. Bajo las escaleras a toda prisa esquivando soldados y personal de aseo —mi entrenamiento militar se hace ver— y logro llegar al campo sin sudar ni jadear.

Mi amiga cruza el área alegando con Brenda.

—Señorita Luisa, cálmese, por favor —le ruega Laurens pasos atrás.

—Creo que la perdimos —comenta Alexandra ubicándose a mi lado.

—¿De dónde sacó ese ladrillo?

—Laila se lo dio —contesta encogiéndose de hombros—. Estoy convencida de que es muy mala dando ideas.

—¡Luisa, ¿qué diablos haces?! —le grito.

El cabello castaño ondea en el aire cuando se acerca emanando ira.

—¡Busco a Scott! —contesta atropellándome—. ¡El muy hijo de puta le ha ido con chismes a Simon!

—No le pongas atención. —Corro tras ella—. Scott es tiempo perdido.

Voltea obligándome a retroceder.

—¿Qué harás con ese ladrillo?

—Ya que no pude destrozarle la cabeza, destrozaré su auto.

—¡Cálmate!

—¡Le dijo a mi prometido que mi comportamiento se debe a que todavía lo amo, que estoy celosa y que por eso hice lo que hice en la cafetería! ¡Estoy en boca de todos los soldados!

—¡Sé dónde está el auto! —la animo.

Como una manada de hienas nos vamos al estacionamiento y Laila ya está ahí señalando el vehículo negro.

—Teniente —nos alcanza Laurens—, póngale orden a esto, por favor.

—Lo pondré —la aparto— cuando Scott pague.

—¡Hijo de puta! —exclama Luisa arrojando el ladrillo directo al parabrisas, que revienta el cristal del BMW.

—¡Piérdanse! —ordena Laila.

Corro, muerta de la risa sintiéndome como cuando estaba en la secundaria. Eso es lo bueno de tener a Laila, Brenda y Luisa, que los días con ellas nunca son aburridos.

—Puedo morir en paz. —Entramos a la sala de tenientes.

—No debimos hacer eso. Scott me matará —se queja Laurens asustada.

—¡Que se vaya a la mierda! —la tranquiliza Laila—. Tú relájate.

—Pero...

—Quiero verle la cara cuando note lo del auto. —Abro las ventanas.

Algo cae y todas se alarman rodeando a la chica que se desploma.

—¡Brenda! —Me levanto alarmada.

Todas se lanzan al piso tomándole los signos.

—Denle espacio. —Las aparto—. Alexandra, trae la camilla del pasillo.

El pulso está bien. Entre todas logramos subirla a la camilla y un par de soldados nos socorren cuando llegamos al pie de la escalera. Es Laila la que responde las preguntas del médico.

—Esto es el karma —se queja Luisa en la enfermería—. Nos está castigando por estampar el ladrillo en el vidrio y no en la cabeza de Scott.

—Dudo que el karma funcione así —comenta Alexandra.

—Es mi culpa —empieza Laurens a punto de llorar—. Si no les hubiese comentado lo de Scott, no se habrían puesto furiosas…

—Mujer, deja de culparte por todo, ¿sí? Brenda se desmayó porque de seguro no almorzó bien —contradice Luisa—. Estas mujeres se las mantienen trabajando todo el día.

Pasan cuatro horas y seguimos en la sala de espera con Luisa quejándose cada dos minutos.

—Familiares de Brenda Franco —llama la enfermera.

—Nosotras. —Luisa es la primera en levantarse.

—Síganme.

Nos lleva a la habitación y Brenda está semiacostada con una bandeja de comida en las piernas.

—Tienen diez minutos —advierte la enfermera antes de cerrar la puerta—. Las visitas son hasta las ocho.

—¿Cómo te sientes? —Soy la primera en preguntar.

—No debiste hacer tanto esfuerzo sin haber calentado —añade Luisa.

—No me desmayé por el esfuerzo físico —se queja—. Soy un sargento de la FEMF, ¿lo olvidas?

—Entonces ¿por qué el desmayo? —Laila se sienta en el borde de la camilla. Rebana la carne de su plato con fuerza.

—Tengo doce semanas de embarazo.

El grito de Laila y Luisa me perfora el tímpano del oído cuando se arrojan sobre ella ahogándola con los brazos.

—¡No puede ser! —exclamo maravillada—. ¡Voy a tener un sobrino!

—¡Qué linda noticia! —Alexandra es otra que celebra.

—Felicitaciones, señorita —agrega Laurens.

—No es una buena noticia para mí —lloriquea—. No quería ser una madre soltera.

—Brenda, serás todo menos una madre soltera —la regaño.

—Sí lo seré, justo anoche terminé con Harry —habla con la boca llena—. Tuvimos otra tonta discusión por su insistencia de no querer conocer a mis padres.

—Tú lo has dicho —dice Luisa—, otra tonta discusión. Será cuestión de horas para que vuelvan, a Harry le encantará la noticia.

—Lo dudo, nunca habíamos discutido como discutimos anoche.

—Todas las parejas discuten y se exaltan —la consuela Laila—. Harry te ama, todas te amamos.

—Las cosas ya no son como antes, él no quiere una familia. Ni siquiera sé si me quiere a mí, y ahora le voy a dar un hijo.

—Lo entenderá —le explica Alexandra—. Cuando Patrick y yo nos casamos no teníamos planeado tener a la bebé tan pronto y pasó; al principio le fue duro asimilarlo, pero al poco tiempo lo aceptó y ahora es un superpapá.

—Ustedes estaban casados. Harry huye cada vez que le mencionan la palabra «matrimonio». Ayer mencioné dar un segundo paso y parece que le hubiese echado agua bendita a algún demonio.

—Ya se le pasará y estará feliz de tener con quien compartir el apellido —la animo.

—¡Son las ocho, así que fuera! —nos regaña la enfermera.

—¿Cuánto tiempo estarás aquí?

—Hasta mañana, me dejarán en observación toda la noche —contesta—. Prométanme que nadie le dirá nada a Harry, necesito tiempo para organizar las ideas.

—Claro que sí. —Le doy un beso en la frente—. Tómate tu espacio y busca el mejor momento.

Nos despedimos, Luisa se va a buscar a Simon y Alexandra se va a ver a su hija. Laila y yo nos vamos hasta la cafetería, no quiero estar sola. Cuando le hable a Gauna de mi situación con los Mascherano, estaré sin familia y amigas por un largo tiempo, así que tengo la necesidad de compartir con ellas lo máximo posible.

—¿Son ciertos los rumores de pasillos? —me pregunta Laila—. ¿Los que dicen que terminaste con Bratt?

—No sabía que ya había rumores.

—Me siento traicionada por saberlos de esa manera y no de tu boca.

—Estaba esperando un buen momento para comentárselos, he estado ausente estos días y… No es un buen momento en mi vida…

—Eso es obvio. —Se sienta frente a mí—. Todos hemos notado eso, sé que quieres mucho a Bratt, pero no niego que me ha dolido que me excluyas de tu vida como si no confiaras en mí.

—Claro que confío en ti. Eres una de mis mejores amigas, solo que todo se ha vuelto tan complicado que no me he sentido capaz de sentarme a explicarles la telenovela que estoy viviendo.

—Tranquila. —Me sonríe—. No voy a presionarte, dejaré que me lo digas cuando te sientas cómoda.

—Gracias. —Aprieto su mano.

Me levanto por una bebida caliente mientras mi amiga opta por una soda. Me pone al tanto de lo último y calla de golpe cuando Scott aparece.

—Estoy intentando controlar mis ganas de estrangularlas. —Se sienta al lado de Laila—. Quiero pensar que el daño de mi auto no lo causaron ustedes.

—Pues deja de quemarte las neuronas —le contesta mi amiga dándole el último sorbo a su bebida— porque fue culpa nuestra, yo misma conseguí el ladrillo que atravesó el vidrio.

—El discurso de víctima guárdalo para otro día, por favor —le digo—. El buzón de preocupaciones ya está lleno.

—Ok —asume derrotado—. Supongo que esta es la última fase de su plan de venganza.

—Es la uno, nene —lo corrige Laila—, y es un plan de cien fases.

Se masajea la sien apoyando los codos en la mesa.

—Rachel —me sonríe—, ¿no es tu novio el que viene entrando con la pelirroja que no se le despega?

Sabía que mis planes de despedir la noche tranquilamente se iban a ir a la mierda en algún momento. No volteo, me concentro en la taza fingiendo que no siento la mirada de Bratt.

—Hola —saluda—. ¿Puedo sentarme?

Scott nos mira con el ceño fruncido, no sabe lo que sucede entre los dos y debe de verse estúpido que pida tal permiso siendo «novios».

—Adelante. —Me corro a un lado.

Pide un té y Meredith se posa en la barra mirándolo con disimulo.

—¿Cómo está Brenda? —pregunta Scott queriendo romper el hielo—. Harry me dijo que se desmayó.

—¡Sabe que se desmayó y no ha ido a verla! —alega Laila.

—Estuvo horas plantado en la entrada. No la visitó porque ya no tienen nada, sin embargo, me envió a preguntarles.

—Vaya —añade Bratt con ironía—, eso de terminar relaciones está muy de moda entre ustedes últimamente.

—La diosa de «que todos los hombres se jodan» anda rondando en el aire —bromea Scott.

—Me quedé esperando la respuesta de la carta que te envié. —Bratt enfoca los ojos en mí.

—No es un buen momento para discutir —contesto en voz baja.

Su puño recae en la madera haciendo que las bebidas se tambaleen. Laila se pone a la defensiva y Scott aparta los codos de la mesa.

—¿Cuándo será ese momento?

—Lo mejor es que me vaya. —Empiezo a levantarme.

—¡No! —eleva la voz.

—Calma, Bratt —le ruega Scott—. Con alterarte no solucionas nada.

—No te metas en lo que no te importa. Más bien ocúpate de la tonta que embarazaste por comportarte como un crío.

—Me voy —se levanta—, pero con Rachel.

Se pone en pie desafiándolo a pelear.

—No pasa nada, Scotti —intervengo queriendo evitar la contienda—, déjennos solos.

Miro a Laila para que me haga caso.

—Márchense —exige—, y no les estoy pidiendo el favor, les estoy dando una orden —añade Bratt.

—Váyanse —les ruego—. Los buscaré después.

Laila se lleva a Scott.

—¡Debo armar un espectáculo para poder cruzar dos palabras contigo!

—No tenemos nada de que hablar. Aprecio tu carta y créeme que lamento lo que estás pasando, pero ya tomé una decisión y quiero que la respetes.

—¿Volvemos al dilema de yo suplico y tú me evades? ¡Ya aprendí la lección, maldita sea!

—No tienes nada que suplicarme. Me alejo de ti precisamente por esto, porque no quiero darle más largas al asunto… Solo déjalo pasar…

Se levanta barriendo los objetos que descansan en la mesa; la botella se hace añicos al caer al suelo.

—No voy a dejar pasar nada. ¡Métete en la cabeza que eres mi novia y deja pasar tú el berrinche, porque la paciencia se me está acabando! —espeta rabioso.

—¡Capitán! Meredith intenta calmarlo—. Tome aire y cálmese.

—No repetiré esto de nuevo. —Se va.

Me agacho a recoger el desastre del piso sin creer lo que acaba de pasar.

—Déjelo, teniente. —Llega la chica de la barra con un recogedor—. Puede lastimarse, yo lo recogeré.

—Lo lamento, yo… —Tiemblo de rabia.

—No pasa nada, váyase a descansar.

Abandono el lugar con las miradas de los soldados sobre mí.

54

Hong Kong

9 de agosto de 2017, Hong Kong

Christopher

Hago mis primeras flexiones sin que el dolor me fulmine, tengo el brazo vendado contra las costillas y el amargo recuerdo de la explosión sigue en mi cabeza.

—No puede hacer actividades físicas, coronel —advierte la enfermera cambiando las sábanas de mi cama.

—No estaré acostado todo el día —contradigo—. Y tampoco he pedido tu opinión, así que ahórrate los comentarios.

—Si se le desgarra la herida, tendrá que empezar de cero.

—No pasará.

—Su esposa está preparando un recorrido por la ciudad. El aire fresco le sentará bien —supone.

—Me caería bien que deje de respirar.

Enarca las cejas abrazando las sábanas contra el pecho.

—¿Siempre es así de indiferente?

—No, soy mucho peor —contesto—. Quiero estar solo, así que dile a mis suegros, esposa y padres que ya pueden volver a sus vidas. Regresaré solo a Londres.

Se marcha negando con la cabeza. Ha tenido que lidiar con mis constantes quejas, peleas e insultos, ella y todos los que vinieron a estorbar.

Me cansa la venda del brazo y estoy hastiado de estar tan lejos perdiendo el tiempo, por ello quiero largarme. Por esto y porque muy adentro estoy loco por volver a la entrepierna de cierto espécimen con curvas y ojos azules. Hembra que, si mis suposiciones no fallan, causó una conmoción en el hospital solo por verme. Esta mujer es un problema para mis dependencias porque loca por mí me gusta mucho más.

Los rascacielos se iluminan cuando llega la tarde. Hong Kong despierta de noche, las calles se llenan de gente buscando dinero y diversión. Es una ciudad brillante donde se encuentra de todo: culturas, costumbres, mujeres, negocios y problemas. El olor a opio se extiende por los aires al igual que mis ganas de volver.

Enciendo un cigarro en el balcón, ya no soporto esta mierda.

Alex se toma mi alcoba sin anunciarse y con Sara Hars a su espalda.

—Dije que quería estar solo. —No me inmuto en mirarlo. Es el máximo jerarca de la FEMF y literalmente un dolor de huevos para mí, porque es la única persona que no acepta un no de mi parte, ya que las cosas son como él las impone o no se hacen—. Tampoco te di permiso de entrar.

—Para tu desgracia entro y salgo las veces que me place y se me da la gana —impone—. Así que cierra el pico, que tus demandas me las paso por las bolas.

Lo ignoro dándole una calada al cigarro.

—Hijo, no es recomendable que fumes... —habla Sara dándole paso a un carro con comida.

Le lanzo una de mis miradas despectivas, me cae como una patada en el hígado y el que esté aquí no borra lo mucho que odio su puta actitud cargada de cobardía.

—¿Sería mucho pedir intentar llevar la fiesta en paz? —pide Alex sentándose en la mesa—. Quiero disfrutar mi cena.

—Escogió un mal lugar, ministro. —Me levanto dejando el cigarrillo en el cenicero—. El lugar perfecto para usted hubiese sido un restaurante de lujo con una exuberante puta de burdel caro a su lado.

—Me resbalan tus comentarios llenos de veneno, cámbialos que ni risa me dan y, para tu información, nunca en mi vida he tenido que pagar por una mujer, siempre he tenido las amantes que quise sin pagar una sola libra.

Sara se mueve incómoda acomodando las copas en la mesa.

—Preparé tu menú favorito, pollo agridulce con arroz a la naranja y...

—Ese no es mi plato favorito —la interrumpo.

—Siempre te gustó el...

—Tenía siete años en ese entonces, pero bueno, como te largaste cuando tenía once es obvio que ya no sabes nada de mí.

—¡Por el amor de Dios! —exclama Alex—. ¿Podrías dejar tu actitud de mierda para otro momento? ¡Tu madre se mató toda la tarde cocinando, al menos ten la decencia de comer sin molestar con tus estúpidos sarcasmos! ¡Por primera vez en tu vida deja de actuar como un mocoso malcriado y come, no todos los días tienes el menú de un chef sobre la mesa!

Me siento de mala gana... Como es habitual me obligará como si fuera un crío y de seguro terminaremos en una batalla campal que terminará con muchas cosas rotas. Aparta la botella de vino cuando intento tomarla.

—Nada de licores —advierte airoso—. De hecho, si quieres seguir siendo coronel, es mejor que vayas dejando la bebida de lado.

—¿Ya les comenté que abriré un nuevo restaurante en Singapur? —comenta Sara sonriente buscando fotos en su móvil—. Tiene una vista maravillosa y lo abriremos por petición del público que...

—Cuenta conmigo. —Alex le toma la mano.

—Conmigo no —la corto enseguida—. Tengo muchas cosas que hacer y no me parece prudente que lleves a tu exesposo sabiendo que tu nuevo novio puede molestarse.

Estar convaleciente me dio tiempo para saber los pasos de mi «madre». La prensa mundial me lo dijo todo. Su cadena de restaurantes va viento en popa, es una apetecida chef a nivel internacional y lleva un año saliendo con un crítico de comidas, que es francés y tiene dos hijos.

—No creo que a Alexander le moleste.

—¿Se llama Alexander? —finjo sorpresa—. Alex-Alexander, qué casualidad, espero que este sí cumpla tus expectativas.

—¡Basta! —me regaña el ministro—. ¡Termina de comer y alégrate por los triunfos de tu madre!

—Yo ya no tengo hambre. —Se levanta Sara—. Iré a buscar al médico para que te cambie las vendas.

—Siempre buscas la manera de arruinarlo todo. No te das cuenta de que solo quiere compartir sus triunfos con nosotros.

—¿Para qué, si no somos parte de sus planes? Dile que los comparta con su nueva familia y desista de querer meterme en su nueva vida perfecta.

—Díselo tú, no soy tu mensajero —vuelve a su plato—, aunque reconozco que me ha hecho gracia lo de Alexander. Me queda claro que definitivamente no me ha superado.

A la mañana siguiente salgo a caminar atrayendo el interés de los transeúntes con los escoltas que me colocó Alex. No se me despegan ni para respirar y me veo obligado a parar al sentirme tan hostigado.

—¿Qué tal el paseo? —pregunta Sabrina cuando entro a la recepción, su madre la acompaña y ambas se levantan como si las fuera a determinar.

Paso de largo. Llevo semanas haciendo lo mismo con la esperanza de que se aburran y se larguen de una vez por todas. La única visita que me interesa está a kilómetros y por ello me resbalan los hipócritas que buscan la forma de atraer la atención que nunca tendrán.

Los escoltas abren la puerta y Bratt se pone en pie con Marie atrás.

—¡Hermano! —saluda alegre—. ¡Qué alegría verte tan recuperado!

Dejo que me abrace, mas no correspondo, como que verlo no es que me cause tanta gracia como antes.

—Mi bebé —se acerca Marie—, no sabes cuánto me alegra verte bien.

Medio le toco la espalda antes de apartarme.

—Disfrutemos del sol en el balcón —invita Bratt—. Trajeron una jarra de limonada.

—Vayan ustedes —sugiere Marie—, debo hacer un par de llamadas antes.

Tomo asiento en la terraza, el sol se intensificó y Bratt me palmea el hombro antes de sentarse frente a mí.

—Tengo la espalda vuelta un asco —se queja—. Doce horas de viaje son una tortura por muy cómodo que vengas en el jet Morgan.

—Estar lejos de Gauna lo vale.

—Sí. —Se ríe sirviendo la bebida. Me ofrece el vaso y saca una botella plateada y vacía el contenido en su bebida—. Me gustaría darte, pero tus médicos fueron claros al advertir que no puedes tomar alcohol.

—¿Ahora tomas a plena luz del día? —inquiero.

Se supone que es el más sano de los cuatro. Al menos eso empezó a predicar cuando consiguió novia estable.

—Consecuencias de ser un hombre con el corazón roto.

Enarco una ceja reparando en su aspecto, ahora que lo veo mejor sí lo parece con el exceso de cabello, ojeras y barba.

—¿Problemas con Rachel?

Saca el anillo de compromiso que le había dado y procuro tragarme el atisbo de satisfacción.

—Rompió nuestro compromiso. Me dijo en la cara que ya no me ama.

Esos momentos incómodos en los que buscas sentirte mal y procurar que las malas noticias de otros también lo sean para ti… Pero no, estás tan pleno y feliz de la desgracia de otros que debes mirar a otro lado para que no noten lo mucho que te agrada la situación.

—Lo lamento —miento—. Te presentaré un par de amigas cuando vuelva a Londres.

—No quiero a otras chicas, quiero a mi novia. Lo único que me importa es tenerla de vuelta.

—No le des importancia a quien no te la da a ti.

—Ella no es cualquiera, la amo demasiado como para dejarla ir. Estas semanas han sido pésimas, no puedo concentrarme, me la he pasado embriagándome y escribiéndole extensos mensajes que no se toma ni la molestia de leer.

—Déjala, si te ama, volverá algún día. —Obviamente no será así.

—No tengo tanta paciencia y estoy tan mal que he llegado a pensar que...

—¿Qué?

—Que hay alguien más, es la única justificación coherente que hallé. —Se frota la cara—. Estoy desesperado y temo que esto termine mal, porque te juro que, si me engañó, su amante no vive para contarlo.

—Ajá.

Se levanta y se dirige a las barandas del balcón. Mira al cielo tomando aire por la boca y peinándose el cabello con las manos.

—Sé que son suposiciones, ella no sería capaz de engañarme. La cabeza no le da para eso teniéndolo todo.

—Si es la mujer que amas, lucha por ella. —Llega Marie.

Le acaricia la espalda volteándolo para que la mire.

—Las mujeres solemos tomar decisiones equivocadas al sentirnos presionadas —le dice—, pero te garantizo que superar la crisis vale la pena, porque cuando vuelvan serán una versión mejorada de la pareja que eran antes.

—Ella se rehúsa a verme —se le quiebra la voz—. La busco y siempre recibo un no como respuesta.

—Bratt, eres el chico más dulce que he conocido, nadie puede resistirse al bello amor que das —contesta Marie—. Quema todas tus fuerzas y salva tu relación... Será difícil, pero no imposible.

—Gracias, nana. —La abraza.

—Tu madre te está buscando afuera. —Le da un beso en la mejilla—. Ve a ver qué quiere.

—Vuelvo dentro de un rato. —Se va.

Nos deja solos y Marie se me planta al frente con la típica cara de interrogatorio. Me saco los lentes oscuros del bolsillo y tomo el periódico que reposa en la mesa para que entienda de una vez que me vale mierda lo que dirá.

—Justo cuando pienso que no puedes ser más hijo de puta, llegas y rompes todas mis expectativas.

—Pensé que ya te habías acostumbrado a las decepciones por mi parte. —Me inclino el vaso de limonada.

—¡Tus aires de arrogancia no sirven conmigo! Esa chica rompió su compromiso por ti, porque me atrevería a apostar que fuiste tú el que empezó todo.

—Sí, fui el que lo empezó —contesto— y de una muy mala manera, a decir verdad.

—¿Por qué?

—Se me puso dura cuando la vi y... no pensé que llegaría tan lejos, pero pasó, así que lo mejor es superarlo y continuar. —Me encojo de hombros.

—Ah, no. ¿Y qué esperabas? No todo el mundo es un caparazón sin sentimientos como tú —espeta—. Se enamoró de ti, por eso dejó a Bratt. Eres mi hijo y te adoro como a nadie, pero soy realista y sé que ella no es nada para ti, jamás podrás darle lo que Bratt puede darle. Vas por ahí rompiendo corazones y acostándote con toda la que se te atraviesa. ¿O me dirás que estás enamorado de ella? ¿Que cambiarás e intentarás ser una mejor persona por ella?

Tardo en responder, un culo más no es, pero soy claro al decir que no me veo en una relación con la novia de mi mejor amigo.

—¿Lo harás?

—Yo evoluciono para mal, así que imagínate la respuesta.

—Entonces arréglalo. Bratt es como un hermano para ti y, si no fuera por él, no estarías aquí. Habla con Rachel y hazla entrar en razón.

—No me voy a meter en sus líos amorosos —contesto.

—¡No seas cínico! —me ruge furiosa—. ¡No tendrían líos amorosos si no la hubieses incitado a llevártela a la cama!

—Nunca le puse un revólver en la cabeza.

—Arréglalo, no le quites la oportunidad a Bratt de una familia, ya que tú no la quieres para nada y él la quiere para todo. Por primera vez en tu vida deja de pensar en ti y prométeme que intentarás arreglarlo.

Alzo la mano para que se calle.

—No prometo nada, ella ya no lo quiere y ya lo demostró.

—Háblale.

—Lo intentaré, pero no te hagas ilusiones. No sabes lo terca que puede llegar a ser Rachel James.

55

EL OJO DE LA HOGUERA

Bratt

Bajo del taxi que me deja en la entrada de mi edificio. Pasé tres días en Hong Kong con Christopher, son las nueve de la mañana aquí en Londres y el portero sale a ayudarme con las maletas mientras sujeto los presentes que le traje a Rachel de Asia. La distancia me dio espacio para pensar y los consejos de Marie me hicieron entender que con paciencia puedo hallar una solución.

Me di una vuelta por el mercado chino y compré el tipo de detalles que le gustan: un reloj para su mesilla de noche, un abanico artesanal, pulseras y pendientes. Ama los pequeños detalles y me esmeré por conseguirlos.

Dejo mi abrigo en el perchero cuando entro a mi apartamento, hablo con Simon, que se está midiendo el esmoquin para la boda, y en medio de la charla me comenta que Luisa estará con él todo el día.

El que su amiga no esté me da la oportunidad perfecta para visitarla, así que me cambio, subo a mi auto y me enrumbo a su casa con las cosas que le traje.

Estaciono frente a su torre. Lulú está en la recepción apoyada con los codos sobre el mostrador con un minivestido que deja muy poco a la imaginación.

—Joven Bratt —saluda cuando me ve—. ¡Qué sorpresa tenerlo por acá!

—¿Cómo están? —correspondo el saludo dándole un beso en la mejilla y un apretón de manos al hombre detrás del mostrador.

—Bien, Rachel está tomando una siesta. ¿Desea seguir a despertarla?

—¡Tú! —Una anciana le grita a la empleada mientras baja las escaleras—. ¡Andas aquí cotilleando y mi casa se está inundando por tu culpa!

—¡No puede ser! —Recoge las bolsas de la comida que tenía en el suelo—. ¡Olvidé conectar el desagüe de la lavadora!

Se va seguida de los insultos de la anciana.

—¡Lulú! —la llama el portero—. ¡Olvidaste otra vez la correspondencia!

Su llamado llega tarde, ya que la mexicana se pierde en la escalera y los gritos de la inquilina no la dejan escuchar.

—Yo lo llevo. —Recibo el paquete—. Con Lulú no llegarán nunca.

Subo por el ascensor, y el pasillo es un charco de agua mientras que adentro Lulú se pasea con el trapeador intentando que el agua no cause más estragos.

—Lo siento, pero no puedo dejar que despierte a Rachel —aclara—. Me arrancará la cabeza si sabe que volví a inundar el apartamento de abajo.

—No importa —me encaramo en las butacas del comedor—, puedo esperar.

Sigue con su tarea y por mi parte me pongo a revisar el móvil. Lulú me ofrece café y al cabo de un rato deja el apartamento totalmente seco.

—Voy a secar el piso de abajo —avisa—. No me extrañe, que no tardaré.

—Eso espero —bromeo.

Cansado dejo el móvil de lado, me sirvo un vaso de agua y vuelvo a la butaca ojeando los sobres que me entregó el portero: cupones, facturas, invitaciones a reuniones y folletos de revistas de inmobiliarias… No es más de lo que recibo todos los días.

Se me cae uno y me agacho a recogerlo. Es distinto a los demás debido a los colores del Reino Unido y el distintivo de la rama gubernamental.

De: Departamento Gubernamental de Cadin
Para: Rachel James Mitchels

Dice en la parte superior y el nombre de Cadin me arruga el entrecejo. ¿Por qué recibe sobres de un pueblo tan lejano? Rasgo el papel y saco la hoja que yace dentro.

14 de agosto de 2017
Cadin, Inglaterra

Señorita Rachel James:

La presente es para recordarle el pago de la obligación pendiente que tiene con nuestro Gobierno a causa de la multa impuesta el día 6 de mayo en horas de la madrugada correspondiente a la violación del artículo 0377 de la actual Constitución de Inglaterra. El plazo máximo para la cancelación está estipulado para el día 1 de septiembre del presente año. Le rogamos no olvidar dicha fecha y realizar su pago. Recuerde que incumplir con dicho compromiso puede acarrearle inconvenientes a futuro.

Si ya hizo el pago, le rogamos hacer caso omiso a este mensaje.

Atentamente,

FREDERICK COLEMAN

Secretario gubernamental de Cadin

¿Multa en Cadin? Nunca me ha mencionado estar en dicho lugar, de hecho, para esa fecha aún me encontraba en Alemania. Por lo tanto, tenía muchos más motivos para mencionarlo.

—Bratt —me llaman atrás y rápidamente meto las hojas en mi gabán. Está vestida con unos shorts diminutos y un top que le reluce los senos. Está adormilada todavía y me pesa el que estemos mal, ya que debo atragantarme las ganas de llevarla de nuevo a la cama y hacerle el amor.

—¿Qué haces aquí? —pregunta.

—Llegué en la mañana de Hong Kong y vine a traerte esto. —Le extiendo la bolsa de regalos.

—Gracias, pero prefiero no recibirlo. No quiero otra discusión…

—Hey, sé que fui grosero pero no rechaces el regalo, duré horas eligiéndolo. Tómalo como una disculpa a mi comportamiento.

—No es prudente, como tampoco es el que estés aquí.

—Solo tómalo. —Vuelvo a ofrecerle la bolsa—. Si no te gusta, dáselo a alguien más o échalo a la basura. He decidido no presionarte, estuvo mal que viniera sin avisar, pero en verdad quería entregarte el detalle. Ya lo hice y ya me voy.

Me encamino a la puerta.

—Espera. —Me detiene a medio camino—. Gracias, no sé qué hay en la bolsa, pero supongo que me encantará. Tus detalles nunca decepcionan.

Le sonrío con entusiasmo, tenerla y no tocarla es como tener mil clavos en la espalda.

—¿Quieres un café o un té?

—Un café está bien. De hecho, Lulú ya preparó uno y estaba delicioso.

—Te traeré una taza. —Se va a la cocina—. ¿Y qué tal Hong Kong? ¿Comiste algún animal raro?

—No, sabes que no me gustan ese tipo de desafíos.

Vuelve con dos tazas humeantes.

—¿Cómo está el coronel?

—Bien, su recuperación va de maravilla, dentro de pocas semanas lo tendremos de vuelta.

—Qué bien. —Bebe un sorbo de su café. Las líneas de la carta me están haciendo eco en los pensamientos.

—¿Te acuerdas cuando hacíamos tours gastronómicos por toda la ciudad? Íbamos de restaurante en restaurante probando platos nuevos.

—Claro que sí. —Sonríe—. Era el itinerario de todos los sábados.

—Quiero retomar esa vieja costumbre, ya recorrimos los restaurantes de Londres, así que me gustaría hacerlo por sus alrededores. Anoche estuve buscando varios por la web y hubo uno que me llamó mucho la atención, está en Cadin.

Deja la bebida del café a medias, enderezándose en la butaca.

—¿Lo conoces o has oído hablar de él? No es que sea un pueblo muy famoso.

—No. —Tarda en contestar dejando la taza sobre el mármol—. Supongo que debe de ser lindo, todos los pueblos de Reino Unido lo son.

—¿Seguro que no lo conoces? —vuelvo a preguntar—. Oí que tiene buenos bares.

—No, no lo conozco. —Baja la vista a la taza.

Su respuesta me deja frío. ¿Qué necesidad tiene de mentirme?

—Gracias por el café. Debo irme ya, tengo cosas que hacer en la central.

—Gracias por los detalles.

—De nada. —Le doy un beso en la frente—. Cuídate.

Me acompaña a la puerta y me encamino hacia la escalera con las manos hormigueando mientras lidio con el cólera que me consume las venas. Bajo rápido y estrello la puerta de mi vehículo cuando entro. Saco la hoja del gabán y lo releo todo. El mensaje es claro, se dejó multar y es imposible que no «conozca» dicho lugar.

Menuda mentirosa… Enciendo el panel configurando los comandos del sistema inteligente con el fin de que me den información.

—Ubica el pueblo de Cadin —le ordeno al asistente virtual y el GPS empieza la búsqueda.

«Cadin está a ochenta y siete kilómetros de la ciudad, dos horas y diez minutos exactamente de su ubicación».

Me muestra distintas imágenes del lugar.

—Necesito saber de qué habla el artículo 0377 de Cadin y los motivos que pueden ser considerados como violación de dicho artículo.

Esta vez tarda más tiempo en conseguir la información.

«Corresponde a todo acto que conlleve a comportamientos no éticos y morales».

Quedo en las mismas.

—Ábreme el historial de comportamiento ciudadano de Rachel James Michels, necesito saber cuántas multas y comparendos tiene y por qué.

«Necesito identificar su placa primero».

La saco mostrándola al escáner de luz infrarroja. Espero con ansias la respuesta; si no hizo nada malo ahí, no tenía por qué mentirme.

«Solo tiene una multa, capitán. Y fue impuesta en Cadin el 6 de mayo a las doce cero siete, incumplió el artículo 0377 de Cadin al ser hallada teniendo relaciones sexuales en espacio público».

56

CITACIÓN

Bratt

Destruyo la pantalla digital del auto, la vista se me nubla y no soy consciente de nada a la hora de estrellar los puños una y otra vez contra el vidrio. ¡No, no y no! No acepto su traición.

¿Cómo carajos fue capaz de engañarme así? A mí, el que ha dado todo por ella. Yo, que la puse en un jodido pedestal amándola desde que la conocí.

Tengo mis fallas, pero no lo merezco. Joder, le he sido fiel y para mí no hay otra que no sea ella. Colapso en el asiento cuando los celos hacen estragos. Mientras yo la tenía presente día y noche, Rachel, siendo mi novia, se dejaba follar quién sabe por quién. Mientras yo añoraba oírla, ella dormía con otro.

«Lo mataré, juro que lo mataré. Quien se atrevió a tocarla es un hombre muerto», pienso absolutamente fuera de mí.

Conduzco al comando saltándome las señales de tránsito. Ahora entiendo el cambio constante, el lloriqueo, las barreras y las excusas. Está con alguien y ese alguien se atrevió a verme la puta cara de idiota sabiendo que era mi novia.

Las puertas del comando me reciben y derrapo las llantas en el estacionamiento. Bajo del auto y cierro la puerta con todas mis fuerzas. La cara me arde, el estómago se me revuelve y la garganta me quema con el cúmulo de emociones que me abarcan.

Transpiro odio y a ciegas me encamino a mi oficina.

—¡Capitán! —me llama Gauna en el pasillo de la tercera planta.

—Señor —procuro que no me tiemble la voz al contestar.

—Prepare sus cosas, le hará frente a la compañía militar de Cambridge por un par de días. El capitán a cargo fue herido en combate.

—Señor, no soy la persona competente para la tarea. No en estos momentos.

—¿Le he preguntado si es competente o no?

—No, pero…

—¡Se va! —truena—. ¡El helicóptero lo recogerá dentro de media hora! —Se marcha sin darme la oportunidad de protestar.

Continúo a mi oficina recogiendo todo de mala gana, no sincronizo y termino arrojando todo al suelo preso del enojo que me atropella. Me sudan las manos, no me puedo concentrar y la rabia es tanta que quiero encararla, agitarle los hombros y preguntarle por qué diablos lo hizo, si conmigo no le hacía falta nada... Exigirle el porqué de este puñal en mi espalda si siempre me ha querido, o al menos eso decía. ¿Quién la obligó a fallarme como lo hizo? ¿Quién tuvo la osadía de arrancarme de su pecho?

Llamo a Meredith, quien llega en cuestión de segundos, asustada y jadeando.

—Capitán, ¿qué le pasó? —Corre por el botiquín.

—No —aparto las manos para que no me toque—, no quiero que sane, el que duela es una forma de desahogarme.

—¿Qué sucedió? —se preocupa.

Debo esforzarme para hablar, ya que tengo la garganta obstruida por todas las cosas que quiero gritar.

—Tenías razón —logro decir—. Rachel tiene a alguien más. ¡Folló con alguien más!

—Le dije que tuviera la mente abierta, mi capitán.

—Necesito saber quién es y lo mataré cuando lo encuentre.

—Tome las cosas con calma.

—Debo irme a Cambridge. Te quedarás aquí —busco la llave de la habitación de Rachel—, requisarás su habitación, su ropa, sus cosas, absolutamente todo. Busca cualquier cosa que pueda decirme quién se la tiró.

—Claro que sí, señor.

—Vigílala día y noche, estate cerca y atenta a lo que dice. Con quién habla, con quién entra y sale de la central. Necesito cualquier pista que me lleve a su amante.

—Cuente con ello, mi capitán —promete—. Siempre está rodeada de sus amigos, alféreces y soldados de poca monta. Ninguno de ellos se compara con usted; así que tranquilícese, ya que ella se arrepentirá cuando note lo que perdió.

—No quiero que nadie lo sepa —le advierto—. Así que no le comentes esto a nadie.

—Por supuesto, tendré buenos resultados cuando vuelva. Se lo juro.

Rachel

Bajo la citación al juicio de Bernardo y Alessandro Mascherano. Se me acabó el tiempo y en seis semanas, desde que Harry supo lo de Antoni, no he tenido las agallas suficientes para comentárselo a mis padres, ni a mis amigas.

Estoy sopesando la idea de irme sin decir nada, pasado mañana debo informarle al ejército. Leí el código de conducta y exiliada no puedo tener contacto con nadie. Me cambiarán el nombre, la carrera y el modo de vida. Seré la agente X que le huye a un mafioso obsesionado.

El capitán Thompson está en un operativo y en su oficina me encargo de los procesos disciplinarios que se le imponen a los que muestran un bajo rendimiento. Coloco las firmas y abren la puerta dando paso a Harry, que entra como un maniático clavándose en la ventana; ni siquiera me saluda, solo se apoya en el vidrio molesto.

Me levanto a ver qué es lo que lo tiene así y reconozco a Brenda en el campo de entrenamiento recibiendo órdenes de Dominick Parker.

—¿Estás espiando a Brenda? —pregunto.

—Lleva toda la mañana con el capitán.

—¿Qué te preocupa? Ya no son nada y pues es un capitán, le da órdenes a todo el mundo.

—El que sea un capitán no le da derecho de hablarle tan seguido; a cada nada le anda pidiendo novedades como si no hubieran más soldados. Parker es serio con todo el mundo, pero con Brenda… —Mueve la cabeza para que mire y se nota que el alemán está siendo amable.

Raro en Parker, que no interactúa mucho.

—A lo mejor está de buen genio.

—Sí, claro. —Se aparta molesto.

—Simplemente dile que la quieres, es más sencillo que andar espiándola como psicópata.

Se pellizca el puente de la nariz.

—No me gusta este lío que se ha formado por culpa de sus necesidades —admite—. Está actuando como si yo fuera un cero a la izquierda y eso no es muy maduro que digamos.

—Pedías distancia y espacio, y eso fue lo que te dio.

Harry es el tipo de hombre el cual le pone más atención al trabajo que a lo sentimental, cree que las relaciones no evolucionan y que las necesidades son las mismas que surgen al inicio.

—La adoras, se conocen, prácticamente viven juntos y ha demostrado ser tu chica ideal —lo aconsejo—. Te apoya en todo, te da todo lo que tú quieres. Dale gusto esta vez y demuéstrale que también la amas.

—Acabo de escuchar que el juicio será mañana —cambia el tema de inmediato—. Lo lamento, no sabes lo mucho que me gustaría cambiar el rumbo de todo esto.

—Ya no hay nada que hacer. Ya pagué mis cuentas y practiqué lo que le diré a Gauna, así que oficialmente es nuestro anteúltimo día juntos.

—Lo siento. —Me abraza.

—No hay nada que sentir, mañana necesito que tengas la tarde libre, así que invéntate alguna mentira para Gauna —sugiero—. Quiero un almuerzo a modo de despedida.

Parker acorta más el espacio entre él y Brenda, cosa que enciende las alertas de mi amigo.

—¡Juro por Dios que le patearé las bolas! —Se va.

—¡Es un capitán, Harry!

No me pone atención, me quedo en la ventana. Por suerte Parker se va antes de que llegue mi amigo y desde mi punto observo la discusión que se arma en pleno campo. Harry reclamándole a Brenda no sé qué, pero ella se da media vuelta y lo deja hablando solo mientras que Parker se cruza de brazos.

Aún no sabe que será papá y adoro a Harry, pero esta vez apoyo a mi amiga porque he sido testigo del empeño que le ha puesto a la relación.

Vuelvo al trabajo, termino con los soldados y agrupo la información que he conseguido de Antoni. La dejo lista para mostrársela a Gauna como prueba.

La noche llega y el saber que me quedan pocas horas me saca de la oficina. Ya todo está hecho y, leyendo el historial de los Mascherano, no evitaré la huida, así que me cambio en mi alcoba y vuelvo a bajar con ropa para trotar.

El ejercicio suele centrarme, la costumbre no me cansa y corro lejos del comando sumergiéndome entre los árboles que me llevan al terreno desolado lleno de montañas. Las luces de los edificios quedan atrás y sigo por el sendero que rodea la colina. La central cuenta con más de mil hectáreas resguardadas y, mientras troto, pienso en todo lo que debo dejar por tonta, terca y estúpida. Analizo el centenar de cosas que puede causar una sola persona y me pregunto por qué actué como actué.

«Demasiada intensidad y demasiado fuego para quien siempre marcó un ritmo constante», me digo. Bratt me lo dio todo, él me conquistó, él me buscó y con él nunca tuve dudas ni indecisiones. Christopher llegó mostrándome un amor y un lado que no había visto nunca, sacó una Rachel que no conocía y tal faceta fue una mala jugada, ya que no supe cómo manejarla.

Aprieto el paso dejando que el viento ondee mi cabello, la brisa se intensifica, corro acelerando la marcha hasta que las piernas no me dan más y termino en la punta de una de las colinas, la cual tiene una laguna abajo.

Jadeo cansada llevándome las manos a la cintura y rebusco la cajeta de cigarros que tenía en la sudadera. El cielo está despejado y la luna es una enorme bola blanca tras las montañas. No debería fumar por el asma, pero ¿qué más da? Mi vida ya está lo suficientemente jodida y unas cuantas caladas de nicotina no la van a mejorar ni a empeorar. Suelto el humo y no alcanzo a dar una segunda calada, ya que presiento la llegada de alguien. «Genial, más problemas», pienso. No sabía que la guardia patrullaba tan lejos a esta hora.

Me asomo reparando el camino por donde subí y no veo a nadie en el sendero, tengo el arma en el bajo del pantalón y por instinto volteo cuando siento a alguien atrás.

El pecho se me contrae de inmediato y la garganta se me seca con la persona que se cierne ante mí. Da un paso más y mi olfato se deleita con el aroma que emana.

«El coronel» con el mismo porte serio e imponente que nunca deja de lado. Tiene el uniforme de pila puesto y no sé si estoy muy enamorada o muy idiota, pero los ojos se me encharcan de inmediato al verlo bien, sano y firme como si no hubiese pasado por nada.

—¿Por qué corres tan lejos a esta hora? —reclama.

—¿Cómo supiste que estaba aquí?

—Patrick ubicó tu rastreador. Debemos hablar, Rachel.

Me encara mostrándose molesto y lo único que quiero es besarlo.

—Terminaste el compromiso con Bratt y no estás siendo consciente del montón de problemas que acarreará eso.

—No podía seguir engañándolo, así que hice lo que debí hacer hace mucho tiempo.

Me alejo dándole la espalda, no deja de abrumarme con su mera presencia y odio eso.

—Aclaremos las cosas. —Me hace voltear tomándome del brazo.

—Yo no tengo que aclarar nada, lo terminé porque me enamoré de…

—No lo digas —exige—. No escupas las incoherencias que te surgen con la cabeza caliente.

—Me pides que no escupa incoherencias, pero tú sí te dejas llevar cada vez que te surgen las ganas de llevarme a la cama —le suelto—. Exiges coherencia siendo el que me chantajea y luego se arrepiente porque le pesa.

Me mira incrédulo arrugando las cejas.

—¿Pesarme? ¡Por favor, si me pesara no tendría la polla dura otra vez! —replica tomándome del mentón.

—Entonces ¿qué haces aquí?

—Arreglando lo que me vale si se compone o no. No me importa el sufrimiento de Bratt, solo quiero que seas consciente de los errores que estás cometiendo.

La confusión llega a niveles cósmicos cuando respira hondo acercándome a su boca.

—Estás volviendo mierda al amor de tu vida.

—¿Y te importa? ¿Te duele?

—No, pero como soy franco al reconocerlo, soy franco al decirte que estás mejor con él que conmigo.

Sacudo la cabeza luchando contra la tensión del momento.

—Por él no siento lo que siento por ti…

—Escucha bien lo que te voy a decir…

—Escúchame tú a mí —lo corto—. Sé que tal vez he tomado la peor decisión de mi vida, que entre tú y yo no habrá nada, ni ahora ni nunca.

Me lleno de valentía.

—Somos un maldito desastre juntos, me he vuelto masoquista, inestable y loca por ti, y por mucho que trato de que mi cerebro lo entienda no quiere porque…

—No…

—Te amo —le suelto antes de que me siga interrumpiendo—. Le tienes miedo a esa frase y sé que te la han dicho muchas veces, pero te aseguro que ninguna de ellas ha admitido lo mal que es querer a alguien como tú —reconozco—. Ninguna de ellas quiere romper este vínculo como lo quiero romper yo.

Se queda en silencio.

—He sido yo la que más he luchado contra esto porque no quería que mi amor por ti sobrepasara el de Bratt… Me he castigado, he llorado, me he recalcado que es una pésima idea, pero nada sirve ni funciona porque estás tan adentro que me es imposible sacarte.

Intento irme y me vuelve a tomar el brazo con fuerza, sus ojos se encuentran con los míos mirándome con ganas.

—Dilo otra vez —exige.

—Te amo.

Lleva las manos a mi cabello tomándome, sus labios rozan los míos y acto seguido invade mi boca con un beso pasional que me obliga a aferrarme a la tela de su playera. Nuestras lenguas se unen, nuestros alientos se funden y mi cuerpo reacciona ante el estímulo de tenerlo duro contra mí.

En meses logró llevarse todo de mí, desde lo más mínimo hasta lo más grande. El viento sopla a nuestro alrededor y la brisa fría contrasta con el calor de nuestros cuerpos cuando me abraza pegándome más, calándome en lo más profundo y afirmándome que lo que siento por él no lo sentiré por nadie más.

—Dale otra oportunidad —susurra apoyando la frente contra la mía—. Inténtalo una vez más.

—No puedes pedirme eso después de besarme como lo acabas de hacer.

—Eres inteligente, Rachel, así que razona —me pide—. Y porque eres inteligente sabes que no voy a cambiar ni por ti ni por nadie. Es una promesa que me hice a mí mismo hace mucho tiempo y no puedes venderle sueños a quien solo camina entre pesadillas. Por mucho que digas amarme eso no significa nada para mí, porque yo no te amo, ni nunca lo haré.

Doy un paso atrás.

—No esperes que diga que ha sido especial para mí porque no lo ha sido —sigue—. Bratt me salvó la vida y lo mínimo que merece es que no le quite a la persona que ama.

—Mientes. —Me alejo—. Se la quitaste desde la primera vez que me besaste. No es la primera vez que te salva la vida y, aun así, fuiste capaz de darle inicio a todo esto.

Intenta contradecir y esta vez soy yo la que no lo deja hablar.

—No esperaba frases lindas por tu parte… De hecho, ya veía venir tu discurso y estoy tranquila porque te dije lo que tenía que decirte. Ya mira tú qué haces con eso.

Echo a andar de vuelta a la central dejándolo en la colina.

El que estuviera preparada para su reacción no quita que duela y lastime. Por mucho que se vaya preparado a una pelea no evita que los golpes proporcionados por el contrincante duelan. Pero qué más da, ni con Bratt ni con él, sola con el gran reto de sanar poco a poco las heridas que yo misma me he causado.

Trotando llego a mi torre. Me desprendo de la ropa cuando llego a mi alcoba y me meto bajo la ducha, su olor no quiere salir… Siendo como soy, no dormiré si tengo su aroma pegado en la nariz. Salgo y envuelta en el albornoz empiezo a preparar lo que me llevaré. El toque de la puerta me obliga a dejar las cosas a medias. Escondo la maleta antes de abrirle a Harry y a Luisa.

—Harry insistió en una pijamada —comenta Luisa metiendo la película en el DVD—. Está algo sensible por su situación con Brenda.

—¿Hablaron? —le pregunto.

—Más o menos.

Nos metemos los tres en la cama.

—Pearl Harbor otra vez, ¿en serio? —se queja Harry.

—Es una película para los conocedores del buen cine —lo calla Luisa—. Eres libre de elegir la próxima.

Luisa se duerme a la mitad de la película, de medio lado y con las piernas sobre mi amigo.

—¿Algún día se ha visto alguna película completa?

—No —me burlo—, siempre cae rendida a los quince minutos. Contamos con suerte de que durara una hora despierta.

Suelta a reír estrechándome contra su pecho.

—Te echaré mucho de menos. —Me besa la coronilla—. Ten presente que para mí siempre serás mi hermana y por ello insisto en cuidarte.

—Lo sé. ¿Qué pasó con Brenda?

—Estamos en diálogos de paz.

A la segunda película se queda dormido; por mi parte paso la noche en vela mirando al techo e imaginando un universo paralelo, un universo sin un mafioso persiguiéndome para matarme, sin amar a un arrogante y sin Bratt con el corazón roto.

57

SOLDADO

Rachel

Al día siguiente abrocho los últimos botones de la chaqueta frente al espejo. Bernardo y Alessandro irán a su primera audiencia y después del veredicto de la sesión le hablaré a Gauna de mi situación. Como agente involucrada en el operativo debo rendir informe sobre lo peligrosos que son, así que termino de arreglarme. Me acomodo el moño y hago presencia en el estacionamiento arreglando los puños del esmoquin femenino que me puse. Como de costumbre, cargo el arma en la parte baja de la espalda. Bajo y los soldados se preparan para el traslado vestidos de civil. El uniforme de la fuerza pública y los chalecos antibalas quedaron de lado, ya que por órdenes de Alex se abordará una maniobra de prevención con el fin de no ser un blanco fácil.

Los primos Mascherano se toman el lugar con las manos esposadas y Laila les da su mejor cara de engreída al pie de la camioneta, luce un atuendo negro que se le pega a las curvas y el cabello le cae suelto por la espalda.

—Qué bella. —La encara Bernardo—. Aunque te prefiero desnuda.

—No eres el único.

—Puede que no sea el único, pero seré uno de los pocos criminales que volverás a ver libre en un futuro.

La agente le hace caso omiso a la amenaza. Los italianos tienen un aura tenebrosa que te pone los vellos en punta cada vez que hablan y Laila no es inmune a eso.

Harry llega ubicando la camioneta que llevará a Alessandro, encabezaremos el trayecto juntos seguidos de Simon, Bernardo, Laila y Angela.

—¡Cuánta elegancia! —comento detallando el traje azul oscuro que luce—. ¿Me perdí algo?

—Me veré con Brenda en la tarde —trata de restarle importancia—. Su hermano preferido está aquí y me lo va a «presentar».

No disimulo la sonrisa.

—Deja de hacer esas caras, que me asustas —me regaña.

—Me alegra que todo esté yendo bien. —Le plancho la chaqueta con las manos—. Y quién te viera todo guapetón —bromeo—. Eres todo un «morenazo».

Cito las palabras de Brenda y me da un beso rápido en la frente antes de abordar el vehículo. Me ubico en el asiento del copiloto dejando que mi amigo sea el que conduzca. Alisto las armas mientras los soldados acomodan al prisionero.

—Teniente Harry Smith reportando la salida del prisionero —avisa.

La carretera nos recibe, llegamos a la ciudad y los autos se dispersan en direcciones diferentes como se estipuló antes de partir. Mi compañero conduce dando vueltas por la ciudad antes de llegar a los juzgados de nuestra rama mientras la policía y el ejército se mantienen alerta en los puntos estratégicos.

Alessandro no aparta la mirada de la ventana, lo miro de vez en cuando a través del espejo retrovisor y se lo ve impaciente. La frente está empapada de sudor, no deja de agitar las esposas y el tintineo me estresa con tanto silencio. Nuestros ojos se encuentran y me sonríe provocando que reluzca la macabra cicatriz que tiene a un lado de la cara.

Nos vamos acercando, hay centinelas de incógnito rodeando el área, espero la señal y alisto la Glock que cargo antes de bajar. Un círculo de hombres nos rodea y voy siguiendo las indicaciones que demanda Patrick desde el comando.

Las demás camionetas se aglomeran y bajo a Alessandro siguiendo el debido protocolo antes de subir. Harry me sigue y entramos en el edificio. Nos quedamos petrificados ante la escena que se muestra frente a nosotros… «¡Hijos de la gran puta!», exclamo para mis adentros. La soledad de la sala es un claro indicio de que la audiencia es cosa perdida. Los únicos señalados seremos nosotros.

—Qué bien, vine hasta acá para que me bombardearan el culo —masculla Laila alistando el arma.

—Atrás —ordena Simon.

Alguien corre en el pasillo y todo el mundo se prepara para lo que se avecina.

—¡Los han matado a todos…! —El sujeto no termina de hablar, ya que lo fulminan con una bala en el cráneo. Cae e Isabel Rinaldi baja su arma atrás escoltada por cuatro hombres.

—Lamento que vieran eso —habla en italiano—. Pensaba matarlo antes de que llegaran aquí.

El ejército de la FEMF se aglomera atrás.

—Esto es una pérdida de tiempo —espeta Simon con ametralladora en mano—. Entrégate y considero no llenarte de balas.

—No —replica la mujer—. Entrégame lo que quiero y evitemos una masacre entre sus soldados y mis hombres.

—La FEMF no negocia con criminales. —Retrocedemos.

La ráfaga de disparos derriba a los hombres que la escoltan y ella alcanza a esconderse antes de que una bala la alcance.

—Ojo por ojo y diente por diente —declara antes de contraatacar—. No hay nada más fatal que el orgullo de la milicia.

—Afuera —ordena Simon.

Arrastro a Alessandro Mascherano conmigo, Harry me sigue con Scott cubriéndole la espalda y no es solo sacar al italiano, sino evitar una bala por parte de los Mascherano o la FEMF, pero la mejor motivación es no ser capturada.

Se dice que Dios escoge sus mejores guerreros para la batalla y yo estoy empezando a creer que me confunde con Rambo.

Afuera hay una lluvia de disparos entre la FEMF y los Halcones Negros, los helicópteros sobrevuelan la zona soltando tiros sin contemplaciones, en tanto Alessandro lucha por liberarse pateando y agrediendo, revolcándose en el piso. Mi genio no está para pataletas, procuro poner mi culo a salvo y no me está colaborando, intenta huir al otro bando y termino dándole con el arma en la cabeza.

—Estos putos enfrentamientos me tienen harta —lo amenazo—. Si no quieres que una bala te atraviese el culo, deja de patalear o te juro que vivo de aquí no sales.

Se me burla y termino partiéndole la boca con un puño. Los tiros me tapan los oídos y como puedo lo arrastro a la camioneta. Harry logra seguirme y pone en marcha el vehículo, Scott me ayuda con Alessandro y entre los dos logramos subirlo al asiento trasero.

—Se están desplegando por toda la ciudad —avisa Patrick a través de la radio—. Llévenlo al comando de la policía.

—En marcha.

Una camioneta nos respalda en la huida.

—La estación de policía está a veinte kilómetros, justo después del puente Chelsea —informa Scott.

Un motociclista se nos atraviesa arremetiendo contra el vidrio con ametralladora en mano, las balas rebotan en el vidrio blindado y el tráfico se vuelve un caos con el enfrentamiento.

Los minutos se me hacen eternos y, como puedo, trato de inmovilizar al italiano, pero la maniobra no me sale con tanto forcejeo; encima nos están disparando desde atrás y Harry hace lo que más puede esquivando explosivos.

—Necesitamos refuerzos —exclama mi amigo en la radio—. Nos van a emboscar en el puente.

Lo peor no está detrás sino delante, ya que al final del puente hay siete camionetas tapando la vía.

—Acelera —le pido—. ¡Hay que seguir, así nos llevemos a todos por delante!

Pisa el acelerador cuando nos vuelven a atacar la retaguardia, luchamos por no perder el control en medio de los disparos mientras Isabel se alza atrás disparando a las llantas y provocando que Harry pierda el control. Empezamos a patinar en la carretera, Alessandro sigue forcejeando y todo se nubla cuando lanzan el explosivo que levanta la camioneta.

La detonación perfora mis tímpanos, escucho a Scott gritar y a Harry estrellarse contra el vidrio… Todo pasa demasiado rápido y me voy contra la puerta cuando la camioneta cae sobre el asfalto dando vueltas en la vía. Mi mente queda en blanco, pero mi cuerpo es consciente de todos los golpes.

—¡Rachel! —me llama Harry.

Abro los ojos, estamos en el techo del auto volcado y Alessandro perdió el conocimiento, al igual que Scott. La sangre tibia baja por mi frente y cuello mientras intento tomar los signos de los desmayados.

—¡Sal y corre, intentaré detenerlos! —me pide mi amigo.

Sin embargo, abren la puerta sacándome a las malas. Definitivamente no se puede ir contra la corriente, como que mi destino me quiere atada y torturada a los pies de los Mascherano y mi lucha es en vano, ya que esta maldición no me la quita nadie.

—Hubiesen aceptado el trueque —comenta Isabel con una sonrisa victoriosa.

Se llevan a Alessandro, arrodillan a Harry junto a mí y tiran el cuerpo de Scott a nuestro lado.

Nos rodean hombres armados y entre ellos sobresale uno, con gabardina larga y tabaco en la boca. Las facciones son claras al igual que el andar elegante como si fuera de la realeza: Brandon Mascherano, el hermano mayor de Antoni.

Cómo olvidar el rostro que he visto infinidad de veces en todas las fotos relacionadas con la mafia. Está respaldado por dos mercenarios: Jared y Danika, miembros de los Halcones y asesinos buscados por la FEMF.

Brandon le lanza un codazo a Harry, el cual lo tira al piso.

—Mátenlos a todos —ordena— y tráiganme un órgano para coleccionar, no todos los días se aniquila a sangre fría a un soldado de la FEMF.

—A todos menos a la *cagna* —interviene Isabel—. Antoni la quiere.

Se me eleva el ritmo cardiaco, prefiero que me maten ya.

—¡Me vale una mierda lo que quiera Antoni! —exclama Brandon—. Los mataremos a todos.

—¡No! Ten en claro que tú no eres el jefe —vuelve a replicar la mujer—. Nos llevaremos a la zorra. ¡Llévenla a la camioneta, y maten al resto!

—¡No! —replico—. ¡La FEMF pagará por su rescate, les dará lo que pidan!

—No negociamos con la FEMF. —Me levantan.

Scott sigue tendido en el suelo. Las sirenas de la policía se oyen a lo lejos.

—¡Rápido!

—¡Por favor! —vuelvo a suplicar al ver cómo levantan a Harry—. ¡Solo cumplía órdenes y no está oponiendo resistencia!

Lo toman del cabello y todo se me comprime: Harry es mi hermano, amigo y confidente.

—¡No! —Lucho por liberarme—. ¡No, por favor, no le hagan daño!

Las sirenas se oyen cada vez más cerca.

—¡Por favor! —sigo suplicando mientras tratan de llevarme.

—¡Tráela y mátalo ya! —vuelven a ordenar.

Continúo con mi lucha. Jared toma a Harry por detrás y su hermana va preparando el arma.

—¡Se lo suplico, por favor, haré lo que sea pero déjenlos vivir! —Me hinco en el suelo—. ¡Joder, de rodillas te ruego que no lo toques!

—¡Dispara!

—¡Suéltalo! —No sé de dónde saco fuerzas para liberarme y correr en ayuda de mi amigo. Un hombre se me atraviesa y logro esquivarlo, golpearlo y desarmarlo a su paso.

Siento que parte de mi mundo se está yendo y no hago más que llamar a Scott para que me ayude. El rubio vuelve en sí tratando de liberarse y...

—¡Alto! —grita Scott—. ¡Suéltenlo!

Danika alza su arma y, dándole una sonrisa cómplice a su hermano, descarga los proyectiles contra el pecho de mi Harry. Siento que las balas me impactan a mí, que el mundo se ha vuelto lento y que el tiempo no pasa mientras le ruego a Dios que esto solo sea un mal sueño. Se mueven dejando que se desplome de espaldas y el cuerpo de mi amigo cae en el asfalto.

—¡Aguanta, por favor!

—Me ha dañado el traje —dice cuando llego a su lado—. Con todo lo que te gustaba...

Lo abrazo empapándome de su sangre, dejando que se venga contra mí sin ningún tipo de fuerza. Scott empieza a disparar y el helicóptero de la

FEMF sobrevuela la zona ahuyentando a todo el mundo mientras yo lo arrastro a un lado.

—¡Llamaré a la ambulancia! —Busco su teléfono.

—No pierdas el tiempo, no hay nada que…

Scott llega a nuestro lado para tratar de ayudar.

—¡Aún hay tiempo, llámala, Scott!

Lo acuno en mis brazos haciéndole presión en las heridas para que deje de sangrar.

—¡En mi bolsillo! —suplica desesperado—. Asegura que tengo en mi bolsillo…

Busco rápido hallando la billetera y un cofre azul cielo.

—Dile a Brenda que… Lo iba a hacer… Que lo iba a intentar.

—¡No…! — rompo en llanto—. ¡No le diré nada a Brenda, tú mismo le dirás lo que tengas que decirle!

—Raichil, no hay nada que hacer… —me aprieta la mano en lo que su sangre me sigue empapando las rodillas.

Me niego, es como si me resignara a dejar a una de mis hermanas.

—¡No, no te puedes morir, ella te necesita, yo te necesito!

Va perdiendo el color mientras sus ojos empiezan a cerrarse.

—¡Solo resiste Harry, por favor! —Scott se pega al teléfono mientras hago presión en las heridas.

No logro que mantenga los ojos abiertos y el miedo me hace gritarle que no se le ocurra irse.

—¡Serás papá, maldita sea, no puedes dejar a un bebé solo! ¡Qué clase de persona eres si lo haces! —le grito.

—Haz que Rick lo acoja como a mí. —Sonríe con los dientes manchados de sangre—. Em… Sam… Luisa… que no le enseñe malas palabras.

—¡No me hagas esto, por favor! ¡No se lo hagas a ellos!

—Brenda no fue una mala novia como tampoco será una mala mamá, y lo sabes. —Aprieta los ojos—. Sé que estará bien…

Afloja el agarre destrozándome las fuerzas, enterrando la bala que me quiebra en miles de grietas. El llanto se me acumula en el pecho y mi cerebro se niega a sopesar su partida. El grupo antidisturbios arma un círculo a mi alrededor y yo me niego a asimilar la muerte de mi mejor amigo.

—Rachel… —Scott se acerca tembloroso—. ¡Debemos irnos!

—Llamaste a la ambulancia… —Me limpio las lágrimas—. ¿Por qué tardan tanto?

—¡No hay nada que hacer, se ha ido!

—Hay que llevarlo a Hong Kong, allá… —Sigo en negación.

—¡No, Raichil! —Trata de que lo suelte—. Si no nos vamos, nos matarán a nosotros, ya que el anillo de protección no resistirá mucho.

—No, no quiero, no lo dejaré. —Sigo aferrada a él—. La ambulancia ya va a venir.

—¡Rachel, por favor!

—¡Suéltame, que no lo dejaré! No lo dejaré nunca, no tenía por qué morir, iba a ser papá. Mini-Harry ya no tendrá papá… ¿Cómo se lo voy a decir a Brenda y a mis papás? ¿Cómo les explico que ya no estará? ¡Que esos malditos nos los quitaron para siempre!

Todo me vale, lo único que quiero es que mi amigo vuelva a abrir los ojos y me diga que está bien, que solo ha sido un rasguño, que no tengo por qué preocuparme y que pronto estará en casa regañándome y haciéndome entrar en razón.

Scott se va diciéndome que traerá una camilla para poder llevarlo. Las detonaciones se intensifican y todo se vuelve más caótico. Humo, llantos, gritos… Y yo solo quiero que mi colega vuelva.

—¡Teniente! —me habla un alférez—. ¡Debe ponerse a salvo!

Sigo negando con la cara enterrada en su cuello, me está doliendo demasiado, me estoy ahogando con mi propio llanto y no paro de recordar que para mí siempre estuvo en las buenas y en las malas.

—¡¿Dónde está la maldita ambulancia?! —exclamo, y sujetan mis hombros levantándome del piso.

—De pie, soldado —me exige Christopher—. ¡Hay que irse!

Me rehúso y me toma por las malas, dejándome en contra de uno de los tanques de la milicia.

—¡Déjame! —Lo empujo en medio del llanto—. ¡No puedo dejarlo ahí como si fuera algún NN sin familia!

—¡No se quedará ahí! —Vuelve a tomarme cuando intento huir.

Mis piernas se vuelven débiles y termino en el piso con las manos en la cara.

—De pie —me obliga—. ¡¿Es que no eres un soldado o qué es lo que te pasa?!

—¡No, no lo soy! —Colapso—. ¡Le han quitado la vida a mi amigo, a mi hermano!

—Las muertes son parte de nuestro día a día, el dolor ya pasará.

—Sí, pero a mí me está doliendo ahora. Pero ¡qué vas a saber tú de dolor, si eres un puto témpano de hielo sin sentimientos!

Vuelvo a empujarlo, abriéndome paso lejos de él. Nada podrá consolarme ahora… Por más que sea el día a día de la milicia, no me resigno a perderlo de una manera tan repentina.

La ira hacia los Mascherano me pone a respirar mal. Esos hijos de perra no tenían ningún derecho de dejar al hijo de Brenda sin padre, a mí sin mi hermano y al mundo sin su presencia, y no hago más que llorar de regreso al comando.

Bajo de la camioneta apenas llego a la central. Luisa es la primera en atravesarse con la cara cubierta de lágrimas llorando, pero paso derecho ya que no puedo consolarla porque yo estoy peor. Lo vi morir, a mí me está doliendo mucho más que a ella.

Me encierro en mi habitación sin ducharme y sin quitarme la ropa llena de sangre, solo me tiro a la cama abrazando mi almohada y sacando todo, pataleando como una niña pequeña. No me importa la herida que tengo en la cabeza.

Tocan a mi puerta una y otra vez: Luisa, luego Scott, Laila, Laurens, hasta mis padres y mis hermanas, quienes llegan al día siguiente. Todos insisten en que salga, que dé la cara y me desahogue con ellos, pero yo no quiero eso, no quiero que nadie me consuele. Quiero estar sola hasta que esto deje de doler.

A los dos días me pongo de pie, es su funeral y él no me perdonaría el que no esté.

Me coloco mi uniforme formal frente al espejo, el llanto se intensifica y termino recostada contra el vidrio gritando nuevamente, desahogando la rabia que siento por su partida.

Llueve, hay siete ataúdes esta vez. Mis padres están al lado del féretro llorando destrozados junto a mis hermanas. Brenda está refugiada en los brazos de Scott y Laila, con las manos en el vientre.

Poso la mano sobre la madera cuando el sacerdote da la oración de despedida. «No se quedará así» es lo único que prometo, nadie vengó a su familia y con él no pasará lo mismo.

Pasa una semana y me mantengo encerrada en mi casa, esto me ha golpeado tan fuerte que no sé cómo sobrellevarlo por más que me hayan entrenado.

—Hija —mi papá entra a mi habitación con mi hermana menor y esta deja una taza de té sobre la mesa—, partiremos dentro de dos horas. Tu general llamó y dijo que te necesitaba de vuelta en la central.

Me mantengo sentada en la silla del tocador, Emma me abraza por detrás y acaricio su brazo con la muestra de afecto que es como un paño frío en la

156

herida que arde, deja un beso en mi coronilla mientras papá se arrodilla frente a mí. Soy fuerte en el ejército, pero débil con mi familia porque no soporto que se metan con la gente que quiero.

—Mi niña, no quiero irme y dejarte así. —Me toma las manos—. Todos estamos sintiendo el mismo dolor porque Harry era parte de la familia, pero debemos continuar, ya que a él no le gustaría verte así.

—Es que es tan difícil ir al comando y saber que no estará él…

—Lo sé, pero en situaciones como estas debemos sacar a relucir el James. Eres una teniente de la FEMF, estás donde estás por tus méritos y valentía —susurra—. Siempre he estado orgulloso de ti, y necesito que ahora saques toda la fuerza que tienes y le hagas frente a todo lo que se avecina.

—Lo intentaré.

—No te pido que te devuelvas a Phoenix conmigo porque sé que no vas a dejar a Brenda ni a Mini-Harry solos.

—No, no voy a dejarla.

—Hablaré con Bratt para que te apoye en lo que más pueda.

—No. —Aún no les he dicho que ya no somos nada y, por lo que veo, él tampoco—. Está en Cambridge y no quiero desconcentrarlo.

—Como quieras, si necesitas algo, solo llámame. Estaré para ti las veces que quieras.

Me despido de ellos y, después de llevarlos con Luisa al aeropuerto, regresamos a casa en silencio y con el vacío que ha dejado todo esto.

Estando en casa nos sentamos frente a la chimenea: es la noche nueve después del fallecimiento y es costumbre en Phoenix soltar el duelo ese día, dejar el dolor atrás y seguir adelante recordando las cosas buenas del difunto. Ya no puede haber lágrimas de dolor llorando lo que no tiene marcha atrás. De ahora en adelante tiene que vivir solo en nuestros corazones.

58

CASI

Bratt

—Qué alegría tenerlo de vuelta, capitán —saluda Meredith entrando a mi habitación.

Trae el uniforme de entrenamiento y la chaqueta de la FEMF. La llamé cuando aterricé en la pista londinense, el ansia es una lepra que me carcome la paz y no he dejado de pensar en lo que pasó.

Voy de mal en peor, he pasado de la rabia a la negación ideando que tal vez el sistema se equivocó. A lo mejor se confundió de archivo, a lo mejor el policía que la multó se equivocó de código o exageró la versión.

De pronto la vieron dando un beso y lo tomaron como algo más. Quiero creer que solo fue eso: un beso a la fuerza por parte del sujeto, ella intentó apartarlo y por eso llamó la atención de las autoridades. Quiero convencerme de que no le ha entregado su cuerpo a nadie, que he sido el único hombre en su vida, el único ser que la tocó e hizo suya.

Conozco su comportamiento, es tímida cuando de sexo se trata. Se entregó a mí después de un año y no me cabe en la cabeza que otro sea capaz de tenerla en menos de un mes. Mi novia no es así.

—¿Hiciste lo que te pedí?

—Sí, señor. —Abre un maletín en la cama—. Revisé su habitación mientras estuvo en su apartamento. Su amigo murió y se ausentó toda la semana con Luisa Banner, se dice que ambas están de duelo.

—Sí. —Quise llamarla. Varias veces tuve el teléfono en mi mano con su nombre listo para marcar, pero no pude, ya que su traición hizo eco en mi mente cuando quise intentarlo.

—Hallé esto en el fondo de su clóset.

Saca dos prendas dejándolas en la cama, una chaqueta y una playera. Tomo la prenda de cuero revisándola con cuidado, es demasiado grande para ser de Harry o Scott. Reviso los bolsillos en busca de una señal.

—Hice lo mismo que usted y no hay nada, las llevé al laboratorio; sin embargo, no se encontraron pistas, ya que las prendas fueron lavadas.

—¿La seguiste?

—Sí, pero no ha hecho gran cosa… Después de la muerte de su amigo se la pasa encerrada en su sala —aclara— y cuando tiene tiempo libre no hace más que entrenar.

—Continúa con la tarea. Quiero el nombre de esa escoria.

—Claro que sí, señor, lo tendré informado de cualquier novedad.

Se marcha dejando el maletín sobre la cama. Vuelvo a revisar la chaqueta, es de cuero caro y pesado, alemán o escocés tal vez.

La busco por la web.

No me equivoqué, es alemana, de una importante colección y un simple alférez no gana tanto como para comprar una prenda así. Empiezo a descartar a Alan de mi lista.

Parker es mi otro sospechoso y también lo estoy empezando a descartar. De tener algo con ella, él me lo hubiese sacado en cara cuando llegué.

Después de él no se me ocurre nadie más. Scott no llena mis sospechas, es demasiado palurdo e idiota; además, no cumple las expectativas de Rachel, ni se atrevería a meterse con ella.

Arrojo la prenda y busco las llaves de mi auto. Meredith se encargó de dejarlo como nuevo. Necesito respuestas concretas o moriré siendo torturado por mi propio cerebro.

Conduzco intentando armar el rompecabezas en mi cabeza. Quisiera tener más información, algo que pueda servir, no solo el conocimiento sobre que tiene gustos caros. Debo saber si es de la central, qué cargo tiene, cómo la conoció y cómo se dieron las cosas.

Estaciono en la estación de policía de Cadin, muestro la placa y me hacen seguir atendiendo mi exigencia de hablar con el oficial a cargo.

—Capitán Bratt Lewis —me saluda el hombre mayor haciéndome pasar a su oficina—. ¿A qué se debe la presencia de un miembro de la FEMF en un pueblo como este?

—Trabajo —miento, y él asiente—. Sabemos que no son un pueblo peligroso, pero esto es un caso especial.

—Concordamos, por lo tanto no entiendo en qué podemos serles útiles.

—Una de nuestras agentes está en investigación y en su registro de conducta ciudadana hay una multa impuesta aquí por violar el código 0377 de la Constitución actual.

—Sostener relaciones sexuales en público. No muy común en Cadin; de hecho, he impuesto una sola multa de ese tipo en este cargo, ya que nuestros ciudadanos son muy cultos, por ello creo saber de quién me habla. Y no era solo uno de sus agentes, eran dos.

Empuño las manos bajo la mesa, el que fuera alguien de afuera queda totalmente descartado.

—¿Quién era el otro?

—Le diré todo lo que quiera saber si me muestra los permisos pertinentes para este tipo de procedimientos.

—No hay permisos, la FEMF siempre trabaja en secreto, recuérdelo.

—Lo entiendo, pero no quiero problemas. Puede haberlos con sus superiores si doy información sin autorización. Al menos, debo confirmar que efectivamente trabaja para la FEMF y sea de fiar.

—Ya le mostré mi placa.

—Eso no basta, necesito tiempo para confirmar su identidad.

No me atrevo a alegar, el hombre sabe de qué habla, oponerme a lo que pide podría molestarlo e impedir que quiera ayudarme.

—Bien, ¿cuánto tiempo necesita?

—Días, este tipo de confirmación no suele tardar mucho.

—Aquí está mi número telefónico, dirección y correo electrónico. —Le entrego mi tarjeta—. No tengo tiempo de venir, así que le agradecería que apenas tenga la información me la envíe o me llame. Necesito todos los detalles de la multa: por qué, bajo qué circunstancias, nombre y apellido de quien la acompañaba.

—Bueno, el porqué está más que claro. Si corroboro la información, puedo enviarle el historial de todo lo sucedido.

—Estaré atento a su respuesta.

Me despido con un apretón de manos antes de volver al auto.

Christopher

—¡Otra botella! —exige Bratt por quinta vez en la noche.

Me llamó ebrio a decirme que había ido a Cadin y llevo dos horas viéndolo tomar, lamentándose de lo que ya no se puede reparar.

—Quiero ahogar mi traición en alcohol.

—Insisto en que todo esto es una confusión —comenta Simon—. No me creo que te haya engañado.

—Pensaba lo mismo, querido amigo, pero bueno, las mujeres son así; zorras traicioneras que clavan las garras cuando menos lo esperas.

Patrick tose a mi lado, ha escuchado el discurso mirándome de vez en cuando.

La confesión de Bratt es un retroceso a mi intento de apartarme. Cumplí con mi tarea de hablar con Rachel, se supone que me mantendría al margen de todo y dejaría que arreglaran sus problemas sin tener que involucrarme y heme aquí, escuchando las quejas de Bratt, quien no sabe que tiene al culpable en las narices.

El lío me está hartando, fingir idioteces, escuchar pendejadas y andarme con hipocresías cuando lo único que quiero es gritarle que fui yo y sí que lo disfruté. Quiero decirle a la cara que me ama a mí y que le he estado aplaudiendo internamente ese cambio de parecer.

—Bueno, tal vez Simon tenga razón —comenta Patrick destapando la botella—. A lo mejor es una confusión.

—Estoy cien por cien seguro, hablé personalmente con el oficial que la multó y confirmó mi versión.

—Multan a cientos de personas diarias, de seguro no se acuerda y te dijo que sí para despistarte. Dices que es un viejo decrépito a punto de jubilarse, ni de su nombre se acordará.

—No, por muy viejo que esté se veía muy seguro de las afirmaciones. No tiene demencia senil ni nada por el estilo. Además, encontré prendas masculinas en su armario.

—Bueno, si el sheriff te confirmó todo —añade Simon—. ¿Cuándo sabremos quién es el amante?

—Dentro de unos días. Me pidió tiempo para revisar todos los archivos y confirmar mi identidad en la FEMF. Confío en que su información será útil, sin embargo, necesito la ayuda de ustedes.

—Déjalo, Bratt —hablo por primera vez en la noche—. Estamos en medio de una misión sumamente importante y no hay tiempo para ponerse a jugar a los detectives. Tu desempeño bajó, tu tropa no está bien entrenada y Gauna…

—¡Gauna se puede ir a la mierda! —Estrella el vaso en la mesa—. Se me han burlado en la cara y lo mínimo que espero es la ayuda de mis amigos para cobrar la ofensa.

—No voy a ser partícipe de nada. —Me levanto—. Tengo cosas más importantes que hacer.

Volví al ejército a sumar puntos para que en un futuro me ayuden a tener el control total de la rama judicial, no a escuchar dramas que me dan igual.

—¿Me dejarás solo cuando más te necesito? —Se levanta también—. Ahora, cuando lo mínimo que espero es un poco de tu ayuda.

—Entiendo tu frustración y la rabia de tu ofensa, pero entiende que la situación no está como para enfocarnos en problemas personales. Mataron a uno de mis estrategas más importantes y la FEMF está librando una guerra a sangre fría con los Mascherano.

—Todo eso me resbala y es tu ayuda la que más necesito… Quiero que Patrick revise las cámaras con el fin de buscar pistas.

—No voy a autorizar tal cosa. —Recojo mi chaqueta—. Eres tú el engañado, así que no metas a mis hombres en tus líos amorosos.

—¡No! —Se me viene encima empujándome—. Eres mi mejor amigo y lo mínimo que espero es que mates al infeliz que se metió con la mujer que amo.

—No voy a hacer eso.

—¡Sí lo vas a hacer!

—¡¿Quién crees que soy?! —lo encaro—. ¡¿Parker, Alan o Scott?!

—¡Mi amigo! —contesta con rabia—. El amigo que me ayudará a recuperar lo que me robaron. ¡Mi novia no es así, ella me ama y ese imbécil le lavó la cabeza!

—¡Ni te ama, ni es tu novia!

Su puño me tira sobre la mesa que se encuentra atrás, la sangre me inunda la boca cuando se me abalanza aferrándose al cuello de mi playera.

—¡¿De qué lado estás, que me das la espalda cuando más te necesito?!

Contengo las ganas de devolverle el golpe.

—¡No estoy de ningún lado, solo quiero que madures de una puta vez y dejes de hablar como si ella fuera de tu propiedad, porque no lo es!

—¡Chicos, por favor! —interviene Simon—. ¡No discutamos entre nosotros por una tontería!

—¡Es mi novia! —me ruge—. ¡Sí es de mi propiedad, ya que el amor que siente hacia mí me da derecho a ella!

—¡Si te amara no te hubiese dejado! Deja de hacerte el imbécil y asume que la perdiste.

Simon me lo quita de encima y salgo del lugar seguido de Patrick. Abordo mi auto saboreando mi propia sangre.

—Multado por tener sexo en la vía pública. —El capitán cierra la puerta mientras arranco—. ¿Es en serio? O sea, qué poca madre tienes, follando por ahí habiendo hoteles y teniendo un apartamento de soltero.

—El momento se dio y yo no voy por la vida desaprovechando nada —reconozco.

—Mereces que te parta la cara. De hecho, si fuera él, te partiría el cráneo.

—Entonces ¿qué haces en mi auto? —le reclamo—. Ve a consolarlo…

—¡¿Sabes lo difícil que será ocultar las pruebas que te inculpan?!

—No voy a esconder nada, ni tú ni yo vamos a intervenir en su búsqueda. Que se entere de lo que quiera enterarse.

—¿Seguro? Algo me dice que no miente en la promesa de matar al amante de Rachel.

—Que lo haga. —Sigo conduciendo—. Me asquea andar mintiendo, cada vez que tapo un hueco hago otro más grande. No estoy para dármelas de esposa infiel ocultando pruebas.

—Habla con Rachel, a lo mejor, si vuelve con él, puede desviarlo de su búsqueda obligándolo a que se dé por vencido.

—Ella no va a volver con él. —Acelero cuando estoy en la autopista—. Aunque se lo pida de rodillas, no lo hará. Intenté hacerle caso a Marie, traté de hacerla entrar en razón y fue muy clara al confesar que no lo ama porque está enamorada de mí.

—¿Qué hiciste cuando te lo confesó?

—La besé y, si me hubiese dado pie para algo más, me la hubiese cogido también.

—Ok. Tus métodos de hacer entrar en razón son demasiado extraños. ¿Cómo carajos quieres que entre en razón besándola? No tiene lógica.

—Me gusta…, ¿qué quieres que haga? El que no se quiera alejar no es problema mío. Lo intento, pero ella no pone de su parte.

—No, para mí que no quieres alejarte tanto como dices y ese discurso de todo me importa un pepino es fingido. Decídete de una puta vez si te vas o te quedas, porque eso de quedarse en la puerta es molesto.

Aprieto el volante, cómo me gustaría arrepentirme, pero de eso nada.

—Ya me da miedo el lío que se está desencadenando y sé que no va a terminar bien.

—¿Miedo? Supongo que de enamorarte y ser feliz al lado de una mujer que te quiere realmente. A mí me daría más miedo que mis decisiones machistas me quiten la oportunidad de ser feliz.

—No hables como si estuviera enamorado, porque no es así.

—Puede que no, pero no le eres tan indiferente como quisieras. —Desabrocha su cinturón cuando detengo el auto frente a su casa—. La situación de Bratt es complicada, quiere que mates al amante de Rachel; en pocas palabras, te está pidiendo que te suicides. Está ciego de la ira y está actuando igual que su hermana. Debes ponerle fin a esto: u ocultas las pruebas, o te largas, o lo enfrentas. No puedes dejar que el tiempo siga pasando y siga dándole actitudes de psicópata.

—Hablaré con Rachel.

—Perderás el tiempo, acabas de decir que no volverá con él.

—No iré a rogarle para que vuelva con él. Iré a buscarla para que juntos le digamos la verdad a Bratt. Ya estoy cansado de todo esto, lo soltaré todo y dejaré que pase lo que tenga que pasar.

59

AL ACECHO

Meredith

Doy instrucciones finales a los nuevos soldados del capitán Lewis encargándome de resaltar lo primordial de los operativos. No quiero problemas ni procesos disciplinarios a futuro.

—Mañana continuamos —los despido.

—Como ordene, sargento.

Emprenden la marcha. Cambio mi uniforme lleno de barro y salgo de la alcoba con el cabello húmedo por la ducha. Tomo el pasillo que lleva a las escaleras y retrocedo cuando veo a la teniente James saliendo de su habitación, tiene una mochila colgada en el hombro, no tiene su uniforme de pila y asegura la puerta como si no fuera a volver por ahora.

Su actitud se me hace sospechosa, tiene un ramo de flores en el piso, lo recoge antes de marcharse y la sigo queriendo saber qué hará. La evidencia no miente a la hora de asegurar que tiene un amante; sin embargo, tengo la teoría de que ya no tiene nada con dicha persona. Se me hace extraño que siendo de la misma central no la vea hablando con nadie más, ya que siempre está con los mismos de siempre. Desde que murió su amigo se ha aislado de todos, rara vez sale, cuando lo hace es a las cafeterías o áreas comunes y la mayoría de las veces está rodeada de sus amigas.

¿Qué tiempo puede tener para un amante? Sería Thompson el único sospechoso en este caso, ya que es con quien más habla. No es que me desagrade, solo me molesta el que haya lastimado al capitán como lo hizo, alguien como él no se merece que lo engañe ni traicione. Muchas mujeres darían lo que fuera por estar en su lugar y tener un novio que dé todo por ella.

Atraviesa los jardines encaminándose al panteón, no hay que ser adivino para saber a quién busca. Se adentra a lo más profundo sin voltear. Ella se encargó personalmente de elegir dónde sería enterrado el teniente Smith. Eligió la zona cerca del bosque, una tumba rodeada de pequeños arbustos, de aquellos que se encargan de florecer al máximo en primavera.

Doy la vuelta escabulléndome entre tumbas y lápidas. Necesito estar lo más cerca posible, a lo mejor le habla a su difunto amigo sobre su amante. Encuentro el lugar perfecto tras uno de los mausoleos y ella se arrodilla frente a la lápida y aparta las hojas secas que le han caído encima, deja una pequeña fotografía sobre ella y acomoda el ramo de girasoles. No habla, simplemente se queda en cuclillas frente a la tumba mirándola como si pudiera hallar su rostro en ella.

«Otra persecución fallida», me digo. Siento que estoy perdiendo mi tiempo. Tarda media hora en la misma posición, la brisa fría se intensifica trayendo la neblina y la humedad del bosque.

Busco una vía de escape cuando me aburro, pero mi intento queda a medias con los pasos firmes que capto a poca distancia, las ramas crujen y la silueta de un hombre empieza a verse cada vez más cerca. ¿Su amante? ¿Sería capaz de ser tan cínica como para citarlo aquí?

Termina de colocar las flores, no parece notar la persona que se acerca mientras ella se pone de pie. Saco la cabeza y la sombra se cierne sobre ella. No aguanto la curiosidad y la mandíbula se me descuelga al ver de quién se trata y lo que llegaría a pasar si me descubre, ya que es el coronel.

Christopher

El camino que lleva al panteón está cubierto de las primeras hojas de otoño, hace frío y debo meter las manos en el gabán para entrar en calor. Es mi oportunidad de hablar con la teniente, las vueltas a este asunto me roban la concentración y por ello he venido a darle la cara al problema. Me acerco con pasos firmes: quiero acabar con esto de una vez por todas. Ella se pone de pie frente a la tumba de su amigo, el viento sopla y mi olfato capta el olor de su perfume.

—Rachel.

La llamo mientras me acerco y no voltea, simplemente toma aire como si quisiera llenarse de paciencia.

—Coronel.

—Necesito hablar contigo.

Se da la vuelta atravesándome con los ojos azules. Las semanas sin verla hacen estragos golpeándome de frente y debo erguirme para soportar todas las sensaciones que me abarcan. Es tan jodidamente hermosa que mi cuerpo la desea de inmediato.

—No es un buen momento ahora.

—Lo sé, pero es que Bratt…

—No me hables de Bratt. —Levanta la mano enguantada para que me calle—. Sé cómo está, lo he visto y no es necesario que me recuerdes lo mal que la está pasando por mi culpa.

—Escúchame, es importante lo que diré.

Se abre paso lista para irse y le niego la huida.

—Si es algo que me joderá o lastimará, no quiero saberlo.

—Pero…

—Hoy no —vuelve a interrumpirme—. Lo único que quiero es irme a mi casa y…

Traslado las manos a sus hombros acortando la distancia.

—Sé que no es un buen momento, pero lamentablemente hay cosas que no pueden esperar. Bratt sabe que lo engañaste.

Retrocede apartándome.

—¿Y sabe… —le tiembla la voz— que eres tú?

—No, pero está usando todos los recursos que tiene para descubrirlo.

—No puede saberlo. —Camina de aquí para allá desesperada—. ¡No puedes dejar que se entere!

—No tiene sentido ocultar lo que tarde o temprano se sabrá, lo mejor es enfrentarlo y decirle la verdad a la cara.

—¡No! —espeta—. No le voy a decir nada, si sabe que fue contigo…

—Ya no hay nada que hacer, se prometió encontrar a tu amante cueste lo que le cueste.

—Puedes ocultar las pruebas, intentaré tranquilizarlo y…

—No voy a dejarte sola en esto si es lo que te preocupa, fui yo el que lo empezó y debo terminarlo. La ira lo tiene planeando sandeces y no voy a quedarme de brazos cruzados.

—Con mayor razón, no debe enterarse de que eres tú.

—Ya tomé una decisión y le diré la verdad contigo o sin ti.

—No entiendes las consecuencias de todo esto… Una cosa es que alguien le engañe y otra es recibir el puñal por partida doble, eres su mejor amigo, ¿tienes idea de lo que le dolerá? Suficiente tiene conmigo…

—Lo conozco, Rachel —la interrumpo—, no se detendrá hasta saber quién es. Evitemos que gaste energía y hablemos de una vez.

Baja la cara decepcionada como si no quisiera afrontar esto. Está intentando fingir que es fuerte, pero ambos sabemos que no lo es, que por dentro está hecha pedazos y que mi noticia derrumbó los pocos cimientos que había podido levantar después de la muerte de Harry Smith.

Surgen las ganas de abrazarla, de decirle que ya está, que por muy mal que se vea estoy aquí y voy a afrontar las consecuencias con ella. No me contengo y termino acercándome y la estrecho contra mí.

—Tiene que entender que ya no eres su novia —susurro—. Mal por él, pero debe asimilar que ahora estás enamorada de mí.

Tomo su cara obligándola a que me mire, quiero hablar, pero sus labios rojos me tientan a besarla.

—Estaré contigo. —Le beso la boca—. Le va a doler, pero tiene que afrontarlo.

—No, no vuelvas a hacer eso. —Se aparta.

—¿Qué?

—Abrazarme, besarme y fingir que me apoyarás. Es injusto que lo hagas sabiendo lo que siento por ti, no estoy para juegos.

Actuar sería lo último que haría en estos momentos.

—Nena, mírame y dime si estoy para juegos. —Vuelvo a acercarme—. No miento cuando digo que no te voy a dejar sola y no me preguntes por qué, porque ni yo mismo lo sé.

—Me confundes demasiado.

—Deja que te lleve a tu casa. —Tomo su mano y le beso los nudillos enguantados—. Era lo que ibas a hacer, ¿no?

Asiente cansada, quiere alegar, pero calla y termina recogiendo sus cosas antes de seguirme al estacionamiento.

Abordamos mi auto y me aseguro de subir las ventanillas para que no nos vean salir juntos. El móvil me vibra en la chaqueta con una llamada de Patrick, la rechazo y apago el sistema asistencial para que nadie me moleste.

Ninguno de los dos dice nada en el camino, ella solo recuesta la cabeza en el asiento mirando hacia la ventana mientras ideo la forma de cómo encarar a Bratt.

—¿Cómo se enteró? —pregunta cuando estaciono frente a su edificio.

—Encontró la multa impuesta en Cadin.

—No quiero que estés cuando se lo diga.

—Olvídalo, estaré y ese punto no tiene discusión.

—Buscaré el momento correcto para…

—Nunca habrá un buen momento para esto —la interrumpo—. Subiremos, lo llamarás y le dirás que venga. No tiene sentido alargarlo más, lo afrontaremos y será hoy.

—Bien. —Suelta el cinturón dándose por vencida.

Entramos al edificio, saluda al portero y avisa sobre la visita de Bratt, textea nerviosa mientras subimos en el ascensor.

—¿Quieres algo de tomar o de comer? —me ofrece cuando estamos adentro.

—No, solo llama a Bratt y terminemos con esto de una vez.

Deja su bolso y luego se quita la chaqueta y los guantes, mientras yo hago lo mismo.

—Yo sí necesito un poco de agua por lo menos. —Se pierde en la cocina.

—¿Dónde está tu empleada?

—No sé, ella viene y va cada vez que quiere.

Entre menos espectadores haya, mejor; vuelve con el móvil en la mano.

—Coloca el altavoz —le pido.

Busca el número de Bratt con dedos temblorosos y...

—¡No puedo hacerlo! —Cuelga antes de que timbre.

—Lo haré yo, entonces. —Saco el mío. Hay más llamadas perdidas de Patrick.

—¡Espera! —Me lo arrebata—. Hay que buscar las palabras correctas primero.

—¿Qué propones? ¿Lluvia de ideas? Sé razonable, no hay palabras correctas para lo que le diremos.

Se deja caer en el sofá.

—No quiero hacerlo ahora, no puedo.

Me arrodillo frente a ella, no es lo apropiado, pero cada vez que la miro me convenzo de lo mucho que me gusta.

—El tiempo es nuestro enemigo. En cualquier momento lo llamarán desde Cadin.

—Necesito llenarme de fuerzas y pensar con claridad...

—No hay que idear nada, yo puedo decirlo todo.

—Quiero descansar y tener la mente clara antes de que empiece el caos otra vez. Llevo noches sin dormir, mi mejor amigo murió y ahora esto sale a la luz en un mal momento.

Reparo en las ojeras que le decoran los ojos, no puedo pedirle lo que no puede dar, es comprensible su agotamiento físico y emocional; además, lo que le pido la desgastará aún más.

Se humedece los labios con la lengua y poso las manos en su nuca acercándola a mi boca.

—No —se rehúsa—, no vinimos a eso.

La tomo con las dos manos y la pego a mis labios. No vine a eso, pero quiero hacerlo, he querido hacerlo desde hace días. No sé qué es lo que me pasa, pero la pienso todo el tiempo y no de buena manera; fantaseo montándola, comiéndome su coño y me la imagino a mi lado siendo mía cada vez que quiera.

Nuestros labios se tocan y me abro paso dentro de su boca con un beso húmedo que la obliga a abrazarme mientras la levanto y la llevo a la alcoba. Me excita tanto que ignoro el dolor que me recorre la clavícula mientras la sostengo.

—¿Te lastimé? —pregunta cuando la dejo en el piso.

Sacudo la cabeza y tiro del dobladillo de su playera, lo que deja sus pechos expuestos. Paso las manos por ellos y empiezo a besarle el cuello pasando la lengua por los montículos de carne que carga. Hago una pequeña pausa para desvestirme y me voy contra ella otra vez. La hago retroceder hasta que ambos caemos a la cama y me arrodillo a quitarle las botas y los vaqueros.

—Vamos a olvidarnos de los problemas por un momento, ¿vale?

Sonríe invitándome a que suba mientras se acuesta dejando que hunda los dedos en el elástico de sus bragas. Las bajo mientras ella se acomoda en el cabezal y paso mis labios por la piel de sus muslos en tanto ella traga saliva al sentir mi cercanía. Se ruboriza pasándose la lengua por los labios e intenta apartarme, pero no se lo permito.

La sujeto con fuerza y le abro las piernas mientras mi lengua lame su entrepierna saboreando su excitación; apaga mi sed de tal manera que me prendo como un desahuciado complaciéndome con todo lo que me da. Agita las caderas nerviosa y hunde las manos en mi cabello dejando que la lama, que tome su clítoris con mis labios. Sus gemidos y jadeos hacen que aumenten mis ganas.

No me detengo, continúo saboreándola prolongando su clímax. Introduzco mis dedos y trazo círculos sobre su sexo, observando cómo muere de ganas por mi miembro. Reparto besos por su abdomen y llego hasta sus pechos, me prendo de cada uno lamiendo y mordiendo los pezones duros. Sus muslos me acunan y aprieto sus glúteos, acomodándome en su entrada. La beso con vehemencia embistiendo su canal mientras me acaricia la espalda dándome la bienvenida.

—Joder…

Se aferra a las sábanas, el sudor me recorre la frente y estoy desesperado por las estocadas. Quiero tomarme el tiempo de venerarla, pero el deseo me supera, así que empiezo a moverme mientras la beso dejando que su coño me apriete, me estreche y me envuelva.

—Nena —jadeo.

La sensación es increíble, nunca me cansaré ni tendré lo suficiente. Arremeto nuevamente estrellándome contra ella, soltándole lo mucho que me gusta. La eché de menos, de todas las formas y de todas las maneras, su cuerpo es como una droga para mí y lo único que me pesa es no haberla conocido antes… Hubiese hecho tantas cosas…

Posa las manos en mi pecho empujándome y abriéndose de piernas sobre mí, moviéndose de arriba abajo. Siempre me llena y me pone tan duro… El movimiento de su cintura me marea, estamos empapados de sudor y tenerla encima es una placentera agonía que recorre cada centímetro de mi polla. Clavo las uñas en su carne y se la meto toda; ella araña mis pectorales y echa la cabeza hacia atrás cuando le doy un tirón en el cabello. El clímax nos toma y levanto la pelvis queriendo que reciba todo.

Se deja caer a mi lado abrazándome con sus piernas desnudas, ubica la cabeza sobre mi pecho y cierra los ojos sin decir nada.

60

EL AMARGO SABOR DE LA VERDAD

Bratt

La resaca me cobra factura cuando me levanto, el mundo me da vueltas y con esfuerzo logro ponerme de pie y meterme en la ducha. Demasiado alcohol, si sigo así, caeré en un coma etílico. Dejo que el agua alivie el dolor antes de salir.

Es mediodía, tengo varios asuntos que resolver en la central, entre ellos una disculpa a mi mejor amigo. El veneno de la mentira me tiene demente, impulsivo y agresivo. Yo no soy así, tampoco quiero convertirme en eso.

Hay colillas de cigarro y botellas de coñac a lo largo del apartamento, basura que me recuerda que mi vida se está convirtiendo en un contenedor de excrementos. Busco una bolsa y me dispongo a recoger el desorden.

Cada día que pasa es peor, el desespero y la ira se intensifican cada vez más. Temo que el mundo del alcohol me absorba y no pueda volver a salir. He considerado irme por una temporada, tomarme el espacio para pensar y volver con ideas más claras. A lo mejor, Rachel entra en razón en ese tiempo, nota el error que cometió e intenta recomponerse.

Reviso mi móvil, hay veinte llamadas perdidas de Meredith, debe de ser que Gauna ha empezado a molestar otra vez. Vibra sobre mi mano: es Simon; lo coloco en altavoz y sigo con mis tareas.

—Al fin despiertas, bello durmiente —saluda animoso.

—Tengo una resaca horrible —me quejo—. La próxima vez no me dejen beber tanto.

—Intentamos detenerte, pero te pusiste terco y nadie quiso entrometerse. —Se escucha el ruido del tráfico a su alrededor—. Nos reuniremos esta noche con las chicas… Ya sabes, para animar a Brenda. ¿Quieres venir?

—No. —No estoy para soportar a las cómplices del engaño de Rachel, en especial a Luisa, ahora más que nunca la quiero a metros—. Tengo asuntos pendientes en la central.

—Hey, piénsalo, te servirá para distraerte, tal vez puedas hablar con Rachel. Sigo creyendo que todo eso de la infidelidad es un malentendido.

—No es un malentendido.

—Es que no me cabe en la cabeza… En el tiempo que estuviste ausente no la vi con nadie extraño, estuvo día y noche entregada a su investigación con Christopher.

Christopher… Su nombre queda flotando en el aire. No estuvo con nadie extraño, solo con él en Brasil, en Hawái y en la central. Es de él de quien huye siempre, fue al único que se atrevió a insultar a la cara sabiendo que era su superior…

—Bratt, ¿estás ahí? —pregunta Simon en la línea.

—Luego te llamo. —Cuelgo.

Dejo la bolsa de lado, «Christopher», las ideas incoherentes me toman la cabeza. Christopher enojado cada vez que reitero que es mi novia, la tensión que se respira entre Rachel y él, las imposiciones y los distanciamientos absurdos.

Voy a mi despacho y reviso mi correo, todavía no han enviado nada desde Cadin. La idea me da vueltas en la cabeza… Marie reconoció a Rachel cuando la vio y no actuó de buena manera.

Si la conoció en su oficina, ¿por qué reaccionó como si hubiese visto a algún espectro? Luego está la chaqueta, una prenda que definitivamente Christopher sí compraría y usaría.

Todo llega como una lluvia de teorías sobre mi cabeza: él insistiendo para que la deje, él en mi fiesta con sus sarcásticas palabras y Rachel ardiendo de ira, él rehusándose a ayudarme, ella preocupada y afligida por su estado después del accidente. Si no le agrada, ¿para qué sentirse mal?

Definitivamente no, me niego a pensarlo, él no me haría algo así, sabe lo mucho que la amo, somos hermanos y los hermanos no se traicionan. Hemos estado juntos desde que tengo uso de razón.

Las manos me sudan, el corazón se me desboca y las entrañas se comprimen de solo imaginarlo. El móvil me vibra y como puedo lo llevo a mi oreja.

—Hola —hablo desorientado.

—¿Capitán Lewis? —preguntan del otro lado de la línea.

—Sí.

—Le habla el sheriff Buford de Cadin, ¿me recuerda?

—Por supuesto. ¿Ya tiene lo que le pedí?

—Sí, señor, llevo llamándolo toda la mañana. En este preciso instante mi asistente le está enviando toda la información a su correo.

Muevo el *mouse* para que la pantalla cobre vida y me encuentro con varias carpetas y archivos sobre leyes estatales que no me interesan ahora.

—Espero que la información sea útil, le envié todo con detalles y confío en que no tendré problemas con el coronel del incidente.

«Coronel». El dolor me golpea el pecho y se extiende a lo largo de mi brazo. Doy clic abriendo la única foto y… ya no hay dudas que resolver, no hay un culpable que buscar, ni teorías para armar porque la foto lo dice todo.

Ella sentada, abierta sobre el capó con él entre sus piernas, los labios de él junto a los de ella y los tentáculos que tiene como manos bajo su vestido.

—¿Capitán?

Cuelgo y me levanto mareado. Mi amigo y mi novia…, ¿por qué? Siempre he estado para los dos y se me han burlado en la cara. Todo este puto tiempo estuvieron revolcándose en mis propias narices, demostrándome que la traición viene de quienes menos lo esperas. Rondas a tus enemigos sin notar que los seres queridos son los más propensos a clavarte la filosa daga del engaño.

Vomito sacando todo lo que hay en mi estómago, el dolor me perfora en lo más profundo. ¿Con él? Con mi amigo de toda la vida. Podría justificarlo de ella, no ha compartido tanto con él como conmigo, pero ¿Christopher? Es mi familia, he sido su pilar, su aliado, su hermano.

El móvil vuelve a sonar, lo tomo dispuesto a estrellarlo contra la pared, pero desisto cuando veo el nombre de Meredith.

—¡Capitán! —contesta agitada—. Lamento decirle esto… —habla despacio—, pero es el coronel, la seguí y los vi en el panteón…

—¿Dónde están? —Aprieto los ojos.

—En el edificio de la teniente, creo… Dejaron el auto afuera y ella saludó al portero. Llegaron hace más de dos horas, ninguno de los dos ha salido.

—Voy para allá.

—No, cálmese y…

Estampo el teléfono contra la pared. ¡Malditos y mil veces malditos! La ira estalla haciéndome sollozar mientras estrello mis puños contra la pared y caigo al suelo derrotado. Estoy decepcionado de ellos y de mí mismo.

Mientras yo le recalcaba que la cuidara, él la metía entre sus sábanas. Mientras yo confesaba y desahogaba mis miedos, él era el causante de mi más grande decepción.

Miles de mujeres y me quita lo que más amo. Eso es jugar sucio, robándose la confianza de quien lo ha salvado de la muerte dos veces. Puse mis manos en el fuego por él, todos le daban la espalda y fui yo quien estuvo firme dándole ánimos para que siguiera.

Me ofendió y las ofensas se cobran.

Enceguezco cuando la rabia me toma las arterias. Busco las llaves con las manos temblorosas y bajo al estacionamiento abordando el auto.

No soy consciente de nada, solo conduzco al edificio donde vive Rachel, me duelen demasiado el pecho y el corazón. Mi insistencia por que se llevaran bien era una parodia para ellos, ya que se agradaban tanto que se iban a la cama sin pensar el daño que me provocaba.

Estaciono el Mercedes a pocos metros del Aston Martin. No sopeso, no analizo, simplemente actúo y saco la pistola de la guantera. Christopher está acostumbrado a pasar por encima de todo el mundo, pero conmigo será diferente.

Lleno el cargador de balas antes de guardármela en la parte baja de la espalda, dije que lo mataría y eso haré: amigo o no fue quien se metió con la mujer que amo. Subo los escalones llamando la atención de Meredith, quien sale de su auto.

—Señor, no es recomendable entrar, lo mejor es que se tome…

La ignoro y me encamino a la puerta con una sola cosa en la cabeza.

—¡Joven Bratt! —me saluda el portero—. La señorita James lo está…

No contesto, sigo escalera arriba con Meredith corriendo detrás de mí.

—¿Qué hará? —Se me atraviesa cuando pisamos la cuarta planta.

—¡Apártate y no te metas! —Me abro paso a la fuerza.

—¡No cometa una locura, no vale la pena!

Busco las llaves, estoy temblando, la conmoción en el pecho me está quemando y a duras penas logro abrir sin hacer ruido.

—¡Capitán! —susurra Meredith nerviosa cuando desenfundo el arma.

Le hago señas para que se calle mientras que, con cautela, me encamino al pasillo que da a las habitaciones; todas las puertas están abiertas, menos la de ella. Intento reprimir las lágrimas que se me asoman en el borde de mis ojos y… la rabia es tanta que me ahoga.

Poso la mano en el picaporte, que cede sin preámbulo, el olor a sexo impregna mis fosas nasales y desencadena el dolor que se siente cuando te dividen el alma en dos. Lo que ven mis ojos es un golpe seco al corazón en el punto exacto donde todo se derrumba. Los oídos me zumban y las piernas me tiemblan.

Los dos están desnudos; ella sobre él dormida y con la cabeza sobre su pecho, mientras que él la abraza como si fuera suya.

Respiro, limpio mi rostro, empuño mi arma y me preparo para disparar.

61

TRAICIONES Y VERDADES

Christopher

El calor de Rachel envuelve la mitad de mi cuerpo, el cabello negro cubre parte de mi brazo y su respiración se acompasa con la mía mientras mantengo los ojos cerrados.

No quiero levantarme ni apartarla, aunque el mundo esté ardiendo afuera, me apetece estar así por tiempo indeterminado.

Muevo la cabeza... La luz del mediodía me está dando en la cara, sin embargo, sigo sin querer moverme, ya que me niego a apartarme del calor que emana y de la fragancia que exuda. La estrecho contra mí reafirmando mi determinación, decisión que queda en el limbo con el pequeño respingo que suelta.

—Bratt —se incorpora sobre el colchón—. ¡Baja el arma, por favor!

Abro los ojos con la esperanza de que lo que acaba de decir solo sea el diálogo de un mal sueño, con la esperanza de que esa voz nerviosa a punto de romper en llanto solo sea producto de una pesadilla.

Abro los ojos y dejo que mi vista se aclare poco a poco para confirmar lo que en el fondo sabía que tarde o temprano pasaría.

—Dos escorias juntas. —Bratt le apunta con su arma—. Mi novia y el que decía ser mi mejor amigo.

Rachel tiembla a mi lado abrazando las sábanas contra su pecho.

—No...

—¿No...?, ¿qué? —le reclama—. ¿Tendrán el descaro de negarme lo que estoy viendo con mis propios ojos?

—Hablemos —le suplica nerviosa—. Deja que te explique cómo sucedieron las cosas.

Tiene los ojos inyectados de sangre y el dedo en el gatillo nos deja como el blanco perfecto. El rostro desencajado de Bratt es un claro indicio de que de bueno no le queda nada.

—¿Qué me explicarás? —Limpia sus lágrimas con brusquedad—. ¡¿Cómo te revolcabas con él mientras yo andaba de ingenuo confiando en ti?!

—¡No! —solloza ella—. ¡Solo baja el arma para que podamos dialogar!

—¡Ahora sí quieres dialogar! —grita—. Pero ¡cuando yo te buscaba día y noche pidiéndote una explicación no podías!

—¡Solo evitaba lastimarte, ya te había hecho suficiente daño!

Me incorporo. ¡No quería que las cosas sucedieran así, maldita sea! Está frente a los dos armado y desesperado por lo que acaba de descubrir mostrando todo menos empatía.

El ver a Meredith bajo el umbral de la puerta empeora mi genio.

—¿Por qué?

—Ninguno de los dos va a dar explicaciones, Bratt —le aclaro.

—¡Eras todo para mí! —le habla a ella ignorándome—. ¿Cómo fuiste capaz de meterte en su cama como una vil ramera?

—¡Capitán, baje el arma! —le pide Meredith.

Saco los pies de la cama y busco mi ropa.

—¡No te muevas! —Me apunta.

Lo ignoro, alcanzo mis vaqueros y medio me visto bajo la mirada de su acompañante.

—Bratt, baja el arma, por favor —insiste Rachel—. No hagas algo de lo que te puedas arrepentir.

—¡Cállate! —exclama—. ¡Me hice una puta promesa y no me iré sin cumplirla!

—¡Tu promesa era matarme a mí, no a ella! —lo enfrento—. ¡Así que deja de apuntarle con esa maldita cosa!

La mira con rabia mientras el arma tiembla en su mano a la vez que ella solloza dejando que el llanto la quiebre.

—A ella no, a mí. —Tomo su mano clavando el revólver en mi pecho—. Si vas a matar a alguien, será a mí. Prometiste matar al amante, no a ella.

«No temo a morir, de hecho, he tenido suerte al llegar tan lejos».

—¡Siempre siendo el más hijo de puta! —me gruñe, y alzo el mentón con valentía.

—Cobra la ofensa y mata al amante que tanto querías encontrar, eso será lo único que quite tu rabia.

—¡¿Por qué ella?! —espeta furioso—. ¡Sabías lo mucho que la amaba!

—¡Por favor, Bratt! —Rachel se levanta envuelta en una sábana—. ¡Baja el arma para que podamos explicarte las cosas!

—¡No interfieras! —le ordeno—. ¡Esto es un asunto entre él y yo!

Pone el dedo en el gatillo preparándose para disparar.

—¡Ellos no valen la pena! —interviene Meredith—. ¡Echará su vida y su carrera a la basura si lo condenan a la cárcel!

—¿Para que se sigan revolcando? No.

—¡Dispara! —le exijo—. Evitemos el drama, las explicaciones y acabemos con esto de una puta vez.

—¡¿Por qué con ella?! —vuelve a preguntar.

Me clava el cañón en el centro del pecho.

—¡Haz lo que viniste a hacer!

—¡Quiero escuchar el puto porqué primero!

—¡Porque me gustó desde el primer día que la vi! —exclamo—. ¡Me conoces, sabes que siempre obtengo lo que quiero!

El cañón del arma me golpea la boca. Bratt se abalanza sobre mi cuello y cae sobre mí arrojándome puños a la cara y a las costillas. Golpes certeros que me ponen a probar el sabor de mi propia sangre cuando me rompe el labio y la nariz.

—¡Te burlaste de mí y de toda mi familia! —grita en medio de los puños—. ¡Sabrina no merece que la engañen de tal manera!

No hago el menor intento por defenderme: si con esto desahoga su rabia está bien. Soy el principal culpable, ya que le quité lo que más quería, además, no puedo negar que disfruté haciéndolo.

Cada segundo entre sus piernas valió la pena, saborear sus labios y volverme loco de deseo dentro de ella porque me dio el placer que no había sentido nunca. Si pudiera retroceder el tiempo, lo volvería a hacer sin pensarlo; si pudiera devolverme a Brasil, repetiría todo tal cual, pero con la gran diferencia de que hubiese aprovechado al máximo el tiempo que estuvimos solos.

—¡Bratt, no más, por favor! —le suplica Rachel.

Me clava la mano en la clavícula provocando que el dolor me queme y se extienda por todo mi cuerpo.

—¡Lo estás lastimando!

Se vuelve hacia ella cuando intenta tomarlo de los hombros.

—¡No me toques, zorra! —La empuja.

El dolor me comprime todos los músculos.

—¡Ya fue suficiente!

—¿Suficiente? ¡Agradece que no le enterré un tiro en el cráneo! —La toma de los hombros—. ¿Qué? ¡¿Tanto te gustó como para que te atrevas a defenderlo?!

—¡Vete! —intenta parecer segura, pero no puede. No es más que un manojo de súplicas y llanto—. ¡No es el momento para resolver las cosas!

—¡No, no me voy! —La sacude—. ¡No me marcho hasta que no lo muela a golpes!

—¡Suéltala, Bratt! —le advierto.

Una cosa es que se desahogue conmigo y otra, con ella.

—Te follaba como una puta en mis propias narices, ¿verdad? —La empuja mientras ella solloza sin hacer nada—. ¿Cuántas veces fueron? ¿Cuántas veces gemiste en su cama?

—¡Que la sueltes! —Escupo la sangre que me empapa la boca.

—¡Contéstame! —Vuelve a empujarla.

Lo tomo por el cuello cuando la ira hace estragos en mi sistema.

—¡No le vuelvas a poner un dedo encima! —Lo encuello—. ¡Esto es solo entre los dos! ¡No tienes por qué tocarla ni la cotillera de tu sargento tiene por qué estar aquí!

—Suéltelo. —Meredith se me aferra al brazo—. Como bien lo dijo, agradezca que no le soltó un tiro como se lo merece.

—¡Rachel, vete! —le ordeno.

—Ahora eres defensor de rameras.

Vuelve a abalanzarse sobre mí y vuelvo a estrellarlo contra la pared.

—¡Ninguna ramera! ¡Fui yo quien la provocó en Brasil!

Me lanza un puño que no alcanza a tocarme la cara.

—Y la volví a buscar en Hawái.

Me atropella tirándome al suelo.

—La busqué cada vez que quise cuando volvimos a la central —le ladro sobre el piso.

Clava el brazo en mi garganta.

—Eras mi amigo.

—No cuando de ella se trataba.

Vuelve a golpearme, me defiendo pero no lo golpeo. Quiero que se canse y se dé por vencido de una vez por todas.

—La volviste una mierda igual que tú.

—¡Basta! —ella vuelve a intervenir.

—¡Que no me toques, puta infeliz!

Se vuelve hacia ella furioso con la mano levantada. Mis ojos ven todo como si el tiempo transcurriera en cámara lenta, el dolor de mi brazo desaparece y el corazón me palpita en los oídos cuando ella retrocede temerosa con las sábanas contra su pecho y los ojos llorosos. La mano abierta de Bratt impacta contra su cara y la arroja a los pies de Meredith.

La rabia me estalla en el pecho al verla en el piso semidesnuda y con los labios temblorosos. Lo espero con el puño cerrado y el golpe lo hace retroceder. Pierdo el sentido de todo a mi alrededor mientras mis nudillos se estrellan una y otra vez contra su cara.

¡No la puede tocar! ¡Nadie tiene el puto derecho de ponerle una mano encima!

Fui testigo de las veces que intentó apartarse y de lo mucho que ha sufrido ocultando la verdad. Tiene prohibido tocarla ahora y siempre porque, por mucho que le haya fallado, ¡NO LA TOCA MIENTRAS YO VIVA!

Desaforo la ira lanzándole golpes en la cara. Ya no es el amigo que se crio a mi lado, ahora no es más que el imbécil que se atrevió a tocar a Rachel.

Gritos y súplicas se oyen a lo lejos mientras mis golpes no cesan. Sigo golpeándolo sin importarme lo mucho que se queje e intente zafarse, estoy ciego y sordo. La sangre me salpica la cara, los nudillos y lo único que hay en mi mente es la imagen de ella contra el piso.

—¡Coronel, deténgase! —Meredith me empuja, pero ni ella ni Rachel son competencia para la ira que corre por mis venas. Jadea y escupe varias veces, débilmente intenta tomarme las manos, pero no puede, ya que mi fuerza sobrepasa la suya. Su entrenamiento fue solamente en la FEMF mientras que el mío fue en su mayoría en peleas y enfrentamientos callejeros.

—Pero ¡¿qué diablos?! —Tres pares de brazos me toman apartándome de golpe.

Vuelvo a la realidad, Simon y Luisa llegaron en tanto recupero la noción. Hay sangre por todos lados, veo a Meredith que intenta socorrer a Bratt.

Se levanta del piso irreconocible por los golpes y alza los brazos buscando revancha con la cara llena de sangre.

—¡Cálmate! —Lo detiene Simon—. ¡¿Qué diablos está pasando?!

—¡Pasa! —Se limpia la sangre que le sale de la nariz—. ¡Que estos dos malditos se han estado burlando de mí en mi propia cara!

—¿De qué hablas? —Lo suelta.

—El amante que tanto buscábamos —se ríe Bratt— resultó ser mi mejor amigo, y no le bastó con revolcarse con mi novia, sino que también quería matarme a punta de golpes.

Simon me mira extrañado.

—Tiene que ser una confusión. —Se enfoca en Rachel—. Explícale lo que realmente está pasando, Rachel.

Se esconde detrás de su amiga negándose a mirarlo.

—¡No hay ninguna confusión! —escupe Bratt—. ¡Los acabo de ver desnudos en su cama!

Simon no se lo cree.

—¿Lo sabías? —le pregunta a su prometida.

—No voy a discutir eso ahora, Simon.

—¡Cómo te atreviste a tapar semejante barbaridad!

—¡No era nuestro asunto!

—Y tú, Rachel, ¿cómo fuiste capaz?

—¡No! —Luisa levanta la mano impidiéndole hablar—. ¡No sabes cómo fueron las cosas, así que cállate!

—Eso, defiéndela —la aplaude Bratt—. Mi hermana tenía razón al decir que estaban cortadas con la misma tijera.

—¡Fuera de aquí! —le grita.

—Pero… —interviene Simon.

—¡Todos! —vuelve a gritar—. ¡Tú, Bratt, Christopher! —Se va contra Meredith y la empuja a la salida—. ¡Tú más que nadie, perra entrometida!

Rachel está de espaldas sin darle la cara a nadie, suprimo el intento de tomarla y llevarla conmigo.

—¡Que se larguen! —sigue exigiendo su amiga.

Me largo, no soy de los que huye, pero la situación no se presta para otra cosa.

—¡No huyas, cobarde! —me gritan en el pasillo.

Bajo corriendo las escaleras. Sé que, si me devuelvo o lo espero, terminaré rompiéndole la cabeza.

Cruzo el vestíbulo llamando la atención de los huéspedes y visitantes que esperan al lado de la recepción. Estoy descalzo, en vaqueros y lleno de sangre.

—¡Enfrenta las cosas, maldito animal! —me grita Bratt cayendo sobre la acera.

—Señor Morgan, ¿está bien? —Se atraviesa uno de los escoltas del ministro.

—No he solicitado sus servicios. —Los aparto.

—Su amigo insistió en que viniéramos por usted.

—¡Llevo horas llamándote! —Patrick sale de una de las camionetas.

Me encamino a mi auto apartando a todo el mundo.

—¿Qué sucedió? —insiste Patrick—. Quise entrar, pero no me lo permitieron.

Reviso los bolsillos y no tengo las llaves.

—¡Tus llaves! —le exijo a uno de los escoltas.

Rebusca en la chaqueta y me las lanza al aire. Bratt vuelve a levantarse con Meredith y Simon intentando detenerlo.

—¡Terminemos de arreglar esto, hijo de puta!

Los escoltas le impiden el paso, abordo la camioneta mientras lucha para que lo suelten.

—¡Todo esto se hubiese evitado si contestaras el puto móvil! —espeta Patrick rabioso—. ¡No sé qué tiene esta puta ciudad que a cada nada están lloviendo vergazos!

Uno de los escoltas lo arroja al piso poniéndolo de cara contra el asfalto.

—¿No lo ayudarás? —vuelve a preguntar Patrick clavado en la ventanilla.

Simon agita los brazos pidiéndome que haga algo al respecto mientras lo observo tirado en el asfalto. No sé a quién quiero engañar, ese pedazo de mierda hace mucho que no es mi amigo.

—Christopher —insiste Patrick.

—No.

—Lo están lastimando.

—Por mí pueden partirle las costillas, y si me jode, lo mato.

Pongo en marcha el motor dejando todo atrás.

62

TU FRAGMENTO, HARRY

Rachel

Nada de lo que sopesé resultó como tal, ideé, analicé, intuí y, sin embargo, el impacto me arrolló doliendo más de lo que imaginé. Más de lo que quise.

Perdí a Harry y ahora a Bratt…, y he entrado a la fase donde me pesa haberlo roto tanto, ya que, con errores o no, nadie merece la hipocresía de otro. Nadie merece que jueguen contigo como yo lo hice con él.

—Quitemos esto ya. —Luisa aparta el hielo de mi cara y se arrodilla entre mis piernas.

—Hay que dejarlo un poco más. Necesito que la inflamación baje.

Me quita la bolsa y la sujeta contra mi cara.

—Te golpearon por dentro y por fuera, Rachel.

Contengo el cúmulo de nudos que se me forman en la garganta.

—Karma tal vez.

—No. —Se enoja—. No tenía por qué tocarte bajo ninguna circunstancia. Odio tanto que siempre intentes justificarlo…

—¿Qué hubieses hecho tú? Destruí lo nuestro y la relación con su mejor amigo. Le quité el esposo a su hermana…

—¡Ese es tu puto problema! —Se levanta furiosa—. Que crees que todo siempre es tu culpa y por lo tanto debes pagar con creces y te mereces todo lo que te pasa. Las cosas no son así, el matrimonio de Sabrina ya estaba en la mierda y lo de Christopher no fue algo que planeaste.

—Lo hubiese podido evitar.

—¿Cómo? ¿Huyendo? Porque quisiste contenerte, pero…

—Nada de lo que digas hará que deje de sentirme como la mierda que me estoy sintiendo.

Busco mi cama metiéndome bajo las sábanas, me duele la cabeza y no quiero saber nada ahora.

—Un día —advierte Luisa—, te voy a dar un solo día para que saques todo lo que tengas que sacar. No va a tardar una, ni dos semanas como tardó lo de Harry.

Limpio las lágrimas que me brotan en tanto las manos me tiemblan cada vez que recuerdo el desastre que se desató. Mi entorno tampoco me ayuda, ya que hay sangre en la alfombra, y la mesilla de noche está destruida al igual que la lámpara que sostenía.

Mi sábado se resume en estar acostada vuelta un ovillo, sollozando con las cortinas cerradas y las luces apagadas queriendo desaparecer. ¿Exagerado? Puede que sí, sin embargo, es lo único que me place en este momento.

El domingo llega y Luisa hace sus primeros intentos por sacarme del encierro.

—Ya pasó el día. —Abre las ventanas.

—Brenda perdió al padre de su hijo y está aquí intentando sonreír pese a toda la mierda que está pasando —empieza—. Tus excusas no valen nada ante su situación…, así que levántate, que necesito que estés para mí y para ella. Todas prometimos apoyarla en lo que necesite.

Se encamina hacia el baño.

—Dúchate, vístete —me arroja una toalla en la cara— y maquilla el morado de tu cara, no quiero que las chicas empiecen a hacer preguntas.

Se marcha molesta.

Arrastro los pies al baño. En parte tiene razón: lo mío no es nada comparado con lo de Brenda y mi amigo no me perdonaría que la deje en estos momentos. Tomo una ducha rápida y después me visto con lo primero que encuentro. Frente al espejo me esfuerzo por ocultar la marca violeta que se percibe en uno de mis pómulos, la cual duele cada vez que la toco. En últimas me veo obligada a dejarme el cabello suelto para que no se me marque tanto la cara.

Salgo con el bolso cruzado en el pecho y Laila, Brenda, Alexandra, Laurens y Lulú me están esperando en el vestíbulo.

—Casi que no —me saluda Laila—. Estaba por entrar.

—¿Estás bien? —pregunta Alexandra preocupada.

Ya debe de saber lo que pasó. De hecho, toda la central debe saberlo ya.

—Sí. —Finjo una sonrisa—. Tenía jaqueca, pero ya se me pasó.

—Qué bueno. —Luisa toma las llaves y me las da—. El camino es largo y la primera parada es el ginecólogo, ya que Brenda se hará su primera ecografía.

Nos dividimos entre la camioneta de Alexandra y mi auto. Mi ánimo está por el piso, me concentro en conducir mientras Laila, Luisa y Lulú hablan de la boda.

Hacemos la primera parada frente a la catedral de San Pablo, es un domingo soleado pese a que estamos en septiembre. Saco los lentes de sol dejando la chaqueta en el auto y sigo a las chicas al edificio blanco del ginecólogo.

A Brenda no se la ve muy entusiasmada, lo único que hace es mirar hacia la ventana mientras llega su turno.

Toco el cofre que llevo hace semanas en el bolso a la espera del momento indicado para entregarlo. Todo ha sido tan caótico que no he tenido tiempo de consolarla como quisiera.

—Brenda Franco —la llama una enfermera.

—Soy yo —contesta alzando la mano.

—Y nosotras —añade Luisa—. Somos sus amigas y entraremos a conocer al bebé.

—Solo se permite un acompañante, señorita.

—No —interviene Laila.

—Son las reglas…

—Permítame explicarle —empieza Laila—. Pasé toda la mañana buscando un centro médico que nos permitiera entrar a todas y su asistente se comprometió a hacerlo a cambio de unas libras más.

—Que sigan —ordena el ginecólogo desde la puerta—. Hemos reservado el consultorio grande.

Laurens y Lulú aguardan afuera mientras entramos a la esperada consulta. Como siempre, Laila no tarda en sacar la cámara cuando estamos adentro.

—Las subiré a las redes sociales —empieza—. ¿Qué nombre le ponemos? ¡Bienvenido, Mini-Harry? ¿Tus primeros recuerdos, bebé?

—¿Mini-Harry? —pregunta el ginecólogo mientras le señala a Brenda la camilla para que se acueste—. ¿Ya saben que es un niño?

—¡No! —responde Luisa emocionada—. Pero estuvimos leyendo cosas sobre bebés y en uno de los artículos decía que a partir de las catorce semanas podríamos ver el sexo.

—Efectivamente. —El ginecólogo levanta la camiseta de Brenda y después le baja la pretina del pantalón—. Aunque también puede ser una Mini-Brenda, ¿no?

—Sería bienvenida también —comenta Alexandra sonriente.

—Salgamos de la duda. —Esparce gel a lo largo del estómago—. Me pregunto cuál de todas será la tía extravagante y alcahueta.

—Las cuatro —contesta Brenda poniendo los ojos en blanco.

El médico suelta una carcajada mientras coloca un pequeño aparato sobre la panza que apenas empieza a formarse.

Me acerco al grupo en busca de una mejor vista del monitor. El flash de la cámara de Laila no se contiene soltando disparos que enceguecen al médico.

—Lo siento. —Baja el aparato—. Serán parte del álbum anual, obviamente deben verse nítidas.

Vuelve a lo suyo mientras su asistente hace todo lo posible por aclarar las imágenes de la pantalla. La definición empieza a mejorar y, aunque no se vean más que manchas en blanco y negro, ninguna pierde la concentración en las figuras.

—El feto está perfecto. —Mueve la rueda del ecógrafo—. Escuchemos el corazón.

El simple ruido del pequeño corazón bombeando sangre nos emociona a todas. El rostro de Brenda se ilumina con una hermosa sonrisa, de esas que no le veía hace tiempo.

—El sexo. —Luisa se aclara la garganta—. ¿Niña o niño?

Amplía el zoom de la pantalla y pasa el aparato por la parte baja del estómago.

—¿Mini-Harry o Mini-Brenda? —insiste Alexandra.

—¡Mini-Harry! —Sonríe la chica del monitor.

El grito de todas hace eco en toda la clínica y abrazo a Brenda, quien reemplaza la sonrisa por llanto.

—Cariño —trato de contener el mío—, es como… tener una versión de Harry… Sé que será diferente, pero…

Prefiero abrazarla y dejar de hablar, ya que la nariz me arde demasiado. Harry se fue, pero una parte de él yace en ella y es algo que siempre le voy a agradecer.

Todas se juntan para la foto y mi ánimo sube con la noticia, con la alegría de mis amigas y con el buen estado de mi sobrino.

La segunda parada es en el estudio de Gian Carlo Fiquet, un diseñador y organizador de bodas francés, quien lleva todos los preparativos del enlace de Luisa.

—Supongo que ellas son las ingratas que tienes como damas de honor —saluda cuando nos ve.

El estudio es una hermosa combinación de alfombras con tapizados blancos y dorados. El típico estudio lleno de mesas con muestras que destacan en los maniquís.

—Las mismas que cantan y bailan. —Luisa le da un beso en la mejilla—. Rachel, Alexandra, Laila y Brenda.

—Se verán divinas en los vestidos.

—Lulú y Laurens son amigas cercanas —termina las presentaciones.

—¡Me encantan! —Nos da una vuelta a cada una—. Solo espero que Luisa no se haya equivocado con las tallas. ¡Elena! —grita—. Trae aquí los maletines y los diseños.

Nos encaminamos a una nueva ruta acompañadas por el organizador y su asistente. La siguiente parada es la tienda Pronovias donde nos probaremos los trajes y veremos a Luisa con el vestido puesto.

No sabía lo mucho que necesitaba esto; ir de compras, soportar las bromas de Lulú y ver a Luisa feliz por su próximo gran día. Entre las dos nos ponemos de acuerdo para regalarle un vestido a Lulú y a Laurens.

Cenamos en un restaurante de comida china mientras ojeamos la lista de los invitados que asistirán. Será una fiesta al atardecer con doscientos cincuenta invitados, los cuales incluyen familiares, amigos de fuera y dentro de la central.

La cabeza se me despeja. Siendo sincera, en las últimas semanas he estado lidiando con lo de Harry, no he pensado en otra cosa que no sea eso y solo obedezco órdenes descuidando lo que tenía pendiente

Nos despedimos de Alexandra, Laila, Laurens, Gian Carlo y su asistente en el centro de Piccadilly. Brenda se quedará con nosotras esta noche, ya que Luisa está intentando concretar un contrato de compra de un apartamento en nuestro mismo edificio.

Vivir sola al otro lado de la ciudad no le está ayudando a sus intentos de superar el duelo.

—La inmobiliaria dice que puede esperar media hora más —comenta Luisa en el asiento del copiloto—. Si pisas el acelerador, llegaremos a tiempo.

Me abro paso entre el tráfico nocturno tomando atajos para llegar a la hora estipulada. Mis nuevos escoltas no me pierden de vista y Elliot se comunica conmigo cada dos horas asegurándose de que todo esté en orden.

La mujer de la inmobiliaria nos recibe en la entrada del edificio y nos guía a la segunda planta donde está ubicado el piso desocupado. Luisa se queda afuera hablando por el móvil mientras Lulú se adelanta al piso de arriba.

Brenda le echa un vistazo al apartamento asegurándose de que esté en perfecto estado.

—Belgravia es una buena zona para vivir con bebés —comenta la mujer dando el tour por el lugar—. Hay escuelas y guarderías por todos lados, buenas zonas de recreación y excelentes clínicas en caso de cualquier emergencia.

—Lo sé, estuve indagando la zona en los últimos días.

—También es una zona centrada, usted y su esposo no tendrían problemas de movilidad.

Mi amiga deja de caminar, la mujer nota la incómoda reacción e intenta disculparse, pero termina balbuceando frases sin sentido.

—Su novio no vivirá con ella —explico para que se calle.

—Entiendo. —Saca el móvil fingiendo que recibió una llamada—. Las dejaré solas para que puedan debatir qué les parece.

Nos vamos al balcón, la noche se puso fría. Londres es un ir y venir de cambios climáticos.

—¿Algún día lo recordaré sin que duela?

Brenda apoya las manos en las barandas metálicas.

—Supongo que sí, espero que sí.

Es difícil dar una respuesta de ánimo cuando se está sintiendo el mismo nivel de tristeza.

—Quiero ser la misma de antes —empieza a quebrarse—, la cadete alegre que lo enamoró y amó cada minuto que pasamos juntos.

—Lo serás, solo debemos dejar que el tiempo se encargue.

—No, siento que para mí nunca pasará. Intento ser fuerte y convencerme de que puedo seguir adelante, pero cuando despierto y noto que no está a mi lado, que nunca volverá a estarlo, me derrumbo por completo.

—A todos nos pasa.

—Desperdicié mis últimos días lejos de él. Por querer ser una tonta caprichosa pasamos nuestros últimos momentos separados.

—No digas eso —le acaricio la mano—. Ninguno de los dos sabía lo que pasaría.

—Quise obligarlo a hacer algo que no quería —llora—. Actué como una manipuladora.

—No —la interrumpo—, solo le diste lo que quiso; espacio.

—Pero no fue suficiente, nunca se sintió amado de verdad.

Harry era tosco, pero la quería, era de ese tipo de personas que espera hasta el último momento para hacer las cosas y ella en ningún momento forzó nada.

—Te amaba, Brenda, y su último deseo fue que te recordara lo mucho que te quería. —Busco el cofre que tengo en el bolso.

Le costó entenderlo, pero intentó darle lo que ella quería.

—Quería intentarlo, lástima que no lo dejaran.

Recibe el anillo y se lo coloco como si fuera él antes de abrazarla. Cada vez que recuerdo, mi mente trae a los mercenarios que acabaron con su vida. Eso es una de las cosas que más ruido me hace y es el saber que siguen libres.

El anillo la hace sonreír y me alivia que la haga sentir mejor.

—¿Les gustó? —pregunta la de la inmobiliaria.

—Lo tomaré —indica Brenda limpiándose la cara y la mujer se la lleva a firmar documentos.

Volvemos a casa, me voy a la cama después de una copa de vino y lo que medio se mantuvo dormido en la tarde se despierta con más fuerza: el remordimiento, los pensamientos y la agonía se expanden como un virus mortal.

Christopher me taladra el pecho, la culpa también y respiro hondo, ya que evocar al primero me pesa más. Estoy enamorada hasta la médula, por mucho que quiera darle la espalda a lo que conlleva, sigo sintiendo lo mismo y la explicación está en que el coronel es de esos amores que te hacen arder y sonríes mientras te vuelves cenizas.

De esos amores que muy pocas veces te topas en la vida. Amores que se vuelven especiales por lo diferente, prohibido y especial… Mi teléfono se ilumina en la cama y contesto la llamada de Elliot, es casi la una de la mañana.

—¿Sí?

—Asómese a la ventana —me indica.

Hago caso medio abriendo la cortina y trago saliva con los cuervos que revolotean bajo las luces. Cierro de inmediato la cortina al detallar la secuencia del vuelo: no son animales comunes, son animales entrenados, los cuales me dejan claro que la mafia italiana me sigue pisando los talones.

63

CARA A CARA

Rachel

Dejo de dar vueltas a la mañana siguiente; el mafioso está presente, los asesinos de Harry están vivos y, según las noticias, la misteriosa droga de la mafia italiana sigue moviéndose en los prostíbulos.

Elliot está preocupado y yo también, dado que los cuervos son una forma de amenazar, según las costumbres del clan italiano.

—El coronel lo conoce —me comenta mi escolta mientras conduzco al comando—. Hable con él, a lo mejor puede darle una solución.

Sopesé eso anoche, el no cerrarme a la posibilidad de que se pueda hacer algo, pero al mismo tiempo me genera dudas, ya que fue el primero en advertirme sobre el operativo de Moscú.

—Tiene que ponerlo tras las rejas, no estoy seguro si matarlo —indica Elliot—. Su familia podría plantear una contravenganza, es lo que pasa cada vez que un miembro importante de la mafia muere.

Freno dejando la cabeza en el volante. El solo sopesar que se metan con mi núcleo familiar me da náuseas. Elliot suelta el cinturón y abre la puerta, sus compañeros vienen atrás y estoy a pocos kilómetros de la central.

—Piénselo, teniente.

—Gracias por todo —agradezco antes de continuar.

Había dejado de lado la idea del exilio, es que en verdad es algo que no quiero porque siento que Antoni no se dejará capturar así porque sí. Lo que conlleva que tal vez no pueda volver a ver a mi familia.

Me adentro en el comando y bajo del auto, sin perder tiempo me voy a la alcoba. Salgo con el uniforme y el miedo a los murmullos se hace presente, pero los soldados actúan como si nada. «¿Bratt no ha comentado nada?», me pregunto.

La sala de tenientes parece no tener idea de nada y no alcanzo a sentarme, ya que la presencia de Gauna me pone de pie.

—Mi general —le dedico un saludo militar.

—¡Thompson no volverá por ahora de México, así que estás a cargo, James!

—Como ordene, señor.

—¡Muévete a tu oficina! —indica—. La investigación arrojó que los desaparecidos están cerca de Guerrero, en México, y por ello se organizará un operativo de rescate, ¿lo captas?

—Sí, señor.

—Trabajarás con Parker y quiero una idea sobre lo que propones para llevar a cabo la tarea.

—Sí, mi general.

Se larga y recojo todo rápido acatando la orden. La central está en movimiento, no veo al coronel por ningún lado y, antes de concentrarme en la propuesta, reviso si hay alguna noticia importante sobre el paradero del italiano.

La sugerencia de Elliot sobre hablar con Christopher vuelve a hacerme eco en la cabeza y cada que lo sopeso se me hace menos descabellado.

Cumplo con mi trabajo, al mediodía tengo lo que Gauna me pidió y empleo el tiempo que me sobra investigando al italiano. Por donde sea que lo busque, no lo hallo.

—¿Interrumpo? —saluda Alexa tocando en la puerta semiabierta.

Entra con un café en la mano y con disimulo recojo los documentos para que no note que estoy obsesionada con encontrar a Antoni Mascherano.

—¿Cómo te sientes? No te vi desayunando en la cafetería.

Trato de sonreír.

—Ahí vamos.

—Rachel, no puedes dejar la comida de lado, eres un soldado y se te exige estar en forma.

Me concentro en las carpetas que tengo en la mesa.

—Necesito comentarte algo —continúa.

—¿Más problemas?

—Quería decirlo el sábado, pero como estábamos con las chicas preferí callar.

Recuesto el cuello en el espaldar de la silla.

—Suéltalo.

—Christopher volvió, dejó grave a Bratt, le reventó toda la cara y sus escoltas le causaron contusiones en las costillas y en las piernas.

Se me revuelve el estómago.

—Patrick fue a visitarlo ayer, estuvo hospitalizado todo el día. Está mal, no quiere hablar con nadie, lo llevaron a casa y no ha querido salir de su habitación.

No tengo respuestas que dar.

—Por otro lado está Meredith, calló lo que vio; sin embargo, debes encararla y ponerle las cartas sobre la mesa. Llevaba días siguiéndote y entró a tu habitación para espiarte, como si no estuvieran en cargos superiores.

Me harta ocuparme de quien solo quiere atención.

—Le gusta Bratt, siempre busca cualquier forma de satisfacerlo.

—Rachel —me sujeta la mano por encima de la mesa—, sé que todo esto es difícil para ti, que te sientes mal y te ves como la peor escoria del planeta. No puedes dejar que eso te quite la posibilidad de pensar con claridad, enfrenta las cosas y ponla en su sitio.

Lo cierto es que tiene razón. Planto los codos en la mesa asintiendo.

—Habla con Bratt, no ahora, pero habla con él y explícale lo que sientes por Christopher.

La miro incrédula y se inclina negándose a retirar la idea.

—No te estoy pidiendo que lo hagas ahora, tómate los días que consideres prudente. Lo han incapacitado una semana, tiempo suficiente para que tú pienses con claridad.

—No tiene por qué saber lo que pienso del coronel.

—Claro que tiene que saberlo. Tiene que aceptar las cosas como son y es mejor que sane sus dos heridas al mismo tiempo. ¿Cómo crees que se sentirá cuando los vea juntos?

«Juntos». Por mucho que quiera a Christopher, la idea de estar «juntos» es más que lejana.

—Lo quieres y si tu relación con él ha sido tan larga es porque también siente lo mismo.

—Christopher es una persona demasiado difícil de entender.

—Dices eso porque no han hablado de lo que sienten el uno por el otro. Háganlo, no se cohíban y puede que deban esperar un tiempo, pero ¿quién dice que no se puede? —insiste—. Poner las cartas en la mesa es lo que necesitan ambos.

Me quedo mirando a la mesa, algo dentro de mí me dice que no está del todo equivocada, y es que debo dialogar con los dos.

—Hablaré con Meredith primero.

—Es lo más sensato. —Se levanta—. El coronel llamó esta mañana e informó que estará fuera por un par de días, así que puedes andar sin miedo de topártelo… Me imagino que quieres mantener distancia con los dos por el momento.

Rodea el escritorio para apoyar los labios en mi frente.

—Debo irme ya, tengo trabajo que adelantar.

Se marcha y busco la ventana con el objeto de oxigenar mi cerebro y también enciendo un cigarro con la intención de calmar la ansiedad. Alexa tiene razón en muchas cosas y una de ellas es poner un límite, es lo que más conviene en este momento.

Me abro paso entre los soldados que corren y entrenan en la sala de armas. Son oficiales y cabos que me dedican el debido saludo cuando entro.

—Mi teniente —me saluda Alan.

Lo aparto. Meredith está tras de él dándoles instrucciones a los nuevos.

—La práctica terminó —ordeno y todos salen de inmediato.

El disgusto del que me haya estado siguiendo como perro faldero me revuelve los ácidos gástricos. Tenemos rangos diferentes, por ello, lo mínimo que se espera es un poco de respeto.

Le extiendo la mano cuando la sala se desocupa.

—¿Qué? —pregunta con altanería—. Está loca si pretende que la saludaré.

Aprieto los dientes… Los rasguños que me provocó mientras me agarraba en la pelea empeoran mi genio.

—¿Sufres amnesia? —le suelto—. Sabes por qué vine. ¿O es que te ha encantado estar metida en mi habitación buscando lo que no se te ha perdido?

—No sé de qué habla.

—¡Sí sabes de qué hablo, así que ahorremos la vergonzosa charla y entrégame las llaves!

Resopla sacándolas del bolsillo.

—Por poco lo matan, ¿sabe? Está en cama por su culpa. —Empuña las llaves—. Usted y el coronel no son más que un par de cínicos…

—No hables de lo que no sabes…

—Sé de lo que hablo —me interrumpe furiosa—. He sido testigo de su sufrimiento y de lo mal que se sintió cuando se enteró de que lo engañaba. Mientras se revolcaba con su amante, él agonizaba en medio de la tristeza.

Palabras de quien está colada por un hombre que no la tiene presente.

—Es fácil deducir cuando vives el momento como espectador, cuando solo ves el problema de lejos y no lo vives en carne propia.

—No tengo que vivirlo para saber que actuó como zorra en celo.

Me clavo las uñas en las palmas de las manos.

—Sí, no hay otras palabras que describan lo que hice, pero, como te dije, es fácil juzgar cuando no eres el protagonista de la historia. Cuando se ve y no se vive es sencillo actuar de juez señalando y condenando sin preámbulos. En casos como el mío, todo el mundo se cree comentarista y crítico de vidas ajenas, como si su entorno fuera perfecto.

—No se justifique.

—No lo estoy haciendo, solo que me parece hipócrita un insulto de tu parte —la confronto—. Te enamoraste de Bratt sabiendo que tenía novia. Dime, si hubiese querido tener algo contigo, ¿hubieses aceptado? ¿Hubieses tenido algo con él sabiendo que estaba comprometido?

Traga saliva pasando el peso de un pie a otro.

—De seguro sí. El que te atrevieras a entrometerte en algo que claramente no te correspondía me lo confirma. Si fuiste capaz de seguirme en busca de pistas que confirmaran sus sospechas, eres capaz de cualquier cosa.

—Fue una orden de mi capitán y estoy aquí para obedecer.

—¡No! Sabes muy bien que los asuntos personales no son parte del conducto regular, así que no maquilles lo que es evidente. Claro, que a diferencia de ti, no me voy a poner a especular y a juzgar —sigo—. Lo quieres, lo entiendo. Solemos hacer estupideces cuando estamos enamorados.

—No nos compare. Yo hice lo que hice por ayudarlo, usted solo lo lastimó.

—Piensa y juzga todo lo que quieras, no necesito nada de ti como para preocuparme por tu opinión.

—Los valores vienen desde casa y las acciones dejan mucho que decir. Da pena que la hija de uno de los generales más respetados de aquí no sea más que una calientabragueta.

Me yergo frente a ella, pueda que tengamos la misma estatura, pero pese a eso me siento mucho más que ella.

—¿Tú hablando de valores? —Niego con la cabeza—. A mí también me da pena que un soldado con tan buenas habilidades no sea más que una infeliz entrometida, frustrada y desesperada por que la miren. Pueda que sea una infiel como bien lo dijiste, pero tú no eres más que una pobre infeliz en busca de afecto.

Se le bajan los humos de inmediato y me alejo guardándome las llaves en el bolsillo.

—¡Ah! —Volteo a mirarla antes de cruzar el umbral—. Te dejé pasar la de Alan y esta, pero si vuelves a meterte en mis asuntos personales, declárate fuera de este comando.

No soy de las que le gusta tocar fibras sentimentales, pero a veces hay golpes que simplemente no se pueden dejar pasar.

En los tres días siguientes prefiero no salir del comando. Gauna me llena de tareas y el tener la mente en el nuevo operativo me sienta bien, ya que el tiempo libre lo empleo en seguir investigando al italiano.

El coronel y el capitán siguen por fuera, cosa que me da espacio.

El teléfono y las cosas personales de Christopher yacen en el escritorio y recibe constantes llamadas de Angela, el ministro y alguno que otro número desconocido.

La madera vibra y abro el cajón, su móvil está encendido y el nombre de Angela decora la pantalla. Insiste y lo tomo para apagarlo, pero lo termino arrojando cuando la secretaria de los capitanes irrumpe en la oficina de mi capitán.

—La esposa del coronel está aquí —me avisa.

La figura de Sabrina se asoma en el umbral y yo aseguro el cajón.

—¿Quién te crees para anunciarme como si fuera una cualquiera? —Aparta a la mujer—. ¡Fuera!

Está vestida con un conjunto gris con pantalón acampanado y una boina negra destaca en su cabello rubio.

—Esperaba no tener que volver a verte.

Últimamente es más lo que peleo que lo que desayuno.

—¿Qué haces aquí entonces? —Finjo que trabajo—. Venir a mi oficina no es una forma inteligente de evitarme.

—¿Qué pasa con mi hermano? Lleva tres días sin querer hablar con nadie.

La verdad me pica en la garganta. Lo mejor sería cortar esta cabeza de una vez por todas.

—¿Qué? —increpa—. ¿Tan mala novia eres que no sabes el estado de tu novio?

—Bratt y yo ya no somos nada.

Se endereza de inmediato.

—Al fin entró en razón. Pensé que nunca haría caso a mis advertencias.

«Advertencias», nunca hubiese dejado a su hermano por una de sus tantas advertencias, siempre me ha resbalado lo que piensa y opina.

—No tuviste nada que ver en nuestra separación.

—Entonces ¿qué pasó? ¿Se dio cuenta por sí solo de lo poca cosa que eres?

Me inyecto una dosis de sinceridad, no tiene caso dejar que la bola de nieve crezca… Si no se lo digo yo, se lo dirá otro y para qué darle más vueltas al asunto.

—Se enteró de que…

—¡Qué horrible sorpresa! —Luisa nos interrumpe sudando y jadeando como si hubiese corrido una maratón—. No me dijeron que hoy era nuestro turno de dos contra una.

Sabrina alza el mentón abrazando la cartera bajo su brazo.

—No vine a rebajarme contigo, Banner.

—Qué mal, porque a mí sí me encantaría rebajarme contigo. —La encara Luisa.

—Solo vine a preguntar por mi hermano —le gruñe.

—Para eso existen los teléfonos, ¿sabes? Es la mejor forma de saber sobre un ser querido.

—Si tuviera esa opción, no hubiese venido a ver sus asquerosas caras.

Luisa da un paso adelante con el puño cerrado.

—¡Luisa! —la regaño.

Sabrina se vuelve hacia mí.

—Supongo que el encierro de mi hermano se debe al dolor de su ruptura. Siempre he odiado que te quiera tanto.

—¿Odio o envidia? —increpa Luisa—. En el odio se reflejan los vacíos, Sabrina.

La rubia sonríe con ironía encaminándose a la puerta.

—Solo espero que no le traigas problemas a futuro —me advierte antes de llegar al umbral—, porque si sufre más de lo necesario, tendrás que vértelas conmigo.

—¡Fuera de aquí! —demanda mi amiga.

La atropella y sale de la oficina dando un portazo.

—¿Qué carajos ibas a decirle antes de que entrara? —pregunta Luisa.

—La verdad.

—¿Intentas suicidarte? Sabrina tiene problemas mentales, no puedes decirle algo así y creer que no habrá consecuencias.

Se sienta.

—Necesito que me acompañes a Chelsea. Simon sigue sin hablarme y no quiero conocer los arreglos de nuestra casa sola. Es en la tarde, así que no intervendrá con tu agenda laboral.

—Sí, luego iré a hablar con Bratt —confieso y no le gusta mi respuesta.

No puedo seguir posponiendo lo que tarde o temprano tendré que enfrentar.

—¿Segura? ¿No crees que es demasiado pronto?

—Volverá dentro de tres días y no puedo dejar que me tome desprevenida.

La tarde llega mientras Luisa conduce por las calles de Chelsea. Cuando se case con Simon, se mudará aquí y será la nueva vecina de Alexandra.

He estado obviando su ausencia, ya que viviremos a media hora de distancia, «demasiado lejos para mi concepto», me digo. Cualquier distancia me resulta una eternidad después de haber vivido juntas por más de cuatro años.

Bajamos del auto. El vecindario tiene un aire antiguo conformado por grandes casas de estilo colonial. Alexandra nos espera sobre la acera.

—Me dejaron mirarla. —Aplaude emocionada—. ¡Está genial!

Toma a Luisa de la mano y la arrastra hacia el interior. No se equivoca, la nueva vivienda es espectacular: tiene un elegante vestíbulo, grandes ventanales, pisos brillantes y una moderna cocina con colores rústicos.

El jardín cuenta con piscina y mesas para tomar el té.

—Pensaron en todo —comento cuando me muestran el salón con mesa de billar, pantalla gigante y minibar.

Esta área de la casa es muy Simon y reconozco que también lo echo de menos. Lo cierto es que en el tiempo que llevo de conocerlo nunca habíamos peleado. Aparto los pensamientos negativos dándole el visto bueno a mi amiga.

—Me encanta todo —confieso.

—¿Segura? —Me toma del brazo—. Sabes que tu opinión es importante para mí.

—Y para mí el que hagas las paces con Simon.

Cambia de tema de inmediato y volvemos a abordar el auto acompañadas de Alexandra, quien insistió en acompañarme a Knightsbridge. Acepté la compañía con la condición de que esperen en el vehículo mientras hablo con Bratt.

Estaciono el Volvo frente al edificio. Estaré cara a cara con él después de haberlo vuelto pedazos y necesito más que valentía para esto. Saco un cigarro y abro la ventanilla con el fin de que la nicotina ayude.

—¿No es ese el jeep de Simon? —pregunta Alexandra en el asiento trasero.

Luisa saca la cabeza por la ventana.

—¡Menudo idiota! —espeta—. Lo llamé y se atrevió a mentirme. Su empleada dijo que tenía jaqueca y no quería ser molestado, pero ¡ya verá…!

—Metimos la pata, así que no estamos en condiciones de reprochar nada. —Le doy varias caladas al cigarrillo.

—Soy tu mejor amiga y lo que sé de ti no tiene que saberlo nadie —replica—. Si los papeles se voltearan, él le hubiese guardado el secreto a Bratt.

—Solo promete que lo tratarás por las buenas y no le darás más pie a la disputa. Faltan pocos días para la boda y de seguir así va a terminar en una cancelación.

Respira hondo quitándome el cigarro.

—Ok, ¿podrías decirle que estoy aquí y quiero hablar con él?

Asiento antes de abrir la puerta.

—¡Espera! —me detiene—. Tomé la precaución de traer esto.

Saca un inmovilizador de treinta centímetros.

—¿Qué se supone que haré con eso?

—Pues no sé… ¿Saludar al portero, tal vez? —contesta con sarcasmo—. ¡Obviamente que usarlo si las cosas se tornan agresivas!

—Hablaré con mi exnovio, no con un psicópata en rehabilitación.

—Te golpeó, puede volver hacerlo, y juro por Dios que, si te vuelve a tocar, no dudaré en lanzarlo desde el último piso.

—Luisa tiene razón —la apoya Alexandra—. No sabemos cómo puede actuar.

—¡No se refieran a él como si fuera algún desquiciado!

—No es un desquiciado, pero sí es un hombre enamorado, celoso y herido. Esos pilares sin el debido tratamiento suelen ser peligrosos.

—No entraré con eso. —Apago el motor—. Su descarga podría matar a un elefante.

—Como quieras. —Lo vuelve a meter en el bolso—. Yo sí lo voy a usar si se atreve a tocarte.

Me encamino hacia la acera. El enorme edificio negro se cierne frente a mí. Es triste que nos aterre lo que antes nos encantaba, tengo miedo de subir al sitio que fue protagonista de nuestro noviazgo.

«No es temor a que me lastime, es temor a destruirlo más de lo que ya está», reflexiono.

Entro, tomo el ascensor y respiro hondo frente a la puerta de su apartamento. Las sombras se mueven adentro y me atrevo a golpear la puerta con los nudillos.

—Necesito hablar con Bratt —anuncio cuando Meredith me abre la puerta.

—Él no quiere ver a nadie.

Me abro paso adentro, intenta oponerse y termino empujándola. No entiendo su puto afán porque le rompa la cara. Simon se incorpora del sofá cuando me ve y sigo adelante logrando que se ponga de pie.

—¡Rachel, ahora no, por favor! —Simon se atraviesa.

—No te metas en esto, sabes muy bien que una conversación entre los dos es más que necesaria. Deja que resuelva mis asuntos con él, así como tú debes resolver los tuyos con Luisa, quien te está esperando abajo.

—Solo lo lastimarás más.

—Puede que sí, que ambos terminemos peor de lo que ya estamos, pero es necesario. ¿Crees que no dudé ni di vueltas antes de subir? Sí, lo hice, ¿sabes? Pero no puedo seguir posponiendo lo que es justo y necesario.

—¡No pretenda que le tengamos lástima! —interviene Meredith.

—Era mi novio —le hablo a Simon—, pasé seis años a su lado. Por ello, no me cabe en la cabeza el que creas que quiero hacerle más daño. Todo esto me ha dolido tanto como a él y, si no le doy la cara, seguiremos encerrados en busca de respuestas que solo nos podemos dar el uno al otro.

Se pasa las manos por el rostro, Meredith protesta y el novio de mi amiga termina sacándola del apartamento.

64

UN GOLPE LLAMADO REALIDAD

Bratt

El aire frío ondea las cortinas empañando los ventanales con la niebla. Me levanto de la cama suprimiendo el dolor de mi pierna y de mis costillas. Quisiera que el dolor físico superara el que llevo adentro, pero no se apaga y no dejo de sentirme vacío, incompleto y traicionado.

Cada vez que cierro los ojos los veo desnudos en su cama y la traición que se sintió como mil puñaladas en la espalda. El porqué me da vueltas una y otra vez en la cabeza. ¿Qué tuvo él que no tuve yo? ¿Por qué cuando tiendes a darlo todo terminas sin nada?

Me limpio la cara con el dorso de la mano. No soy de los que llora, pero cada vez que lo recuerdo es como si matara la fibra de la hombría, esa que, infundadamente, nos vuelve fuertes e indiferentes al dolor y al sentimentalismo. Apoyo el peso de mi pierna en el bastón y me dirijo cojeando hacia la ventana, pues escucho pasos afuera.

—No cenaré —me adelanto a decir cuando la luz del pasillo me ilumina la espalda.

No escucho respuesta por parte de nadie. Volteo y su imagen bajo el umbral comprime toda la carga emocional que llevo encima.

—Vete —le exijo. Su presencia le da vuelta al angustioso puñal enterrado en mi espalda.

Baja la cara con tristeza y vuelvo a exclamar:

—¡Largo! —Me duele demasiado porque la he amado toda mi vida.

No me hace caso y me olvido de mi lesión caminando lo más rápido que puedo listo para sacarla.

—¡No! —Quita mis manos de sus hombros—. No te esfuerces, solo te haces más daño.

—¿Ahora te preocupas por mí?

—Siempre me he preocupado por ti, Bratt.

Retrocedo cuando intenta tocarme.

—Vete, no quiero verte.

—Lo haré después de que me escuches.

—No, solo quiero que te vayas y me dejes en paz…

Le doy la espalda sentándome en el borde de la cama; si la ignoro, no tendrá más alternativa que darse por vencida.

—Bratt —traga saliva antes de empezar—, lo siento. Lo que hice es algo imperdonable y no habrá un solo día en el que no lamente haberte lastimado como lo hice. Fui egoísta, pero…

—Si al menos hubieses intentado no caer tan fácil…

—Quise evitarlo, pero no sé qué me pasó. Me desconocí a mí misma cuando las cosas se dieron, me reproché una y otra vez el dejar que pasara amándote como lo hacía.

—Nadie es perfecto, ¿sabes? —me trago las lágrimas—. Pero ¿tenías que fallarme justo con él? Lo hubiese entendido con cualquier otro, pero nunca asimilaré el que fuera con él, quien decía ser mi mejor amigo.

—Se me hizo tan imposible… Fue repentino, de un momento a otro me llenaba más y más de mentiras. Intenté tapar una cosa con la otra…

—Lo imposible es posible cuando de amor se trata. Si me hubieses querido como aseguras, jamás te hubieses metido en su cama. Nuestro problema es que mientras yo quería dar todo, tú solo jugabas.

—No, nunca he jugado contigo. Para mí siempre has sido y serás esa persona especial que logró amarme más que a sí mismo…

—No me mientas.

—No miento.

Me rodea buscando que la mire a la cara.

—Perdóname. —Respira hondo—. Estás vuelto pedazos, lo sé, yo también lo estoy. No es fácil vivir sabiendo que le hiciste daño a los que quieres.

El llanto no me permite hablar. Quisiera odiarla y tener la voluntad de sacarla a voladas, pero mi corazón la sigue queriendo y se niega a sentir ira cuando la sigo amando como si no hubiese pasado nada.

—No quería fallarte, no quiero que esto te siga doliendo porque no mereces estar así. Mereces lo mejor del mundo porque amores como el tuyo son únicos y siempre le voy a agradecer a Dios el que me haya permitido disfrutar de tu cariño, ya que pocos tenemos la dicha de ser amados como tú me amas a mí.

Me ahoga de sobremanera el que me diga eso y aun así no le haya importado.

—¿Cómo pasó? —Preguntas que duelen—. ¿Por qué con él?

—No hagas preguntas que solo te lastimarán más.

Yo necesito saber, ya que las dudas son gotas de alcohol sobre mis heridas.

—¿Qué sientes por él? —suelto la pregunta con miedo—. Y no quiero que me mientas con la respuesta.

No contesta, prefiere mirar a otro lado como si también le lastimara.

—¿Lo amas? —insisto.

Tampoco responde. Su silencio no dice nada, sin embargo, da a entender todo.

—¡Respóndeme, Rachel! ¿Lo amas?

Calla por segundos que se me hacen eternos y el silencio también es una respuesta.

—¿Lo amas? —indago de nuevo.

—Sí.

La respuesta es más dolorosa, tan mortal como un tiro en el pecho.

—Vete… —es lo único que logro articular.

—En verdad, lo lamento.

—¡Que te vayas! —le grito. Todo esto es demasiado.

Se aleja hundiéndome en el abismo. Él me la quitó en cuerpo, corazón y alma. Por él he perdido lo que más quiero en manos de quien nunca la apreciará ni le dará todo lo que se merece.

«¿Es este el fin de la contienda?». No, primero muerto antes de que se quede con lo que es mío. Rachel se va e inmediatamente me levanto a buscar las llaves de mi auto.

—¿Qué haces? —pregunta Simon en la puerta.

—Las llaves de mi auto. —La rabia no me deja pensar con claridad.

—¿Adónde vas?

—Debo ir a hablar con Christopher… ¡Tengo que terminar de romperle la cara!

—¿Terminar de romperle la cara? ¿Acaso has perdido la cabeza? Casi te mata… ¿En serio crees que puedes romperle la cara?

—No merece vivir.

Sacude la cabeza agobiado.

—Llévame. —Aferro mis puños a la tela de su playera—. Si no hablo con él, la perderé para siempre.

—Bratt, hay cosas que simplemente no se pueden recuperar.

—¡Cree estar enamorada de él! —Se me quiebra la voz—. Y ambos sabemos que la volverá mierda como lo hizo con Sabrina y con Emily Mascherano.

—¡Tienes que dejarla ir! —me reclama.

—¿Cómo? Si no puedo vivir sin ella —reprocho—. ¡Por favor, no me des la espalda tú también!

Cierra los ojos.

—Somos amigos, Simon.

—Encenderé el auto.

Christopher

El Jack Daniel's quema mis cuerdas vocales cuando bebo todo el contenido de mi vaso, permito que el amargo sabor baje antes de inclinarme otro.

Fue un viaje largo. Desenrollo la venda de mi mano, los nudillos han ido sanando poco a poco después de que chocaron una y otra vez en la cara de Bratt. «No me pesa», me digo.

Tomo una ducha antes de colocarme ropa limpia. Necesito volver a mi vida, a mi rutina y para eso necesito verme con Rachel. Tiene mis pertenencias y no puedo ir por el mundo indocumentado ni evitando las cosas, y ella es algo que...

Respiro hondo, es inevitable no verla, es lo único que puedo decir. Bajo las escaleras en busca de las llaves de la camioneta.

—¿Saldrás? —Marie asoma la cabeza en el vestíbulo.

—Sí.

—Qué lástima, te tenía una sorpresa.

Sara sale de la cocina sonriente.

—Tu madre vino a visitarnos.

—Cuando digas sorpresas —paso por su lado sin saludarla— aclara si serán agradables o no.

—Cuida las sátiras —gruñe Marie.

Sara ignora mi comentario y me sigue a través del vestíbulo, no entiende que para mí es un cero a la izquierda.

—¿Cómo te sientes?

—Bien —contesto sin mirarla—. No me apetece tu visita, así que, Marie, llámale un taxi.

El timbre resuena cuatro veces seguidas.

—¿Más visitas? No me digan que el ministro quiere ser partícipe de la desagradable sorpresa.

Miranda corre a abrir la puerta.

—Das la impresión de haber sido criado por cavernícolas —se queja Marie.

—¿Has vuelto a las peleas callejeras? —Sara examina mi rostro preocupada.

—¡¿Dónde está?! —gritan desde el umbral.

Simon, Bratt y Meredith hacen a un lado a mi empleada.

—¡¿Bratt?! —Marie corre hacia él—. Pero ¡por Dios, muchacho! ¿Qué te sucedió?

Me mira con odio, tiene toda la cara amoratada y debe apoyarse en un bastón metálico para caminar.

—¡Pregúntaselo a tu hijo! —increpa.

Me vale un quintal de mierda, lo único que veo cada vez que lo tengo enfrente es al imbécil que se atrevió a golpear a la teniente.

—Explícale tú, no tengo tiempo para idioteces.

Intento abrirme paso entre ellos.

—¡No! —me empuja con una sola mano—. ¡Tenemos una conversación pendiente!

—Pero ¿qué diablos pasa entre los dos? —increpa Marie—. No me cabe en la cabeza el que se vayan a los golpes, son amigos.

—Él no es mi amigo —grazna.

—¡Lárguense de aquí! —espeto.

—¡Al menos hagan el puto intento de hablar como personas decentes! —interviene Simon.

—No tengo nada de que hablar, así que…

—¡No, no me iré! —Bratt intenta acercarse.

Cierro los puños listo para recibirlo, pero…

—¡No! —Me empuja Simon—. ¡Escúchalo! ¡Míralo! Le has vuelto la vida mierda. Tus dotes de patán no tienen cabida a estas alturas.

—Si quieres una conversación —le hablo—, saca tu lamebotas entrometida de mi casa.

—Vino conmigo —la defiende.

—Lárgate con ella entonces.

—Meredith, ven conmigo. —Simon la toma del brazo—. Me la llevo si es lo que quieres, pero promete no actuar como un animal y escucharlo, aunque sea por un par de segundos.

Me encamino a mi despacho tomando asiento detrás del escritorio. Colocar distancia es un salvavidas para él, ya que estando frente a frente lo mataré. Cierra con un portazo. Bajo la luz del estudio son más notorios los golpes, tiene un ojo morado y le cuesta mover el cuello.

—Mi paciencia está en conteo regresivo, así que habla rápido y lárgate.

—Eres la persona más cínica que he conocido en mi vida. Te atreves a ponerme condiciones sabiendo lo que hiciste. ¡Te robaste a mi novia!

—¡No! ¡Robas un objeto o una propiedad, no a una persona!

—¡Le lavaste la cabeza y traicionaste mi confianza sabiendo que éramos amigos!

—En cuestiones de pasiones y deseos nadie es amigo de nadie.

—Yo jamás te hubiese hecho algo así.

—Por eso eras el bueno de los dos.

—Lo sigo siendo.

—No, dejaste de serlo cuando te atreviste a ponerle un dedo encima.

—¿Crees que fue fácil para mí verla bajo tus sábanas? Abrazada por un problemático, traumado, sin familia ni nadie que valga la pena a su alrededor. Un mediocre…

—¿Mediocre? —me burlo—. Acuérdate de quién es el capitán, quién es el coronel y quién ha logrado en un abrir y cerrar de ojos lo que tú no has hecho en tantos años.

—No me ofendes, me siento bien así como estoy. No he tenido que pisotear ni herir a nadie para aumentar mi ego como tú lo has hecho con mi hermana y toda tu familia. Todas las noches me pregunto qué fue lo que le hiciste como para confundirla tanto. Ella no es de patanes ni altaneros como tú.

—No quieres saber eso, tampoco quieres la explicación del porqué el amor no siempre es suficiente —contesto—. Y si vienes aquí por una disculpa, te quedarás esperando porque no me arrepiento, ni me pesa, ni me remueve, porque bastante lo disfruté…

Endurece la mandíbula apoyando el peso de su cuerpo en el bastón mientras los ojos le brillan tratando de contener el llanto.

—Desaparece de nuestras vidas —masculla entre dientes—. Eres de lo que destruye y huye. No rompas esa regla ahora. Le has lavado la puta cabeza, hasta cree estar enamorada de ti, así que por el poco aprecio que algún día fingiste tenerme, márchate. Deja que podamos reconstruir lo que dañaste.

—¿Y qué pasa si no quiero? ¿Qué pasa si esta vez quiero quedarme?

Apoya las palmas sobre la mesa, le cuesta reconocer el amargo trago de la derrota.

—No me digas que te has enamorado porque eso no te lo crees ni tú mismo y mucho menos de alguien como Rachel, ya que no es tu tipo de mujer y es mi novia.

—No es tu novia, Bratt. —Me enerva que enfatice y crea ser su dueño todavía—. ¡Asimila de una puta vez que no son nada!

—¡Sabes que sí! Está confundida porque solo había estado conmigo, es normal que se confunda ante la cercanía de otra persona. No pienses que es porque la hiciste sentir mujer llevándotela a la cama, así no funcionan las cosas. No es solo saber follarla, sino hacerla sentir el centro de tu mundo, quererla y venerarla como siempre lo he hecho yo —le tiembla la voz—. Para mí lo es todo, mi pasado, mi presente y mi futuro, y para ti no es más que una presa de carne que tarde o temprano te hartarás de comer y querrás desechar.

—No…

—Sí, lo único que quieres es dañarla como lo hiciste con Sabrina y Emily. Acuérdate cómo las dejaste; una casi se suicida y la otra está muerta.

—No metas a los Mascherano en esto.

—Le dañaste la vida como a Sabrina y quieres hacer lo mismo con Rachel.

Resopla haciendo un esfuerzo por no desfallecer.

—Sé que me estoy viendo como un cobarde —continúa—, que te causa gracia verme así, derrotado y humillado por una mujer, mujer a la cual nunca debiste tocar porque es mía.

Se me forma un cúmulo de ira en la garganta.

—Quiero que te apartes y la dejes ser feliz conmigo, no la mereces ni podrás darle lo que yo quiero darle. Nunca has hecho otra cosa que no sea dañar la vida de las personas que te aman —sigue—. Te pido…, no…, te suplico que no intervengas en lo que quiero reconstruir, porque puede que se me haya escapado de las manos, pero no pienso perderla.

Me siento impotente conteniendo todo lo que quiero hacer, ya que no soy hombre de límites ni de barreras.

—Márchate… Ya te escuché, así que vete.

—Tienes mil mujeres a tu alrededor, no me quites a la única que amo.

Se va y desahogo mi ira barriendo lo que hay en la mesa.

«¿Qué te pasa, Christopher Morgan? No eres de los que le duele dar la espalda». Me he reducido a un costal de límites, los cuales no me dejan dar un paso adelante ni atrás.

«¿Dónde está mi hombría y ganas de querer devorar al mundo sin importar quién se interponga por delante?».

—¡¿Cómo te atreviste a dejar que te viera como te vio?! —me grita Marie desde el umbral de la puerta—. ¡¿Por qué siempre tienes que llevarme la contraria?!

—¡No te metas en esto! —le recrimino.

—¡Dañaste tu amistad por una mujer de dudosa reputación!

Pateo la silla frente a mí obligándola a retroceder.

—¡Vuelve a decir eso y te largas de aquí para siempre!

—¡Mujeres hay muchas, Christopher, y amigos como Bratt pocos! ¡Casi lo matas por un coño que tarde o temprano te cansarás de comer!

Las extremidades me tiemblan cuando la ira se me atasca en la garganta impidiéndome respirar.

—¡Largo!

—Me echas porque sabes que tengo la razón. Si ella es la mujer que quiere Bratt, déjasela. No actúes como el crío caprichoso que siempre has sido y permite que otros sean felices.

—¡Que te largues! —le grito.

—Mírate, estás siendo un claro reflejo del padre que siempre odiaste —continúa—. ¡Destruyó todo, hasta su propia familia!

No le contesto, me vuelvo hacia la ventana impotente, tratando de pasar lo que tengo atascado.

—Te crie con la esperanza de que no fueras como él, pero ya veo que fracasé.

Se marcha y termino estrellando el puño contra la ventana y los nudillos me sangran; el líquido tibio se esparce sobre la alfombra.

—Hijo —me habla Sara—. Sé que quieres estar solo, pero quiero que tengas presente lo mucho que me importas…

—¿Qué te hace creer que me interesa? —Me vuelvo hacia ella.

—Te lo digo —esconde un mechón de cabello castaño detrás de su oreja— por si de pronto necesitas que alguien te escuche. A veces necesitamos a alguien que nos preste su hombro para ser consolados.

—No necesito que me consuelen, solo necesito que te largues y me dejes solo.

Asiente derrotada devolviéndose por el pasillo. Estoy harto de esto, del sentimentalismo, las emociones, las complicaciones y las disputas. Se me está olvidando que primero soy yo y luego el resto del mundo.

65

BALAS DISPARADAS POR TU BOCA

Rachel

—Nos reuniremos dentro de media hora en la sala de juntas —me avisa Parker desde la puerta.

—Como ordene, capitán.

Ya pasaron cuatro días desde mi conversación con Bratt; por seguridad no he salido del comando y he tenido que ser teniente y capitán con mi compañía militar, ya que mi superior sigue en México adelantando labores con el paradero de las personas desaparecidas.

Está confirmado: la mafia italiana ha comprado y raptado gente a lo largo del mundo y todos fueron enviados a México. La FEMF ahora tiene la obligación de liberar a más de mil personas.

Bratt está presente, sus días de incapacidad ya se cumplieron y evito momentos incómodos tomando asiento con el resto de mis compañeros, los cuales nos ponen al tanto de todo. Observo que, entre más lo hago, más me convenzo de que este es mi lugar, y es que desde que tengo uso de razón he marchado en filas militares, y a quien le cuesta es a quien le duele.

Elliot me volvió a llamar esta mañana para darme la misma sugerencia de comentárselo al coronel… Estoy pensando en ello cuando… las puertas se abren de par en par dándole paso al ministro Morgan, a Gauna y a… Christopher.

Nos ponemos de pie mientras la guardia del ministro se despliega a lo largo de la sala. Mantengo mi posición dejando que se acomoden e inconscientemente mis ojos buscan la forma de detallar al último hombre que entra. La persecución de Antoni late en mi cabeza al igual que los consejos de mi escolta.

El coronel no me determina, simplemente se sienta concentrándose en el reporte que le está rindiendo Parker. A excepción de Bratt, él no se ve tan mal, solo tiene un leve morado en el mentón.

—Los agentes más preparados de la FEMF le harán frente al operativo de rescate en Guerrero —informa el ministro—. Los Mascherano los usan con fines experimentales y entre los secuestrados está la hija de un embajador, la de un capitán y la madre de un senador.

Gauna explica el proceder, los riesgos, muestra fotos del sitio y cada quien toma nota de lo importante.

—Partiremos el 10 de octubre a las diecisiete horas con los soldados más experimentados de cada compañía militar —concluye el ministro—. Así que preparen sus tropas porque doscientos cincuenta hombres marcharán con nosotros.

—¡Sí, señor! —contestamos al unísono.

—Fin de la reunión —declara.

Todos se ponen de pie, excepto Gauna y el coronel, quienes se quedan en una junta a puerta cerrada.

Almuerzo con mis compañeras, tarde o temprano tendremos que hablar, ¿no? Me da miedo hacer eso porque de parte de él nunca tengo buenas respuestas. Tanta pensadera me desgasta…, pero en algún momento tengo que hablar con él, no puedo quedarme con sus cosas.

Las reuniones de Christopher abarcan toda la tarde y no me queda más alternativa que esperar en la oficina de mi capitán mientras trabajo.

El reloj marca un cuarto para las diez, él no se desocupa y la espera finaliza. Opto por irme a descansar. Tomo mis cosas, las suyas y busco las llaves de Thompson que llevo en el bolsillo. Los pasillos están oscuros y lo único que medio se ve desde mi punto es el puesto vacío de Laurens.

El seguro de la oficina y la voz de Angela me hace levantar la cara cuando sale de la oficina de Christopher. Recojo lo que tengo en el piso y me alejo rápido mientras ella se despide.

—Que tenga buena noche, mi coronel.

La punzada de celos no es fácil de ignorar mientras bajo las escaleras, ya que no tengo recuerdos gratos de él y ella a solas en su oficina. Aprieto el paso a mi alcoba y me encierro en ella. Guardo todo en el clóset y me deshago de la ropa mientras busco el baño.

Enciendo la radio del estéreo, el vapor de la ducha me envuelve mientras me lavo la cabeza convenciéndome de que mi situación no está para añadirle celos desmesurados. El agua me sigue empapando la cabeza y tardo más de lo acostumbrado.

El frío se torna insoportable y cierro el grifo cuando tocan a la puerta.

—¡Un segundo! —grito escurriéndome el cabello. Acomodo la toalla y salgo descalza.

De seguro es Luisa con su nuevo hobby de responder test matrimoniales. Abro la puerta al tiempo que me devuelvo a apagar la luz del baño.

—No pienso resolver otro test de esos que miden si serás buena ama de casa —suelto sin voltear—. Me sentí en los sesenta con el último.

No escucho respuesta, vuelvo la cara hacia mi amiga encontrándome con alguien muy diferente a Luisa.

Se me dispara el pulso en segundos, no sé qué decir ni cómo reaccionar. Todo lo acontecido me arma un nudo en la boca del estómago y entierro la mirada en el piso.

Cierra la puerta y doy un paso atrás cuando la tensión me atropella.

—Vengo a por mis cosas. —Se cruza de brazos. La frialdad de sus palabras me reduce al tamaño de una minúscula cucaracha. Pero ¿qué estaba esperando? ¿Un «hola, mi amor» o que me alzara en brazos y me dejara caer sobre pétalos rojos?

«Aterriza, Rachel», me exijo mentalmente. Saco todo del clóset asegurándome de que no se me haya quedado nada.

—No tengo mucho tiempo, teniente.

Le entrego sus pertenencias y extiende la mano, por lo que puedo detallar los nudillos reventados. Herido se ve como un ser humano y no como un ser de otro planeta, el cual a veces parece intocable.

—Hay otras formas de desahogar la rabia, ¿sabes? —digo.

—Esta es la que me gusta.

No me mira a la cara, solo recibe lo que le entrego. Observa la cama en silencio y no sé por qué siento que quiere decirme algo.

No es el único y no sé si me echó de menos, pero yo sí, así que acorto el espacio y poso la mano en uno de sus pectorales. Nunca me canso de resaltar lo perfecto que es. Creo que me enamoro de una forma diferente cada vez que lo veo, es como si mi cerebro admirara los distintos ángulos de su belleza y no es solo el atractivo, es la capacidad que tiene de desintegrarte en segundos.

—¿Qué pasa? —Subo por su cuello acercándome a su boca.

Respira hondo cuando, despacio, le abrazo la cintura llenándome de su aroma. Es un reto tomar la iniciativa con este hombre.

—Rachel…

—¿Qué?

Me paro en puntillas rozando nuestros labios, mi pecho queda contra él y su erección no tarda en aparecer cuando la toalla cae acabando con la barrera en tanto los labios rojos se ven más apetitosos con la tensión a mil.

Decirle que lo quiero se oye como algo prematuro teniendo en cuenta que apenas lo conozco hace un par de meses. Tardé dos años en decirle a Bratt lo importante que era para mí y hubo días en los que pensé que mi gusto por Christopher era un simple apego sexual, pero me equivoqué: una cosa es sentirse atraído y otra es sentir lo que siento por este hombre.

Mi corazón se enamoró sin que mi cerebro se diera cuenta.

Sujeto su cuello y me abro paso dentro de su boca. Cierro los ojos, quiero disfrutar cada segundo de este pequeño instante, ya que mis momentos con él son tan fugaces que debo atraparlos y enjaularlos para que no se pierdan.

Aprieta mi cintura colocándome a su altura mientras lo lento se convierte en flamas ardientes de deseo. Posa la mano en el centro de mi espalda, estrechándome contra su cuerpo, y es él quien toma el control de mi boca dejando que mi lengua juegue con la suya. Un beso urgido el cual provoca que me restriegue contra la férrea erección que esconde detrás de los vaqueros. Las manos van bajando por mi espalda hasta estrujar mis glúteos con fiereza. Está respirando rápido, descontrolado y con afán. El tinte oscuro de sus ojos me demuestra lo necesitado que está y le permito hundir las manos en mi cabello mientras le saco la playera paseando las manos por el torso definido; mi lengua lo lame y mis labios lo marcan a la vez que le suelto la correa.

—Ven. —Tiro de su mano llevándolo a la cama.

No cede y tira a su vez de la mía, y me estrella contra su pecho.

—Hoy no será en la cama —susurra.

Mis piernas lo rodean cuando me carga mientras vuelve a apoderarse de mi boca y, en menos de nada, estoy con el culo sobre mi mesilla. Me abro y abraza mi cintura ubicándose en el centro de mi sexo, acomodando la corona de su miembro en mi canal.

—Mírame —exige cuando echo la cabeza hacia atrás.

Su mano se aferra a mi cuello y el gris de sus ojos se clava en el azul de los míos cuando lanza la primera estocada apretando la mandíbula. Juro que puedo sentir los pálpitos que emite la polla, que expande hasta el último centímetro de mi sexo. Nunca deja de ser demasiado grande y por ello me cuesta adaptarme al tamaño.

—Un segundo —pido mordiéndome los labios sin querer.

Aumento su ego y va empujándome contra él hasta que termina lanzando estocadas concisas y certeras. La música sigue sonando, mi apagado cerebro no logra captar la letra, ni las melodías, y lo único en que me puedo concentrar es en todo lo que estoy sintiendo abajo cuando la cabeza dura me roza una y otra vez y me arrebata jadeos. Mi cuerpo se abre, mis uñas lo arañan y él no tiene piedad a la hora de embestirme como un salvaje.

Sus estocadas se tornan intensas y posesivas a medida que mi cadera cobra vida trazando movimientos hacia su polla. Pierdo el sentido cuando las primeras chispas de mi orgasmo empiezan a levantarse con los movimientos que sincroniza: 1…, 2…, 3…, 4…, 5…, jadeo. Me roba el aire cuando se detiene y reinicia los embates. Embates que me ponen a sudar con todo lo que desencadena el miembro grueso, rígido y erecto.

—¡Más! —suplico y logro que sus dientes atrapen mi labio inferior.

Intensifica las embestidas hundiéndose hasta el fondo mientras disfruto y exploto saboreando el delicioso orgasmo que me sube y baja de golpe.

Pierdo la cuenta de los besos y las caricias dadas uno al otro. Dos polvos en la mesilla nos dejan en el sofá de mi alcoba con mi cuerpo sobre el suyo. Ninguno de los dos dice nada, solo nos quedamos ahí; él mirando hacia la pared y yo, la pecera que cambia de colores.

Sabes que estás ligada hasta los huesos cuando aquellas sencillas cosas te resultan únicas y maravillosas. ¿Qué hay de especial en tumbarte sobre alguien y escucharlo respirar? Nada, pero cuando quieres, esa simple tarea es como ganar la lotería.

Sigo sintiendo que su silencio está acorralando algo. Es como si en el fondo supiera que así como hablé con Bratt también debo hablar con él, así que apoyo la barbilla en su pecho buscando sus ojos.

—Tengo que irme —dice serio.

Asiento antes de sentarme, la sugerencia de Elliot vuelve a aparecer, la sábana me envuelve y él duda en levantarse. Irse es un poco absurdo teniendo en cuenta que es más de medianoche, además, no es la primera vez que dormimos juntos.

—¿Pasa algo? —pregunto.

—Quiero irme, es todo. —Se levanta molesto.

—¿No crees que tenemos una conversación pendiente? —empiezo a dudar con la frialdad que denota—. Es que…

—Es que nada —me corta—. Ya follamos, así que me voy. ¿Todavía no tienes claro cómo funciona esto?

Prefiero reír para no llorar.

—Christopher, esto ya no son folladas y lo sabes.

—¿No? ¿Qué somos entonces? —replica—: ¿Esposos?, ¿novios?, ¿qué?

Las palabras empiezan a cortar cuando las suelta sin sutilezas.

—Contéstame, Rachel, ¿qué crees que somos? —inquiere—. ¿O qué crees que sentimos?

Guardo silencio y esboza una sonrisa que me llena de rabia.

—¿Cree que nos queremos, teniente James? —espeta—. Tantos meses y sigues con las cursilerías pensando que estás enamorada de mí. ¿Qué te pasa?

—¿Cursilerías? No entiendo tu puta burla y el drama sabiendo que yo dejé las cosas claras hace mucho.

—No es burla, solo que me causan gracia tus promesas de amor sabiendo que lo divertido se acabó. Me gustaría ver si piensas lo mismo de lo nuestro dentro de un par de semanas.

La decepción llega tan rápido que no alcanzo a entender a lo que se refiere.

—¿Diversión?

—Sí, diversión. —Se sienta con el cabello revuelto—. Bratt nos descubrió y se llevó el toque picante y prohibido que tanto nos gustaba.

Pestañeo sin creer las idioteces que salen de su boca.

—¿Toque prohibido? —alego—. Habla por ti, porque yo nunca he hecho esto por ningún toque picante ni prohibido.

Se pone los zapatos.

—Ya vienes con las réplicas, por eso es que siempre intento que las relaciones estén a metros de distancia.

—¿Cómo quieres que tome lo que dices? Dañamos a Bratt, no me cabe en la cabeza cómo te puede excitar eso.

Me levanto envuelta en la sábana.

—¿Cuál es el afán de querer parecer una mojigata en todo momento? No tiene nada de malo reconocer que los polvos anteriores fueron los más placenteros.

Retrocedo estupefacta cuando el nudo que se me forma en el pecho amenaza con dejarme sin voz.

—Sabes lo que siento por ti, Christopher, no me vengas con eso sabiendo que…

—Me elevaba el ego que fueras la novia de otro y aun así te fijaras en mí —confiesa—, pero ya se acabó y cada quien debe seguir con su vida.

Debe de estar bromeando, este no es el mismo Christopher de hace unos días

—Sé que no es fácil para ti reconocer lo que está pasando entre los dos, pero no es necesario herir con palabras. Sal de ese puto caparazón de hielo porque el mundo no se va a acabar si muestras un poco de todo lo bueno que tienes…

—¡Un momento! —Levanta su mano para que me calle—. No hables como si me conocieras porque no es así y no armes ideas tontas en tu cabeza. Follas bien, sin embargo, eso no quiere decir que vas a cambiarme o que me ando enamorando de toda la que me hace venir… Si fuera por eso, le hubiese jurado amor eterno a Angela hace unas horas.

Siento que un avión me ha caído encima y mi cuerpo está luchando por no morir aplastado. Me pican los ojos e intento no llorar, pero…

—¿Fuiste capaz de tirarte a Angela, luego venir aquí y estar conmigo como si nada?

Calla respirando hondo.

—Pero tú… —Esta vez las lágrimas no se contienen. Me estoy viendo patética, lo sé.

—Me la he tirado a ella, como me he tirado y tiraré a muchas de aquí. Deja de pensar que lo nuestro es especial.

—¡No! —Mis piernas tocan el borde de la cama—. No eres el mismo que intentó consolarme en el panteón… Llegué a pensar que…

—¿Qué? ¿Que te quiero y que seríamos pareja después de que Bratt se enterara de todo? No seas ridícula, pensando así solo te estás pareciendo a Sabrina.

—No compares… —espeto.

—Entonces ¡no la imites! Tienes veintidós años, a tu edad no es difícil separar las cosas.

Todo se me quiebra por dentro. Lo sabía, lo veía venir y simplemente me hice la de la vista gorda.

—Vete.

Termina de acomodarse la ropa, recoge sus cosas y se vuelve hacia mí antes de llegar a la puerta.

—Llegará alguien que me haga sentir lo que tú causas en Bratt. En algún momento a todos nos llega el turno de sufrir por alguien y no creo ser la excepción. —Sus ojos son témpanos de hielo—. No obstante, puedo asegurarte que jamás me arriesgaría a que esa persona seas tú. No soy idiota y tengo muy claro lo que puede esperarme con alguien de tu tipo. Engañaste al novio que decías amar con su mejor amigo… ¿Qué no me harías a mí siendo un aparecido?

De la nada no soy más que escombros y desechos de un sinfín de sentimientos destruidos. Me arden los ojos y la nariz como cuando te sumerges en el mar y el agua que te envuelve es tanta que se cala por todos tus sentidos.

—Todo lo empezaste tú —es lo único que logro decir.

—Sí, pero bien que lo disfrutaste. Entiende mi punto: a Bratt lo has amado durante cinco años y lo engañaste conmigo. ¿En verdad crees que pueda considerar o creer en tu enamoramiento de un par de meses? Puedo ser un pedante, grosero, engreído, petulante, pero no soy idiota, y solo un idiota apostaría por tu falsa forma de amar.

Dicho lo cual, se marcha dejando un abismo donde antes solía estar mi corazón.

66

LÍDER

Antoni

Le doy una calada a mi puro irlandés, el ambiente está tenso mientras los hombres a mi alrededor no dejan de observarme. Los miembros de la pirámide se han reunido para definir cuál de mis hermanos heredará el puesto de líder, hemos estado trabajando en conjunto, pero ya es hora de que uno solo mande.

—Te ves demasiado tranquilo, Antoni —comenta el Boss del clan ruso—. En ocasiones se te olvida que tu clan es perseguido por la asociación de inteligencia más poderosa del mundo.

—No les tenemos miedo a esos hijos de puta —contesta Brandon apoyando las manos en la mesa—. Todo está bajo control y nuestros hombres están matando a sus soldados.

El hombre que se encuentra a mi lado sacude la cabeza y Brandon calla.

—No estoy hablando contigo —espeta el ruso—. A mi parecer, las explicaciones sobran cuando se tiene todo «bajo control», así que me reservo mis comentarios sobre tu explicación.

Mi hermano abre la boca para hablar, pero lo miro pidiendo silencio, no quiero grietas con mis socios y menos cuando tienen tanto poder igual que yo.

—Definamos qué hermano tomará el puesto de líder —proponen los búlgaros.

El líder de la mafia es la figura más respetada en el mundo criminal: él y su dama gobiernan la pirámide, todos los clanes le rinden pleitesía y lo que el líder dice se hace. Vela por el bien de todas las organizaciones, idea beneficios que nos convengan a todos, por lo que dichos clanes tienen que proteger al líder pase lo que pase.

Mi padrino se pone de pie, es el viejo sabio al que los demás escuchan y se reunió con todos antes de que llegara. Brandon se ve tenso, al igual que Alessandro. Philippe no está presente, de hecho, no sé nada de él hace años.

—Antoni Mascherano —espeta mi padrino—, la pirámide te quiere a ti, así que serás el nuevo líder.

Alessandro se alegra, Brandon no mucho: ser el mayor le da más derecho, pero la mafia me prefiere a mí y no solo por lo que he demostrado.

—Larga vida al líder —dicen todos menos el ruso, que está concentrado en la cara de Brandon.

Mis creaciones dan para que me adoren porque saben que tengo la capacidad de acabar con sus enemigos de forma lenta y dolorosa con una mera píldora, como también puedo darle control total sobre sus putas.

Estrecho la mano de todos antes de marcharme seguido de Ali y los hombres que me protegen. Compré a los Halcones Negros por una gran suma, pero valen cada centavo, ya que su fidelidad es para mí y para los míos.

Brandon demuestra el enojo que se carga yéndose por su cuenta y yo viajo a visitar la iglesia donde se casó mi madre. Soy católico, es la religión de mi familia y observo la imagen de Jesucristo mientras oro por el alma de mi hermana, la cual el suicidio le quitó la opción de alcanzar la gloria.

—Antoni —me llaman.

Relajo los brazos sin apartar la vista de la estatua.

—Padrino —contesto un tanto molesto por la interrupción de mis pensamientos.

—Los difuntos no tienen perdón —repite las palabras de mi difunto padre.

Tengo muy claro que arderé en el infierno toda la eternidad, mas no puedo romper la única tradición que me recuerda a mi madre y es venir a la iglesia.

—Estás siendo el orgullo de Braulio —comenta.

—Seguramente estará orgulloso de todos.

—Solo de ti, tus hermanos no son nada comparados contigo, aún tengo la esperanza de que Philipe te imite y no termine siendo un fiasco.

La figura de Isabel se asoma en las puertas dobles acompañada de Ali.

—Muchos han preguntado sobre quién será tu dama. Las tradiciones deben respetarse y la esposa de un mafioso es clave en nuestro sistema.

En la mafia se le denomina «reina» o «dama» a la esposa del líder. Mi madre lo fue, fue la mujer que acompañó a mi padre por años. Mi padrino saca el cofre de oro con perlas incrustadas. Lo abre y reconozco lo que es y lo que hay en el interior: vi ese collar durante años en el cuello de mi abuela y luego en el de mi madre.

La enorme jadeíta que lo adorna tiene un costo de tres millones de euros por quilate en el mercado italiano. La reliquia que tengo enfrente pesa veintiocho quilates. Mi abuelo se la robó a un rey y en nuestro clan la porta la mujer que manda.

La saca y me la deposita en la mano.

—Te la daría si supiera que no la portará la hiena asesina que cargas.

Suelto a reír empuñando la pieza.

—Isabel no será mi dama —le aseguro—. Ya la conocerás, es como nos gustan y es estratega.

Beso su mano como un acto de respeto antes de salir de la iglesia. Soy el líder ahora y como tal debo moverme a atender el negocio, el cual me da la grandeza que tengo.

Los Halcones me acompañan mientras mis hermanos me esperan en la avioneta que parte de Italia a México, donde se halla uno de los puntos más grandes de la mafia italiana y es el burdel de San Fernando, una propiedad que resguarda a más de mil personas, las cuales han sido raptadas con el fin de patentar mis creaciones.

Aterrizo y voy directo a la propiedad, donde se me recibe como el líder que soy; mientras, mis hermanos se encargan de la mercancía. Doy las demandas necesarias antes de irme a mi alcoba. La madrugada llegó y en la soledad de mi habitación detallo la joya que me dio mi padrino.

A Emily le encantaba tenerlo cada vez que mamá se lo ponía. Ella se ofrecía a quitárselo solo para tener la dicha de lucirlo un par de segundos frente al espejo. El recuerdo de mi hermana me hace cerrar los ojos, y es que las cosas podrían haber sido más fáciles… Si me hubiese hecho caso y entendido que solo quería darle lo mejor, no hubiese terminado así.

Isabel irrumpe con dos copas y una botella de champaña. Guardo el collar cuando se acerca.

—No lo escondas. —Trae la bata abierta mostrando la lencería de seda.

—No te he mandado llamar.

—No —deja las copas sobre la mesa—, pero supuse que querías celebrar el nuevo título.

Sirve el líquido espumoso y me ofrece una copa.

—Brindemos —pide— por ti, el nuevo rey de la mafia.

Me inclino la copa bebiendo el contenido con un solo sorbo.

—Márchate, quiero estar solo. —Le devuelvo la copa.

—Entiendo, pero antes… —se da media vuelta inclinando la cabeza— colócala. Quiero ver cómo lucirá en mi cuello desde ahora en adelante.

—Isabel —me burlo—, ¿qué te hace pensar que te dejaré llevar el collar de mi difunta madre? Recuerda que mientras ella agonizaba, tú te revolcabas con mi padre.

—Son cosas del pasado, cariño. —Voltea colocándome las manos en la nuca—. ¿Quién más que yo para acompañarte en tu reinado?

Quito sus manos. Ella es una sierva más, no una dama de la mafia.

—En mis planes conyugales no estás tú, bella doncella —confieso.

—Entonces ¿quién? Ninguna otra tiene la inteligencia ni las formas de ayudarte en esto como yo puedo hacerlo.

Tomo su cara obligándola a que se mire en el espejo, que mire su rostro y descifre mi mirada, la cual le grita que no será ella.

—La *cagna*… Sigues insistiendo con la mujer del casino.

—Entiéndelo bien porque la obedecerás y servirás como me sirves a mí.

—No si la mato primero.

—Atrévete —la estrello contra el vidrio— y verás cómo los cuervos te arrancan la piel mientras te comen viva.

—No estás siendo inteligente. —Resopla con la nariz reventada—. Con el enemigo no se juega.

—No será ficha de juegos, será mi arma contra la FEMF. La mejor forma de derrotarlos es teniendo a uno de sus cerebros de mi lado.

La suelto y se voltea a empujarme.

—Lárgate, hoy no me apetece tu cuerpo.

Obedece rabiosa y repaso en mi mente su recuerdo: «Rachel». ¿Cómo no venerar su belleza? ¿Cómo no ansiar el fuego que emana de su boca?

Me toco los labios transportándome al casino de Moscú. El recuerdo de su danza, los toques y sus besos están intactos en mi memoria.

«¿Cómo olvidar los exquisitos pechos que saboreé, el dulce olor de su cuerpo y el calor de su coño sobre mi polla?».

Cuando me suelto la bata veo que la erección viril y poderosa señala el espejo como una lanza. La tomo entre mis manos, está dura como el acero. «Solo es cuestión de días», me digo. La ansiedad me tambalea. «Dentro de poco la tendré en mi cama», pienso.

Agarro con firmeza mi falo palpitante, dejando que mi mano suba y baje por toda su longitud; la saliva se me aliviana y los muslos se me tornan rígidos. Pronto sus carnosos labios me envolverán prendiéndose de mi miembro.

La necesito, necesito desahogar todas mis ansias de poseerla, necesito enterrar las manos en su culo y devorarle el coño hasta cansarme. Necesito lamer sus pechos y correrme dentro de ella.

La piel se me eriza y aprieto la mandíbula incrementando los movimientos de mi mano. Enderezo la espalda admirando la escena frente al espejo, recordando su imagen, evocándola desnuda frente a mí mientras acelero el movimiento babeando con su recuerdo. El corazón me brinca en el pecho ante la descarga de deseo que libera el autocomplacerme. Aprieto los dientes y tenso los músculos dejando que oleadas de éxtasis y placer me invadan por completo. El semen tibio se derrama a lo largo de mi mano y aprieto la mandíbula tratando de recuperar la cordura.

«Te necesito, Rachel James —pienso—, porque serás la que lucirá el collar de mi madre y quien me complacerá todas las noches. Serás la que me ayudará a cortarle la cabeza al culpable de la muerte de mi Emily, ya que serás la dama de la mafia y la que lleve a mi legado en su vientre».

67

BUSCÁNDOME

Rachel

Aprieto los puños bajo los guantes de boxeo, tengo un cuchillo clavado en el pecho y ahora más que nunca entiendo el «no hagas lo que no te gustaría que te hicieran».

Sus palabras no fueron disparos solo al corazón, también lo fueron a mi orgullo. Me dijo zorra en pocas palabras, como si enamorarme hubiese sido solo culpa mía. Como si él no hubiese insistido también, como si hubiese tenido la valentía de apartarse cuando podía. Todo no lo hice sola, lo hice con él y ahora me echa el agua sucia.

Sigo en el comando, sigo en Londres y estoy tan ardida que no tengo idea para planear nada sobre mi futuro. El exilio es una mierda y mis otras opciones también.

Le lanzo una serie de puños a mi contrincante concentrando el enojo en el ataque, mi pie impacta contra su pecho logrando que se tambalee y se molesta. Alisto mi postura lanzando otra tanda de golpes, esquiva tres veces y logra barrerme los pies arrojándome a la lona.

—¿Te volviste loca? —pregunta Dominick enojado—. Es un entrenamiento de rutina, recuérdalo antes de atacar.

Retomo mi posición.

—Estoy practicando a la antigua, capitán.

Se pasea por el ring dedicándome una mirada ladeada. Estamos solo los dos, es nuestra tercera pelea y en todas ha salido victorioso. No me ataca, así que tomo la iniciativa con golpes fuertes que esquiva apartándose cada vez que quiero alcanzarlo.

—Supongo que toda esta rabia comprimida se debe a los fatídicos problemas con lord Lewis —ataca obligándome a retroceder—. Todos comentan sobre la ruptura de su compromiso, me gustaría escuchar la versión por parte del testigo principal.

—Sí. —Tapo mi cara cuando lanza golpes para derribarme—. De ahora en adelante tomaremos caminos diferentes.

Detiene los golpes soltando una carcajada que hace eco en la sala vacía.

—Adoro los finales felices.

Lo ignoro lanzándole una patada a las costillas logrando que caiga al suelo.

—Pero ¿qué diablos te pasa?

—3-1. Levántate y deja de actuar como nene.

—No pelearé más. Si intentas desquitar tu despecho amoroso conmigo, olvídalo.

—Iré a correr un rato entonces.

—El ejercicio no quitará tu deplorable aspecto.

Volteo a mirarlo con el enfado haciendo estragos en mi cabeza.

—Solo digo la verdad —se libera de los guantes—. Últimamente estás horrible.

Con tantas cosas no tengo cabeza para preocuparme por mi apariencia.

—Me concentro en el trabajo, no en lucir como reina de belleza.

Bajo del ring.

—Tu respuesta es válida, pero no cambia lo que pienso. Se supone que eres el reemplazo de un capitán y te la pasas por ahí entrenando como maniática del fitness o encerrada. Estás actuando demasiado raro y se está viendo reflejado en tu apariencia. No eres ni la mitad de la Rachel que todos querían espiar en las duchas mientras se bañaba.

—¿Qué?

Baja de un salto plantándose de frente.

—Reluce el James, eres la hija de un general, y deja de inspirar lástima.

—Estás opinando sin saber a qué va todo.

—Tampoco quiero saberlo, solo quiero a la vieja teniente del escuadrón Alfa. La que tengo enfrente no me sirve.

Yo también quiero a esa Rachel pero no está. Se escondió y por mucho que la incite a salir, se rehúsa a dar la cara.

—Haz lo que tengas que hacer para ser la misma de antes, aquella que me desagrada todo el tiempo… Nunca te esmeras por cumplir mis órdenes, ten un poco de criterio y tómate la molestia de cumplir esta.

Recoge sus cosas antes de marcharse. No creo que pueda llegar a entenderlo algún día, además, no sé si sentirme motivada o insultada.

Me escabullo por las escaleras de emergencia a la hora de salir, evitar a la gente es algo que se me dio bien en este tiempo.

Abro mi puerta y entro a la ducha de mi alcoba, siento rabia conmigo misma cuando me miro al espejo, no sé por qué mierda me he dejado reducir así.

Mi cabello es una maraña de nudos, últimamente solo lo lavo y lo recojo en una simple coleta que termina con hebras sueltas por todos lados. Tengo ojeras, estoy pálida y con la piel seca.

Nunca he sido así de insegura, tosca y estúpida. Christopher Morgan ha marcado un antes y un después. Ese cambio me tiene al límite, llena de rabia, recelosa y vuelta mierda.

Decido salir, el encierro solo empeora mi estado. Me dejo el cabello suelto y me aplico una capa de base para no verme tan pálida. Me aventuro en los pasillos principales después de siete días evitando a mis colegas. Mis días anteriores se resumieron en encerrarme en la oficina de Thompson o en las salas de entrenamiento queriendo ocultar lo que no tiene caso.

Las canchas y las salas están repletas de soldados, ya que la mayoría se está preparando para el operativo de México.

Cruzo el umbral del comedor e inmediatamente me acuerdo el porqué me estaba ocultando tanto. Desde mi punto de vista, veo a Sabrina en la segunda planta discutiendo con Bratt. Meredith permanece a su lado mientras que el capitán intenta sujetar a su hermana.

Sabrina señala una mesa en el primer piso, noto que la disputa es por Angela, que está acompañada de varias camaradas. Los Lewis bajan e intento devolverme.

—¿Adónde vas? —me pregunta Alexandra, que apareció no sé de adónde.

—A…

—Nuestra mesa está por allá —señala tomándome del brazo.

Pido que me lleven la bandeja a la mesa y saludo a Brenda, Laila y Laurens, que están en una misma mesa.

—Pensé que te había mordido un murciélago —comenta Brenda— y que te convertiste en la prima de Batman o algo así.

—¿Dónde carajo estabas metida? —reclama Laila.

—Trabajando. —Tomo asiento al lado de Laurens mientras el ayudante acomoda mi almuerzo.

—Lamento lo de su compromiso, teniente —me dice la secretaria.

—No hablemos de eso, por favor —Brenda levanta la cuchara—. Las resacas amorosas están prohibidas durante el almuerzo.

Una algarabía llena de carcajadas se escucha en la mesa contigua.

—Vaya, no sabía que la vida amorosa de la señorita Angela tuviera tanta importancia —comenta Laurens.

Concentro la vista en el menú, no tengo hambre e intento tomarme la sopa.

—¿Tiene novio? —pregunto—. ¿Quién se llevó el premio gordo?

—Almorcemos antes de cotillear la vida de la alemana —responde Alexa.

—Anda con el coronel, ella lo buscó en su oficina en la mañana y en la tarde —suelta la secretaria cerrándome el estómago.

Sigue dando detalles y no hago más que jugar con la sopa. Sabrina ya sabe y Angela no se le despega, según parece, ya han salido varias veces.

—Chicas, creo que mejor me voy. Tengo un asunto pendiente… —intento levantarme. Huir es de cobardes, pero soportar es de masoquista.

La seriedad que se perpetúa en todos me dice quién acaba de llegar. La loción masculina cala en mis fosas nasales regresándome al asiento.

—Come, aunque sea un poco —me susurra Alexandra—. Debemos estar en buen estado en los operativos.

Las carcajadas de Angela siguen haciendo eco en mis oídos, él está a pocos metros y eso es algo que mi cerebro no deja de recalcar.

—Las dejo, chicas —me despido.

—Pero si no has comido nada —se queja Laila.

—Debo ir a la ciudad, perdí mi pasaporte y necesito uno nuevo.

Me aseguro de tener las piernas lo suficientemente estables antes de levantarme. No quiero mirarlos, pero el que estén a unos cuantos pasos me obliga a hacerlo. Me niego a agachar la cara demostrando que me afecta.

Ver a Angela hablándole cerca es un zurdazo en la mandíbula y el que la sujete de su cuello llevándola contra su boca es una bala directa a mi proceso. Respiro ubicando la salida, pero…

—Rachel, ¿peleamos o qué pasó, camarada? —me habla Angela obligándome a detener el paso.

No voltear es reconocer que está pasando algo.

—Para nada, no te vi. —Volteo y ella sonríe mientras él no me mira.

—Te extrañamos en las prácticas.

—Estaré de vuelta pronto. —Reparo las manos de él bajo los senos de ella y los ojos me escuecen de inmediato—. Buen provecho.

Digo al ver que no han empezado a almorzar. Avanzo hacia la vía de escape y en el pasillo no logro contener las lágrimas, es como querer detener el impacto de una granada. Me cambio rápido en mi alcoba y vuelvo a salir en busca del auto.

No hay peor cosa que obligarte a fingir lo que no eres, tener que hacerte el fuerte cuando no eres más que un manojo de debilidades. Reducirte a nada, no por algo, sino por alguien. Saber que eres tonta y estúpida por sentirte así y, sin embargo, no poder hacer nada para evitarlo.

El camino se me hace eterno al igual que la espera a la hora de obtener el pasaporte, y, para empeorar, un camión de mudanza está sacando cajas del interior de mi edificio. Saco la mochila entrando a la recepción, como lo supuse, la mudanza es en mi apartamento.

«Luisa se va», recuesto el hombro en la puerta viéndola empacar.

—Espero que hayas solucionado lo del pasaporte —habla sin mirarme—. Estamos a cuatro días de la boda, por ende, necesito que tengas todo en orden.

—Lo estará.

Levanta la vista. Con la voz rota me es imposible disimular.

—Volviste a llorar, ¿cierto?

Me arde la nariz, los ojos, la piel.

—Sí, pero ya estoy bien.

Se pone de pie y me toma las manos llevándome a la cama.

—Rachel, si sigues así, tendré que quedarme —comenta preocupada—. A la mierda la boda, primero mi mejor amiga.

—Estoy bien, Lu —le acaricio el cabello—, ya pasará.

—Tiene que pasar porque él no vale la pena. Me siento culpable porque en parte te empujé a todo esto, fui una pésima consejera.

—No, con o sin consejos hubiese hecho todo de la misma manera.

—Lo odio y al mismo tiempo le —respira hondo—… le agradezco que te despertara y te alejara de Bratt, porque él tampoco te merece.

Aprieto los labios conteniendo las lágrimas.

—Deja que duela. —Me besa la frente—. Deja que queme, esta vez no te voy a decir que no llores porque es necesario que lo hagas. Tienes que dejar que todo lo que sientes se consuma, tienes que vivir el duelo del desamor. Será difícil y sentirás que no tienes más lágrimas que derramar, te dolerá el pecho y aclamarás por aire, pero cuando todo eso pase te aseguro que podrás respirar en paz y volverás a ser la misma de antes.

—Suena a tortura sentimental.

Sonríe y me abraza.

—Lo será, Raichil, pero valdrá la pena, verás que sí.

Me limpia las lágrimas.

—Y hazme un favor.

—Lo que quieras.

—Dale una patada en los huevos apenas tengas la oportunidad, se la merece por gilipollas.

—Te necesitan afuera —avisa Simon en el umbral dejando que uno de los empleados entre por la última caja.

—Vuelvo enseguida —indica Luisa antes de levantarse.

—¿Tienes todo listo? —le pregunta Simon—. No quiero contratiempos a última hora.

Luisa asiente dándole un beso en la boca. Nos deja solos y no puedo sentirme más incómoda. Simon es mi amigo desde hace años, adoro su relación con Luisa y en cierta parte me duele que se hayan dañado las cosas con él también.

—Podrás visitarnos las veces que quieras —comenta él.

—No quiero incomodarte.

—No me incomodas, Rachel. —Se sienta a mi lado—. He querido hablar contigo hace días, pero pareces estar evitando a medio mundo.

—Han sido días difíciles —me entra la melancolía.

—Lo sé, quiero que sepas que no estoy enojado contigo… Al principio sí, odié que engañaras a Bratt de semejante manera.

—No te culpo, yo también me odio por eso.

Respira hondo.

—No soy nadie para juzgarlos —aclara—. Ambos son mis amigos, ambos querían a Bratt, pero me puse a pensar y concluí que tuvo que ser muy intenso como para no poder contenerlo.

—No tienes que hacer esto. —Prefiero que no me hable a que lo haga por mi amiga—. Si lo haces por Luisa…

—Luisa no tiene nada que ver en esto —me interrumpe—. Eres mi amiga, no una desconocida, y debo reconocer que he extrañado verte refunfuñar cuando me paseo en calzoncillos.

Se levanta abriendo los brazos.

—No quiero hacer esto, pero te daré la oportunidad de abrazarme por tres segundos.

Sonrío con la nariz ardiendo.

—Anda, que ya me parezco a Jesucristo.

Me pongo de pie arrojándome a sus brazos.

—Perdóname —le susurro—, jamás quise…

—No pasa nada. —Me aprieta contra sus costillas—. El lío fue con ellos, no conmigo. No vale la pena dañar lo nuestro por eso, eres importante para Luisa y por lo tanto siempre lo serás para mí.

—Creo que me pasé de los tres segundos.

—Sí, pero para que veas lo misericordioso que soy dejaré que te quedes cinco segundos más.

—¡Wooo, chicos! —Luisa entra abanicándose la cara—. No saben cuánto me alegra verlos así.

—No es necesario que llores, cariño. —Le abre espacio a ella también—. Rachel tiene que ir a Santorini o tú no estarás en paz.

—¿Solo por eso? —pregunto.

—También tengo que burlarme de alguien en la fiesta.

Lo piso.

—¡Auch! —chilla antes de besar a Luisa.

—Los amo —nos dice mi amiga sin dejar de abrazarnos.

Christopher

La algarabía intensifica mi dolor de cabeza, unos gritan y otros discuten sobre el resultado del próximo partido. Los colores rojo y azul son lo que más destacan en los fanáticos del fútbol.

—¿Patrick ya llegó? —pregunta Angela dejando dos cervezas en la barra.

Porta una minifalda y una camiseta de la selección inglesa desatando morbo en todos lados. Le doy un sorbo a la bebida sin detenerme a mirar a los que le miran el culo. Ella pasa la mano por mi espalda y la llevo contra la barra refregando mi erección.

—Vamos al baño —demando.

Me dedica una mirada traviesa acariciándome el pecho.

—Tu amigo llegará en cualquier momento, no quiero que piense que nos fuimos.

La suelto, si no me va a dar lo que quiero, lo busco en otro lado. Fijo a la mesera en mi radar, me ha estado coqueteando en lo que llevo aquí.

—Me gustaría conocer la ciudad —Angela se empina la botella—. No es que me ubique fácilmente todavía.

—El GPS suele volverse tu mejor amigo en este tipo de casos.

—Podrías darme un tour, pasaríamos todo un fin de semana juntos.

—Solo saco a pasear a mi perro, así que paso. —Soy sincero—. El único plan que te ofrezco es coger y ya está.

Baja los ojos decepcionada.

—¿Sabes dónde vive Rachel? —pregunta.

La simple mención de su nombre me tambalea.

—La vi mal hoy —continúa—. No es que seamos las superamigas, pero en verdad me agrada y me preocupa verla tan ausente.

—Si vas, tendrás que hacerlo sola —la corto—, y te agradecería que no menciones su nombre cuando estemos solos. No me gusta hablar de trabajo en mi tiempo libre.

—No es trabajo, es la exnovia de tu mejor amigo.

Pido una botella de vodka y me empino dos tragos seguidos, recordarla hace que se me tensen las extremidades. La tengo clavada en la cabeza y nunca se me ha hecho difícil olvidar a alguien. Tomo el cuello de Angela atrayéndola hacia mi boca, ya que no me apetece pensarla.

—Pensé que era noche de amigos —comentan.

Angela me aparta.

—Hola, Pack.

—De haber sabido que traemos pareja hubiese invitado a mi esposa.

—Hubiese sido una excelente idea —dice Angela emocionada—. Puedes llamarla para que se nos una.

Patrick no suele enojarse mucho, pero cuando lo hace lo demuestra con todas las facciones de su cara.

—¿Puedo hablar contigo un momento? —me pide.

Angela se mueve incómoda.

—A solas, si no es mucha molestia.

—Voy al baño —se disculpa.

Nos deja y vuelvo a empinarme la botella.

—¿Qué diablos haces? —reclama Patrick.

—Bebiendo un trago.

—Sabes que no me refiero a eso. ¿Por qué trataste mal a Rachel? Pensé que ya habías madurado, pero me equivoqué.

—Ya vas a empezar. —El alcohol me desestabiliza—. Deja de exagerar, que no está muerta, y la vi muy bien en la cafetería.

—Eres un imbécil. Empiezas y luego te lavas las manos, además de pactar acuerdos que tú mismo rompes. ¿Tus papás son primos o qué mierda está mal contigo?

—Las cosas fueron por parte y parte.

—Claro, como la vez que la extorsionaste en la casa de Leandro y reiteraste dicho chantaje en el bosque.

Termina de descomponer la noche. ¿En cuántas cosas más me ha estado espiando?

—Eres un cotillero de mierda.

—¿Cotillero? No, no tengo la culpa del que seas tan idiota al no darte cuenta de que sus intercomunicadores estaban conectados directamente al mío. Pero bueno, qué se puede esperar de ti, el que tira la piedra y luego esconde la mano. El que la busca y luego la trata de zorra.

—¿También me espiaste cuando fui a su habitación? —reclamo—. Qué bien, ahora soy el foco de tus cámaras.

—Escuché cómo se desahogó con mi esposa y siendo sincero esperaba más de ti, no sabía que eras tan poco hombre. Estás actuando igual que Alex.

Lo encuello sujetándolo con fuerza.

—Déjate de tonterías y no me jodas.

—Estás dañando lo único bueno que te ha pasado y todo esto te lo digo de corazón, porque no quiero verte hundido en el lodo.

—¿Y quién dijo que lo estaré? —Lo suelto—. No la quiero, entiéndanlo. No pretendan que me enamore de quien conocí engañando.

—Ok. —Se arregla la camisa—. Solo espero que cuando notes lo equivocado que estás no sea demasiado tarde.

Vuelvo a enfocarme en la botella.

—Dile a Angela que se vaya, Simon está del otro lado de la barra y se quedará con nosotros el resto de la noche.

—No me habla, así que da igual.

—Te hablará cuando te disculpes.

Aleja la botella. Patrick es despreciable cuando se lo propone.

—Había fila en el baño —se disculpa Angela encaramándose en uno de los banquillos—. Falta poco para el partido. ¿Pedimos otra botella?

—Vete —le pido sin mirarla—, te llamaré mañana.

—Pero dijiste que…

—Sé lo que dije, pero ahora te estoy pidiendo otra cosa y es que te vayas.

Calla. En los pocos días que lleva a mi lado comprende que soy de pocas palabras.

—Llamaré un taxi.

Me da igual el que se vaya, ya ni sé qué es lo que me pasa, el porqué de tener tantas dudas y no estar tranquilo, aunque se haya acabado. ¿Qué? ¿Esto no me iba a dejar paz? No estoy viendo la maldita solución a nada.

El alcohol me marea, Patrick se mueve al puesto de Simon y lo sigo de mala gana. Ambos portan la playera de la selección inglesa y yo procuro disimular lo ebrio que estoy.

—¿Qué tal? —saludo a Simon.

Deja la cerveza que bebe en la mesa.

—Ahora vuelvo —dice Patrick antes de dirigirse adonde están los baños.

No sé qué decir, ha sido mi amigo por años. He llegado a discutir con todos menos con él, ya que es el más pacífico de los tres y no tengo queja alguna. Mueve la cabeza en señal de saludo.

Asiente y tomo aire. «Es ridícula la situación». Quiero hablar, pero el orgullo no me lo permite.

—Escucha yo —me callo, no encuentro las palabras correctas—… Yo…

Me mira con una ceja enarcada.

—Quiero o siento que…

Se inclina la cerveza.

—Yo…

—Te disculpo. —Sonríe—. Temo que si sigues intentando decirlo, mueras o quedes en coma.

—Bien.

Me da una palmada en el brazo.

—Lo arruiné, lo dañé mucho siendo sincero.

—Sí, pero lo importante es que estás arrepentido.

Me muevo incómodo, no me arrepiento de nada.

—¿Y cómo van los preparativos de la boda? —intento cambiar de tema.

—Bien, es cuestión de horas para despedirme de mi soltería. Espero verte ahí.

—No creo que sea prudente en estos momentos.

—Morgan, ¿crees que me perderé el jugoso cheque que llevarás como regalo de bodas? Por muy complicadas que estén las cosas necesito verte ahí.

Sacudo la cabeza.

—Es un día crucial en mi vida, necesito que todos mis amigos estén presentes, tú, Bratt y el idiota que se nos está acercando.

—¿Ya lo dijo? —Patrick se recuesta en la barra.

—Con un poco de ayuda. —Simon pide una ronda de cerveza—. Por poco le salen cuernos.

Se arma una algarabía cuando anotan el primer gol del partido. Nos vamos a una de las mesas mientras la noche transcurre entre los comentarios de Simon y Patrick, ambos se creen comentaristas deportivos.

Finjo seguir la corriente y concentrarme en la pantalla, pero, a decir verdad, estoy absorto en mis propios pensamientos siendo víctima de preguntas que no tienen respuesta. Quiero una explicación lógica al querer tener a alguien lejos y cerca al mismo tiempo.

Una explicación coherente a las ganas de escucharla y verla nuevamente. El vodka me sienta mal y termino yéndome a vomitar al baño. Parte del peso desaparece cuando recuesto la cabeza en la fría pared recordándome que soy así y soportaré lo que tenga que soportar porque no la quiero, porque no es mía.

68

UN ARTISTA DESCUBIERTO

Rachel

Jadeo cuando piso el último escalón de la tercera planta. Corrí desde el estacionamiento, ya que olvidé enviarle un informe a Parker, y, como es él, me enviará a la hoguera como castigo. Abro la oficina de mi capitán buscando la computadora con urgencia.

—Buenos días —saluda Laila llena de alegría—. Qué radiante estás hoy.

Aparto los ojos de la pantalla dejando que se envíe el correo. El no verme como un zombi fue una de mis metas esta mañana y también lo logré.

—El maquillaje de Lulú hizo maravillas, pasé de oso panda a rostro de bebé recién nacido.

Se ríe dejándose caer en la silla.

—Me alegra verte salir de la depresión posruptura.

«Triple depresión posfallecimiento con dos rupturas seguidas», la rectifico en mis pensamientos. Estoy de pie porque las responsabilidades no me dan cabida para quedarme lamentándome en posición fetal.

—¿Cómo van los planes de esta noche? —pregunto.

—Todo está listo, alquilé un equipo de karaoke y compré tres tarrinas grandes de helado.

A todas nos hubiese gustado tener la despedida soñada, pero, en vista de los últimos acontecimientos, decidimos conformarnos con una cena y una pijamada. Ninguna tiene el ánimo suficiente para derrochar en fiesta y en alcohol.

—Intentaré desocuparme temprano.

—Me tomaré el día libre, debo ultimar detalles del viaje e ir a la cámara de autobronceado.

—Laila, Santorini tiene playas, por si no lo sabes, y las playas son para broncearse.

—Llegaremos al mediodía y Luisa querrá que estemos con ella, por lo tanto, no tendré tiempo para tomar sol. Lucir mi vestido con la piel blancuzca sería un insulto para mis orígenes caribeños.

—Bien, solo procura no quedar como Irina, la última vez que visitó el spa quedó como una zanahoria.

Se ríe.

—Te veré en la noche. —Me guiña un ojo antes de marcharse.

Elliot me informó de que no ha habido movimientos sospechosos en los últimos días, los negocios de la mafia siguen, pero mi panorama está tranquilo y eso me da suposiciones:

1. Entre más callado se esté, más miedo hay que tener.

2. El que tenga el ejército encima puede que le desvíe la atención a otro lado, lo que me da la posibilidad de que ya no esté en su radar.

Le clamo al cielo por la segunda hipótesis.

Me concentro en el plano que tendré que exponer en la próxima reunión con el ministro. Faltan días, pero con lo de Luisa debo dejar todo hecho antes de partir. Se me va toda la mañana buscando puntos claves a la vez que estudio el perímetro de desplazamiento.

Tardo varias horas revisando informes hasta que una leve tos me obliga a apartar la vista de los documentos. La tensión es inmediata, ya que Bratt está de pie frente a mi escritorio con su uniforme de pila.

—Capitán —opto por su rango, «Bratt» se oiría demasiado forzado.

—Mi tropa le abrirá paso a la de Parker en el operativo de rescate. —Se cruza de brazos—. Necesito las estrategias y medidas que tienes hasta ahora.

—Aún no está aprobada por... —Prefiero no decir su nombre—. Faltan detalles.

—Dámelas como estén. Las estudiaré con mi equipo.

—Como ordenes.

Abro la *laptop* mientras toma asiento frente a mí.

El momento se torna incómodo: por más que se quiera actuar normal es absurdo cuando se tiene tanta historia juntos. Fuimos amigos, amantes y confidentes, por ende, él conoce mis miedos como yo conozco los suyos. Hasta planeamos una vida juntos.

La web se vuelve lenta mientras él se mantiene con los brazos cruzados frente a mí, se bloquea el sistema y me dan ganas de tirar la maldita computadora.

—Capitán —hablo—, creo que me demoraré..., la web no está funcionando y...

—No me llames capitán. —Se levanta—. El formalismo nunca funcionará entre los dos.

—Sí... Solo que... no sé cómo quieres que te llame después de todo lo que ha pasado.

—Bratt está bien.

—Puedo llevarte el informe cuando esté listo.

Rodea el escritorio y me aparta de la silla.

—Déjame hacerlo, no me tomará mucho tiempo.

Hago caso y un par de segundos después tiene todo en su USB.

—Procura no hacer cambios a última hora, no quiero exponer la vida de mis hombres.

—Como ordenes.

Se pone de pie e intenta decir algo, pero prefiere callar y termina yéndose.

En la tarde le pido permiso a Gauna para salir y es Elliot quien me recoge; me desplazo a la ciudad con las medidas necesarias.

—No hay novedades —me informa—, todo apunta a que la han dejado de acechar.

Solo espero que la vida sí me esté sonriendo esta vez. Me despido de él cuando me deja cerca de mi casa. Las maletas de Luisa están listas en la sala, suspiro asimilando la idea de que oficialmente es nuestra última noche viviendo juntas.

—¡Estamos aquí! —gritan desde mi habitación.

Están terminando de empacar mi maleta.

—Nos tomamos la molestia de elegir lo que llevarás —comenta Lulú probándose uno de mis pendientes—. Mañana temprano vendrán por el equipaje.

—¿Seguro que quieres casarte? —le pregunto a Luisa—. Yo que tú me tomaría más tiempo para pensarlo, cinco o seis años tal vez.

—Acabas de sonar como Rick —se burla—. Ven aquí, quiero mostrarte todo lo que encontré en el fondo de mi clóset.

Me arrojo a la cama y ella toma una bolsa de lona cuyo contenido esparce sobre las sábanas.

—¿Esta eres tú? —Lulú alza la foto de mi cumpleaños número doce—. ¿Tenías papada?

—Odio esa foto. —Le arrojo uno de los cojines—. Quémala en la cocina.

—No tenías pechos. —Me agarra una bubi—. ¿Segura que estas son naturales?

—Surgieron de un día para otro —se burla Luisa.

—¡Oh, por Dios! —exclamo tomando el viejo diario de mi amiga—. No puedo creer que hayas guardado todas las cartas que les escribías a los chicos de los que creías estar enamorada.

Saco los sobres del compartimento secreto, Lulú se tira a la cama tomando una al azar.

—Querido Nicolás —lee en voz alta—: Te escribo estas breves líneas…

Suelto a reír ante el recuerdo de mi amiga escribiendo sobre su fosforescente alfombra amarilla.

—Ríete todo lo que quieras —replica Lu—. No me avergüenzo de mi pasado.

—… para expresarte todo lo que inspiras y mueves en mí —continúa Lulú—. Tu sedoso cabello rubio como el trigo y el sol…

—¡Tenía once años!

—Tus ojos pardos…

Me voy de bote al piso muerta de la risa.

—… Eres mi *crush*, mi príncipe, mi…

—¡Basta! —Se arroja sobre Lulú.

Sigo tendida en el piso revolcándome de la risa. «¡Lo necesitaba!», pienso. Ya había olvidado lo que se siente ser feliz por un instante.

—¡Levántate, Rachel! —me regaña.

Me pongo de pie secándome las lágrimas.

—Haré bocadillos —anuncia Lulú y se va.

Luisa abraza uno de nuestros viejos portarretratos mientras vuelvo a la cama.

—No quiero que te sientas sola cuando me vaya. —Toma asiento a mi lado.

—Te irás a otro vecindario, Lu —trato de restarle importancia, no quiero que dude a la hora de partir—. Estaremos en contacto todo el tiempo.

—Enmarqué esta foto —respira hondo— para que, cuando te sientas sola, la mires y recuerdes que siempre estaremos cerca.

Me ofrece el marco de plata e inmediatamente se me llenan los ojos de lágrimas; «Harry, Luisa y yo sonriendo frente a la cámara», reflexiono. El dolor de la partida de mi amigo se me vuelve a enterrar en lo más hondo.

La foto fue tomada el día que partimos de Phoenix. Estábamos en el aeropuerto y Harry era el más emocionado. La familia de Luisa estaba junto a la mía y la de Scott, llenándonos de besos.

No me gustaba verle en el tipo de situación como la de la fotografía, ya que sentía que a Harry le removía el recuerdo incómodo de su soledad. Descarté esa absurda idea cuando vi cómo se acercó a mis padres y se arrojó a los brazos de mi madre mientras que ambos lo rodearon con fuerza. En ese momento supe que ya tenía una familia. No eran los padres que hubiese deseado tener, pero eran dos personas que lo amaban como a un hijo y él los amaba como si fueran sus padres. No era mi amigo: era mi hermano.

Antes de abordar el avión, Luisa sacó su cámara y pidió tomar la fotografía de los tres abrazados en aquel aeropuerto. Él en el medio, Luisa y yo bajo sus brazos.

—Saqué una para mí. —Ubica la imagen en la mesilla—. La tendré al lado de mi cama también.

Asiento y se voltea a limpiarme las lágrimas.

—Fue un año difícil, pero ya vendrán momentos mejores. —Me abraza—. Tengo otra cosa que darte.

Rebusca en el fondo de la bolsa de lona.

—El anuario de nuestro primer año en la FEMF. —Me ofrece el pesado libro—. Tenía espacio para añadir nuevas fotografías, así que pegué varias de las que había por ahí.

Sonrío al ver nuestras mejores fotos.

Hay de nuestro regreso a Phoenix en Navidad, la vez que acampamos junto a Laila y Brenda, nuestros tours por Londres… Hay hasta de nuestras primeras borracheras.

—No quiero que te sientas sola ni un solo segundo, Raichil, porque me tienes a mí, a las chicas y a Harry, que nos cuida desde el cielo.

La abrazo.

—Gracias.

—Te quiero. —Me besa la frente—. Toma una ducha y ponte ropa cómoda, las chicas no tardarán en llegar.

Se marcha.

Repaso las letras de mi primer año aquí cuando no era más que una simple cadete en el centro de preparación. Mi única meta y preocupación era ser la mejor de mi grupo. En esta carrera conocí a Brenda, a Irina y a Laila.

Releo las páginas llenas de agradecimientos, condecoraciones y fotos de los más destacados a lo largo del año, entre ellos Bratt y Parker, quienes fueron noticias por su gran labor en ese año.

Resulta curioso el orden en el que Luisa ubicó sus fotografías; una frente a la otra en la misma sección, ya que en ese tiempo, no tenía la más mínima sospecha de que se odiaban a morir.

Releo el pequeño enunciado de abajo.

Sargento: Bratt Lewis Frey.

De origen inglés. Hijo del general Joset Lewis y Martha Frey. Con cinco reconocimientos obtenidos por: valentía, estrategia, planificación, habilidades de combate y operación militar. Agradecimientos por su colaboración en el equipo internacional de hockey y rugby.

Del otro lado está la foto de Parker.

Sargento: Dominick Parker Weber.
De origen alemán. Hijo del comandante Ryan Parker y Eloísa Weber. Líder segundo de su grupo con cuatro reconocimientos obtenidos por: valentía, puntería, habilidades de búsqueda y solidaridad. Agradecimientos por su contribución con el grupo de soldados que apoyan el arte. Acreedor del Premio al Mejor Dibujo en Talentos Artísticos.

Repaso la información de Parker... ¿Medalla por solidaridad? ¿Artista? No puedo creer que sea el mismo gruñón al que me enfrento todos los días. Me pica la curiosidad y termino buscando el dichoso dibujo ganador. Lo encuentro al final, hay una foto de él recostado al lado del lienzo. Reparo la foto, en ese tiempo me agradaba y se oía sexy escucharlo pronunciar mi nombre en alemán; claro está que era algo totalmente diferente a lo que es ahora. Me enfoco en el retrato, no puede verse con claridad, pero tiene ciertas cosas que me resultan familiares. El nombre de la obra es lo único que se percibe perfectamente: *Celeste*.

—¿Aún no te has cambiado? —comenta Brenda recostada en el umbral.

—Estaba por hacerlo. —Cierro el libro.

Se deja caer a mi lado, ya se le está notando el embarazo.

—¿Sabías que Parker es artista? —pregunto de camino al baño.

—Sí, dicta clases en las asignaciones alternativas.

—Me lo imaginé de todo menos como pintor. —Me deshago de la playera—. Cuando se reincorporó llegó como todo un dictador y no dejé de verlo como Hitler.

—Todos en el escuadrón lo vemos de la misma manera, aunque no hay que negar que es un muy buen soldado y artista también. De hecho, tiene dos dibujos expuestos en una pequeña galería.

—¿Cómo sabes eso?

—Un día dejó caer un folleto y siempre veo el mismo tipo de volante cuando visito su oficina.

«A veces solo veo lo que me conviene».

—Ve a ducharte —dice encendiendo el televisor—, porque empezaremos dentro de poco.

Después del baño me uno al grupo de mujeres que revolotean y parlotean por toda la sala; Laila, Irina, Brenda, Laurens, Lulú, Alexandra y... Angela.

La saludo con una pequeña sonrisa. Decir que no le tengo celos es como decir que los elefantes son rosados. Su relación con Christopher está más que confirmada, es el tema que todos comentan en los pasillos y en las cafeterías.

—Chicas —Laila se sube en el sofá—, la idea de hoy es despedir la soltería de Luisa. Debido a los últimos acontecimientos no habrá alcohol, pero sí mucha diversión.

Todas sueltan el grito.

—¡Recibamos a la soltera más sexy de todas!

Luisa sale en pijama con lentes de estrella y un montón de pashminas peludas alrededor del cuello recordándome mis años de adolescencia.

—No pude zafarme de Angela —comenta Alexandra a mi lado—, Irina insistió en traerla.

—No importa —contesto—. No tiene la culpa de lo que pasa, solo intenta hacer amigas.

La noche inicia con bromas, comida y diversión. Trato de disfrutar al máximo el momento, ya que son de esos que duran poco, pero que quedan plasmados en la memoria para toda la vida.

Cantamos karaoke, asamos malvaviscos y espiamos al vecino de la ventana de Luisa que, según Lulú, es instructor en un gimnasio.

Trato de que Luisa disfrute cada segundo. He sido un pésimo apoyo y, aunque tenga un desastroso presente, no puedo ser egoísta y negarme a compartir su felicidad.

69

UN «VIVIENDO FELICES PARA SIEMPRE»

Bratt

La brisa marina se me cuela a través de la playera, el sol brilla y el mar Mediterráneo resplandece estrellándose contra las olas. Arrastro la maleta de viaje con Simon caminando a mi lado.

—Se siente bien volver a casa —comenta.

Le doy una palmada en el hombro. Desde que subimos al avión tiene cierto color verdoso y ha estado sudando más de lo normal.

—Intenta tranquilizarte. Asustarás a Luisa.

—Si lo sé, es solo que… estoy ansioso y necesito un poco de desodorante.

—¡Simon! —gritan a lo lejos.

Una chica de cabello negro agita los brazos llamando la atención.

—¡Aura! —Corre a abrazarla—. Me voy un mes y te vuelves una gigante.

—Bratt, tanto tiempo sin verte… —me saluda.

Sonrío, es la hermana menor de Simon. La he visto dos o tres veces en el tiempo que llevo de conocerlo.

—¿Cómo están todos? —pregunta Simon mientras abordamos el auto pequeño.

—Locos y desesperados —responde la chica poniéndose al volante.

Lucho por no quebrarme las piernas mientras me acomodo.

—Las amigas de Luisa llegaron hace una hora. —Pone en marcha el auto—. Parecen mamá gallina, corriendo de aquí para allá organizando todo lo que hace falta.

—Un año no les alcanzó para tener todo preparado.

—No seas ingrato. —Le pega a su hermano con el puño cerrado—. Solo nos preocupamos porque sea el mejor día de sus vidas.

Hablan entre sí mientras aprecio el hermoso paisaje que brinda la isla. Las calles están a pocos metros del mar, el viento trae consigo el olor y la humedad del océano. El trayecto dura poco y nos detenemos frente a la casa de Simon. Su padre es quien lo espera en la acera.

Lo conozco desde hace años, ya que ha viajado varias veces a Londres. Lo saludo con un apretón de manos y me aparto dejando que abrace a su hijo.

—Almorcemos rápido —nos invita al comedor—, porque la madre de Simon nos necesita en el hotel.

No se parece en nada a su hijo: Simon es de cabello negro y de ojos azules, no como el azul zafiro de Rachel, los de él son más oscuros, tanto que a veces dan la apariencia de ser negros, mientras que su padre tiene el cabello castaño y los ojos marrones.

Varias veces intenté buscarle parecido con su madre y tampoco lo hallé. De hecho, tampoco se parece a sus hermanas, ya que ambas tienen rasgos asiáticos.

Cierta vez tuve la oportunidad de ver su expediente y decía algo sobre un cambio de apellido a los dos años. No quise ahondar en el tema, tenía su confianza y no era nadie para meterme en su vida privada.

El hotel Mystique Vahiar nos recibe después de almorzar, es el sitio donde se llevará a cabo la celebración. Dejo que lleven mi maleta a la alcoba mientras la hermana de Simon revisa las tareas pendientes.

—Ayuden con lo que se necesite en el salón que se encuentra al aire libre —pide la chica—. Simon, no puedes verte con la novia hasta mañana.

Un grupo de mujeres baja por la escalera principal, entre ellas Rachel y Alexandra, que saludan a Simon desde lejos. Rachel es la única que capta mi atención, ella y lo que me hace sentir pese a haberme engañado.

Le he dado vueltas y vueltas a nuestra situación y siempre llego al mismo punto: no quiero perderla. Sí, soy un masoquista, lo sé. He intentado convencerme una y otra vez de que tal vez sea una pésima idea, sin embargo, mi mente se niega a aceptarlo.

La amo demasiado y, a pesar de todo lo que pasó, está enterrada en lo más profundo de mi pecho porque para mí nunca habrá otra mujer que no sea ella. En el fondo, creo que, si la tengo de nuevo a mi lado, olvidaremos el infierno que surgió de la nada.

Tengo la esperanza y la convicción de que todo volverá a ser como antes. Por eso decidí callar lo sucedido, porque quiero hacer de cuenta que nunca pasó, que esto no fue más que una crisis en nuestra relación. Últimamente prefiero mentirme, ya que es mejor que afrontar la dura realidad.

A veces cuando estoy solo recuerdo lo que vi ese día en su apartamento, me lleno de ira y quiero volver a enfrentar a Christopher, tomar un arma y eliminarlo de nuestras vidas por completo. Algo me dice que es la única forma de borrar la huella que ha dejado en su piel. No obstante, sé que yo no soy así y matarlo solo me convertiría en él.

Acabamos con las pocas cosas pendientes y termino yéndome hacia mi alcoba. Faltan pocas horas para la ceremonia, que se celebrará al atardecer.

Bebo una copa de vino mientras me arreglo frente al espejo.

Hace unos días estuve a punto de dar los primeros pasos e intenté hablar con mi novia. No pude, los recuerdos de ese fatídico día, la rabia y los celos me quitaron el habla además de las ganas de decir lo que tenía atascado. Es como una herida profunda que duele, que quema y que nunca dejará de sangrar.

Salgo preparado, en los pasillos ya se ven caras familiares. Simon es un capitán apreciado por todos sus soldados, por ende, nadie dudó a la hora de recibir la invitación.

Irina, Laurens y Alan son varias de las caras que me encuentro.

—¿Listo para la guillotina? —bromeo asomando la cabeza en la alcoba de mi amigo.

Está frente al espejo intentando amarrarse el nudo de la corbata mientras el asesor de imagen plancha la espalda del esmoquin.

—Si se sigue moviendo —regaña a mi amigo—, terminará con más pliegues que una falda escocesa.

—No soporto esa cosa caliente. —Lo aparta—. Déjanos solos, ya cumpliste con tus tareas.

El hombre se va no sin antes recoger todo lo que trajo.

—Dentro de cuarenta y cinco minutos seré un hombre casado —le tiembla la voz—. Casado… Joder, tengo mucho miedo.

—Relájate. —Lo ayudo con la corbata.

—¿Y si soy un mal padre? ¿O un mal esposo?

—Esas preguntas se hacen antes de hacer la propuesta. Banner te mataría si le sales con una de esas tonterías a estas alturas del compromiso.

Patrick entra con una botella de champaña y mi genio se descompone cuando veo que Christopher llega con él. Me hierve la sangre de inmediato, no tolero verlo, las ganas de arrojarme a él y matarlo desatan el instinto asesino.

—¡Por Dios, eres el novio más horrendo que he visto en mi vida! —exclama Patrick encaminándose al minibar.

—¿Qué hace él aquí? —pregunto conteniendo el enojo.

—La respuesta es obvia, Lewis —increpa con altanería—. Fui invitado al igual que tú.

Miro a Simon, sabe que lo detesto. Es una falta de respeto, una jugada demasiado baja.

—También es mi amigo —contesta en voz baja—. Quiero que todos estén presentes.

—No cuentes conmigo.

—Oigan —interrumpe Patrick—. Es el día de Simon, no lo arruinemos.
—Ofrece copas de champaña—. Tomemos las cosas con calma y brindemos por nuestro idiota.

Él y Simon son los primeros en alzar las copas.

—¡Por Simon y su nueva vida! —anima Patrick.

Bebo todo de un solo sorbo, pero la ira no se contiene teniéndolo de frente con la máscara de serenidad y de todo me vale mierda. Dejo caer la copa antes de encararlo...

—¡Lárgate! —exijo.

—¡No! —espeta.

—¿A qué viniste? ¿A joderme la vida otra vez?

—¡Ja! ¿Tan importante te crees?

—¡Ya! —se vuelve a meter Patrick—. No es momento para peleas.

—¡Quieres jodernos la puta vida! Haznos el puto favor de desaparecer.

—¡Bratt, basta! —replica Simon.

—Déjalo que se desahogue —dice Christopher inclinándose la copa—. De otra forma no parará de hacer pataletas como el marica que es.

—Vienes a buscarla, ¿cierto? —Lo encuello—. Pese a las advertencias te atreviste a venir.

—¡Tus advertencias me valen mierda! —Me empuja—. ¡Y no vuelvas a tocarme o te atienes a que te rompa la cara!

No sé qué ha cambiado en él, pero ya no es el mismo Christopher que conozco y tengo miedo de eso.

La misma pregunta de siempre me da vueltas en la cabeza. Interrogante que causa que lleve noches sin dejarme dormir, porque si en algún momento llegara a ser afirmativa, lo perderé todo.

—Esperaré afuera. —Se alisa el traje.

—¿La quieres? —pregunto antes de que se marche.

Se vuelve hacia mí mirándome con rabia.

El viejo Christopher no se quiere ni a sí mismo y en esa teoría están todas mis esperanzas.

—No, o no sé... —duda—. Espero que no.

Se marcha dejándome con las manos hechas puños.

—Solo lo dice para molestarte —interviene Patrick—. Todos sabemos que no le importa Rachel, solo sigue con tu tarea de conquistarla y ya.

—¿Podrías controlarte y no armar líos? —pregunta Simon molesto—. ¿O debo posponer todo para poder casarme en paz?

Me clavo en la ventana sin contestarle, tomo bocanadas de aire e intento calmarme. Puede que Patrick tenga razón y solo quiere joderme.

—¿Quién diablos te peinó? —Patrick bromea con Simon—. ¿Tu abuela? Mi regalo de bodas será hacerte lucir como alguien decente, ya que te pareces a uno de los tres chiflados.

Los invitados se acomodan en las sillas blancas frente al altar. La tarde llegó y el viento sopla levantando los velos dorados del altar. El camino que recorrerá Luisa está adornado con pétalos rojos.

El sacerdote prepara los pasajes bíblicos y los músicos hacen las pruebas de sonido.

En primera fila están los familiares más allegados de los novios: padres, abuelos, hermanos y demás. Patrick está en la tercera fila al lado de Lulú, Christopher y Angela. No veo a los padres de Rachel, supongo que deben de seguir afligidos por la muerte de Harry.

Angela se levanta a saludar, trae un vestido violeta con un escote muy atrevido para una boda. La tinta de los tatuajes resalta con el color de la tela. En estos últimos días ha intentado mantenerme contento ya que le pesa revolcarse con el marido de mi hermana.

Simon se ubica frente al altar, está más sudoroso que antes y no deja de peinarse el cabello con las manos.

—Tranquilízate —le susurro.

—No puedo. —Toma aire—. Siento que voy a mearme en los pantalones.

El sacerdote se ubica frente al púlpito.

—Señoras y señores, preparémonos para recibir a la novia —pide el maestro de ceremonia.

Todos toman sus respectivos lugares, las entonaciones musicales inician su melodía inundando el ambiente con las notas del violín. Acto seguido, los invitados se ponen de pie causando que mi amigo se torne de todos los colores.

Rachel es la primera en aparecer caminando con elegancia a través de los pétalos rojos, mientras que Brenda, Laila y Alexa la siguen a pocos pasos. Luce hermosa, siempre ha sido y será hermosa, en todo momento y en todo lugar. Incluso cuando no intente serlo, ya que es imposible pasar por su lado y no admirar el azul zafiro de sus ojos. Derrite a cualquiera de forma natural, pero en momentos como este, cuando resalta su belleza, tiene la capacidad de poner el mundo a sus pies. El vestido rosa se le ciñe a las curvas resaltando la sensualidad que denota, el cabello le cae sobre el hombro como una cascada de crespos negros. Sonríe mientras camina con un ramo pequeño entre las manos.

Los ojos de Christopher se clavan en ella reparándola sin disimulo, helándome la sangre, ya que no la observa con indiferencia: la mira como me gustaría que mirara a Sabrina.

El miedo vuelve. Soy realista: si él avanza, yo pierdo, y no estoy dispuesto a eso.

Rachel

El sol naranja inicia su descenso ocultándose tras el océano mientras las notas musicales me cosquillean la piel. Le abro paso a mi amiga con la mejor de las sonrisas, ya que hoy es su día.

Simon y Bratt están en el altar, el segundo me mira como el día que me conoció y el primero parece que se va a desmayar. Luisa viene detrás sujetando el brazo de su padre, tomo mi lugar y se me hincha el corazón al ver a mi amiga caminando hacia el altar y la sonrisa que le dibuja arruguitas alrededor de sus ojos.

Se detienen frente a Simon, Bratt le da un codazo tratando de que salga del shock. No reacciona y el padre de Luisa se pone la mano en la cintura mostrando el revólver que carga en el cinturón.

Simon reacciona finalmente y toma la mano de su prometida, pero el suegro se opone.

—No he dicho mis palabras —masculla—. Te entrego a uno de los tesoros más importantes de la familia Banner —empieza—, cuídala, respétala y ámala.

Simon asiente nervioso. Marcus suelta a su hija e intenta irse, pero al final se devuelve.

—Sé cómo usar un arma —añade—. Era un francotirador.

—¡Papá! —lo regaña Luisa con los dientes apretados.

Simon tira de ella situándola frente a él. Ella está que no cabe de la dicha y él tiene la apariencia de estar siendo empalado. Hago un pequeño recorrido visual hacia todos los invitados, me hubiera gustado que mi familia viniera.

Scott, Laurens, Irina y Alan están sonriendo, detengo los ojos en Christopher y en Angela. Ella luce un sexy vestido violeta y él está perfecto como siempre con un traje negro a la medida. Se me comprime el estómago, por lo tanto, prefiero apartar la vista.

La boda da inicio. Pasamos por el escrutinio, el consentimiento, la bendición y la entrega de las arras. Continuamos con la comunión, tras la cual ambos se ponen de rodillas para recibir la bendición.

Simon tiembla a la hora de pronunciar los votos y colocar el anillo.

—Oye, Simon siempre ha sido un poco idiota —susurra Brenda a mi lado—. Pero hoy está superando los límites, parece que tuviera un vibrador en el culo.

—Es normal que esté nervioso.

Todos se ponen de pie a la hora de dar el sí.

—Luisa Banner —inicia el sacerdote—, ¿aceptas a Simon Miller como tu esposo para amarlo, respetarlo y quererlo, en la salud y en la enfermedad, en la riqueza y en la pobreza, en la tristeza y en la felicidad hasta que la muerte los separe?

Se le ilumina la cara.

—¡Sí! —responde sin titubear.

El sacerdote se vuelve hacia Simon.

—Simon Miller —continúa el sacerdote—, ¿aceptas a Luisa Banner como tu esposa para amarla, respetarla y quererla, en la salud y en la enfermedad, en la riqueza y en la pobreza, en la tristeza y en la felicidad hasta que la muerte los separe?

Suelta las manos de mi amiga mirando al cielo y permanece así durante segundos que resultan eternos. Luisa se mueve incómoda y Bratt tose devolviéndolo a la realidad.

El sacerdote repite la pregunta como si nada hubiese pasado y tampoco hay respuesta de su parte. Las caras de todos se descomponen cuando baja los dos pequeños escalones del altar.

—¡Mierda! —Laila hiperventila a mi lado.

Marcus lleva la mano hacia su arma mientras la vista de todos está en el idiota que va a dejar a mi amiga plantada. Avanza por el camino lleno de pétalos y yo no me atrevo a darle la cara a Luisa. Lo único que puedo pensar es en cómo le voy a rebanar el pene.

Se detiene a la mitad del sendero volviéndose hacia mi amiga.

—¿A que te la creíste? —pregunta riendo—. ¡Cielo, por supuesto que quiero casarme contigo!

Alza la voz.

—Estoy que me hago en los putos pantalones —se devuelve al altar—, pero no puedo imaginarme un futuro sin ti.

Vuelvo a respirar mientras Luisa suelta el ramo bajando con rabia.

—¡Casi me meo en el vestido! —lloriquea.

—Y yo en los pantalones.

—Te amo.

—Yo más.

Sellan sus bocas en un apasionado beso y todo el mundo revienta en aplausos.

—Es un idiota —exclama Brenda riendo.

—Tomaré el beso como un sí —declara el sacerdote.

—¡Lo siento! —Simon acalla la multitud—, pero tenía que ponerle emoción al momento.

Se abrazan. Cuando Luisa era novia de Scott vivía con la incertidumbre y el miedo de que la pudiera lastimar. Con Simon nunca he sentido eso, es la persona más noble y amorosa que he conocido. Sé que con él tendrá todo: un amigo, un confidente y un amante.

La celebración es en el ala oeste del hotel, las telas de los toldos se mueven bajo el viento mientras el cielo es un espectáculo lleno de estrellas y luceros. Luisa y Simon llegan cogidos de la mano mientras el maestro de ceremonias ubica a cada quien en su puesto.

—¡Rachel, ven, por favor! —me llama el maestro.

Ubica la mano en mi espalda guiándome a la mesa.

—Los novios querían una mesa con sus amigos más allegados —explica—. Se alternarán entre esta y la de sus padres.

Mis amigas, Patrick, Bratt y Christopher ya están ubicados. Un mesero está añadiendo una silla para Angela. «Jesús, ¿qué tanto mal te hice?».

—Estás hermosa —me dice Angela antes de sentarse.

—Igual tú —contesto.

Hago lo posible por aprisionar los tormentos. Me prometí disfrutar este momento, ya que Luisa necesita ver bien a su mejor amiga.

«Solo haré de cuenta que no está presente».

Mi mirada se conecta con el coronel cuando me siento y es el primero en apartar la cara cuando Angela lo toma de la barbilla para besarlo. El ardor no tarda en aparecer y por ello me lo trago.

—Bueno —Lulú guarda su brillo labial—, estoy preparada para los bombones griegos.

—Me apunto. —Laila se inclina un trago.

Bratt está a mi derecha, quiero creer que Luisa olvidó pedir que reorganizaran la distribución de las mesas.

La tensión con la pareja que se sitúa enfrente se puede cortar con cuchillo, hasta yo percibo la ira de mi ex al igual que la rabia del coronel. Por un momento sopeso la idea de recoger todos los cubiertos.

Se dan los debidos agradecimientos, los padres dedican las respectivas palabras y alzamos las copas para el brindis. Reparten la cena y me obligo a comer. Me duele el cuello de tanto mirar a Lulú, ya que a donde sea que mire no me agradará lo que veré.

—Voy al baño. —Se levanta Lulú quitándome la excusa de distraerme. Tomo un sorbo de mi copa.

—Te ves bien —comenta Bratt en voz baja.

La oración me toma desprevenida.

—¿Disculpa?

—¿Tu cuello está bien? —Bebe de su copa—. Por un momento temí porque estuviera tullido o algo así.

Sonrío con el comentario.

—También te ves bien.

—¡Todos de pie, por favor! —piden—. Los novios harán su primer baile.

Nos desplazamos a la pista mientras los novios se abren paso tomados de la mano. El espectáculo de luces no se hace esperar y Simon besa los labios de Luisa antes de comenzar.

Se mueven juntos a través de la pista, él sonríe mientras que Luisa recuesta la cabeza sobre su pecho. Tiene las mejillas brillantes por las lágrimas mientras que las notas de All Of se toman la noche.

—Cosas como estas me dan esperanza en el amor —comenta Lulú a mi lado—. Son una pareja hermosa.

Recuesto la cabeza sobre su hombro.

—Sí que lo son.

No todos los amores rasgan el alma, puede que pasen por momentos difíciles, pero no necesariamente tienen que apedrearte el corazón sacándote lágrimas hasta más no poder.

Puede que los amores sufridos valgan la pena, ya que el dolor suele hacerte fuerte. Sin embargo, los plenos y tranquilos también se consolidan con la misma fuerza e intensidad, y no siempre tiene que doler para darte cuenta de que estás amando.

Se pueden tener amores como el de mi amiga, cargados de confianza, tolerancia y paciencia. La única discusión grande que tuvieron fue por mi culpa, el resto no han sido más que tonterías que terminaron en escandalosas reconciliaciones en su habitación.

—Su jefe la está mirando —masculla Lulú—. Es muy sexy.

Me pican los ojos con las ansias de mirarlo, pero verlo solo me recuerda lo que siento y no puede ser.

—Padres y padrinos, acompañen a los novios en la segunda canción.

La mano de Bratt está a centímetros de la mía, sin embargo, dudo en tomar la iniciativa.

—Es su exnovio, no dude tanto —me anima Lulú.

Doy un paso hacia él ofreciéndole la mano. Lo conozco desde hace años, no es para que sea tan «difícil».

Nos movemos despacio en medio de la pista, algo se me atraviesa en la garganta cuando por un momento volvemos a ser la pareja que éramos hace cinco años atrás.

Muy en el fondo considero la idea de reconstruir todo eso, pero cuando cierro los ojos aparece él, Christopher, marcando cada espacio de mi mente. Algo me dice que, por más que lo intente, al coronel nunca lo podré borrar.

El baile termina, los novios se pasean por las mesas saludando y compartiendo con los invitados. La buena música invade el lugar mientras Lulú, Laila, Patrick y Alexandra sacan provecho saltando y bailando en la pista de baile.

Brenda se fue temprano con la excusa de que tenía náuseas. Quiero creer que es eso y no que le duela vivir esto sin Harry. Me quedo sola en la mesa, ya que todos están bailando. Para colmo, los soldados aún tienen el chip que dejó Bratt el cual advierte: «No la miren, no la toquen», por lo tanto, nadie se acerca.

—¡Todos tomen o busquen a su pareja! —anuncian en los micrófonos—. Llegó el momento de ponerse románticos.

El público baja el ritmo, unos piden permiso, otros se toman de la mano y mi pecho es un abismo cuando *Forever Young* se vuelve protagonista en la voz del cantante principal.

«Bratt me pidió matrimonio con un *cover* de esa canción», me digo. Vuelvo la vista a la mesa con el cúmulo de sentimientos. Una sombra se cierne sobre mí e invade mi campo visual.

—Es mi turno de tomar la iniciativa.

Tomo aire lista para negarme, pero…

—Es nuestra canción. —Sigue con la mano extendida.

Acepto la invitación dejando que me guíe a la pista, su mano se aloja en el centro de mi espalda mientras que la mía se aferra sobre su hombro.

—Odio que actúes como si fuera un desconocido —susurra—. Soy todo menos eso, Rachel.

—No te veo como eso, Bratt… Es solo que… —no me salen las palabras.

—Que piensas que enloqueceré y volveré a amenazarte con un revólver.

No le temo, entiendo que con rabia no actuamos bien.

—No me siento cómoda mirándote a los ojos después de haber pasado por tanto, es todo —confieso.

Respira hondo buscando mi mirada.

—Estoy dispuesto a dejar todo y empezar de cero.

Remueve lo que quiero sepultar.

—Te amo. —Me aparta el cabello de los hombros—. Mi cabeza es un lío, puede que no actuara bien, pero pese a eso sigo teniendo claro lo mucho que te quiero.

«¿Quererme después de todo lo que le hice?», pienso.

—Yo…

—No digas nada —me calla—. Solo quería que lo supieras, que tengas presente que pese a todo sigo estando para ti, que estoy dispuesto a dejar y a olvidar todo con tal de ser feliz a tu lado.

—Te traicioné.

—El amor es más que la ira y la desconfianza. Le doy vueltas y vueltas al asunto llegando siempre a la misma conclusión: no quiero vivir sin ti.

Le acaricio el rostro repasando las facciones de su cara. Quisiera quererlo como se merece, pero me es imposible, ya que mi corazón está marcado con el nombre de otro, quien dejó una huella en mí estando enamorada de Bratt. Ese fue el jodido problema, que la pasión fue más grande que el amor.

Se acerca a mis labios despacio, alcanzo a apartar la cara dejando que me bese la mejilla.

—Yo…

—Déjalo —vuelve a callarme—. Solo piensa y vuelve a ser la misma de antes.

La música acaba y somos los únicos que quedan en la pista.

—Volvamos a la mesa. —Me guía tomándome de la mano.

—¡Luisa va a tirar el ramo! —Laila me toma del brazo liberándome de su agarre.

Me lleva con el grupo de mujeres que no dejan de gritar. Luisa se sube a la silla, todas se preparan y el ramo cae en mis manos sin pretenderlo.

—¡He aquí a la próxima novia! —grita Lulú y todas aplauden.

—Sospecho que la charla que acabo de ver dará frutos. —Laila me abraza por detrás.

Levanto el ramo. «Casarme…», estoy demasiado lejos de eso.

70

CELESTE

Rachel

La boda fue hace una semana y la ausencia de Luisa se siente en casa estando en Londres. Vivir tanto tiempo juntas crea una costumbre, como cuando se vive con los padres o la pareja. Mi cabeza está sopesando volver a Norteamérica, sin embargo, siento que la central de Arizona es demasiado pequeña para mí.

Me estaría bajando de un yate para subirme a una canoa. Permanecer en Londres requiere esfuerzo, dedicación y disciplina, ya que es una de las mejores centrales del mundo. «Aparte de que ser un soldado de élite genera muy buenos ingresos cuando se tienen operativos especiales».

Aunque, por muy bueno que sea todo, siento que necesito un nuevo comienzo, es estresante mezclar lo personal con lo laboral. Angela se me acerca una y otra vez en busca de una confidente amorosa sin saber que sus confesiones son una tortura sentimental para mí. Él no le es indiferente, a diferencia de Sabrina. Con ella sí se deja ver en los tiempos libres.

No hay indicios de que los italianos me sigan persiguiendo y eso me tiene respirando un poco más tranquila.

Por otro lado está Bratt, hemos estado cerca a lo largo de la semana, el que nuestras tropas estén trabajando juntas nos obliga a asistir a constantes reuniones a puerta cerrada. «Otra cosa que quiero alejar», pienso. No es cómodo ver al ex al que le fui infiel, ya que estando frente a frente llegan los recuerdos de lo que hice con su mejor amigo.

—¿Podrías llevarme a comer? —pregunta Lulú desde la puerta—. Tengo hambre y no hay nada en la despensa.

Dejo de lado la maleta que llevo días intentando desempacar.

—Eh… Sí. —Busco un abrigo—. Hace falta algo de distracción.

—Suena perfecto. —Aplaude emocionada—. Tomaré una ducha.

Me preparo una taza de café mientras Lulú se arregla. Busco en la web algo que hacer, ya fui tres veces al cine y dos al teatro. Podría reunirme con las chicas, pero Laila está con su madre, que vino a visitarla, y Brenda está en Puerto Rico.

Termino tropezando con el anuario que me dio Luisa y me acuerdo del dibujo de Parker. ¿Qué dijo Brenda sobre que exhibía arte en una galería? Tecleo su nombre y me aparecen varios artículos sobre su trabajo.

«De lo que uno se entera...», reflexiono. Le doy un sorbo al café antes de anotar la dirección donde expone sus obras.

—Estoy lista. —Lulú aparece con gabán y con botas de lana.

—Necesito que me acompañes a un lugar —le aviso tomando las llaves del auto.

—Siempre y cuando sea divertido.

Comemos en un pequeño restaurante cerca del edificio y nos embarcamos a Soho. La zona es protagonista en el cine, ya que está llena de sitios donde prevalece el arte.

Me estaciono frente a la pequeña galería de ladrillos marrones y puertas fosforescentes.

—¿Una galería? —se queja Lulú—. ¿No había algo mejor?

—No seas quejica. —Bajo del auto—. Quiero ver algo, luego haremos lo que tú quieras.

—Que conste que haremos lo que yo quiera. —Me sigue—. Te acabo de grabar con mi teléfono.

—Pero tienes prohibido quejarte... —La arrastro adentro.

El lugar es pequeño con pisos de madera y lámparas colgadas en el techo. Pese a tener una fachada poco llamativa, tiene bastantes visitantes paseándose de aquí para allá.

—¿Qué se supone que es eso? —Lulú señala una de las obras abstractas—. ¿Quién carajos exhibe un montón de triángulos y rectángulos?

—Es arte —murmuro al ver que ha llamado la atención de varias personas.

—¡Por favor! —Rueda los ojos—. Mis dibujos de primaria me hubiesen vuelto millonaria.

—Prometiste no quejarte.

—¿Algo en lo que pueda ayudarlas? —nos saluda uno de los empleados.

—Sí, estoy buscando las obras de Dominick Parker.

—Están en la segunda planta, acompáñenme, por favor.

—Ve tú —dice Lulú—. Compraré panecillos afuera.

Me dejo guiar por el chico que comenta sobre las obras que nos rodean.

—¿Por cuál quiere empezar? —pregunta cuando estamos arriba—. *¿Arte en guerra? ¿Desierto?... ¿Celeste?*

No sé cuál sea la mejor, así que solo me limito a responder:

—Todas.

—Ok. —Sonríe con cierta emoción—. Empecemos.

Definitivamente mi capitán tiene talento, las obras frente a mí retratan la realidad a la que nos enfrentamos diariamente. En las dos primeras pinturas no usa más de dos colores. *Arte en guerra* está hecha en blanco y rojo, con edificios y personas librando batallas físicas, mentales y emocionales; en cambio, en *Desierto* utilizó el negro y el amarillo, combinando el día y la noche en una sola pieza.

—Vamos con mi favorita: *Celeste*.

Me guía hasta el otro lado de la sala y me deja anonadada con la obra que ocupa media pared. «Aparte de ciega, tonta y estúpida», es la única forma en la que puedo explicar no haber notado la maravilla que tengo enfrente.

Solo una tonta ignoraría lo hermosa que es ante los ojos de Parker.

—*Celeste* fue hecha a mediados de 2012 y retrata la belleza, la delicadeza y el ímpetu femenino, resaltando el encanto letal que caracteriza a las mujeres.

Se ríe con la última oración.

Admiro la obra pasando la mano por el lienzo, repasando las líneas trazadas. Debo moverme, ya que es enorme… No sabía que existían lienzos tan grandes. Solo utilizó cuatro colores: marrón, negro, rojo y azul. El azul de mis ojos.

Retrocedo sonriente: «Soy yo», me digo. Dibujó cada una de las facciones de mi cara. Es mi rostro envuelto en una cascada de cabello negro con un labial rojo, el cual muestra la obra como algo extraordinario.

«Si vieras lo hermosa que eres ante el mundo, no derramarías ni una sola lágrima por quien no lo merece», cito mentalmente las palabras de mi padre.

—Hay una dedicatoria —continúa el chico mostrándome las líneas que reposan a un costado de la pintura.

Ella tiene una apariencia seductora y ojos celestiales.
Es de belleza única y mirada imparable.
Ella es de cabello negro, de piel de porcelana y de mejillas sonrojadas. Mujer con aura hipnótica, aguerrida y atrapante.
Es el sueño de todos y la perdición de uno.
Es un personaje de cuento convertido en realidad, siendo una fantasía de carne y hueso, con ojos color cielo y labios disfrazados de exquisita tentación.
Soldado, ángel, ninfa, hermosa, mala, preciosa... En resumen: R. J.

No sé qué decir, un leve ardor me cubre los ojos viéndome de nuevo en aquel lienzo.

Se me vienen a la mente las veces que intentó ser empático conmigo, el acercamiento en aquel casillero y el ofrecimiento a enseñarme sobre números, porque era y soy pésima en ello.

—¿Eres tú? —pregunta Lulú a mi lado.

El chico mira el lienzo y mi cara.

—No... —contesto antes de que Lulú empiece con preguntas reclamatorias.

—Se parecen mucho... —afirma el chico sacándose los lentes del bolsillo—. De hecho...

—No soy yo —lo interrumpo tomando a Lulú del brazo.

—Pero...

—Gracias por la ayuda —me despido sin darle tiempo de terminar.

—Dime la verdad, tienes una doble vida artística, como Hanna Montana, ¿cierto?

—Por supuesto que no. —Bajamos la escalera.

—Entonces ¿cómo explicas estar retratada en una galería?

—Tengo un rostro común, cualquiera lo pudo haber imaginado.

—Sí, qué casualidad. —Se cruza de brazos—. No me cuentes si no quieres, pero he conseguido dos citas que nos están esperando afuera.

—¿Citas?

—Como oyes. —Me arrastra afuera—. Son raros, pero parecen interesantes.

Dos hombres con barba y pashmina nos esperan sobre la acera. Esto es lo que pasa cuando le das rienda suelta a alguien como Lulú.

El resto de mi tarde se reduce a charlas sobre el consumismo, anarquías, Illuminati y conspiraciones gubernamentales bebiendo té helado en uno de los bares del Soho mientras tomo nota mental de no volverle a hacer caso a mi empleada.

Llegamos a medianoche y preparo lo que me llevaré a México. No creo que vuelva a casa en las próximas dos semanas, ya que estaré en el operativo de rescate.

Bebo una copa de vino en el alféizar de la ventana distrayendo el insomnio constante que me acompaña desde que llegué de Phoenix. Un día crees que la vida no deja de sonreírte y al otro te sientas a ver la llegada del sol con un corazón roto y siendo el objetivo de un criminal de alto nivel, el cual ya no sé si me persigue.

Evoco la pintura sonriendo con las piernas contra el pecho. Siempre tenemos oportunidades alternas y nunca me había detenido a pensar cómo hubiese sido mi vida con otro hombre que no fuera Bratt.

Vuelvo al comando al día siguiente. El que Gauna no esté tiene a todos los soldados reunidos en el campo de pelea cumpliendo el entrenamiento diario que se les exige. Huele a sudor y demando órdenes a lo largo del salón siendo apoyada por Alexa, Irina, Scott, Laila y Angela.

—¡Estamos muy perezosos! —espeto—. Si no mejoramos el rendimiento, no seremos ágiles en los operativos y en cada misión. El tiempo es nuestro peor enemigo...

—¡Buenos días! —saludan, y mi vista viaja a la figura de Sabrina, quien entra al salón. Los cadetes contestan y ella se encamina al puesto de Angela, que está con un cronómetro supervisando la rutina de un oficial.

—Esto es una práctica privada, señorita Lewis —manifiesta la alemana, y despabilo a los soldados para que sigan entrenando—. Hay que respetar las normas.

—¿Así como tú respetas mi matrimonio? —empieza.

—Sabrina... —se mete Laila y esta no le pone atención.

—¡A lo largo de mi matrimonio —confiesa— me he enfrentado con francesas, inglesas, latinas, pero nunca con una alemana! ¡Mi marido ha buscado carne nueva esta vez!

Dañar la moral y la reputación de la teniente Klein, eso es lo que hará, así que le pido a Scott que ponga a trotar a los reclutas.

—¿Sabes que te desechará apenas se aburra?

Angela no contesta e intenta darle la espalda, pero vuelve a encararla.

—¿Ya te llevó a hoteles caros y te folló en callejones?

—¡Ya estuvo bueno, Sabrina, muévete, que no perteneces a la fuerza especial! —digo.

—¡Este lugar no es para zorras! —le grita a la alemana—. ¡Así que vuelve al prostíbulo donde fuiste criada!

Lo dice fuerte y claro para que los que trotan la escuchen mientras la alemana enmudece mirando a las mujeres que quedan.

—¡Oh, perdón, se me olvidó que era información clasificada! —increpa—. Olvidé que nadie sabía que fuiste criada en un burdel barato mientras tu madre se vendía al mejor postor.

—¡No tiene derecho a divulgar eso! —replica Angela.

—¡Así como tú no tienes derecho a revolcarte con mi marido! Pero ¡¿qué se puede esperar de una puta barata?!

La teniente la empuja abriéndose paso, pero Sabrina le devuelve el ataque y la alemana se voltea dándole lo que quiere: un zurdazo que la tira al césped con la boca ensangrentada. Intenta írsele encima, pero no se lo permito, ya que la pelea no sería para nada equitativa con el entrenamiento de Angela.

—¡Oye, no! —La tomo—. Es lo que quiere, su familia pertenece al Consejo y te pueden destituir.

Está temblando de rabia y me aferro a su brazo. Sabrina no es estúpida y se va a valer de cualquier cosa con tal de salirse con la suya.

—Vete. —Se la entrego a Laila—. No tires tu cargo a la basura por disputas absurdas.

Mueve la cabeza en señal de asentimiento y prefiere marcharse con mis colegas mientras que la rubia se pone de pie.

—Evita el tener que quedarte sin cara —le advierto—. Es una teniente, Sabrina, ¿tienes idea del entrenamiento que manejamos? ¿De los riesgos de un mal golpe por un ataque de rabia?

—Si intentas ayudarme para sumar puntos con mi hermano, pierdes tu tiempo. —Me encara—. Él no volverá contigo.

—La palabra «gracias» nunca sobra cuando impiden que te den una paliza.

—¡No tengo nada que agradecerte! Eres igual o peor que Angela, ya que te vuelves amiga de todas las que quieren cogerse a mi marido.

Se me cruza la idea de decirle la verdad, aunque creo que ha sido suficiente con el golpe de mi compañera, así que me alejo dejándola sola.

—Guárdate tus intentos de agradarle a mi familia, ya es demasiado tarde. No tiene sentido querer reparar los desprecios —sigue—, insultos y malos modales que sacaste a relucir mientras te dábamos la oportunidad de ser miembro de nuestro linaje.

«Oportunidades que nunca pedí y que nunca necesité».

Recibo un mensaje de Parker ordenando que lo vea en la pista de despegue y por primera vez me alegra el que quiera verme; de hecho, me lo quería encontrar. Busco lo que me pidió que llevara y alzo las solapas de la chaqueta cuando salgo. Hace frío, está lloviznando y una capa de neblina se extiende a lo largo de la pista.

—Capitán —lo saludo.

—Llegas tarde.

¿A qué? Simplemente envió un corto mensaje pidiendo que le trajera unos documentos.

—El general está en México, esperaré allá la llegada de las compañías militares.

Se mete bajo el ala del avión cuando la lluvia se intensifica.

—Quedas a cargo de mis soldados y tareas pendientes, no tuve tiempo de anunciar un relevo.

—Como ordenes.

—Sin errores, James, muéstrale la estrategia final a Morgan y envíamela para que la pueda estudiar.

—Claro.

—Y no se te ocurra faltar a la reunión de mañana.

—Puedo encargarme de todo, tranquilo.

—Los documentos que te pedí, debo firmarlos antes de marcharme.

Le extiendo la lista de autorizaciones con todos los soldados que llevaremos. La revisa por encima mientras me aclaro la garganta antes de hablar. He estado practicando cómo le daré las gracias por la pintura.

—Ayer estuve visitando galerías con mi amiga Lulú… ahora que Luisa no está.

—No me interesa tu itinerario, James —contesta revisando los documentos.

—Sí, lo sé. Es que escuché que tú… —organizo las ideas antes de continuar— eres muy buen pintor y decidí…

Levanta la cara lanzándome una de sus miradas asesinas.

—Te voy a pedir el favor de que no fisgonees sobre mi vida personal, ¿ok?

—Pero me pareció buena idea ir a ver una de las obras…

—¡Pues desiste de eso! —Me devuelve los papeles—. Tales cosas solo las comparto con la gente que me agrada y tú no estás en esa lista.

—Bueno, no te esponjes. No es necesario alterarse.

—¡Sí me altero, porque me molesta que metan las narices donde no los han llamado! Ocúpate de cumplir con tu trabajo o en recuperar al pendejo que te tiene tan depresiva —se enoja—. ¡No se meta en mis asuntos, soldado!

Se encamina hacia la escalera del avión. No me da rabia, sino risa. Tantos corajes por algo que ya vi.

—Te llamaré mañana temprano —avisa—. Quiero un informe del rendimiento de la tropa.

—Lo que usted diga, mi capitán.

Le sonrío y rueda los ojos antes de abordar la aeronave. Querer hablar con él es como intentar tomar una esfera engrasada, no tiene el lado correcto por donde sujetar.

Me devuelvo para la central con la cabeza metida entre los hombros. La lluvia empeoró alcanzándome en la mitad; por fortuna, los documentos están intactos bajo mi chaqueta. Los dejo en la oficina antes de irme a mi habitación y, para mi mala suerte, la lluvia se convirtió en granizo.

Espero en el pasillo considerando la idea de correr al edificio.

—Pescarás un resfriado —dicen a mi espalda.

Volteo: es Bratt con un paraguas.

—Si corres desde aquí para allá, estarás en cama durante varios días.

Tiene las botas repletas de barro, me imagino que estaba visitando a su hermana en la enfermería.

—¿Cómo está el golpe de Sabrina?

—Tiene el mentón amoratado. —Abre el paraguas.

—Lo siento.

—No lo sientas, ella se lo buscó. —Me ofrece su brazo—. Anda, te acompaño a la torre.

Me aferro a su brazo dejando que me lleve hacia mi edificio, pasamos de hablar mucho a no tener nada coherente que decir.

—Gracias por calmar a Angela. Irina me contó la disputa —comenta—. A pesar de que no te agrada, no fuiste capaz de darle la espalda.

—Pueda que no me agrade; sin embargo, es tu hermana y tú sí la quieres, motivo suficiente para darle la mano.

—Aún haces cosas por mí. —Sonríe.

Los truenos y relámpagos hacen eco a lo lejos.

—¿Podemos hablar un rato? No te quitaré mucho tiempo.

Asiento un poco indecisa, insisto en que las cosas ya fueron dichas. Avanzamos adentro, me deshago de la chaqueta y él deja el paraguas de lado para sentarse en el sofá.

—No tengo nada caliente que ofrecer. —Abro la mininevera—. ¿Te apetece una Coca-Cola?

—Estoy bien así, gracias.

Tomo asiento a su lado.

—¿Cómo va la vida sin Luisa?

—Un poco triste, es inevitable no sentirse sola.

—Podrías acabar con esa soledad si quisieras.

Nunca he sabido actuar ante los momentos incómodos donde recibes palabras que merecen respuestas concisas.

—No te quedes callada, odio tu silencio.

—No sé qué decir.

—A este paso nunca tendrás nada para decir.

Acorta el espacio entre los dos.

—Cariño, necesito que entres en razón. No puedes dejar que la confusión te lleve por donde no es.

—No, eres tú el que debe darse cuenta de lo que intentas hacer. Quieres recuperarme sabiendo que te fallé, que lo nuestro está más que roto.

—No para mí, yo te sigo amando igual.

—Bratt, no puedes decir eso, dormí con otro hombre. Estoy enamorada…

—No lo digas —me interrumpe— porque no es así. Si tan solo me dejaras demostrarte lo equivocada que estás. —Se inclina posando las manos en mi cuello—. Solo es necesario que me mires y evoques lo feliz que fuimos antes de que llegara él.

Une nuestros labios con un leve beso.

—No…

—Es a mí a quien amas —insiste.

—Espera…

Me toma con fuerza llevándome hasta su boca y alargando el momento. Por un leve instante cierro los ojos, sin embargo, todo me resulta incómodo y forzado sencillamente porque sus labios ya no me saben a nada.

—Bratt. —Busco la manera de apartarlo, pero su fuerza me limita los movimientos.

—Solo déjate llevar… También puedo ser rudo si quiero.

Se abalanza contra mi cuerpo encerrándome sobre el sofá.

—Apártate.

—Me rechazas porque no soy él, ¿cierto? Ahora te gusta que te traten a las patadas.

—¡Apártate! No logras nada con esto.

Intenta besarme por la fuerza y termino empujándolo haciendo que se levante.

—No actúes como lo que no eres —le pido.

Se peina el cabello con las manos y tensa la mandíbula.

—Solo intento ser el tipo de hombre que te gusta ahora. ¿Qué gané siendo el hombre que siempre quisiste? —espeta—. ¿Cómo me pagaste, Rachel? Querías algo totalmente diferente y nunca me lo dijiste.

—Nunca podría querer al Bratt en el que te estás convirtiendo. Te quise durante cinco años siendo tú, no otro.

—Entonces ¿por qué lo eliges a él antes que a mí?

—No lo elegí, simplemente pasó. No puedes pretender parecerte a él porque son personas muy diferentes.

Vuelve al sillón.

—Yo te quiero mucho, más de lo que crees —aclaro—, pero no podemos cerrar los ojos y hacer de cuenta que nada pasó.

—Yo no quiero perderte. Es lo que quiero que entiendas.

—No me perderás, siempre estaré para ti. No como novia, pero sí como una amiga.

Sacude la cabeza decepcionado.

—Nadie me querrá como me quieres tú —le digo—, eso lo tengo claro, pero necesito que asimiles que te lastimé y las heridas que provoqué es algo que no se perdona por muy enamorado que estés.

Vuelve a ponerse de pie metiéndose la mano en el bolsillo. El anillo de compromiso vuelve a aparecer empeorándolo todo.

—Lo compré para ti, es justo que lo tengas.

—No es buena idea...

—Acéptalo —insiste—. Es importante para mí que tengas algo que te recuerde lo mucho que te amo.

Me lo coloca. La piedra azul vuelve a relucir entre mis dedos mientras me besa el dorso de la mano.

—Cuando amas a alguien no te importa su pasado, presente o futuro, simplemente quieres y ya. No me importa que otro te haya tocado o que lo ames. Estoy dispuesto a volverte a enamorar.

El corazón se me vuelve pequeño viéndolo así, siento como que quiero alejarlo, ya que me jode que al tenerlo cerca o lejos le cause el mismo sufrimiento.

—Llegará alguien que corresponda todo ese amor que tienes.

—Tú lo hiciste una vez —acuna mi rostro—. Tú me miraste como ahora lo ves a él, solo que no notas que estás viviendo un espejismo.

—No te darás por vencido, ¿no?

—Jamás.

Ese «jamás» implica que mientras esté aquí seguiré dándole esperanzas donde no las hay. Partir de Londres ya no es una posibilidad, es una obligación, y, siendo sincera, esta ciudad lleva mucho tiempo gritándome que lo mejor es que me marche.

71

REPRESIONES

Christopher

Arrojo al cubo el quinto intento de mapa mientras lucho porque se me aclaren las ideas. Esta rabia de mierda me está calando en lo más hondo, hundiéndome en el desespero. Ya ni sé qué carajos creer.

Angela se asoma en la puerta.

—¿Está ocupado?

—Sí —contesto sin mirarla.

No quiero verla, estoy en boca de todo el mundo por culpa del espectáculo que montó con Sabrina. Entra dudosa, acomodándose el cabello tras la oreja.

—Vine a disculparme por lo de su esposa, no quería...

—Sabrina no es mi esposa —la interrumpo—, y te voy a agradecer que dejes de ponerme en boca de todos, no me gusta el cotilleo.

—Fue ella la que empezó.

—Pues no le hubieses puesto atención. Está loca, no hace otra cosa que meterme en problemas.

—Reitero mis disculpas, señor, no volverá a pasar.

Se me acerca por un lado pasándome las uñas por el brazo.

—No mentía cuando dije que estoy ocupado.

—Podría hacer una pausa —insiste— e ir por un café, charlar y relajarse de tanta presión. Falta poco para el operativo y no está mal reposar; de hecho, la mayoría está en eso. Gauna y Laila se dieron un pare en la cafetería, el capitán Lewis y la teniente James...

Se me tensan los dedos sobre el lápiz con el impacto de las palabras que llegan como un golpe seco.

—¿Qué?

—Que acabo de ver a Rachel con el capitán Lewis dándose un pare también. —Se ríe—. Creo que están a un paso de hacer las paces, entraron juntos a los dormitorios femeninos.

«Volvió con él. ¿Y así decía amarme? ¡Menuda mentirosa!», pienso y el pulso se me empieza a disparar.

—¿Bajamos a la cafetería o quiere que traiga los cafés?

—Quiero que te vayas. —Me alejo—. Te dije que estoy ocupado, así que largo.

No disimula el asomo de decepción.

—Ok, estaré abajo si cambia de opinión.

Vuelvo a la tarea cuando se va. Estoy atrasado con esto y cada vez que quiero adelantarme llega alguien a distraerme con sandeces que solo me quitan tiempo. Afirmo el lápiz contra el papel y… Veo a Bratt con sus asquerosas manos sobre ella, sus labios sobre los de ella y a Rachel viéndolo como me mira a mí.

«O puede que estén haciendo el amor, como tontamente le dicen», aventuro para mis adentros.

El sudor me recorre la frente con la imagen de ella sobre él. Las náuseas son inmediatas al igual que las ganas de rebanarle el cuello a Bratt. Suelto el lápiz, estoy trazando líneas sin sentido. El papel se arruga en mi mano terminando en el cesto de basura mientras las actitudes del pasado empiezan a tomarme, recordando lo que nunca he dejado de ser.

Cierro los ojos con el recuerdo de sus uñas marcándome la piel, los labios rojos contra mi boca, el aroma avasallando mis sentidos… Toco mis labios con la absurda necesidad que surge de la nada.

Le abro paso a la pantalla de mi escritorio, tecleo mi clave de acceso e inmediatamente todas las cámaras de seguridad aparecen ante mis ojos. El sistema me pregunta qué quiero ver y tecleo el número de la habitación de Rachel.

Muestra el pasillo y la puerta, pero no el interior. Pido más profundidad, sin embargo, el sistema me lo niega.

—Coronel, el interior de las habitaciones solo se puede ver en casos de emergencia —avisa el sistema inteligente.

Cierro todo marcando el número de Patrick, que no me responde. Me exaspera y la bocina se vuelve mierda cuando la estrello antes de levantarme. Aprieto el paso al cuarto de control, donde él está frente a los paneles.

—Coronel, buenas noches —me dedica un saludo militar.

Entro reparando en si puede ver el interior de las habitaciones.

—Qué milagro tenerlo por estos lares, milord.

—Necesito las cámaras de la torre 17, habitación 328.

—¿El dormitorio de mujeres?

—Sí. —Me poso frente a la gran pantalla.

Les ordena a sus soldados que se marchen.

—Las cámaras de las habitaciones solo las puede activar el propietario en caso de alguna urgencia, ya que no podemos meternos en la privacidad de las personas.

—Eres un hacker, puedes activarla manualmente.

—No, no puedo y, si pudiera, tampoco lo haría.

—Es una orden.

—No, es un puto ataque de celos porque sabes que Rachel está con Bratt. Y lo siento, pero no voy a ser partícipe de tu inmadurez.

Paga para que le rompa la cara a puños.

—Controle los celos, coronel.

—No son celos… Es simple curiosidad —intento sonar tranquilo—. Qué más da, volveré a mis tareas.

—Te entiendo, a mí también me pica la curiosidad de saber si van a volver. —Se acomoda en la silla—. Se lo merecen y tú solo estorbas en una relación donde realmente la valoran.

Aprieto los dientes queriendo contener el impulso de no estrellar los puños contra la pared.

—¡Duerme bien! —grita antes de que se cierre la puerta.

Que se vayan a la mierda los dos, sobre todo él, que quiere construir castillos donde no hay más que escombros.

Me cambio, bajo y abordo mi auto. «No son celos», razono frente al volante, solo hace falta que me coja a más mujeres y así deje la pendejada.

Acelero por la carretera vacía. Tengo su imagen estampada en la frente.

Es lunes, hay pocos bares abiertos, así que desvío el vehículo al sur de la ciudad. No necesito damiselas con tendencias decentes, por el contrario, necesito una bandida que acceda a follar sin tanto rodeo. Me conozco todo Londres, por lo tanto, sé dónde puedo hallar cada cosa. Hay una que otra prostituta ofreciéndose en la calle, indigentes y pandilleros que clavan la vista en el auto cuando lo estaciono. No me detengo a mirar nombres de bares, simplemente entro al primero que se me atraviesa.

—Un coñac —le pido al hombre barbudo de la barra.

—Solo servimos ron, whisky y cerveza —contesta sin mirarme—. El coñac lo consigues al otro lado de la ciudad, en la zona de los hipócritas con cuello blanco.

—Whisky doble.

Estrella el vaso contra la mesa y no tardo en beberlo de un solo sorbo.

—Otro —exijo analizando a mi presa. Una pelirroja con minifalda y aretes en la nariz que me sonríe desde el puesto.

—Es muy raro ver guapos como tú por aquí.

—Es tu día de suerte. —Le acaricio la barbilla e intenta alejarse—. No seas tímida, no muerdo.

Retrocede despavorida justo cuando me toman por detrás.

—Rob, ¿qué te he dicho de dejar entrar a Barbies masculinas?

Un hombre de casi dos metros con apariencia de King Kong albino se cierne sobre mí y la pelirroja se resguarda tras la barra, mientras que los pocos asistentes se ponen alerta.

—¡No me gusta que se metan con mi chica! —Su aliento de mierda me pega en la cara.

—Ponle un jodido letrero, entonces.

—Tiene agallas el muñeco.

Me empuja y logro estabilizarme lanzando el golpe que logra esquivar. Su puño me enceguece, su mano sujeta mi chaqueta, le arrojo un puño al estómago, se dobla y lo pateo contra las mesas. Camino a rematarlo, pero tres hombres aparecen de la nada con cadenas y cuchillos. No me conviene sacar el arma, ya que a la FEMF no le gustará que les dispare a cuatro personas.

—Fuera de aquí. —Me vuelven a tomar de la chaqueta—. No quiero ver policías ni médicos forenses en mi bar.

El hombre de la barra me saca a la acera, siento que el labio me está sangrando, pero en este momento es lo que menos importa, limpio la sangre entrando al siguiente bar. La música es alta y logra darme lo que necesito: la capacidad de no pensar.

Pido una botella, bebo trago tras trago y el alcohol me invade con la imagen de ella en mis pupilas. Algo me está creciendo en el pecho y eso es peligroso para mí y para el jodido mundo porque me reprime. Y cuando me siento amenazado no hago más que quemar muros.

Mis sentimientos no son un privilegio, sino una maldición, y quien los tenga tiene que tener la fuerza suficiente para resistirlo. Aparto la cuarta botella al salir del bar mientras Rachel sigue dando vueltas en mi cabeza atascando el paso del aire.

«¿La quieres? —me pregunto a mí mismo—. No… ¿O sí?».

Vomito al imaginarla con Bratt y la piel me arde de tal manera que siento que me consumiré en llamas. No sé en qué momento salgo, pero en un abrir y cerrar de ojos estoy de nuevo en la acera y no salgo de mi asombro cuando saco las llaves del auto y me dirijo a él, ya que se mueve solo mientras alguien saca la cabeza por la ventanilla. «¡Mierda!». Mareado, camino tras el vehículo activando la alarma antirrobo. En cuestión de segundos el motor se detiene, soltando la corriente eléctrica que inmoviliza al que lo conduce.

Los neumáticos rechinan sobre el asfalto y el Aston Martin se va contra un poste de luz. «Maldito imbécil», lo insulto para mis adentros. Caminando ebrio desenfundo el arma, no tengo tiempo para pendejadas, así que abro la puerta mientras el ladrón alza las manos cuando ve la Sig Sauer que sujeto.

—¡No dispare, por favor! —suplica.

Lo arrojo a la acera soltando la tanda de disparos que lo atraviesan cuando lo mato ignorando sus súplicas. Entro, pongo el motor en reversa y empiezo a conducir con el corazón latiendo en mis oídos.

Mi mente no tiene muy claro qué rumbo tomar, solo me veo a mí mismo manejando por carreteras vacías mientras el sistema inteligente me avisa que he excedido los límites de velocidad. Ignoro todo, lo único que quiero es sacarme la daga envenenada que tengo en el pecho.

Bratt es quien aparece ahora, su miserableza interviniendo en lo que no debe y que ahora me pertenece... ¿La quieres? La pregunta vuelve a repetirse y sacudo la cabeza en el asiento.

¡No! Ella, el mundo y yo no estamos preparados para ello todavía. Freno de repente y la cabeza me queda contra el asiento cuando los ojos me pesan tanto que no doy para volverlos a abrir.

—¡Christopher! —Me sacuden—. ¡Christopher!

Abro los ojos. Marie está palmeándome la cara para que despierte.

—Llevo horas llamándote —me regaña.

Me siento en la cama, no sé cómo llegué aquí, aún tengo las zapatillas y la chaqueta puestas. Ni siquiera fui capaz de quitarme la ropa.

—¿Qué hora es? —pregunto en medio del aturdimiento.

—Las once.

«¡Joder!», exclamo en mi interior. Debo partir a México dentro de un par de horas y hay un montón de trabajo acumulado. Lidio con la resaca mientras me baño, me pongo lo primero que encuentro y salgo tapándome los ojos con los lentes de sol.

—¿Qué te pasó en la cara? —pregunta Marie ofreciéndome dos aspirinas—. ¿Volviste a pelear con Bratt?

—No. —Aunque ganas no me faltan.

—Llamaron de la oficina de tránsito, dejaste el auto tirado calles atrás. Lo incautaron y quieren que des declaración.

—No tengo tiempo para eso.

—¿Por qué llegaste tomado? Se supone que no volverías hasta la próxima semana.

Busco las llaves de mi motocicleta.

—¿Arreglaste las cosas con Bratt? ¿Hiciste lo que te dije?

—¡Bratt, Bratt, Bratt! —Me vuelvo hacia ella—. Estoy harto de que me lo menciones; si tanto te importa, vete a vivir con él.

—Solo me preocupo por ti, son hermanos.

—¡Esa mierda no es nada mío, así que no me iguales con él!

Hallo lo que busco y termino estrellando la puerta antes de salir.

No sé cuántas fotomultas me gano de camino a la central, ya que aceleré todo el maldito camino. Laurens se levanta cuando llego, cada vez que me ve se tapa el vientre como si yo no supiera que está preñada.

—Buenas tardes, señor. —Me sigue—. Su reunión de las diez comenzó hace dos horas.

Me palpita la cabeza. «¡Olvidé la puta reunión!», me recrimino en silencio. Me devuelvo a la sala de juntas.

—Necesito un energizante y dos analgésicos.

—Como ordene, señor. —Desaparece en el pasillo.

Atraigo la atención de todos cuando entro sin golpear, los principales tenientes y capitanes están alrededor de la mesa encabezada por el ministro. Los escoltas de Alex esperan en las esquinas serios y con las manos atrás.

—Llega dos horas tarde, coronel —espeta el ministro.

—Problemas de tránsito —miento ocupando mi puesto.

Bratt está ubicado frente a mí sacudiendo la cabeza con mi aspecto.

—La presentación está lista —anuncia Rachel entrando a la sala.

No quiero verla. Sé que, si lo hago, perderé la poca paz que tengo y no estoy muy seguro de mi autocontrol.

—El coronel apareció, así que empecemos —ordena el ministro.

Laurens aparece con lo que pedí, me entrega la bebida y dos aspirinas mientras Rachel habla.

—Estaremos a tres mil quinientos metros del prostíbulo San Fernando —explica—. La misión iniciará a las trece horas. Atacaremos en hora roja con el fin de capturar a aquellos que patrocinan la actividad de trata de blancas.

Se mueve a través de la sala pasando las imágenes en la pantalla.

—Cuentan con una guardia de ciento ochenta hombres distribuidos por los primeros cincuenta metros del terreno. Los Halcones los han aprovisionado de armas —continúa—. El arsenal ya se estudió, es de cuidado, además de ser altamente peligroso. Las tropas de Thompson y Parker irán por las personas en cautiverio, mientras las otras cuatro compañías se encargarán de los proxenetas y líderes terroristas.

—¿Qué hay de los carteles mexicanos? —pregunta el máximo jerarca.

—Eso ya está previsto —habla Patrick—. Nos infiltraremos como una brigada de la Cruz Roja mientras estamos en el campamento. El general Gauna ya preparó la coartada. Cubriré la zona con interceptores, los cuales bloquearán la captación de nuestros radios y equipos.

—Tendremos cuatro horas para llevar a cabo el operativo —continúa Rachel—. A las diecisiete horas debemos estar evacuando y a las diecisiete treinta se debe partir al Distrito Federal.

—¿Preguntas? ¿Dudas? —increpa el ministro—. Coronel, ¿dejará de actuar como una momia y formulará alguna pregunta?

Me estoy viendo ridículo actuando como un crío.

—Tenga la amabilidad de quitarse los lentes —espeta—. Estamos en una reunión seria.

El regaño sonó más a Alex que a ministro. Los ojos me arden cuando me deshago de los lentes y es inevitable no hacerle frente al problema, ya que está delante de mí. Mis ojos se encuentran con los suyos y de la nada todo se siente como si llevara años sin verla. La pregunta sobre qué pasó anoche se me atasca en la garganta.

—¿Tiene alguna pregunta, coronel? —insiste el máximo jerarca.

—No.

—Puede tomar asiento, teniente James.

Tenso los músculos bajo la mesa cuando toma asiento al lado de Bratt.

Obviamente durmieron juntos porque ella se ve radiante y todos nos vemos radiantes después de una noche de sexo.

—En este nuevo proyecto nos jugaremos el todo por el todo. —El ministro se pone de pie—. No solo liberaremos a las personas en cautiverio, sino que también derrumbaremos uno de los prostíbulos más crueles de México. Los Halcones Negros se esconden allí, por ende, el proceder debe darse con cautela.

—¡Sí, señor! —contestan todos al unísono.

—Partiré dentro de una hora, ustedes lo harán hoy a las dieciséis horas junto al coronel.

Los escoltas se preparan para la salida.

—Pueden retirarse —ordena.

—Teniente, ¿almuerza conmigo? —le pregunta Bratt a Rachel, y esta asiente.

Se levantan juntos y yo permanezco inmóvil en la silla.

—Hay un par de cosas pendientes. —Patrick se me acerca—. Pensábamos comentarlas esta mañana, pero como no llegaste me tomé el atrevimiento de pedirle a Laurens que nos abriera espacio. La teniente James y yo tenemos dudas que te competen.

—Que sea ya —respondo al ver cómo se va con Bratt.

—No seas cruel, déjanos comer algo. Estamos trabajando desde esta mañana y…

—¿Qué pasó con el auto? —nos interrumpe Alex—. ¿Se embriagó al igual que tú?

—Los atenderé dentro de media hora en mi oficina —le ordeno a Patrick.

Asiente y acto seguido le dedica un saludo militar al ministro antes de irse. Alex se cierne sobre mí apoyando la mano en la mesa, «postura la cual asegura que va a empezar a joder», me digo.

—En una misión hay que tener las ideas claras, coronel, y tú me estás dejando en ridículo presentándote en este estado.

—Es la primera vez que llego tarde a una de tus reuniones.

—El que te presentes medio ebrio y apestando a whisky barato ensombrece la excelente conducta que has tenido. Estás a pocas horas de una importante misión y no puedes estar desperdiciando tiempo embriagándote—. Anda, te escucho.

Sé lo que quiere oír, siempre busca la forma de joderme como ministro cuando no puede hacerlo como padre.

—Mentiría si te digo que no lo volveré a hacer, me conoces y tengo el talento… Ya sabes, el de matar las esperanzas de todo el mundo.

Se endereza.

—Puede que sí, pero ten en claro que por muy hijo y coronel que seas sigo siendo el que demanda aquí y en todas las jodidas centrales —espeta restregándome el cargo—. Yo soy el máximo jerarca y tú un coronel cualquiera, así que o te comportas o tomo medidas.

Nuestra pésima relación se resume en el simple hecho de que nuestro carácter es demasiado parecido. Si soy terco, tosco y arrogante, él lo es el doble.

—No quiero errores en esto, Christopher, así que asegúrate de que tu estrategia sea perfecta, porque varias compañías están bajo tu responsabilidad.

Busca la salida seguido de sus escoltas.

—Y colócate hielo en la cara —dice a poca distancia—, que pareces un pandillero.

Me encierro en mi oficina, me valen las órdenes de Alex. Estoy demasiado agobiado conmigo mismo. Saco la botella que tengo en la cajonera y bebo un largo trago.

—¿Reunión de Alcohólicos Anónimos? —pregunta Patrick desde la puerta.

—Cierra el pico o te lo muelo a golpes —declaro empinándome otro trago.

—Como ordene, mi coronel.

Se va hacia la mesa de los hologramas programando todo. Miro a la puerta esperando que ella aparezca, pero no lo hace.

—¿Dónde está Rachel? Les di solo media hora, no tengo todo el día para esto.

—No almorcé en la cafetería —Patrick mira su reloj—, pero supongo que debe de estar por llegar.

Enciendo un cigarro junto a la ventana, no me soporto. Siento que es lava lo que me corre por las venas.

—Perdón por la tardanza, señor. —Entra ella.

—Empecemos —pide Patrick invitándola a la mesa.

No contesto nada, no soy más que una bomba en conteo regresivo. Patrick habla y explica mientras ella asiente. En cambio, yo estoy en el limbo viendo el movimiento de sus labios al hablar. Labios que tal vez estaban chupándole quién sabe qué a Bratt...

Empiezo a recordar lo que no debo, a hacerme ideas erradas y a formular preguntas que no me quiero responder. El corazón me galopa en tanto la ira me baila en las venas al tener que reconocer que no puedo dejar de mirarla. Los ojos azules, los labios rojos, la figura perfecta... La veo sobre mí en el balcón de mi apartamento, evoco los gemidos suaves en mi oído y las uñas marcándome la piel. Pensar que Lewis pueda tenerla de nuevo me...

—Bratt me ayudará a... —menciona su nombre y llego a cero.

—¡¿Te acostaste con él?! —suelto sin vacilar.

Patrick deja su rotulador a medio camino y ambos se quedan en silencio.

—Te hice una pregunta, Rachel, ¿te acostaste con él?

Patrick tose moviendo los papeles sobre la mesa mientras ella sigue sin contestar.

No quiero tomar el silencio como un sí.

—Como decía —me ignora—, entraremos escoltados...

Le arrebato el lápiz que sostiene obligándola a retroceder.

—¡No voy a repetir la puta pregunta!

Me arde la piel, los ojos, los pulmones..., todo.

—Solo puedo contestarle preguntas laborales.

—¡¿No la respondes porque es un sí?! Aclárame por quién es que tanto te mueres, ¿por él o por mí?

—Creo que vine en un mal momento, está medio ebrio y...

—¡No estoy ebrio, maldita sea! No te excuses bajo eso. ¿Volviste con él sí o no?

—¡Christopher, cálmate! —Patrick intenta acercarse.

—Lárgate —demando y no se mueve—. ¡Que te largues! ¡Es una puta orden!

Rachel se vuelve hacia la mesa moviendo las imágenes.

—Responde lo que te pregunté. —Apago todo, obligándola a que me mire.

—No tengo por qué responder preguntas sobre mi vida personal —espeta—. Usted ya dejó las cosas claras, coronel.

—¿Sí o no?

—Llámeme cuando en verdad quiera trabajar.

La tomo del brazo cuando intenta irse.

—Evades preguntas cuando te conviene, como cuando Bratt nos encontró juntos, ¿te acuerdas? No respondías para no lastimarlo, pero conmigo puedes estar tranquila, digas lo que digas seguiré estando igual.

—Entonces ¿cuál es el afán por saber?

—Quiero ver qué tan mentirosa eres, convencerme de tus alcances. Dices amarme y te acuestas con el pobre patético que usas a tu antojo.

—Ese patético es mucho mejor que tú.

Siento como si me tiraran un costal de plomo.

—Sé madura y para con las mentiras, porque tu cara bonita no compensa el que vayas por ahí engañando a todo el mundo.

Respira hondo.

—¿La inmadura soy yo? ¿Y tú qué eres? Me echas a patadas de tu vida y luego me haces reclamaciones sobre mi vida sexual. ¿Qué te pasa?

—Todas tus respuestas me llevan a un sí.

—Si es un sí, ¡¿qué más da?!

Se le enrojece la cara mientras el mundo se me cae a los pies.

—¡Todo el mundo murmura lo que haces con la alemana y no he venido a preguntarte, porque no es de mi incumbencia!

—¡No lo haces porque sabes que la respuesta es un rotundo sí! ¡A diferencia de ti, yo sí digo las cosas en la cara! —La ira no me deja pensar con claridad—. ¡Sí, me he acostado con ella, no tengo por qué mentirte!

Retrocede, la he visto llorar tantas veces que ya sé cuándo está a punto de reventar.

—No tienes derecho a reclamarme nada.

—Finges querer a Bratt y...

—No finjo, lo quiero.

La respuesta se siente como si me arrancaran una capa del pecho.

—¡Eres una engatusadora! ¿Qué planeas? Volver con él y por debajo hacerte la víctima y decirme que me amas.

—¡Cállate! —Me encara—. Ni siquiera estás analizando las porquerías que sueltas, como tampoco sabes cómo son las cosas.

—¡Sí sé cómo son! Te la dabas de digna diciendo que lastimabas a Bratt sabiendo que era mentira, porque en el fondo solo querías tenernos a los dos. ¡Falsa!

Me voltea la cara de un bofetón.

—¡No te tolero un insulto más! No eres quién para decirme qué soy y qué no. —Retrocede—. Sí, le fallé a mi novio y actué de mala manera, pero ¿qué? Soy un ser humano y cometo errores.

Tiemblo, por primera vez no sé qué me está pasando.

—No tienes derecho a tildarme de zorra o creer que ando saltando de cama en cama. No miento cuando digo que quiero a Bratt, ya que él fue alguien importante en mi vida.

—¿Y yo qué? —Tengo miedo de la respuesta.

—Lo que siento por ti es muy diferente a lo que siento por él.

—No te creo, anoche…

—Anoche no pasó nada.

Se me estabiliza el pulso por un momento.

—Sé lo que valgo, soy y tengo, y por eso afrontaré mis errores. Actuaré de manera sensata y presentaré mi renuncia en cuanto volvamos de México. Es mi último operativo con usted, coronel.

Todo lo que quiero expresar se me atasca en un solo lugar. Me mira a la espera de una respuesta, pero no soy capaz de hablar, simplemente le doy la espalda dejándola marchar.

La pregunta vuelve a surgir: «La quieres?». La respuesta es: «No sé».

72

OPERACIÓN RESCATE

Rachel

11 de octubre de 2017
Base militar Rafael Pumarejo
Michoacán, México
8.00 a. m.

El avión de la fuerza armada provoca un remolino de arena mientras planea en la pista destapada. Las ventanillas se oscurecen y el ambiente se impregna de olor a tierra.

—No puedo creer que quieras marcharte —comenta Laila a mi lado—. ¿Por qué? Sé que es un mal momento con Bratt, pero tampoco es para tanto.

Mi cabeza no da para más, lo mejor es que marche ahora que puedo. A lo mejor, si me voy, mi suerte cambia, quizá encuentre cosas nuevas. Bratt, Antoni, Christopher... No soporto a ninguno de los tres, encima no puedo dar un paso sin detenerme a pensar a quién lastimaré.

Aunque el italiano siga sin dar indicios de persecución, no quiero seguir en Londres.

Nueva York será mi nuevo comando, estaré más cerca de mis padres, me alejaré de Europa; además, tendré misiones que no involucren al clan Mascherano. «Eso fue lo que debí hacer meses atrás», me digo.

—El grupo no es lo mismo sin ti —continúa Laila recostando la cabeza sobre mi hombro.

—No iré muy lejos, ocho horas no serán impedimento para verlas.

—Nueva York no es un lugar para ti. ¿Qué pasará si Mini-Harry se enferma? Necesitará a todas sus tías. Será tedioso tener que esperar ocho horas hasta que aparezcas.

Me hace reír.

—No seas exagerada, estaremos en contacto todo el tiempo, aparte de que podrán visitarme las veces que quieran.

—No quiero que te vayas —insiste—. ¡Prometiste que vacacionaríamos juntas en Colombia!

—Y sigue en pie. —Le doy un beso en la frente—. Me voy a otra ciudad, no a otro planeta.

Preparo el armamento para descender. Somos la última tropa pendiente. La aeronave aterriza, los soldados bajan corriendo formándose como lo demanda el código de la milicia, y es que debemos presentarnos ante las autoridades mexicanas con armamento y uniforme de combate.

—¡Mi teniente, buenas tardes! —saluda un alférez—. Su coronel los espera en el acto de presentación.

Asiento, hay más de cien hombres perfectamente alineados frente a mí. Forjé mi carrera con la mitad, así que es imposible pasar por desapercibido el sinsabor de saber que es nuestra última misión juntos.

—¡Todos con arma al pecho y marcha lista! —ordena Laila—. Nos presentaremos ante los superiores mexicanos.

Marchamos rodeando el comando. Abrazo mi arma y enderezo mi espalda preparándome para mostrar el debido respeto a mis superiores. Hay ocho compañías en total, entre ellas la de Bratt, Patrick y Simon, quien dejó un relevo, ya que el Consejo le permitió no estar en este operativo por su licencia matrimonial.

El ministro, el general y el coronel están en primera fila frente a los soldados. El coronel empieza a acercarse mientras los hombres se forman dejándome con Laila a la cabeza.

—Teniente James. —Nuestras miradas se cruzan.

Lucho porque mi voz salga firme y clara, no le puedo bajar el mentón con tantos superiores presentes.

—¡Tropas 1107 y 1236 listas y preparadas para sus órdenes, mi coronel!

«Por poco se me sale el "mi amor"», pienso aliviada.

Se aparta. Laila da un paso al frente.

—Somos la novena compañía del ejército de la Fuerza Especial Militar del FBI —nos presenta ante los asistentes extranjeros—. Cumplimos órdenes del capitán Dominick Parker y Robert Thompson. Estamos bajo el mandato del coronel Christopher Morgan.

Un hombre alto y fornido sale de la fila seguido de dos oficiales con uniforme del ejército mexicano.

—¿Compañía de rescate? —pregunta.

—Sí, mi general. —Cuento las estrellas de su uniforme—. Nuestros capitanes ya están en Guerrero. —Se pasea entre las filas.

—¡Soy el general Carlos Barraza! —grita para que todos lo escuchen—. ¡Líder de las centrales mexicanas! ¡Les damos nuestra más grata bienvenida!

—¡Es un honor servirles con valentía, mi general! —responden todos al unísono.

—Su misión es de carácter confidencial —explica—. Solo unos pocos saben de su presencia. Estamos en la zona roja delictiva, en este punto cualquiera puede venderse al mejor postor.

Un grupo de soldados se extiende por todo el campo ofreciéndonos maletines blancos.

—El campamento temporal los espera, una parte de ustedes debe ir como personal de la Cruz Roja, la otra como miembro de la ONG. Estaremos al pendiente de su regreso.

—¡Tienen veinte minutos para reorganizar maletines e infiltrar armas! ¡Los camiones y las lanchas saldrán a las nueve horas! —ordena Gauna—. Ningún tipo de armamento puede estar expuesto.

Las filas se rompen y todos se preparan para partir.

—¿Doctora o enfermera? —pregunta Angela recogiéndose el cabello con una banda elástica.

—Creo que camillera, soy pésima para los primeros auxilios.

Se ríe mientras me acompaña cuando llega la hora de subir a los camiones.

—Lamento lo de tu cuñada —se disculpa cuando abordamos el vehículo—. No la quería lastimar…

—No es mi cuñada, ni tampoco tienes por qué disculparte conmigo.

—Al capitán no le gustó, a duras penas me dirige la palabra.

—Sabrina es la niña de sus ojos, es normal que esté molesto.

Tomamos asiento una al lado de la otra sobre el piso de madera, mientras el resto de los camaradas llenan el camión.

—Si te soy sincera, dolió el que tocara fibras tan sensibles —confiesa—. Mamá fue una víctima de mi abuela, ella también era una prostituta que la adoctrinó implantando el mismo chip a su hija.

—Déjalo estar, a Bratt ya se le pasará. Los Lewis son delicados, pero deben asimilar que Sabrina violó el reglamento.

Asiente abrazándose las rodillas contra el pecho.

—¿Qué piensas tú de lo que dijo ella?

—No puedo pensar nada, no son mis asuntos.

—¿Por qué siempre contestas lo mismo cuando te pregunto algo sobre mí? El coronel, el capitán y tú son personas allegadas. Si te hago ese tipo de preguntas es porque me gustaría encajar entre ustedes…

—No eres muy buena observando, ¿cierto?

—No… O, bueno, sí, a veces da la impresión de que no tienes una buena relación con el coronel, aunque eso se puede arreglar con el tiempo. Eres la novia de su mejor amigo.

«Sí, definitivamente es pésima observando», comento para mis adentros. Los camiones se ponen en marcha.

—Christopher no es tan malo cuando lo conoces, ¿sabes? —Se le ilumina el rostro con una sonrisa—. Pese a todo lo que dijo la arpía que tiene como esposa, siguió conmigo como si nada hubiese pasado porque a él no le importa el pasado de mi familia.

De la nada me vuelvo diminuta, es admirable que acepte su pasado y a mí me juzgue señalándome como una vil zorra solo porque me atreví a hacerle caso a sus absurdas propuestas.

—Qué bueno. —Cierro los ojos fingiendo que quiero dormir.

—Ayer fue a buscarme —insiste—. Estaba ebrio y se quedó dormido sobre mi sofá.

Los celos son más que un estado emocional, son… son una puta enfermedad que te come a pedazos el cerebro. Paso el cúmulo de ira que me avasalla la laringe cuando los imagino juntos.

—Le pregunté si quería vacacionar conmigo en Alemania y me contestó que lo pensaría…

—Tengo jaqueca —la interrumpo—. Dormiré un rato.

—Claro, puedes recostar la cabeza sobre mis piernas.

—Estoy cómoda aquí, gracias.

Me duele el pecho cuando respiro mientras acomodo la cabeza sobre el maletín dándole la espalda. Quiero odiar a ese hijo de puta con todas mis fuerzas, la barbilla me tiembla, nunca creí que podría sentir algo tan intenso y destructivo por una persona.

Campamento provisional de la FEMF
Guerrero, México
9.00 p. m.

Los soldados se pasean con leña, cantimploras y ollas con comida. Unos vestidos de blanco y azul (ONG), otros de blanco y rojo (Cruz Roja). Armaron tiendas para dormir. Parker sale desde una de ellas con un montón de mapas.

—Capitán —lo saludo.

—Venga conmigo, teniente.

Me lleva con él y se adentra en la carpa principal que cuenta con una mesa y varias pantallas desde donde se vigilan los alrededores. Mi capitán se encuentra en la tienda, terminando de dibujar un plano.

—¿Alguna novedad en el camino? —pregunta.

—No, señor.

—Un grupo de hombres estuvo dando vueltas y haciendo preguntas —habla Parker—. No se fueron muy convencidos de la versión que dimos. Al amanecer daremos vueltas entre las comunidades fingiendo hacer nuestras tareas y, de paso, pediremos información sobre San Fernando.

—¿Alguna novedad referente al burdel?

—En la mañana entraron catorce camionetas blindadas, no hemos podido identificar de quiénes se trata. Puede que sea algún líder de los Halcones o algún narcotraficante buscando servicios.

—¿Qué dijo el personal?

—Nadie del personal se atreve a abrir la boca —concluye mi capitán.

Bratt entra, seguido de Meredith y Angela.

—Gauna convocó una reunión —anuncia. No se mira con Parker.

El resto de los asistentes comienzan a llegar. Bratt se ubica a mi lado pasándome la mano por la espalda a modo de saludo, mientras que Meredith se queda a su derecha.

«Se estaba demorando en marcar el territorio», pienso.

—¿Cansada? —me pregunta Bratt.

—Un poco.

Christopher entra con Gauna y el ministro.

—¿Lyons fue ascendida? —pregunta desde el otro lado de la mesa—. Tengo entendido que es una reunión para oficiales desde el tercer nivel.

—¡Yo le pedí que viniera! —interviene Bratt.

—Entonces escóltala afuera y lávate los oídos porque fui bastante claro al decir quiénes podían estar.

—Estoy a cargo de las coordenadas que… —intenta justificarse.

—¡No te he ordenado que hables! —replica molesto—. Así que fuera de aquí.

—No está de buen genio —mascullan atrás.

La pelirroja se marcha furiosa. Empiezan a hablar los superiores y voy tomando nota mental de los puntos importantes. Rozan mis dedos antes de tomarme de la mano.

—No traes el anillo —susurra Bratt.

Lo busco en el bolsillo del pantalón.

—Olvidé ponérmelo después de lavarme las manos.

Me lo quita y lo coloca. «Dios».

—Quiero que lo lleves siempre.

—La reunión de propuestas matrimoniales es en la mañana —se burla Parker. Está situado en una de las esquinas.

La mirada de todos se concentra en nosotros.

—¡Fuera los dos! —exige Christopher estrellando el puño contra la mesa—. ¡Estamos en una reunión seria!

—¡No estábamos haciendo nada malo…! —espeta Bratt.

—¡Largo! —vuelve a gritar.

—Pero…

—No desobedezcas a tu superior, Lewis —lo interrumpe Gauna.

No alego ni replico, simplemente salgo acatando su orden mientras Bratt se queda discutiendo.

Que se joda el coronel, alegar es conseguir que me eche dos veces. El ambiente es sofocante, armas y explosivos es lo único que se ve, así que me marcho a una de las colinas y me acuesto sobre el césped como cuando estaba en Phoenix. Solía tumbarme a contar las estrellas con mi papá y mis hermanas. Cierro los párpados y…

Me incorporo cuando capto los pasos que se acercan: es Bratt.

—Lo siento —se sienta a mi lado—, Parker es un entrometido.

—Perdiste tu tiempo peleando.

Vuelvo a acostarme y él hace lo mismo ubicándose de medio lado. Cierro los ojos mientras siento sus nudillos que me tocan la cara.

—Me voy a ir, Bratt —suelto sin dudar, ya que más adelante no sabré cómo decirlo.

El tacto se detiene dejando la mano suspendida en el aire.

—Debo tomar distancia y dejar que el tiempo sane las heridas.

—Las mías empiezan a cicatrizar.

Vuelvo a sentarme.

—No mientas, las heridas que te causé no sanan tan fáciles.

—Me iré contigo.

—No, esto debo hacerlo sola. Necesito espacio, pensar, recapacitar y empezar de cero. Apenas lleguemos a la ciudad renunciaré a la central de Londres.

—Puedes empezar conmigo, podemos irnos juntos y hacer de cuenta de que nada pasó. Te quiero, cariño, y no me creo capaz de estar lejos de ti.

Me arde la garganta, a veces quisiera corresponderle de la misma forma; sin embargo, no puedo. Tuvimos nuestro momento, sé que lo quiero, pero ya no lo amo.

—¿Te acuerdas de cómo nos conocimos? —pregunta.

Sonrío evocando el momento.

—Sí, me sorprendiste mirándote.

—No me había fijado en ti hasta entonces, recuerdo que Simon me codeó y dijo: «Posible ligue a la vista». Te pusiste como un tomate cuando volteé y nuestras miradas se cruzaron.

—Y después me seguiste con ínfulas de gigoló profesional.

Ubica la mano en mi nuca.

—Cuando te tuve de frente, supe que seríamos de todo menos un ligue. Me faltó verte una sola vez para saber que eras de esos amores que duran para toda la vida.

—Fueron buenos años.

—Gracias.

—¿Por qué?

—Porque tuve errores y supiste perdonarlos, como cuando armaba escenas de celos por nada. Sentía miedo de tus nuevos amigos porque lo nuestro también había empezado como una amistad. —Respira hondo—. Después vinieron los problemas con mi familia… Mi mayor error fue no apartarme y llevarte lejos para que tuvieras el lugar que te merecías, pero, a pesar de todo, te mantuviste a mi lado.

—Eso ya no importa.

—Sí importa. —Se le empañan los ojos—. Te conozco e imagino que te reprocharas el haberme engañado. Sé que te torturas a ti misma sin saber que en parte tuve la culpa siendo sobreprotector, celoso y egoísta. Te encadené a mí imposibilitando que vieras el mundo.

—Bratt, nada justifica lo que hice. —Se me nublan los ojos—. No me justifiques.

—Solo veo las cosas como son. —Me toma la cara entre las manos—. No eres la cualquiera que crees ser, eres la mujer que amo y conozco desde hace años. Si pudieras verte a través de mis ojos, notarías que los prejuicios que intentas poner son absurdos. Si vieras cómo te veo, no te sentirías mal, porque sabrías que para mí sigues siendo maravillosa.

Arranco el césped respirando hondo.

—Perdóname por alejar a medio mundo aclamándote como mía, perdóname por no hacerte respetar como lo merecías y perdóname por convertirme en el monstruo que fui hace unas semanas.

Por un momento vuelvo a ver al chico que amé en mi adolescencia.

—Te amo, cariño. —Vuelve a tocarme la cara—. Sé que puedo convertir tu «te quiero» en un nuevo «te amo».

—Nuestra historia de amor empezó con un beso en medio de un concierto de Bon Jovi. —Le beso la nariz—. Merecemos un buen final, capitán.

Frunce el ceño cuando me levanto ofreciéndole la mano para que haga lo mismo.

—Mira el paisaje… ¿No es hermoso?

Nos vemos bien sobre la colina con el cielo lleno de estrellas. Asiente. Acorto el espacio ubicando mi mano en su mejilla.

—Me diste momentos que jamás olvidaré, Bratt. Te juro con la mano en el corazón que te amé de verdad —declaro—. Eres el recuerdo más bonito que tengo del amor y eso nunca va a cambiar; sin embargo, se acabó, capitán. Ahora no queda más que dar las gracias por los momentos vividos.

Baja la cara mientras acorto el espacio a la vez que le levanto el mentón.

—Nunca te dejaré de querer, tenlo presente siempre… Estoy aquí, pero como una amiga.

Lo atraigo hacia mi boca y le rodeo la nuca con los brazos mientras él sujeta mi cintura. Nos fundimos en un largo beso con sabor a sal y lo disfruto, porque es mi punto final en esta historia, el cierre que necesitamos los dos.

Sujeta mis hombros en tanto que nuestras lenguas se tocan con suavidad. Un beso suave como el amor que nos tuvimos, el tipo de amor que no te hace arder, pero sí te deja buenas experiencias.

—¿Tomando el viaje como una luna de miel?

Pongo distancia cuando mis oídos captan la voz cargada de rabia: «Christopher». La mirada asesina deja clara sus intenciones, Bratt adopta la misma actitud e, inmediatamente, me atravieso evitando la contienda.

—¿Estás espiándonos?

Christopher calla.

—¿Cuál es tu puto problema? —insiste Bratt.

—Que siento pena al verte mendigar amor. Ella ya no te quiere.

—¡Cállate! —replica Bratt—. No la conoces…

—Dile lo que me dijiste ayer. —Se acerca—. Dile que lo quieres a pesar de que tu cariño no se compara con lo que sientes por mí.

Bratt aprieta los puños apartándome.

—¡Lárgate! —Empuja al coronel.

—Ven, oblígame. —Devuelve el ataque.

—Ya basta, Christopher. ¿Qué mierda quieres demostrar? —Lo encaro.

—Que pierde su tiempo buscando lo que no hay —contesta airoso—. Perdió y no con cualquiera, sino conmigo. En meses logré lo que a él le tomó años.

Bratt se le va encima llevándolo contra el suelo, los puños no se hacen esperar y el coronel le estampa un cabezazo que cambia los papeles.

—Lo disfrutamos tanto…, capitán. —El coronel entierra los puñetazos—. Tanto como para repetir hasta morir, así que no jodas, que ya no eres nada en su vida.

—¡Basta! —intervengo.

—El beso me dijo todo lo contrario —grita Bratt.

—¡Joder ya! —Se lo quito de encima logrando que se ponga de pie.

Bratt no se queda quieto y sigue atacando enterrándole un puño en la mandíbula. El coronel se lo carga a golpes mientras mis intentos por separarlos son en vano.

—¡Morgan, basta! —exige Gauna tomándolo de la camiseta.

El general aparece con Alan.

—Suéltame —intenta zafarse, pero Gauna es más grande que él.

—¡Lewis, lárgate! —ordena el general.

Alan tiene sujeto a Bratt, mientras que Christopher se zafa de Gauna queriendo seguir, pero me atravieso.

—¡Ya fue suficiente! —Lo empujo. Tiene la cara llena de sangre—. No te estábamos haciendo nada. ¡¿Cuál es tu maldito problema?!

—¡Tú! —me grita—. ¡Tú eres mi maldito problema!

Gauna vuelve a tomarlo del brazo. Prefiero irme con Bratt, dejándolo con sus traumas de mierda que nunca lograré descifrar. El capitán calla con el murmullo de los soldados, en tanto Meredith se apresura a por el botiquín mientras que Alan lo mete en la tienda.

—¿Quiere hacerlo usted? —Meredith me ofrece la caja.

Sacudo la cabeza.

—Encárgate.

—No te vayas —me pide Bratt.

Lo ignoro volviendo a mi sitio, cada hora que pasa todo se pone peor. Yo lo empeoro con mi presencia y, para colmo, esta disputa nunca va a acabar si sigo aquí.

Me encierro en mi tienda y a la mañana siguiente soy la primera en partir a la brigada a modo de «fachada» para realizar el operativo del estudio de terreno. Se pregunta sobre las costumbres pasando por un sinnúmero de interrogatorios por parte de los que se sienten amenazados.

Volvemos después del mediodía y me uno al grupo de vigilancia.

—¿Alguna novedad? —pregunto al sargento al mando.

—Nada fuera de lo común, mi teniente. Como todos los fines de semana, hay un buen número de clientes entrando y saliendo del lugar.

Les hago compañía por el resto de la tarde. Christopher no ha salido de la carpa principal y Bratt no ha llegado de su brigada.

—Iniciamos maniobra —me avisan a través del auricular.

Bajo a preparar la ametralladora M249 que cargaré como arma, distribuyo los explosivos a lo largo del uniforme mientras los principales cabecillas se reúnen. Salgo convocando a los soldados que irán conmigo.

—Llegaremos por el este —indico—. El helicóptero nos dejará sobre la azotea, de ahí nos abriremos paso a través de las escaleras auxiliares hasta llegar a la puerta que da a los pisos subterráneos.

—Descenderemos al piso dos —explica Laila—, al lugar de los secuestrados. Son sesenta y dos celdas, las cuales albergan a más de mil personas. La tropa del capitán Lewis nos cubrirá en tanto guiamos el personal a los helicópteros y camiones de rescate. Tenemos cuarenta y cinco minutos para acabar con la tarea.

Todos asienten.

—Preparen lo que falte, la hora está cerca.

El estar rodeados por las bandas delictivas más peligrosas de la zona nos pone en el ojo del huracán. Es cuestión de horas para culminar. A las 17.30 horas todos deben estar rumbo al D. F.

Conecto auriculares, radios y equipos de sonidos, aseguro el chaleco y espero la llegada de Parker. La adrenalina viaja por mis venas, no es un operativo cualquiera, sino un enfrentamiento directo con el clan más peligroso.

—Andando, James. —Llega Parker.

Avanzamos hacia el helicóptero que nos espera y elevo una plegaria al cielo rogando que pueda volver viva.

El helicóptero se eleva en el aire sobrevolando la zona. San Fernando aparece frente a nosotros mientras un microavión pasa a la velocidad de un misil impregnando el aire de olor a gasolina.

Hombres trotan abajo y los campos verdes se tornan de color naranja. El fuego se esparce por los cultivos que rodean la propiedad dejando la mansión envuelta en un círculo de llamas y las primeras detonaciones hacen eco cuando las primeras tropas derriban la guardia que protege la mansión.

—¡Descenderemos dentro de dos minutos! —avisa Parker.

Unos se persignan, otros se toman de las manos y algunos echan un vistazo a sus fotos familiares.

—¡Concentrados todos! —ordeno—. ¡Prometimos volver a casa y un soldado no rompe sus juramentos! ¿Estamos?

—Sí, mi teniente —contestan.

—¡Venga, sin miedo, que somos los mejores!

—¡Todos listos para descender!

Ato la argolla metálica de mi arnés al cordón metálico. Parker es el primero en caer y lo sigo con la ametralladora colgando en la espalda.

—El área está despejada —avisa Angela cuando aterrizo sobre la azotea.

El resto de la tropa cae y sin perder tiempo nos encaminamos escalera abajo. Se sigue el debido protocolo, las paredes tiemblan con las detonaciones en tanto uno de los oficiales vuelve lenta la marcha mirando hacia todos lados.

—¡Vista al frente, cadete! —Lo tomo del brazo—. No vinimos a observar, estamos aquí para salvar vidas.

No miro a mi alrededor, mi único objetivo es cruzar la puerta que me lleva hacia los pisos subterráneos. Un buen soldado solo se enfoca en su objetivo, así el mundo se esté cayendo a pedazos.

Los soldados de Bratt arman un escudo frente a nosotros mientras cruzamos el pasillo que nos desplaza hacia nuestro objetivo. La puerta es derribada y continuamos el descenso hasta el fuerte subterráneo.

—¿Tiempo? —pregunta Parker.

—Estamos dentro del estipulado, mi capitán —informo haciendo cálculos mentales.

Seguimos bajando, los carceleros están poniendo explosivos para volar las jaulas. «Predecible —pienso—: matar a las víctimas cuando no hay salida».

Parker está frente a mí con la espalda pegada a la pared, me hace señas y entiendo su mensaje. Cuento hasta tres para poder salir a tiempo. Los carceleros blanden las armas contra nosotros e inmediatamente nuestros hombres se despliegan tomando el área.

—¡Armas al piso y manos a la cabeza! —exijo.

Los gritos no cesan y los verdugos se arrodillan al verse rodeados, por lo que nos dan vía libre para abrir las jaulas.

—Revienten cerraduras y acaten el operativo de evacuación —ordeno.

La gente se aglomera en los pasillos, unos intentan correr y otros nos toman de los hombros con la cara cubierta de lágrimas. Su condición es deplorable: están sucios, pálidos y desnutridos.

—¡Sáquennos —suplica una mujer aferrándose al chaleco que llevo puesto— o ellos nos matarán! —llora.

—¡Tranquila! —La tomo de los hombros—. Solo sigue al personal de negro, estamos aquí para ayudarlos.

No se puede caminar, hay demasiada gente. Pego la espalda a la pared guiándolos a la salida, los disparos hacen eco arriba y ruego a Dios que no tengamos tanta pérdida de camaradas.

—¡Suéltenme! —Forcejea una chica al fondo—. ¡Debo ir por mi hija!

Alan la toma de los brazos arrastrándola con él mientras ella lo muerde y lo abofetea. Dos soldados se unen para ayudarlo, pero ella está desesperada.

—¡Cálmese! —espeta Alan.

—¡Suéltala! —ordeno.

La deja en el suelo.

—Es una misión de rescate, tu actitud nos quita tiempo —le hablo a la mujer.

—¡No me puedo ir sin mi hija! —Se lleva las manos a la cabeza—. ¡No puedo dejarla aquí!

—No dejaremos a nadie, todo el personal está siendo evacuado.

—Ella no está aquí —explica—. Fue llevada a las cámaras de tortura junto con otras cuatro personas.

—¿Hay más prisiones?

—Una fosa subterránea en el último piso. Nos llevan ahí cuando nos imponen castigos.

—¡Apresuren el paso! —grita Parker en medio de la multitud.

—¡No pueden abandonarlas, ellos las matarán!

No ellos, nosotros. Volaremos la casa por órdenes del coronel.

—Ve con los otros, me encargaré de tu hija.

—¡No! —Intenta huir.

—¡Si quieres que la liberemos, debes facilitarnos la tarea! —La alcanzo a sujetar.

Alan la sujeta llevándola con los demás. Evoco los planos que estudié y sí, había pasillos abajo, pero no sabía que eran cámaras de castigo. Ubico a Parker, que da las órdenes finales.

—Hay personas abajo —aviso.

Mira el reloj.

—¿Cuántas?

—Cuatro, morirán si no las sacamos.

Asiente.

—¡Tú! —llama a uno de los alféreces—. ¡Ven con nosotros!

Nos abrimos paso entre la multitud. Laila está al final del pasillo arrastrando las personas.

—Descenderemos, estás a cargo mientras tanto —le ordena Parker.

—¡No hay tiempo!

—No nos tomará nada —explico—. Hay cuatro personas abajo.

Parker me jala con él corriendo seguidos del alférez. Encontramos una puerta de acero con sistema electrónico que le da paso a Parker, pero se cierra de inmediato cuando cruza.

—Sistema automático —reconozco volviendo a abrir—. Se abre de dentro hacia fuera, pero no de fuera hacia dentro. Uno de los tres debe quedarse.

—Tú —le ordena Parker al alférez—, espéranos bajo el umbral y no permitas que la puerta se cierre.

El soldado asiente. Creo que fue una mala elección, pues es el que por poco se desmaya en el tiroteo. Bajamos la escalerilla rápidamente encendiendo la linterna de la ametralladora.

—A la izquierda —le indico a Parker recordando los planos.

Huele horrible, el aire es una mezcla de heces y orina. Contengo la respiración avanzando rápido mientras el olor se va intensificando y en mi visión aparece la primera celda con dos muertos descompuestos.

Parker capta el llanto de la mujer que está tres jaulas más adelante, hay un cuerpo hinchado a su lado, en tanto ella mantiene las rodillas contra el pecho dejando que el cabello le tape la cara.

Vuelo la cerradura.

—Hola. —Me acerco, no contesta y sigue con la cara contra la pared—. ¿Cómo te llamas?

Me mira, el cabello enmarañado no deja detallarle la cara.

—¡Ayúdeme! —suplica sujetándose el tobillo.

Parker aparta la cara al observar la herida que tiene en el pie, ya que está llena de gusanos que destilan un líquido verdoso.

—Saquemos a la mujer y nos vamos.

La levantamos entre los dos y ella me clava las uñas cuando la alzo.

—¡Ellos vienen! —susurra—. ¡Los acabo de ver, nos van a matar!

La arrastramos siguiendo la misma secuencia de pasillos. La mujer no deja de hablar, en tanto lo único que quiero es salir de este pozo de pesadilla.

Nos vamos acercando y miro el reloj: tenemos quince minutos para abordar el helicóptero.

—¡Rápido! —exige Parker.

—¡Nos van a matar! —vuelve a gritar la mujer a la vez que intenta zafarse.

—¡Señora, no está colaborando! —Parker trata de tomarla y lo ayudo, pero cuando intento levantarla, la bala que impacta contra su cráneo la devuelve, dejándola en el piso.

Se desvanece ante nosotros con los ojos abiertos.

No me da tiempo de procesar nada, solo siento la mano del capitán sobre mi brazo cuando una lluvia de balas se viene contra nosotros.

—¡Corre! —grita Parker.

El trote retumba atrás acompañado con ladridos caninos. Caigo en el trayecto y Parker me levanta. Las balas centellean en la escalera mientras el alférez apunta con la linterna buscando el origen de los disparos.

Él sí puede ver cuántos nos siguen. Deja caer la linterna retrocediendo, la puerta empieza a cerrarse y es en ese momento cuando nos abarca el desespero.

—¡No dejes que se cierre! —le pide mi capitán.

Vuelven a disparar y el chico nos da la espalda.

—¡Espera! —chillo, pero no alcanza a escucharme y sale corriendo.

Las puertas metálicas se sellan en mis narices. «¡Cobarde!». Una bala zumba en mi oído e inmediatamente me volteo soltando el aislante del cargador arremetiendo con todo lo que tengo.

«Si muero, no será rindiéndome».

El cargador se acaba, saco otro y se lo inyecto a la ametralladora en nanosegundos.

—¡Nos matarán si nos quedamos! —El capitán salta por encima de la barandilla.

Lo sigo haciendo lo mismo.

—¡Anda! —Me toma del chaleco.

Corro en medio de la oscuridad con los ladridos haciéndome eco en la espalda. Son más, el trote me lo dice, sin embargo, no están atacando para matar.

Hay una vía de escape, la vi en los planos. Intento centrarme y encontrarla a pesar de que esto es un maldito laberinto. Parker se queda quieto y se esconde conmigo en uno de los pasillos, es obvio que nos siguen por el eco de nuestro trote.

Están a pocos metros. Nos quedamos escondidos sin respirar. Pasan trotando con linternas y canes. «Son cuarenta».

Avanzamos despacio tomando la dirección contraria y hallamos otro grupo de diez. Repetimos la maniobra de camuflaje con cautela mientras ellos se mueven con las linternas en alto.

—¡Sabemos quién eres! —gritan, y mis piernas dejan de moverse—. ¡Él sabe que estás aquí!

Es la voz de Alessandro Mascherano.

—¡No nos iremos sin ti! —indica.

«¡Están aquí!». Me tiemblan las rodillas, no respiro, ya que mis vías respiratorias se hinchan y se estrechan. «Está aquí y me lleva la delantera». Me va a matar, las piernas me fallan, la vista se me nubla…

Me toman del chaleco y me sacuden con fuerza.

—Concentrada, James —me pide Parker.

Asiento con manos temblorosas.

—Hay que buscar la salida, dentro de pocos minutos volará esta mierda y tenemos que estar afuera.

Sujeto mi arma siguiéndolo, pero cada paso y ladrido aleja mi fe. Creo que todo ser humano tiene un instinto realista, el cual nos avisa cuando las cosas se pondrán mal, y el mío está en rojo.

Reconozco la escalerilla roja aferrada a una de las paredes. La vi en los planos, da a la segunda planta. La puerta metálica no desmiente mi teoría, no podemos abrirla desde dentro, pero sí es una señal de que estamos cerca de la salida.

—Por acá —le susurro a Parker.

Lo guío por el camino que creo recordar. Corremos y se enciende un atisbo de esperanza al ver la puerta tipo búnker. Parker me hace señas indicando que me asome antes de cruzar y, como era de esperarse, el área no está vacía debido a que hay hombres a pocos metros.

Cuento los proyectiles que tengo mientras el alemán hace lo mismo.

—Veinte.

—Treinta y dos —confirma mi capitán.

Las posibilidades son mínimas, ya que ellos son más. Me paso a su lado tratando de que la fría pared me cargue de esperanza, pero no, creo que todo está perdido.

—Vi tu obra —susurro.

Vuelve la vista hacia mí cargado de ira.

—¡Te dije que…!

—La vi antes de que me lo advirtieras —lo interrumpo—. Me encantó, nunca tendré palabras para agradecerte el que…

—¡Vuelve a tu puesto! —mascula.

—Si no salgo de esta…

—¡A tu puesto! ¡Y deja de hablar como si fuéramos a morir!

Asiento haciéndole caso. Saca una bomba de humo y la neblina se despliega ensombreciendo el panorama, así que corremos hacia la puerta antes de que todo se desvanezca. La maldita salida está sistematizada y protegida. Parker me cubre mientras me aferro a la rueda metálica de apertura manual; sin embargo, no tengo la fuerza suficiente para abrirla.

El tiroteo se vuelve más violento y desisto apoyando a mi colega. Las balas nos acorralan, nuevamente me convenzo de que ellos no están tirando a matar. Lástima, porque yo sí. Derribo a varios; en cambio, a mi capitán se le acaban las municiones e intenta sacar un revólver.

Mi ametralladora no da para más, por ende, busco a mi colega para correr, pero me quedo en el intento cuando veo al hombre que atraviesa la neblina con traje y bajando el arma que sostiene.

Antoni Mascherano, alto, de ojos oscuros y con una elegancia que se destaca a la hora de hacerme una casta reverencia, al tiempo que ensancha los labios con una sonrisa que me congela por completo. De un momento a otro estamos rodeados y mi intento de correr queda en el aire cuando me devuelven.

—He ganado, *principessa*. —Su acento despierta todos mis miedos.

Toman a Parker en tanto mi espalda queda contra el metal. El italiano se acerca mientras tomo desesperada la navaja, que blando contra él... Si me muero, me lo cargo primero. Ataco, pero su mano atrapa la mía y la inmoviliza contra la puerta.

—Se acabó. Te he ganado la partida, *amore*.

No lo acepto. Ir con él es cavar mi propia tumba, conozco sus métodos. Va a matarme después de torturarme.

El miedo es demasiado grande esta vez al verme en los iris negros de sus ojos. Es demasiado sombrío, demasiado peligroso incluso para mí, que me he enfrentado a todo tipo de criminales. Muevo la mano y ejerce más fuerza. Me aplasta con su cuerpo y paso saliva a causa del aroma que emana. Todo me está temblando, quiero llorar, correr y esconderme en lo más hondo de la Tierra.

—Yo voy a cumplir mi palabra y tú llevarás a cabo tu profecía.

—¿La de matarte?

Sacude la cabeza erizándome la piel con el aliento que acaricia mi oído.

—Ser la mujer del diablo.

La navaja cae con el terror que desencadenan sus palabras, es como si supiera que el averno es lo que me espera. Parker forcejea atrás, le entierran los puños en el rostro y el estómago. Lo golpean varias veces hasta que sus rodillas tocan el piso.

—Mátenlo —ordena Alessandro.

Preparan las armas y vuelvo al vacío de Harry... «No», yo no puedo ver esto otra vez.

—¡Alto! —ordena Antoni, volviéndose hacia mí.

El hombre que intenta disparar retrocede.

—No quiero que lo maten, tengo una tarea para él. —Me mira—. Despídete porque no lo volverás a ver.

Se aleja y corro al sitio de mi compañero con lágrimas en los ojos.

—¡Corre! —Trata de buscar no sé qué en el chaleco, pero lo detengo.

Sé que por la fuerza no saldrá vivo.

—No tiene caso.

—Te matará, no puedo dejar que eso pase. —Se me aferra a los brazos desesperado y lo termino abrazando.

—Dile a mi familia que la amo —le pido.

Su fuerza aumenta temblando conmigo.

—Nunca te odié —susurra—. Solo detesté el que siempre terminara admirándote desde lejos.

Una leve sonrisa invade mis labios en medio del dolor.

—Siempre me sentí halagada de tenerte como pretendiente. —Le beso la frente—. En un mundo alterno hubiésemos sido una excelente pareja.

Me toman de los hombros obligándome a que lo suelte. El brazo de Antoni me rodea el cuello mientras Alessandro me apunta a la cabeza.

—¡Déjala! —grita Parker en el suelo.

Lo levantan y me pesa que en el fondo me tenga cariño después de todo lo que pasó por mi culpa.

—Te dejo vivir porque necesito de un mensajero.

La puerta de hierro se abre dando paso al frío del atardecer.

—¡Dile a tu coronel que su teniente ahora es mía! —Lo señala con su arma—. ¡Y que como máximo líder de la mafia exigiré su cabeza en bandeja de plata!

La amenaza me consume. Antoni no me suelta, me saca andando conmigo mientras sus hombres abandonan el sótano. Hay un auto a pocos metros, Isabel Rinaldi nos espera y saca una navaja cuando nos ve.

—Le quitaré el chip —dice con una sonrisa en los labios.

El italiano le arrebata la navaja y me empuja al interior del vehículo. Oculto mis lágrimas mientras miro por la ventanilla cuando la camioneta avanza. San Fernando se desvanece ante mis ojos cuando la inmensa mansión se vuelve cenizas bajo los explosivos de la FEMF.

—Ni del capitán, ni del coronel. Mía, mi hermosa reina.

73

LO QUE NO LE CONVENÍA AL MUNDO

Christopher

Las cenizas de lo que era San Fernando se esparcen a través de la carretera, el atardecer se asoma a lo lejos y el operativo se da por concluido.

Mis hombres recogen todo y emprenden la huida hacia el punto de partida. El tiempo está contra nosotros, en cuestión de minutos tendremos a todos los carteles mexicanos encima.

—Tropa J089 completa y lista para partir. —Thompson es el primero en reportarse por radio.

—Tropa M014 completa y en camino, coronel —comunican a su vez los soldados de Simon.

Hago un repaso mental de todas mientras informan estado y ubicación. La de Bratt es la penúltima en dar aviso y hago cálculos dando cuenta de que falta una.

Me comunico con Patrick.

—¿Qué pasa con la tropa de rescate? —increpo en el radio—. Parker no se ha reportado.

—Debió de haberlo pasado por alto, sus hombres llegaron hace un par de minutos. Se están preparando para partir.

Cuelgo lidiando con el dolor que siento en la clavícula. La situación de las últimas semanas me agota cada día, mermando la concentración y las fuerzas.

Debería estar celebrando con bombos y platillos, he dado uno de los mejores golpes del momento. No todos tienen la capacidad de derribar y liberar a más de mil desaparecidos que no salían del cautiverio hace meses. Tendré una medalla más en mi uniforme, me darán una gran recompensa económica y recibiré infinidad de invitaciones a otras centrales. Quisiera darle la importancia que se merece y sentirme orgulloso, pero no es así. No lo estoy, no me siento bien. Últimamente nada es suficiente, nada me llena, nada me complace.

Todo queda atrás. Se procede a la maniobra de prevención mientras los soldados llegan al punto en camiones, helicópteros y avionetas.

—Coronel, lo felicito —me aluda Patrick—. Operativo diez de diez.

—¡Todos vuelvan a sus tareas! —ordeno antes de entrar a la carpa—. ¡Tenemos que partir lo antes posible!

Patrick me sigue adentro.

—Coronel —Gauna se me atraviesa—, siéntase orgulloso. Su corta carrera ha recibido un octavo título.

Era lo que quería, las malditas medallas me van a servir para lo que necesito, que es el puesto de Alex. Angela sonríe frente al escritorio improvisado, intenta incorporarse, pero niego con la cabeza. El ministro está aquí y se acerca airoso a felicitarme.

—Orgulloso de usted, coronel Morgan. —Posa la mano en mi hombro—. Hizo historia en lo que otros daban por perdido. Un triunfo para ti, para mí y para nuestro apellido.

—No se han reportado pérdidas hasta ahora —habla Gauna—. Si mis estadísticas no fallan, regresaremos con el ejército completo.

—Se registran movimientos sospechosos a pocos kilómetros —avisa Patrick desde las pantallas de mando.

El contraataque era algo que veía venir.

—¿Cuánto tiempo tenemos?

—Diez o quince minutos, como mucho.

—¡Recojan el equipo y el armamento! —le ordeno a Angela—. ¡Partiremos dentro de cinco minutos!

Acata mi orden.

—Llegaron los últimos soldados —informa Meredith en la entrada.

—Nos vamos.

Laila atropella a Meredith adentrándose en la tienda.

—No podemos partir, mi coronel —se desespera—. La teniente James y el capitán Parker no han llegado todavía.

Me quedo en blanco, lo que acaba de decir conlleva a tantas cosas que no sé cuál es peor.

—¡Imposible! —inquiere Gauna—. Fueron los primeros en retirarse.

—Sí, pero ellos no partieron con nosotros. Había personas en las celdas subterráneas y bajaron por ellos —explica Laila—. Dieron la orden de partir e imaginé que llegarían con las otras tropas, pero no fue así.

—Deben de estar por ahí.

—No, Alexandra y yo los hemos buscado. No aparecen ni se reportan.

«Derribé la casa. ¿Y si estaba adentro todavía?».

Siento como si me clavaran una estaca en el abdomen.

—El chip —le ordeno a Patrick yéndome al puesto de mando—. Rastrea el chip y dame su ubicación.

—Tuvieron que haberse ido —insiste Gauna—. No hubo caídas y no hay tiempo que perder. ¡Debemos partir!

No recibo respuesta por parte de Patrick, así que lo aparto de las pantallas moviendo los dedos en el sistema operativo de rastreo. No me arroja nada y el aire empieza a pesarme tanto como los músculos del pecho.

«Objetivo no encontrado», avisa el sistema.

—Mi coronel, yo no puedo dejar a mis colegas —le tiembla la voz—. Ya los busqué, no están con nosotros.

—Hora de partir, coronel —ordena Gauna—. Estamos perdiendo tiempo.

Lo ignoro e implemento otro método de búsqueda, pero recibo la misma respuesta.

«Vamos, aparece», ruego para mis adentros. Hago mi tercer intento. «Objetivo no encontrado», repite el sistema.

Un sudor frío me recorre la espalda.

«Chip deshabilitado». La red detiene la búsqueda, se me agita el pecho y termino estrellando el puño contra la pantalla.

—Armen un escuadrón de búsqueda —ordeno—. Nos devolveremos…

—¡El capitán Parker llegó! —avisa Alan.

Por un segundo me vuelve el alma al cuerpo —por un segundo, literalmente—, ya que se me vuelve a escapar con el denigrante estado de Parker. Está golpeado, lleno de sangre y con la cara amoratada.

—Pero ¿qué diablos…? —pregunta el ministro.

Dos hombres lo sujetan, ya que le dieron una paliza de muerte.

—¿Y Rachel?

Busco respuesta en los soldados que lo acompañan y un silencio sepulcral es lo único que consigo.

Parker logra alzar el mentón, me mira y sacude la cabeza. Siento que voy perdiendo el control.

—¿Dónde está Rachel? —pregunto de nuevo.

—Se la llevaron —contesta con un hilo de voz—. Antoni Mascherano se la llevó.

Su respuesta llega como el impacto de una bala en el pecho. Mi mundo se nubla, el piso se tambalea bajo mis pies y la respiración se me detiene. Un dolor punzante me recorre hasta el último músculo quemándome absolutamente todo «¿Antoni Mascherano?». La idea de que definitivamente pueda estar muerta me parte en dos.

—Lo siento —le tiembla la voz—, intentamos huir y…

—La dejaste. —Todo se transforma en ira—. ¡¿Cómo te atreviste a dejarla?!

—¡No, señor, yo…!

Lo sujeto por el cuello y lo lanzo contra el piso; los soldados retroceden y, de un momento a otro, estoy sobre él moliéndolo a golpes. «¡La dejó en manos de ese hijo de puta!», me martillea la mente. Estoy ardiendo por dentro, ya que mis moléculas están siendo incineradas por el fuego de mi propia cólera.

Me apartan y vuelvo en mí con los dedos entumecidos bajo el agarre de mis puños.

—¡No tiene la culpa! —El ministro interviene.

—¡No quería dejarla! —Parker llora en el suelo cubriéndose el rostro—. ¡No quería hacerlo, lo juro!

El dolor me comprime y me aplasta. Tengo tantas cosas atascadas que no sé adónde ir o qué hacer. Me arden los ojos, la garganta, las venas…

—Llévenselo —le ordena Gauna a Laila—. Súbanlo a la avioneta y cúrenle las heridas.

Me zafo del agarre del ministro peinándome el cabello con las manos. «Tengo que pensar, idear, proceder… No la puedo dejar, ella no puede morir», es lo único que repite mi cerebro.

—Nos vamos. —El ministro vuelve a sujetarme.

—¡Suéltame! —Lo empujo—. ¡No voy a dejarla!

—¡No te quedarás! —Me encara—. ¡Acatarás la orden de tu superior!

—¡No te estoy pidiendo permiso! —Intento abrirme paso.

—Solo nos quedan cinco minutos —habla Gauna—. Catorce camiones armados vienen hacia acá.

Intento marcharme y me toma del cuello, estrellándome contra el escritorio.

—¡Estás exponiendo la vida de todos!

—¡No te estoy pidiendo que vayas conmigo! —Lucho contra él.

—¡Está muerta, es un caso perdido!

Siento que toco el fondo del abismo.

—Están a tres minutos —informa Gauna—. Hay que evacuar.

—¡La última avioneta los espera! —informa un alférez.

El dolor me sigue quemando y siento un vacío nunca antes experimentado. «Cuánto puto tiempo desperdicié y ahora me la quitaron», me lamento.

—Parte sin mí. —Me zafo del agarre de Alex—. Yo no me puedo ir sin ella.

—¡Christopher…! —Patrick intenta acercarse.

—¡No intervengas! —le ladro para que se calle.

—¡No tengo tiempo para tus pataletas! —me advierte el ministro.

La furia arde en sus ojos color acero, tiene la mandíbula tensa y el uniforme arrugado.

—No me obligues a llevarte por la fuerza.

No contesto, simplemente recojo mi arma preparándome para la búsqueda. Alex me clava los dedos en el brazo, deteniendo mi intento de huida.

—Señor, se acaba el tiempo —insiste el alférez mientras el ministro se niega a soltarme.

—No puedo dejarte aquí. —Vuelve a empujarme—. ¡No puedes exponer tu vida por la de un solo soldado!

Aparto su mano y vuelve a tomarme con más fuerza.

—¡Recapacita!

—¡Recapacita tú y entiende que quiero ir por ella! —espeto.

—¡Has perdido la cabeza! —Vuelve a estrellarme contra el escritorio—. ¡Es-un-soldado-más! —recalca cada palabra—. ¡Tienes miles igual a ella!

—¡No es una de los miles! ¡Es la mujer que amo! —Lo empujo. Tomo aire intentando no quebrarme—. Para mí no es un soldado, es la mujer que quiero. ¡No pretendas que la abandone, porque no voy a hacerlo!

Retrocede mirándome como si no me conociera mientras sigo con lo mío; sin embargo, Gauna es quien se atraviesa esta vez.

—Lo siento, coronel, pero órdenes son órdenes.

—¡No te atrevas a…!

Me saca por el cuello y tres soldados lo respaldan poniéndome a comer polvo cuando me estrellan de cara contra el suelo. La bota del general se perpetúa en mi espalda a la hora de esposarme mientras forcejeo.

—No lo tome como algo personal —manifiesta Roger Gauna—, pero el ministro habló y un soldado cumple con las órdenes de su superior.

Siento ganas de escupirle en la cara y decirle que se meta sus jodidas jerarquías por el culo. Alex sale a encararme, ni siquiera me molesto en mirarlo.

—No quiero ser el malo del paseo —increpa furioso—, pero no puedo dejarte aquí…

—Es mi decisión…

—Esta vez no, Christopher. Estuve a punto de perderte una vez, no voy a volver a correr ese riesgo. No puedo permitir que expongas tu vida por la de un soldado. ¿Es que aún no asimilas de quién eres hijo?

«Lo detesto», me digo, siempre me da crédito para odiarlo.

—Es la hija de Rick —continúa—, así que haremos todo lo posible por saber si está viva o muerta, mas no expondré vidas. Rick puede ser mi amigo, pero estoy seguro de que entiende que perdemos docenas de hombres a diario.

Me da la espalda. Acto seguido, Gauna y los tres soldados me empujan al interior del avión mientras Patrick nos sigue. Me encierran en la cabina y me esposan a la silla por las malas.

—Cuando te tranquilices, sales —me informa Gauna antes de marcharse.

La rabia me corroe, nunca en la vida me había sentido tan impotente. Está en manos de un mafioso de porquería y juro por Dios que, si la toca, lo entierro vivo.

—Hermano —Patrick se asoma en la puerta—, haremos todo lo posible por...

—Vete —lo corto. No necesito palabras de ánimo por parte de nadie.

Las horas pasan y me lastimo las muñecas al intentar abrir las esposas. Fue en vano porque igualmente estoy encerrado en esta maldita aeronave, apresado por los jodidos sentimientos que no quería reconocer. Se me arma un nudo en la garganta cada vez que pienso en lo que le pueden llegar a hacer. Yo conozco a Antoni, como también conozco su proceder, sus métodos y las malditas formas que tiene de someter.

Enfurezco más, a lo largo de mi vida he tenido infinidad de tropezones, los cuales he ignorado caminando recto y con el mentón en alto porque soy así: terco, orgulloso y obstinado. Aprendí que la mejor forma para que nadie te lastime es contando solo contigo mismo.

Me escudé bajo un caparazón de hielo para resguardarme de personas como mis padres, como Sabrina. Creé un escudo porque me conozco y sé que no sé querer, ya que soy demasiado egoísta para ello. Rachel llegó con su proyecto de vida soñada y sus típicas tendencias de mojigata. Creo que le tuve rabia en algún momento pero ¿cómo no iba a tenerla? ¿Cómo lidiaría con el hecho de no tener su cuerpo en mi cama? Mis ojos sabían que nunca antes habían visto a una mujer que se le asemeje. Aparentaba ser perfecta sin ser así y quebrarle el caparazón era algo que también me apetecía.

Quería que notara que lo prohibido suele valer la pena cuando pecas con la persona correcta. Tan inocente no era, ya que los inocentes no miran como ella me miraba, y esa jodida mirada me hizo caer una y otra vez. Reconozco que desconfié de su forma de amar y pasé noches pensando en lo que me pasaría si caía. Ya la había visto fallarle a Bratt y, aun siendo el culpable, tuve miedo de no poder controlar la vehemencia que desaté. Tuve esa etapa de negación donde no aceptas la realidad y te encierras en una burbuja de mentiras pretendiendo fingir que todo está bien; sin embargo, nada estaba bien porque estaba y estoy enamorado.

Fui un imbécil al no notar que después de nuestro encuentro en la fiesta de Bratt ya nada era igual. Lo mío no era gusto ni apego sexual, era algo más y se estaba viendo reflejado en los celos, en las ganas de querer tenerla todo el tiempo, en el odio irracional hacia Bratt y en las constantes ganas de querer desaparecerlo. Lo noté cuando su «te amo» me hizo sentir grande, pese a que las barreras solo me quitaron tiempo.

Era absurdo creer que me cambiaría si fui yo el que la cambió al prenderme de su lado malo, porque no me gusta dulce y tierna, me gusta siendo ella. Me gusta la Rachel que me miró con lascivia el día que la conocí, la que se llenó de malicia antes de ir a tentarme en mi oficina y la que no teme a encararme y decirme lo mucho que me ama.

Bratt entra a la cabina con los ojos enrojecidos.

—Este tipo de cosas pasan cuando pones a alguien bueno al lado de alguien malo.

Callo.

—Todo esto es por tu culpa —gruñe—. La obligaste a ir a Moscú, la pusiste al lado de quien siempre la odió. ¿Ves que no mentía al decir que todo lo que tocas se pudre?

Ideo las formas de volarle la cabeza.

—¡¿Ves lo que logras cada vez que apareces?! ¡La van a matar, si es que ya no lo han hecho!

—¡Cállate! —le exijo. Sopesar eso es un puñal en el pecho.

—¡Le volviste la vida mierda y encima la dejas en las manos de un criminal!

—¡No la voy a dejar, así que no vengas a despotricar de lo que no sabes!

—¿Qué hará el respetado coronel? —pregunta con sarcasmo—. ¿Decirle a su archienemigo que se la devuelva sana y salva?

—¿Qué le podría ofrecer? —Me pongo de pie dejando caer las esposas que me ataban—. Tu puto cadáver a modo de tributo para sus cuervos.

Palidece porque sabe que santo no soy, que cuando abro las puertas de lo que tengo encerrado no hay quien lo detenga. A mí no me tiembla la mano a la hora de cargarme a alguien.

—Rachel no se va a quedar ni con Antoni ni contigo —declaro—. Te lo advierto aquí y ahora, así que déjate de joder porque así como puedo matarlo a él, también te puedo matar a ti.

—El capitán Parker quiere verlo, señor —informa Alan desde la puerta.

Hago uso del poco autocontrol que me queda. Por mucho que quiera encerrarlo por traición debo escuchar los detalles del secuestro.

—Que siga —le ordeno a Alan—. Y tú, lárgate.

—Fue a mi novia a la que secuestraron —insiste con lo mismo—. Parker también me debe explicaciones.

Ignoro lo patético que se oye diciendo cosas que no son.

Parker entra apoyado del hombro de Alan. Está irreconocible con la cara hinchada, lleva puesto un cuello ortopédico y tiene el brazo atado a un cabestrillo.

—¿A qué vienes? —le reclama Bratt—. ¿A culparla de tus lesiones y fracturas?

Se apoya en la pared metálica y le ordena a Alan que se retire.

—¡Habla! —exige Bratt—. Cuéntanos cómo te desquitaste seis años de arduo resentimiento dejándola tirada.

Por mucho que intenta mantenerse en pie, sus piernas hacen lo imposible por hacerlo flaquear. El alemán se dirige directamente hacia mí a la hora de hablar.

—No quise dejarla, coronel —se aclara la garganta—. Puede que no tuviéramos la mejor relación, pero nunca quise abandonarla.

—¡Mientes! —exclama Bratt—. ¡Querías vengarte de mí!

—No, por mucho que te deteste sería incapaz de atentar contra la vida de Rachel.

—¡Mentiroso! —increpa Bratt—. No finjas ser el bueno, sé que la odiabas. No eres más que un hipócrita.

—¿Hipócrita yo? —se defiende—. ¿Se te olvida que fui yo quien intentó acercarse a ella antes que tú? ¿Olvidas que fuiste tú el que cortó toda posibilidad de poder hablarle?

—Es tiempo pasado.

—Sí, fue tiempo pasado, pero el que no se me dieran las cosas no quiere decir que la voy a entregar a la mafia solo porque su estúpido novio me cae como una patada en los huevos.

—Vi cómo la tratabas. —Suprimo las ganas de gritarle—. ¿Cómo pretendes que te crea cuando fui testigo de todas tus injusticias?

—Tiene una idea errada, coronel, puede que las pruebas jueguen en mi contra, pero no fue mi culpa el que se la llevaran. Antoni Mascherano se quedó ahí por ella.

Parece que me golpearan no sé adónde. Una cosa es elegir a un soldado al azar y otra es exponer tu vida solo por llevarte a alguien en concreto.

—Alessandro Mascherano le gritó que no huyera, que sabían que ella estaba ahí y que no se irían sin ella.

Otro golpe más fuerte y conciso. Sabía que Moscú terminaría en problemas y no vi venir que Antoni estuviera en Guerrero.

—Me dejó vivir para que le diera un mensaje: dijo que Rachel ahora era suya y que como líder de la mafia pediría su cabeza en bandeja de plata.

Me arde la cara… «Suya». Tendría que morir para que eso suceda.

—Lo sabía. —Bratt se lleva las manos a la cabeza—. Tu puto plan no era más que un fiasco. De seguro ya la mató…

—Pueda que esté herido, adolorido y desconfíe de mí —continúa Parker—, pero no pienso darle la espalda a este problema. Estoy dispuesto a hacer todo lo que esté en mis manos para traerla de vuelta.

—No necesitamos gente con delirios de héroe —interviene Bratt—. Necesitamos llegar a un acuerdo antes de que la despedacen.

Con los Mascherano no hay acuerdo que valga.

—Nos declaró la guerra —espeta Parker—, dudo que se pueda negociar.

—Esto es culpa de los dos. —Nos señala—. Son unos malditos, si no hubiesen llegado, nada de esto estaría pasando. A mi lado estaba…

—¡Basta! —pongo orden—. Vete a ser patético a otro lado, que tus malditas lamentaciones no sirven para nada.

—¡La va a matar! Es el jodido rey de la mafia.

—¿Y qué pasa? —inquiero—. No le tengo miedo. Puede declararme las guerras que quiera, que por mi parte me mantendré en pie haciéndole frente. El que tenga a Rachel solo me da más motivos para volarle la cabeza.

—Cuente con mi apoyo, coronel.

—Vas por el camino equivocado, porque los criminales internacionales lo apoyan. El diálogo es la mejor opción para recuperarla.

—Adelante. —Le señalo la puerta—. Busca su número en el directorio telefónico e invítalo a tomar el té. A lo mejor, te abre un espacio antes de su desayuno.

Me encara.

—A veces hay que agachar la cabeza y reconocer que se está perdido. Por la mujer que amo lo haría mil veces sin pensarlo, además, es el líder de todas las bandas criminales…

—¡Ve! —lo interrumpo—. Intenta recuperarla lamiéndole los pies, que yo por mi parte lo haré volándole la cabeza a todo el que se me atraviese.

—Harás que la maten.

—¡No! Sé con quién estoy lidiando, así que no voy a intentar aliviar la situación con paños de agua tibia. ¡Que venga por mí, que yo también voy por él!

Me encamino hacia la salida.

Mataré a los que tenga que matar y enfrentaré a los que deba enfrentarme, nunca le he tenido miedo a los Mascherano y mucho menos lo tendré ahora que mi odio se ha multiplicado por mil.

Me resbala el que sean líderes de la mafia. Soy el coronel de uno de los ejércitos más importantes del mundo y su declaración de guerra es más que bienvenida. Al fin y al cabo, yo también se la declaré en cuanto supe que se habían llevado a Rachel.

El avión aterriza y me dispongo a planear cómo carajos voy a encontrarla.

74

ITALIA

Rachel

Me pregunto a quién maté como para tener una jodida vida tan desdichada.

Aprieto los dientes moviéndome en la silla, es mi milésimo intento por desatarme. Antoni Mascherano desapareció cuando abordamos la avioneta, me jodieron el chip de rastreo y no sé adónde diablos me llevan.

El avión desciende, aterriza e inmediatamente abren la puerta de la cabina donde me tienen; es Isabel.

—¿Qué tal el viaje, *principessa*? —pregunta mientras se acerca—. Pido disculpas por las turbulencias durante el vuelo.

Alessandro la sigue y procede a desatarme de la silla. La mujer de pelo corto no deja de comerme con los ojos mientras pasa los dedos por el cuchillo balístico que carga.

—Qué cara más hermosa tienes —exclama con su acusado acento italiano—. Será una lástima marcarla.

Acorta el espacio cuando me ponen de pie y con el filo helado del arma me toca la garganta y presiona. Yo alzo la barbilla ofreciéndole mi arteria carótida: Prefiero morir así a que me violen volviéndome un saco de estiércol.

—Supongo que el cuchillo es el coqueteo previo al asesinato.

Suelta a reír echando la cabeza hacia atrás. La punta se mantiene sobre mi piel subiendo despacio y acariciándome las mejillas.

—Cuidado, Isabel —le advierte Alessandro—. Acuérdate de las órdenes del líder.

—Solo juego. —Me mira a los ojos—. No te preocupes, sabes que tarde o temprano la mataré, la picaré y la repartiré por toda Italia.

Alessandro me aparta.

—No perdamos tiempo, Brandon nos espera.

Me empujan fuera del avión. Huele a mar, pero no reconozco el sitio: estamos encima de una pendiente y la brisa sopla fuerte alborotándome el cabello. Hay hombres armados por todos lados y, frente a mí, una alta cumbre sostiene una propiedad empedrada. El mar nos rodea al igual que el paisaje del Mediterráneo.

Me empujan para que camine como la prisionera que ahora soy, no temo a morir, pero sí me aterran las torturas. Un centenar de hombres nos siguen hasta que llegamos a la entrada de la propiedad. Las puertas se abren y la vista impresiona tanto adentro como afuera. Hay pisos entapetados, lámparas lujosas y escaleras hechas de piedra. El personal de servicio se asoma a observarme como si fuera un juguete nuevo.

—Tráela al consultorio —pide Brandon Mascherano asomándose por la baranda del segundo piso.

Vuelven a empujarme, subimos y me meten en una habitación totalmente diferente a lo que se percibe afuera. Es un centro médico con camillas, un quirófano acondicionado y equipos de reanimación. Dos personas limpian el lugar mientras una mujer organiza y esteriliza el material quirúrgico.

«¿Qué me sacarán? ¿El corazón, los ojos o el hígado?», me pregunto.

Una de las camillas rechina. Mis ojos se posan en ella y contemplan la escena asquerosa que brinda un hijo de puta violando a una chica que, por lo que veo, está drogada. El pecho se me conmociona: esa mujer debe ser la madre, la hija o la hermana de alguien, y estoy segura de que ese alguien no tiene la más mínima idea de lo que le está pasando.

Vuelven a sentarme y me atan a una silla metálica, reparo todo de nuevo. Hay otra joven en la camilla, desnuda y con varias mangueras saliendo de su brazo.

—Ábrele la piel sin anestesia —pide Isabel.

—Me gusta cómo piensas. —Brandon le sonríe—. ¡Fiorella, trae el instrumental!

La mujer se acerca por mi izquierda y deja la bandeja. Se voltea y me atraganto con mi propia saliva al ver la espeluznante cicatriz que tiene en el rostro. Es una quemadura que le abarca la mejilla, el mentón y parte del cuello.

—Debo quitarle la ropa —susurra.

—¿Qué dijiste? —pregunta Alessandro.

Se viene contra ella, obligándola a retroceder.

—¡Te hice una pregunta! —le grita.

—Que le quitaré la ropa —contesta en italiano.

—No tienes que decirle el paso a paso de lo que harás, simplemente lo haces y ya. No es una huésped.

—Es la mujer del señor Antoni.

Se me hiela la sangre al escuchar «la mujer del señor Antoni», ya que es un título que jamás desearé tener. Isabel se une al maltrato psicológico volviendo a sacar el cuchillo.

—Esta zorrita no es la mujer de Antoni. —Me coloca la punta en la barbilla—. La única mujer del señor soy yo, ella no es más que carne para cuervos, ¿entendido?

Amenaza y la chica asiente.

—Déjame sacarle el chip —le propone Isabel a Brandon.

—Toda tuya.

La hoja atraviesa la tela de mi uniforme, rasgándome el pecho en el descenso. Ignoro el ardor tensando las extremidades. «Partida de locos», pienso. Si voy a ser el centro de distracción, prefiero que me peguen un tiro de una vez.

Hasta el violador de hace unos segundos se une al espectáculo luego de soltar a la chica, que cae desnuda en el piso. Isabel lleva la punta del cuchillo a mi brazo, todos se concentran y yo cierro los ojos resignándome a lo que se avecina, me toca y...

—Baja el cuchillo —exigen en la puerta.

La demanda es suave, sin embargo, emana tanto poder que todos se enderezan e Isabel palidece.

—Antoni —Brandon es el primero en hablar—, no te esperábamos tan temprano.

«Antoni»... su nombre no da ningún tipo de aliento.

—Ya veo que no.

Le abren paso. Es como un felino, tal vez una pantera o un depredador de esos que se mueven con cautela antes de lanzarse a la presa. El traje a la medida se le ajusta en los lugares correctos, haciendo que se vea elegante y sofisticado, pero macabro al mismo tiempo.

—Ya que han tomado a mi invitada como fenómeno experimental, me quedaré a supervisar el procedimiento. —Se cruza de brazos—. Todo el que no sirva puede retirarse.

Todos obedecen, a excepción de Brandon y la mujer morena. Me echan antiséptico y después me clavan una aguja con anestesia en el brazo.

—Lamento la falta de hospitalidad. No quería que tu bienvenida fuera desagradable para ti, mi bella dama.

Se sienta frente a mí.

—Qué amable. —Río con sarcasmo—. Sin embargo, las desgracias empezaron desde que se te ocurrió secuestrarme.

—La cordialidad no hubiese funcionado a la hora de traerte.

—Obviamente no. ¿Por qué no me torturas y me matas de una vez? Así nos evitamos los preámbulos e introducciones.

—No te traje para matarte. —Clava la mirada en mi pecho descubierto—. Nos vimos hace unos meses y te dejé bien en claro lo que haríamos.

—¿Era cierto lo del folleo y la esclavitud? Vamos, tienes un sinfín de mujeres a tu alrededor. ¿En serio arriesgaste tu vida para tenerme en tu cama?

—Por supuesto. —Sonríe, lo que me eriza los pelos de la nuca. Si la sonrisa de Christopher es como la de un dios, la de Antoni es como la del demonio en persona—. Me juré adorarte hasta que acabe la vida de uno de los dos.

—No sufro de síndrome de Estocolmo, yo no me enamoro de los criminales que persigo y llevo meses siendo testigo de lo que haces.

Brandon se acerca a cortarme con un bisturí.

—¡No me toques! —le ladro furiosa—. ¡Tienes las manos manchadas de la sangre de mi hermano!

La ira se me sube a la cabeza con ese asqueroso cerca de mí, tengo su orden grabada en mi mente. Antoni le pide que se aleje y este obedece mirándome con rabia.

—Parto de ese punto para odiarte como te odio. —Miro al hombre que tengo al frente—. No tengo por qué estar aquí. Si querías venganza por lo del casino, me hubieses matado cuando tuviste la oportunidad.

—Por tu bien es mejor que tomes las cosas con calma y llevemos todo por las buenas —responde el italiano.

—¿Por las buenas? —Río—. Si pretendes que actúe como una de tus putas, no pasará, ¿sabes? No tengo la culpa de que te prendas de la primera que se te sienta en tu regazo y finge que le gustas.

Se le descompone la cara.

—Soy un hombre de poca paciencia. —Se levanta—. Obviamente sabía que no sería fácil lidiar con una teniente de la FEMF. Sé mucho sobre ti, *amore*, ya que suelo indagar acerca de lo que me gusta.

Moja una toalla en el grifo antes de tomar una jeringa plateada de la mesa.

—Aléjate —pido cuando se acerca.

—No me enamoro de todas las que se sientan en mi regazo y fingen quererme —me pasa la toalla húmeda por el pecho—, pero contigo fue diferente. La belleza es algo que todos anhelamos y la vemos como un punto a favor, sin embargo, en tu caso jugó en tu contra. Desde que abandoné el casino no he dejado de pensar en ese hermoso rostro que tienes.

—Aléjate…

—Silencio —me calla—. Va a pasar, *amore*…, y será pronto, ya que tengo toda una pirámide que dominar. No puedo perder el tiempo contigo, por eso me iré por el camino fácil.

Me toma la cara obligándome a que mire a la chica que violaron y cayó al piso. Está sudando, mueve los brazos intentando alcanzar algo, viviendo los efectos secundarios de los psicotrópicos.

—¿Ves eso? —me habla a la cara—. Se llama control. Vuelve dependiente a alguien de algo y lo tendrás a tus pies de por vida. De todos modos, no tengo que explicarte eso, ya que es algo que tienes muy claro debido a que es el pan de cada día en el negocio de trata de personas. —Saca la jeringa—. Lo que no sabes es que puedes hacer magia cuando cruzas a un bioquímico con un médico.

La chica empieza a convulsionar y me quedo helada al ver los espasmos que la sacuden con violencia.

—Deja que te explique. —Me muestra la jeringa—. Es HACOC,* el producto de la mezcla de cinco drogas: heroína, anfetaminas, cannabis, opioides y cocaína. Como sabes, las cinco son altamente adictivas debido a que tienen un alto impacto en nuestro sistema inmunológico, nervioso y central. La unión de sus efectos ha sido nuestro gran descubrimiento, ya que vuelve dependiente a quien la consume en cuestión de días, y, como nadie más la maneja ni tampoco saben en qué consiste exactamente la mezcla, se ven obligados a quedarse con tal de seguir bajo sus efectos.

Explica sin soltarme.

—La mezcla te doblega, ya que va acabando con tus fuerzas, saca todos tus miedos y de la nada eres esclava de una droga que vive en ti para siempre —continúa—. Es cuestión de días para que empieces a extrañar que te inyecten. Una droga común te domina al cabo de meses, pero el HACOC tarda horas, porque su efecto actúa diez veces más rápido que un psicotrópico común.

Su agarre se endurece.

—Te tornas insaciable, temeroso, basura. Vives y respiras por el psicotrópico, hasta el punto de que ni en tus sueños te deja descansar —sigue—. Vienen los ataques de ira, la locura, el descontrol… Anhelas estar en las nubes, el sexo y la adrenalina mientras la droga acaba matándote por dentro, y en eso no es veloz, ya que te debilita primero y después se propaga hasta en tu cerebro, convirtiéndote en tu peor enemigo.

—¡Mátame! —le escupo.

—No, *amore*, no te asustes. Solo te la daré a probar y ya está —sigue sonriente—. Ya sabes… Ver para creer.

Me muevo al ver cómo prepara la aguja.

—¡Aleja esa porquería!

---

* HACOC: Droga usada por los Mascherano para controlar a sus víctimas. Son las siglas de heroína, anfetaminas, cannabis, opioides y cocaína.

—Es importante para mí que tus venas saboreen la fórmula que los burdeles tanto se pelean por comprar y de paso —aparta el cabello de mis hombros— sientas cómo el miedo se convierte en obediencia.

Forcejeo, pero el esfuerzo es en vano. Me atrapa e inmoviliza mientras su hermano me toma por detrás y también me obliga a quedarme quieta. En cuanto la fría aguja entra en mi piel me mareo, al tiempo que las lágrimas inundan mis ojos.

«Droga por control», me digo. Es como estar muerto… Un puto tiro en el pecho duele menos que ser un títere de la mafia.

—Así será más fácil. —Me sujetan la cara—. Ya quiero que seamos el uno para el otro.

—Esa porquería me matará lentamente —musito.

—Solo si tú lo permites —asegura—. Eres tú la que decide si quieres ser un fenómeno o no.

Vuelven a sujetarme de los hombros. La sangre se me torna pesada, me duele mucho la cabeza, mientras que mis extremidades se sienten como si fueran de plomo.

—No olvides el dispositivo anticonceptivo. —Escucho a lo lejos—. Llévenla a mi habitación cuando terminen.

Antoni

Suelto el nudo de la corbata después de dar por terminada la reunión semanal. Estoy asumiendo el nuevo cargo y eso me mantiene ocupado, pero no importa, ya tengo lo que quiero y a ello voy a centrar toda mi atención ahora.

Tengo poder, estatus y dama… Solo me falta la cabeza del coronel y todo estará hecho.

Dentro de pocos días me casaré, me posicionaré en mi puesto de líder y dejaré Italia para instalarme en Rusia con mi bella esposa. Entro a mi alcoba y me asomo al balcón desde donde observo que el sol se está ocultando en el mar. Admiro el espectáculo mientras mi hermano se adentra en la habitación.

—¿Estás ocupado? —pregunta.

—¿Dónde está ella? —inquiero.

—Tomando un baño. Se descontroló después de suministrarle la droga, ya que el efecto no le sentó bien y le tuve que inyectar otra dosis para tranquilizarla.

—Quiero verla.

—Le diré a Fiorella que la traiga, le he quitado el chip y el dispositivo anticonceptivo. Quería preguntarte si quieres que le suministre algún tipo de medicamento… Ya sabes, para acelerar el proceso de fecundación.

Se hace el ignorante. Él más que nadie sabe que no me conviene embarazarla con la droga en su sistema porque los componentes de los psicoactivos deforman el feto. Las prostitutas que se preñan y sobreviven al embarazo paren hijos muertos o con limitaciones físicas y cerebrales.

—¿Pretendes arruinar mi descendencia?

—Le quitaste el chip… Pensé que…

—Le quité el chip porque necesito que su cuerpo vaya liberando los contraceptivos. Haré crecer el clan cuando esté libre del HACOC.

Se queda en la alcoba buscando las palabras correctas para continuar, sé que no le agradan mis decisiones. Nunca ha superado el que siempre tenga más poder que él.

—Mátala —pide—. Es el enemigo, y el que estés tan hipnotizado es motivo suficiente para hacerlo —empieza—. La interrogué y, a pesar de estar bajo el efecto de la droga, no abrió la boca.

—Déjala que se adapte, que se enamore.

—¿Qué tan seguro estás de eso? —Se pasa las manos por la nuca—. No hay tiempo, sabes que tarde o temprano tendrás que suspender el HACOC y, si no habla mientras la droga le corre por las venas, ¿con qué la forzaremos para que trabaje con nosotros?

Sacudo la cabeza.

—Mátala antes de que te haga cometer alguna estupidez.

Su miedo tiene lógica, ya que las mujeres de la FEMF tienen la habilidad de hacerte perder la cabeza.

—Estoy velando por el bienestar de la familia. Nuestro padre no apoyaría esto.

—El que debe velar por eso soy yo, no tú, así que calla y obedece —dispongo—. Márchate y tráeme a mi mujer.

Me hubiese tomado la molestia de escucharlo, sin embargo, se encargó de que le perdiera todo tipo de respeto. Era mi segundo ejemplo que seguir, lo veía como un padre hasta que se enteró de que el control sería mío. Dañó nuestra relación al dejar que el hambre por el poder lo corrompiera.

Tomo un baño. Para cuando salgo Fiorella está dejando a mi dama en la cama. Su cabello negro se extiende a lo largo de las sábanas rojas y le colocaron una bata de encaje violeta, el cual resalta la blancura de la piel.

—Intenté mantenerla despierta —informa Fiorella con la mirada clavada en el piso—, pero el señor Brandon le suministró más dosis de la necesaria…

—Retírate —la interrumpo.

—Como mande, señor. —Deja una jeringa de HACOC sobre la mesa y se marcha, dejando que venere al ser mitológico que duerme entre mis sábanas. No pensé prenderme de una mujer a tal grado. La limerencia no es nueva para mí, no obstante, siento que esta vez me ha tomado con más fuerza.

Las largas pestañas la hacen lucir como una princesa de cuento, aun así, su boca es lo que más atrae, con sus labios carnosos, rojos y ardientes. Me siento en la orilla de la cama pasando las manos por su rostro mientras que la sangre viaja velozmente a mi ingle engordando el miembro que se esconde tras la toalla.

Me deleito con el tacto de su piel cuando mis dedos recorren sus tobillos y ascienden por los muslos torneados. No se mueve, no se inmuta. Al momento de abrir la bata admiro lo que esconde: es la mujer más hermosa que he tenido en mi cama. Cierro los ojos por un momento en busca de control, ya que la erección no deja de destilar los jugos previos a la eyaculación.

Es una imagen demasiado erótica. Su sexo es pequeño y lo luce sin un rastro de vello. Mi lengua lame la separación de sus pliegues antes de que mi nariz lo recorra empapándome con el aroma que emana. «Vainilla», me digo, a eso huele su piel. Sigo subiendo en tanto alzo la vista hacia la mitad de su abdomen, admirando los senos grandes, redondos y rosados.

Me embriaga y me endurece de tal manera que mi miembro no deja de humedecerse. Lo masajeo despacio mientras la beso en la separación de los senos. Voy ascendiendo con besos pequeños que llegan hasta su boca, mi lengua exige la suya y se abre paso entre sus labios. Su boca se mueve, sus dedos peinan mi cabello dándome el momento que tanto esperé.

Refriego mi órgano viril contra su sexo disfrutando del beso que se alarga mientras ella jadea contoneándose bajo mi cuerpo. Las caricias se tornan urgentes, mi lengua recorre su cuello cuando me lo ofrece rastrillando las uñas a lo largo de mis costillas. Sujeto el tronco de mi miembro y lo ubico en su entrada, pero…

—¿Christopher? —susurra.

La pregunta arde en mis oídos congelándome en el acto, en tanto ella se mueve queriendo abrir los ojos mientras yo lidio con las ganas de rebanarle la garganta. Susurra su nombre de nuevo y aprisiono sus muñecas contra la cama obligándola a que abra los ojos de una vez por todas.

—Contémplame, *principessa* —demando dejando que mi mirada se encuentre con la suya—. *Sei con un demone molto diverso.* —Estás con un demonio muy diferente.

Juro que puedo sentir la furia que destila a la hora de apartarme. Sale de la cama echándole mano a la jeringa de HACOC que yace a su izquierda. Sin embargo, soy rápido a la hora de tomar el arma que siempre tengo al pie de la mesa. Con ella la apunto y la obligo a retroceder hacia el balcón, mis oídos captan el rugido del mar mientras su espalda toca la baranda de piedra. La bata sigue abierta, vuelvo a repararla enterrándole el cañón en la frente y rápidamente desenfunda la jeringa lista para enterrarla. Advierto el ataque y le sujeto la muñeca sin dejar de apuntarle.

—Mírame bien —exijo—. Detállame y grábate todo de mí porque seré el único hombre que tendrás de ahora en adelante.

—Aprieta ese gatillo —me desafía— y demuéstrame que el líder de la mafia tiene cojones.

Contemplo la vehemencia que destila en tanto mi miembro vuelve a alzarse. Ubico mi arma en su sien mientras la aprisiono entre la baranda y mi cuerpo. Va a matarme, estoy seguro de que me volará la cabeza ante el más mínimo descuido.

—*Non farlo ti appesantirà quando le mie unghie ti strapperanno gli occhi.*
—No hacerlo te pesará cuando mis uñas te arranquen los ojos.

Me excita que hable mi lengua nativa... El viento le ondea el cabello y su mirada azul centella a través de las hebras negras. Me refriego contra ella, loco por tomarla.

—¡Aléjate!

—No, no me alejaré. —Le mordisqueo la barbilla—. No podría hacerlo aunque quisiera. Me gustas demasiado, Rachel James.

Me araña el pecho forcejeando para que la suelte, pero no me importa. Mi lengua recorre su piel mientras mi arma se mantiene en el mismo punto. No me deja tocarle la boca, ya que, cuando me acerco, su cabeza impacta contra la mía. El golpe me aturde y ella aprovecha para correr hacia la salida, pero mis hombres la regresan al abrir la puerta.

Se cierra la bata y con una leve seña la suben amarrándola en la cama. Tomo la jeringa de HACOC que dejó caer y me siento a su lado mientras aseguran las cadenas que la sujetan.

—Sabes qué va a pasar, ¿cierto? —advierto buscando su cuello—. De ti depende que sea o no placentero.

—¡Basta de eso! —Forcejea—. ¡Asesíname de una vez, pero no me inyectes más esa porquería!

La agarro con fuerza, mis hombres le sujetan las piernas y pese a eso busca la forma de zafarse.

—Muérete, hijo de puta —increpa llorando cuando vacío la jeringa en su torrente.

—Me obligas, *principessa*, al igual que el sexo. De ti también depende si aparte de prisionera quieres ser una drogadicta.

75

HACOC

Rachel

Abro los ojos, la cabeza me duele demasiado y el mareo aumenta mis ganas de vomitar. Estoy tan débil que no tengo la capacidad para orientarme. El sudor me empapa la frente mientras mi cerebro evoca lo último que recuerdo.

Las manos de ese cerdo sobre mí, su lengua en mi boca y su miembro contra mi sexo. Busco la manera de revisar si me violó, pero no puedo, ya que tengo las muñecas atadas en el respaldar de la cama. Es difícil lidiar con el violento efecto de la droga, mi corazón late demasiado fuerte en tanto la ansiedad consume mi cordura.

Una gorda de pelo grasiento aparece en mi campo de visión.

—Al fin despiertas, bella durmiente.

Las cadenas se agitan cuando intento incorporarme. Tengo una bolsa de suero conectada en el brazo izquierdo y, para colmo, temo que me hayan abusado quién sabe cuántos. Es denigrante ser una víctima en este negocio de porquería.

—¿Dónde estoy? —se me dificulta el habla.

La mujer camina por la habitación con soltura, como si conociera hasta el último rincón. Aparenta ser más hombre que mujer.

—Eso es un secreto que no debo contarte. —Se acerca e intenta tocarme.

Muevo la cabeza impidiendo el contacto y ríe metiéndose las manos dentro del delantal.

—Qué ilusa. —Me toma la barbilla—. El señor se divirtió tocándote hasta que se cansó.

Me abre la bata, dejándome los pechos expuestos.

—Quiere follarte. —Suelta una sonora carcajada mientras atrapa mi barbilla. Su aliento apesta y encima le faltan dos dientes arriba.

Vuelvo a apartar la cara e insiste logrando que le hinque los dientes en la mano porque, por muy débil que esté, no quiero que nadie me toque. Su sangre me llena la boca mientras que su grito me perfora los tímpanos.

—¡Puta! —Cierra el puño alzándolo en el aire. Aprieto los ojos a la espera del impacto que demora en llegar, ya que acaba golpeándome con una sonora bofetada.

Me arranca la manguera que tengo en el brazo y el dolor es inmediato.

—¡Vuelve a atacarme y te ahorco! —amenaza soltando las cadenas que me atan.

Dos mujeres entran uniéndose al fenómeno femenino y me sacan de la cama sin el menor esfuerzo. Mi sistema nervioso es un desastre, intento oponerme, pero me es inútil puesto que me cuesta sostenerme, carezco de fuerza. Como si fuera una muñeca, me bañan y luego me visten mientras que mi pecho no deja de saltar acelerado. Es difícil respirar, todo me duele, incluso tengo un montón de recuerdos difusos. Me meten la cabeza dentro de un vestido azul antes de clavarme en la silla frente al tocador.

—¿Qué día es? —se me cortan las palabras—. ¿Cuánto llevo bajo los efectos de la droga?

—Tres días —responde la mujer que me abofeteó—. Llevas tres días siendo un vejete inservible.

Aprieto el borde del vestido. No tengo ni puta idea de lo que haré, ya que estoy pisando sobre arenas movedizas. Soy consciente de que el más mínimo paso en falso puede hundirme, ahogándome por completo. Las drogas de control son un infierno en vida y volverme dependiente es algo que no estoy dispuesta a aceptar.

—¡Lista para el desayuno! —Dejan los peines de lado después de arreglarme el cabello.

—No voy a ir a ningún lado…

—No te he preguntado si irás o no, solo te informo de las órdenes del señor Mascherano.

Escucho cómo el corazón me late en los oídos mientras me arrastran afuera. Las paredes están decoradas con obras de arte. Mis pies tocan la primera planta y la presencia del sol empeora la resaca provocada por los psicotrópicos.

Cientos de rosas rojas decoran el jardín, percibo la presencia de hombres armados con arsenal pesado sobre los muros que rodean el castillo y vislumbro el sector que funciona como salón al aire libre.

Me llevan hacia él. Brandon Mascherano está desayunando con Danika Strowal a su lado. Mi cerebro rememora la imagen de ella empuñando su arma contra mi amigo y recuerdo la sonrisa cómplice que le dedicó a su hermano antes de apretar el gatillo y enterrar cinco balas en el pecho de mi Harry.

Jared también está presente... Los conozco porque son asesinos buscados por la fuerza especial. Me sientan frente a él clavándome en la silla. Estoy delante de la persona que sostuvo a mi amigo mientras su hermana le disparaba.

—El nuevo miembro al fin se digna a salir —comenta Brandon mientras que Danika se ríe antes de besarle la boca.

—Bienvenida. —Me sonríe la mujer con hipocresía—. Creo que las presentaciones sobran, ya que nos conoces, ¿no?

—Brandon nos habló de ti —dice Jared con un acento italiano bastante marcado—. Nos recordó el trágico final de tu amigo, lo lamentamos mucho.

Su burla es un costal lleno de piedras sobre mí logrando tambalear con su peso mi débil capa de compostura.

—¿Cómo se llamaba? —pregunta Danika fingiendo interés.

—Danos pistas, solo sabemos que su nombre inicia con H. —Jared alza la cadena haciéndome arder la nariz—. La placa del dije tenía una H.

Tenso el cuerpo en busca de algún tipo de control cuando los ojos se me nublan presos de las lágrimas. Era la cadena de Harry, Brenda se la había regalado en la segunda Navidad que pasaron juntos.

—Se me quedó enredada en la mano cuando lo tomé del cuello —explica—, pero no te quedes callada, así que dinos su nombre. ¿Cómo se llamaba? ¿Hugo? ¿Héctor? ¿Hans?

Reparo lo que hay en la mesa. Como estoy, con cualquier cosa puedo matarlo.

—Habla, *principessa* —exige Danika—. Dinos cómo se llamaba el cadáver que llené de balas.

Deja caer el brazo sobre la mesa mostrándome las cicatrices que lo adornan.

—Dinos su nombre —insiste Jared—. Quiero saber el nombre del que tembló entre mis brazos antes de que mi hermana le disparara.

Los tres sueltan una carcajada mientras Jared se cuelga la cadena en el cuello.

—No eres tan valiente aquí —comenta Brandon.

—La princesa solo es valiente cuando porta su uniforme. —Jared se inclina apoyando los codos sobre la mesa—. Si te interesa, te informo que tu amigo me rogó y me imploró para que no lo matara.

Me sorprendo de mis propios reflejos cuando arrebato el cuchillo, que se encuentra apoyado sobre la mesa cerca de Brandon, y me lanzo contra Jared. Aterrizo con mis rodillas sobre su pecho y blando el cuchillo lista para matarlo, pero... Me clavan un brazo sobre el cuello empujándome hacia atrás. Cuatro personas me devuelven a la silla, quitándome el cuchillo.

—¡Maldita loca! —exclama en el piso.

—Te voy a matar, hijo de perra —lo amenazo lidiando con los temblores que me avasallan el cuerpo.

Se salvó. Un par de segundos más y hubiese estado desangrándose en ese mismo punto. Su hermana me lanza una mirada asesina y es una clara amenaza, la cual reitera que los tres no cabemos en este mundo. Danika se levanta apoyando las manos sobre la mesa, pero vuelve a sentarse cuando se percata de la persona que se acerca: Antoni. Toma asiento en la cabeza de la mesa y el personal acomoda todo rápidamente mientras los comensales me observan como si quisieran asesinarme. Antoni lo pasa por alto acomodando una servilleta de tela sobre su regazo. Luce un traje oscuro a la medida que resalta la elegancia que lo caracteriza.

—¿Y las flores? —pregunta. La empleada se apresura a situar un jarrón en el centro de la mesa.

Nadie dice nada, la presencia del líder les cortó la lengua a todos. Tronchatoro, o como se llame la hija de puta que me golpeó, coloca un plato con comida frente a mí, plato que no me molesto en mirar.

—Come —me ordena la mujer ofreciéndome un tenedor.

Aprieto la mandíbula conteniendo las ganas de arrojarle la silla por la cabeza.

—Tiene que comer —insiste la mujer. No hay señales de la agresividad que mostraba esta mañana. Parece que la presencia de su jefe le esconde las agallas.

Recoge fruta con el tenedor e intenta llevarla hacia mi boca, pero aparto la cara denegando la tarea mientras Antoni respira hondo clavando los ojos en mí.

—Obedece —me pide.

La mujer vuelve a insistir, vuelvo a apartar la cara y él respira conteniendo la ira. Antoni la mira e inmediatamente me sujeta la barbilla con fuerza; aun así, vuelvo a negarme y, en segundos, barro con el brazo todo lo que tengo enfrente: la vajilla cae y las bebidas me salpican los pies. Pero no me basta, por lo tanto escupo a la cara del mafioso, que se ha quedado quieto en su asiento.

—*Marcire* —le digo en su idioma natal.

Medio mueve la mano e inmediatamente sus hombres vienen por mí y se me llevan a la fuerza. Forcejeo con la poca energía que me queda mientras me conducen al estudio, donde vuelven a atarme a una silla. La cabeza me duele demasiado, estoy transpirando más de lo normal y encima siento que mi cuerpo ya está anhelando la droga.

Me retuerzo en la silla luchando para soltarme, odiando este estado decadente al que siempre le tuve miedo. Los escoltas se van y me es imposible no llorar.

—Cálmese. —Se me acerca la mujer de la cara quemada que vi cuando llegué.

La ignoro volviendo a forcejear.

—No se asuste —habla en voz baja—. Me llamo Fiorella, fui encerrada al igual que usted. Necesito que me ayude…

—¿Te das cuenta de mi estado? —la interrumpo—. No estoy en condiciones de brindar ayuda.

Cierra la puerta y regresa hacia mis pies fingiendo que me asegura las cadenas.

—Investigó a los Mascherano, sé que es un agente de la FEMF…

Calla cuando Antoni entra.

—Vete —demanda el italiano.

Ella obedece dejando que se plante frente a mí.

—La droga aún está surtiendo efecto —aclara—, eso es lo que te tiene tan ansiosa.

—Con droga o sin droga estaría actuando de la misma manera.

—Lo dudo. A mi parecer, estás desahogando toda la ira contenida desde hace meses. No es que llevaras una vida muy pacífica que digamos.

—¿También eres psicólogo?

—No, pero conozco todo sobre drogas y alucinógenos. Tu comportamiento no desmiente mi teoría de que dichos medicamentos sacan lo que tenemos represado, cosa que me sirve, puesto que necesito que me hables de tu verdugo favorito.

Apoya las manos sobre los brazos de la silla.

—¿Crees que te daré información sobre la FEMF? —me burlo—. Pierdes el tiempo, no voy a traicionar la entidad a la cual pertenezco.

—¿Hablas de tus compañeros en general o específicamente de tu coronel? Porque, si hablas de tus compañeros, puedo asegurarte que no le haré daño al que te importa.

Me vuelvo a burlar en la cara.

—Carezco de paciencia, *principessa*.

—Guárdate las amenazas.

—Háblame de Christopher antes de que te pese.

Sacudo la cabeza.

—No traicionaré a la FEMF.

—¿A la FEMF o al coronel?

—Resúmelo en que no traicionaré a ninguno de los dos.

—Expones la vida de todos por uno. ¿Qué hay de tu novio, de tus padres y de tus amigos? ¿Los dejarás morir por culpa de tu amante? Ya que, si no me hablas de él, es lo que pasará. ¿Tienes suficientes lágrimas para tantos ataúdes?

La pérdida de Harry me golpea otra vez. La mafia se vale de sicarios que realizan el trabajo sucio que estos les demandan y, por tonto que se oiga, no soy capaz de traicionar al coronel por muy mierda que haya sido conmigo. No puedo porque su muerte me dolería demasiado, pues aunque no seamos nada, para mí sigue siendo todo.

—Eres inteligente. —Antoni pasa las manos por mi nuca—. Pactemos acuerdos…

—El único acuerdo que te acepto es el de mi liberación. Suéltame y les diré a los míos que tengan piedad con los tuyos.

Sonríe acariciándome los labios con el índice.

—*Principessa* —se pierde en mis ojos—, subestimar al enemigo es una mala cualidad y más cuando el contrincante está dispuesto a todo por el poder total.

—Te aseguro que ese poder lo conseguirás sin mí.

—Yo que tú no diría eso, la vida da muchas vueltas.

—¡Púdrete!

—Yo te ofrezco el mundo; en cambio, él no te ofrece nada.

Va bajando las manos hasta llegar a mi regazo y suavemente las introduce bajo mi vestido, lo que hace que me enderece en el acto.

—Si me das todo de ti, te daré todo de mí; es así de sencillo. —Roza la tela de las bragas que llevo puesta con los nudillos—. Dinero, poder, lujos…, lo que tú quieras. Solo tendrás que pedirlo y yo te lo entregaré en bandeja de plata.

Respira rápido acariciando mi zona íntima a través de la tela. Puede ser muy atractivo, elegante y peligroso, sin embargo, no me inspira nada.

—Quítame las manos de encima.

—Pareces un cervatillo asustado, no quiero que parezcas un cervatillo muerto —amenaza—. ¿Vas a hablar?

—No.

—Necesito que cedas, que me entregues tu cuerpo. —Sigue tocando—. Seamos uno: tu cerebro, tu capacidad de armar estrategias y comandar grupos atado a mi inteligencia, sagacidad y capacidad de controlar. —Su aliento toca mis labios—. Imagínalo, la mafia nos adoraría.

—No.

Intenta besarme y aparto la cara, su frente queda contra mi sien mientras sus dedos se clavan en mis muslos, apretándolos con fuerza.

—*Amore*…

—¡No soy tu *amore*! —espeto—. Asco es lo único que me provocas.

Se ríe.

—Vendrás a mí, solamente tengo que sentarme a esperar.

La puerta vuelve a abrirse y da paso a Alessandro Mascherano. Dos escoltas me rodean y liberan las cadenas mientras Antoni me observa.

—Muéstrale las consecuencias del HACOC —le ordena a su hermano—. Que contemple en lo que se puede convertir si no me obedece.

Me levantan y me sacan de la propiedad. Hay una casa detrás de esta, que también está edificada con piedras y es de cuatro plantas. Abren las puertas y me introducen en el sitio lleno de mujeres y hombres dependientes.

Las lágrimas me arden en la garganta cuando veo las atrocidades que viven. Les gritan, los azotan y los golpean mientras otras lidian con antonegras que las manosean con el fin de comprobar los efectos de la droga de la sumisión. Están siendo ultrajadas porque se las ve perdidas, como si fueran zombis que carecen de conciencia y de raciocinio.

—Has visto el cielo —comenta Alessandro a mi lado—. Ahora le echaremos un vistazo al infierno.

Lo peor se encuentra en las alcobas utilizadas como celdas en este tipo de sitios, o sea, las habitaciones donde se encierra a las rebeldes. El olor a vómito es insoportable, hay heces y orina por todos lados, y mujeres que se arrastran con las manos sobre sus cabezas suplicando por droga.

Aclaman el nombre de Alessandro como si fuera un mesías: «Señor, piedad», «Señor, un poco, por favor». Están pálidas, desnutridas y débiles.

—Ignora a las principiantes.

Me toman la cara obligándome a mirar al grupo que yace en el rincón. Tres mujeres perdidas gritan, otra está convulsionando mientras la espuma brota de su boca, en tanto otra se araña a sí misma desesperada.

—Así terminan las que no obedecen e intentan llevarnos la contraria —me dice Alessandro.

Cierro los ojos, ya que no quiero seguir mirando porque es demasiado cruel lo que hacen. Son seres humanos, no animales para experimentar.

—Es divertido ver cómo se vuelven su propio enemigo bajo la abstinencia. Una vez que eres adicto terminas así, preso de tu propio miedo y miseria. Esto es lo que hace la droga que tanto investigaban —explica—. Doblega, pare títeres y permite que la víctima no huya del criminal.

Se lleva la mano al bolsillo y reconozco la jeringa que tenía su hermano la primera vez que me inyectó. El corazón me late desbocado, no quiero esa porquería en mi cuerpo otra vez. Retrocedo a pesar de que los hombres que se sitúan detrás nuestro me impiden salir.

—No está de más una dosis que te haga soltar la lengua.

Me toman de los brazos y el pánico vuelve comprimiendo el estómago.

—¡No!

Rápidamente desenfunda la jeringa y me la entierra en el brazo, los párpados me pesan mientras la vacía dentro de mis venas. Todo me da vueltas cuando la realidad se va desvaneciendo poco a poco.

Mis extremidades no pesan nada, pierdo la capacidad de moverme y mi cabeza salta de escenario en escenario en medio de las alucinaciones que me hacen llorar entre sueños.

Me veo siendo violentada, veo a Harry pidiéndome ayuda, suplicándome que no lo deje morir. Veo a mi familia en peligro siendo perseguida, a mis hermanas en jaulas, a mis padres gritando mi nombre… Christopher… El coronel muerto y miles de ataúdes con los cuerpos de las personas que quiero.

—¿Cuáles son los planes del coronel? —preguntan. La voz se oye lejana—. ¿Por qué volvió al ejército? ¿Qué pretende hacer?

El sudor me recorre la espalda y la cabeza me pesa tanto que siento que es imposible poder sostenerla.

—¡Contesta! —El grito me perfora los tímpanos—. ¿Cuál es el paso a seguir después del ataque en Guerrero? ¿Qué planes futuros tiene el comando londinense?

—¿De qué hablas? —Siento la lengua pesada.

Me toman del cabello y la cara de Alessandro Mascherano se distorsiona frente a mí.

—¿Cuál es el paso a seguir después del ataque en Guerrero? —repite—. ¿Cuáles son los planes futuros del coronel?

La imagen de su cadáver en el ataúd me perfora por dentro. Entro en pánico de nuevo sollozando descontrolada. ¿Es real? No lo sé, solo lloro y lloro viéndome frente a ese féretro de porquería.

—Es inútil —dicen—. Llevamos dos horas en esto y no ha soltado una sola palabra.

—¡Fiorella! —vuelven a gritar—. Llévatela y dale otra dosis. No quiero escándalos a medianoche.

Dejo que me sujeten y me llevan a rastras no sé dónde mientras las lágrimas no se detienen, ya que sigo viendo cosas horrorosas que no puedo borrar de mi cabeza.

—¡Señorita! —Me apartan el cabello de la cara, la voz se oye distante—. ¡Míreme!

Retrocedo despavorida cuando me dejan sobre una cama.

—No voy a lastimarla. —Entre lágrimas reconozco a la mujer de la cara quemada—. Necesito que me escuche, por favor.

Va a inyectarme, así que intento buscar algún tipo de salida.

—En su investigación —habla mirando a todos lados—. ¿Encontró algo de esta niña?

Me muestra una foto y aparto la imagen.

—Aléjate.

—Está bajo los efectos de la droga, nada de lo que está imaginando es real —me dice despacio—. Cálmese, que no voy a hacerle daño.

Me tapo los oídos.

—Es un agente de la FEMF —insiste—. Tuvo que haber visto a esta niña en sus investigaciones. ¡Mire la foto, por favor!

—¡Déjame!

La puerta se abre mientras hundo la cabeza entre las almohadas. Quiero desaparecer, quiero morir.

—Déjala sola. —Reconozco la voz de Isabel.

—Todo lo que vio es mentira —susurra la chica antes de levantarse.

—¿Le colocaste la dosis? —pregunta Isabel.

—Sí —contestan antes de cerrar la puerta.

Apagan la luz mientras abrazo la almohada, se me dificulta diferenciar lo que es real y lo que no, porque cada vez que cierro los ojos proyecto un sinfín de imágenes trágicas.

«Nada de lo que he visto es real», me digo. Recuerdo las palabras de la chica, no sé quién diablos es, pero su afirmación es la única esperanza que tengo. El psicotrópico va perdiendo efecto dejándome sin fuerzas. Entran a supervisar, no abro los ojos, ya que, si se dan cuenta de que no tengo la droga en mi sistema, me suministrarán más.

Debo huir, pero ¿cómo? Si alguien me ve escapar, aprovecharán para volarme la cabeza; Brandon, Alessandro, Isabel y los Strowal están esperando esa oportunidad.

Hasta pensar duele y la amenaza de Antoni sigue latente, lo que aumenta el pánico. Solo tengo una opción y, aunque me repugne, es la única salida.

76

LÍMITE

Christopher

17 de octubre de 2017
Londres, Inglaterra

Estoy quemando el puto mundo y no encuentro una maldita mierda. Ya pasaron cinco días, encima el desespero me tiene a tal punto que ni duermo. Los capturados no me sirven y la información que me entregaron es inútil. Ella sigue secuestrada por ellos... Siento que me calcino por dentro cada vez que lo recuerdo.

Antoni sabe esconderse, es uno de sus fuertes, ya que tiene a Italia bajo sus pies y, por lo tanto, las mismas autoridades lo ocultan.

El tener que devolverme a Londres no les da aliento a mis planes. No debería estar encerrado en esta puta oficina, debería estar ahorcando gente a cambio de información. La intervención del Consejo me está limitando los pasos, me obligaron a volver a Londres y no sé ni por qué.

—Lo esperan en la sala de juntas, coronel —avisa Laurens desde la puerta.

Me lleno de paciencia, espero que el encuentro sea corto, ya que necesito largarme lo más pronto posible. No estoy para estar escuchando opiniones de un montón de vejetes.

Los grandes cabecillas de la FEMF están distribuidos alrededor de la gran mesa. La silla del ministro está vacía, cosa rara, porque era el primero a quien imaginaba ver. Martha y Joset Lewis se encuentran al lado de Rick James dándole aliento. La cara del exgeneral refleja el jodido infierno que todos estamos viviendo. Casos Internos también está presente.

—Coronel —me saluda Olimpia Muller.

Es la segunda al mando después del ministro. Cuando él no está es quien demanda y controla. Tomo asiento en mi puesto de pila.

—Antes de empezar con los puntos que hay que discutir, déjeme felicitarlo por su labor de los últimos días —continúa—. No nos queda duda del talento heredado por parte de su padre.

Ignoro el que lo diga como si sintiera más que admiración por el ministro.

—No me hagan perder el tiempo. —Miro el reloj, dentro de una hora debo abordar un avión a Suecia—. Agradecería que discutamos lo que tengamos que discutir, ya que tengo que irme.

Se pone en pie atrayendo la atención de todos.

—Nos hemos reunido el día de hoy —anuncia— para discutir la situación de la teniente Rachel James.

Lo sabía, se estaban tardando en meter las narices dando opiniones que nadie pidió y detesto que me limiten.

—Estoy a cargo...

—Pero el Consejo es una rama crucial en esta organización —espeta Martha y la ignoro.

—Como todos sabemos, fue secuestrada por los hermanos Mascherano y se desplegó un escuadrón de búsqueda, el cual no ha dado ningún tipo de resultados —prosigue Olimpia—. Ya pasaron cinco días y no se sabe si está viva.

—Lo está —afirmo con rotundidad.

No acepto que nadie diga lo contrario.

—Es lo que todos deseamos, coronel, ya que es una soldado con muy buenas habilidades.

—Lo es —uno de los miembros se pone de pie—, no obstante, hemos hecho lo que está a nuestro alcance y aún no se halló nada. Ya van cinco días perdidos en los que el enemigo puede tomarnos ventajas.

—¿Perdidos? —replico—. Es un operativo de búsqueda, siempre habrá días perdidos, así que no sé de qué diablos se queja. En esos cinco días hemos acabado con burdeles y asociaciones ligadas a los Mascherano.

La agresividad de mi respuesta deja a todos con la boca abierta.

—Entiendo su punto, coronel —habla Olimpia—. La FEMF está conforme con su magnífica labor, pero el exgeneral Johnson tiene razón al decir que no podemos seguir perdiendo el tiempo. Los Mascherano son los líderes de la pirámide.

—Además, no tenemos claro para qué equipo juega la teniente James —añade el anciano de los Lyons.

Aprieto los brazos de la silla conteniendo la ira, quiero creer que no dijo lo que acabo de oír.

—No se haga el sorprendido, coronel —prosigue el representante de Casos Internos deslizando una carpeta sobre la mesa—. La teniente James sabía sobre la amenaza que tenía encima, sin embargo, nos engañó en repetidas ocasiones. Le hizo creer que Antoni no era un peligro, le mintió a la policía y ocultó información a la FEMF.

—No podemos pasar por alto su comportamiento —interviene el general de la central de Alemania—. Nadie nos asegura que no esté colaborando con el enemigo.

—Mi hija no es capaz de hacer eso. —Se levanta Rick James—. Si ocultó información fue por algún motivo importante, no por ser una traicionera.

—Es tu hija, James —replica Johnson—. Tu testimonio no tiene peso, es obvio que intentarás defenderla aunque sea culpable.

—Se sumó colaborando en el ataque en Guerrero —alega Joset—. Si trabajara para los Mascherano, no hubiese expuesto su vida a cambio de liberar a los secuestrados. No pueden sacar suposiciones así porque sí.

—Es tu nuera —vuelve a interrumpir Johnson—, tu opinión tampoco es válida, Lewis.

Abro la carpeta y, efectivamente, sí: sabía que tenía a Antoni encima y se quedó callada, ahora la FEMF se va a valer de esto para quitarme el apoyo.

—A partir de hoy se suspende la búsqueda —me ordena Johnson—. Su enfoque será…

—¡No! —repongo—. No acato su orden y no le voy a dar la espalda a mi teniente por más que quieran oponerse.

El hombre me mira con rabia.

—¿Se le olvida con quién habla? Soy su superior —impone—. Por muy hijo del ministro que sea…

—¡No discutiremos entre nosotros! —replica Olimpia—. Ambos puntos son válidos, no sabemos la situación de la teniente James; además, debemos tener en claro que los Mascherano pueden usarla para dañarnos.

La ola de murmullos inunda la sala, unos se ponen de mi lado y otros del lado de Johnson. Rick se tensa en su silla, ya que es su hija la que está en cautiverio.

—¡Siete días! —demanda Olimpia—. La búsqueda continuará siete días más a partir de hoy. Si no se localiza su paradero o no se encuentra información útil en ese lapso de tiempo, la FEMF suspende todo tipo de ayuda que contribuya a la tarea.

Una semana no es tiempo suficiente debido a que no estamos lidiando con principiantes. Tendré que quintuplicar esfuerzos porque debo hallarla sea como sea. Con o sin ayuda mi búsqueda seguirá, pero sin herramientas tardaré más y en ese tiempo ella seguirá bajo el techo del enemigo.

—Fin de la reunión. —Olimpia se levanta.

La sala se desocupa, Rick se queda en su silla y Joset se me acerca dándome una palmada en el hombro.

—Gracias —me dice—. Sé que lo haces por Bratt, es admirable tu preocupación por la mujer que ama.

Siento ganas de gritarle que no es por Bratt, que es por mí. No le contesto, simplemente me pongo en pie, debo partir y no puedo seguir perdiendo el tiempo.

Camino a mi oficina, nunca me había sentido tan frustrado. Es uno de esos momentos donde estás dando todo lo bueno que tienes y aun así no es suficiente, ya que la situación me está poniendo contra las cuerdas; para colmo, no sé por dónde diablos escabullirme.

Cinco personas me esperan en el despacho: Laila, Brenda, Scott, Alexandra y Luisa.

—Fuera de aquí. —Los echo—. No quiero hablar con nadie…

—No queremos incomodar, coronel —Laila es la primera en hablar—, pero nos gustaría saber qué decisión se tomó.

—Seguirán buscándola, ¿cierto? —pregunta Scott.

—Por una semana —es molesto decirlo—. Así que hagan que sirva y contribuyan en ese lapso de tiempo.

—¿Y si no? —plantea Alexandra.

—La FEMF retirará la ayuda.

Unos asienten mientras otros simplemente agachan la cabeza.

—Gracias, señor —a Brenda le tiembla la voz cuando habla—, y perdone la interrupción.

Se encaminan hacia la salida. Luisa no atraviesa el umbral y espera a que todos se vayan antes de encararme con los ojos llorosos.

—No soy nadie para pedirle lo que le pediré —solloza—, pero, por favor, no le dé la espalda. Sé que no siente nada por ella, que no está en la obligación de ayudarla, pero le ruego… le suplico que no la deje en manos de ese criminal.

Se limpia las lágrimas.

—Es injusto lo que le está pasando. —El llanto le corta las palabras—. Rachel no es una mala persona, puede que tenga defectos, que cometa errores, pero es una buena chica y un buen soldado que ha luchado con valentía en este ejército.

Respiro hondo. Yo soy el que más quiere encontrarla, porque, si no lo hago, siento que me va a pesar.

—Sé que todo le vale, que nada le importa; sin embargo, le pido que tenga un poco de misericordia y le ayude. No lo haga por mi patética súplica, hágalo por el amor que ella siente por usted.

Respirar es incómodo porque las dagas de remordimiento se me clavan en lo más profundo aumentando mi desespero.

—Buscarla y encontrarla es algo que me prometí a mí mismo antes de

315

que me lo pidieras. —Le señalo la puerta—. Así que vete y déjame hacer mi trabajo…

—Pero…

—Solo céntrate en que no le daré la espalda a la persona que quiero. —Me muevo a mi puesto y ella se marcha dejándome solo.

77

JUGANDO CON FUEGO

Rachel

21 de octubre de 2017

Me miro en el espejo del baño e intento convencerme de que el HACOC no sigue en mi torrente sanguíneo. Quiero pensar, suponer que estoy bien y que soy la misma mujer de siempre mientras miro mis manos: tengo los dedos temblorosos y el pulso acelerado. Tuve que levantarme de la cama, ya que la ansiedad me estaba matando.

Tengo sed, me siento perdida y temo al desespero que me abarca, me estoy centrando en que no estoy echando de menos la droga. El encierro no me está ayudando, no tengo las ideas claras, las náuseas son constantes y por más que intento nutrir mi cuerpo, mi estómago rechaza los alimentos.

Débilmente entro a la ducha y meto la cabeza debajo del agua fría, permitiendo que los latidos mermen. Antoni se ha mantenido ausente en los últimos días, solo ayer me dieron tregua con el HACOC y este lapso de tiempo lo usaré para idear la manera de no volver a probar esa porquería.

Una empleada está aseando cuando salgo. Me visto y me voy a la ventana en busca de sol; sin embargo, el panorama no me da muchas esperanzas, ya que en la parte de atrás de la propiedad está la casa de los drogadictos. Están trayendo nuevas personas que gritan mientras las adentran a la fuerza en tanto que en la azotea los que deambulan les piden psicoactivos a los antonegras.

«Tengo que salir de aquí», me digo. La empleada tiende la cama y una algarabía se arma en el pasillo. Me doy cuenta de que se trata de una discusión fuerte que aumenta con cada paso y el trote apresurado que se siente en el piso. Acerco el oído a la puerta y…

—¡El hijo de puta nos está dando por el culo! —gritan. Reconozco la voz de Brandon—. Nos volvió a abofetear acabando con la mitad de nuestros puntos claves.

—¡Antoni ya viene para acá! —No identifico la segunda voz.

—¡Que se cojan a Antoni! —replica Brandon—. Es el culpable de todo esto.

—Es quien manda.

—¡No! Le está quedando grande el puesto y por ello le voy a dar una demostración de cómo se manejan las cosas.

Los pasos se acercan más y retrocedo cuando abren la puerta de una patada. Intento buscar algo con que defenderme, pero no hallo nada que me sirva cuando Brandon Mascherano entra escoltado por tres hombres.

—Sabía que traerte conlleva más que problemas. —Arroja un periódico a mis pies—. Conozco a las perras como tú.

Mantengo el mentón en alto. No me molesto en leer lo que me arrojó, ya que lo que busca es atacarme con la guardia baja.

—Lastimosamente, tus encantos solo funcionan con mi hermano.

Da un paso al frente y yo uno atrás.

—No te me acerques —le advierto.

—La FEMF nos envió un mensaje —sonríe con ironía—, así que vamos a darle una respuesta.

Sus hombres se abalanzan sobre mí tomándome del cabello mientras pataleo.

—Tu coronel está bombardeando todo lo que se le atraviesa —increpa el italiano.

Forcejeo cuando me sacan al pasillo, pero estoy tan débil que no puedo soltarme.

—Antoni llegará dentro de unos minutos. —Un antonegra nos alcanza mientras tomamos la escalera.

—No necesito mucho tiempo —contesta el mafioso despreocupado.

—¡Sus órdenes son claras, señor! —replica el hombre—. No quiere que toquen a la prisionera.

—Sí, pero ahora no está y cuando se ausenta el que da las órdenes soy yo. —Me mira patalear en el piso—. Llévenla al establo.

Me convierto en la atracción de todos cuando me sacan de la casa y soy revolcada a lo largo del jardín con rumbo hacia las caballerizas. Patean las puertas de madera y me adentran tirándome al piso, estoy llena de barro y tengo el cabello lleno de césped. Alzo la cara y la mano de Brandon me devuelve al piso con un golpe.

—Pon atención, *cagna* —me gruñe en la cara—. Tus amigos están jugando a los soldados modelos y el coronel se está luciendo poniéndonos contra las cuerdas, pasándose por el culo nuestro clan.

Me patea las costillas.

—Ustedes siempre actúan como amos y señores subestimando al enemigo —continúa—. Bueno, no todos. —Saca una hoja del bolsillo—. Recibí una conmovedora carta, la cual suplica por tu libertad. El ejército del coronel tiene un punto frágil.

Bratt se me viene a la cabeza.

—El pobre idiota parece tener un poco de razonamiento, pero tu coronel no, por ende, debo hacerle saber lo bien que la estás pasando.

Jared se une al grupo con una cámara de video en la mano.

—¡Graba! —ordena Brandon antes de levantarme—. Quiero que tus amigos vean cómo te torturo y que observen cómo te desangras mientras te entierro puñales en el intestino.

Me aprieta la garganta cortándome el paso del aire, le arrojo un rodillazo logrando que me suelte; no obstante, las fuerzas no me dan para defenderme como debería, ya que la droga me tiene con pocas fuerzas y él se alza sujetándome del cuello.

—Estás acalorada, te refrescaré un poco.

Me arrastra llevándome hasta los contenedores de agua y me hunde la cabeza impidiéndome tomar aire. El agua me entra por los oídos y por la nariz poniéndome a arder los pulmones a la vez que pataleo en vano arañándole las manos.

—¿Te gusta, ramera?

Aprieto los ojos intentando soportar la presión, mi esfuerzo se va desvaneciendo poco a poco, ya que no soy capaz de aguantar más de tres minutos. Me saca y toso antes de que vuelva a hundirme, esta vez tarda más a la hora de soltarme y deja que me arrastre en el piso con la poca energía que me queda.

—No huyas, la diversión apenas comienza.

Como un saco de carne me levantan y me atan colgándome de un gancho que está suspendido en el techo. Siento pena de mí misma al verme de una forma tan vulnerable mientras que los pies me cuelgan como un puto animal.

Él sonríe mientras yo ardo presa de la ira. Tanto karma y sufrimiento para terminar así, muerta como vaca de carnicería y siendo el trauma de los próximos soldados, porque, si este video llega a la FEMF, se repetirá una y otra vez a modo de escarmiento.

El filo de su navaja rasga mi ropa y me deja casi desnuda.

—¿La probaremos? —pregunta uno de los antonegras.

Se me escapa el aire agitando las cadenas cuando empiezan a rodearme.

—No. —Las lágrimas no se contienen mientras Jared sigue grabando.

—No tardaremos, señor —propone otro abriéndose la correa del pantalón—. Desperdiciar la comida es castigo divino.

Brandon se posa frente a mí reparando las lágrimas que me recorren el rostro.

—Está bien, de hecho, la disfrutaremos todos.

Grito y no sé de dónde saco fuerzas para impulsar el cuerpo cuando alcanzo a patear su pecho, se tambalea y vuelve a sacar la navaja. Jared me toma por detrás tapándome la boca y dejando que los otros acaben con la poca ropa que me queda.

—¿Alguna vez te han cogido por el culo? —me pregunta Jared al oído—. Espero que sí, de lo contrario será demasiado doloroso.

—Usted primero, jefe —dice el que ahora sostiene la cámara.

Niego y comienzo a patalear cuando siento cómo pisotean mi mundo, ya que no soportaré algo como esto. Si han de matarme, que lo hagan de una vez; no quiero pasar por el acto de ser violada por cuatro bestias inhumanas. Me tocan y me manosean mientras forcejeo y lloro a la vez que lucho suspendida en el aire.

—Una potra difícil de montar. —Me ponen un cuchillo en el cuello abriéndome de piernas.

Brandon libera su miembro acercándose con cautela y desliza las manos por mis muslos, lo que me asquea en el acto mientras no dejo de temblar tratando de contener el llanto.

—¡Quieta! —susurra Jared clavándome la erección en la espalda.

Brandon se lleva los dedos a la boca guiándolos a la entrada de mi sexo. Aprieto los ojos y…

Un tiro truena de la nada logrando que todos retrocedan cuando un gran número de Halcones se extiende a lo largo del establo abriéndole paso a Antoni.

—¡Bájenla! —ordena el mafioso.

—¡No! —se interpone su hermano—. La traje aquí para matarla.

—Y violarla de paso —añade Antoni—. Falta que el gato se vaya para que los ratones hagan una fiesta.

Me bajan cayendo al piso conmocionada mientras todos me miran con morbo, y por instinto me arrastro a los pies de Antoni dejando que uno de sus hombres me dé la chaqueta para cubrirme.

—Debe morir. —Me señala Brandon con su arma—. Lo único que nos está dando son problemas.

—Lárgate de mi propiedad o me olvido de que eres mi hermano —lo amenaza.

Desde el suelo ruego que lo haga, ya no se sabe cuál es más cerdo. De tener la fuerza que se requiere le metería una granada en el culo a Brandon.

—¿Echas a tu hermano por una puta? Piensa y recuerda cuántos favores me debes, querido *fratello*.

—Tu vida es el pago de los favores, así que lárgate y llévate a tus hombres contigo.

Brandon le apunta a su hermano y los Halcones alzan sus armas contra él.

—¿Olvidas que el lema de los Mascherano es «la familia va primero»? Soy tu socio.

—No cuando tienes la osadía de tocar a mi dama —contesta Antoni tranquilo.

—Brandon tiene razón —comentan atrás—, es tu hermano. Puede que sea un negligente sin escrúpulos, sin embargo, sigue siendo tu familia.

Un anciano de cabello blanco se pasea por el lugar.

—Si peleamos entre nosotros, jamás obtendremos la victoria.

Me trago la rabia. ¿Cuál es el proceder entonces? ¿Dejar que me violen?

—No puedo confiar en quien no se toma la molestia de seguir mis demandas —habla Antoni.

—¡No nos conviene tenerla aquí! —le grita su hermano—. ¡Solo intento proteger a la familia!

—Es la prometida de tu hermano —le aclara el anciano—. Te guste o no, es la mujer que eligió y debes respetar eso.

—¡Lárgate! —le exige Antoni a su hermano.

—No puede irse —espeta el anciano—, no en medio de la guerra. Lo necesitas, Antoni.

El mafioso cruza miradas asesinas con su hermano. No sé quién diablos es el vejete, ya que estoy demasiado conmocionada para entenderlo, lo único que tengo claro es que tiene el poder de controlarlos a ambos.

—Olvidemos lo que acaba de pasar. Brandon no volverá a meterse con tu mujer, Antoni.

—Padrino tiene razón —interviene Alessandro—, debemos permanecer unidos.

Antoni no contesta, simplemente les da la espalda dejando que me pongan de pie.

—Te mataré de todas formas —me dice Brandon por lo bajo, y le creo.

Pero no me matará si yo lo hago primero. Me dejan en la alcoba y las mujeres vuelven a bañarme mientras mantengo las rodillas contra el pecho. Tengo los dedos de Brandon estampados en la cara y la humillación de que me tocaran de una forma tan asquerosa.

«Me iban a violar», pienso.

—Yo me encargo de ella —pide la mujer de la cara quemada—, retírense.

Me limpio las lágrimas e ignoro el dolor en las costillas cuando salgo de la bañera. La chica me recibe con una toalla y me guía hacia la cama.

—¿Está bien? —pregunta preocupada—. Llamé al señor Antoni cuando escuché sus intenciones.

No sé qué platos toca aquí o qué interés tiene, pero se la ha pasado como perro faldero llevando y trayendo todo lo que Tronchatoro necesita.

—Robé esto del consultorio. —Me ofrece dos analgésicos.

No dudo en tomarlos, ya que el dolor me está carcomiendo por dentro. Tomo las pastillas y rompo a llorar al recopilar lo sucedido hace unos minutos. No me auguran cosas buenas y sé que el próximo encuentro será peor.

—Tranquila, tranquila —intenta consolarme—. No se derrumbe, tiene que ser fuerte.

—¿Tú qué sabes? —La empujo—. No lo estás viviendo en carne propia.

—No se enoje, sé que no es el momento para hablarle de esto —saca una foto—, pero necesito que mire esta imagen y me diga si la vio en alguna de sus investigaciones.

Niego con la cabeza. No estoy para interrogatorios.

—Quiero estar sola.

—Por favor —suplica—, solo mírela, no le cuesta nada.

—¡Vete! —No quiero entablar lazos con nadie, todos aquí son locos o asesinos.

—Solo un segundo…

—¡Que te vayas! —le grito.

Retrocede asustada guardándose la foto en el bolsillo.

—Me ordenaron que la arregle para la cena.

—Puedo hacerlo sola. —Me voy al tocador. Que me obliguen con droga es algo que ahora no me apetece.

La chica se encamina a la salida.

—Va a matarla —avisa antes de abrir la puerta—. Los escuché hablando en el pasillo, el señor Brandon aseguró que la matará mañana antes del anochecer.

No muevo un solo músculo al ser consciente de que estas son mis últimas horas de vida, ya que moriré en manos de ese cerdo.

—Espera —la detengo—. ¿Por qué me cuentas ese tipo de cosas?

Se devuelve arrodillándose frente a mí.

—Porque quiero ayudarla.

—No tienes ninguna razón para hacer eso.

—Sí la tengo, viví lo mismo que está viviendo; me drogaron, me torturaron y me violaron. —Vuelve a sacar la foto—. Y, al igual que usted, quiero salir de aquí, ya que tengo una hija que me está esperando afuera.

—¿Qué te hace pensar que lograré salir viva de aquí?

—Usted puede, es un agente de la FEMF; además, tiene al señor Antoni de su lado. Solo debe ser inteligente a la hora de mover las cartas. —Se me acerca—. Conozco hasta el último rincón de esta casa, así como también los horarios y las salidas de cada quien. Juntas podríamos escapar.

—Si eres tan experta, ¿por qué sigues aquí?

—No tengo adónde ir cuando me vaya, porque no tengo quien me proteja o socorra. Estoy sola, no tiene sentido huir si me volverán a tomar, pero usted sí, debido a que su entidad la protegerá cuando salga. Conocí al joven Christopher, sé que, si alguien me lleva con él, puedo convencerlo de que me ayude.

—Afuera soy el plato principal —se me atascan las lágrimas en la garganta—, por ende, mi huida es algo imposible.

—No es fácil, pero tampoco imposible —continúa—. El señor Antoni gusta de usted; si se pone de su lado, no dejará que le hagan daño.

—No estoy muy segura de…

—Si no lo hace, la matarán. La señora Isabel no hace otra cosa que alardear de cómo la asesinará. Intente poner un poco de su parte, es la única esperanza que tengo. —Me muestra la imagen que carga—. Mire la foto, es mi hija, tiene cuatro años, me la arrebataron siendo una bebé.

Reparo la imagen de la recién nacida.

—Alessandro me quitó a mi familia y quiere hacerme creer que mi hija está muerta, pero yo sé que está viva. —Saca otra foto del delantal—. Encontré esta otra imagen en su oficina, es del archivo de un orfanato y la niña tiene el nombre de mi hija, se llama Naomi. Mírela, por favor. ¿La ha visto en algún momento? ¿O escuchado su nombre?

Niego con la cabeza.

—No, lo siento.

—Sin embargo, puede ayudarme a encontrarla si salimos de aquí, no quiero que mi niña crezca sin una madre —insiste—, ya que la tomarán como esclava cuando cumpla ocho, porque eso es lo que hacen con todos los niños.

La puerta se abre y la chica se levanta de inmediato cuando entra Tronchatoro o como se llame esa maldita.

—¿Aún no la has vestido? —regaña a Fiorella—. La cena empezará dentro de poco.

—Estaba por hacerlo, solo dame unos cuantos minutos…

—¿Para que tardes otra hora? ¡Lárgate, yo me encargo!

No le lleva la contraria, solo huye sin decir más. Me ponen un vestido acampanado, otra chica entra a peinarme y me maquillan tapándome los golpes antes de sacarme. Es incómodo caminar con las costillas doloridas y, para mi mala suerte, Antoni no está en la mesa.

Isabel, Brandon, Alessandro, los que mataron a Harry y el padrino de los Mascherano ocupan los puestos alrededor de la mesa. «Cena con hienas», me digo, no sé a cuál odio más. Me ofrecen una silla a la derecha del anciano mientras los asistentes vigilan mis movimientos.

—Prueba el vino —pide Isabel—. Si te gusta, puedo pedir que lo repartan en tu funeral.

Alessandro se ríe, con lo que se le ensancha la cicatriz que le recorre la mejilla y Fiorella se me viene a la mente. Tiene el rostro destrozado, dijo que él le ha quitado todo.

«¿Es la culpable de la marca que Alessandro tiene en la cara?», me pregunto.

No miro a nadie; si lo hago, voy a explotar otra vez. Siento la mirada de Brandon sobre mí mientras come, aunque no lo esté viendo, percibo la tensión que denota y las ganas que tiene de matarme.

De hecho, todos me miran con el mismo hambre al tiempo que se llevan los tenedores a la boca.

—Rachel —habla el anciano—. No tuve tiempo de presentarme esta tarde, soy Angelo, el padrino y tío de los hermanos Mascherano.

Toma mi mano y me besa los nudillos.

—Antoni no nos acompañará, pero insistí en que cenaras con nosotros, ya que tenía curiosidad por el soldado ilustre del ejército especial.

«Pero yo por usted no», replico para mis adentros.

—Tengo entendido que eres norteamericana y estás radicada en Londres —continúa Angelo—. ¿Cuánto tiempo llevas en la FEMF?

—No te dirá nada —habla Alessandro—. Es una…

—Toda mi vida —lo interrumpo, necesito caerle bien al viejo—. Desde niña he patrullado en comandos militares.

—Qué bien, aunque es una pena que la FEMF no valga que le entreguen tantos años. —Le sirven vino—. ¿Sabías que es una entidad llena de corruptos hambrientos de dinero y de poder? Llevo años siendo testigo de todos los crímenes que cometen.

Me obligo a comer mientras el vejete suelta un sangriento discurso de cómo la FEMF ha burlado, torturado y matado a más de un inocente.

—Queremos acabar con todos —concluye terminando con su plato—, sobre todo con alguien en especial. Tú lo conoces, es muy conocido en el cargo de coronel.

Finjo que no me afecta el comentario alzando mi copa de vino, es increíble que ninguno deje de mirarme. «Intimidarme —me digo—, eso es lo que quieren».

—Mató a mi sobrina. —Se me eriza la piel—. Lo acogimos como un miembro más de la familia y nos traicionó, ya que cuando extrañó a su papi huyó destrozando el corazón de mi pobre ángel. Ella no soportó su abandono y terminó suicidándose.

—Lo siento —es lo único que se me ocurre decir.

—¿Ah, sí? —replica Brandon—. Ahora que lo sientes supongo que nos ayudarás a matarlo.

—Lo hará —asegura Angelo—. Seremos familia, por lo tanto, su lealtad será para nosotros.

Reparo el cuchillo que aprieta Brandon antes de mirar a Isabel.

—Es la única garantía que tienes, querida —continúa el anciano—. Sabes que, si no lo haces, toda tu belleza se pudrirá en las cuatro tablas de un ataúd y la tortura de Brandon no es nada comparada con la mía.

Había tardado en lanzar amenazas, observo a mi alrededor antes de encarar al viejo y dedicarle mi mejor cara de sumisa.

—Necesito tiempo. —Bajo la cabeza—. Nada de esto es fácil para quien siempre ha estado del lado de la ley.

—Lo tendrás, a mi hermana le fue difícil adaptarse a la idea de casarse con un mafioso. Ella era policía, quiso ser la oveja diferente de la familia y terminó siendo una de las mejores secuaces de Braulio. Las mujeres estrategas son buenas en la mafia.

—Me imagino. —Me levanto e inmediatamente dos antonegras se me plantan atrás—. Quisiera hablar con Antoni antes de irme a dormir.

—Está ocupado —replica Isabel— y no quiere recibir a nadie.

Sabe que es mi última noche, ya que ella forma parte del complot.

—Vete a dormir, él te buscará cuando quiera verte.

—No creo que le incomode verme ahora —se me dificultan las próximas palabras—. Soy su mujer y me dejó muy claro que puedo buscarlo cuando quiera.

La copa recae con fuerza.

—Está estresado. No le caería mal ver a su bella dama —conviene Angelo—. Está en el despacho…

—Te equivocas —increpa Isabel—. No intentes apoyarla, porque no la conoces, odia a Antoni y no tiene nada de que hablar con ella.

—Pero yo sí…

Isabel intenta levantarse, pero Alessandro la devuelve a la silla. La mirada asesina me lo dice todo cuando emprendo la marcha dejando a los antonegras atrás.

—Cuarta puerta a la derecha —me susurra Fiorella cuando me la topo en la escalera.

Por primera vez no estoy siendo arrastrada por nadie, así que me tomo el tiempo de recostar la cabeza sobre la pared reconsiderando lo que estoy por hacer. «Son ellos o yo», me digo. Tardo demasiado y de un momento a otro tengo a Brandon frente a mí.

—Cuenta las horas. —Su mano viaja a mi garganta mostrándome el reloj de pared—. Será una puñalada por cada hora que pase desde este momento hasta que te mate.

Aprieta con fuerza deslizándome por la pared.

—¿Ocho? ¿Doce? —Me corta el paso del aire—. Nadie lo sabe, solo te aseguro que serán menos de veinticuatro.

Caigo a sus pies cuando me suelta. «Loco de porquería», pienso. Isabel aparece también logrando que me levante de inmediato y se mira con Brandon mientras huyo buscando la puerta que me indicó Fiorella.

Ambos me siguen buscando la manera de acorralarme, por ende, no pienso cuando me aferro al pomo de la cuarta puerta, la abro y entro con prisa. Está oscuro, el viento se cuela ondeando las cortinas del ventanal.

—Qué agradable sorpresa. —Enciende una lámpara.

Antoni suelta una bocanada de humo sentado en el largo sofá. Deja el tabaco en el cenicero mientras me recorre desnudándome con los ojos. «Estoy entrenada para seducir», me repito acercándome despacio.

—¿Estás ocupado?

—No para ti. —Toca el puesto vacío que tiene al lado.

No hay definición para la mirada que me dedica este hombre, ya que no me mira, me venera demostrando ser esclavo de mi belleza. Tomo asiento dejando que mis ojos se encuentren con los suyos y mi cercanía mueve su manzana de Adán cuando poso la mano en su muslo.

—Sabes que te mataré si intentas engañarme, ¿cierto?

Me arde la boca del estómago con la advertencia.

—Si no puedes con el enemigo, únete —hablo—. Me aseguraste que me rendiría y heme aquí, dándote la razón.

—No te creo.

—Tendrás que hacerlo si en verdad quieres que sea tu compañera. —Voy subiendo la mano despacio—. El que intenten violarte cambia la opinión de cualquiera. —Bajo la vista—. Yo no quiero que nadie me lastime.

Aparta el cabello de mis hombros y me acaricia la espalda mientras mi mano sigue subiendo hacia el órgano viril que se esconde dentro de los pantalones. Se endereza y lo acaricio por encima, a la vez que me humecto los labios.

—Está duro —digo lo que percibo—. ¿Eres débil ante mi tacto?

—Bastante. —Sigo tocando acercando mis labios a su boca.

Nuestros alientos se funden a la vez que paso saliva observando cómo detalla mi boca respirando hondo, buscando el control que no le voy a permitir.

—Quiero matarte —susurra.

—Y besarme también —musito—. ¿Qué harás primero?

Sus labios tocan los míos, le abro paso a su lengua y me da un beso húmedo con sabor a peligro; dejo que explore mi boca en tanto deslizo las manos a lo largo de su torso. Un momento largo cargado de odio por mi parte, cosa que él no nota estando tan absorto.

Christopher se perpetúa en mis pupilas mientras la boca del italiano recorre mi cuello y sus manos me acarician las piernas. Observo la imagen que refleja el vidrio sintiendo asco de mí misma; sin embargo, eso no puede detenerme, porque para esto fui entrenada: para engañar y hacer caer al enemigo.

La temperatura sube, vuelvo a besarlo entrelazando mi lengua con la suya, voy logrando lo que quiero, pero… Se aparta cuando abren la puerta sin golpear y es Isabel la que aparece molesta.

—¿Qué pasa? —pregunta el italiano.

—Angelo quiere asegurarse de que no haya contratiempos. —Se coloca la mano en la cintura y me muestra el arma a modo de amenaza—. ¿Está todo bien?

—¿Ahora eres antonegra?

—Solo cumplo con lo que se me demanda.

—Todo está bien, puedes marcharte.

—La escolto. —Me mira—. ¿Quieres que la lleve a su habitación?

Me levanto acariciando el brazo del mafioso, que me escolte es una bala en el cráneo.

—Me apetece compartir el lecho contigo —le hablo a Antoni—. ¿Puedo? Temo que vuelvan a atacarme.

Soy consciente de lo que significa mi petición, pero es la única opción que tengo y la carta que me asegura la primera fase del plan.

—Se quedará conmigo —le deja en claro a Isabel—. Márchate, no necesito que nadie la escolte a mi habitación.

Antoni

La llevo conmigo a la intimidad de mi alcoba, mi subconsciente me grita que le retuerza el cuello y la arroje al fondo del mar, sin embargo, mi cerebro y mi corazón quieren una cosa totalmente diferente.

El mundo no se equivocó. Es peligrosa, para mí y para mi clan, pero me gustan así: diferentes, persuasivas y vehementes. Se pasea por la alcoba detallando todo, arma o no, será quien me acompañe hasta el fin de mis días. Me dedica una mirada rápida demostrando que es el tipo de mujer a la cual podría bajarle la luna si quisiera.

Me pongo cómodo soltando las armas y quitándome el calzado junto con el cinturón; luzco solo la camisa y el pantalón del traje. Tomo el collar de mi madre acercándome a ella, que se detiene al pie de la cama cuando abro el cofre que le hace pasar los dedos por la piedra.

—Tuyo —aclaro—. En mi mundo es la corona que porta la dama del líder.

Observa la pieza detallando la jadeíta que la decora y la saco ansioso por verla en su cuello.

—Debemos pactar acuerdos antes de compartir una vida.

Acaricia mi pecho mirándome a los ojos y mi lado razonable exclama que la mate ya, pero una parte de mí quiere hundirse en su ser. En el infinito que ofrecen sus ojos estoy viendo a la misma mujer que conocí en Moscú al percibir el aire coqueto y la ardiente actitud que jugó con mi cordura.

—¿Acuerdos? Creo que eso es algo ilógico en tu situación, *principessa*.

—No cederé sin la certeza de ser intocable.

—Ponte el collar y acepta ser mi esposa. Yo me encargo del resto.

—No es solo eso. —Me empuja a la cama—. Hay otras cosas aparte de mantenerme viva.

—No quieras confundirme, porque no funcionará.

—¿Confundirte? —Se abre de piernas sobre mí—. La plebe tiene prohibido confundir a la realeza.

—Tú no eres de la plebe —aclaro, y ella sonríe con descaro.

—Puede que no… —Se contonea bajando el cierre del vestido—. Cierto cristiano aseguró que las James eran hijas del pecado.

La prenda sale a volar endureciéndome el miembro con la imagen que me ofrece; el cuerpo perfecto, los senos redondos y la mirada turbia. Se coloca el collar y debo reconocer que se ve mejor de lo que creí, ya que la jadeíta brilla en la piel que se asemeja a la porcelana.

—¿Te gusta? —Toca la piedra moviéndose de nuevo—. Me hace sentir grande y poderosa.

—Lo eres. —La hipnosis es demasiada, es como si estuviera frente a una ninfa—. Serás mi mujer, mi dama.

Baja a mi boca acariciando mi nariz con su aliento mientras suelta los botones de la camisa con suavidad y sin prisas, porque sabe que mis labios la anhelan y por ello juega con mi necesidad.

—Tengo tres deseos.

—Pide lo que sea, lo pondré a tus pies como y cuando quieras.

Apoya los labios contra los míos.

—No más drogas —susurra—. No quiero ser adicta a esa porquería.

Su boca recorre mi cuello quitándome la camisa mientras mi miembro se hincha más, nunca creí experimentar tanta dureza. La quiero poseer, no obstante, ceder me quitará parte del control.

—No puedo. —Paso saliva.

—Sí puedes, seré tu mujer. Debes confiar en que te seguiré sin necesidad de manipularme.

Vuelve a besarme dejando que nuestras lenguas se acaricien con premura, con pasión. Un beso que me nubla todo, hasta arrebatarme la palabra.

—No más drogas, ¿cierto?

—No más drogas —repito.

Me sonríe acariciándome los labios.

—No más interrogatorios respecto a la FEMF. Si quieres que esté aquí, debes olvidarte de mi pasado, de lo que alberga mi cerebro —establece—. Quiero que te conformes con la Rachel que estás viendo ahora.

—No. —Intento apartarla, pero no me lo permite. Frustraría la mitad de mis planes si acepto. Por eso la traje, porque necesitaba que se pusiera de mi lado.

—Soy más que un arma contra ellos y no quiero involucrarme en su guerra. Si estaré a tu lado, quiero una vida tranquila.

Hace magia con las manos tocándose los pechos sin dejar de mirarme.

—Piensa en lo bien que me veré sobre tus piernas día a día —habla en italiano—. En lo bien que me veré a tu lado.

Me abre el pantalón sacando el miembro erecto que está a nada de desbordarse, y su lengua lo toca acariciando el glande con un lametón.

—Bien —le aseguro—. No más interrogatorios sobre la FEMF.

Giro nuestros cuerpos dejándola bajo mi pecho y aprisionando sus muñecas contra las sábanas. La beso bajando por los senos creados para pecar, mi lengua los toca y su espalda se arquea con los lengüetazos que los azotan.

Suavemente le quito las bragas bajando la boca a su sexo, es algo que quería probar con ella consciente. Se abre de piernas mostrándome la humedad, lo que aumenta mi sed. Mi lengua recoge la excitación que destila su sexo atacando los pliegues y el clítoris hinchado que la moja más cuando lo toco con lametones suaves y concisos a la vez que mi mano viaja a los glúteos, apretándolos mientras me prendo y chupo venerando su zona prohibida.

Jadea suave y vuelvo a subir besándole el abdomen, pero es ella la que toma el control ahora. Sus piernas vuelven a abrirse sobre mí y extiendo la mano para alcanzar un preservativo de la mesa. Muero por que sea piel a piel, sin embargo, no puedo preñarla con tanto HACOC en su sistema.

Acaricia mi corona con la lengua antes de deslizar el preservativo a lo largo de mi miembro y lo hace despacio, mirándome a los ojos totalmente consciente de lo mucho que la deseo, ya que mi dureza se lo demuestra.

—Mi último deseo. —Posa una mano en mi hombro mientras que con la otra deja mi miembro a centímetros de su sexo.

—¿Cuál es? —Sujeto sus caderas—. Ya te dije que puedes pedir lo que quieras, no importa lo que sea, será tuyo cueste lo que cueste.

Sonríe acortando el espacio que nos separa y dejando que su sexo aprisione la cabeza de mi miembro, «infierno divino», el cual amenaza con aniquilarme.

—Mata a Brandon —me susurra.

Detengo el impulso sujetándole la cadera, el cabello negro se derrama a lo largo de su pecho resaltando el azul turbio que le decora los ojos.

—Es mi hermano —es lo único que logro articular.

—Y yo seré tu mujer. Sabes que va a matarme y no puedo casarme contigo sin la garantía de que puedas mantenerme con vida.

Se mueve dejando que la penetre y el calor me toma en tanto la piel se me eriza, siendo preso de los latidos sonoros que emite mi pecho.

—Júrame que lo matarás y me tendrás así para siempre.

El balanceo es un puñal que extingue mi razonamiento.

—Mátalo. —Se mueve de arriba abajo enterrándome las uñas en la piel—. Es lo que quiero que hagas.

—Sí. —Reparo el golpe en su cara y las marcas en sus muñecas—. Lo mataré por ti, será mi regalo de compromiso.

—Júramelo.

—Tienes mi palabra.

Se entrega cabalgándome con fiereza, llevándome al éxtasis mientras mis manos recorren su figura. Aprieto sus pechos dejando que su coño se tense a lo largo de mi falo y la hago mía montándola como siempre quise.

Las estocadas son veraces y los besos calientes mientras ondea las caderas bajo mi cuerpo demostrándome que en verdad es un peligro. Me lo acaba de probar obligándome a prometer que derramaré la sangre de mi hermano, y está bien, no me importa, porque por ella lo hago las veces que sea con tal de tenerla así.

Siendo mi dama.

Mi esposa.

Mi principessa.

78

VENDETTA

Rachel

Amanece y con los ojos cerrados me muevo en la cama del italiano a la espera de que se vaya, siendo consciente de mi actuación de anoche y de lo que conlleva. Como soldado se me enseña a valerme de todo tipo de armas y el saber envolver también es una, debo ser cautelosa si no quiero que me vuelvan a inyectar esa porquería, necesito salir de aquí…

—*Principessa.* —Me aparta el cabello de la cara llenándome los oídos con su acento italiano.

Abro los ojos, está sentado sobre el borde de la cama, recién bañado y encendiéndome las ganas de clavarle una aguja para que sepa lo que se siente.

—Buenos días. —Finjo una sonrisa metida en el papel.

—Toma una ducha. —Me besa la frente—. Quiero que vengas conmigo.

Me incorporo. Fiorella está al pie de la cama con una bata lista para cubrirme.

—Buenos días, señorita —me saluda.

—Señora —la corrige Antoni—. Ayúdala con el baño, desayunaré mientras tanto.

Dejo que me cubra con la bata y me siga hasta el baño donde a puerta cerrada me froto el cuello queriendo que su olor desaparezca, recordando lo maldito que es al traerme a las malas aquí y al orillarme a esto.

—Tranquila. —Fiorella me frota los hombros—. Es necesario que se vuelva loco por usted, no tenemos más escapatoria.

—Lo dices como si fuera así de fácil porque no eres la que tienes a ese insano detrás de ti.

—Tómese esto. —Me ofrece una píldora—. Es el anticonceptivo del día después.

No dudo en tomar el medicamento, usó preservativo, pero no puedo exponerme a que haya sorpresas futuras. Entro a la ducha refregándome la piel con fiereza y el olor no desaparece, lo que me llena de rabia.

Fiorella me ayuda a vestir y a peinar mientras me lleno de paciencia centrándome en que esto no es más que trabajo.

—¿Lista? —Antoni se asoma en la puerta.

Fiorella retrocede cuando él se inclina para darme un beso antes de ofrecerme la mano para que me levante. Tanta belleza, tanta elegancia, y no me inspira más que rabia. Sus nudillos tocan mi cara y esbozo una sonrisa.

—¿Adónde me vas a llevar?

Posa la mano en el centro de mi espalda guiándome afuera. Salimos del castillo y por un momento me asaltan las dudas: «¿Y si notó que lo estoy engañando?».

La cabaña donde me arrastraron ayer aparece frente a mis ojos.

—Soy un hombre de palabra. —Me vuelve a besar los nudillos—. Te prometí algo y quiero que veas cómo lo cumplo.

Abren las puertas y veo a Brandon Mascherano, que está colgado del mismo gancho donde casi me violan sus cuatro bestias.

—¡¿Qué es esto, Antoni?! —le grita suspendido en el aire—. Soy tu hermano mayor, me debes aunque sea un mínimo de respeto.

No siento ni el menor atisbo de remordimiento, le estoy haciendo un favor a la sociedad porque es un puto abusador. Los antonegras salen y Antoni prepara su arma mientras Brandon palidece.

—¡¿Qué harás?! —Patalea—. ¡Soy tu hermano! ¡Por Dios, no hagas tonterías!

No lo mira, solo llena el tambor con balas antes de quitar el seguro.

—¿Algo que quieras que les diga a tus hijas antes de morir? —Le apunta.

—¡Somos hermanos, Antoni! —le suplica—. ¡No puedes dejar que esa perra te manipule!

Llora y se le corta la voz en repetidas ocasiones.

—Reacciona, *fratello* —continúa sin dejar de sollozar.

Busco aunque sea un poco de misericordia, pero no hay nada. La escena de ayer se repite, lo veo a él tocándome y besándome como el cerdo asqueroso que es.

—¡Perdóname! —le ruega—. ¡Puedo irme lejos! ¡No regresaré jamás!

Es él o yo, y si su hermano lo deja vivir, no dudará en cortarme la cabeza. Miro a Antoni, que tiene la mandíbula tensa mientras detalla a su hermano. Está a punto de apretar el gatillo del arma, pero por un segundo temo que no sea capaz.

—Hazlo —le pido antes de que se arrepienta—. Me lo prometiste.

El negro de sus ojos se encuentra con el azul de los míos y escondo mi miedo sonriéndole de nuevo.

—¡Perra! —grita Brandon estremeciendo las cadenas—. ¡Perra manipuladora! Antoni, te está engañando…

Los tiros truenan cuando el mafioso descarga el arma en el cuerpo de su hermano, y lo único que hago es cerrar los ojos mientras disfruto del sonido de las balas que atraviesan la carne. Cuando el ruido cesa, Antoni se vuelve hacia mí.

—Espero que no hagas que me arrepienta de esto —advierte—, porque si lo haces, te colgaré al igual que a él y te arrancaré la piel a tiras.

El aire se me atasca en los pulmones mientras contemplo el río de sangre que brota de su hermano.

—Soy una mujer de palabra —reitero acariciando su cuello—. Me quedaré contigo, ya te lo dije.

Alza mi barbilla y sus dedos se enredan en mi cabello cuando me empuja suavemente contra la pared respirando mi aliento.

—Me gusta que aceptes la idea de que no tienes salida. —Pasa los dedos por la jadeíta que me adorna el cuello—. Quiero más momentos como los de anoche.

Está desesperado, puedo notarlo, su erección me lo confirma.

—Los tendremos. —Le beso el cuello—. Y los próximos serán mejores.

Dejo que, a su vez, él me bese, que recorra mi cuello hasta llegar a mis senos, mientras desliza mi espalda por la pared en tanto miro al techo llenándome de paciencia.

—Hay una celebración con los líderes de todos los clanes —me informa tras dejarme en el suelo—. Necesito que vengas conmigo, aprovecharé el evento para presentarte.

Aparece un rayo de luz al final del túnel, ya que me sacará. Estando afuera puedo buscar algo que me diga dónde estoy; si conozco el entorno, puedo planear mejores ideas.

—Bien —convengo.

Dejo que me tome de la mano para incorporarme y salimos del establo. Regresamos juntos a la casa y besa mis labios antes de irse a atender sus asuntos, las empleadas vienen por mí y Bertha (que así se llama la Tronchatoro) se pasea de un lado para el otro con un vestido sobre su pecho.

—Quién sabe a quién habrán matado por esta hermosura. —Deja la prenda sobre la cama—. Es hermoso.

Asean la alcoba, me suben el almuerzo al mediodía y el resto de la tarde se preocupan por atenderme como si fuera la señora de esta casa. Intento simular que me agrada la idea, pero con el pasar de las horas la cabeza empieza a dolerme y el desespero comienza a abarcarme, lo que provoca mi sudoración.

Tomo asiento frente al espejo cuando anochece y las mujeres llegan a arreglarme para el evento. Lo de Brandon se murmura por toda la mansión, pese a que Antoni exigió silencio sobre el tema. Es el líder, con todo, estoy a la defensiva porque sé que Isabel, Danika, Alessandro o Jared entrarán en cualquier momento en busca del desquite.

Las manos me cosquillean, siento el aire pesado y el espacio demasiado pequeño. Estoy en medio de un ataque de ansiedad. «Abstinencia», me digo. El HACOC está demostrando efectividad y es que llevo más de veinticuatro horas sin el psicotrópico y eso me asusta.

Fiorella me ayuda, débilmente dejo que me coloquen el vestido y me arreglen frente al tocador. Estoy tan decaída que quiero acostarme, sin embargo, no puedo desperdiciar la oportunidad de salir.

El largo vestido me llega hasta los tobillos, calzo unos altos tacones, llevo el cabello recogido en un moño griego y la jadeíta brilla en mi pecho. Reparo mi imagen en el cristal atorándome con mi propia saliva cuando Alessandro aparece a mi espalda. Fiorella se aleja asustada, ya que el italiano tiene los ojos enrojecidos y no sé si es por el alcohol o por la muerte de su hermano.

—Necesito hablar a solas con el nuevo miembro de la familia. —Con estas palabras echa a todas las mujeres.

Las empleadas recogen todo sin protestar y abandonan la estancia. Yo procuro mantenerme firme.

—Lo mataste —empieza—. Todos te vieron entrar con Antoni al establo.

—¿Y vienes a confirmar lo que ya sabes?

Aprieta los puños. No vale la pena negar lo evidente.

—Si vienes a matarme, hazlo de una vez, porque estoy cansada de las amenazas.

—¿Para que Antoni me mate como mató a Brandon? No, no soy tan estúpido. —Se mete la mano en el bolsillo—. Ninguno coqueteará con la muerte, ya que tú misma te atarás la soga en el cuello.

Saca la jeringa plateada, mis reflejos se ponen a la defensiva de inmediato e intento levantarme, pero me devuelve a la silla rodeándome el cuello con el brazo.

—No se te ocurra…

—Ya se me ocurrió —grazna sobre mí—. Disfrutaré ver cómo te vuelves loca después de inyectarte una dosis triple de la droga de la que tanto le huyes.

Me inmoviliza y me entierra la aguja en la garganta dejando que el líquido se abra paso por mis venas en tanto percibo los mareos al cabo de unos segundos.

—Esta dosis te enloquece o te mata, ansío la segunda opción.

Me suelta y caigo al suelo desorientada. El piso se mueve, las voces regresan y el pecho se me agita de la nada mientras oigo el sonido de la puerta cuando se marcha.

—¡Señorita! —El rostro de Fiorella aparece en mi campo de visión—. ¡Señorita! ¿Está bien?

—Me inyectó. —Sudo, el cabello se me pega a la piel y siento que mi cerebro es un hoyo negro lleno de trastornos—. ¡Vete! No quiero que nadie me vea así.

—Escúcheme, no deje que los efectos la controlen, trate de mantenerse consciente.

La adrenalina es demasiada mientras que la imagen de Brandon y Jared tocándome me produce ganas de vomitar. Mi noche con Antoni y la muerte de su hermano se apoderan de mi razonamiento.

—¿Te sientes mal, linda? —reconozco la voz de Isabel—. Me preocupas.

—El señor Antoni nos espera —habla una tercera voz en el umbral.

—No puede salir así —dice Fiorella—. La sobredosis puede matarla.

—¡Qué mala suerte! —Isabel se ríe—. Lastimosamente, no podemos posponer el evento. Termínala de arreglar, la esperaremos en el auto.

Cierran la puerta y Fiorella me pone de pie.

—¡Escúcheme! —Me toma la cara para que la mire—. Si no va, la sacarán a la fuerza y será peor, no los provoque y sígales la corriente.

Asiento.

—Guarde esto. —Me entrega una navaja—. Úsela solo si es necesario, ya que estará rodeada de asesinos, por lo tanto, tiene todas las de perder.

Intento concentrarme en lo que dice, pero mi mente está dando vueltas en otro lado.

—Quiero irme a casa.

—Lo sé, pero afuera nadie puede ayudarla. —Me guarda la navaja entre los pechos—. Todos los temen o están comprados, así que no se le ocurra pedirle ayuda a nadie.

Parece que estuviera en un carrusel dando vueltas a la velocidad de la luz. Quiero quedarme, pero vienen por mí y me suben a una limusina. Las sensaciones se incrementan en el interior del vehículo, la cabeza se me quiere estallar mientras siento que el espacio se torna cada vez más pequeño. Me digo que puedo hacerlo, pero es imposible con el pánico absurdo que me recorre y atrofia mis funciones cerebrales. Mi cabeza no para de divagar en medio de recuerdos nostálgicos que me trasladan a mi infancia, cuando vagaba por el desierto árido de Phoenix. Extraño a mi familia, a mis colegas y mi puesto en la milicia.

El escenario cambia de un momento a otro cuando el auto se detiene, descendemos de él y entramos en la lujosa fiesta, la cual alberga los miembros más importantes de la pirámide de la mafia con sus familias altamente peligrosas, dueñas del mundo criminal.

Avanzo y Antoni aparece vestido de negro buscándome los ojos, pero no se lo permito.

—Qué hermosa te ves, *principessa*.

Su voz es un martirio para mis sentidos, trata de besarme la mano y retrocedo sin poder contener el odio que me causa su maldita creación.

—¿Estás bien? —Sigue buscando mi mirada.

—Sí. —Aparto la cara al notar el error—. Preséntame a tus colegas.

Me exhibe por el lugar presentándome como su pareja. Todos se le acercan como si fuera algún tipo de celebridad y hablan de planes y medidas, conversaciones en las que escucho una y otra vez el nombre de la entidad para la que trabajo.

Me siento observada y un escalofrío me recorre la espina dorsal cuando mis ojos se encuentran con los miembros de la mafia rusa, cuya mera presencia aterra. Ellos y los italianos en un mismo lugar es como estar en medio de dos armas letales.

El recorrido continúa y me doy cuenta de que algunos están molestos, pues repiten la misma secuencia de palabras: «pérdidas», «bombardeos», «ataques» y «capturas». Creo que voy a vomitar, me siento demasiado mal al experimentar las distintas fases de la droga.

Poso los ojos en Alessandro e Isabel, que alzan sus copas hacia mí en señal de brindis. Los asesinos de Harry hacen lo mismo. Yo tomo una de las bebidas que reparten y me la llevo a los labios con los dedos temblorosos. Quiero salir de aquí.

—Estás drogada —susurra Antoni.

Nuestros ojos se encuentran. Siento que algo se me mueve por dentro, es como si me metieran la mano en la caja torácica.

—Estoy bien. —Retrocedo.

El aire me asfixia mientras que el «mátalo» se repite un montón de veces en mi mente; hacerlo aquí, no obstante, es un suicidio seguro.

Alguien habla por el micrófono, suena música clásica y todos se mueven a la pista con sus respectivas parejas. No sé a qué va el baile ni de qué se trata el evento, ya que no he estado poniendo atención, solo me dejo llevar como si fuera una marioneta.

—Rachel, baila conmigo —me pide Antoni.

Entramos a la pista, mi mano reposa en su hombro y la de él en mi espalda.

—¿Quién te inyectó? —pregunta en medio del baile.

—No importa, me siento bien así.

La respuesta sale de forma automática, nuevamente siento que no soy yo y no sé si esta yo quiere seguir drogada, porque una parte de mi cuerpo se siente bien mientras bailo... A una parte de mi cerebro le gusta tener el psicotrópico en las venas.

Sudo, tengo el pecho acelerado y mi cerebro es un casete descontrolado lleno de recuerdos, llenos de discusiones, nostalgias y miedos. La muerte de Harry vuelve a aparecer... Me desconozco, no soporto estar aquí y saber que el psicotrópico sigue en mi cuerpo.

—Rachel —Antoni me obliga a que lo mire—, estás llorando.

Me paso las manos por el rostro, tengo la cara empapada de lágrimas. La ira, el odio y el remordimiento se transforman en una bola gigante dentro de mi pecho. Reparo el rostro del mafioso frente a mí y me deleito con la idea de apuñalarle el corazón.

—Necesito ir al tocador —logro decir.

Me besa el cuello antes de llamar a Alessandro para que me escolte.

—No tardes.

Le paso los nudillos por la cara. «Hijo de perra», lo insulto para mis adentros. Es el culpable de la mitad de mis desgracias.

—Vale.

Alessandro se acerca dedicándole una mirada cómplice a Jared y a Danika. Esta era la amante de Brandon, no es raro que se traigan algo entre manos. Antoni palmea el hombro de su hermano dejando que me escolte y este lo hace en silencio, con Jared y Danika siguiéndolo con disimulo.

—Adelante, señora. —Señala la puerta del baño con un tono de burla.

Frente al espejo trato de salir del trance, cosa absurda porque la droga corre por mi sistema poniéndome cada vez peor. Quiero correr y correr hasta que estos malditos no puedan encontrarme. No soporto a Antoni y el que me retenga como su maldita prisionera.

Espero que el baño se desocupe antes de encerrarme en una de las gavetas. Dejo de lado los tacones y me preparo soltando la tapa del retrete, anhelando que vengan por mí. Subo al excusado con la tapa en las manos, y no sé qué tan bueno sea este plan improvisado, pero quiero partirle la cabeza a alguien y huir.

—Rachel, Antoni te está esperando —habla Alessandro—. No me digas que la sobredosis te mató.

Aprieto la tapa con fuerza.

—Rachel —repite abriendo las gavetas—. ¡Rachel! Soy malo jugando al escondite.

Veo su sombra deambular, se queda en silencio y lo oigo respirar hondo antes de patear las puertas. Abre mi gaveta y lo espero con la tapa en alto y se la estrello en la cara. No hay tiempo para nada, lo paso por encima buscando la salida.

Los Strowal me ven salir. No puedo llamar la atención, así que solo me arreglo el vestido caminando como si nada pasara. No puedo salir por la puerta principal y, tras pensarlo rápidamente, decido pegarme a uno de los camareros. Entro a la cocina llamando la atención de todos, pero no me importa, voy a salir de aquí cueste lo que cueste.

—No puede estar aquí, señorita —me dice uno de los cocineros cuando atravieso el umbral.

No le hago caso, me adentro en el lugar en busca de la salida tropezando con ollas y utensilios de aseo sin voltearme, porque sé que me están siguiendo, puedo sentirlo. El aire fresco me golpea y me lleno de esperanza al ver el letrero que reza SALIDA DE EMERGENCIA.

Hay hombres armados afuera que me captan de inmediato, por ende, finjo vomitar en una de las paredes cuando se me acercan.

—¡Entre al salón! —exigen.

—Está conmigo.

La puerta vuelve a abrirse y reconozco el tono de voz de los hermanos que mataron a Harry.

—Le cayó mal el trago —habla Danika—. El jefe pidió que le diéramos un paseo para que tome aire fresco.

Ambos me toman de los brazos y me llevan con ellos hacia no sé dónde.

—Conque intentando huir… —comenta Jared—. Eres tan predecible…

—Cualquiera pudo haberte disparado mientras corrías —añade su hermana—. Le daré esa excusa a Antoni cuando me pregunte cómo moriste.

Miro a mi alrededor en busca de algún tipo de letrero que me diga dónde estoy, pero es en vano, pues no hay pistas por ningún lado.

Las luces desaparecen mientras me introducen en lo más profundo del bosque, en tanto veo sus manos como tentáculos. Me largaré de aquí, pero antes tengo una tarea pendiente por cumplir.

—Que empiecen los fuegos artificiales. —Jared saca su arma.

Danika me sujeta los hombros para que me arrodille, pongo resistencia, insiste y le mando un codazo a su hermano antes de impactar mi puño contra la cara de ella.

La maniobra los toma por sorpresa y emprendo la huida antes de que recobren la noción. No tardan en dispararme mientras me escabullo entre los árboles. No puedo andarme con rodeos, así que saco la navaja que me dio Fiorella en cuanto me escondo detrás de un roble. Los pasos se oyen cada vez más cerca y aprieto el artefacto.

«No puedo fallar —me digo—. Los errores no tienen cabida en lo que haré».

Jared se asoma por un lado y de inmediato lo abordo por detrás colocando el cuchillo en su garganta.

—Demasiado lento. —Me río.

Danika me apunta.

—¡Suéltame! —exige Jared.

Tiene fuerza, pero la adrenalina que me corre por las venas me ayuda para aprisionarlo contra mi pecho.

—¿Dónde quieres el tiro? —pregunta Danika—. ¿En la cabeza o en el corazón?

Retrocedo arrastrando a su hermano conmigo, teme a moverse, ya que tiene la hoja de la navaja contra la piel y una mala maniobra puede tajarle la garganta.

—Somos dos y tú una…

—Pregúntame —la interrumpo.

—¿Qué? —contesta confundida.

—Qué tanto le temo a eso. —Sonrío al deslizar la hoja por la garganta de Jared y el filo le corta las arterias mientras Danika da un paso atrás viendo cómo se desangra su hermano.

—¡Perdón! —Río—. ¡Se me resbaló la navaja!

Termino de pasarle la hoja filosa por el cuello.

—¡Jared! —El grito le desgarra las cuerdas vocales.

Tomo el arma del cuerpo sin vida antes de dejarlo caer.

—¿Dolió? —inquiero.

Está aturdida viendo el cuerpo inerte.

—Mi hermano… —musita.

—Supongo que sí. —Le apunto con el revólver—. Yo sentí lo mismo cuando mataste al mío.

Descargo el arma en su pecho: siete tiros contundentes sin piedad ni remordimiento. Cae al piso en un charco de sangre mientras sigo apretando el gatillo hasta que se acaban las balas.

El corazón se me quiere salir. Suelto el arma y emprendo la huida cuando escucho voces a lo lejos. No sé dónde estoy, solo corro lo más rápido que puedo. Recibo arañazos en la espalda, brazos y piernas, pues la vegetación es densa; para colmo, las voces se escuchan cada vez más cerca. Estoy más que perdida y no puedo permitir que me atrapen, no después de haber llegado tan lejos.

Me persiguen como animal de caza, percibo cómo me pisan los talones mientras me abro paso entre la maleza, impulsada por un solo objetivo, una única esperanza y un solo deseo.

La oscuridad me quita velocidad dado que choco contra las piedras, las ramas y los árboles. En este momento el dolor es lo de menos y corro hasta que toco fondo. Termino rodando colina abajo recibiendo múltiples golpes en el estómago y siento que algo se me entierra en la pierna, lo que hace que me retuerza muerta de agonía cuando finalmente me detengo: es una estaca de madera que me atraviesa el muslo y duele como una mierda; sin embargo, me pongo de pie temiendo a los ladridos que resuenan atrás. Cojeo avanzando lo más rápido que puedo, las linternas se ven arriba y una luz de esperanza aparece cuando diviso una casa a pocos metros.

Recuerdo las palabras de Fiorella, las cuales me advertían que no pidiera ayuda, así que rodeo la propiedad saltando la cerca; una vez dentro vislumbro un establo, entro en él y me dejo caer en el heno. Hay cuatro caballos, bultos de comida y sillas de montar, pero las fuerzas son casi nulas, así que no puedo ensillar ninguno. Solo puedo medio arrastrarme y esconderme detrás de las pilas de heno.

Debo recuperar energía para seguir huyendo, pues quedan pocas horas para el amanecer. En esas, me levanto el vestido y me examino la herida, dando cuenta de que tengo que sacar la estaca e intentar contener la hemorragia. Rasgo la prenda que llevo y la amarro sobre la herida mientras respiro hondo intentando sacar la estaca enterrada ahogándome con mi propio grito. Las lágrimas me nublan los ojos, el dolor me quema tensando hasta el último músculo, todo se nubla y de un momento a otro no veo más que oscuridad.

Antoni

«Rachel»… No sabe que mientras más huye, más me gusta y que ella y yo somos algo que quiera o no va a pasar. La sangre me pesa buscándola por el bosque, por donde los canes se despliegan en tanto mis hombres le siguen la pista.

Me tiene con ira y sus estupideces empiezan a agotar mi paciencia a medida que camino. Maté a mi hermano por ella, planeé algo que no tiene marcha atrás e iré por ello cueste lo que me cueste.

No quiero mostrarle el lado malo, pero ella me obliga.

—No está lejos. —Isabel se levanta limpiando la sangre que dejó en una de las rocas—. Está herida, así que no será difícil encontrarla.

—Por aquí, señor —me llama uno de los antonegras.

Señala una casa de ladrillos.

—Podrían darnos pistas de su paradero.

—Podrían no —lo aparta Isabel—, nos darán pistas, tuvo que haberse acercado a pedir ayuda.

Se toman la casa sacando a los dos ocupantes que la habitan, un anciano y un joven.

—No sabemos nada, señor —llora el anciano—. No hemos visto a nadie por aquí.

Aquí nadie miente porque todo el mundo me conoce.

—Señor, somos incapaces de socorrer a un esclavo —habla el adolescente.

—Requisen todo —ordena Isabel.

Sé que está aquí, mi instinto me lo dice, está drogada y herida. Sus movimientos son más que predecibles. Me olvido de su encanto y sus supuestas promesas, me ha pateado la cara y eso no se perdona, por el contrario, se paga con sangre. Es una estúpida al intentar huir en un territorio comprado por la mafia.

—Está aquí, señor —avisa uno de mis hombres.

El HACOC no deja pensar a nadie, sencillamente porque controla tu razonamiento.

—¡Oh, por Dios! —Isabel se vuelve hacia los dueños de la propiedad—. ¿En verdad se atreven a mentirnos a la cara?

—¡Mátalos! —ordeno.

Isabel saca la navaja.

—¡Piedad, señor, no sabíamos…!

Blande la hoja en el aire y la entierra en el pecho del anciano, el joven lo ve desfallecer con cara de horror e Isabel no le da tiempo de asimilar nada, ya que saca su arma y le pega dos tiros en la cabeza.

Preparo el revólver antes de entrar al granero.

—Está desmayada —explican.

Me acerco dejando que la levanten, sin embargo, no reacciona, así que muevo la estaca que tiene en la pierna forzándola a que abra los ojos mientras los antonegras retroceden tirándola al suelo.

—Lamento interrumpir tu sueño, *principessa*.

Da asco. Es un amasijo de barro, sangre y sudor.

—Todos afuera —ordeno—. Tendré una breve charla con mi dama.

Cierran las puertas y ella se arrastra sujetándose la pierna.

—¿Con quién crees que tratas? —Quito el seguro del gatillo—. ¿Me confundes con algún pandillero de barrio?

No contesta, sigue arrastrándose por el heno y me acerco tomándola del cabello para hacer que me mire.

—¡¿Por quién me tomas, maldita estúpida?!

Se encoge de hombros mientras se me ríe en la cara.

—¡Maté a mi hermano por ti!

—Eso demuestra que el estúpido eres tú, no yo.

«Descarada de mierda», la insulto en mi interior. Le apunto y vuelve a arrastrarse con los codos.

—No lo dudes —dice—. Ponle punto final a esto de una vez por todas.

Disparo desocupando hasta el último espacio del tambor. Los caballos relinchan asustados mientras el lugar se ilumina con el destello de las detonaciones.

Bajo el arma en tanto ella abre los ojos. Sigue tendida en la misma posición, con todo el piso a su alrededor lleno de agujeros. Solo sacude la cabeza cuando suelto el arma y la pongo de pie.

—Siempre hay un castigo peor que la muerte, amorcito.

La arrastro a uno de los postes y la coloco de cara contra él antes de atarla.

—No te equivocas al decir que soy un estúpido —muevo la estaca de la pierna—, aun así, este estúpido sabe dar lecciones.

No habla, solo solloza abrazando la estructura.

—Convivir con el asesino más grande de Italia te enseña cómo ser un buen torturador.

La hipnosis se acabó.

—El error fue ser demasiado condescendiente. —Me paseo por el lugar—. Muestras un mínimo de debilidad e inmediatamente quieren cogerte las pelotas.

Tomo la fusta de cuero que hay sobre la silla de montar, que es larga, delgada y termina en una pequeña punta de acero.

Reparo el lomo de la yegua que se pasea de un lado para otro, tiene cicatrices en carne viva y la punta de la fusta se le dibuja en el pelaje. Me vuelvo hacia la mujer atada en el poste, Brandon no mentía al decir que solo traería problemas.

Respiro hondo, puede volverme loco, pero eso no quitará el que la haga pagar con creces. Quise irme por las buenas, no obstante, ella quiere que lo haga por las malas. La encaro y ella levanta el mentón desafiándome con la mirada. Pese a todo eso tiene la soberbia de retarme como si estuviera lidiando con cualquiera.

—Mi abuelo decía que las mujeres son iguales a las yeguas —le estrello la cabeza contra el poste—, si no aprendes a domarlas, te pondrán trabas toda la vida.

Le arrebato el collar y rasgo la tela del vestido dejándole la espalda descubierta. Ahora no soy un caballero, soy el líder de la pirámide y este líder debe demostrar por qué está donde está.

Si algo me enseñó mi padre es que al enemigo quisquilloso se le debe demostrar quién es el que realmente manda, así que lanzo el primer azote arrebatándole un grito.

—¿Quién es el imbécil ahora? —El acero le abre la piel.

—¡Hijo de puta! —me grita.

Le lanzo otro latigazo.

—Debí empezar así, a las malas, porque a la yegua salvaje se la doma con violencia.

Estrello el látigo cuatro veces seguidas mientras ella abraza el poste como si su vida dependiera de ello.

—Contarlos incrementa la tortura, y como perdí la cuenta de los primeros empezaré desde cero.

Limpio la sangre de la punta.

—Contemos juntos, *amore*.

Endereza la espalda cada vez que el cuero le impacta en la piel, se retuerce y lloriquea. No paro, tiene que entender que tanto su orgullo como su estupidez no tienen cabida a mi lado. Me olvido del control aferrándome al embrujo que ejerce sobre mí lanzando la fusta una y otra vez.

—Cinco…, seis…, siete…, ocho…, nueve…, diez…, once…, doce…, trece…, catorce…, quince —los cuento todos y se los grito para que oiga y sepa que no tendré reparos a la hora de volverla mi esclava.

Al decimosexto vuelve a desmayarse sin darme el gusto de verla suplicar. Me voy contra ella y la suelto; acto seguido le lastimo las heridas para que despierte. Las lágrimas llenan esos ojos que me miran con asco.

—Tu entidad te lavó el cerebro, no te deja pensar en grande, como tampoco te deja mirar los horizontes que realmente te convienen.

—¡Cobarde al querer obligarme! —llora—. ¡Imbécil al no querer entender que me niego a tener esta vida de porquería!

—Demasiado tarde, porque me gusta cómo hueles, cómo eres, lo que denotas y no hay nada que hacer con eso. ¿Sabes por qué? —Sujeto su mentón—. Porque mi insana forma de prenderme no acepta un no y tampoco acepta tu rechazo, solo quiere tenerte. ¿Cómo? No me importa, ya que verte todos los días me es más que suficiente.

Empleo más fuerza y el rechazo brilla en sus ojos, ese repudio que me reitera que no se da una oportunidad conmigo porque está enamorada de otro.

—Lo amas a él, pero no a mí sin saber que somos iguales…

—No…

—Sí, yo disfrazo los demonios con un traje mientras él los oculta dentro del uniforme —reitero—, sin embargo, eso no quita que saliéramos del mismo infierno.

La suelto y me pongo de pie.

—Pero ya lo notarás, porque la vida es justa a la hora de mostrar las cosas como son —espeto antes de enredar las manos en su cabello y sacarla fuera.

No tiene fuerzas para nada… Este es el Antoni que no me gusta mostrar, pero tiene que salir cuando lo obligan.

—Enciérrenla —demando— sin comida, ni agua, que sobreviva a punta de la droga. Tortúrenla y traten de que suelte todo lo que sabe sobre la FEMF.

—¿Por cuánto tiempo? —pregunta Isabel.

—Hasta que razone y entienda cómo son las cosas.

Le doy la espalda a la colina por donde venía.

—¿Cuándo podré matarla?

—¿Matarla? —inquiero—. Si muere, ¿con quién se supone que me casaré?

Avanzo dejándola molesta y me tiene sin cuidado, el líder necesita una dama y será Rachel James.

79

NÉMESIS

Christopher

24 de octubre de 2017
Londres, Inglaterra

Coronel Christopher Morgan:

Dando cumplimiento a la orden emitida por el Consejo Internacional Gubernamental de la Fuerza Especial Militar del FBI, nos permitimos informarle de que el operativo de búsqueda que implica hallar a la teniente Rachel James Mitchels se da por terminado.

Se desplegaron tropas a lo largo del mundo y el resultado no refleja ningún tipo de novedad, por lo tanto, a partir de este momento, la FEMF deja de colaborar en la búsqueda de la teniente Rachel James, a la cual se le da el dictamen de «caída en batalla».

Se le solicita total concentración en los nuevos casos asignados a la central de Londres. Desmantelar a la pirámide de la mafia sigue siendo nuestro eje principal y, mientras salen a la luz, debe encargarse de los nuevos operativos asignados.

OLIMPIA MULLER
Viceministra general de la Fuerza Especial Militar del FBI

—La búsqueda no arrojó novedad, coronel —concluye Parker frente a mi escritorio—. Invadimos, incautamos, desmantelamos y no hallamos nada. No hay rastro de los Mascherano.

Arrugo la carta enviada por el Consejo, se me acabó el tiempo y no logré una puta mierda. Lo único que tengo es un montón de prisioneros que no sirven para nada.

—¿Qué hay de Bernardo Mascherano? —pregunto conteniendo la rabia.

—Se niega a hablar, su juicio se pospuso y su abogado consiguió una orden, la cual nos prohíbe interrogarlo hasta que no se defina su situación.

—¿Y la respuesta de las autoridades italianas?

—No dan razón de nada, mi coronel. Me encargué de hablar con los principales entes de control, pero todos se escudan en lo mismo y dicen no tener pistas.

Sin equipo tardaré más tiempo en encontrarla, ahora solo me surgen trabas y complicaciones.

—La FEMF ya nos notificó que la búsqueda se suspende —continúa Parker—. Movieron a los soldados involucrados en el caso, sin embargo, estoy redactando un documento que apele…

—Lo necesitan en la sala de juntas, capitán —Gauna nos interrumpe. Veo que se fija en los documentos que yacen en la mesa—. El operativo de búsqueda terminó, así que archive lo que no sirva y póngase al día con el nuevo operativo.

—Pero ¡aún no…! —Parker intenta replicar, pero Gauna no se lo permite.

—Acata la orden —dispongo—. Te llamaré si necesito algo.

El alemán abandona la sala de mala gana.

—Estafas y transporte ilegal de armas, en eso está trabajando la mafia rusa —explica el general—. Ya que no tenemos pistas de los Mascherano, iremos tras sus socios y…

—Asígnale la tarea a otro, no asumiré responsabilidades que no puedo cumplir.

—¡No es una petición, es una orden! —Se me planta enfrente.

—No me haré cargo de nada.

—¡Ten cuidado con cómo me hablas, Morgan!

—¡Me largo! —espeto antes de que empiece con los insultos—. ¡Tengo un asunto que concluir!

No tengo tiempo para órdenes ni estupideces, tengo que volarle los sesos a Antoni Mascherano, por ende, es absurdo quedarme aquí de brazos cruzados esperando a que aparezca por obra y gracia divina. Y me valen mierda las órdenes de la FEMF, pueden meterse su puta entidad por el culo.

—¿Qué clase de soldado eres tú, maldito payaso? —se impone Gauna—. ¡Te entrené para que obedezcas!

—No acato ni obedezco nada. —Tiro la placa sobre la mesa.

—No me vengas con berrinches de niño malcriado…

—¡Renuncio!

Retrocede sin creer lo que acabo de decir.

—El Consejo debe decidir…

—El Consejo puede irse al carajo, no tengo por qué pedirle permiso a nadie para hacer lo que se me plazca —increpo—. Búsquense otro coronel, que conmigo no cuentan más.

—¡Espera! —intenta detenerme y termino estrellándole la puerta en la cara.

No me molesto en recoger nada, simplemente me cambio y subo a la motocicleta para ir a la ciudad. Trato de idear por dónde diablos empezar... Los Mascherano tienen a Italia, eso lo tengo claro, ya que esa parte del mundo les deben cientos de favores.

Estaciono frente a mi edificio poniéndome en contacto con los encargados que controlan mis aeronaves. Estando solo tardaré días en encontrarla, pero no me importa, tardaré lo que tenga que tardar y cuando dé con su paradero masacraré a todo el que se me atraviese.

—¡Hey! —Bratt me corta el paso en el vestíbulo.

—¡Quítate! —lo atropello—. No tengo tiempo para tus idioteces.

—¿Ya viste esto? —Saca la carta emitida por el Consejo—. Nos quitaron la ayuda, tuviste siete días y no fuiste capaz de encontrarla.

—¿Y tú qué conseguiste? —lo encaro—. Porque si estás aquí es porque no lograste nada útil.

—No justifiques tu incompetencia...

—No me jodas. —Lo empujo encaminándome a la escalera.

—Hice lo que no hiciste tú. —Me sigue escalera arriba—. Estuve por toda Italia intentando razonar con uno de los Mascherano.

—Oh, qué bien, siempre he dicho que eres experto lamiendo huevos.

—Vamos a ver si dices lo mismo cuando la halle primero que tú.

—Como digas... —Entro al penthouse.

Marie sonríe cuando ve a Bratt, no me detengo a darle explicaciones, simplemente me apresuro a dirigirme hacia la alcoba en busca de lo que necesito mientras Alex no deja de acosarme con llamadas recurrentes.

Empaco todo en la maleta y la cierro cuando llega Miranda.

—El señor Patrick y el señor Simon acaban de llegar —avisa—. ¿Quiere que suban?

—No tengo tiempo para atender a nadie.

—Esto es para usted. —Se acerca y me entrega un sobre amarillo con la palabra «coronel» en mayúscula y con letras rojas.

«¿Coronel? No tienen por qué llegar sobres exponiendo mi cargo en la FEMF», pienso.

—¿Cuándo llegó?

—No llegó, me lo dieron en la mañana cuando hacía las compras en el supermercado —aclara—. Quien me lo entregó dijo que era importante.

Rasgo el papel esparciendo el periódico picado que envuelve el pendrive que me enviaron.

—Retírate —le ordeno a Miranda.

El sobre no tiene estampillas ni sellos de correo: quien lo entregó sabía mi nombre y mi cargo en la FEMF. Eso apunta a una sola cosa.

Entro al despacho conectando el aparato en la MacBook.

—Miranda dijo que no quieres ver a nadie, sin embargo, queremos que tengas en claro que cuentas con nosotros.

Patrick se asoma con Simon en la puerta y levanto la mano para que se calle.

—Déjenlo. —Bratt los sigue—. No vale la pena, vino a encerrarse en su fuerte para hacer lo que mejor sabe hacer y es huir de los problemas.

—¡Lárgate, maldita sea! —Le señalo la puerta.

El sistema reconoce el pendrive y la pantalla se ilumina con un video.

—Honorable coronel —habla Brandon Mascherano al otro lado—, pláceme saludarlo.

Bratt, Patrick y Simon se ubican a mi espalda, atentos a lo que dice.

—Estás matando a la familia que te acogió cuando todos te veían como una lacra y así le paga el cuervo a quien bien le sirve, pero nos da igual, ¿sabes? —espeta—. Solo vengo a mostrar mis modales dando respuesta al soldado que nos escribió.

¿Escribió? No sé de qué diablos habla, busco algún indicio que me diga dónde están, pero lo único que tiene atrás es una pared de madera.

—Leeré la carta que me enviaron, viejo amigo, es del capitán Bratt Lewis.

Desenvuelve el papel.

—Me dirijo a ustedes con la intención de solicitarles la negociación del cautiverio de la teniente Rachel James. Sé que es un arma en sus planes contra nuestra entidad —empieza—, pero les ruego que consideren la idea de liberarla. No tiene por qué estar encerrada por estar cumpliendo demandas, órdenes impuestas por el coronel Christopher Morgan. Su problema es con él, no con ella y, por ende, la teniente no tiene por qué pagar por los errores de otro.

Respira hondo antes de continuar:

—Más que una petición por parte de la FEMF es una súplica personal, ya que la persona en cautiverio es mi prometida. No quiero que la lastimen, es un soldado ilustre, no un ser acostumbrado a una vida en medio de cadenas —continúa—. Christopher es la persona que quieren; si lo desean, puedo darles la información que necesiten para capturarlo, es más, yo mismo puedo entregarles su cabeza si liberan a la teniente James. No sé si esta carta les llegue, pero decidí añadir una dirección y un número de teléfono para que me contacten en caso de querer negociar.

—Bratt —susurra Simon atrás—, ¿es en serio lo que escribiste?

No pongo atención a la respuesta, ya que no me importa en lo más mínimo.

—Pobre capitán —sigue Brandon—, como si Antoni fuera a soltar a su nueva mascota. Qué pena me da, en verdad no quiero que me vean como una mala persona, así que me tomé la molestia de enviarles una respuesta a los dos: a ti, por tus impertinencias, y a él, por idiota. Comparten a la misma zorra, supongo que a ambos les gustará el video, así que aquí se lo dejo.

La pantalla se apaga y de inmediato vuelve a encenderse quitándome todo atisbo de movilidad: Rachel.

Mi entorno se va nublando con la imagen de ella siendo arrastrada como un jodido animal. «Ella contra cuatro hombres». Brandon la golpea pateándola en el piso.

—Enfóquenle la cara —demanda—. No quiero que se pierdan detalles.

No es la misma persona que vi hace trece días y tal cosa me hunde todo por dentro. Está pálida, delgada y los pómulos le sobresalen confirmando lo que tanto me temía: la están esclavizando con droga.

Siento todo como si lo estuviera viviendo en carne propia. La cuelgan en un gancho como un trozo de carne y llora mientras yo lidio con el ardor que me quema el pecho. Tenso la mandíbula e intento moverme, pero no puedo.

Me consumo en llamas de ira cuando le rompen la ropa preguntando si pueden violarla, eso es demasiado, incluso para mí, que pierdo sentido de todo. El llanto, las lágrimas y el saber que le pusieron un dedo encima explota la granada que me vuelve pedazos desconectándome por completo.

Mi entorno se oscurece y de un momento a otro estoy de pie con la Mac-Book destrozada por la fuerza de mis dedos. Patrick me pide que lo escuche, pero lo único que hago es apresurarme a la salida sin importarme a quién dejo atrás.

Bajo rápido y abordo la moto de nuevo, acelero sin detenerme en semáforos ni en señales de tránsito, solo me apresuro con su imagen en mi cabeza. Las malditas imágenes que se repiten como una película de terror.

La tormenta se toma la calle, no paro, continúo hasta que Kensington aparece frente a mí. La mitad de la calle está cerrada como medida para resguardar las mansiones de los multimillonarios más conocidos de Londres. Dejo la moto de lado antes de acercarme a la reja.

—¿Adónde se dirige? —Un guardia se acerca.

—A High Garden —Le extiendo mi identificación.

—Validaré si tiene el acceso permitido.

El granizo me impacta en la cabeza mientras espero.

—Adelante, señor Morgan —indica el guardia desde su puesto.

Avanzo con el agua filtrándose a través de la ropa. La mansión aparece y la observo desde la acera recordando las veces que juré no volver aquí.

—Joven Christopher —saluda la empleada cuando me abre.

—¿Alex está? —Me abro paso dentro de la casa.

—En su oficina.

El lugar no me trae buenos recuerdos.

—La señora Sara también está —informa como si eso importara.

Abro las puertas dobles del despacho, el viejo retrato familiar me devuelve a mi infancia, cuando era testigo de las constantes discusiones entre los que se hacen llamar mis padres. Él está recostado sobre el escritorio de roble con un vaso de licor en la mano.

—Espero que vengas a revocar tu renuncia —dice.

Sacudo la cabeza, hablar con el máximo jerarca de la FEMF nunca ha sido una tarea fácil.

—Necesito reanudar la búsqueda de Rachel…

—Ese tema ya no tiene discusión, Christopher —me interrumpe—. El Consejo emitió un veredicto.

—Eres un ente superior, puedes revocar la decisión.

—Qué poca cara tienes. —Suelta el vaso—. Tiras tu cargo a la basura y encima pretendes que te complazca en tus caprichos.

—¡No son caprichos! —replico—. No me compares con un niño y deja que te explique.

—¡No hay nada que explicar! —Acorta el espacio que nos separa—. Se hizo lo que se pudo, se buscó por cielo y tierra, hubo incautaciones e interrogatorios, y no se obtuvo nada. No podemos pasarnos la vida buscando un cadáver.

Me trago la crudeza de sus palabras haciendo acopio de mi autocontrol. No me quiero olvidar de quién es, ya que terminaré rompiéndole la cara.

—Está viva y está siendo esclavizada con droga.

—Si eso está pasando, sabes que no vivirá mucho, conoces los métodos de los Mascherano, así que no sé por qué insistes en crear falsas esperanzas —empieza—. Es difícil para muchos, pero no podemos hacer nada. La vida tiene que seguir…

Mi torre de esperanza se cae a pedazos.

—¡Un intento! —Trato de mantener la compostura—. Solo déjame intentarlo una vez más…

—¡No! —me corta—. No habrá más intentos. Necesito que te olvides de la búsqueda, te reincorpores a la FEMF mañana temprano y te metas en la cabeza que tienes prohibido volver a tocar el tema.

Lo tomo del hombro cuando me da la espalda.

—Ese es tu puto problema —lo empujo—, que impones y no escuchas…

—¿Qué quieres que escuche?

—¡Déjame hablar, maldita sea! —espeto—. Eres mi única opción, me conoces, sabes que no hubiese venido aquí si no me estuviera hundiendo en el desespero.

Me encara.

—¿Se te fue la hombría? ¡¿Desde cuándo el hijo indomable suplica por lo imposible?!

Me hierve todo por dentro mientras la rabia me enceguece.

—¡Contéstame! —me grita—. ¿Desde cuándo andas llorando por idioteces? ¿Tan bien estuvo que te puso a mover el mundo para encontrarla?

—¡Calla! —Aprieto los puños.

—¡No! —Me encara—. Estás en mi casa y las órdenes las doy yo. ¡Me avergüenzas! Te has vuelto un puto blandengue por la novia de tu mejor amigo. ¿Qué pretendes? ¿Llevarla al altar sabiendo que lo engañó contigo? Puede ser la hija de Rick, pero no temo a decir que es una…

Me le abalanzo encima obligándolo a retroceder.

—¡No sabes cómo fueron las cosas! —le grito—. Y sí, soy un idiota, pero no por querer encontrarla, sino por venir aquí a pedirle ayuda a un gilipollas como tú.

Me empuja y lo sujeto con más fuerza, estrellándolo contra la pared. Quiero gritarle mil cosas, pero las palabras no quieren salir y se me comprime el mundo al ver la mirada de odio que me está dedicando. No porque me duela, sino porque sé que mi mejor oportunidad acaba de desaparecer.

—¿Hasta dónde has llegado, Christopher…? —dice cuando preparo el puño para golpearlo.

Tengo rabia, dolor y remordimiento.

—¡Christopher! —Me sujetan el brazo—. Hijo, suéltalo.

Es mi madre. Alejo sus manos negándome al contacto mientras suelto a Alex.

Ahora estoy peor, no solo tengo que emprender la búsqueda solo, sino que también tengo que lidiar con la persecución que me montará.

—¡Eres un hijo de puta! —le escupo con ira—. ¿Crees que es fácil para mí estar aquí? ¿Pidiéndote favores, tragándome mi orgullo y olvidándome de lo mucho que te detesto?

—¡Chris! —interviene Sara.

—Sin embargo, vine porque tenía la esperanza de que por primera vez tuvieras los cojones de comportarte como un padre y le brindaras ayuda a tu único hijo, pero claro, me olvidé de que no eres más que un saco de mierda que solo socorre a mujeres despampanantes. Me olvidé de que no soy más que un cero a la izquierda en tu honorable vida.

Guarda silencio, siempre pone la misma cara cuando lo decepciono. Me miraba igual cada vez que lo envolvía en un escándalo diferente.

—Siento haberlo molestado en su aposento, respetado ministro —termino—. Me olvidé de que es un hombre sin hijos.

Salgo del despacho con un nudo atravesado en la garganta, me siento estúpido y ridículo. «¿A qué jugaba?», me pregunto. El tórax se me estremece al sentir que he perdido todo: la ayuda, la opción de irme y a ella.

Estrello los puños contra la pared antes de encerrarme en mi antigua habitación, siento que estoy enjaulado, acorralado, y eso solo me pone peor.

Me pesa que las cosas con ella concluyeran tan mal, pero al mismo tiempo tengo rabia, porque me molesta que haya sido tan tonta guardándose algo tan peligroso. Odio que haya jugado a la heroína sabiendo que tenía todas las de perder.

Entran a mi alcoba sentándose a mi lado.

—Para mí eres importante —susurra Sara, mi madre— y para él también.

—No necesito tus patéticos consuelos.

—Conmigo no tienes que ser fuerte, hijo. Todos tenemos un punto de quiebre y tú no eres la excepción.

Me arde la garganta, no sé por qué, mientras dejo que sujete mi mano revisando las heridas que me hice contra la pared. Va a buscar el botiquín y me limpia las heridas como cuando era un crío.

—Listo —termina—. Si sigues rompiendo cosas así, tendré que regalarte unos guantes de acero.

—No finjas.

—¿Qué?

—Que somos madre e hijo, porque no lo somos.

—Mi Chris —me acaricia la espalda—, siempre tan obstinado y orgulloso. No finjo nada, tú eres lo que más adoro en la vida.

—Me diste a entender otra cosa cuando te largaste. —Me dejo caer en la cama con los ojos cerrados—. Vete, quiero estar solo.

Respira hondo antes de marcharse y lo último que escucho es el leve golpe de la puerta cuando esta se cierra.

24 de mayo de 2009
La Toscana, Italia
Seis años atrás

Las reuniones de los Mascherano suelen causar temor en todo el mundo, tanto, que los empleados se mantienen callados evitando cualquier tipo de ruido.

Es mi quinto mes aquí y ya estoy harto. Creo que me equivoqué y mi orgullo no me deja reconocer que tomé una mala decisión, eligiendo el clan que menos va conmigo, aunque tampoco es que tenga opción de volver. Seguramente me meterán preso cuando salga de Italia.

Ignoro los gritos de los nuevos prisioneros concentrándome en la comida que me acaban de servir.

—Buen provecho, señor Morgan —hablan entrando al comedor.

—A decir verdad, no soy un señor todavía. —Le sonrío a la mujer frente a mí—. Tengo dieciocho años.

Se le arruga la comisura de los ojos cuando se ríe.

—A las damas no se les corrige…

—No eres una dama, eres una adolescente en desarrollo.

—Perdón, fósil prehistórico, eres mayor que yo por un mes.

—Sabes cuándo cumplo años… ¿Qué sigue? ¿Confesarme que te gusto? —Le guiño un ojo.

—¿Interrumpo algo? —Antoni entra descomponiendo mi cara y la de su hermana.

—No —respondo al ver que se ha quedado muda—. Solo estamos comiendo, ¿no lo ves?

Ella no bromea ni dice nada, solo come en silencio llevándose cucharadas rápidas a la boca.

—Despacio, Emily —le indica su hermano—, puede caerte mal la comida.

Le lanza una mirada de odio antes de levantarse de la mesa. Cada vez que lo ve adopta la misma actitud.

—Que tengan buena noche.

Antoni le sujeta el brazo cuando pasa por su lado.

—Te traje varios presentes de Milán, así que ve a mi habitación cuando tengas tiempo.

—Su padre la está buscando. —Fiorella, una de las empleadas, se asoma en la esquina del comedor y la italiana se larga rápido dejándome con su hermano.

Mastico mientras él se inclina su copa. Me hacen ruido muchas cosas de él. No me gusta tener competencia y en la FEMF nadie lo es, pero aquí me he topado con dos y entre esos está el sujeto que tengo al frente.

—¿Cómo te sientes? —me pregunta.

«Como una mierda».

—Bien —miento—, supongo que algún día me adaptaré.

—Eso espero. La próxima semana iremos a Latinoamérica, tiene buena mercancía y tengo muchas cosas que enseñarte…

—Pensé que Brandon se encargaría de eso. —No me cae bien y sé que yo a él tampoco.

—Brandon debe prepararse para tomar el lugar de mi padre.

No contesto y se concentra en la carne de su plato.

—¿De qué hablabas con Emily?

—¿Qué te importa? —contesto con soberbia, y deja caer los cubiertos de lado.

—No vuelvas a hacerlo, porque a mi padre no le gusta.

—¿A tu padre o a ti?

No sé a quién intenta engañar, es obvio que le incomoda el que hable con su hermana.

—Esa no es la forma de contestarle a tu superior, Christopher.

—No eres mi superior, se supone que somos socios y por eso accedí a venir. De lo contrario, me hubiese quedado en Londres soportando el control de Alex.

Relaja los hombros llenándose de paciencia.

—Tienes razón, somos socios. —Se le ensombrece el rostro—. El saber evadir a la justicia te convierte en uno.

Braulio Mascherano llega acompañado de Isabel Rinaldi y toman asiento uno al lado del otro. Al viejo no le importa que su mujer esté agonizando, ya que se exhibe y pasea a su amante cuando tiene la oportunidad.

—Christopher, qué gusto saludarte. —Se sirve una copa de vino.

Me pongo de pie. Esta familia no me cae bien y no estoy para hipocresías.

—¿No nos acompañas?

—No, ya acabé mi cena y quiero largarme.

Robo un paquete de cigarros del minibar antes de irme afuera. Saco el móvil táctil antirastreo. Un par de movimientos me llevan a la página periodística de la FEMF.

El general Alex Morgan lidera la búsqueda de su hijo desaparecido.

Ya pasaron cinco meses y no se tiene indicio del paradero del heredero del apellido Morgan. Los rumores señalan que se unió a la mafia italiana, ya que fue visto con Antoni Mascherano, el segundo hijo del líder del clan Mascherano.

Hay también un montón de mensajes de Sara, Alex y Bratt, entre ellos:

> Sara: Hijo, estamos preocupados por ti, por favor, danos señal de que estás bien.

Se oyen gritos, guardo el aparato cuando Brandon Mascherano se acerca.

—El hijo pródigo está nostálgico —me dice.

—Para nada. —Apago el cigarro—. Solo tomo aire, ¿no se puede?

—Ven conmigo, quiero que veas algo.

Lo sigo adentrándome en la propiedad donde yacen las celdas.

En el poco tiempo que llevo aquí, he ido conociéndolos poco a poco. Tienen grandes mansiones a lo largo de Italia, porque cada vez que desbancan a un enemigo le roban las propiedades. El hecho de que sus escondites no sean suyos dificulta la tarea de las autoridades a la hora de hallarlos, por ende, saben esconderse. Las propiedades suelen estar en lugares recónditos y cuentan con el apoyo de las autoridades italianas.

—La caza resultó provechosa —comenta Brandon—. Raptamos a doscientas veinte personas.

Me fijo en las celdas, están llenas de mujeres y niños, los cuales venderán a los prostíbulos.

—Las latinas son apetecidas y estamos bien de gente —explica—. Así que esta vez haré una subasta para aumentar las ganancias.

Los niños lloran y las mujeres suplican por ayuda mientras Brandon sigue riendo. Esto me aburre, yo no tengo necesidad de estar vendiendo a nadie para vivir como se me antoje.

—Ven —me invita Brandon—, los socios están por llegar.

Nos trasladamos al salón que tienen adecuado para las subastas, el cual está lleno de criminales.

—Hay nuevos clientes —sigue Brandon entregándome una libreta—. Pregunta nombres, qué quieren y así sabremos qué ofertar primero —indica—. Hay que darle al pueblo lo que quiere para que no se aburra y, de paso, los conoces.

Avanzo. Él se va a dar órdenes y, a decir verdad, no quiero hablarle a nadie como tampoco me interesa conocer ni que me conozcan. Saco otro cigarro y me quedo entre ellos mientras Brandon sigue mandando arriba. Me empiezo a preguntar quién diablos se cree como para pensar que soy su mandadero.

—De hijo de general a mayordomo de la mafia italiana —comentan a mi lado con acento ruso y volteo a ver al otro hijo de puta que me choca: el underboss de la Bratva.

Quedamos frente a frente cuando lo encaro. Ilenko Romanov es un bárbaro al igual que yo cuando de peleas se trata y será el próximo gran cabecilla de la mafia rusa y socio directo de los italianos. Lo he visto en las jaulas mortales y me jode que la gente clame su nombre como grita el mío.

—¿Dónde te compraron? También necesito a alguien que cuente todos los prisioneros que tengo —espeta, y aprieto el puño.

—¿Tengo cara de sirviente? —replico.

—Cara no, posición parece que sí —responde airoso, e intento empujarlo, pero sus hombres me devuelven de inmediato.

Me da la espalda creyéndose la gran cosa y grabo su rostro para llenarle el culo de balas más adelante. Daña mi genio, no soy esclavo ni sirviente de nadie, por ello salgo de la multitud quedándome en una de las esquinas dejando que la subasta comience.

Los billetes se levantan, todo el mundo grita y permanezco en mi sitio mientras que Brandon sube a la tarima improvisada. Vuelvo a convencerme de que esto me aburre, ver a gente comprando personas. Lo mío va más con tiros, poder y peleas clandestinas.

—¡Sube, perra! —Uno de los antonegras pelea con una de las mujeres.

—¡Mamá! —Una niña se le pega a la pantorrilla mientras la mujer la alza en brazos suplicando que la suelte.

—¡Por favor! —ruega—. Dejen que se vaya conmigo.

—¡El personal se vende por separado! —exclama el hombre.

—¡Se lo suplico! —insiste.

—¡Mátala! —Isabel sale de la penumbra.

El guardia clava el arma en la cabeza de la mujer. Isabel Rinaldi me cae como una patada en el hígado, se siente importante y no es más que una golfa.

—A ella no, idiota —regaña al antonegra—, a la niña. Los prostíbulos son los que más pagan.

La italiana saca la navaja a la vez que la mujer le suplica de rodillas mientras le arrebata a la niña. Escucho un sinfín de gritos que me estresan y mueven cuando blande la cuchilla, atina al estómago de la niña y alcanzo a tomarle la mano antes de que se la entierre.

«La oportunidad perfecta para cargármela». Mi mano viaja a su garganta y la estrello contra la pared. Patalea en vano, ya que su fuerza no se compara con la mía; además, soy tan asesino como ella.

—Suéltala —me ordena el antonegra poniéndome el arma en la cabeza. Que me mate si quiere, me tiene sin cuidado, simplemente porque me llevaré el gusto de enviar esta indeseable al infierno, por lo tanto, ejerzo más fuerza—. ¡Que la sueltes! —vuelve a exigir el hombre. Isabel señala a Brandon con la poca fuerza que le queda.

—¡Señor! —grita el escolta atrayendo la atención de Brandon.

Quiero asfixiarla con mis propias manos, pero en cuestión de segundos tengo cinco hombres obligándome a que afloje el agarre, por lo que finalmente la dejo caer.

—Se opuso al asesinato de la niña —suelta sandeces el antonegra.

Brandon me mira en busca de una explicación.

—Es uno de ellos —espeta Isabel en el suelo—. No funcionará en este clan.

Es obvio que estoy en problemas, ya que Brandon sigue mirándome como si fuera a matarme.

—No es provechoso que arruinen la mercancía —miento—. De qué te sirve raptar tantas personas si tus hombres acaban con la mitad antes de que las vendas.

—Y por eso intentaste matarla. —Señala a Isabel.

—No me agrada. —Me encojo de hombros—. Y si se descuida, me la cargo.

Se echa a reír.

—Mi padre te acribillará si la lastimas —explica—. Vete, recapacita y piensa qué explicación le presentarás mañana.

«¿Explicación? ¿Yo?». Ellos arreglan juicios como si fueran de la realeza y «no, gracias». No me interesa tanto como para mendigar un puesto aquí.

Ya jodí a la FEMF, así que me largaré, lo haré mañana a primera hora. Vuelvo a la mansión en tinieblas entrando con cautela, puesto que nadie me asegura que Braulio no me está esperando listo para matarme. Una sombra se mueve y le echo mano a mi arma. «Me van a aniquilar». La sombra se apresura escalera arriba mirando a ambos lados.

Subo rápido y me escondo en una de las esquinas, no es Braulio, sino Antoni. Sigue a la defensiva mirando hacia todos lados antes de avanzar a la habitación de Emily Mascherano.

«¿Por qué entra como psicópata a la habitación de su propia hermana?», me planteo. Cierra y me muevo a mi alcoba pasando por la puerta, pero la discusión de adentro me detiene.

—¡Estoy harta de que vengas, de que me atosigues y no me dejes tomar mis decisiones! —espeta la italiana—. No me dejas salir, no me dejas vivir en paz…

—¡Calla! —contesta él—. Entiende que no puedo evitarlo, que lo necesito.

—Vete —exige—. No creo que a papá le guste saber lo que tengo y lo que causaste.

Capto los pasos que se mueven adentro.

—Hermosa Emily —habla él—, no le gustará, pero tendrá que comprendernos, ya que el embarazo empezará a notarse dentro de pocos meses.

Me congelo en el puesto, ¿Embarazo? O sea… Me atrevería a jurar que es una mojigata virgen y resulta que está embarazada.

—Aléjate —pide ella—. Eres el culpable de todo.

—No es culpa de nadie. Sigues sin entenderme, sin comprender que no puedo apartarme, no puedo estar lejos de ti porque eres mi hermana y me gusta verte todos los días, que estés cerca, contemplar tus despertares, cuidar de ti —replica él—. Esta es tu casa. ¿Para qué quieres salir? ¿Cuál es el afán de irte? ¿Qué es lo que quieres ver?

—¡Estás mal de la cabeza!

—Entiéndeme…

Ella le grita. Escucho el sonido de un bofetón y a él suplicando que lo deje acercarse, que vuelvan a ser lo mismo de antes.

—Así solo sacas mis demonios, Emily. —Su tono es siniestro, y tengo tantas ganas de matarlo que giro la perilla queriendo entrar, pero no cede, así que retrocedo en busca de una maniobra que me haga romper la puerta.

Me preparo, pero se me abalanzan llevándome contra la pared.

—Chist. —Fiorella me pone la mano en la boca—. Si entra ahí, lo matará.

Alguien habla en el piso de abajo, empiezan a subir la escalera y la empleada se mueve conmigo a mi alcoba. Definitivamente no tolero a esta gente y por ello me largo ya mismo. Busco mi maleta y empiezo a empacarlo todo.

—¿Qué hará? —pregunta Fiorella.

—¿No ves? —repongo—. Me largo.

—¡No! Escúcheme. —Se interpone—. No puede irse —baja la voz—. Ella está esperando un hijo y necesita ayuda.

—¡¿Ayuda?! Está preñada, la ayuda debió pedirla hace mucho tiempo.

—No la juzgue, no es fácil estar en su situación.

Respiro hondo, cualquiera con dos dedos de frente es capaz de deducir que el hijo es de Antoni, y mal por ella, pero los problemas de otro no son de mi incumbencia.

—Ayúdela, ella no va a soportar mucho si se queda.

Niego, la cabeza se me vuelve un lío. Quiero largarme, pero la italiana me sigue suplicando y explicando cosas que no quiero oír. Recojo todo y ella me sigue a donde sea que me muevo.

—Dirá todo lo que sabe sobre su familia si se la lleva —suplica—. Le será más fácil acabar con el clan.

Me paso la mano por la cara, tanta rogadera me hostiga y el que tenga razón en ciertos puntos no me deja tomar decisiones.

—Tienes cinco minutos para traerla o se queda —digo, y ella sale rápido.

Necesito un ticket que me abra rápidamente las puertas de la FEMF, ya que lo primero que hará el clan italiano será buscarme para joder. Termino con lo que falta y, cuando me encamino hacia la salida, Fiorella ya está en la puerta.

—Antoni ya salió —me avisa con una mochila colgada en la espalda.

Me muevo rápido a la habitación de la italiana, que tiene la cara roja por el llanto. Empaca lo más rápido que puede. No le hablo, solo busco una manera de salir sin que nadie lo note.

—Colaboraré —me asegura, y no digo nada—. Ayudaré en lo que se requiera si me sacas con Fiorella.

Amarro todas las sábanas que encuentro con el fin de usarla para bajar, reviso que no haya nadie a la vista, y las mujeres descienden primero.

Nos escabullimos entre las sombras y al llegar al estacionamiento busco el auto más fácil de robar: «El deportivo de Alessandro», quien es un púber en ascenso. Siempre lo deja botado como si fuera un juguete.

No me equivoco cuando intento abrir la puerta. Las dos mujeres suben mientras me pongo al volante y el motor ruge cuando lo enciendo encarrilando el vehículo hacia la salida.

—Escóndanse —les pido a las que me acompañan. Alessandro suele salir a altas horas de la noche, por lo tanto, no se verá sospechoso el que vean el auto acercándose a la puerta.

Aumento la velocidad al momento de aproximarme a las rejas, el guardián apunta con la linterna, pero los vidrios polarizados no le dan mucha visibilidad, así que abre las rejas y acelero. En un santiamén, estamos en la carretera. El reto está en no dejarse alcanzar, porque si me atrapan, me matan.

—Déjame en la primera estación de transporte que encuentres —habla Fiorella.

—No puedo detenerme.

La miro por el espejo retrovisor.

—No huiré con ustedes. Alguien me espera en Cortona.

Ya veo por qué no tardó en alistar su maleta, tenía planeado huir de todas formas. Conduzco en silencio, las horas pasan y alcanzo a llegar al pueblo antes de que amanezca.

—Sal rápido —le ordeno a Fiorella.

Emily Mascherano se despide de la asistenta.

—Te llamaré cuando pueda —es lo último que dice Fiorella.

Cambio de auto antes de salir del pueblo con rumbo a Florencia. Es mi mejor opción en este momento: la ciudad es grande y puedo esconderme mientras pienso en cómo salir del país.

El deportivo queda abandonado y una vieja camioneta es lo más desapercibido que encuentro.

Ella no aparta la vista de la ventana, el silencio es incómodo; sin embargo, no pregunto ni digo nada, ya que soy de los que no da explicaciones de nada, por ende, tampoco las pido.

—Estoy esperando un hijo de Antoni…

—No te estoy pidiendo explicaciones —la interrumpo.

—Quiero sacarlo y que entiendan que no es sano ni normal lo que hace conmigo —insiste—. Tiene un problema, el cual mi familia se niega a ver. No me está cuidando ni protegiendo, está acabando con mi vida.

Respira hondo antes de continuar.

—Antoni era mi hermano favorito, en ese entonces, Brandon vivía cuidándole la espalda a mi padre mientras que Alessandro desaparecía todo el tiempo y Philippe… Bueno, Philippe siempre estaba encerrado en su cuarto mientras que Antoni y yo éramos inseparables. Me cuidaba todo el tiempo, no le veía nada de malo a eso hasta que…

Prefiere callar atragantándose con la explicación que nadie le pidió.

—Dirá que fue un error de ambos, pero es su culpa y desde ese entonces dejó de ser el hermano que adoraba —sigue—. Mata cuando le llevo la contraria, para él nadie es suficiente para mí, se entromete en todo lo relacionado conmigo, incluyendo la única esperanza que tenía de irme con uno de los Mahala, no quiere que consiga un esposo, no quiere que me aleje —continúa rabiosa—, se niega a que salga de la propiedad, se descontrola a cada nada y se rehúsa a entender que lo odio…

Calla al no poder continuar y sigo manejando dejando que el silencio se perpetúe, que las horas pasen y la noche llegue.

Me adentro en las calles empedradas, es tarde y hay poca gente. Detengo el auto, tengo las piernas entumecidas y el estómago me ruge de hambre. Estaciono en una pequeña sede bancaria en busca del cajero mientras ruego mentalmente que Sara no haya inhabilitado mis tarjetas. Es mi única opción, conociendo a Alex tuvo que haberme dejado sin una libra.

El alivio llega cuando el cajero me desembolsa un fajo de euros, lo suficiente para tiquetes de avión, comida, hoteles y gasolina. Sigo conduciendo a Florencia con la radio encendida y el que anuncie la desaparición de Emily Mascherano me hace pisar el acelerador. Me detengo en una estación de gasolina y mientras tanquean reviso la *palm*, que me arroja las últimas novedades; los mensajes de Alex son los primeros que me saltan.

> Alex: Te has robado la hija de un mafioso. ¿A qué juegas? Si quieres morirte, pégate un tiro en la sien y deja de darme dolores de cabeza.

> Bratt: Hermano, ¿qué pasa? Tu cara está en todos los noticieros italianos, devuelve a la chica y toma un avión a Londres, acá estarás a salvo.

Les echo un vistazo a las noticias de la FEMF.

> Christopher Morgan hace de las suyas en Italia.
> Fuentes confirman que se ha ganado una fuerte enemistad con el clan Mascherano.
> El general Alex Morgan despliega una intensiva búsqueda por Italia. Al parecer, el respetado general está dispuesto a encontrar a su hijo cueste lo que le cueste.

Apago la computadora portátil. Alex está en Italia, por lo tanto, puedo hacer que me encuentre solo con oprimir un botón.

Reemprendo la marcha y finalmente llego a Florencia. Estoy agotado, empezando por el hecho de que me tocó darme puños y golpes a cambio de un auto nuevo, ya que la camioneta donde veníamos se averió a mitad de camino.

Comimos, nos bañamos y nos cambiamos en un hospedaje de paso. Ahora nos escabullimos por las calles en busca de un sitio para escondernos, ya que somos la principal noticia en todos los medios de comunicación: estaciones, terminales y calles están llenas de carteles con el enunciado sobre la desaparición de la italiana.

Debo buscar un lugar, llevo horas dando vueltas en círculo y mi acompañante no conoce mucho de su tierra natal. Tengo que ser cauteloso, el sitio que busco debe pasar desapercibido, puesto que no puedo mostrar mi identificación ni responder preguntas.

Salgo del área metropolitana, las calles que se abren a nuestro paso son estrechas y húmedas. Mercaderes ofrecen fruta, pan y carne en pequeños puestos sobre la acera. Al final de un callejón hay un pequeño letrero rojo con la palabra «hostal».

—Bienvenidos —saluda un hombre de avanzada edad, parece estar en sus últimos días.

El entorno es lo que requiero, dudo que el hombre haya visto noticieros o periódicos, ya que ni enfocarnos puede.

—Habitación para dos. —Dejo el dinero en la mesa, se lo acerca a los ojos e inmediatamente se levanta. No sé si di de más o de menos, en estos momentos no tengo cabeza para hacer cálculos de moneda extranjera.

Me guía a la alcoba antes de entregarme la llave.

—Retírese…

—El desayuno…

—¡Que se retire! —lo corto cerrando la puerta con pestillo.

Falta un cuarto para las seis, el sol empieza a esconderse y los mercaderes comienzan a empacar. «Ya está», no puedo darle vueltas a esto, por ende, saco el móvil y activo la ubicación.

—Tomaré un baño —comenta la italiana—. Creo que me quedaré dormida apenas toque la almohada.

Asiento, la verdad es que también estoy muerto, pero, a diferencia de ella, he de quedarme montando guardia.

Algo se cae en el baño, me incorporo observando que la puerta no está cerrada del todo, sino que hay una pequeña hendidura que me deja verla frente al espejo, y lo que hace me deja sin palabras: Vendas blancas le rodean la espalda y ella se las quita frente al espejo. «Vendada», me digo. Oculta el avance del embarazo con vendas alrededor de su abdomen.

Me paso al sofá cuando ella sale. La noche se me va sopesando la reprimenda que me espera, ya que tendré que someterme a un montón de interrogatorios e imposiciones por parte de Alex.

Tengo dos opciones: esconderme de los Mascherano o hacerles frente y darles guerra hasta acabar con ellos. La primera está más que descartada, porque no me ocultaré como rata de alcantarilla; la segunda, en cambio, tiene fundamento: alguien tiene que masacrarlos y ese seré yo.

Amanece y Emily Mascherano se levanta a buscar la poca comida que cargábamos en la mochila.

—No hay nada —aclaro—, me comí todo lo que había.

—Entiendo. —Vuelve a la cama.

—Traeré algo.

—No es necesario, puedo esperar a que sea la hora del desayuno.

—Es necesario —replico y me meto al baño. Llevamos más de veinticuatro horas sin probar comida decente—. Cámbiate, que falta poco para partir.

—¿Partir? Se supone que no podemos salir del país, nos atraparán si nos acercamos al aeropuerto.

—No saldremos por el aeropuerto.

Me baño y salgo a comprar comida. La calle está igual que ayer, llena de gente de clase baja regateando por alimentos. Sin preámbulos, entro al primer restaurante que encuentro, la mujer tarda más de lo estipulado en servirme lo que ordeno, pero callo, ya que no puedo llamar la atención en ningún lado.

Una vez fuera, aminoro el paso a medida que me acerco al hostal. Los mercaderes no están y hay dos camionetas frente al sitio. Suelto todo, la sangre me llega a los pies cuando piso un charco del líquido carmesí en tanto el encargado yace en el piso con un tiro en la cabeza. Preparo mi arma mientras corro arriba encontrándome con lo obvio.

—Christopher —saluda Antoni Mascherano rodeando el cuello de su hermana.

Brandon, Isabel y Braulio lo acompañan escoltados por cuatro hombres y todos me apuntan con firmeza. Alzo mi arma también: si muero, me llevo aunque sea a dos.

—¡No! —llora Emily—. No le hagan daño, me trajo porque yo se lo pedí.

—No lo defiendas, *sorella* —habla Antoni.

—¡Te abro las puertas de mi casa y te robas a mi hija! —espeta Braulio—. ¿Qué clase de lacra eres?

—No me la robé —replico—. La saqué del infierno que estaba viviendo.

—¡Miente! —interviene Brandon.

—Explícaselo, Antoni. —Lo miro—. Explícales por qué tu hermana huye tanto de ti.

—No intentes dañar a mi hijo —se adelanta Braulio.

—No miente, papá —dice Emily—. Nadie me robó, hui porque no soporto el que no veas la realidad de las cosas.

—¡Calla! —le exige Brandon—. No justifiques tu actitud inventando historias fantasiosas. Quieres irte con este y ya está.

Brandon prepara su arma mientras que yo no bajo la mía. Ninguno de ellos me acojona, llevo el dedo al gatillo, pero Braulio se atraviesa mirándome con ira.

—Vete —demanda.

—Pero ¡padre! —replica Antoni.

—No voy a iniciar una guerra por un tonto enamoramiento.

—¡Nos ofendió! —increpa Brandon.

—No le explicaré eso a la FEMF —aclara Braulio—. No les diré que maté al hijo de un general porque mi hija decidió huir con él como adolescente desesperada.

—¡Se aprovechó de ella! —replica Antoni—. A pesar de que le advertí de que se mantuviera lejos.

—¡Nos vamos! —ordena Braulio.

No bajo el arma, ya que la cara de horror de Emily Mascherano no me deja hacerlo.

—¡Baja el arma! —me exigen.

Niego sin dejar de mirarla.

—¡Bájala! —solloza—. No hay nada que hacer.

El pulso me tiembla antes de ceder. Me da rabia no volarle la cabeza a ese kilo de mierda que me desafía con la mirada cuando Braulio le quita a Emily de los brazos.

—Gracias —susurra ella cuando pasa por mi lado.

Salen en fila, todos menos Antoni.

—Te descuidé un segundo y te metiste en la cama de mi hermana. —Me encara—. Aunque mi padre diga que no, te buscaré y te mataré como el animal que eres.

—Será tarea de ambas partes. Tengo cierto repudio por los canallas asquerosos como tú.

Empuña su arma y me preparo para hacer lo mismo con la mía.

—No me busques. —Me empuja y lo apunto.

—Antoni —se devuelve Braulio—, ¡hora de irnos!

Los antonegras se lo llevan y termino estrellando el arma contra la pared.

Los neumáticos de las camionetas rechinan afuera y me siento como un imbécil. Por cosas como estas es por lo que prefiero darle la espalda al mundo, no me gustan los sentimientos que se generan al no lograr algo, tampoco me gustan los remordimientos, por eso trato de que todo me resbale dándole la espalda a todo el mundo.

Derriban la puerta frente a mí, no saco el arma, ni me muevo de mi puesto, sino que me quedo sentado viendo cómo los hombres de la FEMF se toman el lugar como si estuvieran lidiando con un delincuente. Bratt y Joset Lewis entran seguidos del general Alex Morgan.

No hay mucho que decir. Me llevaron a Londres, me sometieron a una infinidad de declaraciones e interrogatorios, la prensa me acribilló y el Consejo puso mil condiciones para enlistarme al ejército secreto.

Cuatro meses después me enteré de que Emily Mascherano se había lanzado de un acantilado después de parir. Mi espina con los Mascherano no se fue y creció con el tiempo, el hambre por el poder que siempre me ha acompañado tomó más fuerza y me centré en ser el próximo máximo jerarca de la Fuerza Especial Militar del FBI.

80

RULETA RUSA

Christopher

Rachel me taladra la cabeza cuando despierto repitiendo el video una y otra vez en mi cerebro, y la jaqueca es tanta que saco los pies de la cama y me voy al baño. Estoy respirando odio y mi pecho es como un abismo sin fondo. «Tengo que partir a Italia», no puedo seguir perdiendo tiempo aquí.

Me lavo los dientes, tomo la chaqueta, el arma y el móvil y me apresuro hacia abajo mientras mi iPhone no deja de vibrar.

—¿Qué pasa? —contesto atravesando el vestíbulo. Es Patrick.

—¡¿Dónde diablos estás?! —brama al otro lado de la línea—. Acaban de reanudar la búsqueda de Rachel y...

Detengo el paso.

—¿Cómo?

—Lo que oíste, el ministro acaba de dar la orden. El Consejo está furioso y la central es un jodido caos.

—Voy para allá. —Cuelgo.

Hasta que no lo vea no lo creo. Subo a la moto, la arranco y la pongo a máxima velocidad. Al cabo de treinta y cinco minutos estoy en el comando. Sin embargo, entrar no me resulta fácil, ya que solté la placa antes de salir. Es Gauna el que termina dándome paso.

Apresuro el paso y Patrick me espera en la entrada de la torre administrativa.

—¿Qué novedades hay? —pregunto.

—El Consejo rechazó la orden y se encerraron en la sala de juntas en señal de protesta. El máximo jerarca acaba de entrar.

Lo sigo al panel de control que muestra todas las cámaras. Parker, Simon y Bratt ya están allí, viendo la reunión expuesta en la pantalla gigante.

—No habías renunciado... —murmura Bratt. Lo ignoro alzando el volumen de la pantalla.

—Está pasando por encima de nosotros, ministro —replica uno de los miembros.

—No paso por encima de nadie —contesta Alex—. Soy la máxima autoridad aquí, tengo la libertad de ordenar y disponer sin pedirles su opinión.

—Rachel James es una mentirosa —declara otro de los miembros—. No es justo exponer soldados por culpa de uno de dudosa reputación.

—No asuma papel de juez, señor Laik —replica Joset—, aún no sabemos cómo se dieron las cosas.

—Podemos discutirlo… —interviene Olimpia.

—No se discute nada, se reanuda la búsqueda y punto. Si les preocupan los soldados, solo me llevaré a los que se ofrezcan como voluntarios.

—Es una misión suicida.

—Mi orden, mi problema. —Alex se levanta—. Fin de la reunión.

—Pero no hemos terminado.

—Yo sí, de hecho, no sé por qué están reunidos aquí, ya que no les he pedido participación en ningún momento.

—El abuso de autoridad está penado en la FEMF —replica Martha Lewis.

Alex endereza la espalda adoptando la típica pose de «me importa una mierda».

—Si crees que abuso de mi autoridad —manifiesta el ministro—, forma un sindicato y sigue el debido proceso. No estoy en el poder porque quiero, estoy porque ustedes me eligieron.

Se vuelve hacia los demás.

—¿Quiénes se quieren apuntar a la solicitud de mi renuncia? —pregunta y todos callan—. Pasen la hoja, puedo esperar a que todos la firmen.

Guardan silencio. La FEMF no es capaz de perder a un cabecilla importante así porque sí. Alex tiene el récord de misiones invictas, en su tiempo de servicio encerró a cientos de criminales y nada le queda grande. Él no se postuló para el ascenso, lo eligieron por decisión unánime sacando el cien por cien de los votos.

—Nadie va a firmar eso, señor —habla Olimpia—. Como bien lo dijo, es la máxima autoridad y las órdenes de un superior siempre se respetan.

—Martha, ¿algo que decir?

La mujer no suelta palabra.

—No quiero más discusiones sobre el tema.

Sale escoltado y me levanto de inmediato. Para cuando quiero bajar ya ha salido de la torre con rumbo a la prisión del comando. Prefiero callar siguiéndolo a pocos pasos, igualmente no es algo que le importe, porque nota mi presencia y no se molesta en ponerme atención.

Las puertas de acero lo reciben al igual que el abogado de Bernardo Mascherano.

—Me han notificado que quiere ver a mi cliente —espeta, pero Alex no le pone atención—. Lamento informarle que no será posible, tengo una orden que…

Le muestra la hoja.

—Su solicitud la usaré para secarme las pelotas. —Le arrebata la hoja.

—Son órdenes.

—Órdenes de un juez igual o peor de corrupto a usted. —Lo atropella.

—No puede hablar con el prisionero…

—¡No sea ridículo! —Mueve la cabeza e inmediatamente la alta guardia lo estrella contra la pared—. Lárguese si no quiere terminar igual que el masacrador que intenta proteger.

Abren la sala de interrogatorios y Alex se sienta mientras yo me quedo en una de las esquinas viendo cómo le dan paso a Bernardo Mascherano.

—¿Dónde está mi abogado? —Lo sientan frente al ministro.

—Lo resumiré en que las artimañas legales no van a salvarte de esta.

—Están violando mis derechos —se defiende.

—Las pestes sociales no tienen derechos.

El prisionero se ríe sacudiendo la cabeza.

—No voy a hablar, se lo aclaro para que no gaste tiempo.

—Creo que no he sido claro: no vine aquí a pedirte ayuda, solo te estoy dando la oportunidad de que hables por las buenas.

Bernardo suelta una carcajada.

—¿Va a torturarme? —Vuelve a reír—. Ya lo intentaron y no funcionó.

Alex imita la carcajada sacando la Smith & Wesson que carga como revólver.

—No pienso torturarte, carezco de paciencia y, qué pereza… Aparte, los gritos me dan jaqueca. —Bernardo baja la mirada al dispositivo que puede volarle los sesos—. Yo no torturo, yo aniquilo al que no me sirve.

Se levanta.

—No hay nada más placentero que volar los sesos del enemigo. Es una mala cualidad regalada por la guerra.

—No puede matarme —se defiende Bernardo—. Va contra las reglas.

—No hay reglas para el que las impone.

—Ya dije que no voy a hablar.

—Sabía que te rehusarías a darme información, por eso traje actividades lúdicas que te abran la mente… Ya sabes, juegos. —El ministro se apunta el botón del traje—. Perdona mi carencia de imaginación, por más que pensé solo se me ocurrió uno.

Bernardo pasa saliva en tanto Alex saca el tambor de la pistola.

—Te diré el nombre antes de empezar… Tiene muchos, de hecho. En ciertas partes lo llaman «tienta a la suerte», en otras «citas con el diablo».

—Deja un puñado de balas plateadas sobre la mesa—. Yo lo llamo la ruleta rusa.

El prisionero palidece y las cadenas que lo atan a la silla se agitan.

—¡No!

—No tienes opción, muchacho. El tambor de la pistola tiene espacio para doce balas —explica— y no hay tiempo para ir metiendo una por una, así que empezaré con tres.

—¡Lo denunciaré…!

—Tomaré eso como tu última voluntad. —Introduce tres balas en el tambor y lo gira antes de enterrárselo en la cabeza—. ¿Dónde está Antoni?

La silla tiembla mientras Alex no duda en poner el dedo en el gatillo.

—No sé.

Jala el gatillo, no hay detonación.

—¡Qué suerte! —Vuelve a abrir el tambor e introduce otras tres balas y pregunta de nuevo—: ¿Dónde está Antoni?

Bernardo resopla con el sudor empapándole la frente.

—No sé —le tiembla la voz.

Jala el gatillo y nada.

—Menudo suertudo. Conservaré uno de tus dedos para la buena fortuna. —Baja el arma e introduce otras tres balas—. La tercera es la vencida, hay nueve balas y tres espacios vacíos, solo un milagro puede salvarte. Si fallo, no dudaré en colocar las balas que hagan falta.

Cierra el tambor y le hunde el cañón en el cráneo.

—¿Dónde está Antoni?

—¡No…! —llora.

—Oh, por Dios. Si vas a morir, trata de hacerlo con dignidad. —Baja la mirada a sus pantalones—. Es de cobardes mearse en los calzoncillos. Seré benevolente y repetiré la pregunta: ¿dónde está Antoni?

No contesta, solo solloza apretando los ojos.

—Dile al diablo que un Morgan le manda saludos. —Alex pone el dedo en el gatillo y…

—¡Positano! —grita—. ¡Siempre se esconde en Positano!

—El nombre no basta. —Alex sigue apuntando.

—Tiene una propiedad en las colinas boscosas al sur de la provincia italiana. No es fácil llegar, ya que todo el pueblo lo protege.

—¿Ves que no era difícil colaborar? —Baja el arma—. Te perdono la vida, pero dile a tu abogado que se deje de trucos y acepte que te quedarás en Irons Walls cumpliendo tu condena de cadena perpetua.

Los guardias lo arrastran afuera mientras Alex suelta el arma volviéndose hacia mí.

—Lideraré un operativo de búsqueda —me dice— y necesito un coronel al mando.

Se me atascan las palabras, no acostumbro a dar las gracias y mucho menos a él. Busco la salida, pero su mano en mi brazo detiene el impulso.

—Nuestra discordia es porque nos parecemos demasiado, somos toscos, tercos y orgullosos.

—Si quieres palabras de agradecimiento…

—Me valen mierda los agradecimientos —me interrumpe—. Eres mi único hijo y, aunque me hiera el orgullo reconocerlo, te confieso que me duele que creas que no eres importante para mí.

Respira hondo antes de continuar:

—Es poco lo que me importa. A mis cuarenta y siete años solo he estado por derrumbarme dos veces: cuando te fuiste con los Mascherano y cuando entraste en coma. Eres mi único hijo, Christopher, puedo ser duro y poco condescendiente, pero jamás digas que eres un cero a la izquierda en mi vida porque no es así, puesto que eres mi pilar más importante.

Trago saliva, el pecho se me comprime y prefiero retroceder.

—Cambiando de tema —se recompone—. Solo podemos llevar cincuenta soldados y los que lleves deben postularse porque iremos a una masacre. Las vidas no se sacrificarán así porque sí.

—Como ordenes.

—Partiremos en la madrugada y atacaremos al cabo de tres días…

—No puedo esperar tres días…

—Sí lo haremos. Será a mi modo y, si quieres que funcione, debes pensar como un coronel, por ende, olvídate de lo que sientes por ella y compórtate como el estratega que eres, ¿entendido?

Tiene razón: si quiero sacarla, debo armar un plan primero.

—Bien.

—Cámbiate, confirmaremos las coordenadas y nos reuniremos con los soldados. —Me entrega la placa antes de irse.

Más de mil hombres me dedican un saludo militar: oficiales, sargentos, tenientes y capitanes se ciernen frente a mí firmes y alineados.

Roger Gauna, Rick James y el ministro están unos pasos más atrás.

—Hay una tarea que requiere de nosotros —anuncio—. Llevamos meses lidiando con la mafia, que se ha cargado a un montón de camaradas, y hoy asumo el riesgo de encontrarme con ella cara a cara en un operativo de rescate.

Me paseo a lo largo de las filas.

—No le temo, espero que ustedes tampoco, y como me valen mierda sus putas amenazas voy a entrar a territorio enemigo por la teniente James. Para ello necesito a cincuenta hombres dispuestos, valientes y aguerridos —demando—. No voy a obligar a nadie, ya que es una misión suicida, simplemente voy a preguntar quién tiene los cojones de acompañarme.

Vuelvo al frente.

—El que quiera acompañarme puede dar un paso al frente.

—Dispuesta y lista para sus órdenes, mi coronel. —Laila Lincorp es la primera en ofrecerse.

La siguen Bratt, Parker, Simon, Scott, Patrick, Alexandra, Angela, Irina, Meredith, Alan, Thompson... En menos de nada tengo a más de cincuenta soldados frente a mí. No puedo pasar por encima de las órdenes de Alex, así que elijo el número que necesito y rechazo el ofrecimiento de los que sobran.

Hago un repaso de las caras que llevaré, podría señalarlos como los mejores y con un buen plan puedo salir invicto.

Se dan las órdenes básicas, se rompen filas y todos se marchan a prepararse para partir.

«Tres días —me digo—. Dentro de setenta y dos horas volaré el castillo Mascherano para rescatarla».

Haré lo que mejor sé hacer y es quemar el mundo dispuesto a obtener lo que quiero.

81

TORTURA

Rachel

27 de octubre de 2017
Positano, Italia

Lulú me obliga a abrir los ojos. Es una de esas mañanas donde despierta feliz contagiando a todos con su alegría.

—¡Rachel, se enfriará el desayuno! —grita mamá.

Entiendo el porqué de tanta algarabía, el que mis padres estén aquí siempre es un motivo para celebrar. Corro a la ducha con un afán innato por verme bien.

El comedor está lleno. Emma unta una tostada con mantequilla, Sam se toma fotos con el móvil mientras mamá sirve el desayuno. Abrazo a papá, que está concentrado en su periódico.

—Toma asiento, cariño. —Sonríe mamá.

Obedezco ubicándome entre medio de los dos. Los adoro. Mamá me da la mano y apoyo mis labios en el dorso; con la otra, me acaricia el cabello.

La escena se ve hermosa en el espejo del comedor. Vuelvo a detallarlos y noto que todos están llorando.

—¿Qué pasa? —pregunto confundida.

Mamá me abraza sin poder contener el llanto.

—Quiero encontrarte, hija.

—¿Encontrarme?

—Mi niña —susurra papá—, sé fuerte, no soportaría perderte.

—¿Perderme? Pero si estoy aquí.

Niega con la cabeza, son pocas las veces que lo he visto llorar y ahora lo hace desconsoladamente.

—¡Papá, estoy aquí, no vas a perderme!

Ambos me abrazan y miro mi reflejo en el espejo. Doy asco, estoy llena de sangre, tengo la cara golpeada…, sigo drogada, torturada y dando asco…

El chorro de agua helada me devuelve a la realidad y el impacto me tira al suelo con silla y todo.

Isabel está frente a mí sosteniendo la manguera.

—Buenos días —se burla.

Parpadeo, el golpe me dejó desorientada.

—¿Lista para el interrogatorio?

Sacudo la cabeza.

—Púdrete.

—Qué poco colaboradora eres. —Vuelve a clavarme el chorro—. ¿Tanto lo quieres? Si yo fuera tú, acabaría con el martirio.

Vomito agua cuando para.

—Puedo hacer esto las veces que quiera.

Me clava el chorro una y otra vez hasta dejarme inconsciente, para cuando despierto estoy de nuevo en la zanja encadenada en el foso subterráneo.

Siento que no puedo más. No como, el HACOC tiene mi torrente sanguíneo y es lo único que me mantiene viva. Las pesadillas no paran, así como tampoco los recuerdos y la nostalgia.

Aprisiono las rodillas contra mi pecho, soy una drogadicta sin escapatoria, sin rumbo. Las sesiones son cada vez más fuertes. Me ahogan, me golpean y someten a mi cerebro con alucinógenos. A cada nada veo más cerca la muerte.

Nuevo día, nueva tortura. Me amarran a una silla de madera y dan inicio a la pesadilla.

—*Hello!* —saluda Isabel.

Fiorella entra pasos atrás. Se le descompone la cara cuando me ve, nuestro último encuentro fue en la noche de la fiesta y ahora no es que esté muy agradable a la vista.

—¡Hoy carezco de tiempo y estoy furiosa! —espeta Isabel—. Me acabo de enterar de que Bernardo se quedará en Londres cumpliendo su condena de cadena perpetua. Obra de tu noviecito, supongo.

Le entregan un galón rojo.

—Para empeorar, Antoni acaba de anunciar que se casará mañana —continúa—. La pirámide de la mafia le exigió una dama que contribuya.

Carga el galón.

—Te llevará con él, te posicionará como su mano derecha y te quedarás con mi lugar. —Me acaricia la cara con los nudillos—. Los hombres son unos malagradecidos, les sirves, les entregas tu vida y terminan cambiándote por una con una cara bonita.

Se aparta.

—Y no le basta con eso, también me saca de su vida —prosigue—. Cree que un maletín de billetes recompensa todo lo que he hecho por él.

—No tengo la culpa…

—Obvio que sí, de no haber aparecido, el collar sería mío.

—Libérame —le pido—. Si desaparezco, será solo para ti.

—No tengo que liberarte para que desaparezcas, de eso puedo encargarme yo misma. —Sonríe—. Te mataré y así tendré mi final feliz.

—¡El señor Antoni la lastimará si lo hace! —interviene Fiorella—. En mi humilde opinión, es mejor no desafiarlo.

—Aprecio tu preocupación, Fiorella, pero lastimosamente soy una persona rencorosa y no estaré tranquila hasta que ella muera.

Abre el recipiente.

—Antoni tiene que aprender que conmigo no puede jugar.

Me lanza el contenido estancando el paso del aire hacia mis pulmones con el miedo que me corroe. Es gasolina pura, la cual hace arder mis ojos.

—Me iré, pero antes le dejaré la cama llena de tus cenizas.

El encendedor me pone a forcejear.

—¡Espere! —Fiorella intenta socorrerme en vano, ya que los guardias no la dejan acercarse.

Isabel enciende el artefacto y lo tira al suelo mientras pataleo, las llamas me tocan la punta de los dedos y el desespero me carcome cuando he de retroceder. El asiento se vuelve pedazos, sin embargo, las cuerdas me limitan los movimientos. Veo pasar la vida frente a mis ojos cuando las llamas se aproximan a mi cara. Esta vez no es una puta pesadilla y lo único que hace mi garganta es aclamar rogando que pare, pero mis ruegos son en vano, ya que ella en verdad quiere mi fin.

Una nube blanca me tapa las vías respiratorias, la niebla se esparce y veo a Fiorella frente a mí con un extintor en la mano. No sé cómo hizo, pero dejó a un antonegra inconsciente en el piso.

Isabel saca una navaja mientras que Fiorella desenfunda un cuchillo de cocina. Se viene contra ella estrellándola contra la pared, la chica reacciona y la empuja blandiendo la hoja en dirección a la garganta, pero falla en la maniobra.

—¿Por qué tanta algarabía? —preguntan en la puerta—. ¿La sesión se salió de control?

Isabel retrocede ante la presencia de Antoni.

—¿Qué método de tortura es este? —pregunta al verme en el piso.

Estoy temblando, débil, mientras el corazón se me quiere salir. «¡Me iba a quemar viva!». El llanto no se contiene y me arrastro al rincón cuando mi instinto de supervivencia lucha por mantenerme a salvo en tanto busca la manera de liberarme de las cuerdas que ceden y caen a un lado.

—Que alguien responda mi pregunta —insiste Antoni—. ¿Qué estaba pasando?

—Fiorella quiso matarme —habla Isabel— y me estaba defendiendo.

Antoni mira a la mujer, que mantiene el cuchillo en la mano.

—Iba a quemarla viva, supuse que no le gustaría.

Ella baja la cara y él se acerca con cautela.

—Supones bien. —Le levanta el rostro—. Eres muy útil aquí, Fiorella, así que vete antes de que esto termine mal.

Ella acata la demanda no sin echarme una última mirada antes de marcharse.

—Tú siempre tan letal y rencorosa… —Antoni encara a Isabel.

—No es justo lo que haces —confiesa—. Me necesitas a mí, no a ella.

—Palabras de una celosa desesperada. ¿En verdad ibas a quemarla viva?

—Sí —afirma—. Se lo merece por quitarme mi lugar.

—Sabes que te mataré si lo haces.

—No me importa. —Saca su arma—. La quiero muerta, quiero que los gusanos coman su cuerpo descompuesto. Merece estar en el cuarto frío, rostizada y sin cabeza.

Se abalanza sobre ella y la lleva contra la mesa.

—*Il tuo lato psicopatico mi eccita.* —«Tu lado psicópata me excita». Le pasa la lengua por los labios.

—No quiero irme —ronronea ella—. Yo soy tu protectora.

—No eres más que una golfa.

La sube a la mesa despedazando su vestido antes de besarla.

Ella abre las piernas y él le aparta las bragas pasando los dedos por los pliegues de su sexo. Mantengo la espalda pegada sobre la pared mientras ella lucha por sacarle el miembro dejando que él le magree las tetas. Es ella la que termina tomando el control bajando y arrodillándose ante él.

El miembro salta a la vista e Isabel lo cubre con su boca chupando mientras Antoni no me pierde de vista. La escena me asquea al punto de querer bajar los ojos.

—¡Mírame! —Antoni desenfunda su arma—. ¡Si apartas la vista, te pego un tiro!

Isabel lame y saborea el falo grueso dejando que Antoni le folle la boca y no le basta, la pone de pie cargándola y cogiéndosela sobre la mesa. Los gemidos retumban en la cámara como también los jadeos de ambos comiéndose con furia.

—Tengo cierta fascinación por las locas psicópatas. —Me mira—. Eso es lo que me gusta de ti, *amore*. Sé que puedes llegar a ser igual o peor que ella.

Ella no deja de chillar con las arremetidas que le lanza.

—Mírala, Isabel. —Le toma el mentón—. Ve la diferencia entre ella y tú.

—No es mejor… —jadea excitada.

—Sí lo es, cariño, por eso será mi mujer mientras tú seguirás siendo mi golfa.

—Me conformo con eso. —Muerde la barbilla de Antoni.

La folla como si no valiera una libra. Muerde, chupa y lame los pechos con brusquedad antes de sacar la fulgente polla manchada de los fluidos de ambos.

—No sientas celos, *amore* —me dice—. Ella no es más que esto, sexo y destrucción.

Como si me importara lo que significa para él…, por mí puede coger con quien le plazca.

—Siempre hay dos motivos para doblegarse, por amor o por miedo. —Besa a Isabel—. Ella lo hace por amor y tú lo harás por miedo.

La sujeta de la nuca, obligándola a que lo mire.

—No puedo darte más que esto —le dice—. Fuiste la zorra de mi padre, por lo tanto, si te quedas, seguirás siendo la mía.

Ella asiente satisfecha.

—Cuando el rey habla los súbditos callan y obedecen —espeta ella—. Y yo me arrodillo ante el líder de la mafia.

—¡Lárgate! —la echa.

Recoge el vestido destrozado y abandona la estancia en bragas.

—Das pena. —Antoni se arrodilla frente a mí.

Lo cierto es que sí, doy pena ante él y ante cualquiera.

—Ya eres una adicta, Rachel. La droga corre por tus venas —declara—. La ansías ahora, ¿cierto?

Bajo la cara derrotada. No quiero que un sí salga de mis labios.

—El pecho te arde, el corazón te late rápido, no sabes qué es real y qué no —empieza—. Estás débil, quieres morir, pero al mismo tiempo quieres tener el HACOC en tu sistema. Te cuesta mantenerte de pie, respirar, te apetece salir corriendo, sin embargo, no tienes la fuerza que se requiere para ello.

Las lágrimas me empapan las mejillas.

—Me recuerdas a mi hermana. —Pasa los nudillos por mi cara—. Son de las que siempre eligen sendas difíciles de explorar.

Me tiembla la barbilla, quiero fingir que soy fuerte, que no tengo miedo y puedo salir adelante, pero no es así, siento que ya no soy nada.

Saca fotos de mi familia empeorándolo todo cuando el miedo se esparce arrasando con la mínima estabilidad que me quedaba. No soportaría que los toque porque son mi familia, mi pilar, moriría si les pasa algo por mi culpa y él lo sabe, por eso los muestra. «Soy una maldita estúpida», debí pegarme un tiro cuando tuve la oportunidad.

Las extremidades me tiemblan y el llanto me ciega con los sollozos que no me dejan respirar.

—El que obedezcas es el único salvavidas que tienen, ¿lo captas? —musita y asiento—. Pórtate bien y yo seré benevolente.

Se pone en pie.

—Nos casamos mañana, así que disfruta tu última noche en la celda.

Se marcha y sus hombres me trasladan al sitio donde estaba. Las cadenas me envuelven los tobillos mientras reparo una de las fotos que alcancé a recoger, yo puedo morir, pero no ellos. Mis errores no tienen por qué salpicar a los que amo y eso es lo que pasará si no accedo. La noche cae, no sé qué me duele más, si mi desastroso presente o mi asqueroso futuro. Me vuelvo un ovillo en el piso reparando el halo de luna que entra por la pequeña ventana.

Sé que la vida se encarga de cobrarte las cosas malas, que toda acción tiene una reacción, no obstante, me parece injusto tener que pagar un interés tan alto. Actué mal, lo sé, pero, ¡joder!, no merezco terminar así.

Cierro los ojos abrazándome a mí misma. Solo soy yo contra el mundo, un mundo cargado de horrores los cuales no soportaré. Me mantengo en la misma posición, no quiero moverme, quiero que la tierra me absorba, quiero acabar con esta pesadilla, morirme y aniquilar el dolor que me consume.

No sé cuánto tiempo pasa, me quedo ahí sobre el piso dejando que el frío me queme hasta que la puerta se abre arrinconándome contra la pared. «Vienen a inyectarme».

—Señorita —susurran—. Señorita Rachel, ¿está bien?

Es Fiorella, quien se arrodilla apartándome el cabello de los ojos, y rompo a llorar otra vez. Me siento tan mal…

—No quiero estar aquí.

—Lo sé. —Me abraza—. Tiene que ser fuerte, tenga fe.

—No puedo. —Me aferro a su pecho—. Ya no tengo fuerzas.

—Escúcheme. —Me levanta la cara—. Debo irme, así que trataré de ayudarla desde afuera.

Niego, se marchará y perderé el único apoyo que me quedaba.

—No pierda la esperanza, la mantendrá viva.

—La única esperanza es morir.

—Soporté dos años, usted también puede hacerlo… Me hicieron lo mismo —susurra—. Sé cómo duele, atraje la atención de un asesino y me costó lo que más quería.

Acaricia mi espalda.

—Mi padre era el escolta de Braulio Mascherano, su mano derecha y hombre de confianza. Me mantuvieron al margen de todo hasta que mi madre murió. Solo tenía quince cuando llegué desde Siena sin madre y mi papá era lo único que me quedaba —empieza—. La mejor alternativa fue encerrarme en una mansión llena de monstruos asesinos. Emily era la única que aparentaba tener corazón, pero estaba tan rota que era muy raro verla salir y, mientras intentaba ganarme su amistad, me convertía en la presa de Alessandro, que era un puto adolescente malnacido. No se atrevía a meterse conmigo, ya que mi padre no le permitía que me hiciera daño y Braulio no perdería a su hombre de confianza por culpa de su malcriado hijo.

Habla rápido y le echa un vistazo a la puerta.

—Los meses pasaron, el acoso se calmó y llegué a pensar que las cosas serían diferentes hasta que me enteré del secreto de Emily —continúa—. Sentí tanta rabia que tomé la decisión de huir.

Respira hondo tomándome las manos.

—El joven Christopher llegó, siendo la esperanza que duró poco. Intentamos huir con él y tomé un camino distinto al irme donde vivía mi antigua familia, pero semanas después me enteré de que habían atrapado a Emily. Me dolió en lo más profundo, sin embargo, sabía que, si no huía, me atraparían a mí también. —Saca una foto—. Me fui al sur de Francia, conseguí un trabajo e inicié una nueva vida, conocí al amor de mi vida y era tan feliz… Tuve a mi hija Naomi.

La voz se le va apagando poco a poco.

—Una noche llegué a casa y mi esposo estaba muerto. Me llevaron, tenía la esperanza de que mi papá pudiera defenderme, pero él tampoco estaba. Braulio y él habían fallecido, por ende, ya no tenía protector. Me hicieron creer que habían matado a mi hija —solloza—. Alessandro Mascherano me volvió mierda. Quise ser terca y en esa lucha me gané la cicatriz, también lo marqué, puesto que merece recordarme cada vez que se mire en el espejo.

Todos son unos hijos de puta.

—Después de la cicatriz planeé mi suicidio, pero un día antes me enteré de que Naomi estaba viva; ella y el bebé de Emily sobrevivieron. Me llené de valentía, no podía morir, ya que mi hija me necesitaba, y juré encontrarlos a los dos. Emily nunca quiso matar a su bebé, me imagino que Antoni lo aisló para que no se enteraran de lo que había hecho, creo que eso fue lo que la terminó de matar —explica—. Naomi y Lucian son los únicos que me mantienen con fuerzas y usted tiene que seguir luchando.

Niego y me toma la cara entre sus manos.

—La droga hace que veamos a los seres que amamos y en los días que estuvo drogada en la mansión no paró de decir los mismos nombres: mamá, papá, Sam, Emma y Christopher. —Sonríe—. El sentimiento es lo que no nos deja convertirnos en monstruos adictos y, si pierde eso, no será más que un cadáver viviente. Resista, sea fuerte, que yo trataré de avisar que la tienen aquí.

Se levanta.

—Si me quedo, Isabel me matará.

Asiento dándole la razón: quedarse es una muerte segura.

—Los buscaré, les diré que está viva y los ayudaré a encontrarla si es necesario.

—Ve —la animo—. Suerte con todo.

Apoya los labios en mi frente antes de irse y me quedo viendo las rejas hasta que sus pasos ya no se oyen.

La debilidad me deja contra la pared mientras sudo y tiemblo cuando el síndrome de abstinencia muestra sus síntomas. Siempre es lo mismo: me duele el pecho, transpiro, me deprimo y alucino. Mi sistema nervioso se vuelve un desastre, no controlo nada, ni siquiera soy capaz de ponerme de pie. Empiezo a divagar, me aruño, grito y me voy contra las paredes, sacando a relucir el engendro que soy ahora. Permanezco en el suelo dejando que la crisis merme.

Amaneció, mi cerebro ansía la dosis matutina y no miro la puerta que se abre.

—¡Tráela! —ordena Isabel.

Un guardia remolca a Fiorella y la arroja a la celda. Tiene la cara llena de golpes y la ropa destrozada. Isabel la patea en el suelo desencadenando el vómito lleno de sangre.

—Creo que ustedes dos son las mujeres más tercas que he conocido. —Se pasea por el lugar—. Qué cosa con querer ser el centro de atención, sobre todo tú, Fiorella, te hemos mantenido viva. Qué malagradecida eres.

Su estado empeora el mío.

—Todo este desorden es por no dar las lecciones necesarias. —Isabel me señala—. A ti no te bastaron los azotes de Antoni y a ti —sujeta a Fiorella del cabello— no te bastaron las quemaduras de Alessandro.

Desenfunda el arma que carga en la espalda.

—Me caías bien, Fiorella, hasta sentí pena cuando contaste tu triste historia anoche.

Quita el aislante del gatillo.

—¡No! —replico—. ¡Solo quiere ver a su hija, déjala vivir!

Me mira.

—Cierto. —Curva los labios en una sonrisa—. Lástima que ese tipo de cosas no me conmueven.

La tira al piso y comienza a propinarle patadas que la dejan sin aire.

—No estoy para persecuciones —opta por la navaja—, ni para lidiar con estrategas de poca monta porque lo sé todo, pequeñas ingenuas.

Me levanto como puedo.

—Suéltala —le suplico—. La que se acostó con Antoni fui yo y la que pone en peligro tu puesto soy yo, no ella.

—¡Ay, Rachel! —se burla—. Todavía no entiendes que esto es un juego de dominó donde, si tropiezas con una ficha, caen todas.

Desenvaina la hoja de la navaja.

—¡Déjala! —le ruego—. ¡No la lastimes!

—No soy de las que lastima. —Blande la hoja—. Soy de las que mata.

Le clava la hoja en el corazón, la saca y vuelve a enterrarla en el abdomen, como si fuera un animal, apuñalándola una y otra vez.

—¡Para! —le suplico e intento acercarme, pero la cadena me devuelve al suelo—. ¡Suéltala, por favor!

Sigue apuñalando mientras Fiorella me mira por última vez.

«Solo quería ir por su hija —me lamento para mis adentros—. ¿Qué hay de malo en eso?».

Caigo en shock con la garganta ardiéndome presa de los sollozos.

—No lo mereces y por ello no vivirás. —Deja el cuerpo de Fiorella de lado antes de venir a mi puesto y levantarme con furia—. No mereces nada de lo que quiere darte.

Me entierra el puñal en la costilla y el dolor me quema mientras la hoja fría me desgarra por dentro.

—Los años dan experiencia, ¿sabes? Me han vuelto experta en muertes lentas. Si clavas la hoja en el punto correcto, desatas hemorragias que no causan sospechas. —Me debilito poco a poco—. Maté a Veruzka Mascherano, la envenené hasta que dejó de respirar. Fui más rápida con Alondra, le torcí el cuello dejando al pobre Antoni viudo.

Mueve el puñal.

—A ti la hemorragia te matará lentamente.

Saca la hoja y me devuelve al piso.

—Espero que el vestido no sea blanco. —Se ríe—. Ojalá que los invitados no tengan afán, porque tendremos boda y velorio el mismo día.

Lo único que vislumbro es la figura de Fiorella en el piso, tiene los ojos abiertos y por inercia me arrastro a su lado tomándole la mano.

—Despídete —dice Isabel desde el umbral—. Los guardias vendrán por ti, futura novia.

Desaparece mientras que la herida sigue sangrando, sin embargo, no me importa que el dolor me parta en dos. ¿Qué más da? Yo quiero morir hace mucho.

Busco la imagen de la bebé que siempre cargaba en el delantal: «Naomi Santoro».

El dolor me nubla la vista, venció, ganó la batalla y me dejó vuelta polvo en el piso. Si querían someterme con miedo, lo lograron, no voy a pelear, ni a luchar; me rindo, que hagan lo que quieran, ya no me importa nada. Lo único que quiero es que mi hora llegue pronto.

82

COORDENADAS

Christopher

28 de octubre 2017
Positano, Italia

La yegua de Alex se asoma en la punta de la cumbre boscosa, saca un tablero digital mientras Patrick despliega las alas del dron que recorrerá el área.

Estamos infiltrados como la guardia carabinera. El área es pequeña, todos se conocen con todos y no ha sido fácil mantener un perfil bajo. Nos hemos tenido que repartir; una parte está distribuida en el pueblo haciéndose pasar por mercaderes y turistas, mientras los que hemos tenido contacto directo con los Mascherano nos mantenemos escondidos en las montañas.

—Hay una guardia de ochenta hombres —informa Alex mirando el tablero—. Sin contar la guardia interna y los escoltas personales.

—No será fácil entrar —comenta Bratt—. De seguro nos triplican en número.

—Nunca dije que sería fácil, la clave está en enfocarse en el objetivo.

El halcón de acero inicia el descenso, volviendo al brazo de Patrick.

—¿No es una maravilla? —pregunta tajante.

Nos devolvemos al refugio improvisado, que es una cueva de piedra repleta de armas y explosivos. La noche cae y los soldados faltantes se reúnen para planear los pasos que seguir.

—Hay una sola entrada —Simón señala el mapa— y dos vías de escape: por mar y aire.

—No es prudente atacar en las próximas horas. —Angela se asoma en la entrada, viene seguida de Meredith y Alexandra—. Antoni contraerá matrimonio mañana e invitaron a los clanes de la pirámide.

—¿Matrimonio? —pregunto. En las investigaciones no dice nada sobre matrimonio.

—Sí, matrimonio —añade Alexandra—. Se va a casar con Rachel.

La oración me hace arrugar el puto mapa. «Este hijo de las mil perras».

—Es un matrimonio forzado —aclara—. En los callejones comentan sobre su próxima dama, la cual hizo que mataran a Brandon Mascherano y asesinó a los escoltas que lo protegían. Lo último que se sabe es que intentó escapar y ahora está recluida en los calabozos subterráneos.

—Ese tipo tiene problemas de masoquismo —comenta Patrick—. Le encanta que lo rechacen.

—Hay que posponer el ataque —sugieren atrás.

—¡Si posponemos, nos atacarán a nosotros! —espeta Alex—. ¡Esta estúpida fachada no demorará más de un día!

—Pero… —replican.

—Pero ¡nada! ¡Entraremos, y al que le dé miedo puede recoger sus cosas y largarse!

—¿Cómo vamos a entrar?

—No tengo la más mínima idea, capitán Lewis, y cuando no tengo ideas suelo improvisar.

—No pensará entrar a una manada de mafiosos sin un plan, ¿cierto? —inquiere Patrick.

—Improvisaremos la entrada y planearemos el escape; tenemos un helicóptero y dos lanchas. Ya que habrá tantas personas armadas, usaremos el helicóptero a modo de ataque. Todos tienen que enfocarse en ir por la teniente James. —Me quita el mapa que arrugué—. Cuando la tengan deben ir al puerto, ya que las lanchas los estarán esperando.

—¿Y cómo llegamos al puerto? —pregunta Parker.

—¡Depende de cada uno! —levanta la voz—. ¡No les puedo dar todo masticado! ¡Cada quien debe buscar la manera de poner su trasero a salvo! Las lanchas los llevarán con Rick James, que consiguió un barco de la armada y nos sacará del país cuando estemos completos.

—¿Alguien tiene dudas? —pregunta Gauna.

Todos levantan la mano.

Tomo las riendas de la situación planeando una entrada coherente. Según Angela, los músicos están en el pueblo, así que puedo infiltrarme por ese lado e ir evaluando al personal que asistirá mientras que los otros podrían tomar los lugares de los que no llaman mucho la atención.

Las mujeres la tienen mucho más fácil, ya que pueden pasar como acompañantes de los principales cabecillas.

—Retornen al pueblo —ordeno—. Traigan todo el material que se necesite.

Obedecen y me quedo viendo la invitación dorada que me entregó Alexandra.

Tienen el gusto de invitarlos al matrimonio católico que se llevará a cabo el día 29 de octubre a las 4.00 p. m.

«El amor es lo más parecido a una guerra y es la única guerra en que es indiferente vencer o ser vencido, porque siempre se gana». (Jacinto Benavente)

Los esperamos.

La estupidez más grande que he leído en mi vida. Escribiendo citas románticas como si la novia estuviera enamorada de él. Rompo el papel antes de encender un cigarro.

«Creen que pueden quedarse con lo mío», me digo.

—Supongo que te marcharás cuando todo esto acabe —comentan a mi espalda. Es Bratt.

—Supones mal —contesto sin mirarlo.

—No pensarás quedarte a su lado y volverla tu novia...

—Eso es decisión de ella, no mía.

—Prometiste apartarte y estás faltando a tu palabra.

—No estoy faltando a nada. —Lo encaro—. Me hice a un lado y no volvió contigo, así que déjalo pasar.

—Ella me quiere...

—Sí, te quiere, pero como amigo, no como novio.

—No finjas que la conoces. Llevamos cinco años de noviazgo, tuvimos historia, planeamos un futuro —declara—. En el fondo sabes que tengo muchos más derechos que tú.

—Ella no te quiere, ¿por qué no entiendes eso? Ya deja de relucir la patética relación que tuvieron —espeto—. Se enamoró de otro y, aunque lo lamentes, ese otro soy yo.

—¡Le lavaste la cabeza! —Se descontrola—. La manipulaste para que me olvidara, porque la Rachel que dejé no fue la misma que encontré cuando volví de Alemania.

—Obviamente no era la misma: la que encontraste ya no sentía nada por ti.

Lo dejo solo, no tengo tiempo para discusiones, debo centrarme en lo que haré mañana, ya que literalmente me meteré en la boca del lobo y quiero salir vivo de todo esto.

Enciendo otro cigarro recostándome sobre las paredes de la cueva. Alguien se mueve a pocos metros y...

«Si es Bratt, le estrellaré la cabeza contra las piedras», pienso.

—Coronel —me saluda Angela.

—Estoy ocupado —la corto, si no estoy para discusiones, mucho menos para coqueteos.

Me quita el cigarro y le da dos caladas antes de devolvérmelo. Sé lo que busca, el que acorte el espacio entre ambos me lo confirma.

—No tengo tiempo para esto. —La aparto y lo único que logro es que me ponga contra la pared. Está tan acostumbrada a mi rechazo que sabe que debe insistirme.

—Vea. —Se abre los botones de la blusa y se la deja caer—. Solo relájese, que yo me encargo de todo.

Los pechos le quedan libres quitándome el enfoque cuando se toca los pezones con la punta de los dedos sin dejar de mirarme.

—¿Qué pasa? —Me besa—. ¿Hago otra cosa?

Su mano viaja a mi bragueta mientras se apodera de mi boca y por un momento me desconecto coaccionando a la hora de pasear las manos a lo largo de su espalda.

Mi entrepierna reacciona y mi cerebro se convence de que sí, porque liberar la tensión es lo que necesito. Mete la mano, sin embargo, de un momento a otro los besos ya no me saben a nada y su toque me hastía al punto de hacerla a un lado sin ningún tipo de interés.

—Vete. —Le entrego la ropa.

—Pero…

—¡Que te vayas! —espeto.

No me gusta sentirme frustrado y el no poder revolcarme con la que se me antoje no me pone de buen humor. El orgullo me hace dudar sobre lo que realmente quiero.

Recibe la blusa de mala gana.

—Es por lo de su esposa, ¿cierto? —pregunta a medio vestir—. No es algo de lo que me sienta orgullosa, pero no es justo que me rechacen por eso. Soy fiel cuando me entrego a alguien.

—No confundas las cosas y márchate.

—No tengo la culpa de que mi madre…

—No me importa tu madre. Esto no es por ti…

—¿Hay alguien más?

Asiento y ella lo entiende. Me da una última sonrisa antes de irse. No duermo, nadie lo hace y lo único que se planea es cómo saldremos vivos de todo esto.

Acomodo los gemelos del esmoquin negro en tanto miro por la ventana. Las camionetas y limusinas se pasean por el centro del pueblo.

—¿Qué prefieres? —pregunta Simon—. ¿Guitarra o violín?

—¿Importa?

—Sí, en un estuche hay una ametralladora y en el otro, una escopeta.

—Ametralladora.

Me entrega el baúl de la guitarra.

—Tienen buen gusto —les dice a los hombres amarrados en el piso—. No se sientan robados, les devolveremos todo en cuanto acabemos.

—No mientas —increpa Patrick, que está poniéndose los zapatos.

—¿Todo el mundo listo?

Gauna se asoma en la puerta, trae un traje blanco y su mano empuña el mango de un hacha plateada.

—¿Adónde cree que va con eso? —pregunta Laila.

—A la boda. —Desarma el hacha metiéndola en el estuche del piano.

—Se supone que somos soldados, no caballeros medievales.

—¡Es mi arma! Defiéndase con lo suyo, que yo lidio con lo mío.

—¡Se ha vuelto loco!

—Vamos a ver si dicen lo mismo cuando se les acaben las balas y mi hacha siga intacta.

—El auto llegó —avisa Parker por el auricular.

—A sus posiciones —ordeno.

Preparo los proyectiles mientras los otros encierran a los músicos en el baño. Patrick, Simon, Laila y Gauna salen conmigo. Afuera, Alan y Scott se encargan de que el personal no abra la boca.

Dos hombres nos esperan y abordamos la camioneta. Los Mascherano ven este lugar como su mayor escondite, ya que nadie los ha atacado aquí. Se sienten libres, por ende, tienen la guardia baja.

Nos advierten sobre lo que debemos hacer y lo que no. Laila los distrae con preguntas y comentarios coquetos y durante media hora los embelesa evitando que revisen el instrumental.

Tomamos el camino de piedra mientras los soldados se reportan desde su posición. La mayoría ya se ha colado entre el personal. Abren las rejas de acero dejando que el auto suba a la cumbre que alberga al castillo. Cuando nos acercamos a la entrada, veo las puertas de acceso y oculto mi rostro de las cámaras que las flanquean.

—Por acá —nos indica una de las empleadas del servicio—. Tocarán después de la ceremonia.

—Estamos listos, coronel —me avisa Parker—. ¿Órdenes o excepciones?

Observo a los invitados, es como si me hubiese ganado el premio mayor, ya que hay un sinfín de criminales.

—No quiero prisioneros —murmuro en voz baja—. Maten a todo el que se les atraviese.

83

CONTRACARA

Rachel

29 de octubre de 2017
2.00 p. m.

Bertha me obliga a ponerme de pie y las piernas me fallan, ya que me cuesta sostener mi propio peso. El dolor es demasiado y aunque me hayan cosido la herida sigue ardiendo cada vez que respiro.

—Deja de flaquear —exige ella guiándome al tocador.

Miro mi reflejo, estoy pálida, ojerosa y con los labios partidos.

—Hora del cambio —oigo en alguna parte.

Tres mujeres me rodean y en una hora doy un giro de ciento ochenta grados. El cabello me cae suelto con bucles a lo largo de mi espalda mientras que la base, las sombras y el labial esconden mi deplorable estado.

—Mírate —comenta Bertha—, pareces una muñequita.

—No me siento bien. —Hace demasiado calor y se me dificulta respirar.

Me pone la mano en la frente.

—¡Por Dios, estás ardiendo en fiebre! —Va al botiquín por dos píldoras.

Recibo el vaso con agua que tomo con manos temblorosas. La ansiedad por la abstinencia me está matando.

—Sonríe aunque sea un poco —me regaña—. Finge que te alegra tu boda. ¿Quieres que te anime?

Me muestra una jeringa con droga, mi cuerpo grita sí, pero mi subconsciente exclama un rotundo ¡no!

Niego.

—¡Hola, novia! —Isabel entra con una copa de champaña.

Retrocedo dándome con el borde de la cama, no puedo mirarla sin que me invada el pánico. Cada vez que aparece lo único que veo es el cadáver de Fiorella.

—Es de mala suerte ver a la novia antes de la ceremonia —comenta Bertha dando un paso atrás.

—No creo en agüeros. —Antoni se abre paso entre el personal.

Trae una caja dorada y abre la tapa, revelando un vestido de novia.

—Para ti, mi bella dama. —Me lo ofrece—. Póntelo, quiero verlo.

Isabel me repara, si me quito el albornoz, me verá la herida.

—Ayuden a la nueva señora —le ordena al personal.

Antoni toma asiento en el sofá de terciopelo mientras las mujeres me rodean para meterme en el encaje blanco.

La tela se me pega al cuerpo resaltando las caderas y el busto. La cola es larga y un montón de perlas la decoran.

—Bella. —Las mujeres le abren paso.

Me acaricia los hombros, no soy capaz de mantener la cara en alto. El dolor es demasiado, al igual que las náuseas cargadas de desespero.

—¿Te gusta? —Me da un beso en la frente.

Asiento, no tengo cabida para el no.

—No llores. —Me toma de las manos—. Nos casaremos y quiero una bonita sonrisa.

Hiperventilo, creo que entraré en pánico.

—No me siento bien —sollozo—. Yo… soy un desastre…

—Eso se puede solucionar, solo bastará con una pequeña dosis…

—No…, no quiero.

—Sí quieres, *amore*. —Me aparta el cabello de los hombros—. En el fondo la estás deseando.

—Sácalo de mi cuerpo…

—Chist —me calla mientras Bertha le entrega la jeringa—. No quiero usar la fuerza, no es prudente lastimarte en este estado.

Me doy la vuelta, no vale la pena luchar, ya que se saldrá con la suya de todas formas.

—Así me gusta. —Hunde la aguja en el cuello—. Obediente me gustas más.

Apoya los labios sobre mi espalda pasando los dedos por las heridas provocadas por los azotes.

—Hay que tapar esto. —Saca el velo de la caja y me lo acomoda en el cabello. Es de tul con bordes en encaje plateado y se desliza sobre mis hombros.

Me rodea colgando la jadeíta de su madre.

—Ahora sí estás completa. —Pasa las manos por mi rostro—. Te esperaré afuera, esposa mía.

La droga me tambalea y lo único que distingo es a Isabel frente a mí.

—Qué obediente —musita—. Te desearía suerte, pero sería hipócrita de mi parte sabiendo que te quedan unas cuantas horas de vida.

Se me oscurece la vista por una fracción de segundos.

—Vivimos buenos momentos. —Me toma la cara entre las manos—. De corazón te deseo una muerte feliz.

Me planta un beso en la boca.

—Nos vemos en el infierno, perra —se despide.

Me llevo la mano a la nariz cuando veo el montón de gotas rojas que caen sobre el vestido.

—¡No, no! —Bertha entra corriendo—. Manchará el vestido. ¡Traigan una toalla! ¡Hay que limpiar esto!

Lo peor de morir es saber que lo harás al lado de la gente que odias, drogada y vuelta un desastre. Limpiaron el vestido y ahora me obligan a bajar la escalera entapetada.

Las puertas están abiertas y el jardín se despliega ante mí. Aprieto el ramo de rosas rojas, el público se levanta a recibirme mientras el piano inicia la melodía. Todos sonríen como si no estuviera viviendo una pesadilla. Y pensar que mi sueño de boda era junto a Bratt con un largo y esponjoso vestido en una bonita iglesia rodeada de la gente que amo y no en el castillo, sede de trata de blancas, rodeada de criminales… Debo detener la marcha cuando el mareo no me deja avanzar a la vez que alzo la cara con los murmullos y retrocedo al ver a Brandon, Jared y Danika señalándome llenos de tierra.

«No es real», me digo a mí misma. Ellos no están aquí porque los maté cobrándome la muerte de Harry, así que ya no están. Miro la cadena de mi amigo que tengo amarrada en la muñeca, no me la he quitado desde que se la arranqué a Jared.

Levanto la cara cuando la ilusión desaparece.

Antoni me espera al lado del púlpito en tanto el dolor me acribilla la costilla, sin embargo, resisto.

Falta poco, solo debo tener paciencia.

Antoni

Llevaba noches anhelando esto, queriendo verla así: hermosa, dispuesta y lista para mí. Perdió peso, pero sigue siendo una bella ninfa. Ninfa que bailará para mí todas las noches.

Le ofrezco la mano invitándola al púlpito. Los asistentes toman asiento mientras Alessandro monta guardia paseándose entre los asientos. Beso la mano de mi esposa y el sacerdote da la bienvenida.

No dejo de mirarla. El sacerdote presenta la lectura de la eucaristía, pasamos el escrutinio y la bendición. Mi mano no deja de sostener la suya, que está fría y mientras más tiempo pasa, más le cuesta sostenerse.

El calor nos avasalla, la misa continúa. Ella se tambalea encendiendo mi preocupación e Isabel no nos pierde de vista riendo con disimulo cuando Rachel me suelta y se lleva la mano al pecho. La reparo y el rojo sangre emana de un lado manchando el vestido de novia.

—¡Señor! —Se me acerca uno de los antonegras.

—¡Ahora no! —El sacerdote sigue hablando.

El hombre de negro retrocede mirando por encima de mi cabeza y sigo el trayecto de su mirada notando que hay alguien en la cima del castillo. Entrecierro los ojos para ver con mayor claridad: están apuntando y la luz roja se centra en la cabeza de mi hermano.

—¡Alessandro! —grito. Disparan y él alcanza a apartarse.

La bala impacta contra una de las lámparas, todo el mundo se pone de pie mientras Alessandro se gira. Busco mi arma, sin embargo, es demasiado tarde, ya que un proyectil atraviesa la cabeza de mi hermano volándole los sesos.

La ira me corre al ver al hijo de puta que aplasta su cuerpo contra el piso.

—*Scusate il ritardo* —«Perdón por la tardanza», saluda en italiano.

—¿Christopher? —es lo único que susurra Rachel antes de desplomarse en el piso.

84

RESCATE

Christopher

Tomo asiento como un invitado más mientras el grupo se dispersa entre el personal. Hay todo tipo de mafiosos y criminales.

—No quiero sonar como un cobarde —murmura Patrick a mi lado—, pero estoy a nada de mearme.

—Tenemos un problema —me habla el ministro a través del auricular—: las autoridades italianas confiscaron el helicóptero.

La ola de quejas me taladra el oído.

—¡No saldremos vivos sin el helicóptero! —replica Simon.

—Abortemos la misión —repone otro.

—Nadie aborta nada —demando—. No nos vamos sin lo que venimos a buscar.

Gauna toma asiento como si no pasara nada.

—Que comience el operativo —ordena.

El sacerdote se hace presente mientras le dan los últimos toques al púlpito dejando que los invitados se acomoden.

—No le queda otra que actuar como su padre, coronel —me dice—. En casos como este la única opción es improvisar.

«Improvisar». ¿Cómo diablos se improvisa en una zona llena de criminales?

—Apáñatelas como puedas —vuelve a hablar el ministro—. Pensaré en un plan B.

Alessandro Mascherano recibe las indicaciones del sacerdote y el anillo de seguridad se despliega por la zona. Isabel Rinaldi es la más feliz riendo con todos.

Llevo años soñando con volarle la cabeza. Es la mejor arma de Antoni, se haría matar por él.

—El cuervo está bajo la mira.

Antoni entra revolviéndome el estómago. Rajarle la maldita garganta es una de mis metas. Llega al púlpito y se arrodilla frente a la cruz y se persigna cual devoto entregado. «Como si no fuera a quemarse en las llamas del infierno», me digo. Asco es lo único que da.

Los invitados se ponen de pie cuando el pianista —Scott encubierto— inicia la melodía de entrada.

—Objetivo en la mira —vuelven a avisar.

Tenso la espalda, ya que eso significa una sola cosa. Mis ojos viajan al camino lleno de rosas detallando a la mujer que acaba de aparecer.

No soy un ser emocional, pero es imposible obviar el fuego que envuelve mi tórax. Algo me obstruye la garganta con la ira innata que me nubla el razonamiento. Mi pecho es un tambor y debo empuñar las manos conteniendo las ganas de correr, tomarla y largarme de aquí.

Camina con las manos aferradas a un ramo rojo mientras el vestido blanco se le ciñe al cuerpo. No le puedo detallar la cara, ya que un fino velo cae sobre ella. No sé si la quiero, la admiro o la adoro.

Mi cuerpo la aclama al punto de no poder quitarle los ojos de encima.

—Todo el mundo preparado —ordena Parker.

Se detiene a medio camino, quedándose como una estatua mirando a la nada. Antoni la mira con auténtica adoración. «Iluso», siento pena por él y por aquellos que se creen los dueños de su amor.

El italiano baja los escalones ofreciéndole la mano y el cólera me enardece cuando ella sostiene su mano. No estoy acostumbrado a verla con otro que no sea Bratt.

—Te ama a ti —susurra Patrick—. Jamás se fijaría en él, así que concéntrate.

El sacerdote da inicio a la ceremonia mientras los soldados se reportan desde su punto.

Calculo el tiempo y me concentro en lo que hacen mis hombres, «cortar gargantas de forma silenciosa», mientras que los minutos se me hacen eternos a la espera de la señal.

Detallo los muros del castillo y los agentes ya están ahí. Alessandro se pasea concentrándose en Meredith y en Angela, una lo ignora mientras que la otra le sonríe.

—Viene para acá —masculla Oliveira.

—Dale de baja —demando.

Alan y Scott retroceden y se esconden entre los invitados cuando Alessandro intenta llamar la atención de Antoni.

—Nos descubrió —avisa Parker.

—Dale de baja —repito.

Antoni pierde la concentración cuando un escolta se le acerca, se fija en los muros soltando la mano de Rachel y…

—¡Alessandro! —le grita el mafioso a su hermano.

Retrocede y el francotirador falla a la vez que todo el mundo se pone de pie. No pienso, simplemente actúo empuñando mi arma y, sin rodeos, apunto y suelto el disparo certero que acaba con la vida de Alessandro Mascherano.

Cae y lo aplasto contra el piso sin miedo a dar la cara.

—*Scusate il ritardo* —saludo en italiano.

Rachel se vuelve hacia mí mientras que a Antoni se le desfigura el rostro cuando la ira lo avasalla.

—¿Christopher? —dice ella en un susurro antes de desplomarse en el piso.

—¡Ya, ya, ya! —gritan en el auricular.

—*Uccidilo* —«Mátenlo». Me señala Antoni.

La FEMF ataca y el tiroteo me obliga a tirarme al piso como maniobra de defensa. Antoni levanta a Rachel a la vez que los disparos no cesan y ruedo al lado de Patrick.

—¡Vayan por la teniente y larguémonos de aquí! —grita Simon en el auricular.

—Lo haríamos si no nos estuvieran asediando con balazos —replica Patrick—. No sé si no te habrás dado cuenta, pero no somos inmortales.

Nos empiezan a acorralar.

—¡Bazuca! —ordena Gauna.

—Lista en cuatro…, tres…, dos —habla Parker.

La guardia de Antoni retrocede con el artefacto mientras que Dominick suelta el proyectil, que derriba a los hombres que se quedaron atrás.

—Voy a tomarla —avisa Simon adelantándose.

Angela y Meredith lo cubren mientras la guardia sur no deja de atacar respondiendo a la FEMF. Las balas siguen rebotando en el escudo improvisado, así que saco un explosivo buscando vía libre para que Simon pueda avanzar. Lo activo y este estalla barriendo todo lo que se le atraviesa.

—Vamos a cubrir a Simon —ordeno.

La guardia está en el piso mientras que Rachel y Antoni no se ven por ningún lado. «No la puedo perder de nuevo», me digo. Capto al grupo de hombres que corre a esconderse detrás del castillo.

—¿Qué pasó con el helicóptero? —reclamo por el auricular—. ¡Alex!

—¡Me están arrestando! —ladra en mi oído.

«No me voy a ir con las manos vacías». El intercambio de proyectiles es ensordecedor y lo único que hago es disparar mientras avanzo.

Simon está metros más adelante con Laila, Angela y Alexandra. Van tan rápido que no ven a la persona que se asoma entre los muros.

—¡Cuidado! —grita Parker.

No alcanzan a escuchar, Isabel Rinaldi se asoma en la esquina con una ametralladora en mano, lista para acribillarlos. Las mujeres se tiran al piso y los disparos se entierran en el pecho de Simon derribándolo en segundos.

Por un momento dejo de moverme con la imagen de Miller siendo arrastrado a zona segura.

—¡Hija de puta! —Patrick corre al sitio con los ojos llorosos.

Isabel sigue disparando.

—¡Vuélenle la cabeza a esa maldita! —brama Patrick mientras corre—. ¡Mató a Simon!

Se le quiebra la voz, no sé de dónde saco fuerzas y de un momento a otro estoy corriendo hasta que las piernas no me dan más. La veo riendo mientras tirotea como una desquiciada, sin embargo, el contraataque de Laila la obliga a huir.

Llego a los pies de Simon, tiene los ojos cerrados y observo que hay un charco de sangre a su alrededor. No sé por dónde tomarlo y la cara de Patrick tampoco me ayuda.

Laila llega con Angela y Alexandra, ninguna es capaz de mirar al hombre que yace en el suelo.

—¡No puedo…!

—¡Díganme que alguien la mató! —Simon abre un ojo.

Le coloco las manos en el pecho, es ilógico que con tremendo ataque esté vivo, pero entiendo todo cuando las balas calientes me queman la mano.

—Pero ¡¿qué?! —exclama—. No me digan que soy el único que trae chaleco antibalas. —Medio se abre el blazer—. Solo me jodieron el brazo.

Lo ponen de pie.

—Ve por Rachel. —Se apoya en el hombro de Angela—. Moriré si no la llevo de vuelta y el chaleco no sirve con Luisa.

—Vayan al muelle —les indico.

Recibo el estado del panorama a través del auricular, la cosa no está para pensar, ya que Antoni está al otro lado del castillo. Me escabullo por los muros deteniéndome en una de las esquinas.

Hay más de cincuenta hombres aglomerados en un solo lugar. Antoni habla por el celular en la cima de la pequeña cumbre mientras empujan a Rachel a su puesto. Ella tiene las manos atadas y el vestido manchado de sangre.

Es un suicidio ir por ella, pero simplemente no tengo la fuerza de voluntad para retroceder e irme. «Yo vine por algo y no pospongo lo que me propongo».

—El radar está detectando una aeronave —me avisan.

—Explosivos —digo.

Cada uno saca el suyo.

—Es ahora o ahora —impone Gauna.

De la nada quiero hablar con Alex y Sara, como si supiera que me voy a morir sin decir todo lo que tengo atascado.

El helicóptero se oye a lo lejos mientras que Antoni levanta a Rachel y se acerca a la cima de la cumbre.

—¡Ahora! —ordeno.

Los explosivos ponen a vibrar el suelo. No hay tiempo para dejar que la conmoción pase y, labrada la distracción, me abro paso entre las llamas y el humo mientras la guardia sobreviviente arremete contra todos.

Ataco una y otra vez sin detenerme a mirar a quién le disparo, ni siquiera sé quién me está cubriendo la espalda. Solo cargo, acribillo y avanzo. «Necesito llegar a ella».

De un momento a otro me veo acorralado, sin embargo, no dejo de disparar y continúo hasta acabar con todos los cargadores que tengo. El espacio se hace pequeño y veo a Rachel cada vez más lejos cuando la aeronave de Antoni planea el aterrizaje.

—No hay salida —avisan en la línea—. Repito… No hay salida.

Las palabras arden en mis oídos y… una lluvia de balas arremete de la nada abriéndome espacio cuando el helicóptero negro sobrevuela y suelta el proyectil que derriba la aeronave que intentaba socorrer a Antoni.

—No te quedes como un imbécil —demanda Alex a través del auricular—. Ve por la teniente, maldita sea.

Bratt salta del helicóptero uniéndose a los soldados mientras el ministro se enfrenta a la segunda aeronave de los Mascherano. «Otro puto helicóptero».

—Esto es un operativo de rescate —habla el ministro en los altavoces—. El cese al fuego solo se dará con la liberación de la teniente de la Fuerza Especial Militar del FBI que responde al nombre de Rachel James Mitchels.

Los mafiosos dudan ante la amenaza cuando preparan la artillería pesada, el ministro sigue disparando y los explosivos destrozan el castillo en tanto Angelo arrastra a Antoni con él mientras los guardias alejan a Rachel del italiano.

—Cinco aeronaves se acercan por el sur —informa Patrick.

Alex sigue disparando arriba, pero lo derriban y las aspas muelen el césped cuando cae al suelo.

—¿Alex? —Me pego al intercomunicador, no escucho respuesta.

No tengo forma de devolverme con gente atacando por todos lados.

—¡Alex, repórtate, maldita sea!

—¡Estoy bien! —chilla en mi oído—. ¡Ni muerto eres capaz de llamarme como lo que soy!

Respiro.

—¡Todos a la cima! —ordena.

Antoni insiste en llevarse a Rachel mientras el tiroteo se vuelve cada vez más violento.

—¡Olvídense de la *cagna* y pónganlo a salvo! —ordena Angelo.

Antoni sabe cuando la FEMF quiere acaba con todo y por ello la mira por última vez antes de soltarla. Una parte se despliega con el mafioso, no obstante, no nos dejan solos, puesto que hay mafias que se mantienen de pie por muy acabadas que estén. El italiano aborda el helicóptero dejando a Rachel y logro abrirme paso hasta llegar a su puesto.

—¡Rachel! —La levanto.

No me mira, está demasiado desorientada.

—Anda. —Busco la manera de ponerla a salvo, pero me termina empujando.

—No eres real —susurra con lágrimas en los ojos—. Solo eres una alucinación.

Cae al suelo tapándose los oídos.

—Soy yo. —Le tomo la cara entre las manos—. Mírame. ¡Estoy aquí!

—No —llora—. Aléjate…

—¡Solo mírame! —La obligo.

No es la misma, los ojos que conocí no son los mismos que veo ahora. Está demacrada, absorta y moribunda. Se lleva la mano a las costillas y…

—¡Apártate! —Vuelve a empujarme y es Bratt el que la atrapa cuando intenta huir.

—Vine por ti. —La abraza—. Todo estará bien, calma.

Gauna y Alex le abren paso a la tropa que se aglomera en la cumbre.

Bratt sujeta a Rachel. Patrick Dominick, Laila, Alexa, Gauna… Todos están listos para lo que sigue.

—Espero que todos sepan nadar.

Miro lo que tengo atrás, el mar embravecido choca contra la cumbre.

—No me lanzaré por ahí —protesta Bratt.

—Como quieras —Alex saca un explosivo—, entrega a la chica y quédate.

El contraataque es inminente y a lo lejos se ven los helicópteros que vienen a acabar la tarea.

—Si no nos ahoga el mar, nos matará la onda explosiva que van a arrojar.

La lancha de rescate se acerca, por lo tanto tenemos que huir, así que le arrebato a Rachel de los brazos.

—Espera —se opone Bratt.

Parker lo empuja, un explosivo estalla a pocos metros y sujeto a Rachel contra mi pecho. Cierro los ojos antes de lanzarme al vacío. El dolor de la caída me perfora las costillas en tanto el agua me arrebata a la teniente de las manos, mientras que las olas me hunden cortándome el paso del aire. Lucho contra la corriente helada y logro impulsarme hacia arriba.

No veo a nadie.

—¡Rachel! —Vuelvo a sumergirme.

La corriente es fuerte, para colmo, ella no posee las facultades para nadar debido a su estado. Vuelvo a sacar la cabeza y Alex aparece en mi campo de visión sosteniendo a Rachel mientras se dirige nadando hacia la lancha de rescate.

Me apresuro al sitio. Bratt, Laila, Alexandra, Gauna, Parker, Simon y Patrick ya están allí junto con los otros soldados. Los médicos rodean a la teniente brindándole primeros auxilios.

—¡No está respirando! —reclama Bratt.

El masaje cardiopulmonar no funciona.

—No responde —dice el paramédico mientras le cortan el vestido y la secan en nanosegundos—. ¡Traigan el carro de paro y la adrenalina!

Le clavan una aguja en el brazo y repiten las maniobras de reanimación. No despierta.

—¡La estamos perdiendo!

Laila se tira a sus pies.

—¡Rachel, despierta! —le exige.

Meredith la toma de los hombros para que se aparte.

—¡Todo el mundo atrás! —ordenan abriéndole paso al desfibrilador.

Me quedo inmóvil al ver que lo intentan tres veces y nada. Siento como si me taladraran por dentro cuando el paramédico no consigue los resultados que quiero. Mira a Alex sacudiendo la cabeza en señal de negación y es ahí cuando siento que el mundo es una completa mierda sin ella.

—La perdimos —declara.

Los llantos y los gritos de los allegados son el puñal que me taja el tórax.

—Inténtalo de nuevo—ordeno.

—¡Se ha ido…!

Me le abalanzo encima tomándolo del cuello.

—¡Que lo intentes de nuevo! —le grito—. ¡Ponle las dosis que tengas que ponerle, pero necesito que despierte!

—¡Christopher! —Alex se acerca por un lado.

—¡No! —le ladro—. ¡No intentes consolarme, porque no va a morir!

El paramédico repite la maniobra, le coloca otra inyección y vuelve a conectar el desfibrilador.

Miro a mi alrededor y la mayoría de los soldados ya está dando todo por perdido cuando no reacciona. Bratt aparta la cara para que no lo vean llorando y yo no acepto nada de lo que está pasando.

—¡Rachel! —La tomo de los hombros—. ¡Rachel, abre los ojos!

Estoy temblando con ella así, es como si me estuvieran matando lentamente. Soy incapaz de resignarme a esto, a vivir sabiendo que lo jodí y que no la volveré a ver.

—¡Despierta! —le grito en medio del desespero—. Nena…

El ahogo calla mis palabras y sujeto su cara apoyando mi frente contra la suya.

—Rachel, por favor…

Su silencio acaba con mi razonamiento a tal punto de empezar a reanimarla. Le doy respiración boca a boca, aplico todas las maniobras que sé y no la suelto, así como tampoco me resigno.

—¡El desfibrilador! —ordeno—. ¡Ponle toda la carga!

—Señor, todo tiene un protocolo y…

—¡Que lo coloques!

—¡Basta, Christopher! —Se mete Bratt queriendo que la suelte.

—¡No! —espeto con rabia—. ¡Resígnate tú, pero yo no!

Se me vuelve a atravesar y desenfundo el arma.

—Reanímala. —Me tiembla la mano mientras apunto.

—¡Ministro! —exclama el paramédico al ver la cara de Bratt.

—¡Reanímala! —Le coloco el cañón en la frente.

—¡Christopher! —interviene Alex.

—¡Calla! —le grito—. No me importa que tengas más autoridad que yo, tiene que reanimarla hasta que despierte porque no la voy a dejar morir.

Respira hondo.

—¡Señor! —El paramédico lo mira nervioso.

—¡Acata la puta orden antes de que te vuele los sesos! —contesta Alex.

El aparato emite un pitido cuando alcanza la máxima potencia. Me aparto, vuelven a rodearla y el pecho le salta cuando repiten la maniobra dos veces.

Tiene que despertar porque tengo mil cosas por decirle, cientos de castigos que imponerle, tengo que regañarla por haber sido una estúpida con ínfulas de héroe, por mentirme… Debe saber que…

El paramédico se coloca el estetoscopio mientras le toma la muñeca revisando los signos vitales.

—¡Tenemos pulso! —avisa—. Débil, pero lo tenemos.

Ella tose expulsando agua por la boca y no contengo el impulso de irme contra ella.

—Joder, te amo tanto… —Le lleno la cara de besos—. No hagas más estupideces.

—Dios, no puede ser —susurran a mi espalda.

La abrazo con fuerza como si me la fueran a arrebatar, jurándome no permitir que tal cosa suceda jamás.

—¿Morí? —susurra.

—Jamás dejaría que pase.

La abrazo y vuelve a desmayarse.

85

CONSECUENCIAS

Christopher

5 de noviembre de 2017
Londres, Inglaterra
Siete días después

El equipo de seguridad se despliega por la zona hospitalaria, me abren la puerta de la camioneta, hay cámaras periodísticas y francotiradores en cada esquina. Miro el reloj, ya falta poco para que se acabe la hora de visitas.

Recorro el pasillo encaminado al área de cuidados intensivos. El perímetro está lleno de policías y agentes encubiertos que me guían al área protegida.

Me planto frente al vidrio. No fue una semana fácil, Rachel casi muere, Antoni escapó y por poco no puedo salir de Italia; para colmo, tengo a la prensa y al Consejo encima. Acabé de llegar a Londres y las citaciones no han dado espera.

Los Mascherano están valiéndose del poder que tienen por ser los líderes de la pirámide, y la FEMF ha tenido que disfrazarse para combatirlo; les hacemos frente como la DEA, la Interpol y el FBI.

Las centrales quieren escuchar las declaraciones de Rachel, ya que la prensa se dedicó a mancharle el nombre con acusaciones amarillistas que empeoran su situación inventando un presunto romance con Antoni. La acusan de poner a Londres bajo la mira de los mafiosos. No alcanzó a casarse con el italiano, pero muchos especulan y aseguran que es su pareja y que tarde o temprano vendrá por ella.

Los ataques por parte del italiano son cada vez más violentos. Le quité a Rachel, Isabel lo abandonó, Alessandro murió y Philipe sigue desaparecido. No está dando puntada sin hilo y cree que la teniente le pertenece.

A ella le indujeron un coma farmacológico porque la herida que tenía le desató una hemorragia interna y tampoco quedó bien después de la agresiva reanimación a la que la sometí. No me puedo acercar a ella, ya que por órdenes internas solo tiene permitido la visita de sus padres. Después de la reanimación la Marina nos prestó servicios médicos más avanzados. La sedaron y la subieron a una avioneta que la trajo acá. Londres es nuestro refugio más seguro y el ministro no dudó en ponerla a salvo.

La observo a través del vidrio, está rodeada de monitores. «No ha despertado todavía», me digo.

Rick no le suelta la mano mientras su madre le cepilla el cabello a un lado de la cama. El agotamiento se hace presente, tengo los músculos tensos y adoloridos. Me la he pasado de aquí para allá planeando, ideando y contraatacando, ya que la pirámide me está respirando en la nuca por meterme con el líder.

—Te ves fatal —comenta Alex a mi espalda.

Miro mi reflejo en el vidrio de la ventana, el cansancio se nota a leguas y llevo días sin dormir.

—Las guerras no dan tiempo para acicalarse.

Bratt aparece en el pasillo.

—Lewis sí que es persistente. —Alex lo mira—. Lleva toda la semana aquí. Me pregunto si no tiene alguna compañía militar que liderar, se supone que estamos bajo la mira.

—Está enamorado y con eso se escuda para perder el tiempo.

—Tú también y es la primera vez que te apareces en toda la semana.

—¿Me reclamas?

—Para nada, solo hago conclusiones simples; él es el claro ejemplo de hombre ejemplar, el cual se sacrifica hasta el último momento con la esperanza de quedarse con la chica. —Se acomoda las mangas—. En cambio, tú eres el que interpone un mundo ante los sentimientos. Como la tienes garantizada te vale mierda lo que pase a su alrededor.

—No hables de lo que no sabes.

No es que me valga mierda, simplemente no puedo quedarme de brazos cruzados teniendo una manada de maniáticos armando guerras. A diferencia de Bratt, yo sí sé a lo que me estoy enfrentando.

—La sacarán del coma —continúa Alex—. Suspenderán el medicamento mañana en la mañana.

—Quiero entrar.

—No —me corta—. Se dictaminaron reglas y hay que cumplirlas. Como ministro no puedo actuar de forma imparcial y el Consejo tiene razón al querer mantenerla alejada mientras se esclarece qué fue lo que realmente pasó con el italiano.

Bratt se levanta cuando ve salir a los padres de Rachel.

—¿Cómo está? —pregunta.

—Igual. —Luciana lo abraza.

—Váyanse a descansar —ordena Alex—. No podrán verla hasta nueva orden, sin embargo, intentaré mantenerlos al tanto de cualquier novedad.

Rick se vuelve hacia mí antes de macharse.

—¿Hay noticias sobre Antoni Mascherano? —Luciana respalda la pregunta.

—¿Tú eres el coronel? —replica—. ¿Fuiste el que la envió a Rusia?

—Luciana… —interviene Rick.

—No lo voy a dejar pasar —afirma—. Todo esto es su culpa, la envió a ese operativo de porquería.

—No la envié, ella se postuló —aclaro.

Las lágrimas le inundan los ojos.

—Mi hija fue torturada por un asesino y solo dicen «ella se postuló». Se lavan las manos sabiendo que era su trabajo evitar que la encontraran —me reclama—. La maltrató, la drogó y eso es algo que la entidad nunca logrará compensar.

—No tenemos la culpa de eso, Luciana —interviene Alex—. Si no fuera por Christopher estaría encerrada todavía.

—No pierdas el tiempo. —Bratt la toma del brazo—. No le dará importancia a lo que dices, ya que solo se preocupa por él.

Lo veo como la asquerosa cucaracha que es. Juro que, si sigue así, terminaré pegándole un tiro.

—La camioneta está lista —avisa uno de los escoltas.

—Te acompaño —se ofrece Bratt.

—Los alcanzaré dentro de un minuto —informa Rick y espera que su esposa se marche con Bratt.

—No tengo novedades sobre Antoni Mascherano —hablo antes de que vuelva a preguntar.

—Gracias. —Se le ve cansado—. Perdona a mi esposa, no conoce a Rachel tanto como yo, no sabe lo terca que es.

—No importa. —Alex le palmea la espalda—. Todos estamos tensos.

Asiente.

—La palabra «tensión» no abarca la preocupación y la frustración que tengo. En menos de nada pasamos de ser una familia tranquila a estar con el corazón en la mano orando por Rachel —contesta Rick—. Decidió guardarse todo…, y eso me pone a pensar qué tan buen padre soy. No sabía que mi hija era asediada por un criminal, no tenía idea de que poseía un escuadrón de hombres como escoltas…, ni siquiera sabía que ya no tenía nada con Bratt.

Guardo silencio, si sabe lo de Bratt es porque sabe sobre lo nuestro. No es que haya disimulado mucho a la hora de besarla frente a los soldados.

—Estamos en peligro —continúa—. Tengo a Emma y a Sam encerradas. No sé qué hacer con Rachel y temo que la encarcelen por traición.

—Eso no va a pasar —asevero—. Seguirá siendo lo que es, una teniente de la FEMF.

Asiente.

—Eso espero.

—Ve a descansar —le dice Alex—. Haré lo que esté en mis manos para que todo salga bien.

Se abrazan antes de irse. La cabeza me palpita y lo único que pienso es que Antoni no puede tocarla si está conmigo. Recuesto la frente sobre la ventana. Necesito que despierte, que hable y que diga lo que tiene que decir para que dejen de joderla.

—¿Café?

Es Patrick con dos vasos en la mano. El ministro recibe una llamada que lo mueve al fondo del pasillo. Yo, por mi parte, tomo el vaso y me voy al sofá de la sala de espera.

—Habla —pido.

—No sé por dónde empezar —empieza—. Creo que me odiarás por no darte la información completa las veces que llamaste.

—¿Qué?

—Omití detalles. —Se deja caer a mi lado—. La recuperación de Rachel es más complicada de lo que pensábamos.

—Por supuesto que no será fácil, estuvo a punto de morir.

—La vi antes de que la sometieran al coma. La Rachel que vi no es ni el reflejo de la que conocíamos.

Se me cierra la garganta. Sé de lo que habla y no quiero oírlo.

—¿Y qué esperabas ver? ¿A Heidi en la pradera? Fue drogada por un hijo de puta, es obvio que no es la misma. Necesita ayuda profesional.

—Es una adicta, Christopher —me corta—. El trauma no es nada comparado con el desastre que el HACOC causó en su sistema.

Conozco el funcionamiento de la droga, lo he visto, es un parásito que te carcome por dentro.

—La vi... —titubea—. La vi cuando despertó del sedante... Alucinaba, decía incoherencias mientras la aclamaba a gritos. Los efectos habían pasado y ambos sabemos lo que pasa cuando te dejas someter.

«Adicta». De ese tipo de droga no se sale fácilmente.

—Me encargaré.

Asiente pasándose la mano por el cuello.

—Hora de irse —avisa Alex—. El Consejo te espera mañana temprano y no puedes presentarte así.

Estoy a nada de echar todo a la mierda.

—Alisten las camionetas —les ordeno a los escoltas— y despejen el camino que lleva al comando.

—No —se opone Alex—. Te vas a tu casa a descansar. Eres un coronel y no te estás viendo como tal.

—No soy un crío el cual puedes mandar como se te antoja. —Me pongo de pie.

—No, pero sí soy tu superior y las órdenes de los superiores se respetan. —Dos hombres se me posan a la espalda—. No hagas que te lleve a la fuerza.

Sinceramente no tengo ganas de pelear, así que simplemente me encamino hacia la salida. Las camionetas esperan con las puertas abiertas, me coloco el chaleco antibalas y salgo a la acera rodeado de cuatro hombres.

«Espero que esta mierda acabe rápido».

—Al fondo, muñequito. —Alex se desliza en el asiento de cuero.

—¡¿Qué haces?! —Odio cuando se toma el papel demasiado en serio—. Estoy acatando la orden.

—Me aseguraré de que sea así. —Se ubica a mi lado—. A Hempstead.

Le ordena al conductor. Lo ignoro y simplemente saco la MacBook trazando el plan que seguir mientras envío los mensajes que se requieren. Debo armar una fortaleza, así que tomaré uno de mis inmuebles fuera de Londres, lo reforzaré con toda la seguridad posible y voy a recluir a Rachel por el tiempo que sea necesario.

Puedo brindarle el médico o psicólogo que necesite. Le dejo un mensaje a la única persona que puede ayudarme en esto.

—Supongo que le invitarás un trago a tu preocupado padre —habla Alex cuando la camioneta se estaciona frente a mi edificio.

—Supones mal. —Recojo mis pertenencias—. Ya llegué, ya puedes irte.

—Subiré de todos modos.

Me atropella cuando pasa.

—Me tomé la molestia de equiparte con el mejor equipo de protección —dice cuando estamos adentro—. Ahora tu casa es un búnker impenetrable.

Subimos al ascensor.

—Te daría las gracias, pero hiciste exactamente lo que la FEMF tenía que hacer por recta obligación.

—Parece que hubieses sido criado por trogloditas.

—Por trogloditas no. —Se abren las puertas del ascensor—. Por ti sí.

Rueda los ojos siguiéndome hacia el vestíbulo y freno el paso cuando detallo el entorno que nos rodea.

La sala está llena de cuadros, también hay muebles nuevos que obviamente no compré.

—¿Christopher? —Marie se asoma en el vestíbulo.

—¿Qué diablos está pasando?

—Cielo —Sabrina aparece detrás—, ¡al fin llegas!

No la reconozco, ya que no trae una gota de maquillaje. Tiene un vestido floreado y sandalias bajas, no hay el más mínimo rastro de la presumida y elegante mujer con la que me casé.

—¡Alex! —Se arroja a los brazos de mi papá—. Qué gusto tenerte de visita.

El ministro voltea a mirarme con el cejo fruncido.

—¿Qué haces aquí? —Trato de mantener la compostura.

Me planta un beso en los labios.

—Viniste con buen sentido del humor… Soy tu esposa, ¿dónde más tendría que estar?

Marie me indica que me calme mientras Sabrina me abraza como si fuéramos una pareja común y corriente.

—Te preparé la cena.

—Sabrina…

Me ignora y se va al comedor.

—Llegó hace tres días —explica Marie en voz baja—, intenté sacarla, pero ha perdido la razón. Trajo sus cosas, echó a Miranda y se posicionó como la señora de la casa. Christopher, necesita ayuda, cree que tiene una hija contigo.

—¿Esta es tu fortaleza? —le reclamo a Alex.

—Por favor, nadie le va a impedir el paso a tu esposa. Se supone que estás casado.

—Tomen asiento —pide desde la cocina.

«Lo único que me faltaba», pienso, una loca desquiciada jugando a ser mi mujer.

—Llamaré a los escoltas para que la saquen.

—¡Espera! —me detiene Marie—. Ella no está bien, necesita ayuda médica, así que no puedes sacarla así porque sí. Es peligroso.

—La mesa está lista. —Vuelve a asomarse.

Marie y Alex le siguen la corriente mientras la sigo a la cocina. «Está lavando utensilios en el fregadero».

—¿Qué tal el viaje? —No me mira—. Nuestra pequeña te extraña.

—¿De qué hablas? —pregunto, y se ríe.

—¿Te vas una semana y te olvidas de que tienes una hija? Por eso nos casamos, Christopher.

«¡Maldita sea!», exclamo para mis adentros. Mi paciencia inicia su conteo regresivo.

—Busca tus cosas, que te llevaré a tu casa.

—Esta es mi casa. —Sonríe.

—No estoy para esto…

—No seas grosero. Despertarás a…

—¡No tenemos una hija!

Estrella el vaso contra el fregadero.

—¡Sí la tenemos! —grita y vuelve a calmarse—. No empieces con lo mismo.

Marie y Alex entran preocupados.

—Perdón —sonríe—, se me resbaló el vaso. Vayan a la mesa, que yo iré dentro de un momento.

Se arremanga las mangas del vestido y recoge los fragmentos de vidrio. Me deja sin habla cuando detallo las muñecas marcadas.

Alex me pone la mano en la espalda para que lo siga. Quiero tenerle paciencia, pero me es imposible, ya que la detesto demasiado. Le envío un mensaje a Bratt para que venga por ella.

Tomo asiento en la mesa decorada con flores. Era obvio que no lo tomaría bien, los cotilleos vuelan. Me imagino que fue la primera en enterarse sobre lo que pasó con Rachel.

Todos guardan silencio cuando comienza a servir la comida. Por mi parte no pruebo nada, tengo demasiados problemas en este momento como para lidiar con la pesadilla de los Lewis.

—Planeé un itinerario en familia. —Sirve el vino—. Sería un gusto contar con tu compañía.

Alex me mira confundido.

—Puedes invitar a Sara si quieres.

—Te ves cansada —dice Marie—. Deberías recostarte un rato, yo me ocupo de lo que haga falta.

—Me siento bien, gracias, Marie.

Aparto la cara cuando se inclina intentando besarme.

—Siéntate —le ordeno.

—¿No te gustó la comida? Porque puedo prepararte otra cosa.

—No quiero que me prepares nada.

—¿Te traigo otro vino?

—¡No!

—Quieres que…

—¡Quiero que te vayas! —exploto.

—Amor…

—No me digas amor porque no somos nada. —Pierdo la poca paciencia que me quedaba—. ¡Estamos en un jodido proceso de divorcio!

—Traeré el postre —me ignora.

La tomo de los hombros y la vuelvo a sentar.

—¡Necesitas ayuda!

—¿Con qué? —gruñe—. ¿Con tus mujerzuelas? No me importa, ¿sabes? Ellas son solo eso, mujerzuelas que no amas.

—Estás mal de la cabeza.

Intenta besarme de nuevo logrando que abandone la mesa. «Esto ya es demasiado». Me sigue como la maldita loca que es.

—Hablemos. —Intenta despojarme de la chaqueta.

—No me toques. —La aparto.

—Christopher, despertarás a la bebé.

—¡No tenemos ninguna bebé!

Niega pegando la espalda contra la pared.

—Ella te está poniendo en mi contra, ¿cierto?

—Te llevaré a tu casa. —La tomo del brazo.

—¡No! —Me empuja—. Si me voy, la meterás aquí y no puedo dejar que eso pase. ¡Engañó a mi hermano! ¡Ahora quiere engañarte a ti! Esa malnacida quiere arruinarme la vida.

Se encierra en la habitación de huéspedes. Estrello el puño contra la pared. «Los Lewis son una plaga», pienso.

Vuelvo a la sala y Alex me ofrece un coñac para que me calme.

—La próxima vez verifica que tu futura esposa no tenga tendencias suicidas. —Se deja caer en el sofá—. Nunca me agradó esa mujer.

—Me preocupa que pueda cometer una locura —comenta Marie.

—¡No sé cómo diablos se te ocurrió dejarla entrar! Ahora no podré quitármela de encima.

Vuelvo a enviarle un mensaje a Bratt.

—¡Por Dios! Esa pobre mujer está al borde de la locura y lo único que te preocupa es que no podrás quitártela de encima —me regaña—. Ten un poco de corazón.

—¿Qué pretendes que haga? ¿Que renueve nuestros votos y la lleve a recorrer el mundo para que se le quite la locura?

—Solo necesita de un poco de atención, no te cuesta nada dársela.

—¡Me cuesta porque no la quiero en mi vida!

—Claro, a ella no puedes darle nada, pero a esa malnacida…

—No es «esa malnacida», es Rachel James, y no te acepto que la insultes. Si tanto te preocupa Sabrina, encárgate tú y no pretendas que me haga cargo de lo que no me corresponde.

—Te desconozco.

—No seas dramática —interviene Alex—. Nadie tiene que estar con nadie por lástima, si está loca no es problema de mi hijo.

—Miren quién lo dice: el cínico mayor.

Tocan a la puerta.

—Déjate de insultos y ve a abrir —contradice Alex—. Así pararás de opinar donde nadie te dio palabra.

Obedece mirándolo mal. Para Alex, Marie es una empleada más.

—¿Dónde está? —Bratt atropella a Marie cuando le abre—. ¡¿Qué le hiciste?!

—¿Bratt? —Sabrina se asoma en el vestíbulo—. ¡Qué alegría verte!

Se arroja hacia los brazos de su hermano.

—¿Estás bien? —La revisa—. ¡Mamá y papá están preocupados, ya que llevan tres días sin saber de ti!

—Estoy bien, solo que he estado aquí en casa cuidando de mi familia.

—Vete a casa con tu hermano —sugiere Alex—. Necesitas tiempo a solas.

—No voy a dejar a mi marido. —Toma la mano de su hermano—. Ven, a la pequeña bebé le gustará verte.

Lo guía a la habitación de huéspedes, la cual está llena de juguetes y biberones.

—Despierta, bebita —le habla a una muñeca—, tío Bratt quiere verte.

Todos se miran entre sí. Alza el juguete como si fuera de verdad.

—Acérquense —pide.

—Eso no es un bebé, Sabrina. —No tengo paciencia para esto.

—Tómala, Bratt. —Me ignora.

—Sabrina… —se le atascan las palabras—, nunca has estado embarazada.

Niega.

—Entonces ¿esto qué es? Dejen de mirarme como si estuviera loca.

—¡Estás loca! —Pierdo el control—. Deja la payasada y lárgate de mi casa.

—¡No le hables así! —Bratt se viene contra mí—. ¡Necesita de la ayuda de todos, menudo imbécil!

—¡No me incluyas en los planes! —Lo empujo—. Llévatela antes de que llame a los de seguridad.

Me estrella contra la lámpara al lanzarme un puñetazo en la mandíbula y me quedo con el velador preparándome para estampárselo en el cráneo.

Sabrina sale corriendo a la vez que Marie intenta detenerla.

—¡Basta! —Alex se me atraviesa—. ¡No hay tiempo para disputas!

Bratt sigue a su hermana, que termina encerrándose en el baño.

—Abre la puerta —le suplica—. Vámonos a casa.

—¡No! —chilla—. También te dejaste lavar la cabeza por esa puta. Les lavó la cabeza a todos y ahora quieren encerrarme.

—Escúchame —insiste Bratt—. Nadie quiere hacerte daño, solo quiero llevarte a casa para que hablemos.

—Quiero quedarme con mi marido.

—Sal. —Marie se pega a la madera—. Lo único que queremos es ayudarte.

—Sabrina…

—¡No! —se le quiebra la voz—. Llevo tres días aquí y ni siquiera te acordabas de mi existencia, nadie lo hizo porque todos están preocupados por la pobre Rachel. Quieren protegerla del mundo para que nadie la lastime, pero ¿qué hay de mí? También estoy herida, ya que me quitó a mi hermano y a mi marido, y arruinó mi matrimonio. La defienden sin darse cuenta de los que sufren por su culpa.

—¡Abre la puerta! —le exijo.

—Es la única forma de que se centren en mí y no en ella. Engañó a mi hermano y míralo, sigue tras ella como si fuera la única mujer en el mundo —solloza al otro lado—. Mírate tú, faltó que te hiciera una buena mamada para que dieras la vida por salvarla cuando nunca has movido un solo dedo por mí. Pero claro, es el tipo de cosas que se hacen cuando se está enamorado… El sentimiento te transformó tanto que fuiste capaz de gritarle tu amor delante de todos dejándome por el suelo, como si nuestro matrimonio no valiera lo más mínimo.

Rompen un vidrio.

—¡No quiero una vida así! ¡No quiero vivir sabiendo que se robaron mi final feliz!

—Atrás. —Los empujo a todos y abro la puerta con una patada.

Está sentada en el borde de la bañera cortándose las muñecas con fuerza y la sangre inunda el piso en tanto ella cae desmayada.

—¡Por Dios! —exclama Marie aterrorizada.

—Solo quiero que me ames. —La levanto—. No te cuesta nada darme un poco de tu amor.

La sangre me empapa la ropa y Alex corre por una toalla.

—¡Sabrina! —llora Bratt—. ¡Llamen a una ambulancia!

La alzo en brazos y la hemorragia no se contiene… La sangre mancha la alfombra mientras la saco.

Es Alex quien le hace presión en las heridas.

—Preparen las camionetas —les ordeno a los escoltas. Que me echen la culpa de su muerte es algo que definitivamente no voy a asumir.

La dejo en el asiento trasero, Alex se pone al volante mientras Bratt sube conmigo. La presión no sirve de nada, ya que no logro contener la hemorragia.

—Resiste, por favor —solloza Bratt cubriéndole las heridas.

Alex se abre paso en el tráfico con urgencia debido a que las cortadas fueron bastante violentas.

—Tengo mucho miedo —susurra ella mientras Bratt la cubre con la chaqueta.

Las llantas de la camioneta derrapan sobre el pavimento cuando Alex invade la zona de ambulancias del hospital Hampstead.

Grita pidiendo ayuda. Los camilleros y los enfermeros vienen con una camilla y se la llevan apresurados hacia urgencias. Los próximos treinta minutos están llenos de preguntas, órdenes y papeleos. Bratt se pasea de aquí para allá suplicando por que no la dejen morir mientras que yo lo anhelo como agua en el desierto para ver si así me la quito de encima de una vez por todas.

La médico de turno sale dos horas después. Alex se tuvo que ir, ya que la FEMF lo necesita en el comando y Marie llegó hace una hora con un bolso de ropa y cosas para Sabrina.

—Logramos contener la hemorragia —explica la doctora—. Le tuvimos que realizar una transfusión sanguínea. Las heridas fueron profundas y la de la mano izquierda alcanzó a tocar el hueso de la muñeca. Está bajo observación, no sabemos si el Gambramol puede causar efectos adversos en la recuperación.

—¿Gambramol? —pregunta Bratt limpiándose los ojos.

—Sí, la paciente lleva meses consumiendo el medicamento, lo detecté en los análisis de sangre. Lo raro es que el historial clínico no muestra que se lo hayan medicado.

—¿Y para qué es?

—Es recetado en pequeñas dosis para pacientes con un alto nivel de depresión. No se usa mucho, ya que en altas dosis deteriora el sistema cardiovascular de la persona. En pocas palabras, puede causarle una muerte lenta.

—No sufre de depresión.

—El que no sepan que lo consume me hace pensar que Sabrina quería suicidarse hace mucho tiempo.

Marie abraza a Bratt dándole consuelo.

—Le diré al psiquiatra que revise el caso —continúa la doctora—. Según como describen los hechos, puede que no estemos lidiando solo con depresión, ya que hay indicios de un trastorno más grave.

—Gracias.

—Los tendré al tanto del dictamen —se despide la doctora.

—No les he avisado a mis padres. —Bratt se revisa los bolsillos—. No sé dónde dejé mi teléfono.

—Yo me encargo —se ofrece Marie—. Los llamaré y les diré que estás aquí.

Nos deja solos. Él se deja caer en la silla cubriéndose la cara con las manos.

—Supongo que ya estarás contento. —Se limpia el rostro—. Acabaste con lo poco que me quedaba.

Lo miro derrotado y cubierto de sangre.

—Otra víctima que sumarle a tu lista.

—Si buscas que me sienta mal, pierdes tu tiempo.

Me encara.

—Aniquilaste todo lo que me importaba. —La voz le sale rota—. Con la que era mi novia y con mi familia. ¿Crees que estaremos bien con lo que le acaba de suceder? ¿Que tendremos paz sabiendo que lleva meses queriendo suicidarse?

—Lamento tu mala suerte, pero no es mi culpa que tanto tú como Sabrina no entiendan el significado del «se acabó».

—Eres un…

—No he terminado —lo interrumpo—. Sí, tienes razón al decir que está así por mi culpa, sin embargo, reconoce que fueron ustedes los que la metieron en mi vida a la fuerza y fueron ustedes los que insistieron para que nos casáramos. Así que no sé con qué cara me reclamas sabiendo que las cosas serían así, ya que nunca la iba a querer.

—Porque nunca lo intentaste, nunca te esforzaste por que fuera feliz.

—¿Para qué si no me interesaba? No soy un puto Santa Claus repartidor de felicidad. Si querías que lo fuera, tenías que alejarla de mí, no darle falsas esperanzas.

—¿Y qué hay con Rachel? ¿Dirás que te la puse en bandeja de plata? Porque no fue solo Sabrina, también me quitaste al amor de mi vida —me recrimina—. Me la quitaste sabiendo que la amaba, sabiendo mis planes a futuro; sabías lo mucho que la quería, estuviste ahí cuando les comenté a mis amigos que quería casarme y fuiste testigo de todo.

Respira rápido.

—Me fui a Alemania pensando que la cuidarías y te burlaste en mi cara. Actué como un estúpido delante de todo el mundo sin saber que mi mejor amigo era quien me la había robado. El amigo para el que siempre estuve —continúa—. El amigo al que le di la mano cuando más me necesitó. Arriesgué mi vida por ti y mira cómo me pagaste, ni siquiera fuiste capaz de alejarte cuando te lo pedí, y sigues aquí, enterrándome el puñal en el pecho.

—Y te lo seguiré enterrando —le hago frente— porque no voy a irme ni a alejarme. Lamento que tu familia y tú tengan que superar sus traumas viéndome todos los días. Lamento que tengas que resignarte a que perdiste a Rachel por mi culpa. Eras mi amigo y, aunque no parezca, aprecio cada una de las cosas que hiciste por mí, creo que en el fondo te sigo teniendo en un buen concepto, pero eso no me da para irme y dejarte el camino libre. No voy a hacerme a un lado para que seas feliz.

Me empuja.

—No me pesa haberte engañado —prosigo—, como tampoco me arrepiento de lo que hice con Rachel; es más, si pudiera repetirlo, lo haría con gusto porque me gusta y la quiero para mí tanto como la quieres para ti.

Que asimile esto de una puta vez.

—Siento que toda esa elegancia y caballerosidad no la llenen lo suficiente, me apena que con todo lo buen novio que fuiste me prefiera a mí por encima de ti. Sería un hipócrita si dijera que no me alegra que me ame más a mí que a ti porque sí, me gusta que me quiera como me quiere y me gusta que, pese a lo hijo de puta que soy, siga amándome como me ama.

—¿Te escuchas? —replica—. Eres la peor escoria que se me ha podido atravesar.

—Lo siento. —Le palmeo el hombro—. No todo en la vida sale como queremos, lastimosamente te topaste conmigo, que destruyo y paso por encima de todo aquello que me estorba. De corazón deseo que Sabrina se muera. Enviaré sus cosas a tu casa.

Abandono el hospital seguido de los escoltas. Puede que se oiga feo, pero es cierto, y la verdad no se maquilla, se dice a la cara.

86

PUNTO FINAL

Rachel

6 de noviembre de 2017
Día uno

Perder a Harry es una de las cosas que me ha golpeado y es una de las cosas que más recuerdo cada vez que alucino. Veo su cuerpo entre mis brazos porque el perder a los seres que amo es una de las cosas a las que más le temo, un miedo que como soldado no he podido quitarme.

Repito el momento en mi cabeza: él y yo en el puente.

—Despierta —me dice, y no entiendo de qué habla—. Tienes que conocer a Mini-Harry y decirle a Brenda que la sigo amando como la primera vez.

Abro los ojos. No reconozco muy bien el espacio que me rodea, las luces son opacas y observo que hay una pantalla encendida frente a mí.

«El ataque reciente acabó con el hospital central de Londres y la clínica estatal de Chelsea. No se sabe qué es lo que están buscando, pero ya han incurrido en varios centros médicos —anuncian en el televisor—. Nos confirman que el acto criminal fue realizado por la mafia italiana».

Recobro los sentidos al escuchar el último término, no tengo claro si es real o no lo que estoy viendo y… Fiorella se me viene a la cabeza, las drogas, las torturas, el martirio al que me ha sometido Isabel Rinaldi.

«Sigo secuestrada, me están drogando», pienso. Intento quitarme la manguera que tengo en el brazo, pero dos enfermeras me sostienen con fuerza y estoy tan débil que no me puedo zafar.

—Cálmese. Ya no corre peligro —aseguran—. La rescataron y está recluida en el hospital militar de Londres.

Los ojos se me llenan de lágrimas, seguramente estoy alucinando. No recuerdo que nadie me haya rescatado, el sedante no se hace esperar y vuelvo a quedarme dormida hasta que una incandescente luz avasalla mis ojos.

—Rachel, despierta. —No vislumbro con claridad—. Rachel, abre los ojos.

Siento cómo me masajean las manos y los pies. Abro los ojos despacio adaptándome al cambio de luz.

—¿Dónde estoy? —pregunto.

—En Londres.

Niego.

—Soy el doctor Frederick King. —Se posa a los pies de la cama—. Estoy a cargo de tu caso.

Siento como si tuviera el cerebro lleno de agua, me cuesta pensar.

—Te rescataron en Positano hace una semana, estabas gravemente herida. Tuvimos que inducirte un coma después de ser sometida a un agresivo proceso de reanimación.

Las enfermeras me siguen masajeando las piernas.

—Mi familia… ¿Están bien?

—Sí, están bien, pero no puedes verlos. Ahora debes enfocarte en tu recuperación.

Revisa mis signos vitales antes de irse.

El día transcurre entre estímulos y estudios médicos sometiéndome una y otra vez a los mismos ejercicios. No pienso con claridad, mi cerebro no proyecta más que leves recuerdos de mi estadía con los Mascherano.

No puedo salir de la habitación, no sé si en verdad me rescataron, si es otro truco de Antoni o definitivamente enloquecí.

Las horas pasan, me cuesta dormir, encima me duele todo. Estoy ansiosa, cargada de desespero, no logro comer nada y a la una de la mañana siento que el mundo me aplasta con síntomas extraños, los cuales amenazan con hacerme perder la cabeza.

Las extremidades me pesan, la ira me tiñe, las paredes me encierran y no puedo respirar. Mi mente divaga en tanto el sudor me recorre la espalda mientras, desorientada, trato de buscar una salida. Empiezo a llorar sin motivo alguno con la absurda necesidad de querer HACOC en mi sistema. Oprimo el botón rojo para que la enfermera venga a socorrerme cuando los espasmos me retuercen en la cama, son calambres tan fuertes que me hacen chillar.

—Tranquila. —Entra el doctor.

—No me siento bien, necesito… —Mi cerebro corta las palabras.

—Calma. —Me toma de los hombros—. Es normal que te sientas así: sudoración, ansiedad, taquicardia…

Me niego a oír el diagnóstico.

—Es el síndrome de la abstención, Rachel. —Me acuesta sobre la camilla—. Solo cálmate e intenta no perder el control.

«Mi peor miedo se hizo realidad».

Estoy peor que antes; irritable, ansiosa, me cuesta controlar los ataques de ira, la tristeza y el dolor.

No dejo de sudar ni de temblar, me siento cansada todo el tiempo, hay veces que me quedo sin respirar, ya que las venas me cortan el paso del aire. El desespero es tanto que termino autolesionándome y estrellando todo lo que se me atraviesa.

La ansío, mi sistema la aclama a gritos. Nada me llena, el sedante ya no me hace efecto y, para colmo, los dolores son cada vez más fuertes. Es como si el HACOC fuera una parte de mí. Siento, que si no lo tengo, moriré en cualquier momento.

No soporto los pinchazos ni las preguntas. Lo único que quiero es irme a encontrar una solución a mi problema.

Los síntomas se han multiplicado por mil, no dejo de dar vueltas en la habitación mientras el aire me asfixia y temo que mi corazón se detenga. Me cuesta tranquilizarme y los medicamentos no hacen efecto.

Vomito todo lo que como.

—Buenos días —saluda una de las empleadas encargadas del aseo arrastrando un carro lleno de sábanas.

Los oficiales se ponen alerta, ya que no la habían visto antes.

—Permítame su identificación —exige el soldado a cargo.

—Tranquilos —pone las manos en alto—, soy nueva, no es necesario que se pongan rudos.

Le muestra el carnet y la tarjeta de acceso. El soldado verifica con el personal de seguridad antes de dejarla seguir.

—No cierre la puerta —advierten.

—La protegen más que a la propia primera dama.

Me vuelvo hacia la ventana, no estoy para chistes ni charlas, lo único que quiero es enterrarme un cuchillo en la garganta.

—Es como estar al lado de una celebridad. —Cambia las sábanas de la cama—. Nunca había visto a nadie con tanta atención.

—Termine con su trabajo y lárguese.

—El encierro no le sienta bien. —Mira hacia todos lados—. Creo saber quién es… Es la chica del mafioso, ¿cierto?

Retrocede cuando me levanto.

—¡Fuera! —amenazo a la defensiva—. Huya antes de que la metan presa.

—No quiero hacerle daño…

—Eso dijo él antes de secuestrarme.

Me encamino a la puerta.

—¡Espere! Si informa lo que dije, me meterán en prisión.

—Debió de pensar en eso antes de venir.

—No soy un peligro, solo hago el papel de mensajera —contesta nerviosa—. Me abordaron en la entrada y me advirtieron que, si no entregaba el mensaje, me matarían. —Se saca un sobre amarillo de los pechos y lo deja en la cama antes de salir corriendo.

—¿Todo bien? —Tres soldados se asoman en la puerta.

Tapo el sobre con mi cuerpo.

—Sí.

—Prepare sus cosas, que le darán el alta y, por lo tanto, debe ser trasladada al comando.

«En el comando no habrá sedantes que me mantengan cuerda», pienso. Sujeto el sobre y me lo meto bajo la sudadera cuando el soldado se va. Estoy tan acalorada y ansiosa que lo único que se me ocurre es encerrarme en el baño rogando a Dios que el contenido sea algún psicoactivo.

Es un cofre y una carta. Desenvuelvo el papel y leo el contenido.

Principessa:

Alucinas, te cuesta respirar, calmarte, dormir… Las paredes te encierran y el mundo se te hace pequeño, ya que mi creación corre por tus venas. Estás desesperada por una pequeña dosis, quieres probarla de nuevo para así acabar con el martirio creado por tu cuerpo.

Te envío la solución, solo abre el cofre y tendrás lo que tanto quieres. Míralo como una muestra de amor. Es primordial para mí que sepas lo importante que eres en mi vida y que tengo más de lo que tanto anhelas.

En la FEMF ya no eres nada, pero conmigo puedes serlo todo.

Búscame en la calle Writher, 69-44. Solo hazme llegar un mensaje y mis hombres irán a por ti.

No estoy dispuesto a perder, tenerte es una promesa que solo acabará cuando conozcamos el averno, de lo contrario, seguirás siendo mía.

Con amor,

Antoni

416

Arrugo la hoja sintiendo el pecho pesado. Mis dedos abren el estuche y, efectivamente, hay HACOC dentro de una jeringa plateada.

Los síntomas se intensifican como si olieran el compuesto químico, la garganta se me seca, las manos me sudan y el corazón se me dispara. Solo es cuestión de segundos para acabar con la tortura.

Sujeto el objeto con las manos temblorosas. Un pinchazo borrará el dolor, la ansiedad y el desespero.

—Teniente, vinieron por usted. —Tocan a la puerta.

No respondo, simplemente miro mi reflejo en el espejo. No tengo por qué tener miedo de ser una dependiente, porque ya soy una. Mi vida ya es un desastre, no soy más que las cenizas de lo que era antes.

—Teniente James, ¿está ahí? —insisten.

Me descubro el brazo con lágrimas en los ojos. «Sí estoy, pero ya no soy la teniente James», contesto para mis adentros. Clavo la aguja en mi piel.

No sé para qué quiero batallar, si de todos modos ya me había dado por vencida desde mucho antes. Mi fuerza de voluntad quedó en Positano después de ver morir a Fiorella.

—¡Teniente, abra la puerta!

La aguja fría se conecta a mi torrente sanguíneo. Cierro los ojos sintiéndome una completa basura cuando mi cerebro trae el recuerdo de lo que fui, la lucha que viví queriendo ser la mejor y ahora…

Me dejé hundir cayendo en picada, me fallé a mí misma, a mis padres, a mis sueños. Me veo recibiendo las medallas que tanto me costaron, mi espalda toca la pared mientras lucho con el mar de lágrimas que se apodera de mis ojos evocando la cara de felicidad de mi padre reiterándome lo buen soldado que he sido.

Evoco a mis hermanas y las ganas de querer ser un orgullo para ellas.

Veo a Harry con su típico: «Vamos a lograrlo porque somos los mejores».

La barbilla me tiembla mientras aprieto la jeringa que sale de mi torrente y termina volviéndose añicos en el piso. «Yo no soy una drogadicta», me repito, les he fallado a todos, pero no puedo fallarme a mí misma.

Sí, estoy cansada, sin embargo, el agotamiento no es sinónimo de derrota. Piso una y otra vez lo que queda del HACOC untándome los zapatos con el líquido. El llanto se apodera del momento sucumbiendo en el suelo, no me importa que sigan golpeando y terminen abriendo la puerta de una patada.

—¡Rachel! —Dominick entra escoltado por dos hombres—. ¡¿Estás bien?!

No sé de dónde saco fuerzas para levantarme y arrojarme en sus brazos llorando contra su hombro, dejando que me estreche con fuerza.

—No, no estoy bien —sollozo.

—Tranquila. —Me alza hasta quedar a su altura—. Todos estamos para ayudarte.

Escondo la cara en su cuello, aún tengo presente el momento de terror que viví cuando creí que lo matarían.

—No quiero estar sola. —Entrego la carta de Antoni—. Él no me va a dejar en paz.

La lee por encima.

—Me haré cargo.

—Vendrá por mí.

—Nadie dejará que eso pase. Tenemos prohibido interactuar, solo me dieron permiso para escoltarte al comando.

Asiento asimilando lo que me espera, tantas restricciones quieren decir que me están viendo como si fuera culpable. Parker me saca escoltada por siete soldados y se escabulle conmigo por las salidas de emergencia.

Me colocan un chaleco antibalas mientras que una camioneta cuatro por cuatro me espera con las puertas abiertas. Echan a andar e identifico las motos y los vehículos que me siguen de encubierto.

—¿Cuántos hombres me respaldan? —pregunto.

—Más de cuarenta, mi teniente —responde uno de los soldados.

Sonrío sin ganas.

—Como si fuera la princesa de Gales.

—Órdenes del coronel —contesta el conductor.

«El coronel», ya ni sé qué es lo que siento cada vez que lo pienso. Mi único recuerdo bonito en Positano fue haberlo visto frente al altar, si fue que lo vi. Aún no tengo claro si fue o no una alucinación. Tantas torturas y ningún trauma son capaces de borrar los recuerdos que tengo con él…

La camioneta abandona la ciudad mientras el conductor recibe llamadas constantes que le exigen su posición. Trato de mantener la calma, intento que la ansiedad y el desasosiego no me quiten el razonamiento. Recuesto la cabeza en el asiento cuando las puertas de acero reciben la camioneta blindada.

Pensé que no volvería a poner un pie aquí. Me sacan y las cámaras no tardan en aparecer: son los medios informativos de la FEMF (periódicos y canales, los cuales dan detalles de lo que sucede en nuestra organización).

—Soy Bryan Soler, mi teniente —se presenta uno de los cadetes—. Por órdenes del Consejo debo llevarla a la sala de interrogatorios, ya que estará ahí hasta nueva orden.

Asiento dejando que me escolten hacia dicha sala. Pasa la primera hora y no llega nadie, supongo que están observando mi comportamiento, asegurándose de que no tenga actitudes sospechosas.

Dos horas después entra una mujer. Es de estatura baja y luce el uniforme que la identifica con la rama de Casos Internos. La siguen los miembros del Consejo, todos menos Joset, Martha y mi papá.

—Hola, Rachel. —La mujer que no conozco se sienta frente a mí—. Soy Johana Cardona, pertenezco al Programa de Protección a Testigos y Asuntos Internos.

—No esperaba tanto público —admito.

—Sé que es incómodo, no obstante, es necesario. El Consejo inglés debe esclarecer los puntos antes de llevarte con los regentes que auditarán el juicio de auditorio laboral militar.

Regentes en un juicio significa que mi caso es de talla internacional, por ende, Londres no es el único afectado por mis actos.

—Pregunten.

—Necesito saber todo lo que sucedió con Antoni Mascherano. Estás siendo vigilada, así que asegúrate de medir muy bien las palabras.

—No tengo nada que medir.

—Te escucho.

Durante hora y media relato lo que pasó en Moscú, sobre el intento de secuestro, las amenazas e investigaciones.

Cuento con detalles lo que aconteció el día que me raptaron y las amenazas por parte de Brandon e Isabel. Relato mi intento de escape, las sesiones de tortura, la muerte de Fiorella, los planes de Antoni y lo poco que recuerdo del día de la boda. Termino vuelta un manojo de nervios apartando las lágrimas. Se sabe que estás jodido cuando hasta recordar te lastima.

Deja caer una carpeta sobre la mesa y abre mi historial clínico y lo lee en voz alta. Se me remueve todo al oír el término «adicta».

—Llevamos días investigándote —me expone—. Me cuesta creer que después de todo lo que pasaste no nos hayas traicionado y no hayas vuelto como su infiltrada.

—Tengamos en claro que los Mascherano no buscan información sobre nosotros —interviene Olimpia Muller—. Su objetivo primordial es el coronel Morgan.

—Con más razón debemos dudar, ella es uno de los agentes que más cerca tiene y tendrá —habla el más viejo de todos los del Consejo—. Antoni prometió no tocar a tus amigos. ¿Qué nos dice que no accediste? ¿Quién nos garantiza que no entregaste la cabeza del coronel a cambio de la tuya?

—Ya habría muerto de ser así. De haber accedido estaría liderando a su lado como su mano derecha y no aquí con síndrome de abstinencia después de diecisiete días bajo tortura.

—No me convences, James. —Se posa frente a mí—. Nadie soporta tanto por otro, seguramente estás escondiendo algo.

—No está escondiendo nada, señor Johnson —habla la mujer de Casos Internos—. Es usted el que no ha leído todo el expediente.

—Nos retornamos meses atrás —explica Olimpia—. Hicimos un seguimiento de tu vida pasada, estudiamos tus entradas y salidas, tu vida social, como así también los sitios que frecuentaste.

Entiendo el punto.

—Me imagino que halló la explicación de mi silencio.

—Por supuesto, por eso estás aquí y no en prisión. Eres un buen soldado, Rachel, pero no fue fácil creer que podrías encubrir a una persona con tantas cosas encima.

—No entiendo —replica Johnson enojado—. No nos podemos dejar llevar por apellidos y apariencias, tuvo que haber hablado. ¿Se tragarán el cuento de que arriesgó su vida por un superior?

—No expuso su vida por un superior —explica la representante de Casos Internos—. Arriesgó la vida por su amante.

El silencio inunda la sala.

—La teniente James y el coronel Morgan sostienen una relación extramarital hace meses. —Me mira—. ¿Me equivoco, teniente James?

Niego. Me resulta vergonzoso reconocerlo.

—Todo cobró sentido cuando lo supimos; el miedo al exilio y la insistencia del coronel por rescatarla. Confirmé que era capaz de cualquier cosa cuando vi la cinta del video del hospital militar —empieza—. Fuiste tú la que se enfrentó al capitán Lewis el día del «supuesto atentado en cuidados intensivos». Ese día no hubo ningún ataque, eras tú luchando para que no te descubrieran.

Asiento asumiendo mis actos.

—La drogaron porque no habló, escapaste y en ese momento empezaron las torturas —concluye Johanna—. Antoni se defendió atacando como pudo, pero nunca dio con los puntos débiles de nuestro ejército.

—No iba a traicionarlo ni a él, mi entidad, ni a nadie, mi apellido no tiene ese tipo de cualidades.

—La evidencia lo demuestra —termina Olimpia—. No tenemos más acusaciones por el momento.

En ese momento, las puertas se abren de par en par y dan paso a Dominick. La cara que trae no augura nada bueno cuando llama a Olimpia desde un lugar apartado.

El Consejo se dispersa rodeando al capitán mientras Johana se mantiene frente a mí. No me gusta que me miren con lástima y el Consejo lo hace a cada nada.

—Hazte cargo —ordena Olimpia indicándole a Parker que se vaya.

El capitán no me da la cara, simplemente se marcha dejándome con el corazón en la boca. «¿Qué pasó como para que todos tengan cara de tragedia?», me pregunto.

—Antoni Mascherano montó un perímetro de vigilancia sobre tus hermanas —informa Olimpia—. Están rodeadas y salir puede implicar su muerte o su rapto.

La noticia se siente como si me propinaran un golpe contundente en el cráneo.

—La dirección. —Las piernas me fallan cuando me levanto—. ¿Dónde está la carta con la dirección? Me entregaré a él de nuevo, no quiero que mi familia se involucre en esto...

—Hay soldados custodiando...

—¡Se las va a apañar, ha de estar estudiando todo ahora!

—No puedes volver. —Intentan retenerme.

—¡Va a matar a mis hermanas! —Los aparto—. Hará todo con tal de que vuelva con él.

—Ya se desplegó otro bloque de seguridad, así que cálmate.

Me encamino a la puerta, pero me cierran la salida.

—Necesito poner a salvo a mis hermanas. —Busco desarmar a alguien, pero hasta para eso estoy débil.

—No correremos el riesgo de perderte —advierte Olimpia—. Escóltenla hasta la habitación. Protegerlas es nuestro asunto.

—No prometas si no tienes la certeza de cumplir —hablo con firmeza—. Antoni no es un criminal cualquiera.

Me empujan afuera. La central es un caos con la gente que corre hacia todas las direcciones desplegándose a lo largo de la ciudad. Según escuché, cerraron todas las entradas y salidas.

Me encierran en la alcoba alejándome de todo. Se me da por encender el televisor, las noticias me ponen peor, ya que los canales ingleses anuncian los distintos grupos criminales que están entrando a la ciudad. Me está metiendo presión para que salga, eso es lo que quiere. Apago la televisión dando vueltas desesperadas, ni siquiera tengo sentido del tiempo, si son horas o minutos, no lo sé, el desespero no me deja analizar nada.

—Rachel. —Abren la puerta.

Es mi mamá la que corre a abrazarme dejando que me funda en sus brazos.

—Lo siento tanto… —sollozo en su pecho—. No quería que nada de esto pasara.

—Déjalo estar. —Me besa—. No es tu culpa, mi amor.

—Sí es mi culpa —asumo—. Por mí las tiene rodeadas.

—La culpa está de más, mi niña. —Me lleva hacia la cama.

—Si algo les pasa…

—Rick, Alex y Bratt se están haciendo cargo. Solo debemos confiar en que dejarán de estar bajo la mira.

Estoy empujando a medio mundo a la boca del lobo, ya que cientos pueden morir por mi culpa.

—¿Por qué no estás con ellas?

—La FEMF me tenía resguardada en una de las propiedades del sistema de protección a testigos —explica—. El Consejo insiste en que dé declaraciones de lo que sé, así que las dejaron a ellas en la propiedad y me trajeron a mí sola.

El aire empieza a faltarme a la vez que los efectos secundarios del HACOC se hacen presentes. Son episodios involuntarios de cinco a diez minutos donde pierdo el control de mi propio cuerpo.

—¿Estás bien? —pregunta mamá preocupada—. ¿Quieres que llame a la enfermera?

—No. —Me levanto, no quiero que me vea así—. Busca al capitán Patrick Linguini, pregúntale qué novedades hay de la situación. Él tiene contacto con los regentes, así que te dará una respuesta rápida.

Se apresura a la puerta.

—La oficina está en la tercera planta de la torre administrativa.

Asiente antes de salir corriendo. Mis músculos no sostienen el peso de mi propio cuerpo, el aire empieza a faltarme y la cara se me acalora al punto de tener que irme a echar agua al baño.

Mi madre tarda, no trae noticias y me pongo peor. «Menudo desespero de mierda que está por acabarme», me digo. Me atiborro con agua queriendo llenar los vacíos que desata la angustia y con la poca fuerza que tengo busco la manera de bañarme, me seco la cara en el baño y…

—Su suegra quiere verla, teniente —hablan afuera.

El ruido de los tacones me avisa de que ya está adentro.

—No es un buen momento. —Salgo sin mirarla.

—Déjanos solas —le ordena al soldado.

Sigo en mi lugar negándome a dar la cara, no la había visto desde el incidente en el hospital. Los tacones resuenan cuando se acerca obligándome a encararla. Nuestros ojos se encuentran y su mano impacta contra mi rostro con una sonora bofetada.

—¡Esa va por Bratt! —espeta con ira.

La piel me arde, no le basta ya que ataca mi otra mejilla con más fuerza. Un bofetón más violento, el cual me deja ardiendo la piel.

—¡Y esa es por Sabrina! —Me empuja—. ¡Te abrí las puertas de mi casa! ¿Y así me pagas? ¿Revolcándote con mi yerno?

No tengo cara para alegar ni defenderme, tiene razón. No hay justificación para lo que hice.

—¡Responde! —Vuelve a empujarme—. ¿Eso era lo mucho que amabas a Bratt?

Las lágrimas se me atascan en el pecho cuando vuelve a abofetearme.

—¡Te mereces todo lo que te pasa! ¡De haber sabido lo que hiciste, le hubiese pagado a ese maldito psicópata para que te picara como la inmundicia que eres! —grita—. ¡Tengo la esperanza de que tus hermanas sean las que paguen por el dolor de mis hijos!

Levanta la mano para golpearme, pero esta vez no llega debido a que mi madre se atraviesa.

—¡¿Qué diablos te pasa?! —La encara.

Martha no baja la guardia.

—¡¿Qué diablos me pasa?! —replica furiosa—. ¿En serio me lo preguntas? ¡Se revuelca con el marido de mi hija! —Me señala—. Se burló de mi hijo, lo engañó con su mejor amigo y encima Sabrina intentó suicidarse por culpa de tu hija.

—¡No! —Mi madre la obliga a retroceder—. ¡Ella adora a Bratt!

—¿Lo adora? —se burla Martha—. Por favor, le abrió las piernas a su amigo cuando se fue a Alemania. Se revolcaron cuando estuvimos en Hawái y se han revolcado todo este tiempo.

—Mientes…

—No miento, Luciana. Nunca había estado tan segura de algo. Todo el mundo lo sabe, pregúntale a tu marido si no me crees.

Bajo la cara cuando mi madre busca mis ojos.

—¡Dime que miente —reclama—, porque la Rachel que crie es incapaz de hacer algo así!

—¡No miento! —continúa Martha—. Tuvo la bajeza de meterse en las sábanas de otro estando con mi hijo —se le quiebra la voz—, sabiendo que Bratt daba todo por ella y que Christopher es como su hermano. Lo hiciste y no te importó arruinar el matrimonio de mi hija. La arrinconaste al borde del suicidio y en estos momentos está a punto de ser transferida a un centro psiquiátrico.

—¿Miente? —insiste mi madre—. Habla, Rachel.

—No —respiro hondo—. No miente.

Se le transforma el rostro en segundos.

—No tenía conocimiento de nada —le dice a Martha.

—Por supuesto que no, porque aparte de zorra es una manipuladora.

—Entiendo tu dolor —se recompone mi madre— y lamento lo de Sabrina, no hay palabras que quiten tu odio, pero te voy a pedir el favor de que te marches. Así como no es un buen momento para tu familia, tampoco lo es para la mía.

Martha obedece.

—Me alegro de todo lo que te pasó —confiesa desde la puerta—. Fue poco para lo que realmente te mereces.

Nos dejan solas y lleno mis pulmones de aire.

—Lo siento —susurro, no creo que tenga ojos para volver a verla.

Con veintidós años nunca la he visto con otro hombre que no sea mi papá y no me ha dado más que buenos ejemplos. Odio decepcionarla, porque parte de lo que soy es gracias a ella.

—Lo siento —repite—. ¿Es lo único que dices?

Se centra en mis ojos.

—Diga lo que diga seguirás sintiendo el mismo nivel de decepción, así que de qué me sirve decirte que no fue mi intención, que intenté evitarlo —confieso—. Nada de eso tiene sentido porque lo quise.

—Lo tenías todo. ¡¿Cómo diablos echas tu vida a la basura por un maldito que no vale la pena?! —me grita—. ¡¿Cómo carajos botas seis años de relación por un petulante que no trae más que problemas?!

—¡Llevo meses preguntándome lo mismo! Y no hay respuesta, mamá, ya que no hay justificación para lo que siento por él.

—¿Lo que sientes?

—Sí, lo que siento, no hice lo que hice por simple gusto. Si llegué tan lejos es porque lo amo…

Me cortas las palabras con una bofetada.

—¡¿Quién eres?! —espeta furiosa—. Mi hija no toma decisiones estúpidas, mi Rachel no arruina matrimonios ni pone en riesgo la vida de nadie.

El dolor se queda con los tres golpes anteriores terminando de empeorarme.

—Soy la misma que criaste con amor y buenos valores, solo que… Me enamoré de quien no debía. Quiero a Bratt, no hay un solo día en el que no me lamente el haberle fallado, pero pasó y… ¿qué puedo hacer? Mi único error fue no alejarme cuando debía.

—Te lo advertí, mil veces te supliqué que te mantuvieras a metros de los Morgan —me reprocha.

Me guardo las palabras.

—Mírate. —Retrocede—. Somos un reflejo del amor que recibimos, Rachel. Ya veo el porqué de tantas desgracias, no se puede surgir a punta de relaciones tóxicas, porque eso es Christopher Morgan. Él y su padre no son más que cerdos a los que les gusta atropellar a las mujeres —sigue—. Lo sé porque lo vi con mis propios ojos, fui testigo, vi cómo Sara sufrió por un infeliz que nunca le dio el lugar que se merecía.

Se encamina a la puerta. Ella es así, obstinada, y más cuando tiene razón.

—Hablé con tu padre. —Se vuelve hacia mí antes de cruzar el umbral—. El operativo que desplegó Bratt ahuyentó a los hombres que tenían a tus hermanas bajo la mira y las están trayendo al comando.

Se marcha dando un portazo y tomo asiento con la cara enrojecida dejando que el tiempo pase. Supongo que de tanto llorar las lágrimas se acabarán en algún momento.

—Mi teniente —avisan a la media hora—, el juicio será dentro de dos horas y le concedieron una hora para que hable con sus allegados.

El bañarme no merma el asco que siento por mí misma. Reparo las heridas: la de la pierna está casi sana; la de las costillas, no tanto, y el consuelo es que tarde o temprano cerrarán por completo. Ojalá que las del alma también cicatricen. Me visto, estando secuestrada soñé tanto con estar aquí y ahora me pregunto: «¿Para qué? ¿Para recordarme todo el daño que hice?». Mis anhelos de libertad lo único que hicieron fue poner en riesgo vidas inocentes.

Me recojo el cabello y plancho las arrugas del vestido con las manos. No tardan en venir por mí y un rayo de esperanza se enciende cuando veo a mis colegas en la sala.

—¡Raichil! —Luisa corre a arrojarse en mis brazos—. Oh, cariño, te quiero tanto…

Llora contra mi hombro.

—Tuve mucho miedo —solloza.

—Estoy bien. —La aparto.

—No me mientas. —Me toma la cara entre las manos—. Ambas sabemos que no estás bien.

Fuerzo una sonrisa.

—Estoy libre y eso es lo importante.

Vuelve a abrazarme.

Laila, Brenda, Simon, Patrick, Alexandra, Scott, Alan, Angela e Irina llenan la sala.

Todos a excepción de Brenda están vestidos con el uniforme del FBI. Arman una fila frente a mí y me abrazan uno por uno.

—No vuelvas a irte —me pide Laila con los ojos llorosos—. Y olvídate de las misiones de infiltrada.

Brenda me toma la mano.

—Por un momento pensé que...

—No me pasó nada. —Le froto el vientre—. Estoy bien.

Me avasallan con abrazos y preguntas mientras que Patrick me hace un breve resumen sobre la situación actual. Los italianos montaron un perímetro de vigilancia, de seguro querían chantajearme para que cediera.

—Lo vamos a capturar —habla Laila—. Es el propósito de todos ahora.

—No es una tarea fácil.

—No le tenemos miedo —asegura Angela—. Tú no te preocupes por nada, lo único que debe importarte es tu recuperación.

—Debemos esperar el dictamen del juicio.

—Fallarán a tu favor —me anima Scott—. Se comprobó que eres una víctima más.

—Christopher llegará dentro de un par de minutos —comenta Patrick y todos se quedan en silencio—. Será un punto a tu favor en el juicio.

Angela me acaricia el brazo.

—Su padre y sus hermanas están aquí —informa uno de los cadetes.

—Afuera —ordena Simon—. Necesita tiempo con su familia.

—Te veremos en el juicio. —Laila me besa la frente—. De aquí en adelante solo vendrán buenas noticias.

Quisiera tener aunque sea una cuarta parte de su optimismo. Me quedo con la mirada fija en la puerta cuando se marchan.

Sam es la primera en aparecer, por un momento me olvido de todo y corro hacia ella abrazándola con fuerza; Emma entra pasos atrás y la abrazo también agradecida por el tenerlas a salvo.

No me hubiese perdonado que les pasara algo y no podría vivir sabiendo que les pusieron un dedo encima por mi culpa.

—¿Están bien? —Procuro que no me vean llorar.

—Estamos bien. —No dejan de abrazarme—. ¿Y tú? Tuvimos mucho miedo...

—Ya no hay que temer.

—Nos iremos a casa, ¿cierto? —pregunta Emma—. Papá está tomando todas las medidas que se requieren.

Le limpio las lágrimas, irme a casa sería la felicidad absoluta.

—¡Rachel! —Aparece mi papá.

Emma y Sam se apartan para que pueda recibirlo, me envuelve en sus brazos y siento como si me pegaran pedazo a pedazo. No importa cuántos años tengas, ni que tan miserable te sientas, un abrazo de tus padres siempre será el mejor consuelo.

Me llena la cara de besos al tiempo que me estrecha contra su pecho.

—Si solo supieras lo mucho que te amo…

—Y yo a ti. —Le tomo la cara entre las manos.

Se ve cansado al igual que mamá.

—Lo siento, tantas cosas pasaron que…

—No importa, estás aquí y el resto del mundo puede hundirse si les apetece.

—Ahora sí estaremos bien. —Sam me frota la espalda.

Quisiera decir que sí, que estaremos bien, que todo será como antes y tendremos una vida en paz, pero sé que estoy muy lejos de eso.

—El juicio es dentro de media hora, el Consejo inglés preparó la defensa. ¿Hablaron contigo?

—Sí. —Le acaricio el rostro con los nudillos—. Me informaron de todo.

Bratt se asoma en el umbral.

—Debo ponerme presentable para el juicio. —Se aparta papá—. Te veré dentro de un par de minutos, ¿vale?

Le doy un beso en la mejilla antes de abrazar a mis hermanas.

—Vayan —las animo.

Bratt se queda recostado en la puerta, parece que hubiese perdido las ganas de vivir.

Soy yo la que se acerca a abrazarlo con fuerza, no la está pasando bien y es uno de los más afectados en todo esto.

—Gracias —susurro contra su cuello—. Gracias por actuar a tiempo.

—No estarías completa sin ellas.

Le beso la mejilla y acomodo las sillas a la hora de tomar asiento.

—No quiero preguntarte cómo estás porque ya conozco la respuesta —hablo.

—Mi vida es una mierda.

Callo.

—Creía tener la vida perfecta y de un momento a otro me convertí en esto: en un desastre a nivel personal, laboral y familiar.

—No digas eso…

—Es lo que soy, casi te pierdo, mi madre me odia y mi hermana lleva meses atentando contra su vida. ¿Qué clase de idiota no se da cuenta de algo tan importante?

—No es tu culpa, si hay un culpable aquí, soy yo. Fui yo la que te lastimé y terminó de acabar con el matrimonio de tu hermana. No tienes derecho de sentir culpa porque eres una de las mejores personas que conozco. No eres más que una víctima en esta red de mentiras.

—Tú también lo eres.

—No, en nuestro caso la mala siempre seré yo.

Respira hondo sujetando mis manos.

—El vidrio le rozó el hueso de la muñeca —le tiembla la voz—. Esta vez no fue por capricho, en verdad quería matarse.

No sé cómo consolarlo.

—Lo peor es que de todas formas la perdí... —El llanto no lo deja terminar—. La perdí porque ahora no es más que una enferma psiquiátrica la cual no puede dar dos pasos sin supervisión.

—En verdad espero que salga de esto.

—Mi talentosa hermana ahora es una desquiciada que ni siquiera sabe cómo se llama.

La culpa recae de nuevo al recordarla siendo ella. Tuviera o no problemas conmigo, nadie merece acabar de semejante manera.

—Bratt, yo... Daría todo por componerlo —me sincero—. De tener un deseo pediría acabar con tu sufrimiento.

—Vámonos —propone seguro—. Querías irte, nos marcharemos lejos, los dos solos. Cúrame con tu presencia.

Le beso la punta de la nariz.

—¿Cómo curo las heridas de otro si ni siquiera puedo curar las mías?

—Podemos ser felices, yo puedo protegerte, puedo...

—A la antigua Rachel sí, a esta no.

—Déjame intentarlo...

—Soy una adicta —le suelto—. Duele reconocerlo, pero es la verdad. Soy una adicta al HACOC, no estoy bien, ni lo estaré por mucho tiempo.

Baja la cara apagado.

—Si no es conmigo, entonces será con él. La oportunidad que me niegas se la darás al que crees amar.

Se aparta.

—¿Y dónde quedamos los lastimados? ¿Las víctimas de la tragedia? Porque seguramente te llevará a un lugar recóndito, esperará a que te recuperes, se convertirá en tu héroe y lo amarás más de lo que lo amas ya mientras mi hermana y yo nos quedamos aquí viendo cómo son felices. Nos quedamos como espectadores de la bella historia de amor que terminará en llantos e infidelidades.

—Bratt...

—Déjame terminar —me interrumpe—. Te amo, Rachel. El amor no es egoísta y te juro que no tendría problema en apartarme si tuviera la garantía de que te hará feliz, si tuviera la certeza de que no sería efímero. Me iría lejos si supiera que te daría todo el cariño y amor que te mereces, pero lamentablemente no te dará nada de eso. Por un momento creí que lo haría cuando movió cielo y tierra para encontrarte. Dudé de mis acusaciones y llegué a pensar que en verdad le importabas, hasta que lo vi con Angela un día antes del rescate. Mientras unos se preparaban para no fallar, él se dejaba chupar la polla por otra.

Ignoro la punzada que me ataca el pecho, con tantas cosas se me olvidó que él está con ella y siento rabia conmigo misma. Era obvio que mis recuerdos no eran más que alucinaciones absurdas.

—Nunca te hará feliz. Mira a mi hermana, mírame a mí… Lo queríamos y nos volvió la vida un infierno. —Saca el móvil—. Míralo con tus propios ojos.

—No, no estoy para…

—Convéncete y quítatelo de la cabeza.

Va a la galería de fotos.

—Si te amara, no haría esto. —Reproduce un video. No tiene buen enfoque, pero se pueden apreciar las figuras toqueteándose.

Los reconozco a los dos.

—No es hombre de una sola mujer y eso es algo que debes entender.

El teléfono desaparece en menos de nada volviéndose añicos contra la pared y para cuando quiero levantarme ya tienen a Bratt contra la mesa.

—¡Estoy harto de tus intromisiones! —le grita Christopher molesto—. ¡Esta es la última que te dejo pasar porque a la próxima te mato!

—¿Te pesa que le muestre lo que eres?

Le rompe la nariz con un puñetazo.

—¡Hijo de puta! —le escupe Bratt—. ¡No puedes defenderte de otra forma que no sea sacando la mierda que eres!

—¡Déjalo! —Tomo a Christopher del brazo para que lo suelte—. ¡No lo lastimes!

Bratt lucha por zafarse, pero no lo suelta, lo toma del cuello y lo inmoviliza contra la pared.

—Envidia. —Lo asfixia.

—¡Christopher!

—¡Mi actitud de mierda ha logrado más que tu papel, imbécil!

—¡Déjalo en paz!

No tengo fuerza para apartarlo, los soldados abren la puerta y…

—¡Sepárenlos! —ordeno, y toman a Christopher alejándolo de Bratt.

—¿Ese es el animal que tanto quieres? —susurra el capitán en el piso.

—No lo provoques.

—Fuera de aquí —lo echa el coronel.

—No la voy a dejar contigo.

Se rehúsa y Christopher lo termina sacando por las malas atropellando a los soldados.

—Señor, el juicio… —intentan decirle, pero no razona.

—Fuera todo el mundo. —Los saca a todos—. Nada empieza hasta que yo lo demande.

Estrella la puerta y respira hondo antes de encararme. Retrocedo cuando su mano viaja hacia mi mejilla y se enfoca en mis ojos, encendiendo la hoguera que tanto me cuesta controlar.

No puedo describir todo lo que me transmite el gris de su mirada. Es como si no le bastara con tan solo verme, es como si necesitara tocarme, abrazarme y llevarme contra él poniéndome a escuchar los latidos que retumban en su pecho, y así lo hace. Miles de emociones me avasallan reiterando que sus brazos son un sitio seguro, el cual desde hace meses veo como mi lugar favorito. El pánico me paraliza, las náuseas vuelven, también los malestares, y por ello me alejo.

—El juicio. —Pongo distancia.

—No tienes que ir si no quieres.

Acorta el espacio que nos separa.

—No. —Vuelvo a retroceder—. No te acerques otra vez.

—¿Por qué no? —Me toma de los hombros aprisionándome contra la mesa—. Llevo días esperando esto.

Lo aparto.

—Sabrina está hospitalizada, no deberías estar aquí. Ella te necesita más que yo.

—No me importa Sabrina —confiesa—. No estuve semanas buscándote para que ahora me digas que corra a los brazos de esa maldita loca.

—Está así por nuestra culpa.

—No, está así porque es una desquiciada compulsiva…

—Te quiere.

—Me vale mierda. —Se pasa las manos por el cabello—. No me importa que se haya vuelto loca, no me importa que Bratt sufra y me vale que su hermana sea una tonta incapaz de superarme. Por mí pueden ponerse una soga en el cuello y ahorcarse de forma simultánea.

Lo veo y recuerdo al mismo Christopher que me rompió el corazón tres veces.

—Tenemos cosas más importantes en que pensar. La situación no está para corazones rotos ni intentos suicidas —continúa—. Debo ponerte a salvo.

—No es tu obligación.

—No lo es —me toma la cara para que lo mire—, pero quiero hacerlo.

Niego atragantándome con las ganas de llorar.

—¿Cuál es el problema? —replica—. ¿Bratt?

—No quiero lastimar a nadie.

—Rachel, ahora solo importamos tú y yo. —Enlaza mi mirada con la suya.

—No existe tú y yo.

—Sabes que sí lo hay —se aparta—, siempre lo hubo y siempre lo habrá.

—Se tiene que acabar.

—¿Por qué? ¿Porque medio mundo se opondrá a que estés conmigo? —Respira hondo—. Si me quieres, ¿qué importa? Ya está, tienen que asimilarlo.

Niego y termina con las manos aferradas a mi nuca.

—Hazme caso. —Acerca nuestras bocas—. Ven conmigo y nadie te pondrá un dedo encima. Te juro que Antoni no te va a tocar.

Inhalo su aroma perdiendo la batalla, estoy tan lastimada que lo único que quiero es tener la opción de coser los malditos rasguños que tengo en el alma.

—Te temo a ti tanto como a él. —Se me salen las lágrimas—. Tú también me rompiste.

—No nos compares. —Aprieta los dientes—. No me pongas en la balanza…

—Tú matas sentimientos, Christopher. Tus armas duelen más que las de él.

—Si intentas que me sienta mal…

—No tengo que intentarlo ni desgastarme en lo que no va a pasar —admito—. A ti nada de esto te pesa.

—Para sentir culpa hay que estar arrepentido, y yo no me arrepiento de lo que hice.

—¿De nada? Bratt era tu amigo, entre los dos lo dañamos y ¿no sientes nada?

Sacude la cabeza en señal de negación.

—Tiene que superarlo, no voy a sacrificarme por nadie y tú tampoco tienes que hacerlo. Que sufra lo que tenga que sufrir hasta que le deje de doler. No quiero la carga del remordimiento para nosotros porque ya pasó. Llore o no llore las cosas seguirán igual.

—¿Algún día dejarás de actuar como un témpano de hielo? Debajo de toda esa soberbia y frialdad debe de haber aunque sea…

—Te amo —me interrumpe y da dos pasos hacia mí—. ¿Es lo que necesitas escuchar? Porque lo hago, te amo. No soy de palabras románticas, me cuesta decirlas. No soy del tipo que estará a tus faldas predicando amor eterno; en cambio, soy del tipo que hará lo que sea por mantenerte a salvo. Necesitas protección, respaldo, no un cotillero de mierda que te lama los pies y quiera mantenerte viva a punta de palabras bonitas.

Me toma de la nuca. No puedo creer lo que acaba de decir mientras me levanta el mentón enlazando mi mirada con la suya.

—No lo oirás seguido, pero eres importante para mí.

Mi aliento se funde con el suyo cuando se aproxima, pero coacciono posando la mano en el centro de su pecho. Si dejo que me bese, estaré a sus pies otra vez.

—Lástima —sollozo— que no te hayas dado cuenta hasta ahora.

—¿No sientes lo mismo?

—Claro que siento lo mismo. Las palabras «te amo» no abarcan todo lo que siento por ti, pero una cosa es quererte y otra es dejar que vuelvas a lastimarme.

—No va a pasar.

—¿Cómo me lo garantizas? Todo te vale, nada te importa, te prefieres a ti por encima de los demás. No me voy a jugar el corazón contigo porque ya lo hice y no salió bien.

—Te lastimé, lo reconozco, es que no estaba seguro de lo que sentía. Tenía miedo, aún lo tengo, porque no quiero cambiar ni que me cambien…

—Tres veces —lo interrumpo—. Me abrí tres veces y no sé cuál de las tres fue peor. Pueda que no quieras a alguien, pero eso no te da motivos para destrozarlo por dentro.

—No quería destrozarte, quería que te alejaras.

—No era necesario hacerme sentir como una golfa, tildarme como lo peor del mundo, ni tampoco revolcarte con otra en mis narices. No teníamos compromiso, no me debías nada y, aun así, fue injusto lo que hiciste —le suelto—. Sabías lo que sentía por ti, eras consciente de lo mucho que te quiero, pero no te importó, y no voy a permitir que lo vuelvas a hacer. Algo me dice que me darás un golpe mortal del cual no podré reponerme.

Seco mis lágrimas.

—Me duele, pero no voy a esperar a que tu amor sea más grande que tus miedos.

Se aleja.

—¿Actuarás como una cobarde? —inquiere—. ¿Te quedarás con el «pudo ser»?

—Sé lo que valgo, lo que deseo, estoy cansada, no quiero que me vuelvan a joder —explico—. Sería una tonta si me las doy de valiente y me lanzo al vacío por ti. Te amo, Christopher Morgan, pero no voy a sufrir más ni por ti, ni por nadie.

—Estás adivinando las cosas sin darme la oportunidad...

—Mira a nuestro alrededor —lo interrumpo—. Mira lo que causamos siendo amantes, medio salió a la luz y casi hay un muerto de por medio. No lo adivino, los hechos me lo están demostrando. No te quiero en mi vida, porque, a diferencia de ti, a mí sí me importa el mundo que me rodea.

Se yergue tensando la mandíbula.

—No voy a rogarte. Si lo quieres así, está bien.

—Señor, el juicio... —interrumpe uno de los soldados.

—Por mi parte no volverás a escuchar un te amo —se encamina hacia la salida—. Tú me olvidas y yo te olvido; ese es el nuevo trato ahora.

Lo dejo ir, ya que estoy vuelta pedazos lidiando con algo que duele más de lo que creí. Me lavo la cara antes de dirigirme al juicio.

El Consejo Internacional está compuesto por los miembros más ilustres de la FEMF. Casos Internos está presente, al igual que Alex Morgan, los Lewis, que son miembros antiguos, y mi familia.

Tomo asiento en la silla de los acusados, mi abogado me explica los pasos que seguir mientras Christopher toma lugar en la sala.

Alex se ubica en su puesto de máximo jerarca, es quien tiene la última palabra. El juez lo único que hace es exponer puntos, dar aportes para que todos puedan ponerse de acuerdo y tomar decisiones unánimes que no dejen a nadie insatisfecho.

—Teniente James —habla el juez—, está aquí por haber incurrido en la cláusula número cuatro del reglamento interno de la FEMF: «Ocultar información a sus superiores». También se le acusa de una posible colaboración con la mafia italiana.

Se desencadena una ola de murmullos.

—¿Qué dice en su defensa?

Explico con detalle cada situación, se presentan pruebas de mi persecución por Antoni, mi anillo de seguridad, mis signos de tortura y reciente adicción.

Se me suben los colores cuando Olimpia y Johana se acercan a dar sus conclusiones.

—El Consejo europeo realizó una ardua investigación, la cual comprueba y asegura que la teniente James no colaboró con los Mascherano —habla Olimpia—. La pareja de Antoni no habría sido torturada ni amenazada como lo fue la teniente James. Se comprobó que ocultó información por miedo a perder su puesto como agente especial y se concluye que no pudo haber brindado información sobre la FEMF, ya que los Mascherano se enfocaron en pedir información sobre el coronel y no sobre la entidad en general.

Johana entrega la evidencia al fiscal de pruebas.

—El pendrive tiene pruebas del porqué no lo traicionó.

Siento una punzada en el estómago cuando conectan el aparato a la pantalla gigante.

—¿Es necesario? —replica Bratt desde su puesto.

El Consejo replica.

—Por supuesto que es necesario —espeta el juez—. El juicio no se acaba hasta que todos se pongan de acuerdo.

—¡Siéntate! —le ordena Christopher.

—Señor fiscal, presente las pruebas, por favor.

«Vida de mierda», me digo. La pantalla se enciende y aparece la primera imagen: Christopher y yo en Cadin. Son diapositivas llenas de fotos de nosotros dos capturados en flagrancia. Pantallazos captados por cámaras. Ebria frente a su edificio, fotos besándonos en el Aston Martin... La puta cámara captó todo con detalle. Él frente a mi edificio esperándome para hablar, los dos en el palco privado del teatro central, allí estoy sentada sobre sus piernas mientras él me agarra los pechos. El beso bajo la lluvia, el beso en el hospital cuando estaba convaleciente, saliendo con la ropa destrozada con su camiseta encima después de la discusión por lo del preservativo...

Joset y Martha me quieren comer con la mirada en tanto la cara de Bratt no tiene descripción. Mis hermanas están con la boca abierta y mi madre no me mira.

La presentación acaba con la declaración del policía de Cadin:

—Los encontré fornicando un viernes por la noche —le dice el anciano a la cámara—. Por un momento pensé que la estaba forzando, espero que él no vea esto, pero pienso que es un patán, malcriado y atrevido. Ella se mostró amable y aseguró que estaba ahí por su propia voluntad. Le volví a preguntar, ya que el vestido roto y los movimientos bruscos que hacía el auto mientras los observaba decían otra cosa...

—Amantes —concluye el juez—. Bastante atrevidos por lo que veo...

Me siento diminuta. Observo a mi papá y me sonríe, siento pena por él porque solo intenta disimular su decepción.

—Se tiene claro que la teniente James es inocente de lo que se le acusa —se levanta uno de los miembros del Consejo—, pero seguimos teniendo la amenaza de los Mascherano, puesto que es obvio que nos atacarán hasta que no la entreguemos. No hacen otra cosa que lanzar advertencias.

—Hay muertos por todos lados —interviene otro miembro, regente del comando chileno—. Londres está siendo atacado por grupos criminales que ponen en riesgo la vida de los civiles y estamos exponiendo mucho por un solo soldado.

—No podemos entregar a la teniente —habla el juez—. Podrían usarla como arma contra nosotros.

—La familia James está en peligro —insiste otro miembro.

—Lacey —replica mi papá—, tengo todo bajo control.

—No, Rick —lo regaña—, aquí nada está bajo control. No tengo nada contra ti, Rachel, eres uno de los mejores agentes de este comando y admiro que estés aquí después de haber pasado por tanto, pero no puedo permitir que se repita una masacre como la de la familia Smith.

Asiento, no puedo alegar porque tienen razón. Si las cosas siguen así, terminaremos como la familia de Harry, ya que Antoni no va a dejarme en paz.

—Tenemos la solución a eso —interviene el ministro Morgan—. Rachel estará bajo la protección del coronel, nadie sabrá de su paradero. Armaremos un fuerte donde recibirá la ayuda médica necesaria y la familia James también estará bajo nuestra custodia.

—¿Cuántos soldados morirán en la tarea? —preguntan—. El plan no garantiza la vida de nadie.

Contemplo a las cuatro personas que tanto amo, «si tan solo hubiese pensado antes de actuar...», y no puedo ser injusta ni egoísta.

—Toda decisión tiene riesgos —continúa Alex—. No hay más alternativa que esta.

El ministro concluye y el juez se pone de pie.

—Definición de la decisión —concluye—. La teniente Rachel James será entregada al amparo del coronel Christopher Morgan...

—No acepto la decisión. —Me levanto y todos se quedan en silencio—. Exijo un exilio definitivo.

—Rachel, no. —Mis padres se ponen también de pie.

Sé lo que conlleva e implica. La sala se vuelve un caos de murmullos y comentarios, Bratt intenta acercarse y no se lo permiten; mientras, Christopher me mira con rabia.

—Agradezco su ofrecimiento, coronel, pero es mi familia la que está en riesgo, y no me importa el tener que alejarme si sé que estarán bien.

—Teniente James, ¿tiene claro lo que implica un exilio definitivo? —plantea el juez.

—Sí, señor.

—¡No, no lo acepto! —alega papá.

—Es mi decisión, no puedes intervenir.

—¡Abogado!

—Le quito el derecho a que me represente. Mi exilio, mi decisión. Me despojo de mi cargo e identidad. —Bajo del puesto—. Antoni dijo que solo muerta dejaría de molestarme, por ende, con pruebas de mi fallecimiento dejará de buscarme y de atacar a mi familia.

—El Consejo Internacional apoya la decisión —secunda Joset.

—¿Ministro Morgan? —pregunta el juez.

Alex mira a su hijo, este ni se inmuta.

—Por favor, señor —le pido al ministro—. Quedarme es peligroso y lo sabe.

—Alex —lo llama Christopher—, tenemos un acuerdo.

—No puede pactar acuerdos sin nuestro consentimiento —alega el Consejo.

—¡Un receso, por favor! —suplica mi madre desde la tribuna—. Rachel, sal y tomemos la decisión en familia.

Se me parte el alma al verla llorar. Comprendo su dolor porque no volverá a verme nunca más. Miro al ministro a la espera de una respuesta.

—No sé por qué presiento que te arrepentirás de esto —se pone de pie—, pero no soy quién para juzgar tus decisiones.

—No quiero que nadie muera por mí —explico.

—La apoyamos —insiste el Consejo—. Irse es la mejor forma de protegerse.

—¡Alex, no! —insiste papá.

—Te concedo el exilio definitivo —lo ignora—. Se llevará a cabo a primera hora de la mañana, reúnete con el equipo forense para que dé los detalles del supuesto fallecimiento.

—Gracias, señor.

—Se levanta la sesión —declara el juez.

Mi familia y mis amigos se aglomeran junto al tribunal pidiendo hablar conmigo, pero Johana se me atraviesa.

—No puedes verlos —advierte—. En la mañana te daremos un par de minutos para despedirte.

Asiento, es mejor así, creer que nunca estuve aquí y que verlos fue una de las tantas ilusiones.

Miro a Christopher, que se levanta como si no hubiese pasado nada. Quisiera ser como él, indestructible, resguardándome en una coraza inquebrantable que me proteja defendiéndome de todo.

No se pueden truncar los planes que el destino te depara, la salida de la FEMF estaba predestinada, fui yo la que me puse en el plan de terca para querer evitarlo.

De nada sirvió querer protegerme y ocultar información dejando que otros murieran si después de tantas vueltas terminé suplicando por lo que tanto temía. Peleé en contra del exilio y heme aquí, tomándolo como la mejor opción.

Me reúno con Alex Morgan en la sala de operaciones.

—Siéntate —ordena.

Está con el estratega del Programa de Protección a Testigos.

—No sabes todo lo que hice para que la palabra «exilio» quedara totalmente descartada.

—Lo sé, señor. Agradezco su ayuda y la del coronel, pero es lo mejor.

—Antes de dictar una sentencia definitiva quiero que me digas qué tan segura estás de esto, porque, si pones un pie fuera de esta central, te resignas a perderlo todo. Serás un soldado x el cual afrontará el exilio al pie de la letra —advierte—. Rick es mi amigo y Christopher es mi hijo, ambos sienten cosas por ti, sin embargo, no voy a dejar que intervengan o quieran verte cuando te vayas.

—Tengo todo claro.

Abre la carpeta que está sobre la mesa.

—Leí la carta que te envió Antoni, la amenaza es clara —analiza—. Pensé en fingir un suicidio, pero eso podría causar repercusiones queriendo cobrar venganza al no hacerle caso, así que optaremos por otra cosa.

Extiende una hoja con un bolígrafo.

—Quiero que redactes una carta confesando que aceptas volver con él. Asegúrale que necesitas la droga y por ello te das por vencida.

Encienden la pantalla frente a mí mientras el estratega del PPT (Programa de Protección a Testigos) se pone en acción.

—Ella es Martina Valverde —indica—, una agente especial con la cual se fingirá tu muerte.

—La haremos pasar por ti —explica el ministro—. La enviaremos al encuentro con los Mascherano y la mataremos antes de que llegue haciéndoles creer que nos dimos cuenta de la huida, por eso, preferimos matarte antes de que nos traicionaras.

Reparo la foto, nos parecemos en el tono de piel, el color de cabello, tenemos la misma altura y la figura también se asemeja.

—Si Antoni cree que quisiste volver, se compadecerá y dejará a tu familia en paz —habla el del PPT—. Te verá como la víctima que intentó volver a sus brazos.

Tiene lógica, con la adicción es normal que quiera volver.

—Pídele en la carta que no vuelva a tocar a tu familia y que es lo único que exiges para volver. Tiene que verse creíble y debes redactarla ya, puesto que pondremos el plan en marcha dentro de menos de una hora.

—Tenemos sospecha de la ubicación de uno de sus Halcones —añade el del PPT—. Dile que estarás atenta a una respuesta.

Tomo el bolígrafo y plasmo las ideas en el papel.

Redacto la carta cargada de desespero, tampoco es que esté mintiendo, ya que pese a estar aquí sentada fingiendo que no me afecta, sí lo hace. Los espasmos son difíciles de disimular.

El sudor es excesivo, como los ataques que me aceleran el ritmo preguntándome si algún día saldré de esto.

Miento sobre la decisión de la FEMF. Escribo que me declararon culpable por ocultar información, que me meterán en prisión y que no puedo estar allí sin el HACOC. Le explico que logré huir, pero que no tengo adónde ir, que he intentado controlar las ganas con heroína y cocaína, pero que no es suficiente, ya que la angustia es demasiada.

Concluyo la carta. La abstinencia está acabándome por dentro, con las malditas ganas de salir corriendo, de cortarme o ahorcarme para así terminar con este cáncer psicológico.

—Pondremos en marcha el operativo. Lo más probable es que responda con otra carta, ya que sabe que podemos intervenir los aparatos electrónicos —explica el ministro—. Te avisaré de cualquier novedad.

Me mantiene aislada por casi seis horas. Seis horas que me dejan vuelta nada mientras que la debilidad me atropella y me siento mareada. Los ataques de pánico me toman y me dejan caer alucinando lo que no es, sumergiéndome en una depresión que me encierra.

Cada vez que cierro los ojos lo veo persiguiéndome e inyectándome lo que tanto clama mi cuerpo.

—Mordió el anzuelo. —El del PPT viene por mí—. Mandó a recogerte a las afueras de la ciudad.

Me llevan a la sala audiovisual, Patrick y el ministro están con las cámaras enfocadas en un solo objetivo.

—Pon atención —piden.

La cámara muestra a alguien en el interior de un vehículo, un camión tal vez. El tipo de panorama que ves cuando pides que te lleven gratis.

El que trae el dispositivo baja en medio de la nada. Por el enfoque se puede decir que lo trae en algún botón o cierre del abrigo. La otra cámara muestra a la mujer con más detalles: viste vaqueros, lentes y una sudadera que le cubre la cabeza.

Quien se hace pasar por mí camina por la carretera vacía mirando hacia todos lados. El camión continúa con su viaje mientras ella recorre un par de kilómetros con las manos metidas dentro de los bolsillos de la sudadera. La noche resta visibilidad. Se observa que metros más adelante aparece un vehículo sospechoso.

El conductor del auto baja para abrirle la puerta mientras ella se acerca.

—Corre —le ordena el ministro, y ella obedece.

Empieza a correr hacia el vehículo hasta que un disparo resuena tumbándola. Los agentes salen de la nada como si estuvieran en una emboscada mientras que el conductor que la esperaba no duda en devolverse, huyendo de la escena a la velocidad de la luz mientras siguen disparando.

—Misión cumplida, ministro —informan en la radio.

—Acabas de morir, Rachel James —me dice el ministro—. No solo para la mafia, sino también para la FEMF.

Siento un vacío en el centro del pecho y creo que estoy muerta desde hace mucho tiempo.

—Ya saben lo que tienen que hacer —ordena Alex antes de irse.

Dejo que me trasladen al estudio de Mónica, ella ya me está esperando. Me palmea la silla para que me siente frente al espejo.

«Odio tanto esta Rachel sin color, con el rostro desencajado y los labios partidos...».

Mónica suelta mi cabello ubicándolo detrás de mis hombros. Toma la medida de mi barbilla desencadenando el llanto cuando lanza la primera cortada. Las tijeras acaban con la melena azabache.

Hace lo suyo quitándome el color y tinturando como lo demanda el protocolo, y esta vez no es temporal, ahora es para siempre.

—Venga, no te pongas así —la estilista intenta darme consuelo—. Las rubias nunca pasan de moda.

—Tienes que pasar desapercibida siempre —indica Johana, la agente de Asuntos Internos.

Ahora soy una rubia de ojos negros que esconde su figura con ropa ancha.

—Así tienes que vestir desde ahora en adelante —explica Mónica— y cada seis meses cambiarás de estilo.

—Debes entregar el cargo asumiendo el exilio con el uniforme puesto —añade Johana—. Tienes una hora para cambiarte y despedirte. Tus allegados te esperarán en la pista.

Asiento abrazando la mochila que alberga mi nueva vida.

En lo personal siempre he detestado las despedidas, en especial cuando son de la gente que amo. Mi habitación se ve bonita por tonto que parezca.

Hago un cheque para Lulú asegurándome de que le sirva para empezar sus sueños ejerciendo lo que sabe. Ella merece embellecer mujeres con sus locos consejos.

Busco la cadena de Harry, lo correcto sería dejársela para el bebé, pero es lo único que me queda de mi amigo y quiero sentir que todavía me acompaña. Meto el anillo de Bratt en la cadena. «Una manera de recordarlo», me digo. Es lo único de lo que puedo disponer, ya que la FEMF se ocupará de lo que queda.

Me coloco el uniforme oficial, acomodo las medallas, guardo la placa y el arma especial. Normalmente es la que menos se usa, sin embargo, para nosotros tiene un valor sentimental.

La deslizo dentro de la correa que tengo en el muslo, pues con el uniforme oficial es ahí donde la portan las mujeres.

Busco mis documentos, tomo la mochila y le echo un último vistazo a mi alcoba antes de salir. «Cómo me gustaría que fuera un hasta pronto y no un hasta nunca», pienso.

Dos agentes del PPT me esperan en la salida, ambos me dedican el debido saludo antes de escoltarme hacia la pista.

Respiro hondo. Mi familia, Luisa, Simon, Alexandra, Irina, Brenda, Scott, Angela, Laila, Parker, Patrick y Bratt esperan por mí. Quisiera omitir esta situación, ya que es como pisotear lo poco que queda de mí.

—Rachel —llora mi mamá—, si tan solo lo pensaras otra vez…

—Déjalo estar. —La abrazo—. Tenemos poco tiempo, así que no lo gastemos en mis súplicas.

Se aferra al uniforme como si eso pudiera detenerme.

—Te quiero —le susurro. Sé lo duro que es para ella, durante años ha querido tener a su familia completa y ahora no volverá a verme nunca—. Prométeme que lo vas a superar.

Niega.

—Prométemelo. —La obligo a que me mire—. No estaré tranquila si no lo haces.

—Te lo prometo.

La vuelvo a abrazar y hago lo mismo con mis hermanas. Sam me ruega que no lo haga y a Emma el llanto no la deja hablar. Paso a los brazos de mi papá, que me sujeta con fuerza.

—Eres fuerte y valiente —dice en medio de sollozos—. Y estoy muy orgulloso de ti, teniente.

Doy un paso atrás plantándome firme ante él.

—Sí, mi general. —Le dedico un saludo militar—. A mí también me enorgullece llevar su apellido.

Vuelve a abrazarme y le cuesta soltarme para que pueda despedirme de los otros. Luisa no me da la cara cuando intento acercarme.

—Nunca te voy a perdonar esto —espeta en medio del llanto—. ¡Tu terquedad me robó a mi mejor amiga!

La tomo a la fuerza antes de entregarle el cheque para Lulú.

—Te adoro. —Le beso la coronilla.

—Y yo a ti. —Tiembla entre mis brazos—. Nunca nadie va a ocupar tu lugar, tenlo claro.

—¿Delante de quién me voy a pasear desnudo ahora? —me dice Simon.

Ruedo los ojos pegándole un pequeño puñetazo en el brazo.

—Si lo haces delante de tus empleados, te demandarán por exhibicionista —bromeo dejando que me abrace—. Cuida mucho a Lu.

Asiente con los ojos llorosos. Sigo donde está Laila.

—Perdón por lo de las vacaciones —me disculpo—. Espero que me perdones por haber callado tanto, creo que todo hubiese sido más llevadero con tus consejos.

—Cariño —me abraza—, no tengo nada que perdonarte y no tienes por qué sentirte mal. Lo único que debes tener en la mente es lo mucho que te queremos y echaremos de menos.

Le limpio la cara y nos abrazamos.

Creo que Brenda es una de las personas que más me duele dejar.

—No llores más —la traigo hacia mi pecho—, es malo para el embarazo.

—Prometiste estar aquí… y ahora nos dejas…

—Cuida mucho a mi sobrino —la interrumpo— y nunca pero nunca olvides que Harry te ama como la primera vez.

Le beso la frente antes de continuar.

—Asegúrame que serás un buen padre —le pido a Scott.

Dejo que me bese las mejillas, al igual que Luisa lo conozco desde que éramos niños. Sigo con Dominick, que es el que más lejos se mantiene.

—El rubio no te queda —me dice—. Lo siento, pero no puedo callarme las verdades.

Le paso los nudillos por el rostro.

—Siempre te verás mejor en mi retrato. —Sonríe.

—Definitivamente. Gracias por hacerlo.

—Enamoramiento de adolescente. —Se encoge de hombros—. Ya lo superé, fue bueno sentirlo mientras duró.

Me da un beso en la mejilla.

—Merecías un final feliz, tal vez conmigo en el mundo alterno que mencionaste una vez.

—Hubiese sido un gusto conocerlo, capitán.

Le devuelvo el beso.

Patrick y Alexandra me abrazan al mismo tiempo y aprovecho para agradecerles por la ayuda en el rescate.

—Lo lamentamos mucho en verdad —me dicen Patrick y Alejandra.

Bratt está apartado del grupo, es el último que se acerca. Se ve como yo, apagado y con los ojos hinchados.

—No me arrepiento de nada de lo que hice a tu lado —confieso—. Fuiste y siempre serás mi primer amor.

Intenta contener las lágrimas.

—Te amo. —Me besa las manos—. No me importa tener que esperarte una vida.

—Sabes que no voy a volver —le tomo la cara para que me mire—, así que necesito que me prometas que soltarás lo que sientes por mí dándote la oportunidad de ser feliz.

—No lo seré sin ti.

—Claro que puedes, hay miles esperando por ti. No le niegues a nadie todo lo maravilloso que puedes dar.

Nos fundimos en un último abrazo que se rompe cuando el capitán de mi compañía militar llega a despedirse.

—Un honor ser su mentor, teniente James —me dice, y asiento dándole el debido saludo.

Alex llega con Johana, Gauna y el coronel, que ni me mira, solo se concentra en la mesa improvisada que arman. Johana toma los documentos dando inicio al protocolo.

—Teniente Rachel James Mitchels —empieza—, hemos sido convocados el día de hoy, doce de noviembre del presente año, para dar la revocatoria definitiva de su servicio en la FEMF dando cumplimiento a la ley del Código Penal Exilio Definitivo.

Las palabras golpean.

—A partir de este momento deja de pertenecer a las filas del ejército inglés, pierde su cargo como teniente de la tropa Alpha, el control de su identidad y cualquier cosa vinculada con dichos parámetros. Sus cuentas e inmuebles serán usados y administrados por la FEMF.

Paso saliva tragándome las penas.

—Como soldado exiliado no tendrá ningún tipo de contacto con su familia, tampoco con amigos y se le restringe el uso tanto de herramientas tecnológicas como medios de comunicación —continúa—. A partir de hoy pierde todo tipo de contacto con el mundo que conocía. Se someterá a las reglas del exilio y deberá cumplir al pie de la letra las órdenes que demande la entidad a la hora de moverla de un sitio a otro. Tiene rotundamente prohibido revelar su posición —recalca—. A partir de este momento deja de llamarse Rachel James Mitchels y asumirá la identidad que la Fuerza Especial Militar del FBI quiera imponerle. ¿Entendido?

—Sí.

—¿Son claras las condiciones?

—Sí.

—Las personas presentes serán tomadas como testigo de su decisión. Al estar bajo la mira de un grupo delictivo, el ejército especial la declara como dada de baja. Los presentes deben acogerse a lo siguiente: tienen prohibido mencionar el exilio y revelar información a terceros, desde ahora en adelante deben asumir que el soldado murió mientras huía. ¿Es clara la información para los presentes?

Todo el mundo asiente.

—Firmarán un documento juramentado donde prometen no decir una sola palabra, al incumplir dicho trato serán expulsados de la entidad y judicializados por fuga de información.

Baja la hoja.

—¿Algo que quiera declarar antes de entregar su nombre, cargo y posición?

Niego.

—Teniente James —continúa—, el Consejo Internacional de la FEMF la exilia de forma definitiva del ejército 445808 a cargo del coronel Christopher Morgan. Entregue su arma, identificación, placa y medallas.

En cuanto lo haga seré un ser x sin vida, nombre, cargo y autoridad. Todo me tiembla, el pecho se me estremece de una forma tan abrupta que por un momento temo flaquear y querer revocar mi decisión.

—Teniente, proceda, por favor.

Christopher está frente a la mesa mientras Alex y Gauna esperan a un lado. Miro al hombre que tanto quiero y no puedo evitarlo, las lágrimas se deslizan solas mientras él alza el mentón endureciendo la mandíbula.

—Frente en alto, soldado —ordena con firmeza hablando como si fuera un cualquiera.

Mi mirada se enlaza con la suya y es cuando más tiemblo… Menuda vida de porquería que no deja de aplastarme y maldita rabia cargada de la tristeza que me ahoga.

Arranco las medallas —creo que también mi corazón—, saco el arma, busco la placa y mi identificación deslizando los objetos sobre la mesa. No sé de dónde carajos saco las fuerzas para erguirme frente a él dedicándole un saludo militar.

—Fue un gusto estar en su ejército, mi coronel.

No me baja la mirada, solo empuña mi placa pasando saliva mientras yo grabo las facciones de su rostro: la mandíbula cincelada, los ojos grises y las pestañas pobladas. Me limpio las lágrimas y él recoge todo.

—Hasta nunca, soldado.

No mentía al decir que no volvería a escuchar un «te amo» por parte suya.

—Es hora —ordena el ministro.

Le sonrío a mi antigua vida antes de encaminarme al avión.

Las súplicas de mi madre, el llanto de mis amigas y el «te quiero» de mi papá me terminan de destrozar por dentro.

Es duro, pero tiene que ser así.

Tengo que aprender a vivir con mis cicatrices, no con las físicas. Las físicas sanan, las del alma son las que duran para toda la vida y con ellas se vive siempre.

Me voy convencida de que el amor no todo lo puede, porque hay llamaradas de pasión que destruyen amores inmensamente grandes. Me pasó a mí, te puede pasar a ti o cualquiera.

La vida nos da personas como Bratt Lewis, que te bajan el cielo haciéndote sentir un ser celestial que todo lo puede.

Nos da personas como Christopher Morgan, que no te bajan el cielo, sino que te llevan a él, te convencen de que no es suficiente, te queman en el infierno y te ponen a dudar sobre en qué mundo quieres vivir.

Nos topamos con hombres como Antoni Mascherano, demonios disfrazados de humanos que lo único que hacen es volverte la vida mierda.

Abordo la avioneta.

Siento pena por los que lastimé, por lo que dejé ir y no pudo ser. Me voy con la certeza de que el pecado es malo, que duele, pero es placentero y que dicho placer trae consecuencias imborrables.

Parto con la meta de olvidar al hombre que tanto amo, porque por mucho que lo quiera no voy a dejar que el mundo se destruya a causa del desastre que somos juntos. No sé si tardará meses, años o si no lo superaré nunca, pero de ahora en adelante debo enfocarme en eso: en olvidar, en ser alguien nuevo con una vida nueva…

Y dicha vida nueva trae la batalla contra mi adicción.

Ya no soy Rachel James, perdí, morí y ahora estoy sola.

No volveré jamás y de ahora en adelante viviré siendo una persona x.

EPÍLOGO

Christopher

Un año después

Mantengo las manos en el volante conduciendo a través de las calles de Los Ángeles en California, soy el mejor coronel de la Fuerza Especial Militar del FBI, los criminales me huyen y el ejército de Londres es una fortaleza letal que ha duplicado la letalidad gracias a mí.

El dinero me sobra, las mujeres me llueven, las medallas destacan en mi uniforme, pero llevo un año con un nudo atascado en el tórax, con un vacío absurdo que ya no sé cómo llenarlo, y me jode que la imagen de sus ojos azules y el cabello azabache tomen mi cabeza con momentos que me blanquean los nudillos cada vez que empuño las manos.

Estaciono el auto en las calles oscuras y salgo de este moviéndome entre las calles desoladas, sin escoltas, sin miedos y con la frente en alto entro a mi destino recordando mi pasado. Huele a sangre, aquí nadie se mira con nadie, la gente viene a engrandecerse, morir o apostar.

Los grandes demuestran de qué están hechos, la gente les teme a los bárbaros, pero el orgullo es grande y no basta con eso. Un verdadero sádico salvaje lo demuestra y le recuerda a la multitud por qué es lo que es.

Conocí las jaulas mortales cuando decidí desafiar al ministro Morgan largándome de la milicia, y muchos le atribuyen mi falta de empatía al hecho de que Sara se largara cuando yo tenía once años, pero lo cierto es que no, lo único que me molestó de su huida era que me dejara con Alex, quien impondría reglas que me negaría a cumplir, ya que las únicas normas que sigo son las que labro yo mismo. La cobardía de Sara fue lo que hizo que la dejara de ver como «mi madre», el que bajara la cara siempre, el que soportara pendejadas que yo no toleraría jamás por una sencilla razón y es que soy un Morgan: la familia más hija de puta de la milicia.

445

Avanzo, estoy en territorio enemigo en uno de los puntos más peligrosos de Norteamérica, subo las escaleras a la tercera planta y me quedo en el palco, donde detallo el escenario que hay abajo y es que a muchos nos gusta matar por placer, encerrarnos en jaulas que te acorralan y de donde no sales hasta que no acabes con el contrincante.

Trabajar para la ley no me hace un santo, nunca he pretendido serlo, el que sea uno de los mejores coroneles no me convierte ni me convertirá en alguien ejemplar.

—¡Boss, Boss! —claman.

«Cómo me sigue chocando ese hijo de puta», me digo. Observo cómo corta y abre un estómago abajo sacando lo que hay adentro, la mafia sabe quién soy yo y no se le hace raro verme en ningún lugar.

Este es mi deporte favorito y dejo de moverme cuando un sujeto alto y con chaqueta de cuero se apoya en el barandal.

—¿Cómo estás? —me saludan.

—Death —le digo.

Fue mi entrenador callejero cuando era un rebelde que peleaba a cambio de dinero.

—¿Qué me tienes? —sigo.

—Que son peligrosos, grandes e incomparables —contesta—. Investigo e investigo sus puntos débiles llegando a una misma conclusión y es que tanto el clan ruso y el clan italiano son algo que te va a tomar años derribar, porque están liderados por los dos criminales más peligrosos del mundo y su sociedad empeora eso.

—¿Y crees que no lo tengo presente? —lo desafío—. Pero fíjate que no son dos, somos tres y lo sabes.

—Eres la ley, no pierdo la esperanza de que te quedes del lado de la rama que te corresponde —dice, y me río.

—¿Sigues creyendo que tengo buenas intenciones con la FEMF y voy a salvar el mundo? —Sacudo la cabeza.

Prefiere guardar silencio. Observo las peleas, la sangre, la letalidad que se respira en el sitio que uso para desaforar la violencia que me corre por las venas y es que tener un uniforme no significa nada, el que es nunca deja de ser.

Doy la batalla en mi contienda y acabo con el pecho lleno de sudor.

Llevo doce meses queriendo capturar a Antoni Mascherano y mientras lo hago sumo puntos que me dejan en lo alto.

Huir de la milicia en mi adolescencia se debió a varios factores, uno de los cuales era el que nos pusieran límites. Pese a ser la máxima rama de la ley siento que somos demasiado benevolentes, y eso cambiará cuando sea yo el que tenga control total de la justicia.

¿Tardaré? Sí, no soy un hombre paciente, pero con esto he tenido que ir despacio porque la Fuerza Especial Militar del FBI lleva años con un régimen que tarde o temprano va a cambiar gracias a mí.

La Élite se ha consolidado, las mejores compañías militares están bajo mi cargo, le sigo rompiendo la cara a Bratt cada vez que me apetece, y Sabrina está en un hospital mental.

Alex Morgan sigue siendo el máximo jerarca, la vida transcurre y a mí nada me basta. Tengo atascada una parte de ella y reconozco que tuve un leve tropiezo con lo que tanto quería evitar.

«No me dolió», me digo mientras vuelvo al apartamento que tengo en el norte de la ciudad, donde tiro todo estando adentro y me sirvo un trago. «Su ausencia me da igual», me repito, pero la última mirada que me dedicó aparece en mi cabeza, y la ira que me corroe me hace estrellar el vaso contra la pared cuando la veo en la maldita pista de despegue arrancándose las medallas del uniforme.

Los sentidos se me nublan con el recuerdo de ese maldito día y me echo en el sofá evocando el día que decidió irse como la maldita cobarde que es. Era un buen soldado, pero flaqueó y eso hace que tenga dicho concepto sobre ella.

Me meto la mano en el bolsillo y saco la prenda que le quité meses atrás, trayendo el recuerdo de la noche de la fiesta, y es que mientras Bratt discutía, yo le quitaba las bragas que tengo en la mano justo ahora.

Paseo el encaje por mis labios y respiro hondo antes de pasarla por mi miembro endurecido, el cual acaricio con la prenda estimulándome, masturbándome.

Nunca la pienso de buena manera, he tenido cientos de mujeres desde que se fue, pero sigo haciendo esto cada vez que me apetece. No sé dónde diablos está, Alex nunca me lo dirá y, por ello, cada día que pasa clavo la mentira en mi cabeza, me convenzo de que fue una más y que no vale la pena lamentarse por una cobarde.

Mi orgullo me lo exige, aclama una sola cosa y es que deje de lado esta frustración de porquería, la cual no sirve para nada.

Los movimientos acelerados sobre mi miembro hacen que mi derrame se extienda, los latidos en mi pecho avivan la rabia y tenso la mandíbula, «estoy hastiado». Aprieto los ojos y respiro metiéndome en la cabeza que fue solo una más; polvos esporádicos de los cuales ahora ya ni me acuerdo, como tampoco debo acordarme de ella. «No sé quien es Rachel James», me digo, lo que me propongo lo consigo y sé que es cuestión de tiempo para que sea así, me conozco y tendré que recalcular para acordarme de quién diablos es.

Dejo lo que tengo de lado en la mano y me pongo de pie, tengo mil y una cosas que hacer con los que me esperan afuera, ya que todos sabemos que lo sucedido no es más que un calentamiento previo que nos adentra en un juego, el cual apenas está sacando y mostrando las fichas.

Fin